Michel Birbæk
Beziehungswaise

Buch

Lasse ist ein Comedian, dem Erfolg und Humor abhandengekommen sind. Mit seiner Karriere geht es bergab bzw. flussab, denn mittlerweile moderiert er Seniorennachmittage auf einem Kreuzfahrtschiff. Doch nicht nur seine Karriere leidet, auch mit der Liebe lief es schon mal besser: Er führt eine zweitklassige Beziehung mit einer erstklassigen Frau. Seit sieben Jahren sind sie zusammen, doch beide sind beruflich viel unterwegs – und sie schlafen nicht mehr miteinander.
Als Lasse ein TV-Casting gewinnt und Tess ein Jobangebot in China bekommt, können sie ihre Probleme nicht länger ignorieren. Liebe oder Karriere? Sex oder Freundschaft? Oder doch ein Heiratsantrag?

Autor

Michel Birbæk, geboren in Kopenhagen, lebt seit vielen Jahren in Köln. Als Sänger war er fünfzehn Jahre mit Rockbands unterwegs. Danach arbeitete er unter anderem als Kolumnist für mehrere Frauenmagazine und seit zwanzig Jahren als Drehbuchautor für einige der erfolgreichsten deutschen TV-Serien. Seine bisherigen fünf Romane haben sowohl die Kritiker, als auch eine große Fanbase erobert.
Weitere Informationen unter: www.birbaek.de

Von Michel Birbæk bereits erschienen:
Was mich fertig macht, ist nicht das Leben, sondern die Tage dazwischen. Roman
Wenn das Leben ein Strand ist, sind Frauen das Mehr. Roman
Nele & Paul. Roman
Die Beste zum Schluss. Roman
Das schönste Mädchen der Welt. Roman

Besuchen Sie uns auch auf www.facebook.com/blanvalet und www.twitter.com/BlanvaletVerlag

Michel Birbæk

Beziehungswaise

Roman

blanvalet

Sollte diese Publikation Links auf Webseiten Dritter enthalten, so übernehmen wir für deren Inhalte keine Haftung, da wir uns diese nicht zu eigen machen, sondern lediglich auf deren Stand zum Zeitpunkt der Erstveröffentlichung verweisen.

Verlagsgruppe Random House FSC® N001967

1. Auflage
© 2018 by Blanvalet in der Verlagsgruppe Random House GmbH,
Neumarkter Str. 28, 81673 München
2007 erstmals erschienen bei Bastei Lübbe
Umschlaggestaltung und -abbildung: semper smile, München
NG · Herstellung: sam
Satz: Vornehm Mediengestaltung GmbH, München
Druck und Bindung: GGP Media GmbH, Pößneck
Printed in Germany
ISBN 978-3-7341-0585-2

www.blanvalet.de

Sieben Jahre später ...

Kapitel 1

Die Kirche ist voll, Angehörige murmeln aufgeregt, Blumenkinder zappeln herum, und neben dem Altar flüstert ein Regisseur hektisch letzte Anweisungen in sein Headset. Alle starren auf die Tür, durch die das Brautpaar kommen soll. Ich halte Tess' Hand und versuche nicht zu schwanken. Der Junggesellenabschied endete vor zwei Stunden.

»Ich glaube, mir wird schlecht.«

Sie schüttelt den Kopf.

»Dir wird jetzt nicht schlecht«, murmelt sie, ohne den Blick von der Tür abzuwenden.

»Ach so«, sage ich und schwanke eine Runde.

Wir starren weiter auf die Tür, die sich nicht öffnet. Immer noch kein Brautpaar. Die Angehörigen beginnen zu tuscheln. Hat da jemand die Ringe vergessen? Kalte Füße bekommen? Eine Affäre?

Tess wirft mir einen Blick zu.

»Und du hast ihn rechtzeitig zu Hause abgeliefert?«

»Wäre ich nicht hier, wäre er nicht da, aber ich bin ja hier, also ist er da.«

Ich schwanke eine Ehrenrunde. Diesmal ist es nicht gespielt. Verdammte Schnäpse. Aber bei einem Junggesellenabschied aufgeben, bevor der Bräutigam umkippt, das sind die Dinge, die man sich dann ewig und drei Tage anhören muss – man heiratet ja nur einmal im Leben. Hm. Das muss auch ein sehr alter Spruch sein.

Neben uns bleibt ein Kameramann an einem Kabel hängen und reißt dem Tonmann das Mikro aus der Hand. Das Stativ scheppert laut zu Boden. Alle Köpfe fahren herum. Ein Blumenkind erschrickt sich und fängt an zu weinen. Der Priester hebt mahnend eine Augenbraue, der Kameramann entschuldigend die Hand, der Regisseur spricht wütend in sein Headset.

Der Tonmann hebt das Stativ wieder auf, das Gemurmel setzt wieder ein, ich fühle, wie mein Frühstück das Standbein wechselt.

»Haben Kirchen eigentlich Toiletten?«

Tess starrt zur Tür und antwortet nicht.

»Die müssen doch welche haben, wenn sie Wein und Kekse anbieten, oder? Ist das nicht eine Auflage vom Ordnungsamt?«

Sie ignoriert mich. Alles klar. Bei Hochzeiten ist Schluss mit lustig. Ich schlucke die Übelkeit runter, atme tief durch und schaue zu Boden. Mein Blick bleibt an den Klebestreifen hängen. Laufwege. Die grünen sind für das Kamerateam, die weißen für Privatfilmer, Rot für das Brautpaar, Lila für die Blumenkinder, Schwarz für die amerikanischen Gäste und Braun für die Gäste aus Deutschland. Braun. Manche Dinge ändern sich nie.

Die Angehörigen werden immer unruhiger, ein Blumenkind läuft schon mal los und muss zurückgepfiffen werden, und auch der Priester mustert jetzt die Eingangstür aufmerksam. Doch die bleibt geschlossen. Da das Brautpaar sich erst seit vier Monaten kennt, besteht durchaus die Möglichkeit, dass es dahinten übereinander hergefallen ist. Herrje, wie oft haben Tess und ich früher Flüge, Termine und Verabredungen verpasst, weil es sich um keinen Preis der Welt aufschieben ließ. Lange her.

Die Musik setzt ein. Ein erleichtertes Aufstöhnen geht durch die Kirche. Die Kamerateams springen auf ihre Streifen. Die Eingangstür öffnet sich. Das Gemurmel verstummt schlagartig. Stan kommt im Blitzlichtgewitter den Gang herunter, er trägt einen Frack und nickt grinsend in die Runde. Als er an mir vorbeigeht, blinzelt er mir zu. Ich grinse zurück und mache Zeichen, dass sein Hosenschlitz offen steht. Mein Gott, nicht zu fassen – Stan heiratet. Ich habe ihn nie lange genug mit einer Frau erlebt, um mir ihren Namen merken zu können, und jetzt heiratet er.

Er bleibt vor dem Priester stehen und dreht sich um. Mit ihm wenden sich alle dem Eingang zu. Eine kurze Spannungspause, dann bringt der Brautvater die Braut herein. Sie ist ganz in Weiß, und nicht mal der Schleier kann ihr Strahlen abschwächen. Eine Grippewelle bricht über die Kirche herein. Es wird geschnieft und geschnäuzt. Die Kamerateams stolpern herum, um die beste Einstellung zu bekommen, Angehörige knipsen wie verrückt, Blumenkinder werfen geköpfte Blumen durch den Gang. Ich drücke Tess' Hand. Sie drückt meine.

Nach einer kleinen Einlage des Priesters, der sich für einen begnadeten Entertainer hält, geht die Zeremonie los. Das Brautpaar strahlt sich ungeduldig an, und schließlich ist es so weit: Der Priester fragt Stan, ob er Stella zu seiner Ehefrau nehmen will. Stan sagt Ja. Die Braut strahlt. Der Priester fragt die Braut, ob sie Stan zu ihrem Ehemann nehmen will. Sie sagt Ja. Stan strahlt. Sie streifen sich Ringe über, dann segnet der Priester ein in sehr wilder Beziehung lebendes Paar und macht daraus einen Bund fürs Leben.

Stan hebt den Schleier der Braut, und als er sie küsst, ist es für einen Augenblick, als würde die Welt Atem holen. Dann brechen Influenza und Tbc gleichzeitig über die Kirche herein – es wird geschnieft, geschluchzt, gehüstelt, gejubelt und applaudiert. Wir klatschen und pfeifen. Tess wischt sich verstohlen über die Augen und lehnt sich an mich. Ich drücke ihre Hand noch mal. Sie wirft mir einen seltsamen Blick zu, bevor sie wieder nach vorne schaut, wo sich das Brautpaar immer noch küsst. Ist nicht schwer zu erraten. Frau liebt Mann. Mann liebt Frau. Seit sieben Jahren. Sie stehen in einer Kirche. Schon wieder bei einer Hochzeit. Schon wieder nicht ihre eigene.

Fünfzehn Stunden später hänge ich an einer Mahagonitheke, trinke Espresso und versuche nüchtern zu werden. Nach der Trauung fuhren wir in einen Festsaal, in dem ein Büfett, Champagner, schöne Reden und eine grandiose Salsaband auf uns warteten. Als der Party zehn Stunden später die Luft ausging, zauberte das Brautpaar noch eine Überraschung aus dem Hut: Zwei Stretchlimousinen brachten die letzten zwanzig Partywütigen nach L.A. in den Sunset Room, den Club von Bruce Willis und Will Smith. Und da sind wir jetzt. Tess tobt sich auf der Tanzfläche aus, und ich führe so etwas wie eine Unterhaltung mit einem dänischen Regisseur, der nach Hollywood ging, um aus einem kleinen, billigen Film ein großes, teures Remake zu machen. Hat er scheinbar hinbekommen. Reicher und bekannter ist er geworden. Aber gratulieren darf man ihm nicht, denn eigentlich würde er lieber wieder mit seinen Kumpels in Kopenhagen herumhängen und kleine, geile, dreckige Filme machen. Als ich ihn frage, wieso er das nicht tut, schaut er mich erstaunt an und erklärt, dass er ja nicht weg kann, solange alles so *great* läuft. Dann beginnt er wieder, seine missliche Lage auszuweiden.

Ich ordere mir einen weiteren Espresso und schalte auf Durchzug. Erfolg in Hollywood. Seine Probleme möchte ich haben. Zweitklassiger Comedian in einer erstklassigen Agentur, zweitklassige Beziehung mit einer erstklassigen Frau. Beides geht schon viel zu lange gut. Oder schlecht. Wie man es nimmt.

Der Espresso kommt. Ich nippe an der heißen Tasse und schaue mich um. Der Raum ist brechend voll. Vielleicht auch, weil man theoretisch die Besitzer treffen könnte. Solche Aussichten locken – und wer weiß, vielleicht ist wirklich einer der ganz Großen hier. Ich versuche einen Blick in den VIP-Raum zu werfen, aber der Security lächelt nur bedauernd. Sogar ein amerikanischer Security weiß scheinbar über meine Karriere Bescheid.

Mein Blick bleibt an der Tanzfläche hängen. Die Braut hat das Brautkleid gegen ein weißes Ballkleid getauscht. Ein absoluter Hingucker. Doch ich sehe nur Tess, die daneben in ihrem blauen Kleid abgeht. Sie lacht und strahlt und rockt. Ihre Energie ist ansteckend. Dementsprechend wird sie belagert. Ich weiß, es ist primitiv und trallala, aber es macht mich stolz, dass mein Mädchen auf einer Hollywoodtanzfläche angegraben wird. Noch vor ein paar Jahren hätte ich sie auf der Stelle raus auf den Parkplatz gezogen, um ihr meinen Stolz zu zeigen. Gute alte Zeiten.

Der Regisseur merkt, dass unsere Szene nicht richtig funktioniert. Er streicht meine Rolle aus seinem Werk und geht. Kaum ist er weg, stellt sich ein durchgeschwitzter Stan zu mir an die Theke. Sein Smoking klebt an ihm wie ein nasser Sack. Er wirft einen Blick auf meinen Espresso, steckt zwei Finger in die Tasse, zieht sie wieder raus und mustert seine Fingerspitzen.

»Was soll der Scheiß?«, fragt er angewidert.

Ich kneife die Augen zusammen.

»Zwei Finger. Vermutlich menschlich. An den Spitzen klebt eine braune Flüssigkeit. Vermutlich sehr teurer Espresso, den das Opfer sehr nötig gehabt hätte, um nüchtern zu werden. Genaueres wissen wir erst nach der Spektralanalyse.«

»Nüchtern«, sagt er.

»Ein Zustand, in dem einem nicht schlecht ist«, erkläre ich ihm.

Er schaut mich angewidert an, lässt seine Finger sinken, schiebt die Tasse weit zur Seite und winkt dem Barmann zu, der Ähnlichkeiten mit Tom Cruise hat und Cocktails mit einer Attitüde zubereitet, als wären alle nur hier, um ihm beim Mixen zuzuschauen.

»Außerdem habe ich mich ein bisschen mit meinen neuen Freunden unterhalten. Sie haben Erfolg, und das finden sie great. Trotzdem ist alles scheiße, aber das finden sie auch great.«

»Jammern auf Hollywoodniveau«, sagt er und winkt Tom noch mal, der sich aber bei seiner Show nicht stören lässt. Stan starrt ihn finster an. Erfahrungsgemäß wird gleich etwas Peinliches passieren.

»Wo wir gerade dabei sind«, lenke ich ab, »der Türsteher lässt mich nicht in den VIP-Raum. Woher weiß der, dass ich kein VIP bin? Schaut der deutsches Fernsehen? Hat der eine eigene Redaktion, die ihm täglich eine Liste der weltweiten Stars zusammenstellt?«

»Menschenkenntnis«, schlägt Stan vor, lässt von Tom ab und winkt jetzt einer braunhaarigen Schönheit, die am Thekenende steht und sich mit einem attraktiven Mann unterhält, der Ähnlichkeit mit Jim Jarmusch hat. Sie sieht aus wie Kate von *Lost*. Hm. So wie das Personal hier aussieht, gehen die wirklichen Stars wahrscheinlich in der Menge unter. Clever! Also, vorausgesetzt, dass sie Personal ist, denn sie trägt zwar eine Uniform, reagiert aber nicht auf Stan, obwohl der mittlerweile auffällig mit beiden Armen wedelt.

»Scheißamateure!«, murmelt er.

»Vielleicht ist sie ja privat hier«, gebe ich zu bedenken, »vielleicht trinkt sie nach Feierabend nur ein Pellegrino mit ihrem Freund.«

»Aber sicher doch.«

Er klatscht seine Hand auf die Theke und erklärt Kate im breitesten Englisch, falls sie je in einem seiner Filme mitspielen möchte, solle sie jetzt mal beweisen, dass sie die Rolle einer Kellnerin spielen kann, indem sie uns vier gottverdammte Bier bringt.

Ein paar Köpfe drehen sich in unsere Richtung. Ich lächele entschuldigend. Stan winkt in die Runde, schmerzfrei wie eh und je. Und erfolgreich, denn Kate setzt sich in Bewegung, kommt rüber und nimmt Stans Bestellung freundlich auf. Als sie zum Kühlschrank geht, bewegt sie sich wie auf dem Catwalk. Stan gibt mir einen Klugscheißerblick.

»Außerdem befinden sich die VIPs nicht im VIP-Raum, sondern im VIP-Bereich des VIP-Raumes.«

Ich hebe die Augenbrauen.

»Es gibt einen VIP-Bereich im VIP-Raum?«

Er nickt und zupft an seiner Anzughose, um sie von seinem Körper zu lösen.

»Die wichtigeren VIPs wollen schließlich unter sich sein.«

Ich starre ihn an.

»Und was kommt als Nächstes? Eine Einzelzelle für Megastars?«

Er lacht. Kate stellt vier Corona vor uns auf die Theke, lächelt servil, lobt Stans Filme, nimmt seinen Schein entgegen und zieht sich wieder zurück. Dort wo der Schein gelegen hat, liegt jetzt eine kleine blaue Karte mit rosa Schrift. Stan wirft einen Blick drauf und grinst.

»Penetrissa S. Starling.«

»Ist vielleicht ihr richtiger Name«, schlage ich vor.

»Aber sicher«, lacht er. Er drückt mir eine Flasche in die Hand, nimmt sich selbst eine und hebt sie an. »Auf gute, alte, normale Frauen mit ihren richtigen Namen.«

»Okay.«

Wir stoßen die Flaschen gegeneinander, und er kippt sein Bier in einem Zug hinunter. Ich nippe nur. Stan schaut mich an. Ich seufze und setze die Flasche wieder an. So viel zum Thema nüchtern werden.

Wir stellen die leeren Flaschen weg, nehmen die nächsten, prosten uns zu und nehmen einen Schluck. Dann lehnen wir uns gegen die Theke und schauen zu, wie Stans Frau und mein Mädchen sich auf der Tanzfläche gegenseitig beim Abrocken anstacheln. Sogar zwischen den pulverbeflügelten Berufsfröhlichen vibriert das. Stan legt seinen Kopf in den Nacken. Seine Nasenflügel beben, als würde er einen besonderen Duft einatmen. Er bemerkt meinen Blick, grinst ertappt, nimmt wieder einen Schluck und nickt in Richtung Tanzfläche.

»Wie findest du sie?«

Wir schauen beide zur Tanzfläche, wo die Frauen sich gerade lachend abklatschen.

»Also …«, ich räuspere mich. »Sie ist unzweifelhaft die tollste Frau, mit der ich dich je gesehen habe.«

Er grinst stolz.

»Nicht?«

»Und sie ist wirklich das Po-Double von Jennifer Lopez?«

Er nickt langsam, runzelt die Stirn und mustert ein paar Calvin-Klein-Models, die ihr Glück bei unseren Frauen versuchen.

»Hätte nie gedacht, dass du mal eine heiratest, die ihren Hintern vermietet.«

Er lacht nicht. Stattdessen stößt er sich von der Bar ab. Ich lege meine Hand auf seinen Arm.

»Tess macht das schon.«

Stan bleibt stehen. Er schlägt der Flasche noch nicht mal den Hals ab. Wir werden alle älter. Wir schauen zu, wie die Frauen kurzen Prozess mit den Schönlingen machen. Die ziehen beleidigt ab. Tess winkt zu uns rüber. Ich winke zurück. Stella winkt rüber. Stan wirft ihr einen Kuss zu und lehnt sich wieder gegen die Bar.

»Und wie ist sie sonst so?«

Er denkt einen Augenblick darüber nach und macht dann eine ausschweifende Bewegung mit der Bierflasche.

»Amerikanisch.«

Ich schaue ihn an.

»Sie führt völkerrechtswidrige Angriffskriege?«

Er lacht nicht. Stattdessen trinkt er die Flasche leer, setzt sie ab und rülpst. Kate schaut zu uns rüber. Stan hält vier Finger hoch. Sie bestätigt die Bestellung mit einem schönen Lächeln. Stan schaut mich wieder an, den Blick nicht mehr ganz unter Kontrolle. An der Brusttasche seines Smokings kleben zwei Erdnüsse. Auch an ihm geht tagelanges Feiern nicht mehr spurlos vorbei.

»Sie geht jeden Morgen ins Fitnesscenter, danach geht sie ins Büro, abends büffelt sie für die Weiterbildung. Manchmal geht sie auf Partys, um dort jemanden kennen zu lernen, der ihr einen weiteren Job vermittelt. Wenn sie einen freien Tag hat, dreht sie durch und verfällt in blinden Aktionismus. Sie hat seit vier Jahren keinen Urlaub mehr gemacht; sie glaubt, dass man stirbt, wenn man mal einen Tag abhängt.«

»Und da kommst du.«

»Und da komme ich«, nickt er.

Kate stellt vier eisgekühlte Flaschen vor uns hin und lächelt wieder dieses wirklich schöne Lächeln. Stan schiebt ihr einen Schein rüber und winkt ab. Sie nimmt ihn an sich, lächelt noch mal und als sie sich entfernt, liegt da wieder eine kleine blaue Karte mit rosa Schrift auf der Theke. Hartnäckigkeit soll sich ja auszahlen, aber für einen Kerl, der gerade geheiratet hat, reicht es nicht. Stan ignoriert die Karte und schiebt mir zwei der Flaschen rüber. Wir prosten uns zu und kippen das Bier hinunter.

Einige Hochzeitsgäste kommen rüber, um sich zu verabschieden. Stan erklärt zum hundertsten Mal, dass die Verspätung in der Kirche an einer geplatzten Naht im Brautkleid lag, dann lässt er sich zum Abschied umarmen und kassiert jede Menge Küsschen links, Küsschen rechts. An einem normalen Tag passiert ihm das nicht.

Die Hochzeitsgäste ziehen gen Ausgang.

»Geplatzte Naht ...«, sage ich.

»Tja, ja«, grinst er und schnappt sich die nächste Flasche. »Und – wann platzt bei euch die Naht?«

»Was meinst du?«, frage ich und trinke einen Schluck.

Er starrt mich an.

»Na, was wohl, du Blödmann!«

»Ist gerade kein Thema. In letzter Zeit sehen wir uns nicht so oft.«

Er lässt seine Flasche sinken.

»Mach keinen Scheiß.«

»Ich mache gar nichts. Tess macht Karriere – und zwar amtlich.«

Er runzelt die Stirn.

»Mit diesem Trainerzeug?«

Ich nicke und weiche Penetrissas Blick aus, die anscheinend beschlossen hat, dass der Freund des Produzenten auch ausreicht.

»Zurzeit ist sie bei VW. Wenn du wüsstest, was die ihr zahlen, würdest du umfallen.«

»Ist doch super«, sagt er.

»Klar«, sage ich und stoße meine Flasche gegen seine, aber dafür kennen wir uns zu lange.

Er legt den Kopf schief.

»Freu dich doch! Deine Süße hat Erfolg? Ihr werdet reich?«

Ich nicke bloß. Er grinst.

»Man könnte glatt denken, du wärst neidisch.«

Bevor mir dazu was Schlaues einfällt, kommen unsere Tänzerinnen von der Tanzfläche. Die Braut vibriert vor Energie. Sie fällt Stan um den Hals und küsst ihn wild. Tess legt mir einen Arm um die Taille, kuschelt sich an mich und lächelt zu mir hoch.

»Worüber redet ihr?«

»Über eure Hochzeit«, sagt Stan.

Tess wird starr in meinem Arm. Ich werfe Stan einen Blick zu. Er grinst blöde. Stella strahlt uns abwechselnd an.

»Ihr heiratet auch?«

»Nein«, sagen wir beide gleichzeitig.

Stellas Strahlen verliert ein paar Watt.

»Das heißt, natürlich wollen wir heiraten«, sage ich, ohne Tess dabei anzuschauen.

»Aber momentan noch nicht«, ergänzt Tess.

Stella schaut zwischen uns hin und her.

»Wollt ihr denn keine Kinder?«

Stan wirft seiner Angetrauten einen warnenden Blick zu.

»Natürlich wollen wir Kinder«, sagt Tess.

»Aber momentan noch nicht«, ergänze ich.

Stella schaut zwischen uns hin und her. Dann merkt sie, dass sie in ein Minenfeld spaziert ist, verzieht den Mund und senkt den Blick. Ihr Ehemann rettet sie:

»Wow! Hör mal, Sweetie – unser Lied!«

Er schnappt sich ihre Hand und zieht sie zur Tanzfläche, auf der ein miserabler Remix von *Ain't No Sunshine* läuft. Nie im Leben ist das ihr Lied. Aber vielleicht wird es das ja jetzt. Vielleicht werden sie es sich in Zukunft an jedem Hochzeitstag anhören und sich dabei totlachen: He, weißt du noch? O ja, das war ja sooo peinlich! Und – wollen die beiden immer noch heiraten? Ja, klar – *aber momentan noch nicht*! Uahahahaaaa!

Tess' Körper ist immer noch angespannt. Ich lasse meinen Blick durch den Raum schweifen. Wie so oft, erholt sie sich zuerst. Sie lehnt sich an mich, lächelt zu mir hoch und bläst sich eine Locke aus der Stirn.

»Eine schöne Hochzeit.«

»Großartig«, sage ich und bete, dass sie mich jetzt nicht fragt. Ich weiß nicht, was ich dann sage, ich weiß es einfach nicht.

»Ich bin froh, dass wir hier sind«, sagt sie stattdessen.

»Ja«, sage ich erleichtert. »Schön, dass du dir freinehmen konntest.«

Kaum sind die Worte raus, beiße ich mir auf die Unterlippe. Gott, ich kann es einfach nicht lassen. Sie mustert mich. Ihre blauen Augen sind ausdruckslos. Für einen Moment befürchte ich, dass ich den Augenblick zerstört habe, doch wieder erholt sie sich schnell und lächelt.

»Wow, hör mal, Liebster – unser Lied!«

Sie schnappt meine Hand, zieht mich lachend zur Tanzfläche, und schon tanzen auch wir zu diesem unsäglich beschissenen Remix. War was? Nein. Unser zweitgrößter Konflikt wurde nur soeben gelüftet. Aber wir lassen uns nichts anmerken, sonst müssten wir über den größten reden. Und das können wir mittlerweile richtig gut – nicht reden. Ist das die Kunst einer langen Beziehung – die guten Dinge abzufeiern, die schlechten zu ignorieren?

Wir tanzen. Neben uns wirbelt Stan seine Braut herum. Zwischendurch kommen Hochzeitsgäste vorbei und verabschieden sich. Irgendwann tanze ich mit Stella, dann wieder mit Tess, dann mal mit Stan, und als würde das dem DJ zu viel werden, geht er auf die Bremse, macht einen U-Turn und legt eine schmachtige Barry-White-Nummer auf, zu der man definitiv nicht mit einem frischgebackenen Bräutigam tanzen kann, ohne seine Ehe in Verruf zu bringen. Also schnappe ich mir mein Mädchen. Sie schiebt sich die Locken mit beiden Händen hinter die Ohren, legt ihre Handflächen auf meine Brust und lächelt zu mir hoch. Ich weiß nicht, wie oft wir früher wegen dieses Lächelns Sex hatten, und auch jetzt, nach all der Zeit, kann es sie noch fremd und geheimnisvoll erscheinen lassen. Sofort entzündet sich ein Eroberungsfunke, doch bevor ich etwas unternehmen kann, wird sie mir wieder vertraut, und der Impuls verflüchtigt sich. Sie legt ihr Gesicht in meine Halsbeuge, knabbert an meinem Hals und drückt ihre Brüste gegen mich. Ich habe sie schon lange nicht mehr so offensiv erlebt. Vielleicht schaffen wir es ja heute Nacht, diese Energie mit ins Bett zu retten. Unsere große Chance, auch mal Sex in einer Hochzeitsnacht zu haben.

Die Musik geht aus. Wir schieben uns weiter über die Tanzfläche und schauen uns um. Die Musik bleibt aus. Schließlich bleiben wir stehen und blinzeln zum DJ-Pult hoch, wie Maschinen, deren Programmierung gelöscht wurde. Das Pult ist leer. Die Deckenlichter gehen an. Tess stöhnt und vergräbt ihr Gesicht wieder an meinem Hals. Ich wende mein Gesicht Stan zu, der neben mir steht und Stella anlächelt.

»Was geht ab?«

»Die machen zu«, sagt er, ohne den Blick abzuwenden.

»Die ... was?! In dieser Stadt gibt es mehr Koks als in Kolumbien, und der Laden schließt vor Sonnenaufgang?«

»Mir passt das ganz gut, ich habe Ehepflichten.«

Er lächelt Stella an. Sie lächelt ihn an. Tess schmiegt sich an mich. Ich lächele.

Als wir in die Morgendämmerung hinaustaumeln, warten zwei Stretchlimousinen direkt vor dem Clubeingang. Stan steckt die paar übrig gebliebenen Gäste in die eine Limousine, dann steigen wir zu viert in die andere. Ich mache es mir auf einer der Sitzbänke bequem. Tess setzt sich neben mich, zieht die Beine an und kuschelt sich an mich. Stella macht den Fernseher an, Stan steckt den Kopf durchs Trennfenster und sagt etwas zu dem Fahrer. Der Wagen setzt sich in Bewegung. Stan fährt die Trennscheibe hoch, holt vier Corona aus der Minibar und reicht zwei rüber. Ich drehe die Deckel ab, reiche Tess eines, und dann prosten sich zwei Pärchen zu.

»Auf das Ehepaar.«

»Ehepaar«, sagt Stan und schaut seine Frau an.

Ich habe ihn noch nie so schauen sehen. Vielleicht schaut man ja erst so, wenn man heiratet. Vielleicht werde ich es mal selbst herausfinden. Tja.

Tess bohrt ihre kühle Nase hinter mein Ohr.

»Wir sind zusammen im Urlaub«, flüstert sie.

Ich nicke.

»Wir fahren in einer Stretchlimousine durch L.A.«

Ich nicke.

»Wer liebt dich?«

»Du?«

Sie nickt an meinem Ohr. Ihre Haare kitzeln. Sie küsst mich auf den Wangenknochen, dann legt sie ihre Stirn auf meine Brust, rutscht auf der Suche nach einer bequemen Lage immer tiefer und bleibt schließlich mit ihrem Gesicht in meinem Schoß liegen. Sie schließt die Augen, atmet tief durch und wird schwer. Nach wenigen Augenblicken schläft sie. So viel zum Thema Funke ins Bett retten.

Auf dem Bildschirm beschimpft eine Frau ohne Augenbrauen einen Jungen im Teenageralter. Das Publikum applaudiert begeistert. Auf der gegenüberliegenden Sitzbank macht Stan sich über die Braut her. Er knutscht, sie kichert, beide fummeln, ich schätze, der Hochzeitsmorgen wird es in sich haben.

Ich fahre ein Fenster runter, atme die frische Nachtluft ein, die durch das Fenster hereinströmt, beobachte das Brautpaar und denke an den Sommer, als ich Tess kennen lernte. Die vielen Nächte ohne Schlaf. Zu verliebt, um schlafen zu können. Hauptsache zusammen sein. Miteinander. Füreinander. Ineinander. Durchatmen. Lachen. Pläne schmieden. Perspektiven schaffen. Geheimnisse verraten. Und nach der völligen Übersättigung auseinandergehen, um sich ein paar Stunden später zu vermissen. Gott, wie ich dieses Vermissen vermisse. Doch die Leidenschaft ist durch etwas ersetzt worden, was ich ebenso liebe: lieben statt verliebt sein, vertrauen statt entdecken, chillen statt toben, Insiderwitze statt Überraschungen. Dieses Lieben ist großartig. Wenn die Nebenwirkungen nicht wären. *Hallooo! Du sitzt in einer Stretchlimousine. Die Frau, die du liebst, liegt auf dir, und vor deinen Augen praktiziert ein Brautpaar Petting. Falls das noch Petting ist. Also sei doch mal kurz amerikanisch – nimm was gegen die Depressionen, relax und genieß die Show!*

Auf dem Bildschirm halten sich jetzt alle im Arm und weinen. Das Publikum applaudiert begeistert. Ich nehme einen Schluck aus der Flasche und schnuppere an Tess' Haaren, die, egal nach welcher verrauchten Nacht, nach Äpfeln riechen. Keine Ahnung, wie sie das macht. Auch sieben Jahre alte Beziehungen haben ihre Geheimnisse.

Stella gibt ein Geräusch von sich. Ich schaue rüber. Sie rutscht unruhig auf der Sitzbank herum. Stans Hände haben sich in Lust aufgelöst. Ein perfekter Zeitpunkt, um ihm den Hochzeitsspruch heimzuzahlen.

»Leute, ich könnte was essen …«

Keine Reaktion.

»He, ist es bei euch üblich, dass die Hochzeitsgäste verhungern?«

Stan zaubert kurz eine Hand aus Stellas Kleid hervor, um mir einen Finger zu zeigen, Stella nutzt die Gelegenheit, um sich aufzurichten und die Armaturenleiste zu mustern.

»Welcher ist es?«

Stan wirft mir einen Blick zu und zeigt missmutig auf einen Knopf. Sie drückt drauf, die Trennscheibe fährt runter. Sie bittet den Fahrer, am nächsten Drive-in zu halten, dann fährt die Scheibe wieder hoch, und Stan will Stella wieder an sich ziehen. Ich bin schneller.

»Stella, sag mal, nach dem Po von J. Lo, wie geht's da weiter? Was ist der nächste Schritt auf der Karriereleiter?«

Sie wehrt lächelnd die Hände ihres Ehemanns ab und schaut zu mir rüber.

»Mein Agent meint, man könnte vielleicht meine Hände katalogisieren.«

Ich starre sie an.

»Es gibt Kataloge für Hände?«

Sie wirft mir einen überraschten Blick zu.

»Ja, sicher.«

Stan versucht sie an sich zu ziehen, doch sie lehnt sich etwas zurück und klopft sich auf den Bauch.

»Eine Saison war ich sogar im Bauchkatalog. Da war ich noch in Form.«

Sie schaut bekümmert an sich herunter. Gemeinsam mustern wir ihre gertenschlanke Taille. Stan wirft mir einen Blick zu, aber so besoffen bin ich auch nicht. Sag einer Frau, die sich für zu dick hält, nie, dass sie eine Frau ist, die sich für zu dick hält. Sie wird dir nie wieder ein Wort glauben.

»Hm, na ja, du hast dich vielleicht ein bisschen gehen lassen, das ist doch normal, wenn man heiratet. Aber du bist prima veranlagt, ich glaube, mit etwas Training kriegst du das wieder in den Griff.«

Sie strahlt mich an, dann dreht sie den Kopf und kuschelt sich an Stan.

»Deutsche Männer sind so charmant.«

»Stimmt«, sagt er. »Und Lasse ist Däne.«

Sie schaut zu mir rüber und will etwas sagen, doch Stan

zieht sie an sich. Schon bald dringen wieder Wohlfühlgeräusche herüber. Ich streichele Tess' Rücken, trinke einen Schluck und genieße den kühlen Fahrtwind, dem man es anmerkt, dass er die erste Möglichkeit wahrnehmen wird, um warm zu werden. Ich stecke den Kopf aus dem Fenster und schließe die Augen. Der Wind zerrt an meinen Haaren. Schön ist das.

Eines der Dinge, die mich an der Natur faszinieren, ist es, dass es für alles einen Grund gibt. Nichts passiert grundlos. Gar nichts. Dass Stan Stella jetzt so begehrt, damit soll er zur Fortpflanzung animiert werden. Die beiden sollen sich vermehren, solange sie sich am meisten begehren. He, die Evolution ist ausgebufft. Aber wieso wollte sie, dass man in langen Beziehungen aufhört, miteinander zu schlafen? Ist das eine Strategie, um Überbevölkerung zu vermeiden? Oder wird der Sexualtrieb ganz gezielt abgestellt, damit man leichter treu bleibt? Ein wirklich schlauer Plan von der Natur. Theoretisch. Praktisch sieht es natürlich anders aus. Hm. Habe ich die Natur bei einem Fehler ertappt? Also, einem weiteren, nach Familie Bush, Berlusconi und diesem TV-Prediger, der auf dem Bildschirm soeben Absolutionen verkauft, je nach Höhe der Spendensumme. Fernsehen mag eine effektive Methode sein, um das Leben totzuschlagen, aber dass diese Abzocker eine dermaßen immense Volksverdummung ungestraft zu ihrer persönlichen Bereicherung durchziehen dürfen … Und wer spendet da eigentlich? Wie verzweifelt muss man sein, um auf solchen Müll reinzufallen? Wie wenig Menschenkenntnis muss man haben? Wie ungebildet muss man sein? Und wieso greift niemand ein? Gibt es in Amerika keine Medienkontrolle? Und wieso sagen die Kirchen nichts? Stecken sie wieder mit drin?

Ich ziehe den Kopf ins Wageninnere und öffne die Augen. Auf der anderen Sitzbank ist Ruhe eingekehrt. Stella hockt auf Stan, ihr Kopf liegt auf seiner Schulter, ihre Augen sind geschlossen, ihr Gesicht ist entspannt. Stan streichelt ihren Rücken und mustert ihr Gesicht, als wäre sie die Frau seines Lebens.

»Kataloge für Hände – die spinnen doch, die Amis.«

Er schaut finster rüber.

»Besorg du dir lieber den Talentkatalog.«

»He, bist du jetzt sauer auf mich, oder was? Kann ich was dafür, dass du es dir selber machen musst? Ich meine, klar, in der Hochzeitsnacht, das ist schon bitter, aber irgendwie auch lustig, oder? Zumindest werden sich alle totlachen, denen ich das erzähle, meinst du nicht?«

Er zeigt mir wieder den Finger. Dabei schüttet er sich eine halbe Flasche Bier über den Smoking. Er starrt die Flasche stirnrunzelnd an, während das Bier rausläuft. Als die Flasche leer ist, dreht er das Handgelenk ruckartig zurück. Ich bin nicht der Einzige, der Schlagseite hat.

Er richtet sich vorsichtig auf, ohne dass Stella von ihm herunterrutscht, streckt sich, öffnet die Minibar, angelt noch eine Flasche Corona hervor und wirft sie zu mir rüber. Sie saust an meinem Gesicht vorbei und verschwindet durch das offene Fenster nach draußen. Ich starre ihn an. Er starrt auf das Fenster, als hätte es ihn angespuckt. Dann angelt er eine neue Flasche aus dem Kühlschrank. Ich halte meine Hände schützend vor Tess' Gesicht. Stan kneift ein Auge zusammen und wirft. Ich fange die Flasche kurz vor meiner Brust. Wir drehen die Verschlüsse ab und prosten uns zu. Draußen zieht Amerika vorbei. Wir sitzen da. Bier in der Hand, eingeschlafene Liebe im Arm.

Nach einem kleineren Fiasko, als die Limousine in der Drive-in-Einfahrt stecken bleibt, erreichen wir im frühen Tageslicht unser Motel in Newport Beach. Ich wecke Tess und helfe ihr aus dem Wagen. Das Zimmer ist nur wenige Schritte entfernt, doch kaum berühren ihre Füße den Asphalt, stöhnt sie, kneift die Augen gegen das beginnende Tageslicht zusammen, legt mir ihre Arme um den Hals, versteckt ihr Gesicht in meiner Halsbeuge und zieht die Beine an.

»Möchtest du getragen werden?«

Ihr Kopf bewegt sich vertikal an meinem Hals. Meine Mundwinkel gehen in die Horizontale.

»Du bist so süß, Tessa Krytowski.«

Sie nickt wieder. Ich greife grinsend unter ihre Beine, hebe sie an und trage sie zum Motel. Ich schaffe es, die Zimmertür aufzuschließen, und bugsiere sie in das Motelzimmer. Als ich vor dem Supersize-Bett stehe und ihre Arme von meinem Hals lösen will, öffnet sich ihr linkes Auge einen Spalt.

»Das Kleid.«

Ihr Auge geht wieder zu. Ich grinse. Sogar in diesem Zustand funktioniert sie.

Ich ziehe den Reißverschluss des Kleids herunter. Sie senkt die Arme und schüttelt sich, das Kleid gleitet zu Boden. Im selben Moment tritt sie einen Schritt vor und lässt sich mit einem erleichterten Seufzen aufs Bett fallen. Ich hänge das Kleid über einen Stuhl, beuge mich vor und klopfe ihr leicht auf den Po. Sie hebt ihn an. Ich ziehe ihr den Slip runter und rieche sie. Das Tanzen hat sie erregt. Doch von der Glut ist nichts geblieben. Jetzt sind wir einfach zwei Vertraute, die nach einem langen Tag müde ins Bett krabbeln.

»Schlaf, Süße. Ich bin gleich wieder da.«

Sie murmelt irgendwas, kuschelt sich ins Laken und schläft in derselben Sekunde ein. Ich bleibe noch einen Augenblick stehen und speichere den Augenblick. Den Anblick. Die Atmosphäre. Das Gefühl. Dann schnappe ich mir eine Sonnenbrille.

Stan lehnt an der Limousine. Er trägt ebenfalls eine Sonnenbrille und schaut in den Himmel, wo eine noch harmlose Sonne aufgeht. Auf dem Wagendach stehen zwei Flaschen Corona. Ich werfe einen Blick ins Wageninnere. Stella liegt zusammengekauert auf der Sitzbank und schläft. Der Bildschirm ist jetzt dunkel. Ich ziehe den Kopf wieder raus, schnappe mir eine der Flaschen und klopfe damit an die Fahrerscheibe. Der Fahrer winkt hinter der Scheibe dankend ab und zeigt mir eine Wasserflasche. Ich reiche die Flasche an Stan weiter und nehme mir die andere. Wir drehen die Deckel ab und prosten uns zu.

»Auf deine Hochzeit.«

»Auf deine. Möge sie je kommen.«

Wir trinken und schauen zu, wie die Sonne über dem funkelnden Pazifik aufsteigt. Wieder ein strahlender Sonnentag im kalifornischen Winter. Unten am Strand laufen die ersten Jogger. Einer von ihnen ist doppelt so breit wie die anderen und bewegt sich so langsam, dass es wirkt, als würde er stillstehen.

»Meinst du, Tess wartet ewig?«

»Ich trinke nur noch das Bier aus, dann gehe ich rein.«

Für einen Augenblick scheint es, als würde er es mir durchgehen lassen, dann schüttelt er seinen Kopf missbilligend.

»Ihr solltet wirklich auch heiraten.«

»Es ist nicht der richtige Augenblick.«

»Nach sieben Jahren gibt es nur noch richtige Augenblicke.«

»Wir würden keinen Termin finden«, lenke ich lahm ab.

Er wendet mir die verspiegelten Gläser zu.

»Du klingst irgendwie frustriert. Wie sicher bist du, dass du nicht auf ihren Erfolg neidisch bist? Ich meine, sie räumt voll ab, und du bist ein drittklassiger Komiker.«

»Zweitklassig, bitte«, sage ich und trinke einen Schluck.

Er starrt mich an und wartet, bis ich schließlich die Schultern zucke.

»Ich bin nicht auf ihren Erfolg neidisch, sondern auf die Zeit, die sie dafür aufwendet. Ich hasse diesen verdammten Job, aber versuch mal, einer Karriere die Fresse zu polieren.«

Er lacht nicht. Unten am Strand überholt ein Powerjogger unseren Dicken mit Riesenschritten. Als er auf gleicher Höhe ist, grinst der Powerjogger ihn an und sagt etwas, was wir nicht verstehen können, aber die Handbewegung ist klar: Hol mich doch. Dann zieht er mit Meterschritten weiter. Der Dicke watschelt ihm nach.

Stan nimmt einen langen Zug aus der Flasche, setzt sie ab und rülpst.

»Heirate sie, du wirst schon sehen, das verändert alles.«

Ich verdrehe die Augen, was hinter der Sonnenbrille vielleicht nicht brutal genug rüberkommt.

»Hörst du mir überhaupt zu? Sie liebt diesen verdammten Job. Und sie hat mich unterstützt, als ich Erfolg hatte, jetzt macht sie Karriere, und da soll ich sie auffordern, das aufzugeben? Wie würdest du denn reagieren, wenn Stella von dir verlangen würde, dass du aufhörst zu arbeiten?«

Er wendet mir wieder die verspiegelten Gläser zu. Sein Mund verzieht sich spöttisch.

»Lebst du im Mittelalter? Wieso muss sie denn aufhören zu arbeiten, nur weil ihr heiratet? Frauen an den Herd und so ein Scheiß?«

»Gegenfrage: Warum sollten wir heiraten, wenn wir uns im letzten Jahr an dreißig Wochenenden gesehen haben? Ich sehe meinen Agenten häufiger als sie, und ihm versuche ich aus dem Weg zu gehen.«

Dazu fällt ihm nichts ein. Ich bin kurz davor, ihm mein Problem zu schildern, denn er ist ein Freund. Wenn ich Satan in meinem Keller verstecken würde, könnte ich mit Stan darüber reden. Wenn ich Billy Crystals geheime Gagdatei aus Versehen gelöscht hätte, könnte ich es Stan sagen. Doch wenn ich ihm verrate, dass Tess und ich uns auseinandergelebt haben, gibt es keinen sicheren Ort auf der Erde. Alle meine Freunde lieben Tess.

Unten am Strand fasst sich der Powerjogger an den linken Unterschenkel und wird langsamer, schließlich bleibt er stehen. Wir trinken einen Schluck Bier und schauen zu, wie der Dicke aufholt und schließlich zu dem Powerjogger aufschließt. Als der Dicke ihn überholt, wendet der Powerjogger den Kopf ab, aber der Dicke watschelt nur an ihm vorbei, ohne sich zu revanchieren. Stil ist eine feine Sache.

Stan rülpst wieder.

»Vielleicht holt sich ihre Karriere ja 'ne Zerrung.«

Na prima. Für ihn bin ich der Dicke, der hinterherwatschelt. Ich trinke noch einen Schluck. Mein Blick bleibt an der Eingangstür des Motels hängen, in deren Glasscheiben wir uns spiegeln. Zwei sonnenbebrillte Smokingtypen mit einem Bier in der Hand lehnen lässig an einer Stretchlimousine. Wäre ich nur halb so cool, wie das aussieht, würde ich jetzt ins Zimmer gehen und Tess vögeln, ob sie wach ist oder nicht. Ob sie Lust hat oder nicht. Ob sie Tess ist oder nicht. Unsere Geschichte vergessen. Unsere Probleme vergessen. Einfach ein notgeiler Mann sein, der eine attraktive Frau nimmt. Eine Zeit lang war ich froh, dass ich nicht ein solcher Mann war. Jetzt würde ich einiges geben, die Sache so angehen zu können. Zumindest für eine Nacht. Eine durchvögelte Nacht würde zwar nicht unsere Probleme lösen, aber sie zu lösen würde mehr Sinn machen.

Die Sonne steigt. Die Luft wird bereits heiß. Der Powerjogger humpelt den Weg zurück, den er gekommen ist. Der Dicke ist mittlerweile fast außer Sicht. Mein Bier ist alle.

»Ich muss ins Bett.«

Er nickt. Wir umarmen uns. Sein Anzug riecht wie ein Partykeller am Morgen danach, und er wirkt angeschlagen. Kein Wunder, meine Beine sind aus Pudding, und dabei habe ich, im Gegensatz zu ihm, letzte Nacht noch ein paar Stunden schlafen können. Hochzeitsvorbereitung, Junggesellenabschied, Vermählung, Party – tagelang ohne Schlaf. Das mit dem Sex in der Hochzeitsnacht muss ein Märchen sein.

Als er in den Wagen steigt, hält er kurz inne und grinst mich müde an.

»Alter, sorry, ich sag's echt nicht gerne, aber wenn du es mit dieser Frau versaust, bist du ein Loser.«

»Danke«, sage ich und zeige ihm den Finger.

»Keine Ursache«, sagt er und steigt ein.

Die Autotür schließt sich, und ich sehe mich selbst in der verspiegelten Türscheibe. Ich, allein vor einem Motel, zeige mir den Finger. Eine Selbstprophezeiung?

Das Spiegelbild fährt los und nimmt die düstere Prognose mit sich. Ich wanke ins Motelzimmer und muss mich an die Wand stützen, während ich mich ausziehe. Tess liegt immer noch in derselben Stellung da. Das Gesicht von ihren

Locken verdeckt, die Beine angewinkelt, den Po rausgestreckt. Wie oft kam ich früher nachts vom Job und sah sie so liegen. Jahrelang reichte dieser Anblick. Meistens weckte ich sie vorher. Manchmal dadurch. Die Erinnerungen lösen einen Funken aus. Da liegt sie. Sie mag es, genommen zu werden. Ich mag es, zu nehmen. Ich sollte es einfach tun. Sollte ich. Jetzt.

Jetzt!

…

Ich rutsche unter die Decke, schiebe ihr die Locken aus dem Gesicht und mustere sie. Ihre Pupillen sausen unter den Lidern hin und her. Ihr Mund ist angespannt. Sie stöhnt leise. Sie hat Albträume. Oft träumt sie vom Job. Dass sie versagt. Ihr schlimmster Albtraum.

Sie stöhnt wieder und spannt die Muskeln an. Die Fältchen um ihre Augen werden tiefer. Dann knirscht sie mit den Zähnen, dass einem die Haare zu Berge stehen. Ich lege ihr meine Hand auf den warmen Bauch, bewege sie langsam im Kreis und singe leise.

»La le lu … nur der Mann im Mond schaut zu …«

Sie schlägt die Augen auf und mustert mich benommen.

»… wenn die kleinen Babys schlafen … drum schlaf auch du …«

Sie lächelt schwach, und ihre Körperanspannung lässt nach. Ich streichele sie weiter.

»La le lu … vor dem Bettchen steh'n zwei Schuh … die sind genauso …«

Ich höre auf zu streicheln und lasse meine Hand auf ihrem Bauch ruhen.

»… müde …«, flüstert sie.

Ich streichele weiter.

»… geh'n jetzt zur Ruh' … drum schlaf auch du.«

»Liebe dich«, murmelt sie.

Sie greift meine Hand, dreht sich auf die andere Seite, kuschelt sich ins Kissen und drückt mir ihren Hintern entgegen. Wir gleiten ineinander, wie Paare seit Millionen von Jahren ineinanderrutschen. Ich presse mein Gesicht an ihren Nacken und atme ihre schläfrige Wärme ein. So viel Liebe, so wenig Leidenschaft.

Kapitel 2

Vier Wochen später sind wir in der Luft. Wenn das Glück im Detail liegt, müsste ich glücklich sein, denn wir haben Notausgangsplätze erwischt, und mein Mädchen streichelt mein Bein, während sie ein Buch über Kommunikationsstrategien liest. Ich schaue einen Film im Bordkino, hinke aber der Handlung hinterher, weil ich die Bilder des schönsten Urlaubs meines Lebens noch mal vor meinem inneren Auge ablaufen lasse. Während wir den Hochzeitskater auskurierten, verpasste uns das Brautpaar das volle Touriprogramm: Hollywood, Huntington Beach, Universal Studios, Seaworld, Hearst Castle. Danach fuhren Stan und Stella in eine Flitterwoche und wir die Route 1 hoch, Richtung San Francisco – und kamen aus dem Staunen nicht heraus. Bucht auf Bucht auf Bucht auf Bucht auf Bucht. Jede eine eigene, kleine Welt. Wir fanden keine Anzeichen, dass hier je Menschen gewesen waren. Außer Robben, Möwen und dem Meer bewegte sich nichts, der totale Naturflash. Und dann Big Sur ... Da sitzt man auf einer Klippe, schaut über den stahlblauen Pazifik, hält die Hand seines Mädchens, lächelt im Februar der wärmenden Sonne entgegen, und zehn Meter vom Ufer entfernt zieht ein Rudel Delfine entlang. Kein Wunder, dass viele Amerikaner der restlichen Welt so verständnislos gegenüberstehen. Wer hier wohnt, verliert vermutlich leicht das Gefühl, die Restwelt noch zu brauchen.

Irgendwann kamen wir in San Francisco an und suchten uns ein ruhiges Motel. Wir lebten ein paar Tage in einer der schönsten Städte, die ich je gesehen hatte. Eine Weile blieben wir an den Docks, fotografierten Alcatraz, fuhren ein paarmal über die Golden Gate, spazierten steile Straßen hoch, gondelten mit der Tram wieder runter und gaben einen Haufen Geld für Nepp aus. Als wir wieder in Newport Beach aufschlugen, um mit dem Brautpaar zu relaxen, bestand Stella darauf, uns Las Vegas zu zeigen – also machten wir uns auf den Weg durch die Wüste in die Spielerstadt. Während die drei die Casinos aufmischten, legte ich mich mit Fieber ins Bett. Ich kam rechtzeitig auf die Beine, um eine Show mit Billy Crystal zu besuchen. Ein weiterer Grund, über meinen Job nachzudenken: Früher freute ich mich, wenn ich gute Comedians sah. Mittlerweile wird mir nur bewusst, dass ich nicht dazuzähle.

Auf dem Rückweg verbrachten wir einen Tag in der Wüste – ein unbeschreibliches Erlebnis. Wie die ganze Reise. Eine einzige Reihe von Highlights, aber die höchsten Lichter waren die Autofahrten zu zweit. Stundenlang nur wir. Manchmal einen ganzen Tag ohne viele Worte, außer wenn Tess ihr Carpool-Entry-Lied sang, um mich darauf aufmerksam zu machen, dass wir in die Überholspur für Fahrzeuge mit mehr als einem Insassen wechseln könnten. Eine Fahrspur, auf der man schneller fahren darf, wenn man nicht allein im Auto sitzt. Schneller vorankommen, weil man nicht allein ist ... I love Carpool-Entry!

Und Tess. Dieser Monat hat mir wieder bewusster gemacht, dass ich sie nicht nur liebe – ich mag sie. Sie gefällt mir. Ich mag ihren Humor. Ihre Art, sich zu distanzieren, wenn sie genervt ist. Ich mag ihren Geruch. Ihr Lachen.

Ihren Scharfsinn. Ihren Umgang mit Fremden. Ihre Neugierde. Ihre Rationalität. Ich liebe sie so bewusst, wie ich noch nie eine Frau geliebt habe. Ebenso bewusst ist mir, dass dreißig Urlaubstage hinter uns liegen, ohne dass wir miteinander gestritten oder geschlafen haben. Das hier war unsere Auszeit. Unsere Chance. Zu reden. Zu vögeln. Zu streiten. Zu verändern. Doch wie immer haben wir das gemacht, was wir am besten können, wenn wir zusammen sind – das Leben genießen. Einerseits war es der schönste Urlaub meines Lebens, andererseits landen wir in zwei Stunden in Deutschland, wo das normale Leben uns erwartet. Unser nicht vorhandener Alltag. Unser fehlender Sex. Sind so die Geschichten von Sex in den Flugzeugtoiletten entstanden? Waren das Langzeitpaare, die wenigstens einmal miteinander schlafen wollten, bevor der Urlaub vorbei war? Und die Flugzeugentführer, waren das Pärchen, die nicht in ihr ödes Leben zurückwollten? Wobei das auf uns nur bedingt zutrifft, denn Tess kann es kaum erwarten, wieder loszulegen. Nur ich hätte gegen eine Notlandung auf einer einsamen Insel nichts einzuwenden. Ich muss dringend etwas an unserem Leben verändern. Oder an meinem. Oder beides.

Ihre Hand liegt still auf meinem Bein. Als ich sie anschaue, lächelt sie schnell, doch nicht schnell genug, um zu verhindern, dass ich nicht noch den bedrückten Ausdruck in ihren Augen sehe. Sie klemmt sich eine widerspenstige Locke hinters Ohr und lehnt sich rüber.

»Wer liebt dich?«, flüstert sie.

»Hm, warte, du?«

Ihr Mund lächelt, doch ihr Blick ist ernst.

»Sehr.«

Sie drückt ihre warmen Lippen auf meinen Wangenknochen. Dann lehnt sie sich zurück, zieht meine Hand in ihren Schoß, schlägt ihr Buch auf und liest weiter. Nach einiger Zeit blättert sie eine Seite um. Scheinbar liest sie wirklich. Ich fange wieder an zu atmen. Noch eine Nacht, dann ist die Auszeit vorbei. Ab morgen führen wir wieder eine Wochenendbeziehung. Manche meinen ja, Distanz würde eine Beziehung am Leben halten. So gesehen läuft es super mit uns.

Nach einer harten Landung taumeln wir in die Empfangshalle des Flughafens und schauen uns nach meiner Mitbewohnerin um, die uns abholen wollte.

»O Mann«, sagt Tess.

Ich folge ihrem Blick. Frauke kommt grinsend auf uns zu. Mit ihrem roten Mantel und dem gleichfarbigen Hut fällt sie zwischen der dunklen Winterkleidung auf, wie Halle Berry in einer Skinhead-Sauna. Hinter ihr gleitet mein Mitbewohner heran. Er trägt eine weite Hose, die ihm Highkicks erlaubt, und ein enges Kapuzensweatshirt unter dem aufgeknöpften Parka, das seinen muskulösen Oberkörper zur Geltung bringt, doch das ist Zufall. Die Aufschrift auf dem Shirt ist: *Mach die Erde kaputt, und ich mach dich kaputt!*

»Willkommen in der Zivilisation!«, ruft Frauke. Sie umarmt erst Tess, dann mich. Dabei verströmt sie ihren unverwechselbaren, prägnanten Hanfgeruch. »Und, wie war es im Sklavenland?«

»Un-be-schreib-lich!«, seufzt Tess und beginnt zu beschreiben.

Die beiden haken sich ein und gehen los.

»He, das Gepäck.«

Sie ignorieren mich und gehen plaudernd auf den Ausgang zu. Ich mustere meinen Mitbewohner, der seinerseits die Umgebung unter der Kapuzenkante hervor mustert. Fliegen ist ja ein Verbrechen an der Umwelt, und hier steht er, umgeben von Umweltterroristen.

»Ist das die Gleichberechtigung, die wir wollten?«

Statt zu antworten, klemmt er sich Tess' Koffer unter den Arm und geht in Richtung Ausgang. Ich halte mir eine Hand vor die Augen, um mich zu vergewissern, dass ich nicht unsichtbar geworden bin, dann folge ich. Als wir uns durch die Drehtür hinausquetschen, schlagen die Temperaturen zu. Beißende Kälte auf leichten Sonnenbrand. Ich liebe dieses Gefühl. Zwei Sekunden lang.

Fraukes Wagen steht direkt vor dem Eingang. Sie findet immer einen Parkplatz vor der Tür. Eines der mystischen Dinge des Lebens. Die beiden steigen gerade lachend ein und ziehen die Türen zu, die Heckklappe öffnet sich automatisch. Ich schaue Arne an.

»Geht doch nichts über Elektronik, sonst hätte sie die Heckklappe mit der Hand öffnen müssen.«

Er lacht nicht. Stattdessen beginnt er, das Gepäck zu verstauen.

»Scheißglobalisierung? Lobbyisten an die Macht?«

Auch darauf reagiert er nicht und tritt wortlos einen Schritt beiseite. Ich wuchte meinen Koffer in den Laderaum und werfe ihm einen Blick zu.

»Alles klar?«

Er hebt einen Mundwinkel einen Zentimeter.

»Pilze.«

Ich grinse.

»Und jetzt kannst du nicht sprechen, weil du Angst hast, du flippst gleich völlig aus? He, siehst du diese *Fledermäuse*!! Oh mein Gott, sie sind ja *überall*!«

Ich fuchtele in der Luft herum. Er wirft mir einen schrägen Blick zu, und ich spare mir weiteren Jetlag-Humor. Wir sind Freunde. Aber er ist auch ein zwei Meter großer, hundertzwanzig Kilo schwerer Kampfsportler auf Halluzinogenen.

Ich knalle die Heckklappe zu, wir klettern auf die Rückbank. Vorne erzählt Tess von der Hochzeit. Der Wagen setzt sich in Bewegung. Ich lehne mich in den Sitz zurück und lausche Tess' Bericht, der schon bald von Fraukes euphorischer Liebesbeichte abgelöst wird. Scheinbar hatte sie ein tolles Wochenende. Sie war mit ihrem Chef auf einem Seminar und durfte ihn ein ganzes Wochenende verwöhnen. Bevor er wieder zu seiner Frau nach Hause fuhr, die er ganz sicher ganz bald verlassen wird. Ich verkneife mir meinen Kommentar, strecke mich und spüre die stille Masse meines Mitbewohners neben mir. Er sitzt da wie ein Felsen und starrt vorbeifahrende Autos an. Er hasst Flugzeuge, er hasst Autos. Wenn es nach ihm ginge, würden wir jetzt vom Flughafen nach Hause radeln. Er ist nur mitgefahren, um Tess zu sehen, bevor sie wieder abreist. Manchmal glaube ich, er liebt sie so sehr wie ich.

Vorne wird Fraukes Bericht allgemeiner: Das Wetter war mies. Der FC hat eine Siegesserie; zwei Spiele in Folge gewonnen. Fraukes Kanzlei hat ebenfalls eine Siegesserie; sieben Fälle außergerichtlich beigelegt. Solche Kuhhandel gelten heute als Erfolg. Die irren Künstler von nebenan haben beim Schweißen Feueralarm ausgelöst. Die Feuerwehr ist angerückt. Außerdem hat Arne sich mal wieder auf einer Kundgebung geprügelt. Ihm steht eine Anzeige ins Haus, um die sich Fraukes Kanzlei wieder unentgeltlich kümmern wird. Das ist ihr Deal: Er prügelt sich rein – sie haut ihn raus.

Vorne fällt das Wort »Agentur«. Mein Magen reagiert mit einem leichten Ziehen.

»Agentur?«

Niemand antwortet. Ich lehne mich zwischen den Sitzen nach vorne.

»Hallo. Hier hinten am Personaleingang.«

Frauke wirft einen kurzen Blick über die Schulter.

»Deine Agentur hat angerufen.«

»Und?«

»Ja, höre ich denn deinen AB ab?«, fragt sie entrüstet.

»Tust du nicht?«

»Hör es dir selbst an.«

Prima. Ich lehne mich wieder zurück. Tess wendet ihr Gesicht nach hinten und lächelt mich über ihre Schulter hinweg an.

»Ist bestimmt was Tolles.«

»Na klar«, sage ich und weiß, dass die beiden jetzt da vorne einen bedeutsamen Blick tauschen, denn negative Aussagen sind ja Selbstprophezeiungen, und vielleicht ist mein Karriereknick ja bloß so eine verdammte Karmasache, nicht? Nein. Im Gegensatz zu den beiden Träumerinnen da vorne sehe ich es realistisch: Mit meiner Karriere geht es bergab. Genauer gesagt: flussab. Damals, als Stand-up nach Deutschland kam, profitierte ich von dem Boom und hatte das Glück, bei einer großen Agentur unterzukommen. Eine Zeit lang lief es gut; Festivals, Touren, TV, dann ließ der Boom nach, und die Spreu trennte sich vom Weizen. Die neuen Comedians wurden professioneller, und ich hätte eine Menge an meiner Performance tun müssen, doch ich feilte lieber an den Texten. Das war gut für die Texte und schlecht für die Show. Zuerst rutschte ich aus den Castings, dann aus den Festivals, dann tourte ich durch immer schlechter besuchte Kleinkunstbühnen für immer niedrigere Gagen, und nachdem ich in den vergangenen zwei Jahren Messen, Autohaus- und Kaufhauseröffnungen moderierte, zog ich letztes Jahr im Sommer das große Los: einhundertdreiundzwanzig Soloabende auf einem Clubschiff. Das Durchschnittsalter des Publikums höher als der Cholesterinwert von Reiner Calmund, und eine erste Reihe, die um neunzehn Uhr einschläft – so viel Realismus hält kein Traum aus. Manche enden mit der Karriere in der Provinz, ich auf See. Ich müsste eigentlich ein neues Programm schreiben und damit wieder an Land gehen, doch mir fällt seit Jahren nichts ein. Mein neuester Text ist drei Jahre alt, und ohne Programm keine Tour. Also steche ich weiter in See.

Plötzlich fühle ich mich müde. Fünf Minuten über meine Karriere nachzudenken reicht, um den Urlaub zu einer fernen Erinnerung zu machen. Neben mir starrt Arne zu einem Flugzeug hoch, das über uns im Landeanflug ist. Er bekämpft die Ausweitung des Flughafens mit allen Mitteln. Er hat keine Chance, es zu verhindern. Doch er kämpft. Er hat sich seine Leidenschaft bewahrt. Er kann noch hassen, der Glückliche.

Frauke findet einen Parkplatz direkt vor der Tür, doch da endet die Glückssträhne, denn als wir aussteigen und das Gepäck ausladen, kommt eine Frau nuschelnd auf uns zu. Ich will ihr gerade die Hofeinfahrt von der psychiatrischen Klinik gegenüber zeigen, als sie mir um den Hals fällt.

»Drink doch eine met!«, raunt sie.

Ich schaue sie entgeistert an.

»Was?«

»Stell dich nit esu ahn!«, lallt sie.

Ich lehne mich zurück, um ihrem toxischen Mundgeruch zu entkommen, und mustere ihr stark geschminktes Gesicht. Nie gesehen.

»Du steihs he de janze Zick eröm! Röm, Röm! Zick eröm!!«

Endlich erkenne ich, dass ihre Bekleidung wohl eine Art Kostüm darstellen soll. Als eine fellbehängte Husarinnengruppe singend um die Ecke biegt, stelle ich den Bezug zu dem Text her. Ich werfe Tess einen bösen Blick zu, aber sie winkt die Husarinnen lachend näher.

»Kölsche Mädche! Kütt her! Hee han mer eine leckere Prinz!«

Die Husarinnen heulen begeistert auf.

»ECHTE FRÜNDE STON ZESAMME!«

Tess und Frauke stimmen sofort ein:

»STON ZESAMME SU WIE EINE JOTT UN POTT!«

Arne verdrückt sich mutig durch das Hoftor. Ich würde ihm gerne folgen, doch die Besoffene klammert sich an mich und fordert lauthals Büüüützje. Wir tanzen einen kurzen Tanz, dann kann ich mich befreien. Ich schnappe meinen Koffer und flüchte, gefolgt von hämischem Gelächter, in den Hof. Als ich das Tor hinter mir zuschlage, wird draußen auf der Straße bereits fröhlich Schwesternschaft geschlossen. Prima. Direkt an Weiberfastnacht in Köln landen. Ich muss wirklich aufhören, Tess die Flüge buchen zu lassen.

Als ich durch den Innenhof gehe, springt die Künstlerkatze von der Mauer und kann plötzlich nicht mehr ohne meine Beine leben. Ich lasse den Koffer los, bücke mich, packe sie, richte mich auf und werfe sie in die Luft. Sie segelt anstandslos über die Mauer in den Nachbarhof und landet geräuschlos auf der anderen Seite. Das sollte ihr Gedächtnis auffrischen.

Ich öffne die Hallentür und betrete die Halle, die dunkel daliegt. Nur hinten in Arnes Zimmer brennt Licht. Siebenhundert Quadratmeter Wohnfläche. Erstanden für einen Spottpreis, weil Schrott. Dank einjährigem Umbau jetzt ein Schmuckstück und der Grund, weshalb ich noch mindestens dreißig Jahre über die Ostsee schippern muss, um die Kredite abzuzahlen. Aber – ich fühle mich hier zu Hause. Unbezahlbar.

Ich knipse die Deckenbeleuchtung an. Auf dem Küchentisch stehen die Reste einer Pastamahlzeit, die Küchenzeile quillt über von schmutzigem Geschirr. Der Beweis, dass Frauke gekocht hat. Sie braucht alle Teller und Pfannen und Töpfe, um Pasta zu machen. Die Leiter zum Dach ist zur Garderobe umfunktioniert, die Sprossen hängen voller schwerer Mäntel. Dort oben gibt es hundert Quadratmeter Dachterrasse, auf der man im Sommer unter dem Himmel schlafen kann. Die Galaecke, die ich mir damals eingerichtet habe, als ich noch dachte, es lohne sich, an meiner Bühnenpräsenz zu arbeiten, ist mit Kartons, Farbeimern und Demospruchbändern zugestellt. In der Hängematte liegen Frauenzeitschriften. Auf dem Bildschirm des Fernsehers verrät mir das Standbild eines PlayStation-Spiels, dass ich tot bin. Ich öffne meine Zimmertür und gehe direkt weiter ins Bad, um Wasser in die Wanne einzulassen. Meine Wanne. In meinem Bad. Eine Bedingung, als wir beschlossen, die Halle zu kaufen, war ein eigenes Bad. Noch mal WG? Gerne. Noch mal gemeinsames WG-Bad? Nie im Leben.

Als ich wieder in die Halle hinauskomme, poltern die beiden Jeckinnen lachend mit leeren Händen herein. Sie haben irgendwie die Koffer draußen im Wagen vergessen.

»Draußen warten ein paar kölsche Mädche auf ihren Prinzen«, lacht Tess.

»Wenn sie weiter vor dem Hof herumlungern, knalle ich

sie ab. Vor Gericht plädiere ich auf Notwehr im Namen der geistigen Gesundheitsbewegung.«

Tess runzelt die Stirn und schaut Frauke an.

»Wie kann man Karneval nur so hassen?«

Frauke schaut mich an.

»Ja, genau! Was ist eigentlich dein Problem?«

»Stil?«

Sie verdrehen beide die Augen. Ich öffne den Kühlschrank, hebe die Obstkiste an und ziehe die dahinterliegende Flasche Champagner hervor. Frauke runzelt die Stirn. Ich lächele sie an.

»Wärst du so freundlich, ein paar Gläser aus dem Schrank zu holen?«

Sie wirft mir einen Blick zu, wühlt dann im Schrank herum und findet tatsächlich drei hochstielige Gläser, die sie nicht zum Kochen verwendet hat. Ich öffne derweil die Flasche. Tess deutet auf die Gläser.

»Wer will denn keinen?«

»Arne trinkt ja keinen Alkohol«, sagt Frauke.

»Ach ja«, sagt Tess verlegen und schiebt eine Locke hinter ihr Ohr.

Ich tue, als hätte ich nichts gemerkt, und fülle die Gläser mit perlendem Champagner, dann hebe ich meines an.

»Auf zu Hause.«

Wir stoßen die Gläser aneinander und trinken. Es geht doch nichts über ein kühles Glas Champagner und ein heißes Bad nach einem langen Flug. Eine Kombination, die früher oft in müden, aber schönen Sex mündete, ja, ja.

Ich deute auf die Trennscheibe, hinter der das Badezimmerlicht leuchtet.

»Ich lasse dir Wasser ein. Die Wanne müsste gleich voll sein.«

Sie schließt die Augen ein wenig und schnurrt. Dann dankt sie Frauke fürs Abholen, wünscht ihr viel Spaß im Karneval und verschwindet in mein Zimmer. Kaum ist sie weg, schaue ich Frauke an.

»Agentur.«

»Die haben mehrmals angerufen, klingt wichtig. Außerdem haben sich ein paar gute alte Freunde von dir angemeldet, die gerade zufällig in Köln sind und dich sehr gerne besuchen würden.«

Sie zählt ein paar Namen auf von Leuten, mit denen mich nur eines verbindet: Sie lieben den Karneval, und ich wohne in Köln. Früher habe ich die Halle für zugereiste Karnevalfans zur Verfügung gestellt. Ein Fehler, den ich nicht wiederhole.

»Dann hat noch Schwester Zehnmalklug mehrmals angerufen und ...«

»Nenn sie nicht so.«

»Verklag mich doch ... und dann noch die Bank. Es klang wichtig. Und, wie war der Urlaub? Habt ihr endlich ...«

Sie macht eine leiernde Handbewegung, als müsste sie einen Ford T ankurbeln. Ich schaue sie an. Wieso erzählt man seinen Freunden eigentlich alles? Um verletzlicher zu werden?

»Also nicht«, kichert sie. »Himmel, da kriegt ›Ruhe im Glied‹ eine ganz neue Bedeutung, was?«

»Musst du dich nicht noch irgendwo mit irgendwas anstecken?«

»Bin schon weg«, grinst sie und stellt ihr leeres Glas ab. »Ich bleibe die ganze Nacht weg, also könnt ihr euch ungestört austoben, also, falls ihr jemals wieder ...«

Sie wiederholt die leiernde Handbewegung.

»Tschüss.«

»Ich geh ja schon«, lacht sie. »Vergiss das Gepäck nicht.«

Sie schnappt sich den roten Mantel und geht lachend raus, um mit dem Arschloch Karneval zu feiern, das ihr schwört, seine Frau zu verlassen. Zu ihm können sie nicht, und hier bringt sie ihn aus guten Gründen nicht mit, also landen sie in einem Hotel, um seine Entscheidung zu feiern. Morgen früh wachen sie auf, und nach einer letzten Nummer muss er diese schwerwiegende Entscheidung noch mal überdenken, und Frauke hat Verständnis dafür. Dass er so rücksichtsvoll mit seiner Frau umgeht, zeigt ja nur, wie verantwortungsbewusst er ist, nicht wahr? Frauen und Arschlöcher – ich werde es nie verstehen.

Als sie draußen durch den Hof geht, höre ich, wie sie mit der Katze spricht, die scheinbar schon wieder da ist. Irgendwas stimmt mit dem Vieh nicht.

Ich klopfe an die Trennscheibe.

»Stört es dich beim Baden, wenn ich das ganze Gepäck allein reinhole?«

Die Scheibe antwortet nicht, also öffne ich die Nebentür und gehe in mein Arbeitszimmer. Ich setze mich an den Schreibtisch und studiere den AB, der hektisch blinkt. Daneben liegen fein säuberlich die Anrufe aufgelistet, die Frauke entgegengenommen hat. Daneben liegen Briefe und Kontoauszüge geordnet. Laut Liste hat Frauke zwei Anrufe der Agentur persönlich entgegengenommen und dabei nicht erfahren, worum es geht, nur dass ich dringend zurückrufen soll. Laut Kontoauszügen hat niemand in meiner Abwesenheit beschlossen, mir eine Million zu schenken. Dafür hat Arne mal wieder beschlossen, seinen Mietanteil nicht zu überweisen. Daraufhin hat die Bank beschlossen, mir Mahngebühren in Rechnung zu stellen, die den Rückschluss nahelegen, dass der Aufsichtsratsvorsitzende seine

Dubaier Golfrunde unterbrochen hat, um einer blinden tibetanischen Fußmalerin die Mahnung zu diktieren und sie dann persönlich mit dem Learjet zu unserem Briefkasten zu bringen. Außerdem liegt eine Nebenkostennachzahlung für das letzte Jahr vor. Ich schaue dreimal auf die Summe. Sie wird dadurch nicht kleiner.

Wo es schon so prima läuft, drücke ich auf den AB. Die ersten drei Anrufe sind von der Agentur. Verschiedene Mitarbeiterinnen bitten um Rückruf, ohne eine Information zu hinterlassen, worum es geht. Dann folgt eine Nachricht von meiner Schwester Zehnmalklug. Sune arbeitet seit zwanzig Jahren mit Kindern und vergisst manchmal, dass nicht alle Menschen gerade zur Welt gekommen sind. Sie erklärt Dinge gerne mehrmals und fragt dann penetrant nach, ob man es verstanden hat, während man versucht, sie nicht zu erwürgen. Ich verstehe nicht jedes Wort der Nachricht, weil circa hundert Kinder im Hintergrund Stalingrad nachstellen, aber die Essenz ist dieselbe wie immer: Far ist nicht nur krank, sondern todkrank, er hustet mehr als sonst, und Schmerzen hat er auch; er gibt es einfach nicht zu, und falls ich ihn noch mal lebend sehen will, soll ich schnellstens nach Hause kommen.

Ich nehme den Hörer und wähle die Kopenhagener Nummer, die sich seit meiner Kindheit nicht geändert hat. Nach dem siebten Klingeln geht er ran.

»Achtzehnvierundachtzigsiebzehn.«
»Wie ich höre, liegst du wieder im Sterben.«
»Wer spricht da?«
»Dein Sohn.«

Es raschelt im Hörer, und ich höre, dass er im Hintergrund jemanden fragt, ob er einen Sohn hat. Scheinbar ist die Antwort Ja, denn er kommt wieder an den Hörer.

»Hallo, Sohn. Entschuldige, mein Gedächtnis ist nicht mehr das beste.«

»Hab schon verstanden.«

»Na, das wär doch mal was Neues«, lacht er. »Wie geht es meiner Schwiegerfreundin?«

»Ihr geht es gut. Wir kommen gerade aus dem Urlaub und ...«

»Ist sie schwanger?«, fährt er dazwischen.

»Nicht dass ich wüsste.«

»Hm.«

Eine kurze Pause, die immer auftritt, wenn er etwas einwirken lassen will. Ich beschließe, ihm eine Freude zu machen.

»Vielleicht wird es aber heute noch was. Sie wartet in der Wanne auf mich.«

»Das ist mein Sohn!«

Er hält den Hörer wieder weg, um jemandem im Hintergrund zu erklären, dass ich in sein Testament aufgenommen werden soll. Dann ist er wieder dran, und wir diskutieren noch ein wenig, ob ich ihn vor oder nach dem letzten Krieg das letzte Mal besucht habe. Und er hat recht. Der vergangene Sommer ist viel zu lange her. Ich muss bald wieder hoch. Ich vermisse ihn. Das sage ich ihm. Er korrigiert meinen Erbschaftsanteil noch mal nach oben, erinnert mich, dass ein Enkelkind mich zum Alleinerben machen würde, grüßt mich von seiner Geliebten und legt auf.

Ich wähle die nächste Kopenhagener Nummer. Da Sune jeden Morgen um halb sechs aufsteht, ist sie um diese Uhrzeit schon im Bett, also erkläre ich ihrem Anrufbeantworter, dass ich eben mit einem sehr gut gelaunten Todgeweihten geredet habe und sie vermisse. Ich lege auf und lasse den AB weiterlaufen. Es folgen Partyeinladungen und

Nachrichten von Freunden, die sich beschweren, dass ich nie zu erreichen bin und dass ich mir endlich ein Handy zulegen soll. Ein paar Anfragen von Kollegen für Benefizveranstaltungen. Ich sollte sie vielleicht bitten, so etwas für mich zu machen. Dann wieder die Agentur. Drei weitere Nachrichten klingen dringlich, ohne irgendeine Information rauszurücken. Ein Optimist würde hoffen, sie sagen nichts am Telefon, weil sie meine freudige Spontanreaktion auf die riesige Chance, meine Karriere zu reanimieren, live miterleben wollen. Ein Pessimist könnte denken, dass es um einen neuen Job geht, der so mies ist, dass sie es nicht am Telefon sagen wollen, weil sie wissen, dass ich ablehne, und dann platzt ihnen der Kragen, und dann kündigen sie mir. Ist natürlich nur eine Hypothese.

Als der AB endlich durch ist, überfliege ich meine Kontoauszüge. Ewig kann ich Arnes Mietrückstände nicht mehr ausgleichen, und wegen der Nachzahlung müssen wir dringend ein paar Banken überfallen, aber da kümmere ich mich morgen drum. Jetzt muss ich erst mal zu meinem Mädchen in die Wanne – bevor die Wirkung von kühlem Champagner und heißem Wasser nachlässt.

Als ich ins Badezimmer komme, liegt sie mit geschlossenen Augen in dem dampfenden Schaumbad. Ihre nassen Locken haften an ihrem Gesicht, ihre Brustwarzen lugen aus dem Schaum, die Zehen schauen am Wannenende hervor.

»Ich habe wirklich das schönste Mädchen erwischt.«

Sie öffnet die Augen und lächelt.

»Dann küss es doch.«

Ich beuge mich vor, küsse ihr ein paar Schweißperlen von ihrer Oberlippe. Sie schnurrt. Ein kleiner Funke sprüht. Doch während ich mich ausziehe, ist es wie immer: Das

Gefühl der Erregung verwandelt sich in ein Wohlgefühl. Als ich schließlich nackt bin, gleite ich zu meiner Freundin in die Wanne. Eben noch erregt, jetzt zufrieden. Zu Frieden. Keine Eroberungslust. Es ist, als würde ihre Nähe jeden sexuellen Funken so intensiv löschen, wie sie früher Flammen entfacht hat.

»Und?«, fragt sie.

Ich starre sie einen Augenblick lang an.

»Die haben nicht gesagt, worum es geht.«

Sie lächelt ermutigend.

»Wird schon was Gutes sein, sonst würden sie nicht mehrmals anrufen.«

»Klar.«

Diesmal ignoriert sie meinen Unterton und lächelt weiter.

»Mein Mann hat Erfolg. Das gefällt mir.«

Ich nicke. Mein Mädchen hat zu viel Erfolg. Das gefällt mir gar nicht. Doch wie immer sage ich nichts und stoße stattdessen mein Glas gegen ihres. Wir trinken auf meinen Erfolg. Sie stellt ihr Glas ab, legt mir ihre warme Hand auf den Schenkel und schließt die Augen. Ich betrachte sie. Ihr gebräuntes Gesicht mit den blassen Lachfältchen um die Augen. Ihre süßen Brüste. Ich schließe die Augen und versuche mich zu konzentrieren. Das Wasser ist heiß. Wir liegen Körper an Körper. Wenn ich meine Hand ausstrecke, könnte ich ihre Muschi berühren. Ihre süße wunderschöne Muschi, die mich so oft verwöhnt hat. Die ich so oft verwöhnt habe. Ich denke an ihre Hingabe. Ich denke daran, wie sie klingt, wenn sie kommt. Ihre Ungläubigkeit währenddessen. Ihre Seligkeit danach. Ihr Lächeln, wenn ich so weit war. Ich denke an all das Schöne, Geile, Versaute und ... nichts. Vom Hals abwärts tut sich nichts. Sexuelle Querschnittslähmung.

Ich öffne die Augen und mustere sie. Denkt sie gerade dasselbe? Liegt sie da und versucht gegen dieses lähmend schöne Wellnessgefühl anzukämpfen?

Sie öffnet ihre Augen und atmet kräftig durch.

»Puh. Ich muss raus.«

Sie lehnt sich vor, gibt mir einen Kuss und gleitet aus der Wanne. Ich schaue ihr zu, wie sie sich in ein Handtuch wickelt und dann beginnt, vor dem Spiegel das zu machen, was Frauen vor Spiegeln so machen. Sie ist schön. Begehrenswert. Attraktiv. Sinnlich. Und morgen steigt sie wieder in einen Zug, ohne dass wir miteinander geschlafen haben. Herrje, zwei Jahre ohne Sex. Vierundzwanzig Monate. Mehr als siebenhundertdreißig Tage. Und Nächte. Und nicht nur das.

Sie legt ihren Kopf schief und schüttelt ihn, um Wasser aus den Ohren zu bekommen.

»Hast du Q-Tips?«

»Friss Gras«, rutscht mir raus.

Wir schauen uns verblüfft an, dann müssen wir beide lachen, obwohl mein Tonfall zu harsch war, um witzig zu sein. Ich deute auf den kleinen Eckschrank, in dem die Q-Tips schon immer stehen.

»Oben rechts.«

»O Mann«, gickelt sie und geht zu dem Schrank.

Ich schaue zu, wie sie mit den Q-Tips das Bad verlässt, damit ich nicht sehen muss, wie sie ihre Ohren säubert, denn das könnte ja unerotisch sein, und wir wollen ja nicht, dass die erotische Spannung an den Alltagsdingen zugrunde geht, nicht wahr? Auch nach hundert Jahren nimmt sie immer noch Rücksicht auf die potenzielle Lusttötung, und alles, woran ich denken kann, ist, sie weiß noch nicht mal mehr, wo die Q-Tips stehen.

Als ich in ein Handtuch gewickelt aus dem Bad komme, sitzt Tess in Shirt und Slip auf dem Bett, isst ein Tomatenbrot mit irgendwelchen Krümeln drauf und blättert in einer *Galore*.

»Ich hoffe, du hast nichts aus dem kleinen Fach im Kühlschrank genommen.«

»Ich bin ja nicht verrückt«, sagt sie mit vollem Mund.

Nein, aber wer vergisst, dass Arne trockener Alkoholiker ist, vergisst vielleicht auch, wo er seine Pilze aufbewahrt. Ich habe ihm tausend Mal gesagt, dass eines Tages etwas Furchtbares passieren wird, aber er kann mit seinem Fach schließlich machen, was er will, nicht wahr?

Ich suche frische Unterwäsche aus dem Schrank, wickele mich aus dem Handtuch und beginne mich abzutrocknen. Mein Blick bleibt an dem Sexschwein im Bücherregal hängen. Es ist von einer leichten Staubschicht überzogen. O Symbolik.

»Lass uns rausgehen«, schlägt Tess vor und beißt wieder von ihrem Brot ab.

»Es ist Weiberfastnacht«, erinnere ich sie und trockne mich weiter ab.

»Deswegen ja«, sagt sie. »Lass uns feiern gehen.«

Ich werfe ihr einen Blick zu.

»Wie sicher bist du, dass du nicht doch Arnes Fach erwischt hast?«

Sie lacht nicht.

»Ach, komm schon, wir können doch wegen des Jetlags eh nicht schlafen.«

Ich werfe das Handtuch über eine Stuhllehne und steige in meine Unterhose.

»Möchtest du einen Kaffee? Also, ich möchte jetzt einen, ich mache uns gleich einen leckeren, ja? Hmm, endlich wieder richtigen Kaffee, nicht diese Amiplörre. Toll, was?«

Ich schnappe mir mein Shirt und gehe raus in die Halle, bevor sie mich noch überredet, unseren letzten Urlaubsabend in einer Kneipe voller Wahnsinniger zu verbringen. Als ich nach Köln zog, hatte ich schon einige Karnevalsgeschichten gehört, doch die Realität ist viel, viel härter. Fünf Tage vorprogrammierter Spaß für als Transen verkleidete Spießer, die zu uncooler Musik schunkeln und mit besoffenem Kopf niveaulos baggern. Wenn man sich nicht gerne von Volltrunkenen knutschen lässt, ist man verklemmt. Wenn man ein sauberes Glas haben möchte, ist man eine Spaßbremse. Tess meint, ich sehe das falsch, in Wahrheit sei Karneval ein spirituelles Hocherlebnis. Fünf Tage im Jahr durch deutsche Straßen zu gehen und dabei von Fremden angelächelt, abgefüllt, umarmt, eingeladen und geküsst zu werden, all das beinhalte doch die Hoffnung, dass wir eines Tages tatsächlich One World sein könnten. Immer wenn sie diese Theorie aufstellt, nicke ich ihr zu. Ich mag es, dass sie alles positiv sieht. Aber irgendwie erwarte ich von einem spirituellen Erlebnis, dass man über die Straße gehen kann, ohne in Kotze zu treten. Karnequal.

Kapitel 3

Aus dem Laden hämmert das, was Karnevalisten und andere Geschmackssadisten Musik nennen. Schon an der Tür fällt uns ein als Transe verkleideter Schnauzbartträger entgegen. Ich werfe Tess einen Blick zu, doch sie stößt lachend die Tür auf, und schon sind wir in der Sauna. Auf Tischen, Stühlen und Fensterbänken tanzen bierselige Funkenmariechen, Piraten, Prinzen, Polizisten, Räuberinnen, Fußballer, Schumi-Fans, Riesenbabys, Lebensmittel und ein paar ewig gestrige Teletubbies bei fünfzig Grad. Sofort prasseln die ersten Kommentare auf uns ein. Früher musste man als Mutprobe einen Drachen erlegen – heute geht man unkostümiert in eine Karnevalskneipe. Tess begegnet dem auf ihre Art: Sie wirft mir ihren Mantel zu, drängelt sich in eine Gruppe Gemüse, hängt ihre Arme über die Schultern einer Karotte und einer Gurke, schon ist sie in die Karnevalsgemeinde integriert. Sie kennt mich gut genug, um mich da nicht mit reinzuziehen. Sie nicht alleine losgehen zu lassen ist eine Sache, mitmachen eine ganz, ganz andere.

Ich knöpfe meinen Mantel auf, kämpfe mich durch die schwitzende Menge und ergattere einen Platz an der Theke, von dem ich gute Sicht auf das Chaos habe. Keine Minute da, und schon läuft mir der Schweiß den Rücken runter. Ich hänge die Mäntel an einen Haken und schaue mich nach Tess um. Sie ist bereits von der Menge verschluckt. Beim

Sex und beim Feiern kann sie sich am besten gehen lassen, dementsprechend muss der Karneval eine Menge kompensieren.

Ein Köbes gleitet mit einem vollen Kölschkranz durch die Menschenmasse wie ein Hai durch einen Fischschwarm. Ich bestelle ein Wasser. Er reicht mir ein Kölsch. Ich mustere den Lippenstiftrand auf dem Glas, doch bevor ich etwas sagen kann, zieht er schon weiter. Eine Polizistin lacht mich an. Ich wende mich vorsichtshalber ab. Der Laden geht hoch.

»NÄÄÄÄÄÄÄ, WAAAAT WOR DAT DENN FRÖHER EN SUPERJEILE ZICK!!«

Die Menge brüllt. Alles fasst sich unter die Arme und schunkelt. Ich werde gegen die Theke gequetscht.

»MIT TRÄNE EN DE OHCHE LUR ICH MANCHMOL ZORÜCK!!«

Von der Seite bekomme ich etwas Hartes in die Rippen, es folgt ein lachendes Padong!

»BEN ICH HÜCK OP D'R ROLL NUR NOCH HALV SU DOLL!!«

Jemand schüttet mir etwas Nasses über den Rücken. Zwei Hände legen sich um meinen Oberkörper und zerren an meinem Hemd. Ich klammere mich an die Theke.

»DOCH HÜCK NAACH WEESS ICH NIT, WO DAT ENDE SOLL!!«

Die Menge wiederholt den Kehrreim begeistert und beruhigt sich danach ein wenig. Die Hände lassen los. Dafür steht die Polizistin jetzt vor mir und wedelt mit Handschellen. Ich glaube *Bußgeld* von ihren Lippen zu lesen, schon schnappt sie nach meinem Handgelenk und erwischt mein Glas. Der Inhalt schwappt mir vorne übers Hemd. Ich will ihr gerade einen Anschiss verpassen, als es wieder losgeht.

»NÄÄÄÄÄÄÄÄÄÄ, WAAAAT WOR DAT DENN FRÖ-HER EN SUPERJEILE ZICK!!«

Eine Wand aus Körpern drückt gegen mich. Jemand schlägt mir das leere Glas aus der Hand. Ein anderer stampft mir auf den Fuß. Diesmal gibt es kein Pardon: Erst werde ich an der Theke zerquetscht, dann von ihr weggezogen. Ich drücke mit aller Kraft dagegen und kann mich gerade noch rechtzeitig an die Theke zurückretten, bevor ein Räuber meinen Platz klaut. Ich stoße ihn weg, klammere mich an den Kleiderhaken und wische mir den Schweiß aus den Augen. Mein Hemd ist durchnässt, meine Rippen schmerzen, mein großer Zeh ist Matsch, und wahrscheinlich kriege ich gerade Herpes. Immerhin sind schon fünf Minuten rum.

Der Köbes kommt vorbei. Ich bestelle eine Fanta, nehme mein Kölsch entgegen und richte mich auf einen langen, dreckigen Grabenkampf ein.

Ein Dutzend Gassenhauer später bin ich von den Getränken, Texten und betrunkenen Flirtversuchen angeschlagen. Doch es gibt Hoffnung. Eine Gruppe Afrikaner hat den Laden geentert. Sie sehen in ihren Kostümen einfach süß aus, und ihre Trommeln unterlegen den furchtbaren Schunkelsound mit einem treibenden, lebendigen Groove. Natürlich findet sich sofort der obligatorische Samba-VHS-Kurs mit Trillerpfeifen zusammen und tut dem Groove das an, was die Wehrmacht Polen antat. Dennoch steckt die Rhythmik nach und nach den ganzen Laden an, der Schunkelmief weicht ein bisschen zurück, alles wird lebendiger. Tess wird an die Oberfläche gespült. Sie trägt einen Cowboyhut und einen angemalten Bart. Sie singt theatralisch, und ich spüre, wie meine Mundwinkel hochwandern. Sie geht nie mit Arbeitskollegen feiern, weil die sie nicht so sehen sollen. Sie will nicht, dass sie den Respekt vor ihr verlieren. Ich würde mir eher Sorgen machen, dass sich alle in sie verlieben. Und wer weiß, wie viele es schon getan haben.

Sie schaut sich suchend um, entdeckt mich, wirft eine Kusshand und versinkt wieder in den Untiefen der Kulturhölle. Meine Polizistin bedrängt mittlerweile den Räuber. Sie hat ja nur fünf Tage Zeit, um all das zu erleben, was sie sich die letzten dreihundertsechzig Tage ausgemalt hat, nicht wahr? Sie verhaftet ihn, und wenig später wechselt ihre Zunge auf die andere Seite des Gesetzes. Ich trinke aus einem Glas, aus dem heute schon das halbe Viertel getrunken hat, und frage mich, ob ich schon betrunken genug bin, um auf ein Karnevalsklo zu gehen. Da die Antwort darauf immer Nein sein wird, leere ich unser aller Glas, winke dem Köbes, bestelle eine Apfelschorle, nehme das Kölsch entgegen und lasse meinen Blick durch das Chaos wandern. Um mich herum wird gefeiert, geflirtet, geknutscht, gefummelt, gesoffen und gesungen. Alles Dinge, die mir sympathisch sind. Außer im Karneval. Irgendwas an der Sache gefällt mir nicht. Zu viele Schwulenhasser, die als Transe gehen. Zu viele Rassisten, die sich schwarz bemalen und sich *de kölsche Negerköpp* nennen. Zu viele Moralisten, die fünf Tage gegen ihre sonst so fundamentalen Regeln verstoßen, um pünktlich am Aschermittwoch wieder zu Spießern zu mutieren. *Hallooo!! Wenn du so unheimlich klug und reflektiert bist, wieso haben dann alle hier mehr Spaß als du? Schau, wie sie tanzen! Schau, wie dein Mädchen strahlt! Also, scheiß drauf! Sei fröhlich! Tanz! Sing! Mach mit!*

Okay. Ich versuch's. Punkt 1: Alkohol. Hab ich. Punkt 2: mitwippen. Tue ich. Punkt 3: beim Nachbarn einhängen und schunkeln. Gut, die Piratengruppe hat mich adoptiert. Punkt 4: mitsingen. Geht nicht. Punkt 5: Bützje verteilen.

Geht auch nicht. Okay, dann den Joker ziehen: eine Runde Kölsch schmeißen. Wiederholen. Wiederholen. Wiederholen.

Es funktioniert. Für ein paar Minuten gehöre ich dazu. Doch nach einer Schunkeleinlage auf die nicht zu verzeihende Textzeile *Heidewitzka, Herr Kapitän!* und einem furchtbaren Fünfzig-Zigaretten-und-auch-schon-gekotzt-Bützje von einem Funkenmariechen mit schlechten Manieren höre ich auf, mir etwas vorzumachen. Ich verlasse meine neuen Freunde unbemerkt, dränge mich in eine Ecke zwischen Theke und Toilettengang, stelle mich dort freiwillig an die Wand und atme durch. Mein Mädchen schunkelt auf einem Fenstersims. Sie schaut zu mir herüber, ich hebe mein Glas, um ihr zuzuprosten, und verliere es an den Stab eines schwulen Papstes, der gerade ein Teufelchen segnen will. Er lacht mich entschuldigend an. Ich zucke die Schultern. Er segnet mich und geht zum Teufel. Und schon geht es wieder los.

»MER LOSSE D'R DOM EN KÖLLE, DENN DO JEHÖT HÄ HIN!!«

Diesmal werde ich von einem Rudel Fußballfans in würzig-verschwitzten Trikots in Richtung Klo gedrängt.

»WAT SOLL DÄ DANN WOANDERS, DAT HÄT DOCH KEINE SENN!!«

Aber hallo hat das keinen Sinn! Ich hätte nie gedacht, dass ich mich mal nach einem A-cappella-Album von Modern Talking sehnen könnte.

»MER LOSSE D'R DOM EN KÖLLE, DENN DO ES HÄ ZE HUS!!«

Die Fankurve drängt mich immer näher auf das Klo zu, vor dem eine Warteschlange steht. Ich hole Luft, um die Hooligans anzuschnauzen. Grundgütiger. Lutscht an Sportlersocken und ernährt euch von Erbrochenem, aber holt nie, *niemals* Luft neben einem Karnevalsklo!

»UN OP SINGEM AHLE PLATZ, BLIEV HÄ OCH JOT EN SCHOSS!!«

Der Gestank setzt neue Kräfte frei. Ich stampfe zweimal auf Füße, nutze die entstehende Lücke, presse mich zwischen zwei Fußballern hindurch, halte mich an dem Trikot eines Schiedsrichters fest, kassiere Gelb, nutze den Schwung und erwische einen geschützten Eckplatz am Zigarettenautomaten. Gott, was mache ich hier bloß?

Ich schaue mich nach dem Köbes um. Stattdessen steht eine Pippi Langstrumpf plötzlich vor mir und strahlt mich an. Das Gesicht voller aufgemalter Sommersprossen, einen festgenähten Stoffaffen auf der Schulter. Sieht lustig aus.

»Du bist doch der lustige Däne!«

Ich runzele die Stirn und lege eine Hand hinter mein rechtes Ohr.

»Was?«

»Der lustige Däne!«, schreit sie und nickt. Herr Nielson wackelt vor Freude mit.

»Nein.«

Sie mustert mich und nickt dann wieder, aber diesmal nicht so überzeugend.

»Siehst ihm echt ähnlich!«

»Du siehst auch jemandem ähnlich!«

Der Köbes kommt vorbei. Ich bestelle einen Latte macchiato. Er drückt mir ein Kölsch in die Hand, schnappt sich selbst eins, prostet mir zu und kippt sich den Glasinhalt in den Magen. Die ganze Flüssigkeit läuft in seinen geöffneten Mund und verschwindet, ohne dass er schluckt. Er senkt das leere Glas, ich nicke ihm anerkennend zu, er zieht weiter. Pippi ist immer noch da. Vielleicht gibt es gerade ein

Erdbeben, denn sie muss sich an mir abstützen und wissen, als was ich so gehe. Ich erkläre ihr, dass ich als Nudist gehe und mein Kostüm untendrunter trage. Sie missversteht das. Ich wehre sie ab, bis es ihr zu blöd wird. Sie braucht dafür wesentlich länger als ich.

Als sie endlich weitertrabt, merke ich, dass Tess zu mir rüberschaut. Ich verdrehe die Augen. Sie lächelt. So mustern wir uns durch den brodelnden Raum, bis ihr Mund sich zu einem breiten Lachen verzieht, das mein Herz erschüttert. Gott, wie ich sie liebe. Und doch sind wir die Einzigen in der Stadt, die heute keinen Sex haben werden.

Kapitel 4

Schwaches Licht. Warmes Bett. Warmer Körper. Ich horche auf das Hämmern in meinem Kopf. Ist mir übel! Karnevalskölsch. Brühwarm. Aus diesen Gläsern. Was sagt ein Karnevalist, der am Aschermittwoch mit Herpes, Syphilis und Hepatitis aufwacht? Glück gehabt!

Ich öffne die Augen. Durch die Oberlichter kriecht das Morgengrauen. Tess' Gesicht liegt auf dem Kopfkissen neben mir. Sie schläft tief. Ihr Mund ist leicht geöffnet, eine Locke hängt zwischen ihren Lippen. Ich ziehe sie vorsichtig heraus. Sie seufzt und leckt sich über die Lippen. Ich bekomme eine Erektion. Wow. Ich kann also in ihrer Nähe eine Erektion bekommen. Vorausgesetzt natürlich, sie schläft. Hm. Wann hatte ich eigentlich meine letzte, während sie bei Bewusstsein war? Rutsche ich gerade in die Nekrophilie ab? Werde ich in Zukunft zu totem Fleisch onanieren, während ich in der Leichenhalle als Nachtwächter abhänge? *Hallooo!!!* Ja, ja, schon gut. Herrje, das muss der Restalkohol sein. Ich möchte die Augen schließen, am liebsten für immer, aber gleich platzt mir die Blase, also rolle ich mich vorsichtig aus dem Bett, versuche meinen Mageninhalt zu lassen, wo er ist, und schwanke ins Bad. Gott, ist mir schlecht.

Ich werfe zwei Aspirin in ein Wasserglas, pinkle zehn Minuten, verputze wirkungslos eine halbe Tube Zahnpasta, trinke das Aspirinwasser, wanke wieder zurück zum Bett und schwöre mir, wie jedes Jahr: nie wieder Karneval.

Helles Licht. Warmes Bett. Kein warmer Körper. Ich öffne die Augen. Durch die Oberlichter strahlt die Wintersonne aus einem blauen, wolkenfreien Himmel ins Zimmer. Aus der Halle klingen Stimmen herein, dahinter ölt Dean Martin. Für einen Augenblick bin ich wieder Kind und wache in meinem Kinderzimmer auf, während meine Eltern draußen singen. Allmorgendlich wachte ich zu Swing auf und hörte sie mitsingen. Es ist schön, so aufzuwachen. Wenn ich Kinder hätte, würden sie morgens auch zu Swing aufwachen. Armstrong, Sinatra, Krall, Bennett, Fitzgerald, Martin, Davis, Connick jr., Simone, Cullum – die Liste ist lang. Und der Gedanke sinnlos. Denn ich habe keine Kinder. Um die zu bekommen, muss man Sex haben. Prima, eine Minute wach und schon voll im Thema.

Ich richte mich langsam auf. Die Uhr zeigt zehn. Tess muss um elf am Bahnhof sein. Wellen der Übelkeit durchlaufen mich. Mein Blick bleibt an dem Sexschwein im Regal hängen. So ein Tag wird das.

Die Zimmertür öffnet sich. Tess balanciert ein Tablett herein. Sie trägt bereits ihr Businesskostüm, hat ihre Haare nach hinten geklemmt und zu einem Dutt hochgesteckt. Nach vier Wochen Jeans, Shirts und Lockenkopf ist der Anblick ein Schock. Ich hasse diese Uniform.

»Morgen, Liebster.«

Sie stellt das Tablett ab, gibt mir einen Kuss, klappt das japanische Dingsbums auf und stellt es aufs Bett. Teller drauf, Besteck, Serviette, Rührei, Pfeffer, Salz, eine geviertelte Paprika, und zum guten Schluss wirft sie zwei Aspirin in ein Wasserglas und füllt Champagner aus der Flasche von gestern in zwei Gläser. Sie hebt ihr Glas und lächelt mich an. Wir prosten, trinken. Dann setze ich das Glas ab und lehne mich wieder ins Kissen. Sie deutet auf den Teller und auf das Rührei.

»Iss. Es sind Arnes Ökoeier von total glücklichen Hühnern.«

Ich nehme mir eine Gabel und probiere das Ei.

»Hmmm, da möchte man gleich jemanden total umarmen, du.«

Tess beobachtet, wie ich das Ei verputze. Im Zimmer ist nichts zu hören außer Geschirrgeklapper und die leise Musik von draußen. Als ich den Blick hebe, hat sie wieder diesen Ausdruck in ihren Augen. Sie senkt den Blick und spielt mit einer Locke, die sich aus dem Dutt gelöst hat. Ihre Stirn ist leicht gekräuselt, ihr Blick ruht auf dem Teller, als hätte sie dort komplizierte chemische Vorgänge entdeckt. Vielleicht denkt sie gerade an ihn. Ich glaube, mein Mädchen hat eine Affäre. Irgendwann musste es ja passieren. Bei mir hat es nicht so lange gedauert. Ich hörte damit wieder auf, als ich merkte, dass mich das Schuldgefühl länger beschäftigte als das Glücksgefühl. Und ich habe es ihr verschwiegen, wie sie es mir jetzt verschweigt. Ich wollte sie damals nicht verletzen, nur weil ich ihre Absolution für meinen Seelenfrieden brauchte. Zumindest redete ich mir das ein. Vielleicht war ich auch nur feige. Vielleicht ist sie nur feige. Vielleicht hat sie ebenfalls Schuldgefühle. Vielleicht liege ich auch total falsch, und sie überlegt sich gerade, was sie zu Abend essen will.

»Liebster, was ist?«

Sie hat aufgehört, an der Locke zu ziehen, und mustert mich.

»Nichts«, sage ich und balanciere eine Gabel Glücksei zum Mund.

»Dann hör auf damit.«

»Womit?«, frage ich und mustere sie kauend.

Sie beugt sich zu mir herunter, legt mir drei Finger auf die Stirn und zieht meine Falten glatt.

»Damit.«

»Okay.«

Sie mustert mich belustigt.

»Okay?«

»Ja, klar, kein Problem.«

Ihr Mund verzieht sich. Die weißen Striche um ihre Augen verschwinden in den Lachfältchen. Ihre Handfläche streichelt meine Wange.

»Es war so schön.«

Mein Herz stolpert. Für einen Augenblick erstarre ich, doch sie beginnt vom Urlaub zu schwärmen. Ich beginne wieder zu atmen. Ich hoffe nur, es ist nicht ihr selbstverliebter Vorgesetzter, denn dann muss ich leider zum Machoarsch mutieren und ihm die cremegepflegte Fresse polieren. Aber das ist unwahrscheinlich. Tess hat sich bestimmt einen guten Kerl ausgesucht. Prima. Mein Mädchen vögelt einen Typen, den ich mag. He, vielleicht können wir ja mal zu dritt ins Kino gehen, verdammt noch mal. Vielleicht sollte ich sie ja auch einfach mal fragen, ob die Paranoia begründet ist. Jetzt.

Jetzt!

…

Prima. Und was ist eigentlich mit ihr? Wieso sagt sie nichts? Vielleicht sollte ich uns von der CIA verhören lassen. Mit sieben Liter Wahrheitsserum im Blut würden wir es vielleicht mal schaffen, über unsere Probleme zu reden.

Wäre ich eine Firma, könnte sie mir bestimmt besser helfen. Die Beziehungs-GmbH. Bitte die Bilanzen frisieren. Ja, wäre ich ein Auftrag, würde sie mein Problem professionell lösen. Doch weil sie mich liebt, ist sie machtlos. Wieso sind wir so? Wieso sind wir klug, bis es uns selbst betrifft? Und was ist eigentlich mit mir passiert? In meinen früheren Beziehungen wurde alles ausdiskutiert und noch gevögelt, als es längst nichts mehr zu sagen gab. Ausgerechnet mit Tess mache ich nichts von beidem. Wann haben wir bloß aufgehört, miteinander zu reden? Seit wir keinen Sex mehr haben? Reden wir gar nicht mehr, weil wir sonst auch darüber sprechen müssten? Gott, hatten wir früher schöne Gespräche. Ehrlich, offen, neugierig und voller Verständnis für unsere unterschiedlichen Bedürfnisse. Was ist bloß passiert? Keine Ahnung. Manchmal ist das Leben ein Arschloch.

Als wir in die Halle kommen, hockt Arne zusammengekauert auf einem Stuhl und liest die *taz*. Seine Prinz-Eisenherz-Frisur liegt wie ein Helm um seinen Kopf. Dämpft vielleicht die Schläge der Polizeiknüppel. Neben ihm sitzt eine Anwältin in einem Indianerkostüm und wirkt glücklich. Scheinbar hat das Arschloch heute Nacht überzeugend gelogen. Sie winkt fröhlich und krächzt etwas, hat gerade einen tiefen Zug von ihrem Joint genommen. Ich mustere ihren Aufzug.

»Gehst du so in die Kanzlei?«

Sie atmet eine Rauchwolke aus und kichert.

»Biste jeck? Glaubst du, einer unserer Mandanten ist so irre, sich heute auf einen Anwalt zu verlassen? Eine Karnevalsberatung kann ihm zehn Jahre einbringen!«

Sie kichert.

»Dann brauchst du ja den Wagen nicht.«
Sie hört auf zu kichern und runzelt die Stirn.

Wir fahren schweigend. Vor uns kriechen die Autos über die Straße, als lägen zwanzig Zentimeter Schnee und nicht zwei. Ich kämpfe mit der Versuchung, Vollgas zu geben und auf gut Glück den Panikfahrer vor mir zu überholen, der alle fünf Meter auf die Bremse geht, als hätte er noch nie Schnee gesehen. Im Radio verspricht ein hysterisch gut gelaunter Moderator die allerbesten Hits der allerbesten Hits und mehr Schnee. Tess dreht auf einen anderen Sender, auf dem sich zwei Menschen über Vor- und Nachteile der EU-Erweiterung unterhalten. Eigentlich ein Thema für sie, doch sie schaltet das Radio ab und sitzt still da, schaut mit leicht abgewandtem Kopf aus der Frontscheibe. Die Finger ihrer rechten Hand trommeln leicht auf die Türverkleidung. Irgendetwas beschäftigt sie. Da haben wir ja was gemeinsam. Wenn sie jetzt wegfährt, werden wir uns erst wieder in zwei Wochen sehen, wenn sie ein freies Wochenende hat, und dann ist sie kaputt und will chillen. Am besten sprechen wir also jetzt.

Jetzt!

…

Wieso ist es so schwer, etwas Unangenehmes anzusprechen? Und wieso bin ich so erleichtert, dass wir es nicht tun? Und wieso bin ich so enttäuscht, dass wir es nicht tun? Und wieso tun wir es nicht? Und wieso …

Das Trommeln hört auf. Ich werfe einen Blick rüber. Sie spielt wieder an der Strähne. Sie zieht sie mit zwei Fingern lang. Lässt sie los. Zieht sie wieder lang. Alles mit einem abwesenden Blick. Sie sitzt noch neben mir, doch sie ist längst bei der Arbeit. Das habe ich an ihr immer gefürchtet und gleichzeitig bewundert. Wenn eine Sache vorbei ist, kann sie sich auf der Stelle umdrehen und gehen. Wenn wir uns nahe waren, konnte sie sich bedenkenlos fallen lassen, doch keine Minute danach ließ sie sich ebenso intensiv auf die nächste Sache ein. Vielleicht macht sie das zu einem freieren und unabhängigeren Menschen. Vielleicht macht sie das zu einem guten Coach. Doch mir macht es Angst. Wird sie sich genauso entschieden einem anderen zuwenden? Hat sie es schon?

Sie spürt meine Blicke, lächelt mir schnell zu, klemmt sich die widerspenstige Strähne hinter das linke Ohr, legt mir eine warme Hand auf mein Bein und schaut nach vorne aus dem Fenster. Und dann fahren wir eine Zeit. Lang. Schweigend. Kilometer um Kilometer. Eine Kommunikationstrainerin, die nicht kommuniziert. Ein Komiker, dem das Lachen vergeht. Und kein Carpool-Entry in Sicht.

Am Bahnhof finde ich einen Parkplatz und stelle den Motor ab. Tess löst ihren Gurt, wirft einen Blick auf ihre Armbanduhr. Sie greift nach dem Türöffner und öffnet die Beifahrertür. Kalte Luft strömt in den Wagen.

»Warte«, sage ich.

Sie hält inne und mustert mich fragend, die Beine bereits aus dem Wagen hängend.

»Ich ...«, beginne ich, und schon geht mir wieder die Puste aus.

Sie mustert mich aufmerksam. Nach einem Augenblick rutscht sie wieder auf den Beifahrersitz, zieht die Tür zu, wendet sich mir zu, legt die Hände in den Schoß und nickt mir zu.

»Ein paar Minuten haben wir noch.«

Minuten. Ich brauche Stunden. Oder Jahre. Oder auch

nicht. Eigentlich ist reden so einfach. Wenn man etwas sagt. Ich hole noch mal Anlauf. Nichts. Neben mir bläst Tess die einzelne Strähne, die sich wieder gelöst hat, zur Seite und wartet. Sie wirft einen neuerlichen Blick auf ihre Uhr und lehnt sich dann rüber, um auf meinen Gurt zu drücken. Er springt aus der Halterung. Sie rutscht näher, lehnt sich an mich und legt ihren Kopf in meine Halsbeuge.

»Wer liebt dich?«, fragt sie und knabbert an meinem Kinn.

»Meine Schnubbelfluppelpubbelmausi?«

Sie erstarrt, die Lippen an meinem Kinn. Sie löst sich, hebt ihren Kopf und mustert mich aufmerksam.

»Du bist wütend.«

»Ist das deine professionelle Analyse?«

Sie runzelt die Stirn und zieht sich ein kleines Stück zurück. Ich atme durch. Draußen geht eine Familie vorbei. Vater, Mutter, Sohn, Tochter. Glücklich wie Werbung. Getrennt durch Stahl, Blech und Glas ziehen sie fröhlich vorbei, ohne uns wahrzunehmen. Jeder auf seinem Planeten.

»Entschuldige«, sage ich.

Sie legt ihre Hand auf meine.

»Ach, Liebster, ich finde es auch schade, dass es so schnell weitergeht. Ich wäre lieber noch bei dir geblieben.«

»Ja«, sage ich, aber ich kenne sie; sie liebt diesen verdammten Job und ist froh, dass es endlich wieder losgeht.

Sie wirft noch einen schnellen Blick auf ihre Uhr. Ich sehe, wie sie sich konzentriert und mir aufmunternd zunickt.

»Wieso lässt du mich nicht einfach an deinen Gedanken teilhaben? Sie müssen nicht perfekt ausformuliert sein. Erzähl mir einfach, was du denkst.«

»Ich denke, du verschweigst mir etwas.«

Für einen Augenblick sieht sie aus, als hätte sie einen Geist gesehen. Dann lehnt sie sich weiter zurück und zieht die Schultern hoch, als hätte ein kalter Windstoß sie erwischt. Sie wendet ihr Gesicht ab und schaut aus dem Seitenfenster. Hinter uns hupt ein BMW und setzt den Blinker für den Parkplatz. Ich hebe eine Hand und winke ab.

»Tess.«

Sie schaut weiter aus dem Seitenfenster. Der BMW hupt noch mal. Ich winke wieder ab. Nach einem Augenblick nickt sie.

»Ich hätte es dir früher sagen sollen.«

Ihre Stimme klingt schwach und gepresst. Mein Magen zieht sich zusammen. Ihre Fingerkuppen beginnen wieder auf der Seitenverkleidung zu trommeln. Sie merkt es, zieht die Hand an sich und legt sie zu der anderen in ihren Schoß.

»Ich wollte mit dir im Urlaub darüber reden, aber dann war es so schön, und ich wollte nicht unsere gemeinsame Zeit damit belasten und ... ich habe auf den richtigen Augenblick gewartet, aber es gab einfach keinen und ...«

Ihre Stimme erstickt. Sie schaut immer noch mit abgewandtem Kopf durch die Seitenscheibe. Mein Magen ist ein kalter Stein. Sie wendet mir ihr Gesicht zu und hebt eine Hand ein wenig. Ihr Blick ist unsicher.

»Ich hab es dir verschwiegen, um die Zeit mit dir zu genießen. Das war egoistisch von mir. Dafür möchte ich mich bei dir entschuldigen.«

»Okay.«

Sie schüttelt den Kopf, ihre Wangen röten sich, und ihre Augen füllen sich mit Tränen.

»Nein, das ist nicht okay. Was ist nur los mit mir? Ich werde doch dafür bezahlt, andere Menschen zu beraten, wie man Probleme löst, oder etwa nicht?«

Ihre Lippen zittern. Ich nicke und zwinge mich zu warten. Sie schüttelt den Kopf.

»Ich versuche schon so lange mit dir zu reden, doch ich tue es nicht, obwohl es mir fehlt. Es fehlt mir. Deine Meinung fehlt mir. *Du* fehlst mir …«

Sie wendet wieder ihr Gesicht ab. Diesmal starrt sie aus der Frontscheibe. Der BMW rollt neben uns. Der Fahrer streckt den Kopf nach vorne und starrt zu uns hoch.

»Tess.«

Sie wendet mir ihr Gesicht zu.

»*Was* verschwiegen?«

Sie beißt sich auf die Unterlippe. Jetzt kommt es. Sie vögelt ihren gottverdammten Chef. Ich wappne mich. Meine Muskeln spannen sich automatisch gegen den Schmerz an. Gott, wie ich solche Gespräche hasse.

Nach einem weiteren Augenblick zieht sie die Schultern hoch und schaut mich entschuldigend an.

»Sie haben mir einen Job angeboten.«

Ich blinzele.

»Einen Job?«

Tess nickt. Erleichterung durchschießt mich, bevor meine Synapsen Verbindungen zwischen neuem Job und altem Verdacht herstellen.

»Und? Wie ist dein Chef im Bett?«

Ihre Augenlider flackern. Dann schneidet sie eine kläglichen Grimasse.

»Für diesen Job hätte ich glatt mit ihm geschlafen, aber er meinte, das wäre nicht nötig.«

»Was ist bloß aus der Welt geworden …«

»Nicht wahr?«

Wir lächeln uns düster an. Wenn es ihr Chef gewesen wäre, hätte sie es mir jetzt gesagt. Also schläft sie mit einem anderen. Ich sollte erleichtert sein, nicht? Doch ich frage mich, was kann an einem Job so wichtig sein, dass sie ihn mir verschweigt. Im selben Augenblick wird es mir klar.

»Bleibst du in Wolfsburg?«

Sie senkt ihren Blick und bewegt sich erst mal nicht. Dann schüttelt sie langsam den Kopf. Ich versuche mich zu erinnern. VW. Wo haben die noch mal ihre Werke? USA? Mexiko?

Sie hebt ihren Blick und schaut mich schuldbewusst an.

»Es geht erst mal ein halbes Jahr nach China.«

Ihr Blick flackert kurz. Dann nickt sie. Es fühlt sich an, als würde mein Blutdruck absacken. Meine Füße werden kalt. Mein Mund wird trocken, und in meinen Ohren klingelt es leise. China. Erst mal.

Neben uns fährt der BMW quietschend an. Tess rutscht näher an meinen Sitz und nimmt meine Hand.

»Tut mir leid, dass ich es dir erst jetzt sage. Es kam alles so plötzlich, und ich musste erst ein Gefühl dazu bekommen.«

Ich lecke mir über die Lippen und räuspere mich.

»Geh ein bisschen weg.«

Ihre Augen werden groß.

»Was …«, sagt sie atemlos.

»Rück ein Stück. Ich brauche Platz.«

Sie rückt bis zur Beifahrertür und mustert mich verletzt. Ich lehne mich an die Fahrertür und schaffe Raum zwischen uns.

»Ich habe noch nichts unterschrieben, ich wollte erst mit dir reden.«

»Wahnsinn.«

Sie atmet scharf ein. Ich versuche mich zu beherrschen.

»Lass mich raten, du solltest es dir im Urlaub durch den

Kopf gehen lassen und Bescheid sagen, wenn du wieder da bist?«

Sie blinzelt und schaut auf mein Kinn.

»Es tut mir leid. Ich konnte einfach nicht mit dir darüber reden, weil alles so ...«

»Schon gut«, sage ich und schließe meine Augen. China. Ein halbes Jahr. Erst mal.

Ich öffne meine Augen wieder und sehe, dass sie auf die Uhr schaut. Ich werfe einen Blick auf die Armaturenuhr. Ihr Zug fährt in sechs Minuten.

Als ich die Fahrertür öffne, trifft mich die Kälte wie ein Schlag. Ich hole ihren Koffer aus dem Kofferraum und stelle ihn hin. Als sie um den Wagen herumkommt und vor mir stehen bleibt, sind ihre Augen feucht. Ich öffne meine Arme. Sie gleitet in meine Umarmung und schmiegt sich an mich.

»Es tut mir so leid, dass ich es dir nicht gleich gesagt habe«, flüstert sie.

Der BMW kommt wieder herangeschlichen und hält neben uns. Der Fahrer hat eine Runde gedreht, ohne einen Parkplatz zu finden.

»Lass uns in Ruhe darüber reden.« Ich lasse sie los und drücke ihr den Koffergriff in die Hand. »Kannst du am Wochenende einen Tag freimachen?«

Sie zögert und macht ein entschuldigendes Gesicht.

»Das wird schwer. Aber ich versuche es. Ich sage dir morgen Bescheid, gut?«

»Ja«, sage ich.

Sie bleibt stehen, heftet ihren blauen Blick auf mich und legt ihre warme Handfläche auf meine Wange.

»Wer liebt dich?«

Ich hebe ebenfalls eine Hand und streichele ihre von der Kälte schon gerötete Wange.

»Ich liebe dich auch, Tessa Krytowski.«

»Das ist gut«, sagt sie. Für einen Augenblick sieht sie aus, als würde sie sich noch mal an mich kuscheln. Dann atmet sie ein und strafft sich. »Ich versuche das ganze Wochenende freizuschaufeln.«

»Das wäre schön.«

Sie drückt ihre Lippen auf meine, packt ihren Koffer am Handgriff und rollt los. Ich schaue zu, wie sie auf den Bahnhof zugeht. Kurz bevor sie die Eingangstüren erreicht, dreht sie sich um und kommt wieder zurück, was wildes Fluchen in dem BMW auslöst. Ich schaue mich nach einem Koffer um, kann aber nichts entdecken, was sie vergessen haben könnte. Sie bleibt vor mir stehen, lässt den Koffer los und nimmt mein Gesicht in beide Hände.

»Liebster. Es tut mir wirklich leid, dass ich es dir nicht gleich gesagt habe. Ich möchte nicht, dass du …«

»Du stehst in Hundekacka«, unterbreche ich sie.

Sie schaut nach unten. Ich stupse ihre Nase.

»O Mann«, sagt sie und hebt ihren Blick.

»Lass uns am Wochenende reden.«

Ihre Handfläche streichelt meine Wange. Ihr Blick berührt mich tiefer.

»Dein Zug«, erinnere ich sie.

Sie drückt mir einen Kuss auf den Mund, packt ihren Koffer und rollt wieder los. Sie geht am Taxistand vorbei, bleibt dann wieder stehen und dreht sich um, was ein hysterisches Hupen des BMWs auslöst. Sie lacht blitzend, wirft mir eine Kusshand zu, dreht wieder um und verschwindet in den Bahnhofseingang. Der BMW kommt drohend ein Stück näher gerollt. Ich werfe dem Fahrer einen Blick zu. Er wirft einen zurück. Er will einen Parkplatz. Ich will die alten Zeiten wiederhaben. So hat jeder seine Probleme.

Ich öffne die Fahrertür, rutsche auf den Sitz, ziehe die Tür zu, stecke den Schlüssel ins Schloss, doch als ich den Motor starten will, dreht sich mein Handgelenk nicht. Ich beobachte, wie meine Hand auf dem Schlüssel verharrt. China. Ein halbes Jahr. Erst mal.

Kapitel 5

Das Erste, was ich sehe, als ich die Treppen hochgerannt komme, ist ein einsteigender Schaffner. Toll, einmal im Leben ein pünktlicher Zug. Ich sprinte über den Bahnsteig und schaffe es so eben in den Waggon, bevor die Türen sich schließen. Der Schaffner lacht.

»Na, da hat aber einer Verspätung.«

Ich nicke bloß. Kein Grund, ihm sein Glück zu versauen. Wer weiß, wie lange er auf die nächste pünktliche Abfahrt warten muss.

Nachdem ich mich durch fünf überfüllte Wagen gekämpft habe, finde ich die Richtige in der halb leeren ersten Klasse. Sie studiert Akten. Ich lasse mich schwer atmend auf den Sitz neben ihr fallen. Ein paar Fahrgäste heben die Köpfe und werfen Blicke von ihren Sitzen. Schließlich gibt es hier noch genug freie Plätze, da muss man nicht gleich allein reisenden Frauen auf die Pelle rücken.

Tess hebt den Blick und lächelt freundlich. Dann lösen ihre Gesichtszüge sich kurz in Verblüffung auf und setzen sich zu einem überraschten Auflachen zusammen.

»Liebster!«

»Ich wollte dich endlich wiedersehen«, schnaufe ich.

Sie deutet aus dem Fenster.

»Aber ... wir fahren.«

Ich nicke ihr anerkennend zu. Sie lacht und zieht

meine Hand kopfschüttelnd in ihren Schoß. Die anderen Fahrgäste beobachten uns, jetzt auch lächelnd. Ach ja, so ist die Liebe. Ich lehne mich zu ihr rüber und senke die Stimme.

»Ich schaffe das nicht.«

Sie streichelt meine Hand und lächelt.

»Was schaffst du nicht?«

Ich antworte nicht. Sie braucht einen Augenblick. Dann verblasst ihr Lächeln. Sie legt beide Hände um meine Hand und drückt sie.

»Du fehlst mir doch auch«, flüstert sie.

»Macht es nicht besser, oder?«

»Nein, natürlich nicht, aber ...« Sie verstummt kurz und sucht nach den richtigen Worten. »Es ist wirklich die große Gelegenheit, in den Markt zu kommen und Kontakte zu machen. Danach steht mir in der internationalen Wirtschaft vieles offen.«

»Ja, klar, aber was ist mit dem anderen Job?«

Ihre Augen gleiten kurz zur Seite, dann fokussieren sie wieder, und sie lächelt verständnislos.

»Mit welchem anderen Job?«

Ich zeige auf sie, dann auf mich. Ihre Stirn kräuselt sich.

»Wir sind doch kein Job.«

Ich nicke.

»Schade eigentlich, sonst würdest du dich vielleicht genauso akribisch auf unsere Meetings vorbereiten und ein paar Überstunden einschieben.«

Das verletzt sie. Ich sehe es, und vielleicht wollte ich es. Würde sie in unsere Partnerschaft so viel investieren wie in ihren Beruf, wäre ich der glücklichste Mensch der Welt. Oder auch nicht. Wer soll das schon wissen? Vielleicht hat Stan recht, vielleicht bin ich bloß eifersüchtig. Ich weiß gar nichts mehr, außer dass es uns bestimmt nicht näherbringt, wenn wir auf verschiedenen Kontinenten leben.

»China ... Wie soll das funktionieren? Wir sind schon an Wolfsburg gescheitert.«

Sie drückt meine Hand fest und wirft einen Blick in die Runde. Nicht mal in der ersten Klasse kann man ein solches Gespräch führen, ohne dass alle mithören. Sie schaut mich wieder an, in ihrem Blick die unterschwellige Bitte, sie nicht in der Öffentlichkeit bloßzustellen. Ich schüttele den Kopf.

»Süße, ich kann nicht länger warten. Seit zwei Jahren lebe ich ein gottverdammtes Singleleben, und wer weiß, ob du überhaupt wiederkommst, wenn du einmal ins Big Business eintauchst.«

Den Mund leicht geöffnet, starrt sie mich an, und sie hat recht. Gottverdammtes Singleleben? Wie klingt denn das? Und wieso fragt sie mich nicht, wie das klingt? Weil in ihrer Welt der Kommunikationspsychologie eine Frage eine unbewusste Aufforderung ist, dem Fragesteller dieselbe Frage zu stellen? Sie will nicht gefragt werden? Ach scheiße, ich will diese Paranoia nicht mehr, ich bin müde vom Interpretieren, ich will einfach nur wissen, woran ich bin, Klarheit, Bescheid, frei atmen.

Sie schließt ihren Mund, zieht die Luft durch die Nase ein und bekommt sich wieder unter Kontrolle. Der Schaffner kommt. Er hat immer noch gute Laune und ist so sensibel wie ein Toter. Ja, ich bin zugestiegen, das hat er prima gemerkt. Nein, ich habe keine Bahncard dabei. Nein, ich weiß nicht, wie weit ich fahre. Wuppertal kommt gleich, Hagen gleich danach, bis nach Hannover mitfahren will ich nicht. Schließlich einigen wir uns auf Bielefeld. Das ist noch über eine Stunde. Müsste reichen, oder? Klar, fragt sich nur, wofür.

Meine Hände sind Fäuste und liegen auf meinen Schenkeln. Der Schaffner schaut hilfesuchend zu Tess, doch sie schaut aus dem Fenster, peinlich berührt, wie immer, wenn ich in der Öffentlichkeit anecke. Er gibt mir mein Ticket und Wechselgeld und weiß einfach nicht, in was er hier hineingeraten ist – eben noch eine pünktliche Abfahrt und jetzt das. Schließlich zieht er mit einem bitteren Gesichtsausdruck zum nächsten Fahrgast. Die anderen mustern uns längst auffällig unauffällig, aber, leck mich, so ist die Liebe eben.

Tess bringt ihren Mund so nahe an meine Ohrmuschel, dass ich ihren Atem spüre.

»Lass uns nicht hier reden.«

Ich drehe mein Gesicht und schaue ihr aus nächster Nähe in die Augen.

»Wo dann? Und wann dann? Rufst du aus Peking an?«

Ihre Augen verdunkeln sich. Ihr Gesicht wird ausdruckslos. Sie atmet langsam und beherrscht. Für einen Moment glaube ich, dass sie laut wird, doch wie immer erholt sie sich, nimmt meine Hand und steht auf.

Im Speisewagen blättert eine gelangweilte Servicefrau in einem Frauenmagazin. Als wir an ihr vorbeigehen, wirft sie uns einen Blick zu. Ich schüttele meinen Kopf, sie versenkt sich wieder in die Welt der modernen Frauen. Vielleicht stehen da ein paar Beziehungstipps drin. Muss gleich mal fragen.

Wir steuern den entferntesten Ecktisch an und setzen uns. Außer uns ist sonst nur ein Geschäftsmann anwesend. Er sitzt am ersten Tisch und redet auf Englisch mit einem Unsichtbaren. Tess nimmt die Speisekarte und mustert sie. Ich senke meinen Blick auf meine Hände, öffne sie endlich wieder und versuche einen klaren Kopf zu bekommen. Der Geschäftsmann hat ein Funkloch. Für einen Augenblick hört man nur das universelle Reisegeräusch, Zug auf Schienen. Irgendjemand hat mal gesagt, das soll beruhigend wirken, doch ich bin schon viel zu ruhig. Meine Wut reicht gerade mal für einen Schaffner. Was machen wir hier? Eine Aussprache? Ein Streit? Mehr? Weniger? Ist weniger manchmal mehr? Oder mehr weniger? Oder ist weniger einfach weniger, wenn man aufhört zu spinnen?

Tess hebt ihren Blick von der Speisekarte und mustert mich.

»Siehst du es wirklich so, dass wir …«

»Warte«, unterbreche ich sie und zeige ihr meine Handflächen.

Ihrem Blick nach zu urteilen, verletze ich sie schon wieder, aber sie versucht, sich nichts anmerken zu lassen, und nickt. Ich atme tief durch und versuche, den Nebel zu verscheuchen, der sich um meine Gedanken gelegt hat.

Ein entgegenkommender Zug donnert vorbei. Wir erschrecken beide, und der Schrecken bleibt in ihrem Blick, auch als der Zug längst verschwunden ist. Ich möchte nicht wissen, wie meiner aussieht, denn mir ist klar, worauf das hier hinausläuft. In letzter Zeit habe ich oft darüber nachgedacht, was das Beste für uns wäre, doch letztlich bin ich immer wieder an dem bizarren Gedanken gescheitert, mich von einer Frau zu trennen, die ich liebe. Liebe trennt nicht, Liebe verbindet. Oder?

»Tut mir leid, was ich vorhin gesagt habe, das war unfair. Ich freue mich über deinen Erfolg, aber …«, ich ziehe die Schultern entschuldigend hoch, »ich freue mich nur für dich. Nicht für mich. Für mich ist das alles nicht gut.«

Sie nickt mir zu, ermutigt mich weiterzureden. Solange

ich rede, muss sie es nicht. Ich merke, dass ich mit dem Salzstreuer herumspiele. Ich lasse ihn los und lege meine Hände flach auf den Tisch.

»Dein Job ... er nimmt viel Raum ein und ... es ist nicht gerade einfach ... es ... Süße, ich glaube einfach ... Ich meine, schau dir unser Leben an, wir sehen uns nur noch an Wochenenden, und jetzt willst du ins Ausland? Wie soll das denn funktionieren?«

»Was schlägst du vor?«, fragt sie, als wäre es allein mein Problem. Ich kenne sie lange genug, um nicht sauer zu werden. Sie ist bloß genauso hilflos wie ich.

»Na ja, ich ... In den letzten Jahren hat sich alles verändert, wir sehen uns zu wenig. Ich vermisse dich.«

Sie zieht die Nase hoch.

»Ich vermisse dich auch.«

»Ich weiß«, sage ich und weiß, dass es stimmt. Sie vermisst mich bloß nicht genug, um so zu leben, wie ich es brauche. »Vielleicht vermisse ich auch die alten Zeiten. Oder neue. In den letzten Jahren hatten wir eine Wochenendbeziehung, und jetzt China, was wird das, eine Jahresendbeziehung? ... Süße, ich ... Ich meine, glaubst du nicht auch, dass es besser wäre ...«

Ich sehe, wie ihr Tränen in die Augen steigen. Sie wendet ihr Gesicht ab und schaut aus dem Fenster. Wir fahren durch einen Bahnhof. Ein paar Schilder. Ein paar Gebäude. Vorbei. Der Geschäftsreisende findet wieder Kontakt. Er redet leise und mit geschlossenen Augen, konzentriert auf die Argumentation des Unsichtbaren, so wie ich mich die letzten Jahre auf unser Potenzial konzentriert habe.

Tess wendet ihren Blick von der dahinrasenden Landschaft ab und blickt mich traurig an.

»Es tut mir leid.«

Ich schüttele den Kopf.

»Dir muss nichts ...«

»Doch«, unterbricht sie und reibt sich mit beiden Händen durchs Gesicht. Sie klemmt die Strähne hinters Ohr und mustert mich wieder. »Ich weiß, was ich dir zugemutet habe.«

Ich hole Luft, doch sie wehrt mit einer Handbewegung ab.

»Nichts stimmt mehr, die letzten Jahre waren verrückt. Es war viel zu viel mein Leben und viel zu wenig unseres. Ich weiß das. Aber ... ich dachte ...« Sie zieht die Nase hoch. »Ich habe die ganze Zeit gewusst, dass ich dich vernachlässige, aber in langen Beziehungen gibt es eben unterschiedliche Phasen und ...«

Sie zwinkert ein paar Mal, dreht ihr Gesicht wieder weg und schaut aus dem Fenster. Eine Weide. Ein paar Bäume. Ein schneebedeckter Fußballplatz. Eine Brücke mit winkenden Irren. Irgendwann schaut sie mich wieder an und lächelt düster. Die vorbeiziehende Landschaft spiegelt sich in ihren nassen Augen. Tränen laufen ihr über die Wangen. Sie wischt sie mit ihren Zeigefingern ab.

»Die Arbeit ...« Sie befeuchtet ihre Lippen und sucht nach Worten. »Ich habe da etwas gefunden, was ich nie hatte. Ich kann wochenlang durcharbeiten und bin zufrieden.« Sie nickt und wischt noch mal über ihre Wangen. »Es erfüllt mich.« Sie schaut mich schnell an und lächelt kläglich. »Nicht so, wie *wir* mich erfüllt haben, aber ...« Sie legt ihre Hände auf meine und beugt sich beschwörend vor. »Liebster, ich weiß, dass die letzten Jahre schwer waren, aber ich liebe dich, und du liebst mich und ...«

Dunkel! Die Fahrgeräusche nehmen in dem Tunnel explosiv zu. Tess verstummt. Der Geschäftsreisende flucht auf Deutsch. Zwei Hände halten meine. In dem schwachen Licht der Notbeleuchtung wirken sie klein und zerbrechlich. Die Servicefrau entschuldigt routiniert den Ausfall der Beleuchtung. Hat sie schon auf der Hinfahrt reklamiert. Wird schon bald repariert. Niemand sagt was dazu. Der Geschäftsreisende beleuchtet seinen Tisch mit dem Handydisplay. Ich spüre die Wärme von Tess' Händen und warte, dass wieder Licht in die Angelegenheit kommt.

Hell! Das Tunnelende knallt ebenso abrupt rein wie der Anfang. Die Fahrgeräusche nehmen sofort ab. Tess blinzelt mit geröteten Augen gegen das Tageslicht an. Der Geschäftsreisende nimmt wieder Verbindung zu London auf. Tess lehnt sich vor, stützt ihre Ellbogen auf den Tisch und hebt meine Hände an, klemmt sie zwischen ihre. Ihre Augen schauen mich über meine Fingerspitzen an.

»Ich verstehe dich. Ich weiß, dass du mehr Alltag möchtest, aber ich möchte dich um etwas bitten.«

Sie schließt die Augen. Ich merke, dass ich den Atem anhalte, und lasse wieder Luft in meine Lunge. Sie öffnet ihre Augen und mustert mich.

»Ich möchte, dass du uns etwas Zeit gibst.«

»Zeit wofür?«

»Um nachzudenken.«

Darüber denke ich kurz nach und merke, dass ich währenddessen den Kopf schüttele.

»Süße, wir haben zwei Jahre gebraucht, um dieses Gespräch zu führen. Ich muss wissen, wie es mit uns weitergeht, damit ich herausfinden kann, wie es mit mir weitergeht. Ich kann nicht länger warten, es ist … mein Leben stagniert, ich warte nur noch. Aber ich will nicht mehr warten. Ich kann nicht mehr warten, es macht mich unglücklich.«

Ihre Augen flackern. Sie versucht ein Lächeln. Es wird eine nervöse Grimasse.

»Aber ... was heißt das ... glaubst du wirklich ...«

Sie senkt den Blick und schaut auf den Tisch.

»Es gibt ja noch eine Möglichkeit«, sage ich.

Sie hebt den Blick erneut, jetzt wieder mit Hoffnung. Ich atme durch.

»Komm nach Hause.«

Sie blinzelt und legt sich eine Hand seitlich an den Hals.

»Wie stellst du dir das vor?«

»Kündige. Komm nach Hause. Such dir einen Job in der Nähe.«

Ihr Blick ist aussagekräftig. Sie hat vielleicht schon mal darüber nachgedacht, dass wir Probleme haben, aber diese Lösung nie wirklich in Betracht gezogen. Es geht ihr viel zu gut, so wie es läuft. Ich sehe die Antwort in ihren Augen, bevor sie sie auf unsere Hände heftet. Ich löse meine Hände aus ihrer Umklammerung und klemme dann ihre zwischen meine.

»Süße, du findest einen anderen Job. Ich helfe dir dabei.«

Ich weiß nicht, ob sie wirklich noch mal darüber nachdenkt oder ob sie bloß Anlauf nimmt, jedenfalls ziehen ein paar Dörfer an uns vorbei, bevor sie mich wieder anschaut. Ihr Blick drückt Bedauern aus.

»Ich kann nicht«, flüstert sie. »Noch nicht«, fügt sie hinzu und atmet tief durch. »Liebster, ich ...« Sie verstummt und zieht ratlos die Schultern hoch.

»Verstehe«, sage ich und verstehe es wirklich. Ich kotze gleich vor Verständnis. Aber so ist es eben, wenn der Partner etwas entdeckt und ausleben will, was man selbst vor langer Zeit entdeckt und ausgelebt hat. Lange her, dass mein Beruf mich erfüllte, aber nicht lange genug, dass ich schon vergessen hätte, welch überragendes Gefühl es war, mit absoluter Gewissheit einem Beruf und einer Berufung nachzugehen.

»Es gibt noch eine andere Möglichkeit«, sagt sie.

Mein Herz fliegt in ein Luftloch und sackt dann so schnell wieder herunter, dass es mir den Atem verschlägt. Ein verräterischer Flächenbrand breitet sich aus.

»Was denn?«

»Du könntest mitkommen.« Sie lehnt sich vor, ein Leuchten in den Augen. »Überleg doch mal ... Eine neue Kultur, andere Sitten, und alles mitten im Wirtschaftsaufschwung. Und wir würden alles zusammen erleben, wir wären jeden Tag zusammen. Wie früher.«

Sie nickt mir zu, suggeriert mir, ihr zuzustimmen. Ich schiebe unsere Hände ein bisschen beiseite, um ihren Mund sehen zu können.

»Und was mache ich da?«

»Leben«, sagt sie und lässt es wie einen Idealzustand klingen.

»Und wovon? Mein Job hat mit Sprache zu tun. Chinesisch lerne ich in tausend Jahren nicht.«

Sie macht eine unwirsche Kopfbewegung.

»Ich verdiene genug für uns beide. Du könntest dir eine Auszeit gönnen, dich neu inspirieren lassen, Eindrücke sammeln, in Ruhe herausfinden, wie es mit dir weitergehen soll, wie du leben willst, wie *wir* leben können.«

Auszeit. Inspiration. China. Klar doch.

»Süße, wir schlafen nicht mehr miteinander und sehen uns kaum noch, und jetzt willst du, dass wir zusammen auswandern? Wie soll das funktionieren? Ich warte im Hotel auf dich, und wenn du abends kaputt von der Arbeit kommst, lesen wir ein gutes Buch?«

Sie wirkt genauso verblüfft, wie ich mich fühle, als es

zum ersten Mal ausgesprochen wird. Sie senkt den Kopf, um ihre Augen zu verbergen. Der Zug wird langsamer. Eine Durchsage verrät uns, dass wir bald halten. Die Servicefrau kassiert den Geschäftsreisenden ab und wirft einen Blick zu unserem Tisch. Ich ordere zwei Kaffee. Sie mustert kurz Tess' gesenktes Gesicht, unsere verschränkten Hände, und zieht sich zurück. Wir rollen in den Bahnhof. Eine Stimme erklärt uns gut gelaunt, dass wir in Fahrtrichtung links aussteigen können, und dankt für unser Vertrauen. In einem pünktlichen Zug zu fahren macht anscheinend alle glücklich. Fast alle.

Tess hält meine Hände fest und ihren Kopf gesenkt. Vielleicht versteckt sie auch ihren Zustand vor den einsteigenden Fahrgästen, die sich nach einem Platz umschauen. Ich versuche mir bewusst zu machen, dass wir uns gerade trennen. Die beste Beziehung meines Lebens geht in diesem Augenblick zu Ende. Sieben Jahre. Doch alles, was mir in den Kopf kommt, ist, dass ihr Gepäck unbeaufsichtigt an ihrem Sitzplatz liegt.

Der Zug setzt sich wieder in Bewegung, die Servicefrau stellt uns zwei Kaffee hin. Am Nebentisch macht sich eine fünfköpfige Familie breit. Die Kinder plärren, die Eltern herrschen sie mit gedämpfter Stimme an. Ich kippe etwas Milch in Tess' Tasse und rühre um. Dann mache ich meinen Kaffee zurecht und trinke einen furchtbaren Schluck. Tess hält immer noch ihren Kopf gesenkt und meine linke Hand fest. Draußen beschleunigt die Landschaft wieder auf zweihundert Stundenkilometer. Am Nebentisch hat die Mutter ihren größten Sohn gepackt und faucht leise auf ihn ein, während sie sich verstohlen umschaut, ob jemand mitkriegt, dass sie ihre Kinder immer noch nicht perfekt abgerichtet hat. Warum versuchen wir nur alle, perfekt zu wirken, obwohl wir wissen, dass es unmöglich ist? Es gibt nichts Perfektes, es gibt nur Liebe, oder? Aber sie allein reicht auch nicht. Oder? Früher dachte ich das – und hatte recht. Jetzt denke ich es nicht mehr – und habe recht. Ist alles Selbstprophezeiung? Wird alles gut, wenn ich mir einrede, dass alles gut wird? Nein. In dem Fall hätte es mit uns vor langer Zeit wieder gut werden müssen.

Tess hebt ihren Kopf, schaut mir in die Augen und lächelt mit zitternden Lippen.

»Also trennen wir uns? Einfach so?«

Ich ziehe die Schultern hoch, schiebe meinen Kaffee weg, gehe um den Tisch herum und rutsche neben ihr auf die Sitzbank. Ich lege ihr einen Arm um die Schulter und ziehe sie an mich, löse ihren Haarknoten und drücke ihren Lockenkopf an meinen Hals, rieche ihre Apfelhaare. Am Nebentisch wird die Familie aufmerksam. Die Erwachsenen schauen krampfhaft weg, die Kinder neugierig hin. Bis die Eltern es mitbekommen und sie wieder anfauchen. Ich halte mein Mädchen im Arm und spüre, wie sie zittert, als ihre Lippen sich an meinem Hals bewegen.

»Das ist doch verrückt«, flüstert sie.

Ich nicke und ziehe sie näher. Ich fahre mit meiner Hand durch ihre dichten Haare. Gott, ich liebe ihren Geruch.

»Wir lieben uns doch«, flüstert sie.

»Ja«, flüstere ich. »Aber das ändert nichts an unserem Problem. Manchmal denke ich, das ist das Problem. Würden wir uns nicht lieben, könnten wir vielleicht leichter … ach, scheiße, ich weiß auch nicht.«

Sie quittiert das mit einem gequälten Geräusch und bohrt mir ihre nasse Nase tiefer in den Hals. Draußen zieht die weiße Landschaft vorbei wie ein Leben am Ende des Tunnels. Der Nebentisch ignoriert uns schon bald. Neue

Geschäftsreisende steigen ein. Der Schaffner kommt noch mal und macht einen Bogen um uns. Ich spüre Tess' Wärme durch meine Kleidung, rieche sie und versuche ihr die Traurigkeit zu nehmen. Aber wohin mit meiner? Ich weiß nicht, was ich erwartet habe, aber das ist jenseits jeder Vorstellung. Wir trennen uns in einem Speisewagen der Deutschen Bahn, umgeben von Geschäftsreisenden. Wenn ich meinen Humor wiedergefunden habe, muss ich mich dringend totlachen.

Irgendwann erklärt eine Durchsage uns, dass der nächste Halt Bielefeld ist. Ohne dass ich weiß, wie ich dahin gekommen bin, stehen wir plötzlich an der offenen Tür und umarmen uns. Tess schluchzt an meiner Brust. Meine Augen brennen. Ich drücke ihr Kinn nach oben und küsse ihre nassen Lippen. Die letzten Fahrgäste steigen ein. Draußen pfeift der Schaffner. Ich küsse sie noch einmal. Atme ihren Geruch ein. Fühle ihren Körper. Dann schauen wir uns in die Augen. Küssen uns. Ich steige aus.

Die Tür schließt sich hinter mir. Ich schaue durchs Fenster. Sie legt ihre Hand auf die Scheibe, wie ein Gefängnisinsasse. Ich lege meine von draußen dagegen. Ein tolles Bild. Das finden die anderen Fahrgäste auch, die uns wohlwollend belächeln. Ja, ja, so ist die Liebe.

Der Zug setzt sich in Bewegung. Tess deutet auf ihr Herz, dann auf mich. Ich nicke. Ich weiß. Und wie. Sie lächelt ein klägliches Lächeln und kämpft wieder mit den Tränen. Mein Herz zieht sich zusammen. Der Zug wird schneller. Sie lässt die Hand kraftlos sinken, und wir schauen uns nur an, bis es nicht mehr geht. Noch bevor der Zug außer Sicht ist, sind meine Finger kalt. Gott, bei wie vielen solchen Filmszenen habe ich schon die Augen verdreht, und jetzt stehe ich hier. Ein Metapherorkan rast durch mein Gehirn. *Sein Mädchen verschwand am Horizont, und ihm ward eisig. Es entschwand die Liebe, die ihn einst so wärmte. Die soziale Kälte zog in seinem Herzen ein. Der Zug der Liebe war abgefahren.*

Reisende hasten warm eingepackt an mir vorbei und werfen mir verwunderte Blicke zu. Ich bin der Einzige ohne Mantel und Mütze auf dem Bahnsteig, und laut Fahrplan fährt der nächste Zug erst in einer Stunde. Prima. Ich brauche dringend einen warmen Platz. Wieder schüttet mein Hirn mich mit Metaphern zu.

Eine Treppe führt in die Bahnhofshalle. An einem Bistro kaufe ich mir einen Becher Kaffee und setze mich damit in eine Aufenthaltshalle. Auch dieser Kaffee ist es wert, verschüttet zu werden, doch wenigstens wärmt der Becher mir die Hände. Die Leute machen einen Bogen um mich. Nur ein Obdachloser mustert mich.

Zeit vergeht. Langsam. Mein Denkvermögen ist keines. Ich gucke und trinke und nichts. Der Obdachlose kommt auf mich zugeschlurft. Er grinst mich mit schlechten Zähnen an und erklärt mir, der Kaffee hier am Bahnhof sei schlecht. Er deutet in Richtung Ausgang. Dort draußen gibt es einen besseren. Doch da draußen ist es kalt. Er nickt, mustert mein Hemd und zieht seinen dicken Mantel enger um sich. Er würde gerne eine Kaffeebude aufmachen, eine Art rollenden Kiosk. Damit könnte er dorthin rollen, wo die Leute guten Kaffee brauchen. Vor ein paar Jahren war er noch Vertreter. Er war schon immer gerne unterwegs und wäre gerne ins Ausland. Aber dann hat ein Freund ihn überredet, seine Ersparnisse in einer Ostimmobilie anzulegen. Da waren seine Ersparnisse futsch. In seinem Job lief es auch nicht so gut, und jetzt sitzt er hier. Auf die Frage, was mit seinen anderen Freunden ist, schaut er in die Bahnhofshalle. Denen geht es gut, sagt er dann. Vielleicht hätte er sich vorher um sie kümmern sollen, dann wären sie vielleicht jetzt für ihn da, aber das weiß man ja nie.

Ich hole ihm ein Bier und mir einen Tee. Er erzählt von seinem damaligen Leben. Kein Wort über sein jetziges, und dennoch relativiert es meine Situation. Ich habe Freunde. Ich habe ein Zuhause. Einen Ort, an dem ich mich jederzeit verstecken kann, wenn ich mich den Dingen nicht gewachsen fühle.

Zwischen zwei Schlucken danke ich ihm für seine Gesellschaft. Er missversteht es und schlurft weiter. Mir fehlt die Kraft, um das Missverständnis auszuräumen. Ich trinke noch einen Tee. Die Vorbeigehenden ignorieren mich weiter. Einen zu leicht bekleideten Mann, der angeschlagen aussieht und sich mit Pennern unterhält. He, ich hatte nur einen schlechten Tag. Das ist vielleicht der Anfangssatz aller Absturzgeschichten – nur ein schlechter Tag. Und der folgende wurde nicht besser.

Kapitel 6

Als ich in die Halle komme, liegt Frauke auf der Couch und zieht sich zum hundertsten Mal *Titanic* rein. Über ihr schwebt eine Rauchwolke, als würde das Schiff brennen. Sie legt den Kopf in den Nacken, atmet aus und fügt der Wolke einen weiteren Kubikmeter Rauch hinzu. Dann stemmt sie sich auf die Ellbogen und schaut zu mir rüber.

»Alles in Ordnung?«

»Ja, wieso?«

»Vier Stunden, um zum Bahnhof zu fahren?«

»Hatte einen Unfall. Totalschaden. Tut mir leid.«

Sie lacht nicht. Stattdessen streckt sie einen Arm in die Luft und klappt die Finger mehrmals in die Handfläche. Ich werfe ihr den Autoschlüssel zu. Sie fängt ihn und wirft einen Blick zurück.

»Was wollte deine Agentur denn nun?«

»Hab noch nicht zurückgerufen.«

Sie seufzt.

»Kein Wunder, dass deine Karriere stagniert. Man sollte dich in Beugehaft nehmen.«

Ich deute auf den Bildschirm, wo Leo gerade über die Reling spuckt.

»Übrigens, er stirbt am Ende.«

Sie schüttelt den Kopf und lässt sich wieder auf das Kissen sinken.

»Diesmal schafft er es, ich weiß es.«

Ich könnte ihr erklären, dass das genau die Haltung ist, die es ihr ermöglicht, an ein Happyend mit dem Arschloch zu glauben, aber vielleicht bin ich gerade nicht der Richtige für ein solches Gespräch.

In meinem Zimmer riecht es nach Tess. Während ich die Laufsachen anziehe, bleibt mein Blick wieder an dem Sexschwein hängen. Wir kannten uns einen Monat, als ich nach großartigem Sex euphorisch aus dem Bett sprang und eine Münze in das Plastiksparschwein steckte, das wir irgendwann auf einem Trödelmarkt erstanden hatten. Tess machte mir eine Szene: Sexist! Unverschämt! Sie sei kein Sexobjekt! Sie legte mich glatt rein, entlockte mir eine Entschuldigung und gab dann zu, dass ihr der Betrag lediglich zu niedrig war. Ich legte einen Schein nach, sie schob einen Dank hinterher. Gute Zeiten. Unbeschwerte Zeiten. Zeiten ohne Hintergedanken.

Es bürgerte sich ein, dass wir nach dem Sex, mit bedeutsamen Blicken oder Rumgealbere, einen Schein versenkten. Manchmal begannen wir bereits auf Partys ein Gespräch über die steigenden Ausgaben im Haushalt. Die Umstehenden rückten von dem todöden Pärchengespräch ab, doch wir hatten unseren Spaß, feilschten um die Endsumme, setzten Zahlungsmodalitäten fest und mussten dann irgendwann schnell aufbrechen, um den Haushalt zu konsolidieren. Heute noch muss ich manchmal bei dem Wort »sparen« an Sex denken, und einmal bei einer Kontoeröffnung ... na ja, egal, jedenfalls, da steht es im Regal, das Sexschwein, seit zwei Jahren ungefüttert. Aber ich konnte es nicht wegräumen, weil sie das erst recht daran erinnert hätte, was sonst noch fehlt. Aber jetzt könnte ich ja. Ja. Ich lasse es stehen und laufe weg.

Im Grüngürtel laufe ich mir die Lunge aus dem Hals. Nach vier Wochen Junkfood und Meilenfressen im Mietwagen geht das schneller als befürchtet. Ich komme langsam in ein Alter, in dem sich Kondition über Nacht halbieren kann. Aber die Gedanken treiben an. *Endlich! Ihr habt miteinander geredet! Ihr habt es ausgesprochen! Es war die richtige Entscheidung! Du weißt es! Du brauchst jetzt nicht mehr zu warten! Das Leben geht weiter! Alles wird gut!* Prima. Und wieso fühle ich mich scheiße? Ich sollte doch erleichtert sein, dass wir es endlich ausgesprochen haben, aber ich bin … wütend? … enttäuscht? Nein. Ich … keine Ahnung, was ich bin. Nicht zufrieden. Nicht unzufrieden. Ein seltsames Gefühl liegt über allem wie eine Asbestdecke über Feuer.

Ich atme durch die Nase und versuche diesen Zustand zu erreichen, wo man abschaltet, aber dank Karneval ist der Weg von kaputten Flaschen und Jecken übervölkert. Die Scherbenhaufen bewegen sich wenigstens nicht. Ich überquere die Straße, ziehe am Weiher das Tempo an, laufe den Hügel hoch und konzentriere mich auf meine Atmung, doch jedes Mal, wenn ich ein bisschen in den Groove komme, muss ich an Jecken vorbei, die mit *Sport ist Mord!* und *Als was gehste denn?* glänzen. Ich versuche sie zu ignorieren, bis ein Polizist sich mir in den Weg stellt und die Kelle schwenkt.

»Fahrzeugkontrolle! Papiere und Zulassung!«

Seine Begleiter lachen meckernd und äußern Vermutungen, wo ich wohl meine Papiere aufbewahre. Daran, wie schwer es mir fällt, ihm keine zu langen, merke ich, dass ich noch nicht weit genug gelaufen bin. Stattdessen schlage ich einen Bogen und fange mir ein lautes Rülpsen ein, was wildes Gruppengelächter auslöst. Zu schade, dass man keine Unterlassungsklage gegen Niveaulosigkeit erwirken kann.

Ich laufe. Immer weiter. Den Hügel runter, über die nächste Straße, durch den Grüngürtel, wieder über die Straße, China, Grüngürtel, Straße, China ...

Laufen ist wie einschlafen: Im besten Fall merkt man es nicht. Als ich aufwache, befinde ich mich bereits auf dem Rückweg. Und wovon werde ich wach? Ich höre von Weitem, wie meine Lieblingsjecken bei einer Joggerin die gute alte Fahrzeugkontrollnummer durchziehen. Die Joggerin spurtet um sie herum und wird mit fettem Gelächter auf ihrem weiteren Lebensweg angefeuert. Wenn Gandhi das sehen könnte, würde er sich dann noch mal für die Menschheit umbringen lassen? Hm. Vielleicht würde er diesmal darum betteln.

Sie entdecken mich.

»Der schon wieder!«

»Vielleicht hat er die Papiere geholt!«

Alles lacht. Mein Polizistenfreund breitet wieder die Arme aus. Ich laufe einen Bogen und ernte dabei Kommentare über mein Kostüm, mein Aussehen, meinen Laufstil und Sportler im Allgemeinen.

Zwanzig Meter weiter bleibe ich stehen und drehe mich zu ihnen um.

»Seid ihr schon im Koma, oder was?«

Sie verstummen und schauen mich überrascht an. Einer dreht den Kopf zu seinem Kumpel und fragt, was ich gesagt habe.

»Ja, ich meine euch, ihr Pappnasen! Seit wann gehört Frauenbelästigen zum Karneval? Habt ihr Penner überhaupt keine Selbstachtung?«

Sie brauchen einen Augenblick. Dann heulen sie auf und kommen auf mich zu. Ich lasse sie etwas herankommen, trabe los, warte, bis sie näher kommen, ziehe einen kurzen Sprint an, falle wieder etwas zurück, lasse sie herankommen und ziehe den nächsten Sprint an. Nach fünfzig Metern klingt es, als würde ich von einer Horde kaputter Loks verfolgt werden. Nach weiteren fünfzig fehlt ihnen sogar die Puste, um mich zu beschimpfen. Schließlich bleibt mein Polizistenkumpel keuchend stehen und stützt sich auf seine Oberschenkel, und ohne ihn wollen die anderen auch nicht mehr so richtig. Ich bleibe in gebührendem Abstand stehen und winke ihnen zu, was einen Chor atemloser Beschimpfungen wachruft. Nichts als Arschloch, Pisser und Fresse polieren.

Als ihnen die Puste ausgeht, hebe ich Achtung heischend die Hand. Sie werden leise, um zu hören, was ich zu sagen habe.

»Ach, zieht doch nach Düsseldorf, ihr degenerierten Humorfaschisten!«

Diesmal wollen sie es wirklich wissen. Sie folgen mir über eine ganze Fußballplatzlänge und einer sogar noch über die folgende Straße. Doch dann bleibt auch der Letzte stehen und hält sich die Seite. Sie schnaufen wie Walrösser, was sie allerdings nicht davon abhält, mich weiter zu beschimpfen. Ich gehe runter und mache Liegestütze.

Einer wirft eine Flasche. Sie landet zwei Meter neben mir, ohne kaputtzugehen. Sie ist noch halb voll. Die müssen wirklich sauer sein. Ich drehe die Flasche um und lasse sie auslaufen. Sie beschimpfen mich weiter, aber irgendwie fehlt ihnen mittlerweile die Leidenschaft, und so ziehen sie schließlich, Drohungen murmelnd, zur Straße zurück. Der Ausdruck verletzter Würde auf ihren Gesichtern ist sehenswert. Ich winke noch mal, dann trabe ich weiter und fühle mich ein bisschen besser. Hm! Es stimmt also: Karneval kann Spaß machen, man muss sich einfach nur darauf einlassen.

Noch bevor die Jecken außer Sicht sind, ist das Hochgefühl wieder verflogen und wird durch Leere ersetzt. Ich habe das Gefühl, als hätte ich mein Mädchen im Stich gelassen. Und sie mich. Keine Wut, zu wenig Traurigkeit – es ist die richtige Entscheidung. Aber auch mit dieser Gewissheit fühle ich mich nicht besser. Es ist wie nach einer Operation. Erst ein notwendiger, schmerzhafter Eingriff. Dann Regeneration. Dann Gesundheit. Hoffe ich.

Kapitel 7

Frauke sitzt mit angezogenen Beinen auf der Couch und schnieft leise. In der Hand hält sie ein Taschentuch. Die Rauchwolke über ihr hat bedenkliche Ausmaße angenommen, und auf dem Bildschirm geht die Titanic unter, während die Musiker spielen. O Symbolik. Werde auch ich eines Tages an den Rettungsbooten Witze erzählen, während das Clubschiff sinkt und der Erste Maat panische Rentner abknallt?

Frauke zieht wieder die Nase hoch. Ich kann mich gerade noch bremsen, bevor ich ihr die großen Neuigkeiten verrate. Wenn ich ihr das jetzt erzähle, stehe ich morgen noch hier. Als Frauke damals mitbekam, dass ich eine Affäre hatte und damit meine Beziehung mit Tess gefährdete, nahm sie es so persönlich, dass ich das Gefühl hatte, sie selbst betrogen zu haben. Sie redete eine Woche nicht mit mir und verließ den Raum, wenn ich hineinkam. Was tut sie, wenn sie das hier erfährt?

Nachdem ich geduscht, Koffer ausgepackt, Bettwäsche gewechselt, das Bad geputzt und mir einen Espresso gemacht habe, gehe ich ins Arbeitszimmer. Ich schlürfe aus der heißen Tasse und schaue aus dem Fenster in den kargen Garten. Der Baum ist kahl. Keine Blumen. Kein Gras. So in sechs, acht Wochen wird es wieder blühen. Nach dem Winter kommt der Frühling, und dann ist das Leben auch für

Singles schön. Gott, Single. Wie geht das noch mal? Rumficken und sich frei fühlen? Isolieren und vereinsamen? Die Nächste suchen? Der Letzten nachweinen? Wieso zur Hölle bin ich kein bisschen erleichtert?

Ich nehme den Hörer und rufe Tess an. Mailbox. Ich zögere einen Augenblick, dann hinterlasse ich ihr eine Nachricht. Dass ich an sie denke. Sie liebe. Mich freue, sie wiederzusehen. Hoffe, dass es am Wochenende klappt. Worte wie immer. Bedeutung wie nie. Ich lege auf. Okay. Weitermachen. Los.

Mein Blick bleibt an den Rechnungen hängen. Um den Anruf noch etwas hinauszuzögern, gehe ich sie durch. Ein weiterer Krisenherd, der auf Entscheidungen wartet, denn ich habe den Fehler gemacht, den so viele machen: Wenn man gewisse Einnahmen hat, kommen sofort eine Menge Leute angerannt und erklären, dass man unbedingt Steuern sparen muss, also kauft man auf Kredit und spart ein paar Steuern, doch gleichzeitig verpflichtet man sich, jedes Jahr so viel zu verdienen wie in dem Rekordjahr – und schwups: In dem einen Moment hast du Einnahmen, die dir auf Jahre hinaus ein Sicherheits- und Freiheitsgefühl geben könnten, im nächsten hast du plötzlich Schulden, die dich zwingen, die kommenden dreißig Jahre genauso erfolgreich zu sein, sonst zack – gehört alles der Bank. Dank der furchtbaren Beratung von Finanzexperten wird Erfolg zu einem Damoklesschwert, und wenn meine Einnahmen sich in nächster Zeit nicht verbessern, habe ich ein Problem. Dass Arne seine Miete nicht zahlt, macht es nicht besser, eigentlich sollte ich ihn längst mal darauf angesprochen haben, meine große Stärke, haha. Doch wer weiß, vielleicht ist jetzt ja der Knoten geplatzt, und ich werde zum Fachmann für unangenehme Gespräche. Das lässt sich leicht herausfinden …

Ich schnappe mir den Hörer und wähle die Agenturnummer. Die Frau, die sich meldet, ist mir unbekannt, was nur fair ist, da sie mich fragt, wie man meinen Namen buchstabiert. Ich erkläre ihr, dass man ihn so schreibt, wie man ihn spricht, sie könne aber auch gerne den Agenturkatalog aufschlagen, dort stehe er geschrieben. Zur Strafe werde ich in die Warteschleife verbannt. Sie besteht aus einer Pointe von Ausbilder Schmidt. Nach ein paar Minuten bin ich kurz davor zu salutieren, und was ich vielleicht tatsächlich von ihm lernen sollte, wäre Disziplin. Erst den Schaffner, dann die Jecken und jetzt noch eine Sekretärin. Was kommt als Nächstes? Anonyme Schmähbriefe an den Bundespräsidenten?

»Clemens Dibrani«, sagt die ölige Stimme meines Agenten.

»Hi, Clemens, hier ist Lasse. Damkjær Nielsen«, füge ich sicherheitshalber hinzu.

»Von den Toten auferstanden«, lacht er kurz, aber herzlich.

»Eigentlich waren es nur vier Wochen Urlaub«, sage ich, bevor mir einfällt, dass er vielleicht meine Karriere meint. »Du hast was für mich?«

Wieder lacht er kurz.

»Unser Lieblingssender sucht Stand-up-Comedians für eine Show. Es gibt einen Qualifikationsmodus. Zuerst das Casting, dann die Qualifikation und dann das Finale mit den Besten. Qualifikation und Finale werden ausgestrahlt. Der Finalsieger bekommt eine eigene Sitcom. Ich hoffe, du bist flexibel, denn der NRW-Cast ist heute. Genauer gesagt, in fünf Stunden.«

»Fünf Stunden.«

Er lacht kurz.

»Wir haben versucht dich zu erreichen. Hörst du eigentlich nie dein Handy ab?«

»Hat man mir geklaut«, sage ich, während ich mich versuche zu erinnern, wie hoch die Honorare früher für TV-Auftritte waren.

»Immer noch?«, lacht er. »Du bist wirklich der Einzige, den ich kenne, der keins hat. Wäre natürlich einfacher, Geschäfte zu machen, wenn man dich erreichen könnte.«

»Ich kaufe mir morgen ein neues.«

»Ja, sicher, hör mal, unter uns ...« Er macht eine kleine Pause, um sicherzugehen, dass ich mitbekomme, wie wichtig seine folgende Aussage wird. »Ich werde ganz offen zu dir sein.«

»Danke schön.«

»Du bist ja so was wie unser Agenturmaskottchen, doch die Nachfrage hat in letzter Zeit drastisch nachgelassen. Wir sollten da was tun.«

Maskottchen.

»Verstehe«, sage ich und verkneife mir den Spruch, wie man im Gespräch bleiben soll, wenn man das halbe Jahr auf offener See vor Publikum im Wachkoma spielt. Aber vielleicht ist das kein Zufall. Ich wäre nicht der erste Künstler, den man in der Provinz parkt, um ihn loszuwerden.

»Also, dieses Casting heute ...«, fährt er fort und macht wieder eine Pause.

»Ich bin ganz Ohr«, versichere ich ihm.

»Einige hier sind der Meinung, dass wir eine Nummer zu groß für dich sind, andere glauben, du bist ausgebrannt. Sie sind halt ein bisschen enttäuscht von der Entwicklung in letzter Zeit. Es wäre nicht schlecht, wenn du es ihnen allen mal wieder richtig zeigen würdest. Du hast doch dein Programm noch drauf, ja?«

»Klar«, lüge ich und verkneife mir den nächsten Kommentar.

»Super«, sagt er und klingt wirklich erleichtert. »Ich hab's ihnen ja gleich gesagt, der lustige Däne packt das, aber du weißt ja, wie die sind.«

Die. Ich bin kurz davor, mich zu übergeben. Aber er hat recht. Ein Zeichen des Erfolges könnte nicht schaden. Auf der Agenturhomepage stehen direkt neben den anderen Künstlern jeweils die letzten Auszeichnungen und die nächsten TV-Ausstrahlungen aufgelistet. Neben meinem Foto steht seit Jahren: *Auf Tour.*

»Bist du noch dran?«, fragt seine ölige Stimme aus dem Hörer.

»Sicher. Ich überlege nur, also, das mit der Nummer zu groß und ausgebrannt, das klingt ja irgendwie nicht so gut. Gibt es da vielleicht noch irgendwas, das ich wissen sollte? Es klingt ja ein bisschen wie ein Ultimatum.«

Es bleibt einen Moment ruhig am anderen Ende der Leitung. Dann lacht er wieder kurz.

»Hat doch keiner gesagt, oder? Hab ich das gesagt? Nein. Aber es ist schon nicht unwichtig, der Welt immer wieder zu zeigen, dass man im Saft steht.«

»Sonst?«

Es bleibt kurz still, dann seufzt er, als würde es ihm das Herz brechen.

»Lasse, du weißt doch, wie es ist. Jeder hat mal eine schlechte Phase, aber deine dauert wirklich lange, andere Agenturen hätten dich längst fallen lassen, aber wir, wir glauben an dich. Darum geben wir dir die Chance, uns heute bei dem Casting zu vertreten, bei dem viele andere gerne dabei wären.«

»Und wenn ich nicht gewinne?«

Wieder ein kurzes Zögern.

»Dann sollten wir uns zusammensetzen und uns überlegen, was das Beste für dich wäre.«

So nennt man heutzutage also einen Arschtritt.

»Was ist denn aus ›In meiner Agentur geht man keine Geschäftsbeziehungen, sondern lebenslange Freundschaften ein‹ geworden?«

»Habe ich das gesagt?«, fragt er und klingt wirklich überrascht.

Ich nicke dem Hörer zu.

»An dem Tag, als ich bei dir unterschreiben sollte. Dem Tag, als RTL mir die Hauptrolle in der Polizei-Sitcom anbot.«

»Aus der du mitten im Dreh ausgestiegen bist«, berichtigt er mich.

»Weil mein Arbeitskollege ein pädophiles Arschloch war«, erinnere ich ihn.

Darauf bleibt es still, und er hat recht. Streite ich mich hier tatsächlich gerade mit Clemens über Menschen mit mangelhaftem Charakter?

»Also, am besten ist, ich gewinne einfach dieses Ding, was?«

»Genau«, sagt er sofort. »Das wäre das richtige Signal. Also bist du dabei, ja?«

»Hab ich dich je enttäuscht?«

Diese Frage bleibt unbeantwortet.

»Gut«, sagt er nach einem Augenblick. »Es ist heute ohne Publikum, es gibt eine Jury, und du brauchst einen Dreiminüter. Bleib eine Sekunde dran.«

Schon läuft wieder die Warteschleife. Diesmal mit einer Pointe aus der Fips-Asmussen-Hölle. Ich starre aus dem Fenster. Clemens weiß genauso gut wie ich, dass es sinnlos ist, mich zu einem Casting zu schicken. Ich lag bei allen Sendern bereits mehrmals auf dem Tisch. Und im Giftschrank. Und dann auch noch Stand-up. Wenn er mich mal auf dem Schiff besucht hätte, wüsste er, dass ich seit Jahren nur noch moderiere und Geschichten erzähle – und zwar für Menschen, die gerne live schlafen. Das passt nicht zwingend ins Fernsehen. Wobei, wenn sie schlafen, können sie nicht wegzappen. Hm!

Der Horrorwitz wird unterbrochen.

»So. Geht alles klar, wir hatten zwar schon einen Ersatz, aber den haben wir wieder ausgeladen.«

Prima. Noch ein Feind.

»Super.«

Er stimmt mir zu, dass es super ist, und verbindet mich mit seiner Mitarbeiterin, die mir alle nötigen Informationen geben soll. Ich entschuldige mich für vorhin, sie tut, als wüsste sie nicht, wovon ich rede, und gibt mir die Eckdaten durch. Das heutige Casting findet in einem Hotel statt. Honorar gibt es, wenn ich mich qualifizieren sollte. Sie fragt, ob ich einen Fahrdienst brauche. Ich sage Nein und wünsche ihr einen schönen Tag. Sie mir nicht und legt auf. Ich lehne mich zurück und werfe wieder einen Blick in den Garten. Hm. Wahrscheinlich treffe ich irgendwann eine neue Frau, die mich liebt und mit mir eine Beziehung haben will. Genau. Also besteht auch die Möglichkeit, dass ich irgendwann eine neue Agentur finde, die mich toll findet und mit mir arbeiten will. Genau. Also ist eigentlich alles gut. Genau.

Ich schaue noch einen Moment in den Garten, bis ich den Impuls wegrationalisiert habe, mich mit zwanzig Filmen zu Frauke auf die Couch zu legen. Ich muss es einfach durchziehen und das Beste daraus machen. Auch wenn es heute Abend ein Reinfall werden sollte, sehe ich zumindest ein paar Kollegen wieder und kann vielleicht einen Job auf dem Festland abstauben.

Das Mailprogramm meldet sich. Es hat mehrere Minuten gebraucht, um alles zu saugen. Einen Monat weg, tausendfünfhundert Mails. Spam, Spam, Spam, Partyeinladung, Spam, Spam, Spam, Gruß von Halbbekannten, Spam, Spam, und dann noch mal Spam, Spam, Spam. Es bleiben glatt einundvierzig übrig. Ein paar von der Agentur. Ein paar Onlinerechnungen. Drei sind von mir selbst. Die habe ich mir geschickt, als ich unterwegs gute Ideen für Nummern hatte, die ich nicht vergessen wollte. Zwei der Ideen sind so blöde, dass ich an meinem Verstand zweifele. Die andere speichere ich im Ideen-Ordner.

Die einzig schöne Mail ist von Tess. Sie ist eine Woche alt. Sie muss sie mir aus San Francisco geschickt haben. Als wir uns für ein paar Stunden trennten, hat sie sich ein Internetcafé gesucht, um mir zu schreiben, wie sehr sie mich liebt. Mein Herz wackelt. San Francisco. Damals. Als ich noch nicht wusste, dass sie ins Ausland geht. Gott, mein Mädchen geht nicht ins Ausland, sondern nach China. Ich verliere nicht nur meine Partnerin, ich verliere meine Freundin.

Das Telefon klingelt. Mein Magen saust in die Tiefe. Bevor ich es realisiere, habe ich bereits den Hörer in der Hand.

»Die Halle.«

»Liebster ...«

Ihre Stimme ist leise und klingt angestrengt und bringt mein Herz zum Klopfen.

»Ach, Süße ...«

Wir hören unserem Atem zu.

»Was machst du?«

»Durchhalten«, sagt sie und atmet dann rau. Wieder verstreichen ein paar Sekunden. »Alle wollen was von mir. Sie wollen Entscheidungen, und alles, was ich denken kann, ist, dass ich einen schlechten Albtraum hatte, in dem wir uns getrennt haben.«

»In einem Speisewagen der Deutschen Bahn«, erinnere ich sie.

Sie lacht nicht.

»Das ist so … unwirklich. Ich meine, gestern waren wir noch auf einem anderen Planeten, heute trennen wir uns, und jetzt sitze ich in einem Konferenzraum und soll Fremde von den Vorzügen des Konfliktmanagements überzeugen.«

»Das ist wirklich schräg.«

»Ja«, sagt sie.

»Ja«, sage ich.

Kleine Pause, in der wir uns beim Atmen zuhören. Im Hintergrund leises Klackern. Vielleicht wieder ihre Finger. Ihr Atem wird gepresster.

»Ich habe viel verbockt, was?«, sagt sie mit brüchiger Stimme.

Bei dem Klang ihrer Stimme muss ich mich zusammenreißen, um ihr nicht zu versprechen, dass alles wieder gut wird. Ich schüttele den Kopf einen Augenblick, bis mir bewusst wird, dass sie es nicht sehen kann.

»Nein. Niemand ist schuld. Wir haben uns einfach auseinandergelebt«, sage ich und wundere mich, wie abgeklärt meine Stimme klingt.

»Ja, aber … trennen …«, sie zögert einen Augenblick, in dem ich höre, wie das Klackern zunimmt, »ich verstehe es schon, ich habe auch schon daran gedacht, aber … wir lieben uns doch …«

Sie verstummt wieder, und in mir rüttelt und zerrt es, will, dass alles wieder gut wird, will versprechen und hoffen und lügen und liegen, will eine neue Chance. Sind alle Scheidungskinder so irre? Klammern wir uns aneinander, weil wir rückwirkend die Beziehung unserer Eltern retten wollen?

»Süße, es dreht sich nicht um unsere Liebe, sondern um unsere Beziehung. Wir beenden ja keine Gefühle, wir verändern nur den Rahmen.«

Sie beginnt stoßartig zu atmen, versucht sich zu kontrollieren.

»Ich will dich nicht verlieren«, sagt sie mit zitternder Stimme.

Ich spüre ein Zittern, als sie meine größte Angst ausspricht. Ich atme tief ein und lasse die Luft langsam herausströmen, bevor ich spreche.

»Dann komm nach Hause. Wir suchen dir einen netten Halbtagsjob, du lernst Kochen, und wir legen uns eine Bibliothek zu.«

Sie lacht nicht.

»Ach Süße, komm schon, du wirst mich nicht verlieren. Ich will dich auch nicht verlieren, das wäre ja auch total bescheuert. Wir sind Freunde, wieso sollte sich daran etwas ändern?«

Im Hintergrund öffnet sich eine Tür. Eine weibliche Stimme fragt etwas. Die Stimme fragt sofort noch etwas, diesmal mitfühlender. Tess bittet um eine Minute. Die Tür schließt sich wieder. Ich raffe mich auf.

»So, Tessa Krytowski, jetzt hör mir mal zu.«

Ich mache eine Pause. Nichts.

»Hörst du?«

»Ja«, sagt sie leise.

»Gut. Wir telefonieren täglich und verbringen alle Wochenenden, die du freibekommst, zusammen. Du siehst, es ändert sich kaum etwas, also kümmere dich jetzt darum, dass du deinen Job behältst. Ich will nicht, dass meine Ex 'ne Versagerin ist, dann kann ich nicht mehr mit ihr angeben.«

Es bleibt noch ein paar Momente ruhig. Gedämpfte Stimmen sind hörbar. Die Vorstellung, dass sie jetzt in einem Büro sitzt und diese Typen hinter der Tür lauern, um sich beim geringsten Zeichen hereinzustürzen. Ich will sie beschützen, obwohl ich längst gelernt habe, dass ich das nicht kann. Mein Job ist es, ihr Rückendeckung zu geben, ein Zuhause, einen Ort, an den sie denken kann, wenn sie unter Beschuss ist, einen Ort, an dem sie auftanken kann, wenn sie leer ist.

»Ich liebe dich«, sagt sie leise, aber diesmal klingt es nicht, als wäre es ein Grund zum Trauern.

»Damit komme ich irgendwie klar. Und jetzt geh gefälligst arbeiten.«

Es bleibt wieder einen Augenblick still, doch als sie dann spricht, klingt ihre Stimme wieder freier.

»Ich liebe dich wirklich.«

Ich lächele.

»Ich weiß, und das ist schön, ich liebe dich auch. Sieh zu, dass du das Wochenende freibekommst, dann verstecken wir Fraukes Drogen und schauen zu, wie sie auf Turkey kommt.«

»Au ja«, sagt sie, und ich höre ihrer Stimme an, dass sie lächelt. »Ich denk an dich. Bis morgen, Liebster.«

Sie unterbricht. Ich lege den Hörer auf, sitze still und atme. Wie viele solcher Telefongespräche haben wir in den letzten Jahren geführt. Sie ist da draußen und versucht sich zu behaupten. Sie braucht jemanden, der ihr Kraft gibt und

Mut macht, wenn sie schwach ist. Das kann ich. Und das ist schön. Es befriedigt mich, dass sie mich braucht. Ja. Und dennoch. Was würde ich darum geben, wenn sie sich mal um mich kümmern würde. Im selben Moment, als ich es denke, weiß ich, dass es unfair ist. In unseren ersten Jahren hat sie sich nur um mich gekümmert. Sie war mit auf Tour, hat Zeit und Energie in mein Leben investiert. Bis sie ihr eigenes fand. Wir haben abwechselnd das Leben des anderen mitgelebt, aber nie unser gemeinsames aufgebaut – das könnte ich jetzt tun. Soll ich mit ihr nach China gehen und für die Menschenrechte kämpfen? Ich könnte mich auf dem Platz des himmlischen Friedens von einem Panzer überrollen lassen. Das gibt Weltpresse, und mit genug Schlagzeilen finde ich vielleicht eine neue Agentur. *Hallooo!! Der Auftritt! Du hast noch fünf ... viereinhalb Stunden, um zu verhindern, dass es eine absolute Blamage wird! Und mal ehrlich, pleite, Single und arbeitslos ist vielleicht ein bisschen viel auf einmal, oder?*

Ich zwinge meine Hand, die Textmappe aufzuschlagen, und blättere halbherzig durch die Texte. China, verdammt noch mal!

Die Textmappe segelt durch den Raum und klatscht an die Wand. Sie öffnet sich nicht einmal, als sie zu Boden fällt. Gute Aktion. Geht es mir jetzt besser? Aber kein verdammtes Scheißbisschen. *Hallooo!! Viereinhalb Stunden minus zehn Sekunden!*

Ich hole die Textmappe, lege mich auf die Couch und blättere durch das Ergebnis meines Schaffens der letzten Jahre. Die Nummern sind alt. Ich sollte längst ein neues Programm geschrieben haben. Aber auch auf diesem Gebiet ist in der vergangenen Zeit nichts passiert. Ich brauche einen Dreiminüter. Ohne Publikum braucht der Text nicht so populistisch zu sein. Vor einer Jury kann es eine Spur feiner sein als bei einem Battle, wo Polemik und Lautstärke gefragt sind, also entscheide ich mich schließlich für einen Text über den Unterschied zwischen Liebes- und Actionfilmen, drucke ihn aus und gehe damit in die Halle. Über der Couch hängt ein Cannabisatompilz, aber der Bildschirm ist dunkel und von Frauke nichts zu sehen. Ist mir recht, keine Zuschauer zu haben. Als ich meinen letzten Stand-up gemacht hab, stand das Gesetz noch über Kohls Ehrenwort.

Ich räume die Galaecke frei, ziehe die Oberlichter zu und richte das Bühnenlicht aus. Dann setze ich mir das Headset auf und beobachte den Mann im Spiegel. Er sollte mal zum Friseur gehen. Er sollte sich mal einen neuen Anzug kaufen. Er sollte mal seinen Text lernen. Er sollte mal aufhören, an seine Ex zu denken.

Kapitel 8

Eine Stunde später bereue ich mal wieder, dass ich damals nicht mit Regisseuren zusammengearbeitet habe, als noch welche wollten. Natürlich habe auch ich mal einen Workshop bei Leo Bassi und einen bei Jango Edwards besucht, aber die habe ich mehr genossen, statt zu lernen. Ich gefiel mir zu sehr als Autodidakt. Das hatte den feinen Vorteil, dass meine Stärken nicht durch Handwerk limitiert wurden. Und den groben Nachteil, dass meine Schwächen nicht durch Handwerk limitiert wurden. Und so fällt es mir auch nach zehn Jahren Bühne schwer, eine gute Nummer zu wiederholen, weil ich nie ganz sicher bin, wie ich das gemacht habe. Manche Comedians improvisieren viel, weil sie es sich leisten können. Bei ihnen ist Stimme, Gestik und Text eins geworden. Sie sind so gut, dass sie bei jedem Impuls die richtige Haltung finden und sie auch technisch umsetzen können. Doch auch nach zwei Stunden proben ist es bei mir noch immer so, als würden sich ein Israeli und ein Palästinenser über Politik unterhalten.

Eine weitere Stunde nörgele ich an meinem Spiegelbild herum, dann freunden sich Text und Stimme langsam an. Fehlt nur noch die Performance, doch nachdem ich das ganze letzte Jahr versucht habe, niemanden im Publikum aufzuwecken, kann mein Körper sich einfach nicht an die neue Freiheit gewöhnen. Als ich zum zwanzigsten Mal eine

Pointe mit einer falschen Bewegung hinrichte, rieche ich Hanf. Ich drehe den Kopf. Frauke lehnt mit verschränkten Armen am Küchentisch und beobachtet mich.

»Was machst du da?«

»Proben.«

Sie mustert mich mit rot unterlaufenen Augen.

»Ich habe dich schon proben sehen. Das sah anders aus.«

»Ich bin etwas eingerostet. Lässt du mich bitte allein, ich muss voranmachen, ich habe ein Casting in ...« Ich werfe einen Blick auf die Wanduhr. »Gleich.«

Sie merkt auf.

»Ein Casting? Klasse!«

»Ja.«

Sie hört auf zu lächeln.

»Mensch, jetzt sei doch nicht wieder so negativ.«

»Bin ich nicht.«

»Bist du wohl.«

»Nein, ich bin bloß realistisch: Ich habe die Castings nicht gewonnen, als ich besser und die Konkurrenz schlechter war – wieso sollte ich sie jetzt gewinnen?«

Sie zuckt die Schultern.

»Es haben schon viele ein Comeback geschafft.«

»Das wäre kein Comeback, sondern eine Exhumierung. Lässt du mich jetzt bitte machen?«

»Wie auch immer ...«, kichert sie. »Wenn du schon mitmachst, dann versuch doch wenigstens, ein bisschen Spaß zu haben, ja? Spaß kann bei Comedy doch nicht schaden, oder? Wer weiß, vielleicht ist heute dein großer Tag.«

»Zweckoptimistin.«

»Zwecklosrealist.«

Ich verdrehe die Augen. Sie verdreht ihre. Ich seufze.

»Frauke. Geh und lass mich arbeiten.«

Statt zu verschwinden, greift sie in ihre Tasche und holt den unvermeidbaren Beutel hervor. Sie beginnt seelenruhig einen Joint zu bauen.

»Und, wie lief es gestern noch? Habt ihr endlich ...«

Sie startet wieder einen Ford T.

»Tess hat einen neuen Job, sie geht ins Ausland.«

Sie ist noch immer mit dem Joint beschäftigt.

»Für wie lange?«

»Erst mal ein halbes Jahr.«

Sie nickt und bastelt aufmerksam weiter.

»Und wohin?«

»China.«

Sie hört auf zu drehen und hebt den Blick.

»Oh.«

»Ja, oh! Kann ich jetzt weitermachen?«

Sie mustert mich einen Augenblick. Dann senkt sie den Kopf. Mit derselben Aufmerksamkeit wendet sie sich wieder ihrem Joint zu, drückt mal hier und leckt mal da.

»Willst du wissen, was das Problem ist?«, fragt sie.

Alles klar. Sie hat nur darauf gewartet, endlich mal über die Probleme anderer reden zu können, jetzt, wo es mit dem Arschloch drei Tage am Stück gut läuft.

Ich wende mich dem Spiegel zu, weiß aber nicht, wie ich wieder anfangen soll. Jetzt, wo sie zuhört, geht nichts mehr. Prima, ich bin schon erledigt, wenn nur einer im Raum wach ist. Vielleicht kann ich nachher Schlaftabletten an die Jury verteilen.

»Das Problem ist, dass ihr nicht mehr miteinander schlaft«, fährt sie fort. »Man vergisst, wie schön Sex ist, wenn man zu lange ohne lebt, und mal ehrlich, die Generation, die euch vögelnd erlebt hat, stirbt langsam aus.«

Ich schaue sie im Spiegel an.

»Du hast recht, Sex scheint wirklich viel auszumachen. Das Arschloch benutzt dich, belügt dich, hält dich hin, raubt deine Zeit und behandelt dich respektlos, und du machst das alles mit, weil er seine sozialen Defizite scheinbar sexuell ausgleichen kann. Guter Sex bringt also jemanden wie dich dazu, eine Affäre ohne Perspektive mit einem Mann ohne Anstand zu führen. Und wenn du nicht gerade durchhängst, blühst du sogar dabei auf, ich habe dich heute früh singen hören. So etwas kann guter Sex bewirken, ist total wichtig. Aber eben nicht alles. Gut? Kann ich jetzt weitermachen?«

Sie mustert ihren Joint eindringlich. Falls irgendetwas von dem, was ich gesagt habe, sie interessiert haben sollte, versteckt sie es ganz gut.

»Bist du eigentlich impotent?«

Ich starre sie an. Sie hebt den Blick und schaut mich an. »Ich meine, funktioniert das Equipment noch?«

»Bin ich 'ne verdammte Rockband oder was? Frauke, hau ab! Ich muss mich konzentrieren!«

Sie zündet sich genüsslich den Joint an und nickt vor sich hin, gibt mir die volle Anwaltsnummer: Du musst ja nichts sagen, es ist ja dein Geld, dein Leben, dein Hintern in der Knastdusche. Ich habe einmal miterlebt, wie sie einen Mandanten eine Stunde lang ignorierte, bis er endlich mit etwas rausrückte, was wie eine Wahrheit klang.

»Ist ein ernstes Thema. Viele Männer haben da Probleme, und wenn Kerle keinen mehr hochkriegen, kommen sie auf die merkwürdigsten Gedanken.« Sie atmet tief ein, die Glut leuchtet rot auf. Sie behält den Rauch in der Lunge und bläst ihn dann in einer dicken weißen Wolke heraus, während sie nachdenklich nickt. »Ja, wirklich, wir hatten mal einen Mandanten, der hat eine Vergewaltigung gestanden, nur um jeden Zweifel an seiner Potenz auszuräumen.«

Ich wende mich ab, nicke meinem Spiegelbild zu und zwinge mich, meine Nummer von vorne zu beginnen. Wie geht der Tunnelblick noch mal, den man einsetzt, wenn die erste Reihe im Koma liegt? Oder Satan bekifft am Küchentisch lehnt, jede Bewegung mit missbilligendem Lippenschmatzen kommentiert und bei Fehlern hörbar die Luft zwischen den Zähnen einzieht?

Kapitel 9

Als ich das Hotelfoyer betrete, wirft der Portier mir einen abschätzenden Blick zu. Scheinbar sieht man mir an, dass ich saukomisch bin, denn er deutet wortlos nach links, wo der Festsaal ausgeschildert ist. Ich folge den Schildern und bleibe schließlich im Eingangsbereich des Saals stehen. Der Raum ist durch Paravents geteilt worden. Auf der einen Seite findet das Casting statt. Ein paar Scheinwerfer sind auf eine Wand gerichtet, davor stehen fünf Stühle für die Juroren, keine Anlage, kein Verfolger – nicht mal eine Bühne. Ich war schon auf luxuriöseren Schützenfesten.

Auf der anderen Seite befindet sich der Aufenthaltsbereich, in dem sich bereits einige Comedians über das Catering hermachen. Die meisten sind halb so alt wie ich und verbreiten ein aufgeregtes Summen. Wenigstens sind auch zwei Veteranen da. Peter der Grandiose, der nicht so gut ist, wie er glaubt, und Kohl, der richtig gut ist, es aber einfach nicht glauben kann. Sie sitzen an verschiedenen Enden des Raums. Auch nach zehn Jahren in demselben Job, teilweise denselben Shows, verträgt sich Größenwahn immer noch nicht mit exzessiven Selbstzweifeln.

Neben Kohl sitzt sein Agent Herr Scheunemann. Ein kleiner, höflicher Mann, der mich immer an Charles Aznavour erinnert. Er nickt mir zu. Ich nicke zurück. Eines der Kids entdeckt mich. Er stößt die anderen an, alle drehen den Kopf und mustern mich. Ach, schau, den gibt es auch noch? Nein, scheinbar nicht, denn auch nach fünf Minuten kommt noch immer keiner vorbei, bei dem ich mich anmelden kann, also gehe ich in den Raum, suche mir einen freien Stuhl, nicke Kohl und dem Grandiosen zu, setze mich und beginne meinen Kram auszupacken. Der Grandiose steht auf, kommt rüber und lässt sich auf den Stuhl neben mir sinken.

»Eigentlich bin ich gar nicht hier«, sagt er und lässt seinen Blick angewidert durch den Raum schweifen. »Ich bin mit der Post auf Tour. Sechs Wochen lang, sieben Auftritte täglich. Gibt gut Geld …«

Er lässt eine Pause, damit ich ihn fragen kann, wie viel.

»Hallo Peter«, sage ich und beginne meine Tasche auszupacken.

Er nickt nachdenklich.

»Na ja, für einen TV-Cast kann man ja mal anrücken, obwohl, es gibt keine Security hier, ich bin einfach durchgelaufen. Al-Qaida könnte jetzt einfach hier reinspazieren und uns in die Luft jagen, scheißegal, Hauptsache der Sender spart ein bisschen Geld.«

»Ein Dutzend Comedians. Ein herber Verlust für die Menschheit.«

Er lacht nicht. Stattdessen schaut er mich abschätzend an.

»Und was machst du hier? Ist deine Jacht gesunken?«

»Winterpause«, sage ich und packe meinen Text aus, den ich immer vor dem Auftritt noch mal abschreibe. Die beste Art, die ich bisher entdeckt habe, um meinem schlechten Gedächtnis nachzuhelfen.

»So einen Dampferjob könnte ich auch mal versuchen«, sinniert er, auf seiner Unterlippe kauend.

Wenn er zuvor überhaupt auf der Liste von Leuten gestanden hätte, die ich um einen Job anhauen würde, könnte ich ihn jetzt streichen. Wenn er freiwillig in See stechen will, muss es ihm schlecht gehen. Er hat auch noch kein Mal »grandios« gesagt. Vielleicht holt ihn die Realität langsam ein.

»Bist du noch bei der Agentur?«

Ich nicke. Er zögert kurz, dann nimmt er Anlauf und springt über seinen riesigen Schatten.

»Kannst du mich connecten?«

Ich schließe den Kopfhörer an den iPod an.

»Peter, du hast sie abgelehnt, als sie dich wollten.«

Er lässt seinen Blick wieder durch den Raum flackern.

»Ich weiß.«

Ich setze mir den Kopfhörer auf und warte noch einen Augenblick, ob heute vielleicht der Tag gekommen ist, an dem er sich bei mir entschuldigt.

»Fünf krieg ich bei der Post«, sagt er. »Und alles frei.«

»Gratuliere«, sage ich und drücke auf Start.

Aus irgendeinem Grund schließt er, dass ich nicht in Plauderlaune bin, steht auf und geht zum Catering, wo er zwei der Kids zur Seite drängelt, um sich einen Kaffee einzuschenken. Als ich mit Comedy anfing, rutschte er gerade mit seinem dritten Soloprogramm in die erste Liga und wurde zur Diva. Zwei Jahre lang kassierte er Preise, füllte Zweitausender-Hallen und hatte freie Wahl im Sitcom-Bereich. Er entschied sich für eine Polizei-Sitcom. Zwei Bullen, der eine Marke Slegdehammer, sein Pendant der typische deutsche Beamte, dessen Rolle mir vom Sender zugestanden wurde. Beim Dreh stellte der Grandiose sofort klar, wer der Star ist, und ich versuchte die Klappe zu halten, weil es meine große Chance war, an der Seite des Comedypreisgewinners bekannt zu werden.

Ein paar Wochen ignorierte ich, wie er die Leute behandelte und dass er sich das erlauben konnte, weil ihm alle, einschließlich Regisseur, Producer und Produzent, in den Arsch krochen. Dann eskalierte die Situation. Nach einer Aufzeichnung pickte er sich immer wieder einen seiner weiblichen Fans aus der Autogrammmenge und vögelte sie im Hotel, was kein Verbrechen gewesen wäre, wenn er auf Volljährige gestanden hätte. Als ich ihn mit einer erwischte, die aussah, als wäre sie am Tag zuvor vierzehn geworden, gerieten wir aneinander. Am nächsten Tag wurde ich von der Produktion wegen unüberbrückbarer Differenzen von der weiteren Zusammenarbeit freigestellt. Ein Fehler. Von mir. Denn niemand zeigte ihn an. Die Kids wussten genau, was sie wollten, und bekamen es. Und der Grandiose wusste genau, was er wollte, und bekam es ebenfalls. Nur einer bekam nicht, was er wollte.

Die Serie lief an und wurde ein Erfolg, dennoch wurde sie nach einer Staffel eingestellt, weil der Grandiose so lange über seinen neuen Partner lästerte, bis ein Konzept entwickelt wurde, das ausschließlich ihn in den Mittelpunkt stellte. Daraufhin lehnte er sämtliche Drehbücher ab und ging wieder auf Tour. Als er zwei Jahre lang mit demselben Programm getourt und auf allen Sendern in Gastauftritten totgedudelt worden war, wollte ihn keiner mehr sehen. Statt sich Zeit zu lassen, schraubte er über Nacht ein kaum verändertes Liveprogramm zusammen und zog wieder los. Seine Fans brauchten erstaunlich lange, aber irgendwann spürte sogar das TV-Publikum, dass es verarscht wurde, und ließ ihn fallen. Als er keine Quote mehr brachte, erinnerten sich die Veranstalter, Redakteure und Agenturen plötzlich daran, dass er sie wie Scheiße behandelt hatte. Und Tschüss.

Der Grandiose setzt sich auf seinen Stuhl, schlürft an seinem Kaffee und schaut überallhin, nur nicht zu mir. In der anderen Ecke redet Herr Scheunemann leise auf Kohl ein und macht ihm Mut. So wie der Grandiose seine Chance durch Gier und Arroganz vernichtet hat, hat Kohl seine verzaubert. Als er ohne viel Liveerfahrung gleich sein erstes TV-Casting gewann, konnte er es gar nicht glauben. Er meinte, er sei noch nicht so weit, und wolle sich erst live entwickeln. Der Sender zuckte die Schultern und nahm jemand anderes. Bis heute. Mittlerweile ist er ein richtig guter Comedian geworden, aber eine Show hat er nie bekommen. Kein Produzent will jemanden verpflichten, der an Selbstzweifeln leidet. Ihre eigenen reichen ihnen.

Ich höre Musik und schreibe meinen Text ein paarmal ab. Währenddessen treffen weitere bekannte Gesichter ein. Einer der Typen ist sogar schlimmer abgestürzt als ich: Er gibt Privatunterricht für reiche Kinder, die glauben, sie sind lustig, Grundgütiger! Ansonsten ist the next generation in der Überzahl. Unter den Kids sind Gott sei Dank auch ein paar Frauen. Zum Glück trägt keine von ihnen ein lustigdoofes Kostüm oder hat ein total blöd-witziges Instrument dabei, das sie nicht beherrscht. Die Quotenfrauen sterben langsam aus, und das wird verdammt noch mal auch Zeit. Nicht dass ich die größte Berechtigung hätte, über talentfreie Comedians herzuziehen, aber die Comedyfrauen der Neunziger haben sogar meinen Berufsstolz verletzt.

Eine Stunde später summt der Saal. Hinter dem Paravent läuft das Casting, der Produktionsassi muss immer wieder rüberkommen und den Nachwuchs ermahnen, doch bitte etwas leiser zu sein. Er könnte genauso gut einen Bären bitten, nicht zu furzen – die Kids zappeln herum, als müssten sie gleich in der Hollywood Bowl auftreten. Ich nippe an meinem Tee, mache ein paar Mundlockerungsübungen und tausche »Weißt du noch?«-Blicke mit Kohl, wenn die Kids jemanden euphorisch anfeuern, der zum Casting muss, um ihn dann mit Fragen zu bombardieren, wenn er wieder zurückkommt. Sie sind wie Kinder, die sich auf den Weihnachtsmann freuen. Soll man ihnen den Fake verraten? Nein, das würde ihnen die Freude nehmen. Aber kann man sich mit ihnen freuen? Nein, man weiß zu viel. Also hält man die Klappe, sitzt da und fühlt sich alt und desillusioniert. Prima. Jetzt vergleiche ich meine Karriere schon mit dem Weihnachtsmann.

Plötzlich beginnen die Kids zu tuscheln und schielen nach links. Ich folge ihren Blicken zum Eingang. Ein tief gebräunter Clemens kommt mit einer Blondine im Arm herein. Er trägt einen grauen Anzug und glitzert am Hals, dem linken Ohr, dem linken Handgelenk und vier Fingern der linken Hand. Wie ich von einer seiner Exmitarbeiterinnen weiß, glitzert er auch weiter unten, zentral. Er und der Papst lassen sich gerne den Ring küssen.

Er bleibt im Eingangsbereich stehen und schaut durch den Raum wie Napoleon über sein Schlachtfeld, das Kinn vorgestreckt, den Rücken durchgedrückt. In dem teuren Maßanzug und den italienischen Halbschuhen sieht er aus, als würde er für einen Fotografen posieren. Dann entdeckt er mich, strahlt über das ganze Gesicht und kommt mit ausgestreckter Hand auf mich zu.

»Lasse!«, lacht er. »Willkommen an Land!«

Ich schaffe es gerade noch aufzustehen, bevor er meine Hand ergreift, während er mir mit der anderen den Ellbogen hält wie in einem Begrüßungsworkshop für Nachwuchspolitiker.

»Schön, dass du es geschafft hast«, strahlt er.

»Musste ich ja«, sage ich. »Sonst hätte ich das alles hier verpasst.«

Ich mache eine Handbewegung in die Runde, als würde ich im Schloss Neuschwanstein stehen und einem Gast die Stallungen zeigen. Clemens kniept mir zu und verbreitet den leichten, aber durchdringenden Duft von sportlichem Rasierwasser.

»Keine Sorge, es wird ein guter Abend für dich.«

Ich hebe fragend die Augenbrauen. Er richtet einen Daumen auf seine Brust.

»Ich bin in der Jury. Und sie auch.« Er zeigt zu seiner Begleiterin. »Ihr kennt euch ja.«

Ich strecke die Hand aus.

»Ich wüsste nicht ...«, beginne ich und merke im selben Augenblick, wer vor mir steht. Benedicta Hollerbach. Oder BH, wie die Boulevardpresse sie getauft hat. Lange nicht gesehen, und in der Zwischenzeit war allerhand bei ihr los. Sie ist berühmt geworden, ihre Lippen wurden voller, ihre Brüste größer, und ihre Stirnfalten sind verschwunden. Erfolg hält scheinbar jung. Sie ergreift meine halb ausgestreckte Hand und lächelt mich mit kleinen perfekten Zähnen an.

»Der lustige Däne erkennt mich nicht mehr ...«

Ich suche nach einem Spruch, mit dem ich ihr den Lustigen-Dänen-Mist abkontern kann, aber mir fällt nichts ein. Immerhin lasse ich ihre Hand wieder los. Ihre dunklen Augen mustern mich spöttisch.

Clemens winkt einer der Zwanzigjährigen zu, sich doch zu uns zu gesellen. Sie sitzt auf einem Stuhl in der Ecke und zögert einen Augenblick, bevor sie aufsteht und auf uns zukommt. Um die eins sechzig, braune, ungepflegte Haare, alte Jeans, Shirt, Turnschuhe, etwas übergewichtig, die Unauffälligkeit in Person. Sie ist mir dennoch aufgefallen, weil sie reinkam und sich setzte, ohne mit jemandem zu reden. Clemens strahlt sie an, schüttelt ihre Hand und zieht seine Wahlkampfnummer ab.

»Ja, wenn das nicht die Nina Jansen ist! Ich freue mich sehr, dass du es geschafft hast.« Er kniept mir zu. »Lasse, das ist Nina. Ihr habt etwas gemeinsam.«

Ich schaue sie an.

»Du stehst auf Frauen?«

Sie lacht nicht. Das gleicht Clemens mehr als aus, während er ihr seinen Arm um die Schultern legt.

»Lasse, Lasse«, schüttelt er den Kopf, »ja, so ist er«, nickt er und drückt ihre Schultern. Dann strahlt er mich wieder an. »Ihr seid in Zukunft bei derselben Agentur.«

Er lacht sie wieder an. Sie mustert ihn ausdruckslos und hängt bewegungslos in seinem Griff. Begeisterung pur.

Der Produktionsassi kommt angelaufen, bleibt ehrfurchtsvoll einen Meter neben uns stehen und schaut Clemens unterwürfig an.

»Herr Dibrani, entschuldigen Sie, aber es geht weiter.«

Clemens lacht herzhaft.

»Geht es doch immer, nicht? Geht es doch immer.«

Zur Sicherheit lacht er noch mal. Der Produktionsassi stimmt ein. BH lächelt. Mann, ist das lustig hier.

»Tja, also«, grinst Clemens. »Wir sehen uns ja gleich.«

Er kniept wieder, wünscht Nina viel Glück. Dann legt er seine Hand um BHs Taille und zieht sie mit sich. Sie richtet wieder ihre dunklen Augen auf mich.

»Viel Glück«, sagt sie rauchig.

»Wünsche ich dir auch«, sage ich, obwohl sie es nicht braucht. Sie ist niemand, der sich von so etwas Unsicherem abhängig macht.

Alle schauen ihnen nach, als sie gehen. Clemens' selbstsicherer Gang. BHs kleiner fester Arsch in der Nobelmarkenjeans. Clemens' Hand, die ihm einen Klaps gibt. Er weiß genau, dass alle Blicke im Raum ihnen folgen.

Ich schaue meine neue Kollegin an.

»Tja, und jetzt gehörst du zur Familie ...«

Sie mustert mich. Sie könnte mal zum Friseur gehen. Und zum Shoppen. Und mal was sagen. Doch sie tut nichts von alldem, schaut mich nur aus regungslosen Augen an.

»Wenn du ein Pantomime bist, muss ich dich töten.«

Sie nickt, geht zu ihrem Stuhl zurück und setzt sich. Es geht doch nichts über schnelle Frauenbekanntschaften. Ich stehe noch einen Augenblick dumm herum, dann setze ich mich auch wieder.

Kohl wird aufgerufen. Sein Agent ist nicht mehr an seiner Seite. Kohl wirkt einsam und verloren, als er mit gesenkten Schultern losgeht, um die grausame Erfahrung seines circa hundertsten Castings hinter sich zu bringen. Danach werden ein paar der Kids aufgerufen. Dann folgt meine neue Kollegin. Dann wieder ein paar Kids. Der Warteraum leert sich, und von den Kids, die bis zuletzt warten müssen, bekommen einige definitiv gleich einen Herzanfall. Sie zappeln herum und feuern sich an, als ginge es um Leben oder Tod. Irgendwann habe ich aufgehört, mich so zu freuen. Ich will es wieder lernen.

Vier Stunden später bin ich viel zu nüchtern. Die Hotelbar ist voll und laut. Der dritte Wodka brennt in meiner Kehle, doch ich werde noch ein paar Liter brauchen, um das Casting zu vergessen. Nur einer der Juroren interessierte sich für meinen Auftritt, und mein Agent war es leider nicht. Der stocherte auf seinem Smartphone herum und hob seinen Blick nur ein einziges Mal, um mir zuzukniepen. Ein Redakteur vom Sender ließ sich ebenfalls nicht von mir stören, er malte Männchen auf einen Block. Sein Nebenmann, den ich nicht kannte, verfolgte meine Darbietung, ohne eine einzige Gefühlsregung zu zeigen, BH musterte die ganze Zeit meine Schuhe und lächelte dabei wissend, bis ich anfing, mich zu fragen, was sie wissen könnte. Ich war unsicher und holperte im Text, doch außer Kohls Agent, der aufmerksam zuschaute, mir zunickte und sich Notizen machte, schien es niemandem aufzufallen oder gar zu interessieren. Außerdem bin ich für die Qualifikation qualifiziert, und die findet am Montag statt.

Am Rosenmontag.

In Köln.

Live.

Vor eintausend Karnevalisten.

Da hilft noch nicht mal die Gewissheit, dass ich jetzt ein gutes Honorar bekommen werde. Da hilft nicht die Gewissheit, dass ich einen TV-Auftritt haben werde, also ein neues Demoband für lau bekomme und jede Menge Werbung.

Ein neuer Meilenstein in meiner Karriere.

Ich bestelle noch einen Doppelten bei der Bedienung. Neben dem Ausgang redet Herr Scheunemann beruhigend auf seinen Schützling ein, der sich ebenfalls qualifiziert hat, der Arme. Mit seinen Selbstzweifeln muss ihm jetzt sogar noch unwohler sein als mir. Ich weiß wenigstens, dass mein Sieg gekauft war. Ich weiß bloß nicht, warum. Ich dachte, Clemens wollte mich fertigmachen, und nun hat er mich durchgewunken. Oder hofft er, dass ich angesichts der Drohung Karneval schreiend die Flucht ergreife? Die Hoffnung ist nicht unberechtigt. In meinem Leben habe ich ein paar

Dinge gemacht, auf die ich nicht stolz bin. Ein Karnevalsauftritt wäre ein neues Niveau.

Der Drink kommt. Ich kippe ihn runter, ordere gleich den nächsten und fange mir einen Spruch von der Bedienung ein, dass ich das ja gleich hätte sagen können. Bevor mir dazu was einfällt, rutscht BH neben mich an die Theke. Sie ordert ein Pellegrino, nickt mir zu und mustert mich mit ihren dunklen Augen.

»Gratuliere.«

Ich forsche vergeblich in ihrem Gesicht nach Sarkasmus.

»Danke.«

»Du warst gut.« Sie nickt langsam, ohne mich aus den Augen zu lassen. »Du bist nicht Spitzenklasse, aber du hast einen Sympathiebonus. Die Leute mögen dich.«

Ich nicke.

»Vielleicht weil ich Immigrant bin. Weißt du, der lustige Däne, das haut's einfach raus.«

Ihre Lippen bekommen wieder diesen spöttischen Zug.

»Immer noch böse auf die Spielregeln? Du solltest dankbar sein; ein solcher Name hat einen riesigen Wiedererkennungswert.«

Ich zucke die Schultern.

»Mein Publikum erkennt nicht mal die eigenen Kinder wieder.«

Sie nickt nachdenklich.

»Ist das Durchschnittsalter auf dem Boot wirklich so hoch?«

Wieder stutze ich. BH verfolgt meinen Werdegang?

»Schiff. Ja. Ich lasse schon bestimmte Pointen weg, weil ich Angst habe, dass ihnen beim Lachen irgendwelche Äderchen platzen.«

Sie lacht. Und das macht sie wirklich gut. Die Augen

geschlossen. Den Mund weit geöffnet. Die schönen Zähne. Das volle Haar. Der biegsame Körper, der für sich spricht, während sie den Kopf in den Nacken wirft, damit man sie ganz sicher unbeobachtet beobachten kann. Mag sein, dass es Pose ist, aber sie wirkt. Sie wäre perfekt, um das Equipment zu überprüfen. Wenn ich mehr getrunken hätte. Und wenn meine Libido meine Moral immer noch so zuverlässig abschalten könnte wie früher.

Die Getränke kommen. Die Bedienung stellt das Wasser vor BH und starrt sie an, als wäre Gott auf Erden heimgekehrt. Gleich legt sie sich auf den Rücken und lässt sich den nicht vorhandenen Bauch kraulen. BH dankt freundlich für das Wasser. Nach einem letzten hingebungsvollen Blick schwebt die Bedienung auf Wolke sieben davon.

BH prostet mir zu.

»Auf eine erstklassige Corporate Identity«, sagt sie und hebt die Wasserflasche, in der kaum mehr drin ist als in meinem Glas.

Wir trinken auf einen guten, einprägsamen Namen. Wie BH. Kurz. Prägnant. Und fantasievoll. Der *Stern* machte daraus schon mal das »blonde Hohl«. Dabei ist sie alles andere als dumm. Sie hat sich genau da positioniert, wo sie vor neun Jahren hinwollte, als sie vom Dorf in die Medienstadt kam und sich ihren ersten Medienjob ervögelte.

»Denk an Mario Barth«, sagt sie plötzlich.

»Okay«, sage ich.

Sie nickt.

»Er trug jahrelang ein gelbes T-Shirt. Oder Mittermeier damals mit dem blauen Shirt und der Baseballkappe. Oder Ingo Appelt mit Ficken, das sind die Icons, die man sich merkt.«

Ich nicke. Herrje, geht es mir schon so schlecht, dass BH

sich genötigt sieht, mir eine Berufsberatung zu verpassen? Oder will sie mir helfen? O Gott. Als wir uns das letzte Mal sahen, versuchte sie mich zu erpressen. Das war mir weniger unheimlich.

»Andere zahlen viel Geld für eine solche Corporate Identity, und du hast sie umsonst. Ich kapiere nicht ... Es ist mir unverständlich, wieso du das nicht nutzt.«

Ich kneife die Augen zusammen.

»Meinst du, wenn durchsickert, dass ich beim Stuhlgang auf Dänisch fluche, starte ich durch?«

Sie lacht nicht und gibt mir wieder diesen Blick.

»Soll ja kein Vorwurf sein – aber hast du dich nie gefragt, wieso alle Karriere gemacht haben, nur du nicht?«

»Huch. Ich dachte, ich hätte Karriere gemacht.«

Ihre Mundwinkel schieben sich wieder in den Spottbereich.

»Verglichen mit wem?«, spöttelt sie und wirft einen prüfenden Blick in die Runde. »Du weißt, wo ich herkomme. Und hier stehe ich. Ich kann nichts außer gut aussehen und so ...« Sie macht eine unbestimmte Handbewegung an ihrem Körper herunter. »Schätz mal, was die Bluse und die Hose kosten!« Sie denkt kurz nach, dann glättet sie ihre Stirn wieder. »Wie viel dieses Outfit gekostet hat«, verbessert sie sich.

»Viel?«, schlage ich vor, ohne an ihr herunterzuschauen.

»Sehr viel«, nickt sie und deutet auf mich. »Und jetzt schau dich an.«

Ich schaue an mir herunter. Mein brauner Anzug. Mein braunes, dezent blau gestreiftes Hemd. Meine hellen italienischen Stiefel. Sieht eigentlich ganz prima aus. Dachte ich.

Ich schaue sie wieder an.

»Und?«

Sie mustert mich einen Augenblick, ob ich es ernst meine, dann spötteln ihre Mundwinkel wieder.

»Diesen Anzug hast du schon an dem Abend getragen, als wir uns kennen lernten.«

Einmal besoffen poppen würde ich nicht zwingend als Kennenlernen definieren, aber gut, Kleider machen scheinbar immer noch Leute. Die Frage dabei ist nur, was sie eigentlich will. Wir haben uns seit damals nicht mehr unterhalten, und jetzt plötzlich will sie meine Karriere retten oder wie?

Sie mustert mich noch immer.

»Du warst gut, und wo bist du gelandet? In der Provinz. Und warum?«

Sie macht eine Spannungspause. Aus ihrem Mund klingt *Provinz* wie *Ostfront*, aber ich bin wirklich neugierig, was jetzt kommt, also nicke ich ihr zu. Ihre Augen verengen sich etwas, als sie mir ihre Wahrheit verrät.

»Weil du nicht bereit bist zu tun, was man tun muss, um Erfolg zu haben.«

Ich starre sie an. Sofort liegen mir zehn bis vierzig politisch unkorrekte Kommentare auf der Zunge, was *sie* bereit war zu tun, um Erfolg zu haben.

»Du hast recht«, sage ich.

Sie nickt, nimmt mein Glas, fischt sich den Eiswürfel heraus und schiebt ihn sich zwischen die Lippen. Auch dabei kann man wirklich nur an das eine denken. Das Eis knackt zwischen ihren Zähnen und erinnert einen daran, was da noch so alles passieren kann, wenn man ihr in die Fänge gerät, denn damals hat sie mich gezielt herausgepickt. Auf einer Comedypreisverleihung trank ich zu viel. Sie baggerte mich an, wollte ständig tanzen, holte immer wieder Nachschub von der Bar und kam nachts mit ins Hotel, obwohl sie kein Zimmer hatte. So müssen die Walfängerschiffe früher ihre Besatzung gekapert haben. Als wir morgens aufwachten, machte sie mich schön wach, hörte mittendrin auf und fragte nach unserer Zukunft. Sie wollte, dass ich sie in die TV-Szene einführe; ich führe sie ein, sie führt mich ein. Ich erklärte ihr, dass ich in einer festen Beziehung lebe. Sie musterte mich konzentriert, damals noch ganz ohne Ironie, dann nickte sie und schlug mir einen anderen Deal vor: Ich sollte ihr Karten für die Verleihung des Deutschen Fernsehpreises besorgen, dann würde keiner von ihr und mir erfahren. Ihr und mir. Ich zweifelte keine Sekunde daran, dass sie es ernst meinte, und ich möchte nicht wissen, wie viele Türen sie sich so geöffnet hat. Ihr Schlüssel zum Erfolg.

»Weißt du, was gut wäre?«, sagt sie.

Ich nicke. Heute nicht Single geworden zu sein. Heute nicht aufgetreten zu sein. Heute nicht BH in Notgeillaune getroffen zu haben. Damals nicht BH in Notgeillaune getroffen zu haben.

»Wenn du in einer Dänemarkflagge auftreten würdest. Und du solltest jeden Auftritt mit ›Dänen lügen nicht‹ als Einspieler beginnen, so was prägt sich ein. Ich meine, wie viele Dänen gibt es in Deutschland, die Comedy machen?«

Ich suche ihre Augen vergebens nach Ironie und Sarkasmus ab. Sie meint es ernst. Sie will mir anscheinend wirklich helfen.

»Natürlich nicht wirklich in einer Flagge, nur in denselben Farben«, verbessert sie sich, »dann sieht man gleich, dass du es bist. Die Leute müssen an dich denken, wenn sie die dänische Flagge sehen, dann hast du es geschafft.«

Bevor mir etwas dazu einfällt, rutscht ein Vertreter der Presse neben sie und nimmt sie in Beschlag. Er wirft mir einen neugierigen Blick zu. Ich winke, als hätte ich jemanden in der Menge entdeckt, und verdrücke mich. Ich weiche der Clemens-Area aus und laufe Kohl und seinem Agenten neben der Garderobe in die Arme. Ich rate Kohl, sich wegen der Qualifikation keine Vorwürfe zu machen, so was kann ja mal passieren. Er lacht nicht. Ich bedanke mich bei Herrn Scheunemann, dass er sich beim Casting Mühe gegeben hatte, interessiert zu wirken, wo doch alles abgekartet war. Herr Scheunemann versichert mir, dass mit ihm nichts abgekartet war, und wünscht mir einen schönen Abend. Sie gehen. Das sollte ich auch, aber zu Hause wartet mein leeres Bett auf mich, und für die erste Nacht allein bin ich nicht breit genug. Auch etwas, das ich Tess oft vorgeworfen habe: Eines der primären Dinge in einer Beziehung sollte es doch sein, im Augenblick der Niederlage an der Seite des Partners zu sein, oder? Und in den letzten Jahren, der Blütezeit meiner Niederlagen, war sie so gut wie nie da. Oder geht es mit mir bergab, seitdem sie nicht mehr dabei ist? Und falls ja, was passiert dann jetzt, wo sie gar nicht mehr da ist? *Hallooo! Du stehst in einer Bar und willst dich betrinken! Du bist aber nicht betrunken! Definiere die Aufgabenstellung!*

Ich entdecke eine ruhige Lücke am Thekenende, rutsche rein und halte einen Finger hoch. Die Bedienung stolpert fast über ihre Füße, um mich zu bedienen. Jetzt, wo sie weiß, dass ich BH kenne, findet sie mich sympathisch und serviert mir den Drink mit einem servilen Lächeln. Ich nehme einen kräftigen Schluck und lasse meinen Blick durch den Laden wandern. Clemens wird von Comedians belagert. Unter ihnen nimmt der Grandiose eine Sonderbückstellung ein. Seine ganze Körperhaltung ist Schleimspur pur. Schon interessant, was aus Großmäulern wird, wenn der Wind auffrischt. Und was wird aus mir? Wie weit bin ich bereit zu gehen, um den Absturz aufzuhalten oder zumindest zu verlangsamen? Ist, sagen wir, ein Karnevalsgig okay? Grundgütiger …

Ich kippe den Rest runter und halte einen Finger hoch. Die Bedienung hat mich sofort im Blick, nickt zum Zeichen, dass sie verstanden hat, und zeigt dabei all ihre Zähne. Überhaupt scheinen viele hier Grinsgas konsumiert zu haben. Kostümfreie Zone, aber die Maske bleibt drauf. Ich sollte wirklich gehen. Aber wohin? Nach China? Da ist es wahrscheinlich egal, ob ich meinen Text kann oder nicht. Ich lese die Menschenrechte vor, und die lachen sich schlapp. Die lustige Langnase.

Jemand rutscht neben mich an die Theke. Ich checke aus den Augenwinkeln, aber es ist nur meine neue Kollegin, die sich ebenfalls qualifiziert hat.

»Ah, tut gut, ein unverzerrtes Gesicht zu sehen. Willst du was trinken?«

Sie schüttelt den Kopf.

»Was stimmt mit dem nicht?«

Für einen Augenblick glaube ich, sie meint mich in der dritten Person. Ich wohne vielleicht zu lange gegenüber der Klinik. Dann folge ich ihrem Blick, der mich direkt zu Clemens führt.

»Der macht mir Avancen.«

Avancen.

»Fühl dich geschmeichelt. Mir hat er noch keine gemacht, und he, wir sind in Köln.«

Sie lacht nicht. Stattdessen wendet sie mir ihr Gesicht zu und mustert mich.

»Er sagte, du hättest einen eigenen Proberaum. Hast du da noch einen Platz frei? Ich würde gerne proben und kenne mich hier noch nicht aus.«

Sie erklärt mir, dass sie seit drei Wochen in der Stadt ist, noch eine Woche ein WG-Zimmer über die Mitwohnzentrale hat und erst mal abwarten will, wie sich alles entwickelt, bevor sie sich was Richtiges sucht. Ich gebe ihr meine Adresse. Sie fragt, ob Montag in Ordnung ist. Ich sage Ja. Sie nickt mir zu und geht. Ich schaue ihr nach. Seltsames Mädchen. Bin gespannt, wie Clemens sie vermarkten will.

Die Bedienung stellt mir den Drink hin und beweist dabei wieder, dass sie keinerlei Essensreste in den hinteren Zahnzwischenräumen hat. Wie sollten die da auch hinkommen? Ihren Rippen nach zu urteilen, hat sie seit Wochen nichts mehr zu futtern bekommen. Vielleicht sollte ich der Welthungerhilfe einen anonymen Tipp zukommen lassen.

Ich muss sie wohl zu lange angeschaut haben, denn plötzlich senkt sie das linke Augenlid, zieht den Mundwinkel hoch und die rechte Augenbraue höher. So verharrt sie und starrt mich an, wie Jack Nicholson nach dem Säureunfall in *Batman*. Nach einem Augenblick verstehe ich, dass es wohl sexy wirken soll. Gott, ich habe diese MTV-Luder-Sache noch nie verstanden. Was bringt Frauen dazu, zu glauben, dass es sie reizvoller macht, wenn sie jedem Fremden sofort Weisheitszähne, Brustwarzen und Bauchnabel zeigen und sich wie Nutten anziehen? Ein totaler Ablöscher. Hm. Vielleicht bin ich auch bloß altmodisch. Doch als sie weiterzieht, ertappe ich mich dabei, wie ich ihr auf den Hintern schaue. Ihre von Fitness gestählten Pobacken relativieren meine moralische Empörung ein wenig. Wenn ich noch weiter hier herumhänge, kann ich für nichts garantieren. Ich sollte wirklich gehen. Genau. Prima. Erinnere mich jemand dran, mich nie wieder im Karneval zu trennen. Alle anderen sind gut drauf, und keiner ist zu Hause. Frauke treibt sich mit dem Arschloch herum, und Arne, ich habe nie herausgefunden, was er im Karneval treibt, aber er treibt es jedenfalls nicht zu Hause. Und hier stehe ich und fühle mich beschissen. Wie immer, wenn ich viel Zeit mit Tess verbracht habe, habe ich mich daran gewöhnt, nicht allein zu sein. Wie immer, wenn sie wieder fuhr, muss ich ein paar Tage in den Seilen hängen, bis ich mich umgestellt habe. Aber das hat ja jetzt ein Ende. Gott sei Dank. Nicht? Ja. Prima.

Vier Gläser später habe ich es geschafft. Ich bin betrunken. Mein leeres Bett habe ich mir immer noch nicht schönsaufen können, doch hierbleiben geht nicht mehr, denn in einer Ecke wird jetzt getanzt, und alle Tänzer wissen um Aussehen und Wirkung. Ein Stilsupergau.

Als ich den Ausgang ansteuere, winkt Clemens mich zu sich. Ich deute auf die Toiletten, wanke an ihm vorbei und verschwinde raus in die Freiheit. Sie besteht heute aus Nieselregen, Bodenfrost und Karnevalisten, die aus der gegenüberliegenden Festhalle strömen. Der eiskalte Regen erinnert mich daran, dass es eine dämliche Idee ist, ohne Wintermantel, Mütze und Handschuhe rauszugehen. Im selben Augenblick kommt ein Taxi vorsichtig um die Kurve gerollt und steuert die Festhalle an. Ich trete auf die Straße und winke mit einem Zwanziger. Gute Idee. Leider haben circa dreißig Jecken dieselbe.

Ein paar Besoffene brechen eine Rauferei vom Zaun. Während die sich rumschubsen, steigen andere ins Taxi und fahren weg. Die Deppen raufen sich weiter, Jecken stehen um sie herum und singen fröhlich. Eigentlich ein schöner Moment, wenn es nicht so arschkalt wäre. Tolle Idee, Karneval in den Winter zu legen. Ich meine, wer hätte was dagegen, wie in Rio bei dreißig Grad zu feiern? Da könnte man sich nachts einfach auf eine Wiese legen und schlafen, statt bei minus hundert ein verdammtes Taxi zu suchen.

Von allen Seiten strömen weitere Karnevalisten herbei, in der Festhalle ist scheinbar gerade der lachende Hirnriss zu Ende gegangen. Nachdem ich mir die Größe der Halle angeschaut und ein paar Berechnungen angestellt habe, klemme ich mir die Hände in die Achselhöhlen und gehe bibbernd die Straße runter, um mein Glück am Ring zu versuchen. Auf den Straßen ziehen unermüdlich singende Kostümgruppen von Laden zu Laden. Ich schlage mich bis zur Hauptstraße durch, wo etwa zwanzig Kostümierte an der Kreuzung um die vorbeifahrenden Taxen wetteifern. Gott, ich werde mitten im Karneval erfrieren. Oder schlimmer noch – nüchtern werden. Also, entweder zurück in den Puff oder zu Fuß in Richtung Heimat und darauf hoffen, dass ein freies Taxi vorbeikommt, bevor ich mich zum Sterben hinlege. Die Wahl fällt nicht schwer.

Eine halbe Stunde später habe ich erfrorene Ohren, erfrorene Zehen und eine abgestorbene Nase. Das Einzige, was ich nicht habe, ist ein gottverdammtes Taxi, obwohl circa fünfzig an mir vorbeigefahren sind. Scheinbar haben sie es heute nicht nötig, jemanden auf halber Strecke aufzupicken. Vielleicht ist aber auch die Glätte schuld, vielleicht bremsen sie ja direkt neben mir und rutschen noch bis in die Innenstadt. Warm eingepackte Jecken radeln an mir vorbei, abgefeiert Richtung Heimat oder neugierig in die Stadt. Ich gehe mit vorsichtigen Schritten Richtung Ehrenfeld, halte mir die Hände vor den Mund und atme hinein. Sogar mein Atem ist eisig. Es! Ist! Kalt!

Eine Ampel wird rot. Ich bleibe stehen, denn auf der Kreuzung schlittern Fahrzeuge vorbei. Auf der anderen

Straßenseite beginnt mein Stadtteil. Nur noch hundert Erfrierungen, dann bin ich zu Hause. Man müsste an den Ampeln Bushäuschen aufstellen. Und warmen Tee ausschenken. Oder Mäntel verkaufen. Oder einfach weitergehen. Auch wenn jeder zweite Autofahrer heute unzurechnungsfähig ist. He, würde ich es überhaupt noch merken, wenn man mich überfährt?

Ein Radfahrer hält neben mir und stützt sich mit einer Hand an die Ampel. Er trägt einen dicken Wintermantel und eine Wintermütze und Winterhandschuhe. Herrje, vielleicht leiht er mir sein Rad oder den Mantel, wenn ich ihm mein ganzes Geld gebe.

»Ist dir nicht kalt?«

Ich drehe meinen Kopf langsam und starre ihn an, entdecke in seinem Gesicht aber keine Anzeichen von Boshaftigkeit, im Gegenteil, mit der Fellmütze und den abgespreizten Ohrenklappen sieht er lustig aus.

»Wenn ich lache, platzt mein Gesicht«, sage ich, ohne die Lippen zu bewegen.

Er schaut mich mitfühlend an.

»Der Mantel in 'ner Kneipe geklaut und kein Taxi bekommen?«

»So ähnlich.«

»Das ist schlimm«, sagt er und nickt zur Bestätigung. »Es gibt nichts Fieseres, als nach Hause zu wollen und nicht wegzukommen. Ich war mal eine ganze Silvesternacht in einer Blockhütte eingeschneit, wo mein damaliger Freund rumvögelte wie eine Beutelratte auf Speed.«

»Gut zu wissen.«

Die Ampel wird grün. Ich setze mich in Bewegung. Er bleibt auf dem Rad neben mir.

»Falls du es noch weit hast, kannst du dich bei meinem

Freund aufwärmen. Er macht eine Party. Es ist gleich da vorne.«

Er deutet auf ein Eckhaus. Ich schaue ihn an. Er nickt.

»Häng dich an die Heizung, trink was, und wenn dir warm ist, zieh weiter. So machen's doch alle, die im Karneval stranden. Wenn's kalt wird, geh'n sie irgendwo rein, wo laut Musik ist, und laut ...«, er nickt nachhaltig, »... laut wird es wohl.«

Das braucht er nicht extra zu betonen. Schon hier hört man das Bollern aus der Eckwohnung im ersten Stock. Eine viel zu laute, viel zu verzerrte Version von *Er gehört zu mir* bringt die Scheiben zum Klirren, den Rest erledigen ekstatisch schreiende Tänzer, die vor den Fenstern herumzucken wie Epileptiker im Windkanal. Also, falls es Tänzer sind. Es könnten auch Protagonisten einer sehr heftigen Darkroom-Eröffnung sein.

»Also, was ist, hast du Lust?«

Lust. Haha. Ich werfe noch einen Blick nach oben. Die Scheiben sind beschlagen, und die Schreie wollen einfach nicht abreißen. Wie stehen die Chancen, jetzt nicht in eine herzliche Schwulenparty mit Bratenfett auf den Türklinken zu geraten?

»Gibt es da oben auch Frauen?«

Er schaut mich entgeistert an.

»Na klar gibt es da oben Frauen! Nie was von Kampflesben gehört?« Er schaut mich einen Moment entrüstet an. Dann kann er ein Grinsen nicht länger zurückhalten. »Hast du 'ne Schwulenphobie, oder was?«

»Noch nicht.«

Er grinst, steigt vom Rad und schiebt es auf einen Hauseingang zu, vor dem Dutzende Räder angeschlossen sind. Wenn ich nicht sofort ins Warme komme, schaue ich

Amputationen entgegen, und wenn eines sicher ist, dann, dass es da oben warm sein wird.

»Okay, kurz zum Auftauen.«

»Mutig«, grinst er und schließt sein Fahrrad an.

Ich folge ihm in den Hauseingang und die Treppe hoch. Während wir die Stufen hochgehen, wird die Musik immer lauter, und das Gebrüll nimmt zu. Auf halber Strecke müssen wir an zwei Partygästen vorbei, die auf der Treppe sitzen. Der eine ist sehr behaart, trägt ein sparsames SM-Kostüm und weint. Neben ihm sitzt ein Scheich. Er hat dem SM-Bären einen dünnen Arm um dessen breite Schultern gelegt und versucht zu trösten.

Vor einer Holztür mit Glasscheibe bleiben wir stehen. Ich merke mir den Namen auf der Klingel, falls ich mal mit Arne wiederkommen muss, um Blutrache zu üben. Bevor mein Retter die Tür aufstößt, grinst er mir über die Schulter zu.

»Festhalten.«

»Hättest du wohl gerne.«

Er grinst und stößt die Tür auf – und endlich bricht mal wieder eine Karnevalshölle über mich herein. Die Polonaise geht kreuz und quer durch die Wohnung und ist so ein klitzekleines bisschen HYSTERISCH! Männliche kreischende Engel. Männliche kreischende Funkenmariechen. Männliche Politessen, kreischend. Cowboys, SM-Varianten, Gala-Tucken, alle sind nur mit dem Unnötigsten bekleidet und kreischen, als hätten sie Piranhas an den Klöten. Kondenswasser läuft die Fensterscheiben herab, und die Anlage klingt wie Lemmy beim Zahnarzt. Ich folge meinem Retter rechts durch das Gedränge an zwei Zimmern mit gottlob geschlossenen Türen vorbei, durch einen langen Gang, der links abknickt, durch eine Haustür, aus der Wohnung, über einen Hausflur, in eine andere Haustür und andere Wohnung, durch einen langen Raum, bis wir schließlich links abbiegen und in einer riesigen Küche stehen, wo die Musik immerhin schon so abgedämpft ist, dass man sich unterhalten kann. In der Küche fläzen sich zwölf Männer, man steht und sitzt und redet und trinkt. Es stehen zwei Sofas herum und mehrere alte Sessel, denen man es ansieht, dass sie im Sommer Freiluftsaison haben. Eine Oase mitten im tiefsten Winter.

Mein Retter deutet auf die Heizung.

»Mach's dir bequem.«

»Danke.«

Er öffnet einen Schrank, nimmt ein Glas heraus, geht zum Kühlschrank und wühlt darin herum. Ich nicke in die Runde, knöpfe meine Anzugjacke auf, gehe zur Heizung, schaffe es gerade noch so, sie nicht zu küssen, klemme mir die Hände unter den Hintern und setze mich drauf. Es ist, als würde ich mich auf fremde Gegenstände setzen.

Durch das große Küchenfenster hat man freien Ausblick auf den Innenhof und das gegenüberliegende Haus. Dort ist ein Stock höher ebenfalls eine Party. Ein paar Leute stehen am Fenster und schauen zu uns runter. Ein paar winken. Ich nicke zurück.

Mein Retter kommt wieder und drückt mir ein Glas in die Hand. K.o.-Tropfen on the rocks? Ich schnuppere am Inhalt und rieche nichts. Scheinbar ist mein Geruchssinn mit eingefroren.

»Was ist das?«

»Für die innere Heizung«, sagt er und legt mir eine Hand auf die Schulter. »Sebastian, aber meine Freunde nennen mich Tricksi.«

Tricksi.

»Hi, Sebastian. Lasse. Danke. Wirklich freundlich von dir.«

»Ist doch selbstverständlich«, sagt er und lächelt mich auf eine Art an, wie ich es einfach nicht von einem Mann gewohnt bin. »Wärm dich auf, und dann tanzen wir 'ne Runde.«

»Äh, mal schauen.«

»Mutig«, grinst er. »Aloa!«, sagt er und verschwindet wieder den Gang entlang.

»Aloa«, antwortet die ganze Küche automatisch, ohne die Gespräche zu unterbrechen.

Ich stelle das Glas auf dem Fenstersims ab und nehme das Büfett in Augenschein. Der Tisch sieht aus, als hätte er an einem Wettbewerb zum saubersten Partytisch des Jahres teilgenommen. Jede Schüssel hat einen eigenen Löffel. Nichts ist danebengeschwappt. Keine ausgedrückten Zigaretten auf Tellern. Ein Stapel am Tischrand ausgerichtete Servietten runden das Bild ab. Nutzt aber nichts, da es nichts mehr zu essen gibt. Doch auf der Arbeitsplatte steht ein Wasserkocher, und auf dem Brett über dem Herd entdecke ich Teebeutel. Wenn ich jetzt noch … da, eine ganze Reihe sauberer Tassen hängen unter dem Brett. Ich öffne den Wasserkocher und werfe einen Blick hinein. Voll. Ich stelle ihn auf den Untersteller, knipse den Strom an, nehme mir eine Tasse, entdecke sogar Kandis, werfe ein paar Stück in die Tasse, kippe einen Schluck Milch obendrauf und warte so sehnsüchtig auf das Kochen des Wassers wie auf Bergetappen bei der Tour de France.

»Ist da Wasser für zwei Tassen?«, fragt eine Frauenstimme.

Ich drehe den Kopf. Neben mir steht ein Kaninchen. Aus ihrem Mund ragen falsche Frontzähne heraus. Sieht süß aus. Ich pflücke eine weitere Tasse vom Haken.

»Milch? Zucker?«

Sie schüttelt den Kopf. Ich mustere ihr Kostüm. Vielleicht kann ich es klauen und damit den Heimweg überbrücken. Ach, was sage ich, in dem Ding könnte man wahrscheinlich unter einer Brücke schlafen, ohne zu erfrieren.

Sie mustert mich.

»Du bist hetero.«

»'tschuldigung, ich wollte dich nicht abchecken, es ist nur – dein Kostüm sieht so warm aus, und ich friere, und da dachte ich, also, ganz schön warm, so ein Kostüm.«

Herrje, ich klinge ja wie ein Irrer.

Sie mustert mich vorsichtig.

»Mit wem bist du denn hier?«

»Sebastian.«

Ihre Augen flackern kurz in die NLP-Nachdenkecke und kommen ergebnislos zurück.

»Tricksi«, ergänze ich.

»Ah«, nickt sie. »Hab ihn gar nicht kommen sehen.«

»Bist halt 'ne Frau, nicht?«, scherze ich und fange mir gleich einen Blick ein, von einem Händchen haltenden Pärchen neben uns. »Und mit wem bist du hier?«

»Ich besuche meinen Exmitbewohner. Er sitzt aber die ganze Zeit draußen auf der Treppe und heult.«

»Dann habe ich ihn, glaube ich, schon kennen gelernt. Was hat er denn?«

»Ist seine Masche. Irgendeiner findet sich immer, der ihn trösten will.«

»Vielleicht hat er ja wirklich was.«

»Wer nicht«, sagt sie.

Zum ersten Mal seit dem Frühstück spüre ich ein warmes Gefühl in mir. Es kommt aus der Magengegend, steigt nach oben und platzt in mein Gesicht. Das Kaninchen mustert mich, beginnt auch zu lächeln und nimmt die Häschenzähne aus dem Mund.

»Was ist?«

»Nichts. Es war nur ein seltsamer Tag.«

»Wieso?«

Ich greife nach dem Wasserkocher.

»Teewasser darf nicht richtig kochen«, erkläre ich ihr. »Es ist besser, es kurz vor dem Siedepunkt runterzunehmen, dann kann der Tee besser sein Aroma entfalten.« Ich fülle unsere Tassen mit heißem Wasser. »Darüber habe ich zwar noch nie eine wissenschaftliche Abhandlung gelesen, aber man kann es wirklich schmecken. Ebenso wichtig ist der Durchmesser des Tassenoberrands. Der reguliert die Wirkung zwischen Temperatur und Geschmack. Auch das müsste man eigentlich mal erforschen.«

»Schon gut«, lacht sie. »Wir müssen nicht darüber reden.«

Ich setze den Wasserkocher ab, reiche ihr ihre Tasse, nehme meine und lehne mich wieder an die Heizung. Sie hockt sich neben mich.

»Ist dir nicht warm?«

»Mona.«

»Lasse. Ist dir nicht warm, Mona?«

Sie nickt.

»Doch, aber was soll ich machen, darunter hab ich nur einen Slip an.«

»Meinst du, das interessiert jemanden hier?«

Bevor sie darauf eingehen kann, geht drüben im Tanzraum ein Song zu Ende. Es entsteht eine kurze Pause. Dann beginnt das neue Stück. Es ist keine vier Sechzehntel alt, als plötzlich alle in der Küche die Arme jauchzend hochreißen. Ich verschütte heißen Tee auf meine Hose. Innerhalb einer weiteren Sekunde pressen sich alle Anwesenden gegen die

Türöffnung. Für einen Moment staut es sich, dann löst sich der Pfropfen, und alle sind weg. Außer Mona und mir ist die Küche leer. Ich verziehe das Gesicht.

»Gloria Gaynor? Immer noch??«

Sie lacht.

»Die Jungs sind treue Seelen.«

Drüben stimmt ein Chor heulend *I Will Survive* an, und ich beginne langsam zu realisieren, dass der Tag vielleicht ein gutes Ende nehmen kann. Hier geht noch was. Das ist geschmackliches Zonenrandgebiet. Das ist Trash. Das ist potenzieller Rock 'n' Roll. Wenn ich daran denke, dass ich jetzt noch in dieser Mutantenbar stehen würde, aber nein, ich hänge hier mit einem freundlichen Kaninchen rum, und so langsam spüre ich sogar meine Füße wieder.

Ich lächele das Kaninchen an und mache eine einladende Handbewegung zu der verwaisten Couch rüber. Sie verbeugt sich leicht, wobei ihre Ohren nach vorne klappen. Mann, sieht das süß aus. Ich folge ihr grinsend, und wir machen uns breit, klemmen die Beine auf eine Stuhlstrebe und schlürfen heißen Tee. Wir schweigen eine viertel Tasse und hören zu, wie sie drüben lauthals das Überleben feiern. Schließlich nicke ich ihr zu.

»Also, Mona, was macht die Liebe?«

Sie schaut mich überrascht an. Dann beißt sie die Zähne zusammen und senkt den Kopf. Ihre Lippen beginnen zu zittern. Sie wendet ihr Gesicht ab und bedeckt es mit der freien Hand. Ich sitze da und höre zu, wie sie gepresst atmet. Eine ganze Zeit atmet sie stoßweise, bis sie sich wieder im Griff hat.

»Tut mir leid.«

»Und mir erst«, sagt sie gepresst. »Ich hasse es, wenn Frauen auf Partys heulen …«

»Was soll's, eigentlich bin ich erleichtert. Wenn alle feiern und man als Einziger schlecht drauf ist, fühlt man sich wie der totale Versager.«

Sie sagt einen Augenblick nichts. Dann biegt sie sich ein Ohr herunter und wischt sich damit über Augen und Wangen. Ich strecke mich, um an die Servietten zu kommen, und reiche ihr eine.

»Danke«, sagt sie. Sie klemmt sich die Serviette an die Nase, schnäuzt sich kräftig und schaut mich unsicher an. Ihr Kajal ist verschmiert. Jetzt sieht sie aus wie ein Waschbär. »Was ist es denn bei dir?«

Ich zögere einen Moment. Ach, scheiß drauf.

»Vor zwölf Stunden ging meine siebenjährige Beziehung zu Ende. Vor drei habe ich einen beschissenen Auftritt hingelegt, und vor zwei habe ich erfahren, dass ich am Rosenmontag im Karneval auftreten muss. Na ja, außerdem bin ich fast pleite, habe Erfrierungen dritten Grades, und die Nachbarkatze benutzt meinen Hof als Klo.«

Sie legt mir eine Hand auf den Arm.

»Tut mir leid mit deiner Beziehung.«

In ihren Augen steht intensives Mitgefühl. Zehn zu eins, sie macht gerade Ähnliches durch. Eine warme Welle durchläuft meine Brust. Es jemandem zu erzählen ist eine größere Erleichterung, als ich gedacht habe. Ich atme tief durch.

»Und bei dir, Mona?«

Sie zieht die Nase hoch.

»Ich sollte erst gar nicht davon anfangen, sonst sitzen wir morgen noch hier.«

In der nächsten Stunde erfahre ich alles über Mona, die schwangere Tierärztin aus Dresden, die ihren Exmitbewohner im Karneval besucht, um auf andere Gedanken zu kommen. In Dresden hat sie eine eigene Praxis mit Thomas, mit dem sie fünf Jahre zusammen ist und der sie seit dem Ultraschallbild nicht mehr anrührt, weil ihr Körper jetzt der Tempel seines Sohnes ist. Ich hatte mich auf Schlimmeres eingestellt und will mich erst darüber lustig machen, doch nach und nach begreife ich das Ausmaß ihrer Angst. Eigentumswohnung nahe bei den Schwiegereltern, kirchlich heiraten und den Job aufgeben. Viele würden sie tendenziell beneiden, aber Mona ist noch nicht bereit für das Mamasein. Sie will arbeiten und reisen und nicht die nächsten achtzehn Jahre auf Abenteuer, Sex und Party verzichten.

Während wir reden, füllt sich die Küche wieder, doch man hält Abstand. Die Jungs werfen uns einen einzigen Blick zu und sehen sofort, Hetero sitzt neben Frau, die geweint hat, alles klar, ab da ignoriert man uns. Ich mag das. Ein ruhender Pol mitten im Chaos. Eine Sitzbank auf einem Kinderspielplatz. Ein Liegestuhl am Strand. Eine Küchencouch auf einer Party. Ein gutes Gespräch mit einem sozialen Menschen. Der Tag hat die Kurve bekommen.

Wir trinken Tee, bleiben beim Thema, und ausgerechnet als Mona noch mal die Serviette braucht, kommt ihr Exmitbewohner herein. Sein behaarter Bauch hängt über seinem Minislip, der Scheich klebt ihm an der Seite. Er sieht Monas verweintes Gesicht, wirft mir einen dumpfen Blick zu, dreht sich wortlos um und geht wieder raus. Wir schauen ihm nach.

»Vielleicht ist er sauer, dass du seine Masche klaust.«

Sie lacht nicht. Stattdessen wirft sie die zerknüllte Serviette auf den Tisch, stößt die Luft aus, verzieht den Mund und senkt den Blick auf ihre Schuhe.

»Mist«, sagt sie und wirkt einen Augenblick lang, als würde sie wieder von vorne anfangen.

Wieder durchläuft mich diese warme Welle. Jeder hat seinen Schmerz. Für Mona ist es eine Schwangerschaft, die zu früh kommt, für mich eine freundschaftliche Trennung. Gegen existenziellere Probleme wirken diese Dinge vielleicht wie Kummer light. Aber das Gefühl ist echt. Echt und schwer.

Ich stupse sie in die Seite.

»Schon übel, sich auf einer Schwulenparty an den einzigen Hetero ranzuschmeißen, um ihn vollzujammern, echt peinlich, sogar für ein Kaninchen.«

Sie verzieht das Gesicht und hält sich die Häschenohren zu.

»Aufhören.«

Ich schnappe mir ihr linkes Ohr und ziehe es zu meinem Mund.

»Nein, im Gegenteil, jetzt fangen wir erst richtig an, Mona aus Dresden, jetzt wird getanzt!«

Das mit dem Tanzen war theoretisch eine gute Idee, um auf andere Gedanken zu kommen, Spaß zu haben und all das, ja, ja. Wenn es nicht so unfassbar eng wäre und die Musik nicht so unfassbar furchtbar und alle Anwesenden so unfassbar kontaktfreudig. Ich bin es einfach nicht gewohnt, dass sich Männer vor mich hinstellen, mich unverblümt anstrahlen und mich dabei betatschen. Sehr beliebt sind Taille, Bauch und Hintern. Ich komme mir vor, als würde ich nonstop einchecken. Wenn Heteromänner Frauen gegenüber auch so gnadenlos vorgingen, sollte man Frauen einen strafrechtlichen Freischein für die ersten zwei, drei Körperverletzungen ausstellen.

Nach zwei Songs rinnt meiner Tanzpartnerin der Schweiß in Strömen übers Gesicht, ich schätze, in dem Kostüm steht sie bis zur Hüfte im Wasser. Dementsprechend verabschiedet sie sich nach dem nächsten Stück auf die Toilette, um eine Drainage zu legen. Ich bleibe zurück, allein, wehrlos den Blicken ausgeliefert. Einem brustwarzen- und wer-weiß-noch-wo-gepiercten Bodybuilder scheine ich es besonders angetan zu haben. Er glotzt mich dumpf an, wie ein Löwe ein Lämmchen, doch bevor die Fresswut ausbrechen kann, kommt Sebastian aus dem Nichts, schnappt sich meine Hände, legt sie sich auf seine Schultern und tanzt los. Seine eigenen Hände machen sich sofort an das gute alte Taille-Bauch-Hintern-Programm.

»Hände weg.«

Er lacht.

»Es ist Karneval.«

»Kein Grund, sich zu prügeln, oder?«

Er lacht wieder, doch zumindest bleiben seine Hände über dem Hosenbund.

»Gefällt es dir bei uns?«

»Schön warm. Hände weg!«

Er lacht noch mal, lässt aber los. Im selben Moment beginnt ein Techno-Remix von Barbra Streisand, und der Raum dreht wieder durch. Fünfzig schlecht bis kaum bekleidete Männer, die *People who need people* heulen. Härter kann es am Omega Beach auch nicht gewesen sein.

Als die ersten Polonaisen sich wieder formieren, ziehe ich mich schnell in eine Ecke am Fenster zurück, wo die Luft sauerstoffhaltiger ist. Karneval, Polonaisen, nackte Männer, alles nicht zwingend mein Ding, doch die Anwesenden mögen überdreht, verdrogt und notgeil bis zu den Haarspitzen sein – nirgends ist die geringste Spur von Aggression zu spüren, nicht mal unter den Ledertypen. Das ist eines der Dinge, die ich an Schwulen schätze, aber einfach nicht verstehe: Wo stecken sie bloß ihre Aggressionen hin? Okay, so genau muss ich es nicht wissen. Am Sex kann es jedenfalls nicht liegen, denn wenn Sex friedlich machte, müssten Heteros ebenfalls friedlich sein, sie haben ja auch Sex. Außer sie sind in langen festen Beziehungen. Hm. Ist es das? Bringt Promiskuität automatisch Entspannung mit sich? Oder entspannt Sex mit einem Kerl einfach anders als mit einer Frau? Vielleicht sollte ich mir diese Frage nicht auf einer Schwulenparty stellen. Schon gar nicht, da mein Karma unter sexuellem Dauerbeschuss steht. Monas SM-Bärchen hat seine Zunge tief in den Mund des Scheichs vergraben und seine Pranken um dessen dürren Hintern geklammert, dabei starrt er mich an wie Frischfleisch in der Knastdusche. Hilfe!

Mein Kaninchen kommt wieder und wirft den beiden Liebenden einen Blick zu.

»Und ich muss mit denen im selben Zimmer schlafen...«, schnauft sie und drückt mir ein Glas in die Hand.

»Vielleicht sind sie bis dahin fertig.«

Sie wirft mir einen Besserwisserblick zu und leert ihr Glas in einem Zug.

»Du bist dran.«

»Solltest du trinken, wenn du schwanger bist?«

Sie stöhnt.

»Mein letzter Karneval! Der letzte Rausch! Das letzte bisschen Leben für achtzehn Jahre! Und da sagst du, dass ich ...«

»He, schon klar, ich geh ja schon.«

Ich leere mein Glas, weiche ein paar Polonaisen aus, drücke mich unbemerkt an dem Bodybuilder vorbei und entere den Balkon. Tausend Flaschen, freie Auswahl. Für einen Augenblick begrüße ich die Kälte und die damit verbundene frische Luft, doch noch bevor ich zwei Wodka-Os gemixt habe, schlottern mir schon wieder die Knie. Für Monas Baby mixe ich eine stark verwässerte Ausgabe von meinem steifen Drink, dann drängele ich mich schnell wieder rein. Auf dem Rückweg suche ich das Bad auf, das sich natürlich nicht abschließen lässt. Früher fand ich so etwas aufgeschlossen. Lange her. Bei dem Versuch zu pinkeln, ohne die Türklinke loszulassen oder den Boden zu versauen, kugele ich mir fast die Schultern aus, und als es dann endlich geschafft ist, atme ich erleichtert auf. Blank gezogen von einem pickligen Bodybuilder erwischt zu werden sprengt meine Vorstellung von Folter.

Als ich wieder reinkomme, muss mein Hintern kompensieren, dass meine Hände nicht frei sind. Schritt für Schritt und Hand für Hand durch die Menge. Endlich schaffe ich es bis zu Mona, die in der Zwischenzeit den oberen Reißverschluss geöffnet hat und sich am Fenster belüftet. Den Kopfteil mit den Ohren hat sie sich in den Nacken geklappt, sie schüttelt ihre nassen Haare aus.

»Hey, Hase.«

Sie richtet sich auf. Dabei öffnet sich das Kostüm etwas und lässt den Ansatz ihrer Brüste sehen. Ihre Haut glänzt, ihre Haare hängen ihr klatschnass ins Gesicht, sie sieht aus, als hätte sie gerade den Ärmelkanal durchquert. Ich halte ihr eines der Gläser entgegen. Sie nimmt es und leert es gleich in einem Zug.

»Ahhhh, du hast recht«, klagt sie. »Es ist wirklich nicht auszuhalten, ich ziehe mich gleich nackig aus, stört hier wahrscheinlich wirklich keinen, ich meine, schau dir das mal an.«

Ich folge ihrem Blick. Auf der Tanzfläche fummeln zwei leicht bekleidete, durchtrainierte Männerkörper aneinander rum. Beide tragen nur Maske, Tanga und Stiefel. Bei jeder

Bewegung spannen sich definierte Muskeln an, während sie sich betasten und mit den Zungen duellieren.

»Voll Porno.«

Sie kichert und lässt die beiden keine Sekunde aus den Augen.

»Diese Tangas sind ganz schön knapp. Was machen die, wenn ... oh.«

Sie starrt auf das, was da sichtbar wird. Die beiden Typen fummeln weiter und genießen, dass sich alle Blicke auf sie richten.

»Ich wollte sowieso gerade gehen«, sage ich.

Sie lacht und hakt sich bei mir ein, ohne die Augen von dem Schauspiel zu nehmen.

»Du lässt mich jetzt nicht hier allein, komm, wir trinken noch einen.«

Sie heftet ihre Augen wieder auf die Liveshow, die vor unseren Augen abläuft. Wie erwartet, lässt sich auch der Zweite von der freundlichen Atmosphäre anstecken. Mona kneift die Augen zusammen und schaut genauer hin. Dabei beugt sie sich vor, und ich habe freie Sicht auf ihre Brüste. Schöne Brüste. Ich merke, wie der Anblick wirkt.

Sie stupst mich an.

»Schönes Exemplar, oder?«

»Alle beide«, sage ich und nehme einen Schluck von meinem Drink. Dabei stelle ich fest, dass ich unterwegs die Gläser vertauscht haben muss, denn meiner schmeckt, als hätte es zwei Tage reingeregnet. Ich kippe ihn dennoch hinunter. Mona hält mir ihr leeres Glas entgegen, ohne den Blick von den beiden Peepshowprotagonisten abzuwenden. Ich nehme es, küsse sie auf die Wange, drängele mich durch den Raum, drücke einem Cowboy beide Gläser in die Hand und verschwinde durch den Ausgang.

Kapitel 10

Helles Licht. Warmes Bett. Kein warmer Körper. Ich schlucke ein paarmal gegen die Übelkeit und öffne die Augen. Durch die Oberlichter kriecht mal wieder Winterlicht. Mein Schädel hämmert. Wann lerne ich es endlich? Karneval = Auslandsreise. Müssen ja nicht die Kanaren sein, wo eine verrückte Kölnerin auch schon einen verdammten Karnevalsverein gegründet hat, nein, vielleicht kann ich nächstes Jahr um diese Zeit einfach mal Tess besuchen. China ist gerade weit genug.

Die Halle begrüßt mich mit zu niedrigen Temperaturen und zu lautem Punk, was bedeutet, dass Arne zuerst aufgestanden ist. Meine Mitbewohner sitzen beide am Tisch, tragen dicke Pullover, trinken Arnes politisch korrekten Kaffee und unterhalten sich. Ich setze mich fröstelnd dazu und gieße mir ein.

»Wieso ist es so kalt hier?«

»Wir sparen Strom«, sagt Frauke, ohne den Blick von Arne abzuwenden.

»Warum machen wir dann nicht die Musik aus?«

Sie verdreht die Augen, zieht an ihrem Frühstück und nickt Arne zu, fortzufahren. Er berichtet von den letzten aktuellen Aktionen seiner Aktionsgruppe, eine Art militante Buddhisten. Sie glauben an die Menschheit und die Zukunft und tun das, was wir alle tun sollten – sich engagieren. Sie organisieren Demos, sammeln Unterschriften und leiten nicht ganz legal beschaffte Informationen über Umweltschweinereien der Konzerne an Journalisten weiter. Sie betonen immer wieder, dass sie gewaltfrei agieren. Außer wenn man sie provoziert. Und die Einleitung von Giftstoffen in deutsche Flüsse, kontaminierte Kinderspielplätze und atomare Endlager sind nun mal Provokationen.

Ich schmiere mir ein Ökobrot mit Ökokäse, ertränke den Nicaraguakaffee mit weißem Zucker, was mir Seitenblicke von Arne einbringt, und höre seiner Frontberichterstattung zu. Außer die Umwelt zu retten, hat er in den letzten Wochen an jedem Wochenende Gotcha gespielt. Das ist dieses Rambospiel, bei dem man durch einen Wald rennt und andere Gestörte mit Farbpatronen wegpustet. Überlebenstraining nennen die das. Arne nennt es angewandte Pädagogik. Wenn er sich breitbeinig über einen Vorstandsvorsitzenden stellt, den er soeben sauber erwischt hat, und sagt: »Hey, mit der Umweltverschmutzung ist jetzt aber Schluss«, um ihn dann zu exekutieren, dann hat das vielleicht keine Auswirkungen auf die Weltwirtschaft, aber in einer Welt, wo eine Millionenabfindung das Schlimmste ist, was diesen Typen passieren kann, ist eine Sekunde der Hilflosigkeit eine Lektion in Sachen Demut und Vergänglichkeit.

Ich hebe die Hände.

»He, wartet ... hört ihr das auch?«

Ich lege den Kopf schief und lausche. Beide verstummen. Arne mustert mich. Frauke legt ebenfalls den Kopf schief. Nach einem Augenblick schüttelt sie den Kopf.

»Was denn?«

»Ich glaube, der Gitarrist hat einen Akkord dazugelernt! Jetzt sind's schon drei.«

Sie verzieht das Gesicht. Arne mustert mich regungslos.

»Und jetzt, wo ich eure Aufmerksamkeit habe, kann mir vielleicht jemand verraten, was das soll? Es ist Winter. Ich friere schon da draußen. Ich habe keine Lust, auch hier drinnen zu frieren.«

»Wir drehen die Heizungen fünf Grad runter«, sagt Arne. »Jedes Grad spart circa sechs Prozent Heizenergie. Macht ein Drittel weniger Heizkosten.«

»Gute Sache. Freut mich. Wirklich. Aber ich werde nicht in meinem eigenen Zuhause mit dicken Pullovern rumlaufen. Und ich will auch kein warmes Bier trinken, weil die Kühlschranktemperatur ständig erhöht wird. Und wozu haben wir eigentlich Fernbedienungen, wenn der Stand-by-Modus immer ausgeschaltet ist? Hör auf damit.«

Er wartet ruhig, um meinen Einwand dann, wie immer, zu ignorieren.

»Allein das TV-Gerät hat einen Stand-by-Verbrauch von zwölf Watt. Wenn jeder seine Geräte manuell betätigen würde, könnte man die Kapazitäten eines Atomkraftwerks weniger auslasten, damit hätte die Atomlobby weniger Einnahmen und könnte weniger Schmiergelder an die Politiker zahlen, und damit stiegen die Chancen, dass in alternative Energien investiert würde.«

Ich schaue ihn an. Er schaut ausdruckslos zurück. Ich seufze.

»Ich will, dass du aufhörst, mit Pilzen herumzuexperimentieren.«

Das bringt ihn immerhin dazu, die Stirn zu runzeln.

»Daran ist nichts experimentell. Bei Pillen und Pulver dagegen weiß man nie, was drin ist.«

»Ach, du wusstest Bescheid, ja? Bist im Wald spazieren gegangen, hast ein paar Pilze gesehen und gedacht, wow, wenn ich die zu mir nehme, kann ich ohne Rückfrage die Raumtemperatur senken und die Glühlampe im Kühlschrank entfernen? Und noch wichtiger ist die Frage, seit wann du so etwas allein entscheidest. Machst du jetzt hier einen auf Diktator oder was?«

Seine Miene bleibt ausdruckslos, aber er richtet sich einen Zentimeter auf. Frauke schaut zwischen uns hin und her, während sie sich ein drittes Frühstück bastelt.

»Ach, kommt schon Jungs, nicht streiten.«

Das Telefon klingelt im Arbeitszimmer. Frauke macht den Ansatz zu einer Bewegung, bleibt dann doch sitzen. Drüben klackt der Anrufbeantworter, dann fragt die Stimme meiner Schwester laut, ob ich da bin.

»Schwester Zehnmalklug«, sagt Frauke.

»Nenn sie nicht so, und dreh die verdammte Heizung auf«, sage ich und gehe ins Arbeitszimmer, wo Sune zum zweiten Mal laut nachfragt, ob ich zu Hause bin. Ich nehme den Hörer ab.

»Bin da. Hast du mich vermisst?«

»Far geht es nicht gut. Verstehst du? Du musst sofort kommen.«

Wenn es eine Hypochonder-WM gäbe, würde ich mein Geld auf sie setzen.

»Was hat er denn diesmal? Einen Pickel? 'ne komische Frisur? Schweißfüße?«

Sie nennt mir den Namen eines Krankenhauses in Kopenhagen und legt auf.

Kapitel 11

Verdrängung ist besser als ihr Ruf. Ich hatte schon ganz vergessen, wie übel Krankenhäuser sind. Die Luft, der Geruch, der Klang, die verstörten Blicke, und über allem Angst und Hilflosigkeit. Zu viele einsame Menschen voller Verzweiflung. Mir ist danach, alle Fenster und Türen aufzureißen und laute Musik aufzulegen. Stattdessen haste ich durch die Gänge, bleibe schließlich vor einer weißen Tür stehen, atme durch, schiebe die Tür auf und betrete das Zimmer. Vier Betten, drei belegt. Auf dem einen sitzt Far. Angezogen. Neben ihm steht ein Arzt, der aussieht, als käme er direkt von der Uni. Auf der anderen Bettseite steht Sune und packt eine Tasche, während sie argwöhnisch den Arzt beäugt. Ebba sitzt klein und zerbrechlich auf einem Stuhl und wirkt müde.

Als er mich reinkommen hört, wendet Far mir sein faltiges Gesicht zu.

»Oh. Der Tod. Falsches Zimmer, der Minister liegt gegenüber.«

Er wendet sich wieder dem Jungarzt zu. Ich winke Sune und Ebba zu. Ebba hebt die Hand ein bisschen und lächelt müde. Der Jungarzt legt sich wieder ins Zeug und versucht Far zu überzeugen, wie gesundheitsschädlich Rauchen in seinem Alter und Zustand ist. Er ist nicht der Erste, der auf diesen Husten reinfällt. Far hat die Malerkrankheit. Nach vierzig Jahren Lösungsmittel-Einatmen hustet er so rasselnd, dass jeder im Umkreis automatisch die Luft anhält. Ein Husten wie eine nasse Zeltplane im Wind – zäh, bellend, furchtbar. Solange ich denken kann, ging er morgens als Erstes ins Bad, wickelte sich ein Handtuch um den Kopf und hustete sich den Nachtschleim ab. Vielleicht gab es deswegen morgens immer Musik bei uns. Jedenfalls legt dieser Husten diese Kettenraucherfährte, auf der sich schon so viele Ärzte verlaufen haben, und das einzig Schöne daran ist, dass Far ein paar Leute veräppeln kann. So sitzt er auf dem Krankenbett und nickt dem Jungarzt aufmunternd zu, damit der sich noch mehr ins Zeug legt. Die beiden anderen Patienten verfolgen das Schauspiel aus ihren Betten. Einer davon sieht gar nicht gut aus. Ich lehne mich an die Wand und warte.

Irgendwann gibt Ebba ein kleines Geräusch von sich. Far unterbricht den Jungarzt treuherzig und gibt zerknirscht zu, dass er nicht weiß, wie er mit dem Rauchen aufhören kann – weil er ja schon vor neununddreißig Jahren damit aufgehört hat. Der Jungarzt schaut ihn an, dann realisiert er, dass er in den letzten Minuten an der Nase gezogen wurde, und bekommt etwas Farbe. Er schaut auf seinen Pieper, murmelt etwas und verlässt den Ort, an dem ein Sterblicher an seinem Nimbus gekratzt hat.

»Vierzig Jahre derselbe Gag – nicht mal ich würde mich das trauen.«

Far wendet mir den Kopf zu.

»An guten Dingen muss man eben festhalten.«

Er schaut Ebba an und wackelt mit den Ohren. Sie lächelt. Ich beuge mich vor und umarme ihn. Er riecht gut. Sogar hier.

»Du siehst müde aus.«

»Versuch mal hier zu schlafen. Irgendjemand hat die ganze Nacht gehustet. Und dann das Essen ... ich musste ständig aufs Klo, fast wie zu Hause.«

Er wirft Ebba einen Blick zu, aber sie reagiert nicht, also reicht er mir seine große Hand. Ich ziehe ihn vorsichtig auf die Beine. Während er sich von den beiden anderen Patienten verabschiedet, umarme ich Ebba und Sune. Dann verlassen wir das Krankenzimmer. Auf dem Flur fasse ich Sunes Arm, lasse Ebba und Far vorausgehen und uns ein bisschen zurückfallen.

»Todkrank, hm.«

Sie schaut mich genervt an.

»Er ist im Keller umgekippt, hörst du?«

»Denke schon. Und wie lautet die Diagnose?«

»Nichts.«

Ich hebe eine Augenbraue.

»Irgendwas müssen die Ärzte doch gesagt haben.«

Sie nickt wütend.

»O ja. Dass man die Laborergebnisse abwarten muss. Dass man ohne die Laborergebnisse nichts sagen kann und dass die Laborergebnisse erst in ein paar Tagen vorliegen. Eigentlich müsste er so lange hierbleiben, aber du kennst ihn ja.«

Far wirft einen Blick über die Schulter.

»Ihr könnt ruhig tuscheln, stört mich nicht. Wirklich. Verteilt schon mal das Erbe.«

»Welches Erbe? Die vierzig Jahre alte Gagdatei?«

Er runzelt die Stirn und wendet sich wieder nach vorn. Sune schüttelt den Kopf und mustert seinen Rücken nachdenklich.

»Irgendwas ist mit ihm. Seit Monaten ist er ständig müde. Schon im Sommer stellte er sich manchmal hinter die

Bäume und tat, als würde er sie beschneiden, aber er stand nur da und ruhte sich aus.«

»Das hab ich gehört!«, ruft er. »Ich bin einundachtzig! Will dich mal sehen, wenn du so alt bist!«

»Du bist zweiundachtzig, Schatz«, sagt Ebba.

»Jesses!«

Er senkt die Stimme und sagt etwas zu ihr. Sie lächelt und knufft ihm den Arm, während sie langsam auf den Ausgang zugehen. Wir trippeln ihnen mit halben Schritten nach. Sune nickt mehr zu sich selbst.

»Irgendwas ist mit ihm.«

»Klar«, sage ich. »Sag mal, ist man eigentlich auch ein Hypochonder, wenn man immer glaubt, jemand anderes wäre krank?«

Sie gibt mir einen Blick, und vielleicht hat sie recht. Vielleicht zieht er nur eine Show ab, um uns zu beruhigen, aber wenn, macht er das verdammt gut. Ich lege meinen Arm um ihre Schultern und bringe Fars Allzweckwaffe zum Einsatz:

»Kopf hoch …«

»Denn da scheint die Sonne«, murmelt sie lustlos und wirft einen Blick auf ihre kleine Armbanduhr, deren Glas so zerkratzt ist, dass man kaum noch die Zeiger erkennen kann. Die Uhr, die ihr erster Freund ihr vor dreißig Jahren geschenkt hat. Sie all die Jahre instand zu halten hat mehr Geld verschlungen, als zehn neue zu kaufen, aber so ist sie: Wenn sie dich ins Herz geschlossen hat, musst du schon auf sie schießen, bevor sie dich wieder rausschmeißt.

Sie erkennt endlich die Uhrzeit, hebt den Blick wieder und schaut mich an.

»Wie lange bleibst du?«

»Bis morgen.«

»Gut«, sagt sie und kuschelt sich an mich. »Ich muss noch mal in den Kindergarten, aber ich komme nachher rüber und bleibe über Nacht. Versuch herauszubekommen, was los ist, und lass dich nicht einlullen – irgendwas ist mit ihm, verstehst du?«

Sie forscht in meinen Augen. Ich drücke ihr einen Kuss auf die Stirn.

»Ja, ich denke schon, dass ich verstehe, und wenn nicht, erklärst du es mir sicher noch mal.«

»Ja«, sagt sie, absolut frei von Ironie.

Ich lächele. Die Tür zur Außenwelt öffnet sich automatisch. Wir treten hinaus in den Winter und atmen erleichtert die eiskalte, klare Luft ein. Noch mal davongekommen.

Kapitel 12

Die Wohnung sieht aus wie immer. Ebba und Far haben sie vor dreißig Jahren bezogen und zahlen wahrscheinlich weniger Miete, als ich gestern versoffen habe. Kein Vermieter hat hier in den letzten Jahrzehnten Zwischenwände rausgerissen, und so hat die Wohnung noch den alten Schnitt aus glorreichen Tagen, als es noch Familien gab und man viele Räume brauchte. Es gibt keine Badewanne, dafür ist das Badezimmer rundherum gekachelt. Wenn man duschen will, wirft man den Vorleger raus, und schon wird das Badezimmer zu einer Duschkabine, auf die sogar Amis neidisch wären. Danach geht man mit einem Scheibenwischer über die Kacheln, legt den Vorleger wieder rein und schwupps – Badezimmer. Das und die selbst gebaute blaue Küche, die frische Luft im Schlafzimmer, die Süßigkeiten im Wohnzimmer, die Bücherwand im Esszimmer liebe ich, aber mein Favorit ist die Fotowand von den Kindern, die die beiden gesittet haben. Eine Wand voll lachender Gesichter, die nach unten hin immer älter werden. Wie viele Stunden saß ich hier schon und hörte zu, wie Far und Ebba Anekdoten zu den verschiedenen Kids auspackten. Wenn jemand mal hier einbricht und etwas klaut, obwohl er diese Wand sieht, würde ich ihm die Haftstrafe verdoppeln.

Nachdem ich meinen Rundgang beendet habe, ist bereits gedeckt und serviert. Wir setzen uns ins Esszimmer, trinken Käffchen und knabbern Süßigkeiten. An der Wand ist seit meinem letzten Besuch kein Bild hinzugekommen. Die zweite Generation ist erwachsen. Jetzt wird sehnsüchtig auf die dritte gewartet.

Ich nehme einen Schluck aus der kleinen Porzellantasse, nicke Ebba anerkennend zu und schaue Far an.

»Du bist also umgekippt.«

Er schüttelt sofort den Kopf.

»Ich bin nicht umgekippt, ich hab im Keller gearbeitet, dann wurde mir ein bisschen schlecht.«

»Und dann ist er umgekippt«, fügt Ebba hinzu.

»Hab was Falsches gegessen«, sagt er. »Passiert hier schon mal.«

Er fängt sich einen Klaps von Ebba ein.

»Da siehst du es, kein Wunder, dass ich umfalle«, jammert er. »Wenn keiner da ist, schlägt sie mich richtig zusammen.«

Er ruckt den Kopf hin und her und zieht Grimassen, als würde er linke und rechte Haken einstecken. Ich schaue Ebba an.

»Was genau wurde im Krankenhaus gemacht?«

»Sie haben ihm Blut abgenommen und ihn untersucht.«

»Hoffentlich finden sie nicht heraus, was ich neulich über die Königin gedacht habe«, kichert er und steckt sich Lakritze in den Mund. »Freut mich übrigens mit Tess.«

Mein Herz stolpert. Ich schaue ihn an. Er breitet die Hände aus.

»Na, dass sie nicht mitgekommen ist. Du willst sie in der Schwangerschaft nicht fliegen lassen, das ist sehr vernünftig.«

Ebba lächelt mich an.

»Tess ist schwanger?«

»Nicht dass ich wüsste«, sage ich.

Sie wirft Far einen Blick zu. Er runzelt die Stirn.

»Also werde ich wieder nicht Opa?«

»Falls du mir nicht ein paar Geschwister verschwiegen hast ...«

Er seufzt und wirft Ebba einen dramatischen Blick zu.

»Ist das mein Junge?«

»Weiß man's?«, sagt Ebba. »Ich werde mal mit dem Kochen anfangen.«

Sie steht mühsam auf. Far seufzt kopfschüttelnd.

»Ich komme gerade aus dem Krankenhaus, und sie versucht es schon wieder ...« Er starrt sie anklagend an. »Hast dir wohl einen anderen angelacht, während ich drin war, ja? Wer ist es, Olsen aus dem vierten Stock? Hat er schon dein Essen probiert?«

Ebba küsst ihn auf die Wange und geht in die Küche. Far reibt sich die Wange und macht Oooohh, aber er sieht wirklich müde aus. Er beugt sich etwas vor und schaut mich verschwörerisch an.

»Lust auf eine Spritztour?«

»Wohin?«

»Ins Sommerhaus.«

»Du musst dich schonen!«, ruft Ebba aus der Küche.

Er runzelt die Stirn und wirft einen Blick zur Küche.

»Wie kann man in dem Alter bloß noch so gut hören?«

»Ich trage mein Hörgerät, Schatz! Solltest du auch! Aber du hörst ja nicht!«

Er grummelt irgendwas, dann schaut er wieder zu mir.

»Wir waren schon sechs Wochen nicht mehr oben. Jemand müsste nach dem Rechten sehen. Du darfst auch fahren.«

Ich versuche, mir nichts anmerken zu lassen. Ich durfte

noch nie mit seinem Wagen fahren. Vielleicht stimmt wirklich was nicht mit ihm, aber das Kreuzverhör überlasse ich Sune.

»Okay, dafür darf ich ein Auslandsgespräch führen.«

»Ein kurzes«, sagt er und stemmt sich schwer auf die Beine. »Ich lege mich ein Stündchen aufs Ohr. Und grüß meine Schwiegerfreundin schön.«

Er verschwindet ins Schlafzimmer. Ich esse ein paar Lakritze, dann rutsche ich rüber auf den Telefonschemel, nehme den Hörer des Telefons in die Hand, das Far sich in den Siebzigern angeschafft hat, und stecke die Finger in die Wählscheibe. Das Wählen ist wie Hanteltraining. Ob die beiden sich bei Auslandsnummern abwechseln?

»Krytowski«, meldet sie sich gestresst.

Als ich ihre Stimme höre, durchfährt mich ein verwirrendes Gefühl vom Scheitel bis in die Zehen. Schuld und Sühne. Liebe und Erleichterung. Freude und Trauer.

»Ich bin's.«

»Liebster!«, stößt sie überrascht aus, dann tritt eine kleine Pause ein, während wir das sacken lassen. »Ich denke die ganze Zeit an dich.«

»Und ich an dich.«

»Ist doch seltsam, oder?«

»Ja.«

»Ich meine, das Ganze.«

»Ja.«

Rauschen in der Leitung. Ich höre ihren Atem. Hinter ihr bricht irgendwo Hektik aus.

»Süße, ich bin in Kopenhagen. Far war im Krankenhaus und ...«

»Was ist mit ihm?«, unterbricht sie alarmiert.

»Es ist nicht schlimm. Ihm ist schlecht geworden, er ist

umgefallen, sie haben ihn untersucht, nichts gefunden, wir sind schon wieder zu Hause.«

Wieder eine kleine Pause. Dann:

»Soll ich kommen?«

»Du hast doch Termine.«

Ihre Stimme wird leise und akzentuiert.

»Sprich bitte nicht so mit mir. Wenn es ernst ist, komme ich.«

Ich zögere. Für einen Augenblick bin ich versucht, sie herfliegen zu lassen, nur um zu genießen, wie sie einen Termin für mich absagt. Ich muss aufpassen, dass ich nicht wieder drei Jahre alt werde.

»Es ist nicht nötig, er ist wirklich okay. Er schläft jetzt eine Runde, und morgen ist er wieder der Alte.«

Es bleibt einen Augenblick ruhig in der Leitung.

»Gut«, sagt sie dann, und ich merke ihr die Erleichterung an. »Ruf mich sofort an, falls sich etwas ändert.«

»Mache ich«, sage ich.

»Ich meine es ernst.«

»Ich weiß. Ich bleibe noch bis morgen und rufe dich an, wenn ich wieder zu Hause bin. Wie sieht es denn aus mit dem Wochenende?«

»Das weiß ich noch nicht. Hier ist die Hölle los.« Eine Frauenstimme im Hintergrund sagt irgendwas. »Liebster, ich muss auch schon wieder Schluss machen.«

»Er hat nach dir gefragt. Ich soll dich grüßen.«

»Oh ... das ist schön ...«

Ich höre ihrer Stimme an, dass sie lächelt. Diese Wirkung hat Far immer auf sie.

»Wie ... wie haben sie reagiert?«

Ich brauche einen Augenblick, bevor ich verstehe, was sie meint. Ich werfe einen Blick in die Runde und senke die Stimme, obwohl keiner von beiden Deutsch versteht.

»Ich habe es ihnen noch nicht gesagt. Es war nicht der richtige Augenblick.«

»Läuft ja auch nicht weg«, sagt sie. Wieder höre ich die Frauenstimme, und als Tess erneut spricht, klingt ihre Stimme gehetzt. »Grüß die beiden schön zurück. Sag ihnen, ich vermisse sie sehr, ja? Entschuldige, es geht los, ich muss rein. Wer liebt dich?«

»Was, immer noch du?«

»Unheimlich«, sagt sie.

Wir legen auf. Ich sitze da und denke ein bisschen über ›unheimlich‹ nach. Dann merke ich, dass sie mich gar nicht gefragt hat, wie das Casting gelaufen ist. Dann merke ich, dass ich ihr gar nicht erzählt habe, dass ich in der nächsten Runde bin. Dann merke ich, dass sie noch nicht mal weiß, dass ein Casting stattgefunden hat. Und dann denke ich darüber nach, was wir in den letzten Jahren noch so alles nicht mitbekommen haben.

Am späten Nachmittag kommt Sune aus dem Kindergarten. Auch an einem Samstag lässt sie es sich nicht nehmen, den Laden als Letzte zu verlassen. Sie köchelt mit Ebba in der Küche, während ich Far helfe, einen kaputten Schrank zu reparieren. Ihm fehlt mittlerweile die Kraft, um die einfachsten Sachen zu heben. Danach verputzen wir einen Braten mit einer von diesen dicken, würzigen Soßen, die scheinbar nur Dänen lieben, dabei fragen sie mich über die Amerikareise aus: Umgangsformen, Allgemeinbildung, Ernährung, Umwelt. Ich berichte von Alleinerziehenden, die drei Jobs machen und sich dennoch verschulden, um über die Runden zu kommen, von Armen, die vor verschlossenen Krankenhaustüren stehen, von Menschen, die bewaffnet shoppen gehen, von Medien, die nach Nine Eleven jahrelang Propagandaorgane der Regierung waren und sich nur langsam wieder fangen, und von einem furchtbaren Patriotismus, der politisch ebenso sehr missbraucht wird wie das Christentum. Ich berichte von einem verwirrenden, fanatischen Glauben an den Kapitalismus, obwohl immer mehr Amerikaner unter der Armutsgrenze leben, von einem Kran, der extra hergestellt wurde, um verfettete Menschen aus ihren Wohnungsfenstern zu heben, weil sie nicht mehr durch die Türen passen. Während ich rede, höre ich mir selbst zu, und, Grundgütiger, ich klinge wie die Abrissbirne von Nostradamus. Ein solch niederschmetterndes Resümee nach der schönsten Reise meines Lebens? Was ist los?

Nach einem Rundblick in die Gesichter weiß ich es: Es ist die Enttäuschung des Liebenden. Alle hier am Tisch haben Amerika einmal geliebt, die Musik, die Filme, den Traum von der Freiheit. Trotz vieler Verfehlungen blieb Amerika lange Zeit the good guy, zu dem man, wenn schon nicht auf-, dann zumindest rüberschaute. Zwei Legislaturperioden von Bush haben ausgereicht, um das zu schaffen, was nicht einmal die Außenpolitik der Nachkriegszeit schaffte – Amerikas Ruf als Vorzeigedemokratie zu zerstören. Sogar ein Weltruf ist fragil.

Zum Dessert gibt es Vanilleeis mit warmer Himbeersoße, doch es hat allen die Sprache verschlagen. Wir löffeln schweigend himmlisches Himbeerdessert. Über uns eine Wolke der Ernüchterung. Ich fange noch mal an und berichte von der unglaublichen Schönheit des Landes und den vielen Begegnungen mit großartigen Menschen. Ich berichte von Hilfsbereitschaft und grenzenlosem Optimismus, von sagenhaften Gospelkonzerten und einem

Obdachlosen, der uns dreißig Minuten lang begleitete, um uns zu versichern, dass nicht alle Amerikaner so sind wie Bush und seine Kumpels, ich erzähle von einem Polizisten, der vor uns herfuhr, um uns den Weg zu einem guten Hotel zu zeigen. Als ich verstumme, bleibt dennoch ein düsterer Schatten zurück, das Gefühl, dass irgendetwas nicht stimmt und es kein gutes Ende nehmen wird.

Eine unangenehme Pause entsteht. Wir löffeln weiter Nachtisch. Die Pause wird immer düsterer. Bis Far eine Geschichte über seinen ehemaligen Arbeitskollegen Roland auspackt, mit dem er zwanzig Jahre im größten Kaufhaus Dänemarks zusammenarbeitete. Roland hatte eine ausgeprägte Rot-Grün-Schwäche, was als Maler eine prima Sache ist, aber da er seine rechte Hand bei einem Arbeitsunfall verloren hatte, war er unkündbar. Die beiden freundeten sich an und wurden ein perfektes Team. Far mixte Rolands Farben, und Roland ließ keine Gelegenheit aus, um ihnen Vorteile zu verschaffen. Unter seinen Prothesen hatte er eine Hand, die fast echt aussah. Für den Job benutzte er aber meistens die Captain-Hook-Klaue. Daran konnte man prima Farbdosen aufhängen und mehr Trinkgeld herausschlagen. Doch ihre Haupteinnahmequelle war der Aufenthaltsraum der Handwerker, der in einen Heizungsraum integriert war – und für den Roland gerne mal seine Sonntagshand anzog. Wenn neue Mitarbeiter kamen, sorgten die beiden dafür, dass sie die erste Pause zusammen verbrachten. Sie setzten sich neben den Neuen und begannen sich zu streiten. Das schaff ich. Nein, das schaffst du nicht. Doch, das schaff ich. Nein, das schaffst du nicht … Das zogen sie so lange durch, bis der Neue sie endlich fragte, worüber, zum Teufel, sie sich streiten würden. Far verdrehte die Augen und zeigte auf das Heizungsrohr unter der Decke. Roland würde wetten, dass er seine Hand eine ganze Minute auf das heiße Rohr legen könnte, ohne zu schreien. Es dauerte nie lange, dann hatten sie den Neuen so weit, dass er – nachdem er die Temperatur des Heizungsrohres überprüft hatte – jede Wette abschloss. Vorher hielt Roland natürlich seine echte Hand hoch, damit jeder sehen konnte, dass hier mit offenen Karten gespielt wurde. Kaum war das Geld auf dem Tisch, stand Roland auf, legte seine Sonntagshand auf das Heizungsrohr, mein Vater zählte bis sechzig, sie nahmen das Geld an sich und gingen in die Kantine auf Kaffee und Kuchen.

Wie immer geht Far in der Geschichte auf. Er grinst und lacht, zappelt herum und verdreht die Augen über Roland. Zuerst wirkt das Witzeln in der ernsten Atmosphäre deplatziert und rüde, aber nach und nach setzt er sich gegen die Betroffenheit durch. Schon bald wird der Schatten, der noch eben über dem Tisch hing, durch Gelächter vertrieben. Die Geschichte kenne ich auswendig, aber ich kann mich nicht daran sattsehen, wie er sich über seine eigenen Geschichten schlapp lacht. Er wäre ein besserer Comedian als ich. Es ist eine der seltenen Gelegenheiten, bei denen man Sune wie ein Schulmädchen kichern hören kann, und auch Ebbas faltiges Gesicht ist zu einem Grinsen verzogen, obwohl sie die Geschichte öfter gehört haben muss als ich. Sie ist sein bestes Publikum, er liebt es, sie zum Lachen zu bringen – eine perfekte Symbiose. Auch dafür sollte ich mir Familie zulegen: Publikum, das bleibt.

Far schließt die Geschichte mit Shakespeare:

»Wohl dem, der nicht verlor …«

»… im Kampf des Lebens den Humor«, singen wir.

Er schaut mich unschuldig an.

»Ach, Familie ist doch das Schönste im Leben …«

Ich senke den Blick und stochere auf meinem Teller herum. Aber diesmal ist Sune dran. Far mustert sie betrübt.

»Wie schafft ein intelligentes Mädchen wie du es bloß, so lange ohne Kinder zu bleiben?«

Sune schaut ihn überrascht an und bekommt dann einen merkwürdigen Gesichtsausdruck. Sie wirft Ebba einen Blick zu, die sich scheinbar nicht ganz sicher ist, ob Far vielleicht vergessen hat, wieso sie keine hat. Sune schaut auf den Tisch, schiebt ihre Gabel einen Zentimeter nach rechts, und Ebba öffnet bereits den Mund, um zu protestieren, als er fortfährt.

»Such dir einen Mann, und adoptier ein paar Kinder.«

»Lasse hat ja auch keine, und er ist nicht unfruchtbar«, sagt sie.

Ich starre sie an. Sie hält den Blick gesenkt und schiebt die Gabel ein Stück in die andere Richtung. Far dreht den Kopf und mustert mich.

»Das ist allerdings richtig«, sagt er und klopft mit seinem knorrigen Zeigefinger auf den Tisch vor mir. »Was ist bloß los mit dir? Du hast ein tolles Mädchen, Tess liebt dich. Worauf wartest du? Mach ihr endlich einen Antrag.«

Ich schaue Ebba Hilfe suchend an. Sie amüsiert sich scheinbar prächtig. Toll. Für einen Augenblick spiele ich mit dem Gedanken, es ihm zu sagen, nur um sein Gesicht zu sehen, doch dann senke ich meinen Blick und schiebe mir einen weiteren Löffel Eis rein.

»Jesses, jetzt mach ihr endlich diesen Antrag! Heirate, mach ihr ein paar Kinder, und alles wird gut, du weißt ja – Gras wird erst im Mund einer Ziege süß.«

Ebba gibt ein Geräusch von sich.

»Das Essen war echt lecker«, sage ich.

Ich stehe auf und beginne den Tisch abzuräumen.

Far lässt mich nicht aus den Augen.

»Hast du gehört, was ich gesagt habe?«

»Echt lecker«, wiederhole ich und gehe in die Küche, um das Tablett zu holen.

Ich räume den Esstisch ab, Sune stellt Kaffeetassen auf den kleinen Tisch. Ebba macht Kaffee. Far sucht derweil seinen Swingsender im Radio. Er erwischt einen Livemitschnitt von einem Nina-Simone-Konzert. *Someone To Watch Over Me*. Sie wünscht sich so sehr jemanden, der ihren Spuren folgt und rechtzeitig kommt, um ihr zu geben, was sie so sehr braucht: jemanden, der über sie wacht. Wir singen alle mit. Der Schatten weicht endgültig aus dem Raum, und ein warmes Gefühl macht sich in meinem Magen breit. Ich umarme Ebba und drücke ihr einen Kuss auf die Wange. Sie ruft nach Far, weil ich sie küsse. Er ruft zurück, dass ich sofort mit dieser Küsserei aufhören soll. Ich lache. Gott, wie habe ich das vermisst.

Nach dem Käffchen kündigt Far an, früh ins Bett gehen zu wollen. Er küsst alle Gute Nacht, erinnert mich noch mal an das Sommerhaus, dann verschwindet er ins Schlafzimmer. Ebba setzt sich vor den Fernseher und macht ihre geliebte Quizsendung an. Während wir abwaschen, versuche ich Sune zu überreden, noch auf ein Bier auszugehen, doch sie ist schon müde, weil sie die ganze Woche den Kindergarten um sechs aufgeschlossen hat. Ich drücke ihr ein paar Alte-Jungfer-Sprüche rein, und schließlich stimmt sie widerwillig der total verrückten Sache zu, am Wochenende nach neun Uhr noch vor die Tür zu gehen. Wir packen uns warm ein und verabschieden uns von Ebba. Sie kämpft sich aus dem Sessel, geht zu ihrem Portemonnaie und drückt uns jeweils zwanzig Kronen in die Hand. Für eine Brause. Wir knutschen sie lachend ab. Manche Dinge ändern sich nie. Gott sei Dank.

Kapitel 13

Die Bar ist halb leer und viertel dunkel. Meine Augen sind nicht mehr das, was sie mal waren, aber nicht mal sie können die Kellnerin übersehen. Eine klassische Skandinavierin: selbstbewusst, sportlich, blond und ein breiter Mund, der schnell für ein Lächeln zu haben ist. Wir rutschen hinter einen freien Ecktisch, und Sune zieht sofort eine Grimasse.

»Mach das nicht vor meinen Augen.«

»Was denn?«

»Ja, was denn«, sagt sie und wirft einen Blick zu der Kellnerin rüber.

»Die ist doch klasse.«

»Das ist Tess auch«, sagt sie.

Aber hallo. Doch Tess ist nicht mehr zuständig. Schon lange nicht. Und ich habe mich nach meiner Erfahrung mit BH in eine so asexuelle Wellnessdecke eingerollt, dass nicht mal Michelle Pfeiffer mir noch ein Zucken entlocken könnte. Gott, was passiert wohl, wenn ich nach zwei Jahren zum ersten Mal wieder Sex habe? Werde ich das Bewusstsein verlieren? Sollte ich den Akt besser unter ärztlicher Aufsicht vollführen? Frauke hat unrecht: Man vergisst nicht, wie schön Sex ist, wenn man lange ohne lebt. Leider.

Sune beugt sich etwas vor.

»Hör auf«, sagt sie leise, aber bestimmt.

Ich löse meinen Blick von der Kellnerin und mustere stattdessen meine prüde Schwester.

»Stell dich nicht so an, ich guck doch nur.«

Sie spitzt die Lippen und mustert mich bitter.

»Ich stell mich bestimmt nicht an! Es sind schließlich die Männer, die immer rumbumsen!«

Alle paar Jahre Sex würde ich auch nicht zwingend als Rumbumsen definieren, aber Sune ist in dem Punkt sensibilisiert. Fast alle ihre Expartner haben sie betrogen, und jetzt ist jeder Anflug von Promiskuität in ihren Augen verachtenswert. Manchmal mache ich mir einen Spaß, ihr Tierarten aufzuzählen, bei denen Rumbumsen Voraussetzung fürs Überleben ist, aber da das Thema Fortpflanzung ebenfalls heikel ist, zucke ich die Schultern.

»Ich hatte heute Nacht Spaß und bin eben noch etwas angefixt.«

Ihre Miene schlägt um und wird fast hoffnungsfroh.

»Ihr schlaft wieder miteinander?«

»Nein, sie waren schwul.«

Sie lacht nicht und mustert mich. Ich weiß nicht, was ihr mehr Sorgen macht, das Geschlecht oder der Plural. Mal wieder frage ich mich, wie sie es schafft, bei Fars Dauerbeschuss so humorlos zu sein. Ein großes, ungelöstes Rätsel der Menschheit.

»Keine Sorge, es ist nichts passiert, und wenn, wäre es nur ein Karnevalsmalörche gewesen«, lege ich nach.

Sie runzelt die Stirn.

»Ein was?«

»Das bedeutet, dass es nicht so schlimm ist.«

»Sieht Tess das auch so?«

Ich nicke.

»Für sie wäre es nicht schlimm, weil sie es nicht wüsste.

Entspann dich, ich bin aus Versehen auf einer Schwulenparty gelandet, aber außer mieser Musik ist mir nichts zugestoßen.«

Sie schüttelt den Kopf, lehnt sich zurück und zieht beide Hände in ihren Schoß. Sie hätte mich lieber erzmonogam, verheiratet, mit Kindern gesegnet und, seit eben, auch hetero.

Die Kellnerin kommt zum Tisch, grüßt und fragt nach der Bestellung. Sie sieht nicht nur klasse aus, sie spricht auch noch breitestes Kopenhagenerisch. Ich bestelle zwei Tuborg. Sie lächelt zurück. Sune mustert uns argwöhnisch. Die Kellnerin wirft ihr einen entwaffnenden Blick zu und geht zur Theke zurück. Ich schaue ihr nach. Gott, jetzt reagiere ich schon auf Kellnerlinguistik.

»Hör auf damit. Ich meine es ernst. Ich will nicht, dass mein Bruder auch so eine Luftpumpe ist.«

Luftpumpe.

Ich verkneife mir den Kommentar, weil die Kellnerin uns das Bier bringt. Ich muss mich zwingen, ihr nicht auf den Mund zu schauen, kann aber ein weiteres Lächeln nicht vermeiden. Sie wirft ein schöneres in die Runde und zieht weiter.

»Pffft, pffft, pffft ...«, macht Sune.

Ich schaue sie an.

»Was hast du bloß für ein Problem? Wenn sie ein Mann wäre, wäre es dir schnurzegal, ob ich sie anlächele. Aber weil sie eine Frau ist, drehst du gleich am Rad.«

Sie zielt mit ihrer Flasche auf mich.

»Du lächelst ja auch nur, weil sie eine Frau ist.«

»Nein, ich lächele, weil sie klasse ist.«

Sie winkt ab.

»Ach, ich kenne dich doch. Prost.«

Sie hält mir ihre Flasche entgegen, doch statt meine dagegenzustoßen, schaue ich sie ernst an.

»Falsch«, sage ich, »du kennst deine Extypen und schließt von denen auf mich, und das ist nicht fair. So siehst du mich? Als notgeilen Schürzenjäger? Sehen wir uns wirklich oft genug, dass du so über mich urteilen kannst?«

Sie forscht in meinen Augen nach einem Zeichen, dass ich Spaß mache. Als sie nichts findet, wird ihre Miene zerknirscht. Sie öffnet den Mund, um etwas zu sagen.

»Davon abgesehen«, komme ich ihr zuvor, »würde ich sie natürlich gerne flachlegen.«

Sie atmet ein und starrt mich an. Einen beängstigend langen Augenblick weiß ich nicht, was sie als Nächstes tun wird. Dann lehnt sie sich zurück und lässt ihren Blick durch den Laden schweifen. Ich nippe an meiner Flasche und lasse meinen Blick durch den Laden schweifen. Es gibt keinen Flipper oder Spielautomaten oder Sonstiges, was die Lebensqualität mindern könnte, also sitzen wir einfach da und genießen es, entspannt mit einem Bier in einer guten Kneipe zu hocken, und zwar in bester Gesellschaft, der man nichts vormachen muss.

»Guter Laden. Warst du hier schon mal?«

»Pffft, pffft, pffft ...«, macht sie wieder, ohne mich anzuschauen.

»Nein, schau doch nur, hier drin gibt es keine Tussen, weder männliche noch weibliche. Niemand ist auf Püppchen, Bitch, Gangsta oder MTV-Lusche zurechtgemacht.«

»Pffft, pffft, pffft.«

Ich muss lachen.

»Okay, ich geb's zu, ich könnte wirklich mal wieder. Ich meine, zwei Jahre kein Sex, Himmel, ich weiß wirklich nicht, ob es noch Blut ist, was in meinen Adern fließt ...«

Ihre Mundwinkel zucken leicht.

»Bleib schön auf deiner Seite, ja?«

Ich halte ihr meine Flasche hin. Sie stößt ihre leicht dagegen. Alles wieder gut.

»Und was ist mit dir?«, sage ich.

»Was soll denn sein?«

Sie tut, als wüsste sie nicht, was ich meine. Ich schaue sie bloß an, bis sie abwinkt und den Blick durch den Laden schweifen lässt. Ich nippe an der Flasche und warte, bis ihr Blick zum Tisch zurückkehrt. Sie zieht ihren Kopf zwischen ihre Schultern, als würde sie sich gegen kalten Wind schützen.

»Ach, halt mich da raus. Ich mag mein Leben, so wie es ist. Es ist stressig, aber gut. Die Arbeit mit den Kids ist einfach toll. Neulich hat mir einer eine Karte aus dem Senegal geschrieben, der vor fünfzehn Jahren bei mir war.« Sie schaut mir in die Augen. »Vor fünfzehn Jahren, verstehst du?«

»Das ist schön.«

»Ja«, sagt sie und nickt mehr zu sich selbst. Dann schaut sie mich wieder an. »Und wenn ich einen Mann kennen lerne, muss ich mein Leben umstellen. Kaum habe ich es umgestellt, zieht er mit einer anderen weiter. Der Aufwand lohnt sich einfach nicht.«

»Für den Richtigen schon.«

Sie schnaubt.

»Du hast die Richtige und machst trotzdem rum.«

Ich lächele nichtssagend und senke meinen Blick. Vielleicht sollte ich es ihr einfach sagen, irgendwann kriegen sie es eh alle raus, und dann ist es besser, jemanden auf meiner Seite zu haben. Wenn doch bloß nicht alle Tess so lieben würden. Ich erinnere mich an Frauen, denen sie keine Träne nachweinten. Einmal stand Far sogar auf und applaudierte, als ich ihm unter Tränen mitteilte, dass ich verlassen worden war.

»Dieses ganze Theater ...«

Ich hebe meinen Blick und warte, dass sie weiterspricht, aber sie schüttelt nur den Kopf und trinkt einen Schluck. Die Kellnerin schaut fragend rüber. Ich nicke ihr ein klares Ja rüber, auch wenn es sich nur um zwei neue Bier handeln sollte.

»Wenn sich jeder mit derselben Energie in die Beziehung wie ins Nachtleben stürzen würde, statt nach dem ersten Problemchen schreiend das Weite zu suchen ...«

Sie verstummt wieder. Ich zucke die Schultern.

»So sind die Zeiten eben. Jeder will sich selbst verwirklichen.«

»Selbstverwirklichung ...«, sagt sie und zieht eine Grimasse. »Egozentrik und Psychose, wenn du mich fragst.«

»Nenn es, wie du willst, scheinbar ist es wichtig, sonst würden nicht so viele danach streben.«

Sie beginnt, nachdenklich an dem Flaschenetikett zu pulen.

»Wenn ich einen Mann treffen sollte, der mich respektiert, obwohl ich keinen Konzern leite oder magersüchtig bin, wie erkläre ich ihm dann, dass ich eine normale Beziehung haben will? Ich koche, er repariert Dinge, ich mache den Haushalt, er seinen Job, und am Wochenende fahren wir zusammen ins Sommerhaus.«

Ich lächele.

»Du willst eigentlich mit Far zusammen sein.«

Sie stöhnt. Meine Kellnerin bringt zwei neue Bier, dabei lächelt sie zuerst Sune an, die aber damit beschäftigt ist, das Flaschenetikett in Streifen abzureißen. Als sie mir mein

Bier hinstellt, lächelt sie mich kurz an. Ich lächele zurück. Sie wirft einen Blick zu Sune, die aber voll konzentriert das Etikett zu einer Kugel zusammenrollt. Als meine Kellnerin merkt, dass es eine Lücke im System gibt, schaut sie wieder mich an, und ihr Lächeln wird breiter. Wir schauen uns sekundenlang in die Augen, und irgendwo tief in mir ruckt etwas. Herrje, ich bin so ausgehungert, dass ein einziges Lächeln reicht, um Pandoras Büchse zu öffnen.

Sune schnippt gegen eine Etikettenkugel. Sie saust zwischen uns hindurch und verschwindet über die Tischkante. Die Kellnerin senkt ihren Blick und zieht sich wieder zurück. Ich folge ihrem Gang, und um es mit Thomas D. zu sagen: Ich spüre Freiheit in mir, das ging aber schnell.

»Er wird immer schneller müde.«

»Er ist zweiundachtzig«, erinnere ich sie und stoße meine Flasche gegen ihre. »Auf seinen Dreiundachtzigsten.«

Sie nickt bloß und rollt eine neue Kugel zusammen.

»Wenn er stirbt, sind wir Waisen. Ist doch komisch, oder? Dann sind wir allein. Das waren wir noch nie.«

Ich denke an den müden Ausdruck in Fars Augen und stöhne entnervt.

»Seit hundert Jahren sagen sie uns, dass er stirbt, und er lebt immer noch. Weißt du noch den einen Sommer, als es ihm so schlecht ging? Er wird uns wahrscheinlich überleben und … *Jesses*, das würde ihn aber nerven!«

Sie hebt den Blick und lächelt.

»O ja, da wäre er echt sauer.«

Wir witzeln eine Runde über die Grabsteininschriften, die er uns verpassen würde, dann nutze ich den Augenblick, um sie in ein Gespräch über Sonderpädagogik zu verwickeln. In ihrem Fall bedeutet das: mehr als zwanzig verschiedene Nationalitäten, die sie im Kindergarten betreut.

Das Hauptproblem sind nicht die Kids – die brauchen Sicherheit, Beschäftigung und klare Ansagen, dann können sie spielen, ein bisschen randalieren, Grenzen aufgezeigt bekommen und herausfinden, wie die Dinge funktionieren. Aber dann gibt es ja noch Eltern. In der einen Kultur darf das Kind nicht mit Kindern des anderen Geschlechts spielen, in der nächsten darf es nicht nackt sein, manche Jungs dürfen nicht mit Haushaltsaufgaben erniedrigt werden, manche Mädchen dürfen nicht toben. Manche dunkelhäutigen Kinder sollen nicht mit den Schwarzen spielen, die türkischen nicht mit den kurdischen, die weißen nicht mit den gelben und so weiter. Nicht dass die Kinder sich für diese Regeln interessieren, denen ist das egal. Aber den Eltern eben nicht. Sunes Job ist es, alles so unter einen Hut zu bekommen, dass die Kinder sich wohl fühlen und die Eltern dabei möglichst wenig stören. Das Hauptproblem ist die Distanz durch die fehlende gemeinsame Sprache, daher hat Sune angefangen, den Tag digital zu fotografieren, damit die Eltern nachmittags sehen können, was ihr Kind den ganzen Tag gemacht hat. Sie können dadurch natürlich immer noch kein Dänisch, aber bei einem Foto kommt plötzlich Schwung in die Sache. Man lacht und zeigt und lernt ein paar Wörter. Und hat ein bisschen mehr Gemeinsamkeit. In diesem Fall stimmt es, dass ein Bild mehr sagt als tausend Worte.

Sie redet noch ein Bier weg und ist dann betrunken. Ich höre zu und genieße. Sie liebt diesen Job. Er macht Sinn, und sie macht ihn gut. Wie Tess hat sie ihre Berufung gefunden, sie gehen beide in ihrer Arbeit auf. Ein Gefühl, das ich zu gerne wiederhätte.

Kapitel 14

Helles Licht. Warme Decke. Warmer Körper. Bis auf Sunes leises Schnarchen neben mir ist die Wohnung ruhig. Ich bleibe mit geschlossenen Augen auf dem Laken liegen, das wir gestern Abend auf dem Wohnzimmerteppich ausgebreitet haben. Schon bald wachen die beiden drüben im Schlafzimmer auf und reden leise, um uns nicht zu wecken. Far entlockt Ebba das erste Kichern des Tages. Ich bleibe liegen und atme es ein. Wie die beiden aufstehen. Das Radio anmachen. Wie Ebba Käffchen macht. Wie Far im Bad abhustet und Ebba derweil das Radio lauter stellt. Wie er duscht und sie Frühstück vorbereitet. Wie er den Tisch deckt und sie duscht. Kleine Wellen fluten mich. Liebe und Dankbarkeit, weil sie mir ein Heim gegeben haben. Einen Ort, an den ich immer wiederkehren kann und sicher bin. Heimat ist auch Gott.

Beim Frühstück unterhalten sich Sune und Ebba über Rezepte. Ich schaufele mein geliebtes Ymer in mich rein. Ein bitterer Joghurt, den die Dänen natürlich sofort mit braunem Zucker und Brotkrumen wieder lecker machen. Far kaut Käsebrot mit Himbeermarmelade, spült mit dem zweiten Käffchen nach und fixiert mich – schon seit geraumer Zeit. Ich ahne schon, worauf das hinausläuft. Er rollt den letzten Schluck im Mund herum, schluckt und nickt mir zu.

»Also, was gedenkst du zu tun?«

»Frühstücken?«

»Das ist in der Tat das Einzige, das du früh machst. Jesses, ihr seid jetzt neun Jahre zusammen.«

»Sieben«, korrigiere ich und schiebe einen weiteren Löffel Ymer nach.

Er mustert mich mitleidig. Ebba und Sune verfolgen das Ganze und werfen sich Blicke zu. Far richtet einen Daumen auf die Fotowand hinter ihm und liefert mich wieder seiner ganz eigenen Logik aus:

»Wenn du jetzt keine Kleinen bekommst, wirst du später keine Großen haben, also, worauf wartest du? Du hast eine gute Frau, einen Job, bei dem du keine Lösungsmittel einatmen musst, du bist im richtigen Alter, Familie ist der nächste logische Schritt. Ich meine, du brauchst das Eichhörnchen ja nicht zu erschrecken, wenn es nicht flüchten soll.«

Ebba gibt ein kleines Geräusch von sich. Sune schickt mir einen Da-hast-du-es-Blick. Ich senke den Kopf und schaufele weiter Ymer in mich rein. Nach ein paar weiteren Gleichnissen aus der Tierwelt versackt seine Euphorie, weil ich ihn komplett ignoriere, und schließlich verstummt er beleidigt. Wir räumen den Tisch ab, packen ein paar Sachen zusammen und machen uns auf den Weg.

Wir brauchen ewig für die Treppen. Mit den beiden Alten rauszugehen ist wie mit Kids – alle paar Meter wird angehalten. Meistens wegen Ebbas Bronchitis. Zehn Stufen, Pause. Zehn Stufen, Pause. Kaum hat sie sich erholt, muss Far husten. Wenn er sich erholt hat, geht Ebba wieder die Puste aus. Es ist schön, dass die beiden in ihrem Alter noch geistig fit sind, aber bald werden sie körperliche Hilfe brauchen. Was mache ich dann? Ich bin so verdammt weit weg.

Irgendwann kommen wir tatsächlich am Auto an. Nach zweihundert Erklärungen von Far, wie man seinen geliebten Citroën behandelt, ohne enterbt zu werden, fahren wir los. Hinten plaudern Ebba und Sune über irgendwelche Blumen, die sie gerne im Garten einpflanzen würden. Far dirigiert mich und mustert meinen Fahrstil mit Argusaugen. Ich komme mir vor wie bei meiner ersten Führerscheinprüfung. Hoffentlich endet das hier besser.

Auf halber Strecke halten wir an einem Rasthof und nutzen die Gelegenheit, auf die Toilette zu gehen, denn im Sommerhaus gibt es bei diesen Temperaturen kein fließendes Wasser. Nach einer schnellen Notversorgung aus der Thermoskanne geht es weiter. Je näher wir der Küste kommen, desto weißer wird die Landstraße, und als wir schließlich am Sommerhaus ankommen, müssen wir erst mal aussteigen und den Schnee wegschaufeln, um in die offene Garage zu kommen. Die Kinder schaufeln, während Far das Haus aufschließt und den Ofen in Gang bringt. Ebba geht in die Küche. Schon bald riecht die eiskalte Luft nach der umwerfenden Mischung aus Winter und brennendem Ofenholz.

Far nickt mir zu, und wir gehen los, um einen Kontrollgang zu machen. Haus, Garage, Dach und Kinderhäuschen, das mittlerweile zum Geräteschuppen umfunktioniert wurde. Alles in Ordnung, keine Einbrüche, keine Frostschäden. Die Büsche sind überraschend hoch, von einer der hohen Tannen hängt ein Ast in den Nachbargarten rüber. Früher wäre das undenkbar gewesen. Auch das ein Zeichen, dass er nicht mehr der Fitteste ist. Im Schnee sind Spuren von Vögeln, Hasen und Füchsen. Sogar ein Reh war heute hier. Um den Komposthaufen herum ist der Schnee geschmolzen. Als wir näher kommen, macht sich eine Wildkatze auf und davon, sonst liegt der Garten unberührt da. Wie oft tobte ich mit den Jungs hier herum. In den letzten Jahren habe ich mich öfter gefragt, wie es wäre, meine Kinder hier herumtoben zu sehen.

Far beobachtet mich von der Seite.

»Wie geht es dir?«

»Gut.«

»Sicher?«

»Denke schon.«

»Du wirkst aber nicht so.«

»Na ja, weißt du, mein Vater war gerade im Krankenhaus ...«

Er winkt ab.

»Schieb es nicht auf mich. Im Sommer warst du auch schlecht drauf. Dir liegt doch was auf der Zunge, was du mir unbedingt mitteilen willst, und das ist richtig so. Also sträub dich nicht dagegen, erzähl es mir einfach.«

Ich werfe einen Blick nach oben und runzele die Stirn.

»Grundgütiger! Was ist denn mit der Tanne da? Hängt die etwa zu Olsen rüber?«

Er wirft einen finsteren Blick nach oben in die Wipfel und schweigt beleidigt. Wir biegen auf den Weg ein und gehen gemächlich den Hügel hoch. Davon abgesehen, dass es verboten ist, in den Sommerhäusern zu überwintern, sind die Häuser fast alle aus Holz und schlecht isoliert. Dementsprechend sind wir die Einzigen in der Nachbarschaft, die bei diesem Wetter heute hier sind. Es ist windstill und so ruhig, dass man die Stille hören kann. Zum ersten Mal seit Ewigkeiten bin ich im Winter hier. Ich hatte ganz vergessen, wie schön es ist.

Wir kommen an dem Haus von Lena vorbei. Meine erste Flamme und Lieblingsärztin bei den Doktorspielen. Herrje, waren wir unschuldig. Irgendwann war sie einfach weg. Das passierte oft. Man verbrachte jahrelang jeden Sommer zusammen, doch plötzlich kam einer nicht mehr, und das Sommerhaus stand zum Verkauf. Wenn die Eltern nicht mitdachten, erfuhr man nie, wieso, und konnte keinen Abschied nehmen. Mit Lena holte ich das zwanzig Jahre später nach, als ich sie zufällig auf dem Roskilde-Festival traf. Sie hing mit Hells Angels herum und warf eine Bierbüchse nach mir, um ihre Wiedersehensfreude zu dokumentieren.

»Man sollte die Städte ... auf dem Land bauen ... da ist die Luft besser.«

Er schnauft schwer und wischt sich verstohlen Schweiß von der Stirn, aber der Spruch musste raus. Wenn Woody Allen mal eine Sprücheanthologie rausgeben will und nicht mehr alle zusammenkriegt, kann er jederzeit anrufen.

Ich bleibe vor dem ehemaligen Haus von den Johannsens stehen.

»Bin gleich wieder da«, sage ich und quetsche mich durch die Lücke in der Hecke, die schon vor dreißig Jahren da war. Ich kontrolliere Türen, Fenster und Dach von dem Haus, in dem Bo wohnte, der bei den Kriegsspielen immer Nazi sein wollte. Ständig wurde er gefangen genommen und mit Krötenpisse gefoltert. Wenn wir ihn anschließend laufen ließen, um ihn auf der Flucht abzuknallen, hörte man seine ekstatischen Sterbensschreie noch zehn Gärten weiter. Manchmal kamen kreidebleiche Touristen angelaufen und fragten, was um Himmels willen los sei. So bekam Bo von den Erwachsenen seinen Spitznamen verpasst: der Bo von Baskerville. In der Bande hieß er weiterhin Gestabo.

Als ich zum Weg zurückkomme, ist Far wieder bei Atem. Wir gehen weiter. Je mehr Häuser wir passieren, desto bewusster wird mir, wie glücklich ich hier war. Wir wohnten zwar in Kopenhagen, verbrachten aber alle Ferien und unzählige Wochenenden hier. Der Höhepunkt waren die Sommerferien; drei Monate am Stück nur draußen sein, Fußball spielen, Tiere studieren, Bo foltern, schwimmen gehen, Mädchen ärgern. Irgendetwas war immer. Mal kam Besuch aus der Familie, blieb ein paar Tage oder Wochen, fuhr wieder, um von dem nächsten Besuch abgelöst zu werden. Das Gästezimmer war selten frei, und manchmal wurde noch im Garten gezeltet. So lebten wir wochenlang mit Tanten, Onkeln, Neffen und Cousinen zusammen, die wir sonst nur auf Nachmittagsbesuchen gesehen hätten. Man lernte sich anders kennen, besser, alles wurde familiärer. Wenn man Freunde um sich herum haben will, ist es schlau, ein Haus am Meer zu haben. Wow. Wahnsinnserkenntnis – muss ich mir gleich notieren.

Auf dem Hügel schnauft Far wieder schwer. Wir bleiben stehen und schauen uns um. Weiß, so weit das Auge reicht. Und diese Stille. Im Sommer hört man die Autos, wenn sie fünfhundert Meter weiter unten in den Odinsvej einbiegen. Jetzt würde man Fußgänger hören. Stille. So still, dass man die Eichhörnchen klettern hört. Ich liebe das.

»Erinnerst du dich an den Tag, als du ertrunken bist?«

Ich werfe Far einen Blick zu, finde aber keinen Hinweis, worauf er hinauswill, also nicke ich. Ein Sommertag. Ich war schwimmen und trat in ein Loch im Meeresboden. Ich weiß noch, dass ich rufen wollte und Wasser einatmete. Dann weiß ich nichts mehr. Als ich wieder zu mir kam, lag ich im Sand, und um mich herum standen aufgeregte Erwachsene und Kinder. Neben mir saß mein Vater und lächelte, während ihm die Tränen herunterliefen.

»Ich habe dir also nicht nur das Leben geschenkt, sondern auch noch gerettet. Toll von mir, oder?«

»Zweimal große Klasse«, sage ich und ahne, worauf das hinausläuft.

»Wie wäre es also, wenn du jetzt auch was für mich tust?«

»Ich hab dich hergefahren.«

Seine Schultern sacken traurig nach unten.

»Wer braucht da noch Enkelkinder ...« Er strafft sich wieder. »Im Ernst, mach mir endlich ein paar Kinder, ich verspreche dir, das verändert alles.«

»Es ist nicht der richtige Zeitpunkt.«

Er schlägt mit den Armen aus.

»Ach was! Lass los! Vertrau der Sache! Du brauchst keine Angst zu haben, Ameisen finden von alleine ins Haus.«

Ich blicke zum Himmel.

»Oh. Es gibt Schnee.«

Ich setze mich in Bewegung. Er seufzt herzzerreißend und folgt.

Wir gehen den Hügel wieder runter. An den Jensens vorbei, in deren Garten Sune und ich einst die XXL-Kröte fanden, die, während wir einen Eimer holten, von einer hysterisch kreischenden Frau Jensen mit einer Gartenharke massakriert wurde.

»Habt ihr Streit?«

»Nein«, sage ich wahrheitsgemäß. Wir streiten uns nicht. Nie. Vielleicht hätten wir es tun sollen. Vielleicht hätten wir uns dann mehr auseinandergesetzt. Vielleicht hätten wir einen Weg gefunden. Vielleicht hätten wir uns aber auch nur mehr gestritten.

Far lässt mich nicht aus den Augen und sucht nach einem Ansatz. Wie früher, wenn er ahnte, dass ich Mist gebaut hatte, und bloß noch nicht wusste, welchen.

»Tess war letzten Sommer nicht mit hier, und du erzählst in letzter Zeit kaum noch von euch.«

Ich zucke die Schultern.

»Sie arbeitet viel, und wenn wir uns sehen, kann sie nicht abschalten, und daher ... na ja, wir schlafen auch momentan nicht so viel miteinander.«

Ich stocke. Merkwürdig, mit seinem Vater darüber zu reden.

Er nickt verständnisvoll und macht eine wedelnde Handbewegung in Richtung Boden.

»Aber da unten ist alles in Ordnung, ja?«

»Meinen Füßen geht es gut.«

»Sicher?«

»Ja.«

Er holt ein paar zweifelnde Falten hervor, aber das macht nichts. Ich bin fruchtbar. Das weiß ich so genau, weil ich Tess geschwängert habe, als wir zwei Monate zusammen waren. Wir beschlossen abzutreiben. Gott, wenn er das jemals rausbekommt, bin ich tot.

Er mustert mich und wiegt den Kopf hin und her.

»Solche Phasen gibt es in einer langen Beziehung.« Er denkt ein paar Schritte darüber nach. »Das Problem ist nur, ihr seid zu jung für diese Art von Beziehung.«

»Zu jung, klar.«

Er nickt nachdrücklich.

»Ihr lebt wie ein altes Ehepaar, jeder macht seine Sachen, und zwischendurch trifft man sich mal auf ein Käffchen. Das ist in Ordnung, wenn man alt ist und lange zusammen ist, aber in eurem Alter kann euch das entfremden.«

»Du meinst, wir sollen schneller altern?«

Er grinst triumphierend.

»Nein, ich meine, ihr sollt heiraten! In einer Ehe übersteht man solche Jahre. Jetzt macht ihr Karriere, doch irgendwann ändern sich die Bedürfnisse, und dann wisst ihr euch wieder zu würdigen.«

»Wir wissen uns jetzt auch zu würdigen.«

»Wieso? Habt ihr etwa Familie?«

»Wieso? Können wir nur so in Würde leben?«

Er verdreht die Augen. Ich verdrehe die Augen. Er verdreht die Augen noch viel mehr. Ich seufze.

»Hör mal, echt, die Zeiten haben sich geändert. Die Frauen übrigens auch.«

Er stößt die Luft verächtlich durch die Nase aus.

»Pah! Die Zeiten ändern sich vielleicht, die Grundbedürfnisse bleiben immer die gleichen.«

Zum Beispiel Luft – die ihm schon wieder fehlt. Er schnauft. Wir bleiben vor dem nächsten Haus stehen. Ich gehe durch die Einfahrt und drehe eine Runde in dem Garten, in dem Kim wohnte, der Wildeste aus der Sommerhausbande. Er war der beste Taucher, schwamm bei jedem Wetter raus, blieb am längsten unten – er war so etwas wie der Bandenchef zur See. Eines Tages fand er einen Zinnteller neben einem alten Schiffswrack. Er brachte ihn ins Nationalmuseum, und während das Museum den Fund zur Datierung ans Labor weiterleitete, ging Kim zurück und tauchte weiter. Er fand vierundneunzig Goldmünzen aus dem 12. Jahrhundert, sackte zehn Prozent Finderlohn ein, und die Medien fielen über Vejbystrand her wie Kidnapper über Lösegeld. Doch all das verpasste ich, weil ich zwei Monate zuvor nach Deutschland ausgewandert wurde. Der erste Sommer, den ich nicht am Strand verbrachte, und dann das – Mann, war ich sauer! Mein Vater schickte mir Zeitungsausschnitte, Kim mit einer Goldmünze, Kim vor dem gehobenen Wrack, daneben dumm grinsend die restlichen Jungs – und ich in einer Wohnung in Deutschland eingeschlossen, mich zu Tode langweilend, außer wenn der neue Freund meiner Mutter die Monotonie durch Prügeleinlagen unterbrach.

Durch den Ansturm der Medien, den Einfluss falscher Freunde und Größenwahn drehte Kim durch, verplemperte das Geld, begann Sommerhäuser auszuräumen, um seinen neuen Lebensstandard zu finanzieren. Schließlich landete er mit einigen der Jungs im Jugendgefängnis. Ich habe nie wieder von ihm gehört, doch immerhin habe ich das »Goldschiff« im dänischen Nationalmuseum besichtigt. Das wahrscheinlich größte Abenteuer meiner Jugend fand ohne mich statt, und vielleicht hat Far recht, vielleicht verpasse ich ohne Kinder auch das größte meines Erwachsenenlebens. Aber was soll ich machen? Eins klauen? Wenn es nach Far ginge, wäre das sicher eine legitime Option.

Mit dem Haus ist alles in Ordnung, nur die Dachrinnen sind im Sommer fällig. Ich gehe durch die Hecke weiter in den Nachbargarten von Marianne und Leila, den ersten Lesben meines Lebens. Sie knutschten ständig herum und erklärten uns erstaunten Kids, dass sie verliebt seien. Wir schauten uns kichernd an und dachten, ballaballa, die haben doch gar keinen Mann! Doch sie erklärten uns, dass Liebe Liebe sei, egal zwischen wem. Wir ließen es ihnen durchgehen, schließlich gab es auf ihrer Veranda zu jeder Tageszeit eisgekühlte Limonade, und ihre Hündin Frida biss uns nie, wenn wir durch die Gärten streunten.

Ich gehe durch die Einfahrt wieder raus auf den Weg und reihe mich neben Far ein. Er schnauft immer noch. Ich finde ein paar Fuchsspuren im Schnee, die ich mir unbedingt anschauen muss. Ich hocke mich hin. Aha. Fuchsspuren. Im Schnee. So. Ich richte mich wieder auf.

»Es ist dein Job, oder?«

Ich schaue ihn verständnislos an.

»Dieser Lustigkram. Das gefällt dir nicht mehr, richtig?«
Lustigkram.

»Wie kommst du darauf?«

»Na, früher hast du Tag und Nacht davon geredet, und jetzt erwähnst du es gar nicht mehr.«

Ich will schon einen Spruch dazu rauslassen, als mir auffällt, dass es stimmt. Ich rede wirklich nicht mehr drüber. Die euphorischen Zeiten, in denen ich jeden mit meinen Erfahrungen und neuen Gags zutexten musste, sind lange vorbei. Gott sei Dank. Arme Tess. Arme Frauke. Armer Arne. Scheinbar sogar armer Far.

Wir kommen an dem Grundstück vorbei, auf dem letztes Jahr ein Sommerhaus abbrannte. Durch die Lücke in den Baumreihen kann man weit über die schneebedeckten Felder hinausschauen, heute sogar bis zu dem Hexenhaus, das da draußen abgeschieden auf den Feldern liegt. Jetzt könnte man einfach hinspazieren, ohne Angst, dass eine Hexe vom Baum springt und ein Kind frisst. Das Anwesen ist im Sommer zugewachsen, Bäume, Büsche und Hecken verdecken die Sicht. Man sieht nur das Dach und eine grüne Wand drum herum. Früher war es *die* Mutprobe, allein hinzugehen und etwas aus dem Garten mitzubringen. Als ich die Mutprobe bewältigte, brachte ich eine Handvoll Unkraut mit, was sich als Walderdbeeren herausstellte. Far pflanzte sie ein, und seitdem hatten wir Walderdbeeren im Garten, die sich explosionsartig ausbreiteten. Wir aßen an jedem Sommertag Erdbeeren aus dem Garten. Ich war also zu etwas nutze in meinem Leben. Prima.

Er hat wieder ein bisschen mehr Luft und nimmt den Faden wieder auf.

»Vielleicht könntest du mal wieder etwas machen, worauf du Lust hast.«

»Davon kann ich nicht leben.«

»Woher willst du das wissen? Ich wollte immer malen – ich malte, und heute habe ich ein Sommerhaus.«

»Du warst Angestellter mit Festgehalt.«

Er schüttelt den Kopf.

»Ich habe es oft genug umsonst getan. Weil ich Lust hatte. Tu mal wieder was, worauf du Lust hast. Du wirst sehen, das zahlt sich aus.«

»Ich habe Lust, mich an den Ofen zu setzen.«

»Hurra«, schnauft er, und schon biegen wir wieder in unsere Einfahrt ein.

Wir laufen über die Steine, die wir vom Strand hochgeschleppt haben. Es war bei jedem Strandbesuch Pflicht, einen Stein für die Einfahrt mitzubringen. Heute ist der Weg zum Haus mit Steinen ausgelegt. Ich mag das.

Als wir die Tür öffnen, duftet es umwerfend nach Ofen und aufgewärmtem Gebäck. Wir ziehen uns die Schuhe im Vorraum aus, klopfen sie ab und hängen die Mäntel auf die Haken.

»Tür zu! Die Wärme zieht raus!«, ruft Ebba.

Far richtet sofort einen Finger auf mich.

»Hast du gehört? Tür zu – bevor die Wärme rauszieht – hm!«

Er klopft mir auf die Schulter und geht rein. Er muss als Kind in einen Brunnen mit Metapherntrank gefallen sein.

Nach dem Käffchen legt Far sich aufs Ohr. Ebba und Sune diskutieren weiter über die Kunst der Rosenzucht. Ich ziehe mir den Mantel wieder an und mache mich auf den Weg.

Kapitel 15

Die Treppe ist noch da und der Ausblick von der Klippe wie immer umwerfend. An klaren Tagen kann man von hier aus bis nach Schweden rüberschauen. Nicht dass Dänen das unbedingt wollen, aber dennoch schön. Unten wütet das Meer. Der Wind trägt einen starken Salzgeruch mit sich und zerrt an meiner Kleidung. Ich beginne, die einhundertsiebenundachtzig Stufen zum Strand hinunterzusteigen, halte mich dabei am Geländer fest und behalte den Steilhang im Auge. Ich habe einmal erlebt, wie er ins Rutschen kam. Da helfen nur Tempo und Glück. Wie jedes Jahr haben die Winterstürme ein paar Meter Küste gefressen, und diesmal musste die Privattreppe des Fünf-Sterne-Restaurants dran glauben. Das haben die Yuppies davon, wenn sie eine Treppe im Wind bauen. So weit ich schauen kann, ist der Strand mit Brettern, Tang, Fischen und Trümmern übersät. Sieht aus wie nach einer Hooliganparty. Nicht zu vergleichen mit dem glatten weißen Sandstrand des Sommers.

Am Strand stelle ich mich ins Lee neben den alten Bunker und genieße die Naturkraft. Das Meer ist grau und donnert heftig gen Land, aber es ist nicht das wilde Wüten eines Sturms, sondern eine berechenbare Winterbrandung. Welle für Welle rollt heran und bricht tosend über den Steinen zusammen, dann zieht sich das Wasser mit dem tausendfachen Klackern der Kiesel zurück. Wieder. Und wieder. Und wieder.

Vejbystrand liegt genau zwischen zwei Touristenhochburgen. Der Strand ist nur über die kilometerlange steinige Küste oder eben über diese einhundertsiebenundachtzig wadenbeißenden Stufen zu erreichen. Das macht ein normaler Tourist nicht gerne mit, und so verbrachte ich mit Tess hier ganze Tage, ohne mehr als eine Handvoll Leute zu treffen. Am schönsten war es morgens. Mit der Sonne aufstehen, zum Strand laufen, die Treppen runter, erhitzt ins Wasser, schwimmen in der Frühsonne, wieder an Land, abwarten, bis Pedersens, die Morgenschwimmer, weg sind, und dann Freiheit. Stilles Schwimmen. Ein Meer nur für uns. Manchmal vögelten wir am Strand, dann wieder ins Wasser, schwimmen, an Land, die Treppe hoch und gerade wieder reinkommen, wenn Ebba den Kaffee fertig hat. Eine glückliche Zeit. Ein paar der besten Sommer meines Lebens haben wir hier verbracht. Den letzten Sommer wollten wir eigentlich auch hier verbringen, aber Tess sagte kurzfristig ab. Und jetzt werden wir nie wieder hier stehen. Ein komisches Gefühl. Unwirklich. Ein Lebensabschnitt ist zu Ende. Ich dachte immer, dass wir ... Aber werden wir nicht. Und ich brauche nicht länger darauf zu warten, dass wir werden. Far hat recht. Mir geht es schon lange nicht mehr richtig gut, und unsere Beziehung war mit ein Grund dafür, dass ich wartete. Jetzt wird sich etwas ändern. Der erste Schritt aus der Stagnation ist getan. Hoffentlich beginne ich mich irgendwann auch darüber zu freuen.

Für einen Augenblick schiebt sich eine düstere Wolke näher, doch dann trägt der Wind helle Stimmen und Wortfetzen zu mir. Eine Familie kommt die Treppe herunter, und wenig später toben zwei blonde Kinder mit einem Hund, der das bellend kommentiert, zwischen den Trümmern herum. Vor Jahrzehnten gingen meine Eltern hier genauso entlang, mit Sune und mir und unserem psychopathischen Pudel Le Petit.

Der Mann und die Frau kommen Händchen haltend näher, um sich in den Windschatten des Bunkers zu stellen. Als sie mich im Lee entdecken, grüßen sie lachend – ein guter Tag. Wir reden kurz über das Wetter, bewundern die Energie der tobenden Kinder. Dann schnappe ich mir zwei Steine, verabschiede mich, winke den Kindern und mache mich auf den einhundertsiebenundachtzigstufigen Rückweg.

Als ich ins Haus komme, ist Far gerade wieder auf. Alle kommentieren die Qualität der Steine. Der Ofen knackt. Sune schenkt mir eine Tasse ein, Ebba rückt die guten Kekse raus, ich setze mich in einen bequemen Sessel, und Far wärmt die Geschichte auf, wie er zum ersten und letzten Mal in seinem Leben krankgeschrieben war und Roland ausgerechnet da von dem neuen Abteilungsleiter ein Farbmuster in die Hand gedrückt bekam, um dessen Büro exakt in diesem Ton zu streichen. Während er erzählt, lacht er so, dass man seinen Goldzahn sieht. Anschließend macht er einen Schlenker über die Steuervorteile von Verheirateten, dann landen wir bei Sunes Arbeit. Die Platte kenne ich schon, also gehe ich Holz hacken, um den Vorrat für den Ofen aufzufüllen. Dann wird es Zeit.

In Kopenhagen laden wir den Wagen aus. In der Wohnung gibt es endlich wieder ein Käffchen, dabei schläft Far im Sessel ein. Ich erinnere mich nicht, dass er tagsüber jemals zweimal geschlafen hat, aber wir tun, als wäre nichts. Ich bestelle das Taxi. Ebba weckt Far, und alle bringen mich zur Tür. Ich handele mir noch ein paar Metaphern ein, dann sitze ich im Taxi und mache zum hundertsten Mal gute Miene zum Spiel, während meine Familie im Rückfenster immer kleiner wird.

Kapitel 16

Unter der Hallendecke hängt eine Giftwolke wie nach einem Leck bei Bayer. Frauke und Arne chillen auf der Couch. Sie trägt ihren roten Lieblingspyjama. Er ein St.-Pauli-T-Shirt und eine weite Hose. Der Beistelltisch quillt über vor Chips, Süßigkeiten und Zeitschriften. Auf dem Bildschirm rutscht Robert Shaw gerade auf das weit geöffnete Maul des weißen Hais zu.

»Bin wieder da«, sage ich überflüssigerweise.

Frauke drückt auf die Fernbedienung. Beide drehen sich um und schauen mich an. Hinter ihnen balanciert Robert auf der Haischnauze.

»Meinem Vater geht's gut.«

»Ah, gut«, sagt Frauke erleichtert.

»Im Kühlschrank ist Bier für dich«, sagt Arne.

Er betont *Bier*, wie Harald Juhnke *Fanta* sagen würde, aber die Geste zählt.

Frauke klopft neben sich auf die Couch.

»Komm, du darfst die Filme mit aussuchen. Als Komödie haben wir *Chasing Amy* oder *Familienfest*, als Drama *Mystic River* oder *Die letzte Kriegerin* und als Horror *28 Tage später* oder *Kramer gegen Kramer*.«

Ich hebe die Augenbrauen.

»Kramer gegen Kramer?«

Arne legt den Kopf schräg.

»Da spielt Meryl Streep mit.«

Frauke kichert bekifft, rutscht in den Schneidersitz und beginnt sich die nächste Tüte zu drehen. Dann hebt sie den Kopf.

»Tess hat angerufen. Und deine Agentur hat auf den AB gesprochen.«

»Okay. Ich komme gleich.«

Sie drückt auf die Fernbedienung und verfüttert Robert an den weißen Hai. Ich hänge meinen Mantel an die Leiter und gehe ins Arbeitszimmer, um Far mitzuteilen, dass ich angekommen bin. Eltern brauchen das. Danach rufe ich Tess auf ihrem Handy an, um ihr zu sagen, dass es Far gut geht. Mailbox. Ich rufe in ihrem Hotelzimmer an. Sie geht nicht ran. Das braucht der Ex gerade nicht. Sofort habe ich Bilder davon, wie sie unter einem anderen liegt. Gott, was mache ich eigentlich, wenn sie irgendwann einen anderen liebt? Dass sie Sex braucht, okay, ich bin der Letzte, der dafür kein Verständnis hat, bald werde ich einfach explodieren, aber die Vorstellung, dass mein Mädchen sich einem anderen hingibt als mir ... Prima. Ich werde eifersüchtig. Irgendwie hatte ich mir das Singleleben anders vorgestellt. *Halloooo! Sie ist nicht mehr dein Mädchen! Sie kann machen, was sie will! Du übrigens auch! Ihr seid wieder frei, und frei sein bedeutet ungebunden sein, und das bedeutet: Kümmer dich um deinen eigenen Scheiß!*

Ich drücke auf den AB. Clemens' ölige Stimme erfüllt den Raum. Er meint, mein Auftritt sei ordentlich gewesen, aber am Montag soll ich doch bitte ein Pfund drauflegen. Es ist live, es ist ausverkauft, es ist Karneval, alle werden besoffen sein, also bräuchte ich einen provokanten Text, am besten mit Ficken drin. Er legt auf. Motivationskünstler.

Ich gehe in die Halle, hole ein Bier aus dem Kühlschrank

und haue mich neben Arne auf die Couch. Nach einer kurzen Debatte entscheiden wir uns für *Familienfest*, weil Arne *Chasing Amy* sexistisch findet. Ich erkläre ihm gerade, dass er mittlerweile schon einen Händedruck als sexuelle Belästigung empfinden würde, als Tess im Arbeitszimmer auf den Anrufbeantworter spricht, also gehe ich hin und erzähle ihr, wie es Far geht. Sie ist froh, dass nichts Schlimmes ist. Ich bin froh, dass sie nur beim Abendessen war. Sie fragt, wie die Alten die Trennung aufgenommen haben. Ich sage, gar nicht, weil ich es nicht erwähnt habe. Sie sagt aha. Wir albern ein bisschen herum, weil wir in einem anderen Land noch zusammen sind. Dann wird sie ruhiger, darum erzähle ich ihr von dem Casting, und vielleicht übertreibe ich ein bisschen, weil ich weiß, dass sie es mag, wenn ich das habe, was sie unter Erfolg versteht. Ich ertappe mich beim Angeben. Herrje, was mache ich hier? Versuche ich gerade meiner Ex zu imponieren oder was? Und es funktioniert. Sie sagt, dass sie stolz auf mich ist, und das tut gut. Wirklich gut. Viel besser, als ich gedacht hatte. Das Gefühl erinnert mich an die Zeiten, als ich selbst stolz auf mich war. Lange her.

Sie dagegen hatte nicht ihr größtes Wochenende mit dem Workshop. Von Freitagmittag bis heute Abend hat sie Wirtschaftsmanagern erklärt, wieso freundliche Umgangsformen keinen Autoritätsverlust bedeuten und wie sie ihre Rhetorik als Sender und Empfänger optimieren können. Die Hälfte der Teilnehmer nahm ihre Ausführungen desinteressiert zur Kenntnis, die andere Hälfte benutzte den rhetorischen Zugewinn für den Versuch, sie ins Bett zu kriegen. Und da liegt sie jetzt und sagt mir, wie gerne sie bei mir wäre. Ich sage ihr, wie sehr sie mir fehlt. Sie sagt, dass sie immer noch nicht weiß, ob sie am Wochenende freibekommt. Ich sage, ich hoffe es. Sie sagt, dass der Urlaub schön war. Ich sage, dass sie in Vejby gefehlt hat. Sie sagt, dass das doch alles komisch ist. Ich stimme ihr zu. Sie wird still. Sie klingt wirklich geschafft, also wärme ich ein paar Geschichten von Far auf. Ich höre ihr Lächeln. Dann wird sie schläfrig. Ich rede weiter, bis ich sie tief atmen höre. Dann lege ich auf. Dann sitze ich ein bisschen da. Dann gehe ich wieder rein.

Wir schauen *Familienfest*, ich trinke, Arne lutscht, Frauke raucht, jedem das Seine und vor allem das eine: zusammen abhängen und Filme schauen. WG-Abend vor der Glotze ist auch Gott.

Nach *Familienfest* und einer längeren Grundsatzdiskussion, wieso man nach einem Drama keinen Splatter gucken kann und warum man nach *Die letzte Kriegerin* gar nichts mehr schauen kann, einigen Frauke und ich uns darauf, zuerst *Mystic River* und danach *28 Tage später* zu schauen. Arne ist dagegen, denn in *28 Tage später* werden Tierschützer aus Sensationsgründen diffamiert. Nach einer weiteren Diskussion darüber, ob es gerechtfertigt ist, Tierschützer als Auslöser für eine weltweite Seuche zu benutzen, stimmen wir ab. Zwei zu eins gegen Arne. Er nimmt die Niederlage demokratisch hin, sprich: Er schmollt, bringt aber niemanden um.

Endlich kann ich die DVD reinschieben, doch leider ist es kurz vor acht, und schon muss Frauke sich unbedingt die gefährlichste Sendung im deutschen Fernsehen antun – die *Tagesschau*. Natürlich weiß sie, dass Nachrichten durch parteibuchbesetzte Gremien und Lobbyismus manipuliert sind, doch bei der *Tagesschau* mutieren sogar superkritische Menschen wie sie zu nickenden Nachrichtenjunkies. Manche gehen shoppen, andere spielen Ballerspiele, Frauke zieht sich One-liner-Journalismus rein, und das ist völlig in Ordnung. Außer wenn man neben Arne sitzt. Ich werfe Frauke einen Blick zu, aber man müsste schon schweres Gerät auffahren, damit sie jetzt noch umschaltet.

Zuerst kommt eine Autobombe im Irak und Bilder von blutigen Schuhen. Die Täter: Aufständische. Die Opfer: Unschuldige. Frauke schüttelt den Kopf. Als Nächstes fordert ein Politiker, der Bürger müsse sparen, ein anderer greift ihn dafür scharf an, aber in einem sind sich beide einig – die Diäten müssen dringend erhöht werden, damit die fähigsten Kräfte nicht in die Wirtschaft abwandern. Frauke schüttelt den Kopf. Arne stößt die Luft durch die Nase aus. Ich nicke ihm zu.

»Fragt sich nur, wo das Staatsdefizit herkommt, wenn alle so fähig sind, was? Wollen wir nicht lieber den Film schauen? Wir könnten Frauke überstimmen, also, wer ist dafür?«

Ich hebe eine Hand. Er starrt auf den Bildschirm. Alles klar. Nächste Meldung: Es wurden wieder Steuergelder in Millionenhöhe verschwendet, der Bund der Steuerzahler kritisiert das – und wird sofort von mehreren Steuerverschwendern als unseriös denunziert. Frauke schüttelt den Kopf, Arne stößt Luft aus. So geht es ein paar Minuten weiter, ein bisschen Krieg, ein bisschen Steuererhöhung, ein bisschen Arbeitslose, das Endlosnachrichtenband leiert, eigentlich hat sich in den letzten dreißig Jahren nur die Studiokulisse verändert. Alles läuft ohne Probleme, bis verkündet wird, dass die Verträge mit den Atomkraftwerken um weitere zwanzig Jahre verlängert und gleichzeitig die Gelder für alternative Energiegewinnung gekürzt werden. Arne setzt sich gerade hin.

»Die Scheißatomlobby! Die kann anscheinend wirklich

jeden schmieren! Sie korrumpieren den Staat, denunzieren politische Gegner und sorgen für die Entlassung kritischer Journalisten! Die treten die Demokratie so lange mit Füßen, bis wieder Bomben hochgehen!«

Frauke saugt an ihrem Joint.

»Verklag sie doch«, sagt sie. »Wenn sich jemand nicht an die Gesetze hält, kannst du ihn zur Rechenschaft ziehen. Wir leben in einem Rechtsstaat.«

Ich starre sie an. Sie muss den Verstand verloren haben.

»Rechtsstaat«, sagt Arne langsam.

»Ja, genau«, sagt sie.

Ich mache ihr Zeichen runterzukommen. Sie ignoriert mich. Verdammte Kiffer.

Arne legt los:

»Gerichtsverfahren werden so lange verschleppt, bis den Armen das Geld ausgeht. Das Kartellamt wird entmachtet. Politiker veruntreuen unser Geld, und wenn sie erwischt werden, zahlen sie sich lebenslange Renten und verkaufen unsere Gesundheit an die Pharmaindustrie. Contergan, genmanipuliertes Getreide – die freie Marktwirtschaft ist ein einziger Freiluftversuch, und das Volk ist die Versuchsratte. Es gibt immer mehr Armut und immer reichere Reiche. Wir haben kein Sprachrohr mehr und auch kein Forum, denn die Medien, aus denen du deine Informationen beziehst, gehören den Konzernen, die davon profitieren, dass du desinformiert bist.«

»Gewalt ist aber auch keine Lösung«, sagt Frauke blasiert.

Das war's. Auch als die *Tagesschau* längst zum *Tatort* geworden ist und sich dort der Hauptverdächtige als unverdächtig herausstellt, was den Kommissar total überrascht, streiten die beiden sich immer noch über die Gefahr von medialer Monopolisierung. Frauke verteidigt die Medien, die zwar Unmoralisches, aber nichts Ungesetzliches machen, Arne dagegen zählt Manipulationen à la Golfkrieg auf. Ich erinnere beide daran, dass wir einen Film schauen wollten, und werde ignoriert. Also höre ich weiter zu und lerne. Vor allem: Lass dich nie mit einer hanfverklärten Rechtsanwältin und einem pilzigen Kampfsportler auf einen Streit ein. Die eine argumentiert und argumentiert und argumentiert, bis man sich nahezu wünscht, dass der andere zuschlägt.

Ich trinke Bier und schaue *Tatort* ohne Ton. Der Kommissar verdächtigt jetzt endlich den Richtigen, den er die ganze Zeit kannte, dem er aber bisher vertraute, weil er auch noch nach zwanzig Dienstjahren in diesem rauen Job anderen Menschen vertrauen kann. Nach einer kurzen Verfolgung erschießt er ihn mit einem wilden, selbstgerechten Blick, und wir wissen, dass er nie wieder jemandem vertrauen wird. Kurz danach wird der Abspann durch Vorschauen gekillt. Keine Atempause, Geschichte wird gemacht. Ich hebe die Hand.

»'tschuldigung. Können wir jetzt bitte den nächsten Film schauen?«

Beide ignorieren mich, tief in eine Debatte über Bürgerrechte versunken. Alles klar. Ich gehe auf die Toilette. Als ich wiederkomme, ist das Fernsehen Thema. Programmauftrag und Qualität. Frauke findet Talkshows entspannend. Arne sagt, Entspannung sei nicht der Auftrag, Fernsehen soll bilden. Frauke sagt, nach einem langen Tag im Büro sei eine lockere Talkrunde genau richtig zum Abschalten, und vergleicht es mit Häkeln, was ich lustig finde. Arne nennt sie oberflächlich und zitiert:

»Das Programm des Rundfunks muss so gestaltet werden, dass es dem anspruchslosen Geschmack gefällig und verständlich erscheint.«

Frauke runzelt die Stirn.

»Wer hat das gesagt? Ein Programmdirektor?«

»Goebbels«, sagt er mit einem Tonfall, der dem Gesichtsausdruck des Kommissars ähnelt. Ich weiß nicht, wie er es schafft, Genugtuung auszudrücken, ohne eine Miene zu verziehen, aber er schafft es.

Frauke mustert ihn belustigt.

»Behauptest du allen Ernstes, dass Talkshows der Beginn von Faschismus sind?«

Sie hat das böse F-Wort gesagt!

Ich presse meine Handflächen gegeneinander und schaue zwischen beiden hin und her.

»O bitte, nicht Faschismus!«, flehe ich. »Können wir nicht einfach den verdammten Film gucken?!«

Arne dreht seinen Kopf ein paar Zentimeter und schaut mich an.

»Davon leben diese Arschlöcher ja – von Typen, die durch Konsum ruhiggestellt werden. So können sie den Beschiss ungestört durchziehen. Die einzige Sprache, die diese Schweinebande noch respektiert, ist die militante.«

»Du bist total sexistisch.«

Für einen Moment entgleist ihm fast ein Gesichtszug, während er seine Aussage prüft. Dann kriegt er sich wieder ein und mustert mich ausdruckslos. Frauke wirft mir einen rötlichen Blick zu.

»Was ist denn daran sexistisch?«

Ich hebe einen Klugscheißerfinger.

»Militant sein bedeutet Gewalt ausüben, und Gewalttätige sind ja meistens Männer, da müsste es doch eher Milionkel heißen, oder?«

Ein Augenblick der Stille. Dann reißt Frauke die Augen auf und prustet in die Hand. Arne mustert mich finster.

»Du machst dich immer nur über alles lustig.«

»He, vielleicht könnten die Militanten ja mal ihre Milineffen mit zur Demo bringen.«

Jetzt funkeln seine Augen.

»Wovor hast du nur so viel Angst? Mal was Sinnvolles zu tun würde dich nicht umbringen.«

»Du meinst so etwas wie Frösche über die Straße tragen? Oder wie keine Miete mehr zahlen?«

Er starrt mich an, ohne eine Spur von Verlegenheit.

»Wir brauchten Geld für die Aktionen.«

Keine Entschuldigung, bloß eine Mitteilung.

Frauke mustert ihn, dann mich, dann wieder ihn.

»Verstehe«, sage ich. »Du stehst manchmal um fünf Uhr auf und radelst hundert Kilometer, um dich von einem Atomtransporter überrollen zu lassen, doch deine Freunde lässt du auf deinem Mietanteil hängen, ohne ein Wort darüber zu verlieren. Glaubst du, wir scheißen Dukaten, weil wir einen Job haben? Haben nur deine Terrorkumpels Anspruch auf Loyalität?«

Seine Augen verengen sich ein bisschen.

»Nenn sie nicht Terrorirgendwas«, sagt er leise. »Terror ist das, was die Konzerne mit ihren Lobbyisten ausüben. Wir sind Menschen mit Respekt vor anderen Menschen, darum engagieren wir uns auch für alle, sogar für dich, aber so etwas kennst du ja nicht, weil du ständig mit diesen todlustigen Vollidioten rumhängst. Dein berufliches Umfeld ist scheiße, und es prägt dich immer mehr, aber wir kämpfen trotzdem für dich, oder atmest du nicht gerne saubere Luft? Haben wir nicht genug Allergien?«

Ich hebe die Hände.

»Meinst du, die Welt wird besser, wenn ich mein Zuhause an die Bank verliere?«

Er stößt wieder Luft aus und schüttelt mit Verzögerung den Kopf.

»Meins. Meins. Meins.«

»Nur dass hier keiner singt und lacht. Wieso müssen Frauke und ich darunter leiden, dass ihr miserable Ökonomen seid? Ich dachte, autonom bedeutet selbstständig.«

Wieder drückt sein Mund Missbilligung aus.

»Erzähl du mir mal, wer hier unter wem leidet. Du bist soeben mit einem Flugzeug aus dem Land mit dem größten Energieverbrauch der Erde gekommen.«

»Nächstes Mal schwimmen wir rüber.«

Frauke seufzt.

»Müsst ihr euch immer streiten?« Sie legt Arne eine Hand auf die Schulter. »Also, ich finde es toll, dass du dich engagierst.« Sie lächelt mich an, die Augen rot wie ein Albino. »Hast du nicht auch das Gefühl, dass man sich mehr engagieren müsste?«

»Klar, aber nicht am Sonntagabend.«

Arnes Kopf bewegt sich ein paar Millimeter seitwärts.

»Auf den Demos treffe ich Mütter, die nach ihrer Schicht noch fünfhundert Flyer verteilen, bevor sie die Kinder ins Bett bringen. Die haben keine Angst, uncool rüberzukommen, nur weil sie gegen Mächtige kämpfen und Niederlagen einstecken müssen. Die haben ein schweres Leben und engagieren sich trotzdem. Das sind Basisdemokraten, die Stützen der Gesellschaft, aber dir wären sie wahrscheinlich zu humorlos, du bejubelst ja lieber einen unterhaltsamen Blender, der dich lächelnd ins Verderben schickt, als einen unscheinbaren Menschen, der für einen Hortplatz Unterschriften sammelt und am Wochenende gegen Atomtransporte auf die Straße geht.«

Ich überlege mir gerade die passende Retourkutsche, als

Frauke auf MTV umschaltet und die Lautstärke voll aufdreht. Eine Wand aus Geräuschen hämmert auf uns ein. Irgendein perverser Sonderschüler brüllt uns an, dass sein Leben scheiße ist. Kein Wunder, so wie er singt. Ich halte mir die Ohren zu und versuche nicht zu wimmern. Nach ein paar Sekunden stellt Frauke den Ton wieder ab und mustert uns tadelnd. Ich nehme die Hände von den Ohren, um zu hören, ob ich noch was höre.

»Jungs, ich kiffe, ja? Ich nehme Drogen, die mich ent-span-nen. Und das ist gut so, denn nur so kann ich unseren Filmabend so richtig ge-nie-ßen. Also, vertragt euch wieder, oder …«

Sie schaltet den Ton wieder an. Uiii, der Sonderschüler ist jetzt aber richtig sauer! Ich verstehe zwar nicht, was er sagt, weil er irgendwie nicht so krass derb richtiger Deutsh kreischt, aber ich meine herauszuhören, dass er sauer ist, und zwar auf alle, die nicht so sind wie er. Also auf ganz, ganz viele, hoffe ich.

Frauke schaltet den Ton wieder aus. Ich schnappe mir die Chipstüte und halte sie Arne hin.

»Chips?«

Er antwortet nicht. Ich lege die Tüte hin und drehe seine Karottensaftpfandflasche auf.

»Darf ich dir nachschenken?«

Ich fülle sein halb volles Glas bis zum Rand. Er starrt mich ausdruckslos an.

»So ist gut«, lächelt Frauke und drückt auf die Fernbedienung.

Ich zucke zusammen, aber es ist nur der Anfang von einem großartigen Film. Frauke legt die Fernbedienung weg, rollt sich zu einer Kugel zusammen, und nach fünf Minuten schläft sie. Damit ist meine Mehrheit futsch, aber nach *Mystic River* wäre es eh Frevel, einen weiteren großen Film anzuschauen. Das wäre, als würde man nach einer langen, liebevollen Beziehung die erstbeste Frau heiraten, die einem über den Weg läuft. Super Vergleich, echt prima, dass mir das jetzt einfällt. Da fällt mir gleich das Nächste ein, denn wenn ich mich richtig erinnere, lautet eine Faustregel, dass man die Hälfte der Beziehungsdauer braucht, um sich völlig von der Beziehung zu regenerieren. Herrje, dreieinhalb Jahre beziehungsunfähig??! Oder gilt das nur für Scheißbeziehungen? Gibt es Kulanz bei freundschaftlicher Trennung?

Auf dem Bildschirm leidet Sean Penn, dass sich die Haare auf meinen Armen aufrichten. Zwischen uns schnarcht Frauke und klammert sich im Schlaf an Arnes Bein. Manchmal senkt er den Blick und mustert sie. Lange her, dass eine Frau ihm so vertraut hat. Lange her, dass ich ihn so angepflaumt habe. Lange her, dass mir klar wurde, wie sehr ich die beiden liebe. Lange her, dass ich es ihnen gezeigt habe. Sollte ich mal wieder machen. Genau. Die Müdigkeit kriecht durch meinen Körper, und ich fühle mich so wohl, wie ich es nur zu Hause kann. Zu Hause. Ich darf die Halle nicht verlieren. Ich muss mir etwas einfallen lassen. Oder einfach die Qualifikation gewinnen und ins Finale einziehen, es gewinnen und eine eigene Sitcom bekommen. Klar.

In der Halle ist alles ruhig, bis auf die Abspannmusik. Auch beim dritten Mal rührt mich der Film. Jugendfreunde, die sich verlieren und dennoch auf eine besondere Art für immer verbunden sind. Mir ist danach, Arne zu sagen, dass es mir leidtut, dass ich ihn manchmal so scheiße behandele, aber wie immer tue ich es nicht. Vielleicht hat er recht, irgendwas in mir ist permanent damit beschäftigt, ja nicht uncool rüberzukommen. Arne löst Fraukes Arme von seinem Bein. Er steht auf, nimmt sie vorsichtig auf die Arme, als würde er ein Baby anheben, und trägt sie in ihr Zimmer. Sie wird dabei wach und kuschelt sich an ihn. Manchmal glaube ich, sie freut sich mehr auf diesen Teil des Abends als auf die Filme.

Als er wiederkommt, bringt er mir ein Bier aus dem Kühlschrank mit und setzt sich neben mich. Ich trinke einen Schluck. Dort wo Frauke saß, ist alles voller Chipskrümel und Tabakkreste. Arne nippt an seinem Karottensaft. Der Abspann ist zu Ende. Wir sitzen noch einen Augenblick da. Dann schaut er mich an. Ich zucke die Schultern. Er schiebt *Kramer gegen Kramer* rein. Gemeinsam beobachten wir, wie das Drama seinen Lauf nimmt.

Kapitel 17

Helles Licht. Warmes Bett. Kein warmer Körper. Kein Swing. Kein Husten. Ich öffne die Augen. Kaltes Winterlicht scheint durch die Oberlichter. Einsamkeit breitet sich unter der Bettdecke aus und erobert neue Gebiete. Bevor ich kapituliere, rolle ich mich aus dem Bett und schlüpfe in meine Laufklamotten. In der leeren Halle laufe ich gegen eine Wand aus abgestandenem Rauch. Ich muss wirklich mal mit Frauke über ihren Hanfkonsum reden. Ich drehe die Heizungen auf und laufe raus durch den ausnahmsweise katzenfreien Hof.

Als ich die Straße betrete, werde ich von einem kostümierten Radfahrer gestreift, der über den Fußgängerweg fährt. Er pflaumt mich an, ob ich nicht Platz machen könnte. So wie er auf dem Rad dahereiert, müsste ich dafür die Stadt verlassen, aber ich spare mir den Kommentar, laufe los und behalte den Vollbart im Auge, der vor der Klinik steht und mit sich selbst redet. Ein Jeck auf dem Heimweg oder ein Irrer, der sich im Datum geirrt hat? Egal, in beiden Fällen hilft die nächste Kneipe, denn Karneval ist für Klinikinsassen nahezu perfekt zum Ausgangüben. Ganz egal wie gestört sie sich benehmen, man klopft ihnen einfach auf die Schulter, ja ja, Jung, drink doch eine mit.

Im Grüngürtel laufe ich über Scherben, weiche Gruppen aus und hänge mich an eine Joggerin, die eine gute Frequenz läuft. Als wir den See erreichen, bleibt sie stehen und tut, als würde sie ihren Schuh zubinden. Als ich vorbeilaufe, wirft sie mir einen bösen Blick zu. Ich grüße und laufe weiter. Die Welt ist voller falscher Verdächtigungen.

Überall ziehen kostümierte Gruppen gut gelaunt in Richtung Südstadt, um am Rosenmontagszug teilzunehmen. Eigentlich kein großer Unterschied zu den vorherigen Tagen, aber heute kann ich über die Sprüche lachen. Ein Wochenende bei der Familie und eine WG-Filmnacht – schon finde ich Karneval erträglich. Für einen Augenblick überkommt mich Vorfreude auf meine Zukunft. Das Gefühl hält sich ein paar Sekunden. Immerhin.

Auf dem Rückweg mache ich einen Schlenker am Bäcker vorbei. Schon von Weitem hört man die unverwechselbare Schunkelmusik. Das Schaufenster ist geschmückt, der Laden ist voller Stammgäste, die sich in Stimmung bringen. Man leert ein Pittermännchen, singt finstere Texte und futtert sich eine Grundlage für den Tag an. Die Verkäuferin hinter der Theke, die sonst missmutig und mürrisch dreinschaut, ist geschmückt wie ein Weihnachtsbaum. Keine Ahnung, was ihr Kostüm darstellen soll, aber blinken tut es wirklich toll. Falls die Beleuchtung am Flughafen mal ausfallen sollte, könnte man sie als Landebahn benutzen, auf ihrer Monsterfrisur könnten die Passagiere ins Freie rutschen.

Als sie mir die Brötchen reicht, frage ich sie, als was sie geht. Lichterkette. Aha. Hätte ich mir denken können. Sie fragt, als was ich denn gehe, als – Jogger? Ein paar der Herumstehenden kichern. Ich erkläre ihnen, dass ich als Radfahrer gehe, aber man hätte mir das Rad geklaut. Für einen Augenblick mustern sie mich verdutzt. Dann platzen sie. Das haut rein. So kann nur ein Profi einen Raum zum Schreien bringen. Man klopft mir auf den Rücken, und schon bin ich wieder in Freiheit und laufe in Richtung Heimat. Freundlich sein macht Spaß. Wieso vergesse ich das so oft? Ich nehme mir vor, es nicht mehr zu vergessen. So. Jetzt kann's losgehen. Der freundliche Däne.

Als ich in den Hof hineinlaufe, gehen die guten Vorsätze gleich wieder über Bord. Die Katze sitzt neben der Hallentür und macht keinerlei Anstalten, in Deckung zu gehen. Ich trete gegen einen eiskalten Fußball. Der Ball prallt neben ihr an die Wand. Sie verschwindet fauchend hinter Arnes Demoecke, in der er all das hortet, was man so braucht, um Transparente herzustellen und Fabriktore zu versperren. Manchmal bringt er auch Sachen von seinen Kreuzzügen mit. In der Ecke steht seit Jahren ein Schild, auf dem »Kein Zutritt« steht. Wer weiß, wo er das herhat, und wer weiß, was da noch so alles herumliegt. Vielleicht ist er wie Obelix und versteckt dort seine Polizeihelmesammlung. Jedenfalls ist es das perfekte Versteck für die verdammte Katze. Im Frühling werde ich als Allererstes hier klar Schiff machen.

Die Halle ist gelüftet, der Tisch ist gedeckt, es duftet nach frischem Kaffee, aus der Anlage kommt Punkmusik, und es herrscht Zimmertemperatur. Arne hockt auf einem Stuhl und isst einen von edlen Ökojungfrauen auf links gedrehten Joghurt. Neben ihm klebt Frauke wie ein gerupfter Uhu auf ihrem Stuhl und starrt in ihre Tasse. Ich werfe die Brötchen vor ihr auf den Tisch.

»Du kiffst zu viel.«

Sie antwortet nicht. Ich schaue Arne an.

»Sie kifft zu viel.«

Er antwortet nicht. Trautes Heim, Glück allein.

Als ich geduscht und umgezogen wiederkomme, ist es, als hätte einer auf Pause gedrückt. Die Punkband findet immer noch alles scheiße. Meine Mitbewohner sitzen immer noch in derselben Haltung da. Nur die Brötchentüte hat sich aufgerissen, und die Brötchen haben sich auf Fraukes Teller in Krümel aufgebröselt. Ich schenke mir einen Kaffee ein.

»Musik, die aggressiv macht – keine Wunder, dass die Welt den Bach runtergeht.«

»Verklag sie doch«, murmelt Frauke und massiert sich die Schläfen.

Ich nehme meinen Kaffee, gehe ins Arbeitszimmer, setze mich in meinen Sessel und wähle die Nummer.

»Achtzehnvierundachtzigsiebzehn.«

»Ich bin's, und bevor du fragst, dein Sohn, und nein, Tess ist immer noch nicht schwanger. Wie geht es dir?«

»Sune ist hier, sie hat sich extra den Vormittag freigenommen. Es lohnt sich umzukippen, dann sieht man endlich seine Kinder wieder. Hätte ich das bloß früher ... hey ...!«

Es raschelt und kracht im Hörer. Dann ist Sune dran.

»Er macht dir nur was vor, ihm geht es nicht gut, verstehst du?«

»Verstehe«, seufze ich. »Gibst du mir bitte Ebba?«

Wieder Rascheln im Hörer. Dann Ebba.

»Guten Morgen. Wie geht es dir?«

»Gut. Wie geht es ihm?«

Sie zögert einen Augenblick.

»Er ist müde.«

»Was Neues vom Krankenhaus?«

»Nein. Wenn es etwas Neues gibt, ruft Sune dich sofort an.«

»Danke.«

Im Hintergrund ruft Far irgendwas. Ebba gickelt. Wir

tauschen noch ein paar Süßigkeiten aus, dann legen wir auf. Gott, wie sie mir fehlen.

Ich gehe ins Netz und buche einen Flug für Anfang nächster Woche. Nach heute Abend bin ich agenturlos und pleite und habe umso mehr Zeit zum Reisen. So hat alles seine Vorteile. Ich rufe Tess an und spreche ihr einen Guten Morgen auf die verdammte Mailbox. Dann gehe ich zurück in die Halle und schmiere mir ein Brötchen mit dem leckeren Käse, den Ebba mir mitgegeben hat. Er allein kann nicht das dänische Frühstücksschlaraffenland wettmachen, aber vielleicht kann ich mir ein paar Stücke in die Ohren stecken, um diese verdammte Punkmusik nicht hören zu müssen.

»Huiii! Was war denn das?! Ein vierter Akkord …?« Ich lege meinen Kopf schief und lausche angestrengt, dann atme ich erleichtert auf. »Nee, bloß verspielt, puh, ich dachte schon …«

Arne lacht nicht. Er macht überhaupt nichts. Überraschung. Vielleicht ist das sein Trick, wenn er im Wald herumläuft und Feinde metzelt. Er sitzt so lange still, bis sie ihm vor die Flinte laufen. Seit Jahren träume ich davon, ihn in eine Kneipe mit ausgestopften Tieren zu locken und zuzuschauen, wie die anderen Gäste damit klarkommen. Noch ein Traum, der nie in Erfüllung geht, denn wenn Arne ausgestopfte Tiere sieht, ist es, als ob Idefix einen ausgerissenen Baum sieht. Bloß dass bei Arne die anderen heulen.

Frauke hebt schwer den Kopf aus ihrer Tasse und schenkt mir einen müden Blick.

»Ich werde die Miete auslegen. Wie viel ist es denn?«
»Tolle Pädagogik.«

Sie seufzt, hebt eine Hand und massiert sich die Stirn.
»Bitte, sag einfach, wie viel.«

Ich sage es ihr. Ihre Hand verharrt. Sie blinzelt. Dann schaut sie Arne an. Ich schaue zwischen ihnen hin und her und beginne zu grinsen.

»Du dachtest, es dreht sich um eine Monatsmiete? Tja, dann verkauf mal dein Auto, lös dein Sparbuch auf und geh ein Jahr auf den Strich, dann haben wir es.«

Sie starrt immer noch Arne an. Dann schaut sie mich wieder an.

»Ich lege es trotzdem erst mal aus.«

»Gut. Und was machen wir nächsten Monat?«

Sie funkelt mich an und macht sich jetzt keine Mühe mehr, ihren Ärger zu unterdrücken.

»Wir lassen uns etwas einfallen, oder willst du etwa, dass Arne auszieht?«

Ich verkneife mir circa zehn lustige Antworten und schüttele den Kopf.

»Nein, ich will, dass er seine Miete zahlt.«

»Wenigstens mache ich nicht jeden Dreck für Geld!«

Er schiebt seinen Stuhl heftig zurück, steht auf und geht in sein Zimmer. Dort hat er sich dann schon wieder im Griff. Die Tür schließt sich leise.

Frauke mustert mich tadelnd.

»Lasse, manchmal bist du echt ein Arschloch …«

Sie nimmt ihren Kaffee und verschwindet in ihr Zimmer. Ihre Tür knallt.

»Drückt mir die Daumen, dass ich den Dreck heute Abend gewinne, damit ich es mir weiterhin leisten kann, mit euch zusammenzuwohnen!«

Die Türen lachen nicht. Prima. Meine freundliche Tour grenzt ja schon fast an Perfektion. Aber alles hat Vor- und Nachteile, sogar Arschlochsein, denn endlich kann ich auf die Anlage drücken. Ein letztes schrilles Geräusch, dann verstummt der Drei-Akkorde-Krach. In manchen Augenblicken habe ich Verständnis für die Verrückten, die die Zustände der Gesellschaft auf fiese Musik schieben, obwohl das natürlich Quatsch ist, denn Musik kann nur verstärken, was in mir ist, und die Millionenfrage ist, wieso ich manchmal ein echtes Arschloch bin. Die Antwort lautet: keine Ahnung. Bisher konnte ich meiner Beziehung die Schuld für meine Unzufriedenheit geben. Jetzt gebe ich scheinbar Arne die Schuld. Gott, bin ich auch so eine rechthaberische Lusche geworden, die immer einen braucht, der schuld ist? Was ist bloß mit mir passiert in den letzten Jahren? Wann bin ich stehen geblieben? Wann habe ich aufgehört, an mir zu arbeiten? Jedes verdammte Fahrzeug braucht alle zwei Jahre eine neue TÜV-Plakette, vielleicht sollte man das auf die Fahrer ausweiten. Genau. Jedes zweite Jahr checken, ob wir eingerostet sind. Wieso gehen wir zur Gesundheitsvorsorge, aber nicht zum Mentalcheck? He, arbeitest du an dir, um ein besserer Mensch zu werden? Nein? Okay, dann nimm diese Mängelliste, du hast ein bisschen Zeit, um die Mängel zu beseitigen, danach wirst du vorübergehend stillgelegt.

Das schrille Geräusch ertönt wieder. Ich brauche einen Moment, um zu realisieren, dass es die Türklingel ist. Die habe ich schon ewig nicht mehr gehört. Normalerweise kommt hier jeder einfach rein.

Als ich die Hallentür öffne, hockt meine neue Kollegin zu meinen Füßen und streichelt die verdammte Katze. Sie hebt den Blick und mustert mich unter dem Rand einer russischen Fellmütze. Ich trete nach der Katze, die sich seit meinem Auftauchen sowieso in den Startlöchern befindet und schneller als der Schall in die Demoecke flitzt.

»Hallo«, sage ich.

Sie schaut der Katze einen Augenblick nach, dann mustert sie mich vorsichtig.

»Hallo.«

»Können Katzen Alzheimer haben?«

Ihr wird plötzlich klar, dass sie vor einem Typen kniet, den sie kaum kennt, der nach Katzen tritt und hinter dem eine dunkle Halle lauert. Sie steht auf und weicht einen Schritt zurück.

»Schön, dass du da bist«, sage ich und gebe die Tür frei.

Zwei Stunden später bin ich schweißgebadet. Wir proben abwechselnd unsere Nummern in der Galaecke, während der andere den Regisseur macht. Ich feile noch etwas an dem Frauenliteraturtext, den ich für heute Abend ausgesucht habe. Er ist lustig und vor allem nicht intelligent genug, um zum Nachdenken anzuregen – perfekt! Ich muss nur noch ein paarmal *Ficken* unterbringen … Wenn ich mich im Text verhaspele, rät Nina mir, langsamer und leiser zu machen, und wenn ich einen richtigen Versprecher habe, rät sie mir, ihn zu wiederholen, um ihn wie einen Verspieler in einem Jazzsolo zu kultivieren. Ich würde ihr auch gerne etwas Sinnvolles sagen, aber sie braucht meine Ansagen nicht. Sie ist erschreckend gut. Ihre Pausen sind zum Niederknien, und ihre Körpersprache übernimmt so viel, dass sie kaum reden muss, um ihre Geschichte zu erzählen. Vielleicht ist das ihr einziges Manko; sie hat keinen richtigen Text, mehr Satzfragmente. Ich krame alte Texte hervor, sie sucht sich einen über Pädagogen aus, liest ihn zweimal durch und spielt ihn dann. Ach, so kann der wirken! Wäre ich ambitionierter, müsste ich sie hassen.

Als sie die Nummer noch mal durchgeht, stockt sie und schaut an mir vorbei. Ich folge ihrem Blick und sehe, dass Arne an der Küchenzeile steht und sich ein Brötchen schmiert. Er trägt ein durchgeschwitztes Unterhemd, die Adern auf seinen Armen treten dick hervor. Scheinbar hat er sich in seinem Zimmer abreagiert. Ninas Augen fangen meine im Spiegel. Ich lächele beruhigend.

»Keine Angst, das ist bloß die Security. Weißt du, Kalkhofe und Nuhr brechen hier ständig ein, um meine Witze zu klauen.«

Sie lacht nicht. Stattdessen wirft sie noch einen scheuen Blick rüber. Ich drehe mich um, lächele Arne an und zeige auf Nina.

»Arne. Darf ich dir Nina vorstellen. Sie macht denselben Dreck wie ich.«

Er ignoriert mich und schmiert weiter. Ich lächele Nina zu.

»Innerlich lacht er sich kaputt.«

Sie schaut von ihm zu mir, zu ihm. Wir proben weiter. Eigentlich hätte ich erwartet, dass Arne sich wieder verzieht, aber er setzt sich an den Tisch und schaut uns zu. Nina wirft immer wieder Blicke zum Tisch rüber. Kritik gehört ja zum Geschäft, aber wenn man von einem regungslosen Muskelprotz beäugt wird, dessen Aura einem den Niedergang der Demokratie vorwirft, will das erst mal verdaut sein. Exzellente Abhärtung für heute Abend.

Kapitel 18

Im Eingangsbereich des Veranstaltungssaals erwarten uns zwei Securitys und eine gut gelaunte Frau vom Sender, die uns von einer Liste streicht und dann durchwinkt. Bevor wir den Backstagebereich erreichen, werden wir noch einmal kontrolliert. Anscheinend ist die Al-Qaida-Gefahr gestiegen, jetzt wo das Fernsehen dabei ist.

Wir gehen die Stufen hoch zur Bühne, betreten die Bretter, die die Welt bedeuten, und lassen unsere Blicke durch den Saal schweifen. Über der Bühne hängt das Sessionsmotto, die Jurysitzplätze sind wie der Elferrat angeordnet, alles ist karnevalistisch geschmückt, und dennoch ... Gänsehaut. Man kann jetzt schon erahnen, wie es ist, wenn der Saal voll ist und tausend Gesichter zur Bühne hochschauen. Tausend Gesichter haben schon lange nicht mehr zu mir hochgeschaut. Schon gar nicht wache.

Nina mustert mich von der Seite.

»Gute alte Zeiten?«

Ich nicke.

»Sehr gute, sehr alte.«

Techniker und Strippenzieher wuseln um uns herum. Ein Aufnahmeleiter bittet uns, den Durchgang freizumachen. Nach einem letzten Blick über die Bühne gehen wir backstage, suchen uns eine Ecke, beginnen auszupacken und grüßen in die Runde. Kohl ist schon da und wirkt deprimiert. Herr Scheunemann sitzt neben ihm und versucht auf ihn einzuwirken, doch diesmal hat Kohl sogar Anlass zur Depression: Die restlichen Kollegen sind diesmal eine Klasse besser. Uns gegenüber sitzt Slomo-Manne. Seine Texte sind nicht gut, aber er ist so langsam, dass die Leute vergessen, dass er oft keine Pointen hat. Ich kann mich über ihn totlachen. Humor ist ein seltsames Ding.

Neben ihm sitzt Susanne die Putze. Eine mittelmäßige Comedian, die wegen dem permanenten Frauenunterschuss immer und überall dabei ist, ohne jemals gut gewesen zu sein. Rechts daneben sitzt der Roboter stockfteif auf einem Stuhl. Er hat bestimmt auch einen richtigen Namen, aber den kann sich keiner merken. Seinen Spitznamen hat er, weil er seine Karriere als Roboter-Pantomime begann: ruckartige Bewegungen, Freeze, maschinelles Sprechen, und auch wenn er mittlerweile normalen Stand-up macht, hat er den Roboter nie wieder aus sich herausbekommen. Wir haben einige Workshops zusammen besucht, und alle Lehrer bescheinigten ihm perfektes Timing und Technik, aber er schaffte es bisher nie ganz nach oben, weil die Leute ihn nicht liebten. Er ist einfach zu perfekt. Einmal schlug ich ihm vor, ein paar absichtliche Fehler einzustreuen. Er schaute mich an, als hätte ich ihn aufgefordert, doch mal ins Bett zu pinkeln. Er ist lieber perfekt als geliebt.

Ein paar Stühle weiter sitzt das HB-Männchen. Ein kleiner bärtiger Kerl, der live umwerfend ist. Ich habe ihn circa zwanzigmal gesehen, und er war nie schlechter als sehr gut. Neben ihm sitzt Didi Bohlen, nicht verwandt oder verschwägert. Als wäre der Name Programm, macht er seit Jahren immer dieselbe Nummer in leicht abgewandelter Form. Alle wundern sich, welche Mutanten seine DVDs kaufen, aber viele tun es, und das sollte seine Legitimation sein, heute nicht hier zu sein; er hat es eigentlich nicht nötig. Aber scheinbar doch.

Und dann ist da noch einer meiner Favoriten. Der UFZ. Er ist auf den Ausbilder-Schmidt-Zug aufgesprungen und macht das so gut, dass er heute Abend als Mitfavorit gelten dürfte. Er sieht meinen Blick und salutiert lässig rüber. Ich grüße zurück und setze ihn auf die Liste derer, die ich nachher um einen Job anhauen werde.

Die restlichen Gesichter sind jünger und mir überwiegend unbekannt. Wie immer sind viel zu wenig Frauen da. Um genau zu sein, außer Nina und Susanne ist es nur noch eine. Sie ist so schön, dass man hofft, dass sie nicht annähernd so gut ist, sonst muss man ihr auf der Stelle einen Antrag machen. Susanne zieht sich gerade ihr todlustiges Putzfraukostüm an. Nina sitzt völlig unaufgeregt auf einem Stuhl und liest ein Buch.

Last und sehr least haben wir, neben dem Eingang für sich allein sitzend, meinen ganz besonderen Kumpel, Kanacke – wie er sich, getreu der BH-Corporate-Identity-Philosophie, genannt hat. Eigentlich ist er Deutscher, aber das verkauft sich nicht so gut, also benutzt er seine türkischen Vorfahren, um den Deutschen ihr Megaschuld-Ding reinzuschieben. Wenn er schlecht wäre, könnte er allein von seiner Herkunft leben, weil viele politisch Korrekte ihn buchen, um zu beweisen, wie liberal sie sind. Doch leider ist er auch noch gut. Und ein Arschloch. Ich mag ihn nicht, aber das ist okay, denn er mag mich auch nicht. Ich habe mich mal in einer Talkshow abfällig über seine Masche geäußert, seitdem glaubt er, ich sei neidisch auf ihn, und vielleicht hat er recht; als Däne hat man nun mal keinen Ausländerbonus, und ohne den schickt das Goethe-Institut einen auch nicht durch die ganze Welt. Daraus sollte ich mal eine Nummer machen. Rassismus gegen Dänen im deutschen Kulturbetrieb. Genau.

Ich setze die Idee auf die Liste von Nummern, die ich eines Tages schreibe, wenn ich wirklich durchstarten werde, und stehe auf, denn eine kleine rothaarige Pressefrau kommt zielstrebig herein und sucht den Raum mit Blicken ab. Sie entdeckt mich und kommt breit grinsend auf mich zu.

»Leck mich en de Täsch – der lustige Däne! Ich dachte, du wärst tot!«

»Nur meine Karriere«, sage ich und nehme meine Lieblingsexex in den Arm.

Wir küssen uns. Ihr Mund ist immer noch weich und lebendig. Sie riecht immer noch gut. Sie fühlt sich immer noch gut an. Bloß ihren Titel als Lieblingsex ist sie jetzt los.

Wir halten uns in den Armen und mustern uns neugierig. Sie hat ein paar Fältchen um die Augen, die ich noch nicht kenne, sonst sieht sie aus wie immer. Gesund, fit und voller Energie. Mir wird bewusst, dass wir uns ewig nicht mehr gesehen haben.

»Gut siehst du aus.«

»Nicht so gut wie du.«

Sie lächelt und zeigt mir ihren kaputten Schneidezahn, in den ich mich damals verliebte.

»Wie geht's dir?«

»Gut, und selbst?«

»Gut. Wie geht es Tess?«

»Gut. Wie geht es Gernot?«

»Sehr gut. Er hat ja mich.«

»Stimmt«, sage ich. »Das kann einen Unterschied machen.«

Wir lächeln uns an.

»Bleibst du nach der Show noch was da?«

»Ein Drink auf die alten Zeiten?«

»Au ja«, lächelt sie.

»Au fein.«

Sie wirft Nina einen neugierigen Blick zu, sagt aber nichts und drückt mir noch einen Kuss auf die Lippen.

»Freu mich. Bis nachher und viel Glück.«

»Glück sieht wohl anders aus«, sage ich.

»Jetzt wo du es sagst ...« Sie lächelt zuckersüß. »Ich hätte nicht gedacht, dass ich dich jemals im Karneval antreffe.«

»Seitdem du mich verlassen hast, geht's eben bergab mit mir.«

»Lass das Tess nicht hören«, lächelt sie, nickt Nina zu und eilt weiter.

Ich schaue ihr nach und lasse die Umarmung nachwirken. Gott, es gab Frauen vor Tess, manchmal vergesse ich das schon. Alte Bilder flackern in meiner Erinnerung auf: Anja, verschwitzt unter mir. Anja, lachend über mir. Anja, auf den Knien vor mir. Pandoras Büchse? Ha! Pandoras Schlafzimmer! Pandoras SM-Keller! Pandoras Swingerhangar! *Sperrt eure Töchter ein! Und die Mütter! Und die Großmütter! Und, verdammt, verschließt den Stall!*

»Nicht bewegen«, sagt eine Stimme.

Es blitzt grell direkt in mein Gesicht. Ich kneife die Augen zusammen, ducke mich und stoße automatisch einen Handballen nach vorne. Er trifft etwas Weiches. Jemand stöhnt. Ich öffne ein Auge und sehe rote Punkte in der Luft tanzen. Mittelpunkt des Ganzen ist ein Mitarbeiter vom Produktionsteam, der eine Polaroidkamera in der einen Hand hält und sich mit der anderen das Brustbein massiert, während er mich beleidigt anschaut.

»Mensch, was soll das?«

»Gute Frage.«

Er schaut mich empört an.

»Es ist für die Produktion! Wir brauchen Fotos von allen Teilnehmern!«

»Frag einfach vorher.«

Er wirft mir einen Blick zu: kaum Fernsehauftritt, schon arrogant, jaja. Dann schaut er Nina übertrieben unterwürfig an.

»Gnädige, darf ich bitten ...?«

Ohne ihre Einwilligung abzuwarten, hält er ihr die Kamera vors Gesicht und blitzt. Sie stößt ihn ebenfalls vor die Brust.

»Au!«

Er reibt sich die Brust, schaut zwischen uns hin und her und geht dann murmelnd zu der Kostümierten. Dort fragt er vorher und wartet auf die Einwilligung. Manchmal ist Gewalt eben doch die Lösung.

Ich gehe zum Catering und stelle mir eine Flasche Wasser warm, damit es mir nachher nicht die Stimmbänder zuzieht, dabei lasse ich mich, wie nebenbei, neben dem UFZ auf einen freien Stuhl sinken und horche ihn wegen Jobs aus. Er meint, er hätte da vielleicht einen Messejob, aber inoffiziell. Damit meint er nicht das Finanzamt, sondern meine Agentur, denn viele Eventfirmen arbeiten nicht mehr mit Clemens zusammen. Aber ich kann nichts hinter Clemens' Rücken machen, da immer alles irgendwann herauskommt und Clemens sehr empfindlich, sprich nachtragend ist. Also erinnere ich den UFZ an die Jobs, die ich ihm besorgt habe, und schließlich verspricht er, mal bei seiner Eventfirma nachzufragen, vielleicht machen die ja eine Ausnahme. Es geht voran und ich weiter zum HB-Männchen. Er hat gerade nichts, verspricht mir aber, sich umzuhören. Ich arbeite mich von Stuhl zu Stuhl, die meisten Gespräche laufen nach demselben Muster ab: Ich würde dir ja gerne helfen, aber der Markt ist gerade schwierig, obwohl ... also, bei mir läuft es total gut, du. Aber reden wir nicht mehr von mir – was sagst *du* denn zu meiner Show?

Als ich mich einmal im Kreis geredet und meinen Text fünfmal abgeschrieben habe, taucht Clemens auf, BH im Arm, wie eine Trophäe. Diesmal trägt sie ein rotes Kleid, das im Kontrast zu ihren blonden Haaren einen sagenhaften Anblick abgibt. Ihr Blick sucht meinen, und als sie ihn findet, lächelt sie, als hätten wir ein Geheimnis. Hoffentlich stimmt das auch. Ich glaube, es würde Tess auch noch nach unserer Beziehung verletzen. Nicht, dass ich mal einen One-Night-Stand hatte. Aber mit BH? Dafür gibt es eigentlich keine Rechtfertigung. Aus Sicht einer Frau. Aus Sicht eines Mannes fallen einem schon ein paar ein.

Clemens lässt sie los und kommt mit ausgestreckter Hand auf mich zu. Ich stehe auf, doch er geht an mir vorbei und schnappt sich Ninas Hand.

»Nina Jansen!«, lacht er herzlich. »Das war wirklich toll am Freitag! Ich freue mich schon sehr auf heute Abend!«

Er schüttelt ihre Hand. Dann entdeckt er plötzlich mich und lacht überrascht, als wäre es ein Wunder, dass ausgerechnet *wir* uns ausgerechnet *hier* treffen. Er lässt Ninas Hand los und nimmt meine. Er schüttelt sie und klopft mir mit der anderen herzlich auf die Schulter.

»Lasse!«

»Clemens!«

Er strahlt in die Runde und senkt die Stimme.

»Ich hoffe, du bist gut vorbereitet, wir können heute nicht so viel für dich tun.«

Ich runzele die Stirn und lasse seine Hand los.

»Wie, ist das Schmiergeld alle?«

Er lacht nicht.

»Ich und Bettina sind zwar in der Jury, aber die Jury hat heute nur fünfzig Prozent Stimmrecht. Den Rest entscheiden das Publikum und die Fernsehzuschauer.« Er kniept sein Auge und senkt die Stimme. »Also, offiziell.«

Ich schaue ihn an.

»Es ist ... live?«

Er mustert mich, nicht ganz sicher, ob ich scherze.

»Natürlich ist es live.«

»Live ...«, stöhne ich und lasse mich erschüttert auf einen Stuhl sinken, wie Peter O'Toole in *My Favorite Year*.

Den versteht er nicht, aber das Strahlen schlägt sofort wieder bei ihm ein, weil die restlichen Jurymitglieder auftauchen, um die Künstler zu begrüßen. Eine holländische Showmoderatorin, an der ein sagenhaft dämlicher, dauerlauttelefonierender Manager klebt, ein Fußballer vom FC, der in seinen Interviews durch eklatante Humorlosigkeit glänzt, und als wäre das alles nicht schon jeck genug, folgt noch eine von diesen Promitussen, von denen man gar nicht weiß, ob sie jetzt bekannt sind, weil sie geklaut haben oder weil sie total gemein dreiundzwanzigmal gegen ihren Willen nackt in ihrem Garten von Paparazzi abgeschossen wurden. Himmel, was ist bloß in die Medien gefahren, dass sie uns solche Versager als Vorbilder präsentieren? Muss man denn gar nichts mehr können? Oder sein?

Die Showmoderatorin begrüßt jeden per Handschlag und verteilt wohlwollend Tipps, die Tatsache ignorierend, dass jeder hier mehr Bühnenerfahrung hat als sie. Das ist ein wirkliches Problem mit den TV-Promis, denn nach ein paar Jahren Wahnsinnsgagen, Fahrservice, Fans und Arschkriecherei glauben sie irgendwann selbst, dass sie etwas wissen. He, es *muss* so sein, Millionen Zuschauer können sich doch nicht irren, oder? Oder.

Sie erklärt mir, dass ich immer lächeln soll, das lieben ihre vielen Fans an ihr. Mich von Ahnungslosen belehren zu lassen war schon immer eine Prüfung, bei der ich gerne durchgefallen bin, aber sie will ja bloß helfen. Na ja, und sich vielleicht ein bisschen auf unsere Kosten profilieren. Nichts Schlimmes. Dennoch muss ich schwer an mich halten, um sie nicht daran zu erinnern, dass die NSDAP auch viele Fans hatte.

Während ich weiter aufgeklärt werde, behält BH mich im Auge. Als sich unsere Blicke begegnen, lächelt sie dieses Lächeln. Ich ertappe mich beim Zurücklächeln. Gottlob werde ich in die Maske gerufen, und gleich danach folgt ein Aufnahmeleiter, der Angaben zum Ablauf macht, dann geht es zum Soundcheck. Ich stelle mich mit Nina und Slomo-Manne hinter den Vorhang und checke die Konkurrenz. Als Erstes muss einer der Nachwuchscomedians raus. Er ist ganz gut, aber total verunsichert von dem Regisseur, der über die Monitoranlage Anweisungen gibt, von den Scheinwerfern, die ihn blenden, dem Teleprompter, den er nicht finden kann, von den Kameras, die aufleuchten, den Klebestreifen auf dem Boden und überhaupt.

»Der Arme«, sagt Nina.

»Und dabei sind noch keine Leute da«, sagt Manne.

Wir nicken bedeutsam und schauen weiter zu. Im Soundcheck soll man eigentlich schon mal seine Nummer durchspielen, das wird dann mitgeschnitten, um gegebenenfalls schwächere Liveszenen für die TV-Ausstrahlung nachbessern zu können, doch von diesem Soundcheck wird ganz sicher nichts übrig bleiben. Als er mit gesenktem Kopf von der Bühne schleicht, muntern wir ihn auf: So schlimm war es gar nicht, wir waren früher viel nervöser, wird schon werden, tolle Nummer. Er schaut uns an wie ein Kaninchen auf dem Nürburgring, geht zu seinem Stuhl, setzt sich und schließt die Augen.

»Der Arme«, sagt Nina wieder.

Danach ist der UFZ dran. Er geht raus, schnarrt routiniert alles zusammen und kommt wieder rein. Wir salutieren schneidig. Er grüßt lässig, lässt uns bequem stehen und verfolgt Bohlens Soundcheck. Didi bringt die vierhundertdreißigste Variante von seinem Gag. Der UFZ stupst uns an und deutet nach vorne zum Bühnenrand. Wir folgen dem Fingerzeig und sehen, dass ein paar der Strippenzieher den Text mitsprechen.

Als Didi von der Bühne kommt, muss er schwer Sprüche einstecken – ob er einen neuen Autor hätte, die Nummer kannten wir ja noch gar nicht und so weiter. Er ignoriert uns, und wir wenden uns dem Nächsten zu: Susanne die Putze. Ich habe sie lange nicht mehr gesehen, und wenn sie sich in der Zwischenzeit stark verbessert hat, kann sie mittlerweile belanglos geworden sein. Schon wieder diese dumme Hoffnung. Wir schauen zu, wie sie auf der Bühne herumhastet, mit einem Staublappen herumfuchtelt und dabei in einem nicht definierbaren Dialekt irgendeine Rohrbruchgeschichte erzählt.

Nina verfolgt das Ganze mit gerunzelter Stirn.

»Was macht die da?«

»Vielleicht trägt sie eine Karmaschuld ab«, schlägt Manne vor.

»Wer war sie dann in ihrem Vorleben?«, fragt der UFZ.

Über die ersten Vorschläge müssen wir so laut lachen, dass der Regieassi angelaufen kommt und uns nervös bittet, leiser zu sein. Wir dämpfen die Stimmen, doch als Susanne wieder reinkommt, freut sie sich, weil sie uns hat lachen hören, ihre Nummer gefiel uns, ja? Gut. Wirklich, sie freut sich. Wir nicken ihr zu. Manchmal ist Ehrlichkeit bloß gemein.

Slomo-Manne ist dran. Er ist, wie immer, langsam und gut, der folgende Comedian laut und gut, Kohl verhalten und sehr gut, der Roboter perfekt und öde, das HB-Männchen hysterisch und klasse, die Schönheit ist schön und Gott sei Dank schlecht, jeder ist anders, und dennoch ist es irgendwie immer dasselbe – vielleicht weil die Geschichten immer dieselben sind: Unterschiede zwischen Frau und Mann. Echt gut, dass ich mir einen Text ausgesucht habe, in dem es um Frauenliteratur aus männlicher Sicht geht. Na ja, zu spät, um etwas daran zu ändern.

Nina ist dran. Ich spreche ihr Mut zu, sie brauche nicht nervös zu sein, sie schaffe das und so weiter. Sie nickt bloß, geht seelenruhig raus, spricht leise, bewegt sich kaum, nimmt die ganze Hektik aus dem Raum, setzt am Ende eine tödliche Hookline und geht wieder ab. Alle applaudieren. Sie stellt sich wieder neben mich und lächelt scheu. Alle mustern sie, als wäre sie ein Alien.

»Jesus, Maria und Josef«, sagt Manne.

»Liegt am Text«, erkläre ich ihnen. »Ist von mir.«

Niemand beachtet mich. Mein Name wird aufgerufen. Ich setze mein Headset auf und gehe zu meinem ganz persönlichen Klebestreifen. Die Scheinwerfer blenden, aber nicht so sehr, dass man nachher das Publikum nicht erkennt. Ich tippe mit einem Finger auf das Headset.

»Hallo. Kann ich bitte mehr Licht haben?«

»Gosh! Der lustige Däne!«, knarrt eine Stimme über die Monitoranlage. »Ich hab gehört, du wärst ertrunken!«

Ich halte die Hand gegen die Scheinwerfer, starre zur Regie hoch und sehe die wilde Mähne von Richie. Früher ein guter Theaterregisseur. Jetzt ein guter TV-Regisseur mit Grimmepreis für Improshows.

»Rich! Scheiße! Ist Inkontinenz jetzt heilbar, oder trägst du 'ne Windel?«

Er gibt ein Geräusch zwischen Husten und Spucken von sich. Scheinbar raucht er immer noch diese Zigarren.

»Verflucht, ich ...« Er röchelt wieder, hebt ein Taschentuch und hustet rein. Dann mustert er das Ergebnis. »Gosh, ich löse mich auf ...« Er wirft das Taschentuch angewidert zu Boden und nickt mir zu. »Los geht's, bevor ich verrecke.«

Eine Kamera leuchtet auf. Ich bringe meinen Text erstaunlich flüssig. Dadurch habe ich genug Raum, um mit den Kameras zu spielen und Rich an einer Stelle den Finger zu zeigen. Proben trägt Früchte. Nach einer letzten Beleidigung und einem letzten Bluthusten aus der Monitoranlage gehe ich von der Bühne. Kanacke kommt mir kopfschüttelnd entgegen.

»Du lernst es nie«, sagt er.

»Wissen die, dass du aus Bielefeld bist?«

Er rempelt mich an und geht auf die Bühne. Wir schauen zu, wie er auf den Deutschen rumhackt. Natürlich auch mal auf Türken, sonst wäre er ja rassistisch, nee, nee.

»Der ist gut«, sagt Nina.

Alle nicken. Das ist ja das Problem. Warum kann Talent nicht an Charakter gekoppelt sein? Und wie lange lassen die Deutschen sich das noch bieten? Fast täglich werde ich an den Nationalsozialismus erinnert. Mahnmale, Gedenkstätten, Dokumentation, Zentralrat der Juden, Politiker, Jahrestage, ständig erinnert jemand oder etwas. Und das ist gut. Für meine Entwicklung war es wichtig, mich intensiv damit auseinandersetzen zu müssen, denn für ein dänisches Kind sind Nazis einfach nur die, die in Filmen abgeknallt werden.

Die deutsche Geschichte ist auch deswegen so lehrreich, weil vermutlich keine Nation der Neuzeit je solche Lehren aus einem Krieg gezogen hat. Aus Schuld ist Verantwortung geworden. Das macht mir Hoffnung. Für den Balkan. Für Amerika. Für den Nahen Osten. Für den Fernen. Für Afrika. Für die Menschheit. Rassismus ist ja kein deutsches, sondern ein menschliches Problem, überall auf der Welt greifen jeden Tag Arschlöcher andere Menschen wegen ihrer Hautfarbe, Kultur oder Religion an. Doch wehe es ist ein deutsches Arschloch, dann werden die Deutschen von allen Seiten ermahnt, doch bitte wieder an den Nationalsozialismus zu denken. Diese Bevormundung nervt mich schon lange. Und dennoch. Vielleicht ist diese Wehret-den-Anfängen-Haltung gegenüber Deutschland mit ein Grund, wieso wir wirklich den Anfängen wehren und uns auch nicht mehr so leicht aufgrund gefälschter Beweise in Kriege hineinziehen lassen. Vielleicht braucht man ein solches Schuldgefühl, um seine dunkle Vergangenheit nicht zu verdrängen, sondern sie aufzuarbeiten. Vielleicht lernt Amerika deswegen so wenig dazu, weil es seine Schuld nicht anerkennt. Die Deutschen dagegen tun das. Das einzig Üble daran ist bloß, dass Kanacke dadurch Erfolg hat.

Als er wieder hereinkommt, stupst der UFZ mich an.

»Also, ich fand es lustig.«

»Total«, sage ich. »Vor allem der Teil mit den ausländerfeindlichen Deutschen.«

»O ja«, der UFZ nickt begeistert, »das war 'n Brüller.«

Kanacke winkt nur ab und geht an uns vorbei. Der Soundcheck ist durch. Die Scheinwerfer werden runtergezogen, Musik vom Band ertönt, die Türen werden geöffnet, und das Publikum flutet herein. Kostümrudel stürzen sich auf die besten Plätze. Ich nutze die Wartezeit, um weiter wegen Jobs herumzufragen, aber ich war wirklich lange weg: Einige haben nichts, andere trauen mir nichts mehr zu. Am besten lege ich nachher einen guten Auftritt hin, gewinne und überzeuge alle, dass ich es echt noch draufhabe. Klar.

Eine Stunde später stehen wir wieder hinter dem Vorhang und schauen Manne zu, der im Einsatz ist. Vor ihm waren schon einige dran, vor allem der arme Newcomer. Der muss wahrscheinlich in Therapie nach diesem Gemetzel. Er musste als Erster raus und war so eingeschüchtert, dass das Publikum gar nicht richtig verstand, dass die Show losgegangen war. Er bekam auch keinen Applaus zum Schluss, und das, obwohl BH ihn einigermaßen mitfühlend abmoderierte. Das änderte sich etwas, als der UFZ rausging. Stillgestanden! Sonst Moonwache! Du da, runter und gib mir zehn, zack, zack! Er weckte sie auf. Also so ein bisschen. Schwer zu sagen, denn irgendwie kommen seitdem alle Comedians gleich gut an. Sogar Susanne die Putze bekam netten Beifall, obwohl man merkte, dass niemand ihre Nummer kapierte. Nicht mal Manne schafft es, sie zu wecken. Und warum? Weil sie nicht wegen uns hier sind. Der halbe Saal übt sich im Anbaggern, die andere Hälfte sorgt permanent für Biernachschub.

Ich lasse den Blick durch den Saal schweifen und ertappe mich dabei, die Gesichter nach Tess abzusuchen. Schon so lange her, dass ich sie da unten gesehen habe, doch auch diese Hoffnung stirbt zuletzt. Stattdessen entdecke ich Mona. Ich blinzele. Tatsächlich, da steht sie inmitten der ganzen Schwulentruppe in voller Cowboy- und SM-Ausrüstung. Sebastian, Monas Exmitbewohner, sogar der Bodybuilder ist da, und ohne diese Jungs hätte ich Mona wahrscheinlich auch nicht erkannt, denn sie ist die einzige Unverkleidete an dem Tisch. Statt in dem unförmigen Kaninchenfell steckt sie heute in Zivil, Cordhose und T-Shirt, und ich kann beim besten Willen keinerlei Bauch bei ihr entdecken, was mich überrascht. Ich dachte, sie hätte das flauschige Kaninchenkostüm getragen, um ihren Babybauch elegant zu verstecken. Hab ich sie überhaupt gefragt, in welchem Monat sie ist? Hm.

Neben ihr verpasst ein auf Domina zurechtgemachter Lederfreak dem Bodybuilder ein paar Klapse mit einer Peitsche. Seine ekstatischen Schreie sind bis hier oben zu hören. Die am Nachbartisch drehen die Köpfe und mustern die Typen befremdet. Zwar ist jeder Jeck anders, aber man kann's ja auch übertreiben.

BH moderiert Manne ab. Noch in den netten Applaus hinein wird ein Karnevalslied eingespielt. Manne klatscht den Comedian ab, der nach ihm auf die Bühne geht, und stellt sich wortlos neben mich.

»Willst du darüber reden?«

Er schüttelt den Kopf, also schauen wir zu, wie die Bemühungen der folgenden Comedians in der zähen Atmosphäre ersticken wie Mücken in Sirup, und spätestens als das HB-Männchen sich total aufregt und mit rot leuchtendem Kopf über die Bühne hüpft, um anschließend denselben Beifall zu erhalten wie alle anderen, weiß ich, woran mich dieser Abend erinnert: Auftritte am Messestand. Bloß, dass wir keine Promoartikel ins Volk werfen und uns damit beliebt machen können.

Das HB-Männchen kommt von der Bühne und verschwindet kopfschüttelnd backstage. Nina wird aufgerufen.

»Viel Spaß«, sagt der UFZ.

Sie nickt bloß und geht raus.

»Vielleicht schafft sie es ja«, sagt Manne.

Ich nicke. Und dann schauen wir zu, wie Nina untergeht. Ihre ruhige, pointierte Art ist völlig deplatziert, obwohl die Kerle im Saal sie sofort beschützen wollen und dies auch sehr offenherzig verkünden, aber es sind eben nur ein paar der Kerle. Die anderen versuchen immer noch, die Frau am Nachbartisch klarzumachen.

Der UFZ seufzt kopfschüttelnd.

»Mann, Mann, Mann ...«, sagt er finster. »Das ist genau Kanackes Publikum.«

Manne nickt betrübt.

»Und heute wird uns auch keine Jury retten.«

Die beiden nicken, und ich frage mich, was Clemens wieder vorhat. Ein Karnevalslied ertönt. Nur daran merken wir, dass Nina durch ist. Kein großer Abschlussapplaus. Sie kommt von der Bühne und schaut mich ratlos an.

»Nimm's nicht persönlich«, sagt Manne. »Du warst gut.«
»Genau«, sagt der UFZ.

»Ihr klingt wie Fußballer, die ihre Niederlage auf die Platzverhältnisse schieben. Fakt ist: Die Guten kommen überall klar.«

Wir drehen den Kopf. Kanacke grinst uns an. Der Aufnahmeleiter gibt mir hektische Zeichen. Draußen moderiert mich BH bereits an. Der lustige Däne. Mein Einsatz.

Als ich auf die Bühne komme, heult die SM-WG auf, als hätte man heißes Öl über ihr ausgegossen. Die Reaktion der restlichen Halle ist freundliche Toleranz. Sie machen mir keinen Vorwurf, dass ich da bin, dafür soll ich sie bitte schön in Ruhe lassen. Meistens brauche ich eine Minute, um zu wissen, wie der Gig wird. Heute reicht eine Sekunde.

Ich bringe meinen Opener, dass ich jeden Aschermittwoch als Antialkoholiker aufwache. Die Hälfte der Halle schmunzelt. Die andere hört nicht zu. Die SM-WG jault.

Ich bringe die Pointe. Die eine Hälfte schmunzelt, die andere hört nicht zu, die SM-WG jault. Und ab da wiederhole ich alle Anfängerfehler, die ich je gemacht habe. Ich stehe so weit vom Bühnenrand weg, dass die Scheinwerfer mich kaum noch beleuchten. Ich vergesse, in die Kamera zu schauen, und wenn nicht, schaue ich in die falsche. Ich hetze durch den Text, und statt mal Tempo herauszunehmen, werde ich immer schneller, um es hinter mich zu bringen. Ich setze die Sache so richtig in den Sand. Ich weiß es und kann nichts dagegen machen.

Nina steht hinter dem Vorhang und gibt mir Zeichen, langsam zu machen. Ich versuche es ja, doch gegen meinen Fluchtreflex komme ich nicht an. Ich will gar nicht hier sein, mein Körper spürt das und will mir helfen, schnell wegzukommen. Der Kanacke steht neben Nina und grinst mich mit verschränkten Armen an. Oben in der Jury schüttelt Clemens den Kopf. Einmal räuspert Rich sich sogar in der Monitorbox, um mich zu wecken, unten verstummt die SM-WG nach und nach. Auf der Bühne verrecken. Ist mit das Schlimmste, was es gibt. Ich richte meine Augen auf einen Punkt an der Rückwand und springe von Silbe zu Silbe in Richtung Erlösung.

Die. Längsten. Minuten. Meines. Lebens.

Aber sogar die gehen vorbei. Erleichtert bringe ich die Schlusspointe. Die Hälfte der Halle schmunzelt, die andere ignoriert mich. Es kommt kein großer Applaus auf. Vielleicht merken sie nicht, dass ich fertig bin. Und nicht nur mit der Nummer. Schätze, nach der Sache hier kann ich mir eine neue Agentur suchen. Ich sollte mich verbeugen und gehen, meine Füße bewegen sich aber nicht. Ich stehe einfach da und schaue mich um und erwische dabei tatsächlich mal eine leuchtende Kamera.

»Karneval ist toll«, erkläre ich ihr. »Heute früh war ich joggen. Ich hab jetzt noch Muskelkater vom Überspringen der Kotzlachen.«

Die eine Hälfte der Halle lacht träge. Aus der anderen Hälfte drehen sich ein paar Köpfe herum. BH, die bereitsteht, um mich abzumoderieren, schaut überrascht drein. Ich wende mich frontal dem Feind zu.

»Wenn man 'ne Frau mit nach Hause nimmt, ist normalerweise die Frage: liebt sie dich oder liebt sie dich nicht. Im Karneval lautet die Frage: kotzt sie oder kotzt sie nicht.«

Ein paar Lacher und ein bisschen Zustimmung. Ich trete endlich näher an den verdammten Bühnenrand und tue, als würde ich eine Blume zerpflücken.

»Sie kotzt ... sie kotzt nicht ... sie kotzt ... sie ist eine Frau ... sie ist ein als Transe verkleideter Beamter ...«

Der erste richtige Lacher. Immer mehr Gesichter wenden sich der Bühne zu, weil sie merken, dass irgendetwas passiert. Oben in der Regiebox bricht Hektik aus. Richies Wuschelkopf zuckt hin und her auf der Suche nach dem Programmablauf. Der Aufnahmeleiter hüpft aufgeregt neben der Bühne herum und klopft hektisch auf seine Uhr. Ich gehe ein paar Schritte nach links und winke Mona zu. Sie winkt zurück.

»Karneval, echt, was ist bloß daraus geworden? Früher war es politisch, heute dreht es sich nur noch um Saufen und Ficken! Ist ja fast wie bei einer Betriebsratsversammlung von VW!«

Die SM-WG jault auf. O Gott! Ich hab's getan! Ich habe auf der Bühne Ficken gesagt! Und es ist ein *Lacher*!

»Däne! Abmarsch! Sofort!«, kommt es über die Monitoranlage.

Ich breite meine Arme aus.

»Karneval war tatsächlich mal politisch – und jetzt? Schaut euch mal um. Hier könnte Pol Pot Freunde finden, alles, was er bräuchte, wären ein Kostüm und ein Ständer.«

Immer noch Lacher, aber auch ein paar vereinzelte Buhrufe. Scheinbar hören ein paar zu. Jemand ruft, dass ich ihm Tiernamen geben soll. Der Aufnahmeleiter winkt jetzt mit beiden Armen.

»In drei Sekunden machen wir dir das Mikrofon zu«, sagt Richie über den Monitor.

Ich steige auf eine Monitorbox und halte beide Hände hinter die Ohren.

»Was?? Ich kann euch nicht hören! Ist das alles, was ihr draufhabt?! Was ist los?! Hat Karneval keine Eier? Kölle Helau! Altbier für alle! Kalendersaufen und Termingeficke!«

Das Mikrofon ist tot. Die Musik wird so schnell eingespielt, dass BH mich nicht abmoderieren kann. Die Leute schauen für eine Sekunde verwirrt drein – und dann tun sie das Schlimmste, was sie tun können: Sie vergessen mich auf der Stelle und schunkeln auf der eingespielten Karnevalsmusik. Ein paar vereinzelte Pfiffe hallen noch nach, das war es. Schluss mit lustig.

Kapitel 19

Der Backstageraum ist voll. Jeder holt seine Angehörigen hinter die Bühne. Sogar Kanacke hat Menschen um sich. Er scherzt mit seinen Leuten und wirft dabei immer wieder Blicke rüber. Toll, jetzt gelte ich sogar für ihn als Freak. Nina hat seit meinem Auftritt auch kein Wort mehr mit mir geredet. Der UFZ und Manne fielen dagegen lachend über mich her. Ich musste schwer Fluchtwagenfahrersprüche einstecken, während wir zuschauten, ob Kanacke draußen mit der Situation klarkam. Kam er. Sehr gut. Leider. Er beschimpfte die Leute, bis sie aufwachten, dann setzte er die Gags, und sie jubelten ihm zu. Ich fand schon immer Comedians scheiße, die nichts Besseres draufhaben, als ihr Publikum niederzumachen. Jetzt gehöre ich dazu. Und all das haben Millionen Menschen gesehen, und wer weiß, wofür wir heute die Rechte weggegeben haben, und jeder kann noch in hundert Jahren ins Archiv gehen und nachschauen, wie ich die Contenance verlor. Was zum Teufel habe ich mir gedacht?? Die Antwort ist: keine verdammte Ahnung.

Und auch sonst bin ich verwirrt, denn als wir zur Abstimmung auf die Bühne rausgingen, moderierte BH uns einzeln an. Der UFZ und Nina bekamen guten Beifall. Ich bekam einen mit Pfiffen, Buhrufen und Gejaule. Kanacke räumte den Laden ab. Dann standen wir auf der Bühne und warteten auf die Abstimmung, doch unten im Saal schunkelten die meisten Jecken lieber, anstatt ihre Handys zu suchen. BH machte mehrere Durchsagen, doch es tat sich wenig, und auch bei der Auswertung der TV-Anrufer gab es technische Probleme. Also standen wir da wie bestellt und nicht abgeholt. Als es zu lange dauerte, wandten sich auch die, die uns zugeschaut hatten, wieder dem Flirten und Saufen zu. Alle Comedians standen auf der Bühne bei voller Beleuchtung, und niemand interessierte es. Ein Showloch tschernobylischen Ausmaßes.

Als ich kurz davor war, kopfüber von der Bühne zu springen und auf einen Schädelbruch zu hoffen, war es dann doch so weit: Der Aufnahmeleiter brachte BH einen Zettel mit Namen und von Hand hingeschmierten Prozenten. BH verkündete das Ergebnis und die Jurybegründung. Die Kameras zoomten ganz nah ran, um unsere Emotionen festzuhalten. Ich nahm mir vor, mich heulend auf den Boden zu werfen, wenn mein Ausscheiden bekannt würde, doch dazu kam es nicht. Ich bin für das Finale qualifiziert. Als mein Name verkündet wurde, schaute niemand blöder drein als ich. Was hat Clemens bloß wieder mit der Jury angestellt? *Mann, das ist ja schlimmer als bei amerikanischen Präsidentschaftswahlen!* In den Sprüchen der anderen schwingt Respekt mit, weil ich bei einer Agentur bin, die solche Dinger draufhat, denn neben Kanacke, dem UFZ und Kohl hat sich ebenfalls Nina qualifiziert. Alle sind aufgeregt und freuen sich, sogar Kohl hat mal gelächelt. Nina dagegen sitzt ruhig auf einem Stuhl und schaut sich den Trubel an. Ich räume meine Tasche ein und denke an Wodka, intravenös.

Neben mir hustet jemand und holt dann rasselnd Luft. Klingt, als würde man durch einen nassen Schwamm einatmen. Ich richte mich auf, drehe mich um und strecke die Hand aus.

»Rich, geh bloß mal zum Arzt.«

»Und das sagst du mir?!«, ächzt er und ignoriert meine Hand. Sein Hemd spannt über Brustmuskulatur und Armen. Scheinbar ist er auch noch mit Hanteln zugange. »Gosh, was sollte der Scheiß da eben?!«

Ich zucke die Schultern.

»Ich dachte, du stehst auf Impro.«

Er verzieht angewidert das Gesicht.

»Wenn du den Scheiß für Impro hältst, wird es Zeit, dass du mal wieder an Land kommst und die Lage peilst.« Er mustert mein Gesicht, als würde mir Sabber aus dem Mundwinkel laufen. »Was haben die bloß da draußen auf der Fähre mit dir gemacht??«

»Ich bin qualifiziert oder etwa nicht?«

»Du klingst schon wie Kanacke. Was ist denn aus dem Mann mit Stil geworden?«

»Nichts. Und jetzt passe ich mich den Umständen an.«

Er mustert mich lange. Dann schüttelt er den Kopf und schaut zu Nina runter.

»Kleines, du warst klasse.«

Kleines.

»Danke«, sagt sie und sieht alles andere als zufrieden aus.

»Werd nicht so wie er.«

»Versprochen«, sagt sie.

Ich schaue sie an. Sie schaut trotzig zurück. Bevor ich etwas sagen kann, kommt ein kleiner Mann mit Schmerbauch und seitlich über die Halbglatze gekämmten Haaren plus Gefolge heran. Er bleibt neben uns stehen und klopft mir jovial auf die Schulter.

»Oh, hab ich Sie vergessen? Wir machen was. Gut.«

Er zieht mit seinem Gefolge weiter. Ich schaue Richie an.

»Und wer war das?«

»Der Programmdirektor«, sagt er nachdenklich und steckt sich eine unangezündete Zigarre in den Mund.

Grundgütiger, so was wird Chef von irgendwas? Ich muss hier raus, aber ich werde nicht noch mal den Fehler begehen, im Karneval nach einem Taxi zu suchen, also nicke ich Rich zu.

»Rich, vielen Dank für deine fundierte Kritik. Wenn du mir jetzt noch den Fahrdienst besorgst, werde ich dir ewig ...«

»Was du kriegst, ist vielleicht ein Tritt in den Arsch. Gosh. Bleib bloß auf See, Kamerad.«

Er hustet furchtbar und zieht einen Klumpen hoch. Für einen Augenblick befürchte ich, dass er ihn ausspuckt und wir alle bewusstlos werden. Doch dann schluckt er ihn wieder runter. Ich spüre, wie mein Gesicht sich verzieht.

»Gottverdammt, Rich! Geh bitte zum Arzt!«

»Ach scheiße«, sagt er und geht.

»Das war super!«

Ein Hauch sportliches Rasierwasser. Ich trete zur Seite, damit Clemens sich Nina vornehmen kann, doch er schnappt sich meine Hand und drückt sie, während er mir wohlwollend zunickt.

»Aggrocomedy, sehr gut. Ich wusste gar nicht, dass du das kannst. Der Programmdirektor hat mich angesprochen. Das kann was werden. Super.«

Nichts macht fertiger, als für Scheiße gelobt zu werden, aber das brauche ich nicht mit Clemens zu diskutieren. Er wirkt schon fast euphorisch.

»Das war wirklich gut. Die Leute sind aufgewacht. Sag

noch mehr Ficken. Seit Ingo Appelt ist die Arschlochrolle nicht mehr besetzt.«

»Kanacke ist doch da.«

Er lacht kurz und winkt ab.

»Der ist Ausländer.«

Ich starre ihn an. Nina starrt ihn an. Er schwallert weiter. Als er merkt, dass ich nicht einsteige, wendet er sich Nina zu und schleimt sie voll. Im Finale. Große Zukunft. Super. Als er merkt, dass sie nicht einsteigt, klopft er uns noch ein paarmal auf die Schulter und zieht weiter. Nina hat immer noch nichts gesagt. In ihrem Blick liegt dieselbe Mischung aus Verachtung und Mitleid, die ich früher verspürt habe, wenn ich miterlebte, wie einer meiner Heroen sich nach der Seife bückte.

»Super«, sage ich.

Sie steht auf und geht. Neben mir nichts als leere Stühle. Mein großer Tag. Ich nehme meinen Kram und gehe los. Der UFZ winkt mir zu. Neben ihm schaut mich das HB-Männchen kopfschüttelnd an. Ich senke den Blick und gehe raus in den Publikumsbereich. Ich gehe durch den Saal meiner Niederlage und werde auf die Schultern geklopft, zum gemeinsamen Foto aufgefordert, um Autogramme gebeten. Am liebsten würde ich sie alle anschreien, ob ihnen wirklich alles scheißegal ist, stattdessen schreibe ich Autogramme ...

An dem Tisch, an dem die SM-WG saß, sitzen jetzt Jecken. Ich gehe weiter und werde im Vorraum fündig. Die Gruppe steht an der Garderobe. Mona zieht sich gerade einen Pelzmantel an. Scheinbar sind sie im Aufbruch. Ich komme gerade rechtzeitig.

»Hi, Leute.«

Alle drehen sich um, und das große Grinsen bricht aus.

»Hey, da kommt der Schimpfmaster«, sagt ein Ledertyp, den ich als einen der beiden Partystripper wiedererkenne.

»Gib uns Tiernamen, Hübscher«, sagt sein Freund.

Ich nicke in die Runde.

»Danke für den Support. Schöne Überraschung. Wie zum Teufel habt ihr mich gefunden?«

Mona lächelt.

»Klaus ist WDR-Redakteur für Comedy. Er hat dich wiedererkannt.«

Sie deutet auf den Bodybuilder mit den gepiercten Nippeln. WDR-Redakteur. Klaus. Comedy. Um Gottes willen.

»Böser Junge«, sagt Sebastian und umarmt mich. »Ich wusste gleich, dass du schön gemein werden kannst.«

»Hände weg.«

Er lacht, lässt mich aber wieder los und strahlt mich an.

»Wir gehen auf eine Party. Kommst du mit?«

»Heute nicht, ich habe was vor.«

Ich werfe Mona einen Blick zu.

»Wäre aber lustig«, sagt der SM-Bär träge und wirft mir einen Blick zu, der auf akute Verstopfung schließen lässt.

»Es zieht sich heute auch keiner aus, versprochen«, sagt Sebastian.

Alle feixen. Ich winke ab.

»Das haltet ihr doch eh nie durch. Nein. Danke. Ich denke, ich gehe nach Hause.«

Als ich Mona diesmal anschaue, hebt sie die Augenbrauen. Dann fasst sie sich an den Bauch, als hätte sie ein leichtes Ziehen verspürt.

»Auf mich müsst ihr auch verzichten«, sagt sie in die Runde. »Ich sollte mich besser etwas ausruhen.«

Nach einigem Gemurre und Heterogelästere brechen sie auf. Ich fange mir noch eine Umarmung ein und, gottverdammt, einen Klaps auf den Hintern, dann ziehen sie gackernd ab. Ich warte, bis sie nach draußen gepoltert sind, dann schaue ich Mona an. Wir mustern uns. Dann lächelt sie. Ich halte ihr meine Hand hin. Sie nimmt sie.

Kapitel 20

Wir tasten uns durch die dunkle Halle, was beweist, dass Arne als Letzter gegangen ist, denn er löscht jedes noch so winzige, stromvernichtende Licht. Normalerweise könnte man sich jetzt wenigstens an den Stand-by-Lampen der elektrischen Geräte orientieren. Wir schaffen es unfallfrei zum Küchentisch, wo ich die Lampe über der Küchenzeile anknipse. Sie wirft einen konzentrierten Lichtkegel auf den Herd und wenig Licht nach außen, aber es reicht, um Höhe und Breite des Raumes zu erahnen.

»Tee oder Wasser?«

»Kaffee«, sagt sie und schaut sich um. »Wohnst du allein hier?«

»Zu dritt. WG. Frau und Mann. Setz dich doch.«

Ich deute auf einen der Küchenstühle. Sie setzt sich und knöpft ihren Pelzmantel auf, zieht ihn aber nicht aus. Ich stelle den Wasserkocher an und gebe zur Feier des Tages Arnes extravaganten politisch überkorrekten Kaffee in die Espressokanne. Wieso hat er eigentlich Geld für so etwas? Vielleicht weil er billig wohnt?

»Muss teuer sein.«

Ich werfe ihr einen Blick zu. Sie schaut sich immer noch um.

»Eigentlich nicht, denn mit so einer Halle spart man tierisch Steuern. Echt. Also, solange man tierisch hohe Einnahmen hat. Was ich momentan nicht habe. Darum muss ich auch solche Sachen machen wie vorhin. Das ist reine Beschaffungskriminalität.«

Sie löst ihren Blick von der Hängematte und lächelt.

»Danke«, sage ich.

Sie schaut mich verständnislos an.

»Wofür?«

»Das erste Mal heute, dass jemand an der richtigen Stelle lacht.«

Mein Tonfall klingt nicht gut. Ich stelle den Herd an und hole zwei Tassen aus dem Schrank. Sie mustert mich.

»Alles in Ordnung?«

»Ja klar.«

Ich öffne einen weiteren Schrank auf der Suche nach Zucker.

»Sieht aber nicht so aus.«

»Doch, doch, ich kann nur den gottverdammten Zucker nicht finden.«

Ich glaube, ich sage das ein bisschen zu laut. Ich reiße einen weiteren Schrank auf, noch einen, bis ich merke, dass die Zuckerdose direkt vor meiner Nase auf der Arbeitsplatte steht. Ich nehme sie, schütte Zucker in die Tassen und werfe ihr einen Blick zu. Sie sitzt aufrecht auf ihrem Stuhl und mustert mich.

»Erst das Kostüm, jetzt der Mantel, findest du das nicht komisch? Eine Tierärztin, die Pelze trägt? Als ob ein Pazifist einen Schießstand betreiben würde.«

Ihre Hand streicht automatisch über ihren Mantelkragen.

»Er ist nicht echt.«

»Und ich dachte, er besteht vielleicht aus Patienten, die es nicht geschafft haben.«

Diesmal lacht sie nicht. Sie sitzt einfach da und mustert mich. Ich lasse die Zuckerdose sinken, lehne mich gegen den Kühlschrank und atme durch.

»Tut mir leid. Ich bin neben der Kappe.«

»Warum denn?«

Ich starre sie an. Warum denn? Wir im eiskalten Wasser. Neben uns sinkt die Titanic. Überall treiben Leichen. Scheißabend, oder? *Warum denn!* Doch Leo sah es ja positiv. Er nahm Rose das Versprechen ab, ein erfülltes Leben zu führen. Er starb, sie lebte glücklich bis zum Ende ihrer Tage. Hm. Soll ich mich umbringen und Mona vorher das Versprechen abnehmen, nach Hause zu fahren und ein glückliches Leben zu führen? Vielleicht sollte ich einfach nur Kanacke umbringen, dann würden wir alle ein schöneres Leben führen. Vielleicht sollte ich ihr auch nur erklären, dass ich gerade abgesoffen und zerbrochen auf dem Grund des Kulturmeeres aufgeschlagen bin. Vielleicht sollte ich irgendetwas sagen, bevor sie denkt, sie hat es mit einem Psycho zu tun.

»Da zerbricht man sich jahrelang den Kopf über gute Texte, und dann reicht es, die Leute anzupflaumen. Gott, was habe ich immer über diese Spacken gelästert, die nicht in der Lage sind, einen guten Text zu schreiben, und stattdessen das Publikum vollprollen, und jetzt gehöre ich dazu.«

Sie zuckt die Schultern.

»Die meisten waren doch betrunken. Die wissen das morgen nicht mehr.«

»Aber ich.«

Doch das brauche ich scheinbar nicht mit ihr zu diskutieren. Für sie ist es nicht so schlimm. Hm. Vielleicht ist es für andere nie so schlimm wie für einen selbst. Wahnsinnsgedanke. Vielleicht ist es ja auch nie so toll wie für einen selbst. Wow. Vielleicht interpretiert man in manche Dinge auch bloß zu viel hinein, wenn man, nun ja, zu viel hineininterpretiert. *Halloo!!! Aufwachen! Du hast Besuch! Außerdem trinkt sie ihren Tee ohne Zucker!*

Ich werfe Mona einen Blick zu. Sie tippt mit dem Fingernagel gegen eine von Fraukes Blättchenpackungen und schiebt sie auf dem Tisch hin und her. Ich kippe verstohlen den Zucker aus der einen Tasse wieder heraus und hole Milch von fröhlichen Kühen aus dem Kühlschrank, dabei sehe ich die kleine flache Blechdose, die auf dem Küchentisch steht. Frauke hat ihren Reiseproviant vergessen. Arme Frauke, irrt irgendwo da draußen durch die Stadt, ohne etwas zu kiffen. Ein Zeichen? Soll ich mich ausnahmsweise mal wegrauchen? Vielleicht Fraukes Geheimreservat unter ihrem Bett plündern? Neunzehn Pfund Afghane sollten einen doch auf andere Gedanken bringen, oder? Echt schade, dass ich das Zeug nicht vertrage. Stattdessen kippe ich Milch in meine Tasse und warte, dass meine Lieblingsdroge kocht.

»Ich kenne mich da ja nicht so aus, aber hilft es wirklich kein bisschen, dass du gewonnen hast? Freust du dich gar nicht?«

Ich richte meinen Blick auf sie.

»Erfolg«, sage ich und hole Luft für ein zynisches Manifest. Dann lehne ich mich wieder gegen den Kühlschrank und atme noch mal tief durch. Sie hat recht. Ich hatte heute Erfolg. Ich habe ein Zeichen gesetzt. Ich habe es geschafft. Was auch immer. Meine Agentur hat mich wieder lieb. Vielleicht kann ich hier wohnen bleiben. Vielleicht mache ich noch mal ein bisschen Karriere und bekomme ein paar Jobs, bei denen ich nicht zwischen den Nummern eine

Mikrofonrückkopplung provozieren muss, um das Publikum aufzuwecken.

»Nett, dass du mich aufmuntern willst, reden wir über dich.« Ich beuge mich vor und nehme Fraukes Dose an mich. »Was ist denn nun mit deiner Schwangerschaft? War das bloß eine Masche, um Typen aufzureißen?«

Sie lächelt und legt ihre Hand auf ihren Bauch.

»Das wäre aber ein bisschen kontraproduktiv, oder? Bei dem Thema sind Männer doch gleich weg.«

»Deiner nicht. Ganz schön nett von ihm, was?«

Statt zu antworten, stellt sie die Blättchen hochkant, legt sie wieder hin, stellt sie wieder hochkant, dann lässt sie sie auf den Tisch fallen, lehnt sich nach vorn und lässt den Mantel von ihren Armen gleiten, bis er über der Stuhllehne hängt. Als sie sich wieder zurücklehnt, sehe ich endlich ihren Bauch in vollem Umfang. Nicht vorhanden. Da soll ein Mensch heranwachsen? Schöne Vorstellung. Der Augenblick wäre noch ein bisschen edler, wenn ich ihr dabei nicht auf die Brüste gucken würde.

Ich senke meinen Blick etwas.

»Welcher Monat soll das denn sein?«

Sie zögert kurz.

»Zweiter«, sagt sie und wirft mir einen prüfenden Blick zu. Sie interpretiert den Blick richtig und winkt ab. »Fang du nicht auch noch an.«

»Ich sag ja gar nichts«, protestiere ich. »Wieso auch? Ist deine Entscheidung, wenn du im zweiten Monat noch rauchen und saufen willst. Aber was ist mit deinem Verlobten? Hat er da nichts mitzubestimmen? Weiß er, wie es dir geht? Hast du ihn mal angerufen? Er macht sich bestimmt Sorgen.«

»Wir sind nicht verlobt.«

Ich seufze.

»Sorgen macht er sich trotzdem, richtig?«

»Hm«, macht sie und hängt ihren Gedanken nach. Sie stellt die Blättchen hochkant. Sie legt die Blättchen wieder hin. Sie stellt die Blättchen hochkant. Wieder zurück nach rechts. So geht das, bis ich mich neben sie setze und ihr eine dampfende Tasse vor die Nase stelle.

Sie mustert die Tasse, dann mich. Sie hält ihre Nase über die Tasse, schnuppert und schaut mich wieder an.

»Das ist Tee.«

»Richtig.«

Sie richtet ihren Blick auf meine dampfende Tasse.

»Ich hätte auch gerne einen Espresso.«

»Espresso ist scheiße in der Schwangerschaft.«

Sie holt Luft, um etwas zu sagen, doch es wird ein schwaches Lächeln draus. Sie nimmt die Tasse, nippt daran und macht eine vage Handbewegung in die Runde.

»Hier könnte man gut ein Kind aufziehen, weißt du das?«

Ich ziehe meine Augenbrauen hoch und mustere sie über den Tassenrand.

»Ich meine theoretisch«, sagt sie. »Hier ist viel Platz, und es gibt mehrere Bezugspersonen. So sollte ein Kind aufwachsen. Diese Kleinfamilienkiste macht nur eng im Kopf. Kinder brauchen mehrere Bezugspersonen. Ist doch so.«

»Klar«, sage ich und stelle mir ein Baby auf Fraukes Arm vor, in eine Cannabiswolke eingehüllt und mit einem Dauerlächeln auf dem kleinen Gesicht. Komisch, ich weiß gar nicht, ob sie Kinder haben will. Wieso weiß ich das nicht? So etwas weiß man doch sonst von Frauen über dreißig. Hm.

Wir nippen an unseren Tassen. Der Espresso ist gut. Arne legt das Geld, das er nicht hat, echt gut an.

»Hast du Kinder?«, fragt sie und legt ihre freie Hand unbewusst auf ihren Bauch.

»Nein.«

»Willst du keine?«

»Dafür braucht man eine Frau, oder?«

Sie zieht eine Grimasse.

»Autsch. Tut mir leid.« Sie wirft mir einen forschenden Blick zu. »Hast du nicht gesagt, dass ihr euch freundschaftlich getrennt habt? Du wirkst, als wärst du verlassen worden.«

Ich werfe automatisch einen Blick zu Fraukes Tür rüber. Gott weiß, was ich mir anhören muss, wenn sie es erfährt. Sie, die ihr Herz an ein Arschloch verschenkt und dann völlig betriebsblind herumrennt und hofft und hofft und hofft. Und ich dagegen ...

»Entschuldige«, sagt Mona.

Ich löse meinen Blick von Fraukes Tür.

»Nein, du hast recht, wir haben uns gemeinsam getrennt, aber ich fühle mich verlassen. Wir haben uns irgendwie innerhalb der Beziehung getrennt. Jeder macht sein Ding, und mir fehlt es, dass sie ... die alten Zeiten eben.« Ich ziehe die Schultern hoch. »Es ist seltsam. Ich denke schon lange darüber nach, ob es Sinn macht zusammenzubleiben, und jedes Mal kam ich zu dem Schluss, dass wir eine großartige Zeit hatten, sie aber vorbei ist und das Leben irgendwie weitergehen muss. Mir war schon lange klar, dass wir uns trennen sollten, aber jetzt, wo wir es ausgesprochen haben ...«

Ich ziehe die Schultern hoch, nehme die Tasse und nippe an dem heißen Espresso. Sie mustert mich aufmerksam.

»Habt ihr um eure Beziehung gekämpft?«

Ich stelle die Tasse wieder auf den Tisch, spiele mit den

Blättchen und denke über ihre Frage nach, obwohl ich die Antwort schon kenne. Dann schüttele ich den Kopf.

»Ich weiß, wie das klingt, aber … nein.« Ich hefte meinen Blick auf die Blättchen und schnippe sie über den Tisch. »In meiner Beziehung davor habe ich mich viel gestritten, wir gingen zum Paartherapeuten, trennten uns auf Probe, wir probierten alles aus, um zusammenbleiben zu können. Mit Tess ist es anders. Wir haben uns nie auseinandergesetzt. Wir haben uns gelobt, gesockelt und zufriedengelassen, haben uns akzeptiert, wie wir sind. Vielleicht war das ein Fehler. Vielleicht auch nicht. Vielleicht ist das ja richtige Liebe? Sich zu akzeptieren, sich zu lassen. Vielleicht haben wir uns aber auch zu sehr gelassen und uns deswegen auseinandergelebt. Vielleicht sind wir deswegen aber jetzt Freunde. Ich weiß nicht, was richtig oder falsch ist, ich weiß nur, dass wir uns lieben und dass wir uns trennen und dass das alles merkwürdig ist. Tja. Seltsam, oder?«

Sie sitzt regungslos da und mustert mich. »Du trennst dich also von jemandem, den du liebst?«

»Liebe ist nicht alles.«

Sie lächelt nachsichtig. Ihrem milden Lächeln nach zu urteilen, sollte ich aus der Halle gehen, über die Straße, an der Tür gegenüber klopfen und um Einlass bitten.

»Das sehen viele anders.«

»Und viele halten Maria für unbefleckt. Liebe ist nun mal nicht genug, wenn man keinen gemeinsamen Alltag mehr hat und seit Jahren nicht mehr miteinander schläft.«

Ihr Lächeln verschwindet.

»Oh«, sagt sie und runzelt ihre Stirn.

»Ja, oh. Bei dem Thema hört der Spaß auf, nicht? Du beklagst dich, weil dein Kerl seit ein paar Wochen nicht mit dir schläft. Wir haben seit Jahren nicht mehr miteinander geschlafen, ohne jeden Hoffnungsschimmer, dass es sich je ändern wird.«

Sie blinzelt.

»Und warum nicht, wenn ich fragen darf?«

»Weil ...«

Ich verstumme und presse die Lippen zusammen. Tränen schießen mir in die Augen. Meine Nase schwillt zu. Mona beugt sich etwas vor und legt ihre Hand auf meine. Ich ziehe meine Hand zurück, lehne mich an den Stuhlrücken, hefte meinen Blick auf die gegenüberliegende Wand, spanne meine Bauchmuskeln und kämpfe dagegen an, bis sich mein Atem wieder beruhigt.

»Im Ernst, was sind wir beide denn für Luschen?! Immer wenn wir uns sehen, ist einer am Heulen.«

Sie lacht nicht.

»Es gibt Schlimmeres.«

»Für dich vielleicht, aber ich bin ein Macho. Also, ich war es zumindest bisher.«

Ich wische mir über die Augen.

»Wir müssen ja auch nicht darüber reden«, sagt sie in mitfühlendem Ton.

»Ja«, sage ich. »Eines Morgens wachte ich auf, und neben mir lag meine beste Freundin. Und es gibt und gab nichts, was ich dagegen tun konnte. Ich habe so etwas noch nie erlebt. Und wenn ich es noch mal erleben sollte, werde ich genauso ratlos sein, denn ich habe nichts daraus gelernt. Ich habe keine Ahnung, wie das passieren konnte. Aber es ist so, und ich hab's akzeptiert oder bin noch dabei.« Ich atme tief ein und aus. »Genug davon, reden wir über dich. Was ist mit deinem unverlobten Zukünftigen? Hast du ihn angerufen?«

Sie senkt ihren Blick und spielt an ihrer Tasse herum.

»Klaus hat ihn angerufen und ihm gesagt, wo ich bin.«

»Nicht direkt ein persönliches Gespräch. Warum rufst du ihn nicht an?«

Sie hebt die Tasse an und nippt an dem Tassenrand, ohne zu trinken. Sie mustert die Teeoberfläche, als würde sie ihr Geheimnisse verraten.

»Ich bin noch nicht so weit«, sagt sie schließlich. Sie streicht sich die Haare aus der Stirn, hebt ihren Blick. »Wenn das Kind da ist, werde ich nie wieder dieselbe sein. Mein Leben wird nie wieder dasselbe sein. Heiraten, Mama sein, Ehefrau sein.«

»Oder alleinerziehend, falls dein Typ sich vor Kummer umbringt.«

Sie schaut mich dunkel an.

»Ich bin einfach noch nicht bereit, mit ihm zu reden. Er will immer alles verstehen. Er wird fragen, wieso ich weggefahren bin, ob ich denn nicht mit ihm leben möchte, ob ich das Kind nicht will … Ich weiß noch nicht, was ich ihm sagen soll.«

Im letzten Moment verkneife ich mir den Spruch und erinnere mich. Zu früh schwanger. Angst, dem nicht gewachsen zu sein. Angst, etwas zu verpassen.

»Liebst du ihn?«

Sie schaut mich merkwürdig an.

»Natürlich.«

»Liebt er dich?«

»Natürlich.«

»Dann bestraf ihn nicht dafür. Er will bloß sein Leben mit dir verbringen und dich glücklich machen, der Arsch. Er will dich verstehen? He, ich kenne einen Haufen Frauen, die würden sich für einen Mann, der sie verstehen will, ihnen ein Kind macht und ein Heim kauft, ein paar Gliedmaßen abhacken.«

Sie lächelt gequält.

»Jetzt sei nicht so ...«

»Wieso ich? Du bist doch diejenige, die glaubt, Liebe rechtfertigt alles. Jetzt bekommst du Liebe und läufst davon. Warum?«

Sie schaut zur Decke.

»Ich weiß.«

»Ja klar, aber ist es dir auch bewusst? Er dreht vielleicht gerade durch.«

In ihrem Blick liegt jetzt ein bisschen Wut.

»Ich weiß. Aber diese Frage muss ich beantworten. Es ist mein Bauch und mein Leben, und ich muss Ja sagen, sonst bringt das doch alles nichts.«

»Das heißt, du überlegst dir abzutreiben?«

Sie mustert mich. Dann senkt sie den Blick. Und sagt lange nichts. Ich trinke noch einen Schluck. Dann erzähle ich von Tess' Schwangerschaft. Es war nicht geplant, es platzte auch kein Kondom, es passierte einfach so. Niemand weiß wie. Ich werde nie den Ausdruck in ihren Augen vergessen. Ihre Angst vor meiner Reaktion, als sie es mir sagte. Ich trug sie ins Bett, und wir ließen uns den Tag, den Abend und die Nacht von der Euphorie tragen – *wir werden Familie*! Wir vögelten zärtlich, wild und ungeschützt. Zwischen dem Sex machten wir Pläne, träumten von einem Zuhause, Generationen und ewigem Leben. Diese Nacht war eine der glücklichsten meines Lebens. Doch als wir am nächsten Morgen aufwachten, holte uns die Realität ein. Wir hatten kein Geld für eine größere Wohnung, Himmel, wir konnten uns damals kaum selbst ernähren. Ich trat auf drittklassigen Events auf, Tess studierte halbherzig. Wir hatten wenig Geld, keine Zeit und viel zu viele Pläne, in denen ein Kind keinen Platz hatte. Dazu kam, dass ich gerade das Pfeiffer'sche

Drüsenfieber gehabt hatte und Tess damals noch rauchte und und und … Im Nachhinein sieht es so aus, als hätten wir Gründe gesucht, es nicht zu kriegen. Vielleicht ist das so. Wir beschlossen, dass der Zeitpunkt nicht passte und das gesundheitliche Risiko zu hoch wäre. Wir verschoben es auf später. Auf nie wieder. Das war unsere Chance für Familie. Manchmal gibt es nur eine.

Auf Monas Wangen glitzern Tränen. Sie zieht die Nase hoch und atmet gepresst.

»Warum erzählst du mir das? Willst du mir Angst machen? Danke, die hab ich schon.«

Jetzt bin ich es, der sich vorbeugt und meine Hand auf ihre legt.

»Ich will dir keine Angst machen. Ich will auch nicht sagen, dass es für Tess und mich die falsche Entscheidung war. Ich möchte bloß, dass du weißt, dass es keine optimale Situation gibt. Wenn du dich fragst, ob du schon so weit bist, wird die Antwort fast immer Nein sein, irgendwas gibt es immer vorher noch zu erledigen, zu erleben, umzusetzen, zu erreichen. Es gibt ganz wenige richtige Zeitpunkte. Die entstehen meistens durch Taten, wie zum Beispiel Ja sagen.«

Sie schaut mich mit nassen Augen an.

»Das hört sich total rational an, Glück durch Beschluss … Man kann doch nicht einfach beschließen …«

»O doch. Und wie man das kann. Tess und ich haben damals Nein gesagt, und das war richtig, weil wir es so fühlten. Doch wenn wir zu dem Baby Ja gesagt hätten, wäre es auch richtig gewesen, das weiß ich heute. Wir wären klargekommen.«

»Also war es jetzt falsch abzutreiben?«

Ich schüttele den Kopf.

»Es gibt da kein richtiges Richtig oder falsches Falsch, es gibt bloß Entscheidungen. Du bist schwanger und liebst deinen Kerl. Ihr lebt und arbeitet zusammen, und ob er der Richtige ist, scheinst du nicht zu hinterfragen, also ist diese Entscheidung schon gefallen. Jetzt musst du nur noch entscheiden, ob du abtreiben willst. Wenn nicht, musst du entscheiden, ob du eine glückliche Mama werden willst oder eine unglückliche.«

Sie mustert mich. Dann verändert sich ihr Blick, bis sie durch mich hindurchsieht. Ihr Mittelfinger fährt über die Tassenkante. Sie atmet ruhig. Ich leere meine Tasse und denke daran, dass Tess und ich nie wussten, was wir zusammen wollten, immer nur, was jeder von uns einzeln erreichen wollte. Wir hatten immer Pläne, bei denen wir uns unterstützt haben. Aber keine gemeinsamen. So gesehen haben wir bekommen, was wir wollten.

Monas Blick kehrt wieder aus ihrem Kosmos zurück. Sie mustert mich dunkel.

»Schlafe ich hier?«

»Ja.«

»Nein, ich meine, ist es dir recht?«

»Ja.«

Sie dreht ihre Hand mit der Handfläche nach oben. Ich lege meine Hand auf ihre. Unsere Finger umschließen sich.

Als ihre Atemzüge tief und regelmäßig werden, rolle ich mich aus dem Bett, nehme meine Kleidung in die Hand und gehe raus in die Halle. Ich schlüpfe in Hose, Shirt, Pulli und Schuhe, setze mich auf die Couch und stütze meinen Kopf in die Hände. Meine Brust schmerzt. Tess fehlt mir. In jeder Faser. In jeder Synapse. In jedem Nerv. Wenn ich schwach wäre, würde ich jetzt ins Arbeitszimmer gehen und sie anrufen. Drauf pfeifen, dass sie in vier Stunden aufstehen muss. Drauf pfeifen, dass Mona vielleicht währenddessen hereinkommt und Tess mitbekommt, dass ich mit einer anderen hier bin. Einfach drauf pfeifen. Ich mache es nicht. Ich bin ja so verdammt stark.

Ich stehe auf, knipse den Wasserkocher an und befreie die Leiter von den Mänteln. Ich hänge mir den dicksten über, gieße kochendes Wasser in die Tasse mit dem Teebeutel und kraksele die Leiter hoch bis zur Luke. Sie war seit Herbst nicht mehr offen, und ich muss meine ganze Kraft aufwenden, bevor sie nachgibt, doch einmal in Schwung, gleitet sie auf und gibt den Weg frei auf die Dachterrasse. Die kalte Luft sticht auf der Haut und in der Lunge. Atem steht vor meinem Mund. Im Sommer schlafe ich oft hier oben. Ich liebe es, wie der Anfang eines Sommertages klingt. Außer Schwalben und Geschirrgeräuschen aus offenen Küchenfenstern der Frühaufsteher hört man nichts. Keine Autos, keine Züge, nichts. Auch jetzt ist nichts zu hören. Bei dem Sauwetter hält sich niemand draußen auf. Nur ich. Und die verdammte Katze. In den Schneeresten auf dem Dach zeichnen sich ihre Fußspuren deutlich ab. In einer Ecke ist ein gelber Fleck. Eines Tages gehe ich rüber und pinkle in ihr Katzenklo.

Ich ziehe den Mantel enger, nippe an dem Tee, der schneller abkühlt, als ich mich verbrennen kann, schaue in den Himmel, mustere vereinzelte Sterne, die schwarz umrahmt durch Wolkenlöcher funkeln, und warte auf eine Eingebung. Außer dass mir kalt wird, passiert nichts. Was ist bloß mit meinem Leben passiert? Ich bin klüger als früher und kenne mich besser, dennoch habe ich das Gefühl, es würde an mir vorbeiziehen. Ich komme nicht an mich heran. Als würde mein Ruder klemmen. Ich lenke, doch die Richtung verändert sich nicht. Vielleicht hat Far recht, und ich muss einfach mal wieder etwas tun, worauf ich Lust habe. Selim Özdogan hat mal geschrieben: Es ist keine Kunst zu wissen, wann man glücklich war – aber wann man es ist. In letzter Zeit war mir ganz bewusst, dass ich unglücklich war. Ich dachte, es sei wegen Tess und unserer Beziehung. Ich dachte, alles ändert sich, wenn wir uns trennen. Aber es ändert sich nichts. Ich bin enttäuscht.

Ich muss lachen. Das Geräusch erstarrt in der eisigen Luft. Gott, Liebling, wir müssen reden, ich bin nicht zufrieden mit dem Ende unserer Beziehung, es muss sich da was ändern … Verrückt. Wir sind alle verrückt, doch jeder von uns hält den anderen für irre und sich selbst für normal. Ich trenne mich von dem Mädchen, das ich liebe, und nach zwei Jahren ohne Sex liege ich endlich wieder ohne Schuldgefühle neben einer Frau im Bett – und schlafe nicht mit ihr, weil ich keinen hochkriege. Und warum nicht? Weil ich immer noch am liebsten mit meiner Ex schlafen würde. Aber mit Tess werde ich nie wieder schlafen. Ich weiß es. Verrückt.

Arne kommt nach Hause. Geräuschlos. Man merkt es nur an dem leichten Klappern der Lukendichtungen, als er die Außentür der Halle öffnet. Gott, das hier ist die WG der Sexlosen. Arne hat seit Jahren keine Frau mehr mitgebracht und wird es vielleicht auch nie wieder, denn in seiner letzten Beziehung ging sie fremd, und er brach ihr im Suff den Kiefer. Das ist jetzt neun Jahre her. Seitdem trinkt er nicht mehr und trainiert seine Selbstkontrolle. Er hat sich das noch nicht verziehen, und ich weiß, dass es seine größte Angst ist, noch mal jemanden zu verletzen, den er liebt. Darum kann ich mir so viel rausnehmen. Und ich nehme mir viel raus. Ich … weiß nicht. Ich verletze Menschen, die ich liebe. Ich beleidige sie. Ich weiß nicht, was mit mir passiert ist. Früher war ich nicht so, oder? Ist es einfach so, dass die Gesamtsituation auf alles abfärbt? Ist alles schuld? Mir rauscht der Kopf. Ich weiß nicht mehr, was gut ist. Es ist alles so kompliziert geworden. Ich bin müde.

Fars Leitsatz fällt mir ein: Nie über Probleme nachdenken, wenn es dunkel ist. Er macht die Dinge immer einfach. Das gefällt mir. Wie konnte es eigentlich jemals ein Vorwurf werden, es sich leicht zu machen? Ist es besser, es sich schwer zu machen? Genau. Ich muss einfach wieder einfache Dinge tun. Dinge, die mich einfach glücklich machen. Prima. Da fange ich gleich mit an, sobald ich die nächsten einhundertdreiundzwanzig Tage auf der MS Horrortrip überlebt habe. Monate, in denen ich, außer an manchen Wochenenden, keine Menschen sehe, die ich liebe. Herrje, kein Wunder, dass ich in den letzten Jahren scheiße drauf war, was habe ich denn erwartet? Dass ich jahrelang Dinge tue, die mich ankotzen, und ich so glücklich werde? Nein. Far hat recht. Ich muss es wieder einfach halten. Mach Dinge, die guttun. So einfach ist das. Genau. Hab ein bisschen Erfolg, schlaf mit einer guten Frau, lach mit deinen Freunden. Ja.

Unten kommt Frauke in den Hof gepoltert. Ihr Fahrrad klappert metallisch gegen das Hallentor, doch als sie die Halle betritt, lässt sie das Licht aus, versucht leise zu sein und rennt irgendwas um. Fluchend poltert sie zu ihrem Zimmer und schlägt die Tür zu.

Meine Tasse ist fast leer. Mir ist kalt. Am Horizont färbt sich der Himmel eine Winzigkeit heller, nicht so schön wie im Sommer, aber dennoch schön. Ich nehme den letzten Schluck und bleibe stehen. Je heller es wird, desto leichter fühle ich mich. Die Ökodroge Übermüdung ist eine gute.

Ich fühle mich müde und wach zugleich. Wann habe ich überhaupt zuletzt eine Nacht durchgemacht? Einfach so, ohne Grund? Also mit Grund, aber ohne Anlass?

Als ich die Leiter herunterklettere, nehme ich mir vor, es mir in Zukunft leichter zu machen. Super. Jetzt kann es losgehen.

Kapitel 21

Kaltes Licht. Warmes Bett. Warmer Körper. Vom Blues der Nacht ist nichts zu spüren, ich fühle mich wohl. Entspannt. Mein Arm liegt um einen Körper. Mein Bein ist zwischen Beine geklemmt. Es ist wie immer. Nur anders. Die Haare riechen nicht nach Äpfeln. Die Brüste sind voller. Ihre Füße reichen bis zu meinen. Sofort kommen die Schuldgefühle. *Halloo! Verzieht euch! Ich bin Single! Außerdem ist nichts passiert!* Die Schuldgefühle nicken verständnisvoll und machen es sich bequem. Schuldgefühle sind phlegmatisch.

Ich öffne die Augen. Klares Winterlicht fällt durch die Oberlichter. Draußen wird es bald wieder dunkel. Ich löse meinen Arm vorsichtig, stemme mich auf den Ellbogen und werfe einen Blick über ihre Schulter. Mona hat ihr Gesicht ins Kissen gepresst und scheint zu schlafen. Ich lasse meinen Kopf wieder auf das Kissen sinken und atme durch die Nase. Sie riecht anders, aber gut. Sie fühlt sich auch anders an. Aber gut. Ihre Haut ist rauer, aber nicht unangenehm. Schon merkwürdig, dass jeder Mensch anders riecht. Schon merkwürdig, dass sich jeder Mensch anders anfühlt. Schon merkwürdig, das Ganze.

Sie kichert dumpf im Kissen.

»Willkommen beim TÜV.«

»Entschuldige«, sage ich und lasse ihr Ohr los.

Sie kichert noch mal, drückt ihren Hintern durch und

wackelt ein bisschen. Meine Morgenerektion wackelt freudig mit.

Ich strecke mich, greife neben das Bett und wühle herum, bis ich das Kondom von heute Nacht finde. Während ich die Verpackung aufreiße, wirft sie einen Blick über ihre Schulter. Sie mustert das Kondom, mich, dann vergräbt sie ihr Gesicht wieder im Kissen und drückt ihren weichen Hintern gegen mich. Während ich das Kondom aufrolle, atme ich durch die Nase den Geruch einer anderen Frau am Morgen ein. So lange her. Mein Schwanz berührt nachgiebige Hitze. Sie gurrt leise. Dann bin ich in ihr. Herrje, in eine Frau zu gleiten ist Gott. Ich stoße zu. Sie stöhnt und lässt mich machen. Und dann tun wir es. Ganz entspannt, bewusst, genussvoll, ohne Hektik und besondere Vorkommnisse. Einfach nur Sex am Morgen.

Still. Liegen. Regungslos. Atmen. Fühlen. Riechen. Frauke hatte doch recht: Man vergisst, wie gut es tut.

Mona hebt ihren Kopf, dreht ihn und schaut mich aus zusammengekniffenen Augen an. Ihr Kajal ist wieder verschmiert. Sieht verwegen aus.

»Wie spät?«

»Ich schätze früher Nachmittag. Willst du einen Ka... Tee?«

»O Gott, ja«, stöhnt sie und lässt ihren Kopf wieder aufs Kissen fallen.

»Alles in Ordnung?«

Ihr Kopf ruckt. Soll wohl ein Nicken sein, aber ich warte, bis sie die Augen öffnet.

»Ich bin's nicht gewohnt, dass mich jemand morgens so sieht.«

»Außer deinem Unverlobten.«

Ihre Augen verengen sich. Dann schüttelt sie den Kopf.

»Auch er nicht. Wir schlafen getrennt.«

Ich spüre, wie meine Augenbrauen hochgehen. Sie nickt.

»Ich kann nicht schlafen, wenn sich jemand an mich klammert.« Sie runzelt die Stirn und scheint nach innen zu lauschen. »Dachte ich.« Sie fixiert mich wieder. »Kann ich duschen?«

»Klar.«

Ich rolle mich aus dem Bett und halte ihr eine Hand hin. Sie schwingt ihre Beine über die Bettkante, nimmt meine Hand und lässt sich auf die Beine ziehen. Da stehen wir. Der müde Mund. Der verschmierte Kajal. Die Haare, die ihr wie ein zerknitterter Vorhang über den Brüsten hängen. Ich grinse. Sie senkt den Kopf etwas und mustert mich unter gerunzelten Augenbrauen.

»Was ist?«

»Du siehst einfach zu süß aus.«

Sie bleibt noch einen Augenblick so stehen, dann dreht sie sich um und geht ins Bad. Unsicher. Ich muss lächeln. *Hallooo! Wegen einer Nacht musst du sie noch lange nicht ins Herz schließen! Sie ist verlobt! Sie ist schwanger! Sie fährt gleich!* Ja, aber ich bin es eben gewöhnt, Frauen zu mögen, mit denen ich Sex habe. Sofort melden sich die Schuldgefühle wieder. Verdammt, haut endlich ab! Sucht euch jemanden, der euch verdient hat! Ich dagegen hatte einfach nur guten alten Morgensex, dumdidumdidei ...

Ich springe in eine Jeans, picke das Kondom vom Boden und gehe in die Halle. Arne hockt am Tisch und starrt in seinen Espresso. Heute trägt er zur Abwechslung ein Shirt, auf dem nichts draufsteht. Vielleicht gehen ihm die Sinnsprüche aus. Sein Musikgeschmack hat sich über Nacht nicht verbessert, aus den Boxen dringen die üblichen Punkakkorde, der Sänger beklagt die Ignoranz der Menschheit und ignoriert dabei die Harmonielehre.

»Guten Morgen.«

Arne nickt, vielleicht, schwer zu sagen. Ich entsorge das Kondom. Die Dusche wird in meinem Badezimmer aufgedreht. Das bringt ihn dazu, den Blick zu heben.

»Ist Tess wieder da?«

»Nein«, sage ich und kippe Kaffeebohnen in die Mühle.

In meinem Rücken spüre ich seinen missbilligenden Blick.

Als ich mit zwei dampfenden Tassen ins Zimmer komme, steht Mona in ein Handtuch gehüllt vor dem Regal. Zuerst denke ich, sie starrt das Sexschwein an, dann sehe ich, dass sie das einzige Foto im Zimmer mustert: Tess, die in Vejbystrand sitzt und raus aufs Meer schaut. Mein Lieblingsbild von ihr. Sie sieht aus, als sei sie glücklich und würde darüber nachdenken, wie wir später leben werden. Natürlich kann sie sich damals auch einfach schon gefragt haben, wann ihre Karriere endlich losgeht.

»Ist sie das?«

Ich nicke und reiche ihr den Tee. Draußen wird die Musik ein bisschen aufgedreht. Die Punkband möchte alles kaputtschlagen, weil alles kaputt ist. Und Arne möchte keinesfalls hören, was wir hier drinnen machen. Mona nimmt die Tasse entgegen und mustert das Foto.

»Sie ist schön.«

Ich nicke. Sie wirft noch einen Blick auf das Foto, lächelt mich an, dann nippt sie an ihrem Tee, stellt die Tasse im Regal ab, lässt das Handtuch fallen und greift nach ihrem Slip. Sie steigt rein, ohne sich von meinem Blick verunsichern zu lassen. Ich greife nach meinem Hemd, und wir schauen uns beim Anziehen zu. Mal was anderes.

Schließlich sitzen wir angezogen auf dem Bett und schlürfen an den Tassen. Der Morgen danach. Mann und Frau mustern sich. Eben noch ineinander. Jetzt nebeneinander. Aber immer noch miteinander. Zumindest, wenn es nach meinem Gefühl geht.

»Wie ist er?«

Sie hält die Tasse mit beiden Händen und mustert mich über den Rand hinweg.

»Gut, aber ich hätte lieber einen Kaffee.«

»Ich meine, dein Unverlobter. Wie ist er so als Typ, wenn er leidet? Ist er eher der Typ, ich bringe mich um? Oder der Typ, ich saufe mich bewusstlos?«

Statt zu antworten, nippt sie an ihrer Tasse und schaut vor sich hin. An ihrem Zeigefinger klebt etwas Zahnpasta, scheinbar hat sie sich die Zähne mit dem Finger gebürstet.

»Okay, dann lass uns darüber reden, wieso eine Schwangere Kondome mit sich herumträgt.«

Sie nimmt einen weiteren Schluck und lässt ihn durch den Mund rollen, bevor sie ihn hinunterschluckt.

»Okay«, sage ich. »Was hältst du davon, wir schweigen uns an, bis einer wieder was sagt.«

Sie lacht nicht. Stattdessen nippt sie an ihrem Tee und hängt Gedanken nach. Vielleicht ist das Wohlfühlen ja ganz meinerseits. Vielleicht wünscht sie sich gerade, fünfhundert Kilometer weit weg zu sein. Vielleicht denkt sie gerade: Was zur Hölle mach ich hier? Vielleicht fragt sie sich auch nur, wen sie hier flachlegen muss, um einen Kaffee zu bekommen.

Sie stellt ihre Tasse auf den Boden.

»Ich gehe jetzt, ja?«

Sie steht auf und greift nach ihrem Pelzmantel. Ich stehe mit auf.

»Ich bringe dich besser raus, da draußen sitzt mein Mitbewohner.«

Sie wirft mir einen fragenden Blick zu.

»Wirst schon sehen«, sage ich und öffne die Zimmertür zur Halle, wo die Punkband immer noch den Zustand der Gesellschaft beklagt.

Mona zögert einen Moment, dann zieht sie den Pelzmantel enger und geht los. Ich folge ihr. Arne hockt auf seinem Stuhl wie ein großer böser Kater. Mona nickt ihm zu.

»Hallo.«

Er mustert sie regungslos. Monas Blick flackert zu mir rüber.

»Schön langsam«, presse ich zwischen den Zähnen hervor. »Keine hektischen Bewegungen.«

Sie lacht nicht. Wir gehen durch die Halle und öffnen die Tür zum Hof. Sofort schlägt die eiskalte Luft zu. Wir treten raus und bleiben im Eingangsbereich stehen. Ich ziehe die Tür hinter uns zu und klappe meinen Hemdkragen gegen die Kälte hoch. Mona neigt ihren Kopf zur Halle.

»Hat der was gegen mich?«

»Bist du schon mal geflogen?«

Sie schaut überrascht drein.

»Ja sicher.«

»Dann hat er was gegen dich.«

Den versteht sie nicht, aber sie fragt auch nicht, sondern mustert mich und scheint auf etwas zu warten. Gott, wie geht das noch mal? Es war schön, ich rufe dich an? Nach der Nummer fragen und sie zerreißen, wenn sie weg ist? Oder tatsächlich anrufen und in lockerem Kontakt bleiben, bis es von alleine einschläft?

Sie missversteht mein Zögern.

»Mach dir keine Sorgen, ich bin diskret.«

Ich muss lachen.

»Da hast du aber auch allen Grund zu, oder? Kommt wohl nicht so gut bei der Familie, wenn Mama durch die Gegend vögelt.«

Sie lacht nicht. Stattdessen lässt sie ihren Blick durch den Hof schweifen, kuschelt sich in ihren Pelz und heftet ihren Blick wieder auf mich.

»Ich fahre jetzt nach Hause.«

»Das freut mich.«

Sie sieht zum Ausgang.

»Ich brauchte das«, sagt sie und nickt mehr für sich selbst. »Ich bin kein Tempel. Ich bin nur eine Frau, die ein Kind kriegt. Ich habe Bedürfnisse. Und jetzt gehe ich nach Hause.« Sie wirft mir wieder einen Blick zu. »Verstehst du das?«

Ich nicke. He, das hab ich doch prima hingekriegt. Schickt mir eure Frauen, nach einer Nacht mit mir kommen sie wimmernd zurück nach Hause und betteln auf Knien um Einlass. Vielleicht wäre das ein Job für mich – professionell schlecht im Bett. Wobei, in dem Metier versauen die Amateure bestimmt den Markt. Gott, ist mir kalt. Ich nehme Mona in die Arme, küsse sie auf die Wange und drücke sie an mich.

»Vielen Dank, Mona aus Dresden. Es war schön mit dir. Du bist erste Sahne.«

Ich spüre ihr Lächeln an meiner Wange.

»Erste Sahne?«

»Allererste«, nicke ich und löse mich wieder. »Du bist eine klasse Frau. Du wirst bestimmt eine gute Mama.«

Ihr Blick geht in die Ferne, sie nickt nachdenklich.

»Aber was wird mit dem Rest von mir?«

»Der wird fett und unter Schlaflosigkeit leiden. Ich werde an dich denken, wenn ich morgens um elf aufstehe.«

Ihr Blick kommt zurück.

»Musst du eigentlich immer Sprüche machen?«

Ich nicke.

»Liegt in der Familie.«

»Ist die witziger?«

»Aua!«

Sie lächelt, dann legt sie ihren Kopf in den Nacken und bietet mir ihre Lippen. Ich küsse sie, lasse sie los, überlege einen Moment und küsse sie noch mal. Dann lassen wir uns wieder los. Sie wirft einen neuerlichen Blick zum Ausgang und zieht den Pelz noch enger um sich.

»Viel Glück.«

Ihr Blick kommt wieder zurück.

»Danke.«

Sie atmet ein, strafft sich und geht. Am Hoftor dreht sie sich noch einmal um. Ich sehe Angst, Hoffnung und Unsicherheit in ihren Augen. Dann ist sie verschwunden, und das Tor schließt sich. Ich bleibe stehen und horche auf das komische Gefühl in mir, das Gefühl, mit einer Frau geschlafen zu haben, die mich nicht wiedersehen will. Ich analysiere die Erleichterung, dass sie nach Hause gegangen ist, und die Enttäuschung, dass sie vorher nicht zumindest ein bisschen geklammert oder gesagt hat, dass sie immer an mich denken wird. Männeregos. Ich schlafe mit ihr, und sie ist mir dennoch nicht total verfallen? Miststück.

Gott, ist das kalt. Ich greife gerade nach der Türklinke, als die Scheißkatze auftaucht. Sie kommt hochnäsig auf der Mauer daherspaziert und springt wie selbstverständlich in den Hof. Erst im Sprung merkt sie, dass ich da bin, und versucht mitten in der Luft umzudrehen. Sogar für eine Katze zu schwer. Alle vier Pfoten suchen in einer anderen Richtung nach Halt, finden keinen, und schließlich landet sie im Schnee. Im gleichen Moment drehen ihre Krallen durch, und sie springt fauchend auf die Mauer zurück, als stünde ihr Schwanz in Flammen. Als sie merkt, dass ich keine Anstalten mache, ihr zu folgen, bleibt sie oben stehen und mustert mich ausdruckslos.

»Ist nur ein Katzensprung«, erkläre ich ihr.

Sie setzt sich und beginnt ihr Skrotum zu lecken. Ja, richtig, das kann ich nicht. Dafür kann ich was anderes, ha, das Equipment funktioniert. Und seltsamerweise habe ich das große Bedürfnis, Tess anzurufen und es ihr mitzuteilen. Seit Jahren ist sie meine erste Adresse für mitgeteilte Freude. Sofort ist das Schuldgefühl wieder da. Wir fechten einen kleinen Kampf, dann rette ich mich vor dem Tod durch Erfrieren und gehe wieder rein. Die Punkband ist immer noch enttäuscht von der Menschheit, und Arne hockt immer noch am Tisch. Ich stelle mich an die Küchenzeile und fülle die Espressokanne mit Kaffeepulver und Wasser. Die ganze Zeit spüre ich seinen Blick. Ich warte. Er sagt nichts. Was Konflikte angeht, ist er noch schlechter als ich. Zumindest verbal. Denn mit Blicken und Schweigen kann er Psychosen auslösen. Schließlich knalle ich den Löffel auf die Anrichte und drehe mich um.

»Wenn du etwas zu sagen hast, dann sag es, verflucht noch mal!«

Er räuspert sich.

»Ich möchte nicht, dass du solche mit hierherbringst.«

Ich starre ihn verblüfft an.

»Was zum Henker meinst du mit ›solche‹?«

Er zögert, und an seinen leicht schwingenden Haaren merke ich, dass er auf seinem Stuhl hin und her wippt. Ein Gespräch kann bei ihm schon Hospitalismus auslösen.

»Die trug einen Pelz.«

»Nicht überall.«

Er spitzt prüde die Lippen. Ich drehe mich wieder um und beginne, Frühstück zu machen.

»Wenn ich eine solche Frau hätte ...«, beginnt er wieder.

Ich drehe mich wieder um.

»Wenn du überhaupt eine hättest. Dann würdest du dich wahrscheinlich um sie statt um meine kümmern, und das wäre prima. Es geht dich einen Scheiß an, mit wem ich schlafe. Mache ich dir etwa Vorwürfe, dass du damit ganz aufgehört hast? Meinst du nicht, du könntest mal wieder jemanden kennen lernen? Hast du dich nicht lange genug gegeißelt?«

Sein Gesicht verhärtet sich. Für einen Augenblick denke ich, er wird mir eine langen. Stattdessen wird seine Mimik wieder ausdruckslos. Er senkt seinen Blick, steht auf, geht in sein Zimmer und schließt leise die Tür. Ich drücke sofort auf Eject. Die Punkband stirbt mitten im Akkord. Der CD-Wechsler fährt raus. Ich sehe, dass die neue Diana-Krall-CD mit auf dem Wechsler liegt, fahre sie wieder rein und drücke auf Play. Wieso sind Anlagen eigentlich immer noch englisch beschriftet? Und wieso bin ich so ein Arschloch? Und warum ausgerechnet bei meinen Freunden? Mehr als ein Freund, weniger als freundlich? Ich weiß, dass Arne Tess schützen will, weil er sie liebt. Vielleicht sollte ich ihm einfach sagen, dass wir uns getrennt haben. Vielleicht sollte ich vorher aber erst mal dreißig Jahre Kampfsport machen.

Ich mache mir gerade ein Rührei aus seinen Bioeiern, als Frauke aus ihrem Zimmer kommt und sich gähnend umschaut.

»Was ist hier für ein gottverdammter Krach?«, flucht sie und lässt sich auf einen Stuhl plumpsen.

Die Musik kann sie ja nicht meinen, denn Dianas Stimme verrät uns sanft wie ein Lamm nach einer rauchigen Nacht, dass seine Nähe sie verrückt macht und sie es liebt, bei ihm zu sein.

»Arne ist sauer«, sage ich.

»Was hat er denn jetzt schon wieder? Ist ein Öltanker gesunken?«

»Schlimmer. Er musste sich Sex anhören und, he, da hört er sich lieber seine Kackmusik an.«

Für einen Moment schaut sie mich fassungslos an, dann verzieht sie das Gesicht zu einem breiten Grinsen, steht auf, kommt schnell um den Tisch herum und umarmt mich.

»Hey! Du hattest Sex! Und es war jemand dabei!« Sie schnappt sich meinen rechten Arm und hält ihn in die Luft. »Sieger durch Ejakulieren: Laaaassseeee!!«

»Lass mich los, du Doofi!«, lache ich.

»Mensch, wir müssen sofort das Seismologische Institut anrufen! Die müssen eine Tsunamiwarnung für Südeuropa rausgeben!«

Ich versuche sie wegzuschieben, sie klammert sich kichernd an mich. So ringen wir fröhlich, bis wir merken, dass Arne neben dem Tisch steht.

»Morgen, Arne«, sagt Frauke.

Er nimmt sich wortlos einen Joghurt aus dem Kühlschrank und geht wieder in sein Zimmer. Die Tür schließt sich leise. Frauke grinst mich kopfschüttelnd an und schaut zu meinem Zimmer rüber.

»Wo ist Tess? Schläft sie noch nach dieser Anstrengung?«

»Tess ist nicht da.«

Sie nickt mir lächelnd zu. Bis sie Schlüsse aus dieser Erkenntnis zieht. Dann fällt der Groschen. Ihr Mund öffnet sich zu einem O. Ich nicke ihr anerkennend zu.

»Wow, und das vor dem ersten Kubikmeter Hanf.«

Sie blinzelt und nickt mehrmals, als würde sie die einzelnen Punkte in der Logikkette abhaken, dann schaut sie mich entrüstet an.

»Du hast jemanden mitgebracht. Eine Fremde – hierher.« Sie schaut wieder zu meiner Zimmertür rüber, als könnte sie irgendwelche Spuren erkennen. »Sag mal, *spinnst* du? Was ist, wenn Tess das erfährt!«

Sie wirkt ehrlich empört.

»Ja, wer hat mir denn in den Ohren gelegen, dass ich das Equipment testen soll und ohne Sex wäre das Leben nichts und blablabla?!«

Sie schaut mich ungläubig an.

»Du sollst mit Tess schlafen, du Blödmann!«

Ich zucke die Schultern.

»Sie war nicht da.«

Sie schüttelt mehrmals den Kopf.

»So ein Mist …« Sie heftet ihren Anwaltsblick auf mich. »Bist du verliebt?«

»Nein.«

»Jemand, den ich kenne?«

»Nein.«

»Siehst du sie wieder?«

»Nein.«

Sie stößt die Luft aus.

»Gott sei Dank!« Die Erleichterung steht ihr ins Gesicht geschrieben, als sie mich bittend anschaut. »Tess wird das doch nicht erfahren, oder?«

»Wieso sollte sie?«

»Gut«, nickt die Anwältin. Bloß nie etwas zugeben.

Wie alle ihre Mandanten verschweige ich ihr etwas. Himmel, wenn sie mitkriegt, dass wir uns getrennt haben, verklagt sie mich wahrscheinlich. Das Traumpaar zu sein hat eindeutig Nachteile.

Das Telefon klingelt. Wir schauen uns an.

»Lüg sie an«, sagt sie und lässt sich wieder auf ihren Stuhl fallen.

»Einen anderen Rat hätte ich auch nicht von dir erwartet«, sage ich und gehe ins Arbeitszimmer. Natürlich werde ich lügen. Wir sind nicht mehr zusammen, aber man sagt seiner Ex nicht, dass man gleich danach rumbumst.

»Die Halle.«

»Guten Morgen, Liebster. Wie lief es?«

Mein Gehirn produziert ein paar merkwürdige Gedanken, bevor es die richtigen Zusammenhänge herstellt.

»Gut. Ich bin im Finale.«

»O klasse! Gratuliere!«

Ihre Freude ist so echt, wie sie nur sein kann. Sie gönnt mir das Beste. Das tut gut. Tat es immer.

»Und selbst? Hast du den Vertrag unterschrieben?«

Es entsteht eine kleine Pause, bevor sie antwortet.

»Der ist noch beim Anwalt. Ich vermisse dich.«

Mein Mund verzieht sich von Ohr zu Ohr.

»Das ist schön.«

»Wie soll das erst werden, wenn ich weiter weg bin?«

»Bleib einfach hier«, sage ich.

»Hm«, macht sie.

Längere Pause. Und alles, was ich denken kann, ist: Gott, was machen wir hier? Ist das der Klassiker? Nach der Trennung noch mal zusammenkommen, um die Gründe für die Trennung bestätigt zu bekommen? Das wäre überflüssig, denn ich kenne sie zu gut, um mir Illusionen zu machen. Leider wirkt das Wissen klein und gebrechlich gegen die Turbulenzen in meinem Inneren. Gott, es fühlt sich fast so an wie damals, als wir uns kennen lernten.

Ich räuspere mich.

»Du siehst heute wieder umwerfend aus.«
Sie gickelt.
»Danke. Ich muss weitermachen. Ich wollte nur deine Stimme hören und wissen, wie es lief. Ich hoffe, dass es am Wochenende klappt. Morgen weiß ich es.«
»Gut. Du fehlst mir.«
Wieder entsteht eine Pause. Dann küsst sie in den Hörer und verabschiedet sich. Ich lege auf und starre aus dem Fenster. Sind das die Gespräche, die man mit seiner Ex so führt? Und ab wann ist man eigentlich Single? Ab da, wo man es ausgesprochen hat? Ab da, wo man keine Schuldgefühle mehr hat, wenn man mit einer anderen schläft? Ab da, wo sie nicht mehr anruft und in den Hörer küsst?
Das Telefon klingelt wieder. Ich hebe den Hörer ab.
»Das habe ich auch gerade gedacht.«
In der Leitung bleibt es einen Augenblick still.
»Hallo? Lasse, bist du es?«, sagt eine Stimme auf Dänisch.
Ich brauche einen Augenblick, um sprachlich umzuschalten. Es geht so langsam, als würde ich die Wörter einzeln im Wörterbuch nachschlagen.
»Ja, Schwesterchen, ich denke, ich bin's.«
»Du musst sofort kommen.«

Kapitel 22

Sechs Stunden später steige ich, nach einer Zwischenlandung in Amsterdam, endlich in Kopenhagen aus dem Taxi. Dasselbe Krankenhaus, neue Station. In diesen Gängen sehen die Besucher und Patienten noch mutloser aus. Ich bleibe vor einer Tür stehen und atme durch, dann drücke ich die Türklinke runter und trete rein. Wieder ein Viererzimmer. Diesmal alle vier Betten belegt. Far liegt in dem Bett am Fenster. Neben seinem Bett sitzt Ebba. In ihrem großen Wintermantel sieht sie klein aus. Am Bettende steht Sune und funkelt eine ältere Krankenschwester an, die schon reichlich genervt wirkt. Als ich näher trete, schaut sie mich wütend an.

»Keine Besuchszeit!«

Ich nicke ihr zu und trete ans Bett. Far schläft. Er sieht bleich aus. Über seinem linken Auge klebt ein Pflaster. Ich lege eine Hand auf Ebbas Schulter und nehme Fars linke Hand. Sie ist warm und weich wie immer.

»Er ist umgefallen und hat sich den Kopf aufgeschlagen. Sie sagen, er hat eine leichte Gehirnerschütterung.«

Ich atme erleichtert auf.

»Was ist mit den Werten von der letzten Untersuchung?«

Sune schüttelt wütend den Kopf.

»Sind noch nicht da. Keiner weiß was.«

Die Schwester atmet hörbar genervt aus.

»Ihr müsst jetzt wirklich das Zimmer verlassen.«
»Zuerst wollen wir wissen, was los ist«, sagt Sune.
Sie starrt die Schwester an wie ein Kampfhund.
»Da müsst ihr einen Arzt fragen.«
»Und wo findet man einen? Läuft gerade ein Fußballspiel im Fernsehen, oder was?«
Die Schwester seufzt jetzt vernehmlich.
»Die Visite ist morgen früh. Vorher wird euer Vater auch nicht wach. Jetzt lasst mich bitte meinen Job machen, das wäre nett.«
Ich nicke ihr beruhigend zu.
»Wann genau ist die Visite?«
»Um sieben.«
Ich schaue Far an. Dann schaue ich Ebba an, die müde und abgespannt wirkt. Ich schaue Sune an.
»Wir kommen morgen früh wieder.«
Sie schaut mich böse an. Die Schwester nickt dankbar. Ebba beugt sich über das Kopfteil und küsst Fars Wange.
»Schatz, wir kommen bald wieder. Schlaf schön. Ich liebe dich.«
Ich halte ihr meine Hand hin. Sie legt ihre kleine zerbrechliche hinein. Ich ziehe sie vorsichtig auf die Beine. Sie wiegt keine fünfzig Kilo, und dennoch muss ich mich anstrengen, als trüge sie ein schweres Gewicht auf ihren Schultern.

Als die Wohnungstür aufschwingt und wir hereintreten, ist irgendetwas anders. Ich gehe durch die Räume und überprüfe die Fenster und die Balkontür. Keine Zeichen von Einbruch. Schließlich verstehe ich, dass wir es sind. Wir sind anders. Es wird kaum gesprochen. Kein Swing. Keine blöden Witze. Wir trinken schweigend Käffchen. Jeder hängt seinen Gedanken nach. Ebba räuspert sich und versucht ein Lächeln.

»Hätte schlimmer kommen können. Also, Kopf hoch ...«

»Denn da scheint die Sonne«, ergänzen wir, und ein warmes Gefühl steigt in mir auf. Ihr Mann liegt im Krankenhaus, und sie macht sich Sorgen um uns. Sie sieht uns immer noch als Kinder, die man schützen und aufmuntern muss. Eltern sind außerirdisch. Sogar wenn es nicht die eigenen sind.

Sie entschuldigt sich und geht ins Schlafzimmer, um sich etwas auszuruhen. Ich gehe ins Wohnzimmer rüber, setze mich auf den Telefonhocker, atme ein paarmal durch und wähle Tess' Nummer. Mailbox. Ich unterbreche, ohne eine Nachricht zu hinterlassen. Dann schaue ich durchs Fenster raus in den Kopenhagener Abend. Sternenhimmel. Ich fühle mich einsam. Allein gelassen. In einer solchen Situation. Mir wird klar, was wir getan haben.

Als ich in die Küche komme, füllt Sune gerade Kaffee in die große Thermoskanne.

»Die werden wir im Krankenhaus brauchen«, sage ich und knöpfe meinen Mantel zu.

Sie schaut fragend, wirft einen Blick auf den Mantel, dann blitzen ihre Augen auf.

»Gut«, sagt sie. »Ich sage Ebba Bescheid.«

»Nicht nötig«, sagt Ebba.

Sie steht in der Küchentür, Mantel und Wintermütze in der Hand.

Im Krankenhaus ist es ruhiger, die Nachtschicht hat übernommen. Irgendwo plärrt leise ein Radio. Eine Schwester am Empfang erklärt uns, dass keine Besuchszeit ist. Wir nicken und gehen weiter. Sie schaut uns nach, sagt aber nichts mehr. Die Gänge liegen still da. Es klingt nicht mehr so schlimm, es sieht nicht mehr so schlimm aus, aber in der stehenden Luft spürt man noch das Flirren von Angst und Verzweiflung.

Das übersinnlichste Erlebnis, das ich je hatte, war, in Urlaub zu fahren und dort einen Typen am Strand zu treffen, mit dem ich mich am Vorabend in Gifhorn geprügelt hatte. Ich habe in diese Begegnung nichts als Pech hineininterpretiert. Ich glaube eben nicht an Spuk, aber ich weiß, dass Gefühle sich materialisieren können. Angst kann sich in Materie fressen und von dort wieder abstrahlen. Wer je Bergen-Belsen besucht hat, weiß das. Wer je einen buddhistischen Tempel besucht hat, weiß, dass Liebe dieselbe Macht hat. Mittlerweile kann man es sogar visualisieren. Masaru Emoto hat in seinem Projekt *Messages from Water* Forschungen über die Wirkung von Vorstellungen, Worten und Musik auf Wassermoleküle angestellt. Er hat aufgezeigt, dass Wasserkristalle die Tendenz haben, die Einwirkung der Umwelt zu spiegeln – und Menschen bestehen zu siebzig Prozent aus Wasser. Dieses Forschungsergebnis ist keine Spinnerei von esoterischen Weltverbesserern, sondern eine von Naturwissenschaftlern nicht widerlegbare physikalische Reaktion. Ich glaube, dass eines Tages bewiesen werden wird, dass jedes Gefühl eine eigene Molekülstruktur hat, und dann wird es Messgeräte geben, die diese Gefühle aufspüren und messen können, und wenn man dann einen Angst-Geigerzähler an Krankenhauswände hält, wird er vielleicht einfach explodieren. Vielleicht sollte ich aber auch nur mal wieder eine Nacht durchschlafen.

In der Besucherecke vor dem Zimmer sitzt ein Patient und klammert sich an einen Infusionsständer mit Rädern und einem großen Beutel. In dem fleckigen Bademantel und mit unrasierten Wangen wirkt er völlig verwahrlost. Als wir ihn grüßen, schaut er uns an, als hätte er vergessen, dass es Menschen gibt, und starrt dann an die Wand. Wir machen es uns auf den Besucherstühlen unbequem, Sune drückt leise die Zimmertür auf und verschwindet in Fars Zimmer. Wenig später kommt sie wieder raus und sagt, dass er schläft und sie die erste Schicht übernimmt. Ebba schüttelt den Kopf und steht mühsam auf. Dann geht sie ins Zimmer, um Fars Hand zu halten. Die Tür schließt sich hinter ihr, und Sune schaut mich an. Ihr Kinn beginnt zu zittern. Ich ziehe sie an mich.

»Und weißt du, was wir jetzt machen?«, flüstere ich.

Sie schüttelt den Kopf.

»Wir bauen uns eine Höhle.«

Ich breite eine Decke über uns aus und ziehe sie über unsere Köpfe. Sie kuschelt sich an mich. So sitzen wir in dieser eigenen Welt, die es schon immer unter jeder Decke gab. Einst Sicherheit vor Monstern. Heute vor kranken Häusern.

Kapitel 23

Künstliches Licht. Feuchtwarme Zugluft. Leises elektrisches Summen. Es riecht nach Desinfektionsmitteln und Sauerstoffarmut. Irgendwo weint jemand unterdrückt. Auch ohne etwas zu sehen, spürt man, dass das hier kein guter Platz ist, um die Augen zu öffnen. Oder zu schließen.

Ich öffne die Augen. Der Blick deprimiert. Aluminium, Vinyl, Plastik, Linoleum. Blinde werden hier sicher schneller gesund. Neben mir liegt Ebba auf einem dieser Rollbetten, die man braucht, wenn man in den OP muss. Sie schläft mit halb offenem Mund, in dem künstlichen Licht sieht sie krank aus. Ich möchte nicht wissen, wie ich aussehe. Halb sechs. Nach Ebba hat Sune Fars Hand übernommen. Danach wäre ich dran gewesen, doch sie hat mich schlafen lassen. Ich richte mich langsam auf und nicke dem Patienten von heute Nacht zu, der ein paar Stühle neben uns sitzt. Sogar in meiner Brust knackt es. Tod durch Besucherstuhl.

»Guten Morgen.«

Er nickt ein Nicken, das das Gegenteil aussagt.

»Wen besucht ihr?«, fragt er heiser.

»Meinen Vater.«

»Was hat er?«

»Wissen wir noch nicht.«

Er mustert mich eine Weile. Irgendwas hat er auf dem Herzen, aber das wäre hier wohl die falsche Frage. Er steht auf und schlurft los. Die Räder des Ständers quietschen. Neben mir bleibt er stehen, ohne mich anzusehen.

»Kontrolliert die Medikamente«, flüstert er. »Die Schwestern verwechseln die Tabletten. Vor allem die Rothaarige.«

»Danke«, flüstere ich.

Er nickt und sieht aus, als würde er dem noch etwas hinzufügen, doch dann schlurft er langsam den Gang hinunter. Er wirkt weniger isoliert. Helfen hilft.

Ich stehe auf und stecke den Kopf ins Krankenzimmer. Die anderen Patienten scheinen zu schlafen. Sune sitzt auf einem Stuhl neben Fars Bett und hat ihren Kopf auf das Bettlaken gelegt. Als ich neben dem Bett stehen bleibe, schlägt Far die Augen auf. Im ersten Augenblick hat sein Blick eine erschütternde Orientierungslosigkeit, dann erkennt er mich und lächelt kraftlos.

»Guten Morgen«, sagt er und versucht frisch zu klingen.

Ich nehme seine Hand.

»Wie fühlst du dich?«

»Gut«, sagt er automatisch und horcht erst jetzt in sich hinein. Er befühlt das Pflaster auf seiner Stirn. Dann dreht er den Kopf, mustert Sunes Kopf auf dem Laken, dann wieder mich, und in seine Augen kehrt Leben ein.

»Ist jemand gestorben?«, fragt er und liefert eine Grimasse, die wohl ein Grinsen sein soll.

»Sag mir lieber, was passiert ist.«

»Bin umgefallen und hab mich über der Augenbraue abgerollt.«

Sune hebt verschlafen den Kopf, sieht, dass er wach ist, und greift zugleich nach dem Wasserglas, das auf dem Beistelltisch steht.

»Wie fühlst du dich?«

»Ganz gut«, sagt er und trinkt einen Schluck aus dem

Glas, das sie ihm hinhält. Er leckt sich über die Lippen.
»Wann kann ich nach Hause?«

Die Tür geht auf. Eine Schwester kommt herein. Nicht die von gestern, sondern eine jüngere und gestresstere. Ihre Augen sind vom Schlaf verquollen. Als sie uns sieht, stutzt sie überrascht.

»Es ist keine Besuchszeit.«

Sune steht auf, bereit, sie anzuspringen, wenn es nötig sein sollte.

»Wir wollen einen Arzt sprechen.«

»Visite ist um sieben. Geht bitte raus. Denkt an die anderen Patienten, die ihre Ruhe brauchen.«

Sie geht von Bett zu Bett und legt jedem Patienten eine Pillenschachtel auf den Nachttisch, ihre Gummisohlen quietschen auf dem Boden.

Ich nicke Far beruhigend zu.

»In einer Stunde kommt der Arzt. Dann wissen wir mehr.«

Er schaut zu uns hoch.

»Kommt ihr wieder?«

Sune beugt sich vor und streichelt seine Wange.

»Wir gehen erst gar nicht weg. Wir sind gleich vor der Tür. Ebba ist auch da. Wenn du rufst, kommen wir rein.«

»Gut«, sagt er erleichtert.

Als wir rauskommen, ist der Gang immer noch unbelebt. Wir setzen uns auf die Plastikstühle. Neben uns schläft Ebba tief. Auf der Liege wirkt sie wie eine Patientin. Ich muss sie im Auge behalten, bevor noch ein übermüdeter Pfleger sie wegkarrt.

»Wir müssen ihn hier rausschaffen«, sagt Sune und hat wieder diesen Blick.

»Lass uns die Visite abwarten.«

Sie schüttelt den Kopf.

»Egal, was die sagen, er bleibt nicht hier. Verstehst du?«

»Ja, ich verstehe. Lass uns trotzdem bitte die Visite abwarten«, sage ich und breite meinen linken Arm aus.

Sie kuschelt sich nicht rein. Ohne die Rückenlehne zu berühren, sitzt sie da und schaut den Gang hinunter, bereit, aus den Blöcken zu gehen, wenn sich irgendein Kittel zeigen sollte. Ich streichele ihren verspannten Rücken und versuche das Bild von Fars Augen zu verdrängen.

Während wir warten, wacht das Krankenhaus auf. Ebba wird ebenfalls wach. Wir setzen uns an den Plastiktisch, trinken Käffchen aus der Thermoskanne und schauen uns den Betrieb an. Auch wenn jetzt mehr Leben in den Gängen herrscht, reicht es nicht aus, um die Depression zu verscheuchen, die wie Kleber in der Luft hängt. In den Zimmern wird leise geredet. Die Vorbeigehenden unterhalten sich gedämpft. Die ersten normalen Stimmen hören wir, als zwei laut quatschende Pfleger ein Bett vorbeischieben, in dem das Betttuch über das Gesicht des Patienten gezogen ist. Man merkt nirgends, dass hier Menschen geholfen wird. Keinerlei Freude, Dankbarkeit oder Erleichterung. Es sollte doch genau andersherum sein. Dankbarkeit und Freude für einen Ort, an dem einem geholfen wird. Vielleicht sollte Sune jeden Morgen ihre Kids hier durchjagen. Ein Haufen schreiender Kinder hellt jede Aura auf.

Die Thermoskanne ist leer. Sune verschwindet den Gang hinunter, um sie in der Cafeteria nachzufüllen. Als sie weg ist, zeige ich Ebba die Tabletten, die ich von Fars Nachttisch stibitzt habe.

»Sagen die dir was?«

Sie kneift die Augen zusammen, greift dann in ihre

Handtasche und holt ihr Brillenetui heraus. Sie setzt ihre Brille auf, mustert die Tabletten und schüttelt den Kopf.

»Das sind nicht die, die er sonst nimmt.«

Ich schaue sie an.

»Sonst.«

Sie bemerkt den Fauxpas und schaut verlegen zur Seite.

»Hast du sie dabei?«, frage ich.

Sie zögert einen Augenblick, dann kramt sie eine Packung aus ihrer Handtasche hervor. Ich schaue mir die Packung und den Namen an, was bei einem, der keine Ahnung hat, wirklich weiterhilft, also ziehe ich die Packungsbeilage heraus. Schmerztabletten. Ziemlich starke. Ziemlich viele Nebenwirkungen.

»Und wie lange nimmt er die schon?«

Sie lächelt kummervoll.

»Eine Zeit.«

Ich hebe die Augenbrauen.

»Ein paar Jahre«, sagt sie.

Ich blinzele. Sie lächelt entschuldigend und macht eine fahrige Handbewegung.

»Er wollte nicht, dass es jemand erfährt. Du weißt ja, wie er ist.«

Ich mustere die Tablettenpackung noch mal. Ein paar Jahre auf diesem Zeug. Herrgott, da braucht man ja Medizin gegen die Nebenwirkungen.

Ebba nimmt die Brille ab und fährt sich mit der Hand über die Augen.

»Er hatte Schmerzen. Manchmal musste er sich einfach hinlegen, egal wo, bis die Schmerzen etwas nachließen, und ich konnte ihm nicht helfen. Ich konnte ihm nicht helfen …«

»Schmerzen«, sage ich.

»Bauchschmerzen«, sagt sie und wischt sich noch mal über die Augen.

Ich lege meine Hand auf ihre.

»Er hat seit Jahren Bauchschmerzen und nimmt diese Dinger dagegen?«

Sie nickt, zieht ihre Hand weg und wendet sich etwas ab. Sie holt ein Taschentuch aus ihrer Handtasche und schnäuzt sich vorsichtig.

»Wart ihr nicht beim Arzt?«

Sie wischt sich die Nase sorgsam ab, faltet das Taschentuch zusammen und steckt es wieder in die Handtasche. Sie wendet sich mir zu und nickt.

»Doch, natürlich, sein Hausarzt hat die Tabletten verschrieben.«

»Aufgrund welcher Diagnose?«

Sie zieht die Schultern hoch.

»Die kennen sich seit vierzig Jahren. Far hat sein Haus gestrichen.«

Ich starre sie an. Prima, echt, toll.

»Far nimmt also seit Jahren diese Hammertabletten, und sein verblödeter Hausarzt sagt noch nicht mal, warum? Sune bringt ihn um!«

Sie zieht die Schultern an.

»Du weißt doch, wie sehr er Ärzten misstraut, und vor dem Krankenhaus hat er Angst, und jetzt liegt er da drin …«

Sie verstummt und wirft einen Blick zur Tür. Ich mustere die Schachtel. Vielleicht kippt er wegen dieser Dinger um. Ich muss ein paar Takte mit seinem Hausarzt reden. Irgendwas wird er sich dabei gedacht haben. Hoffe ich. Bei Ärzten bin ich mir nie ganz sicher, wann sie dem Schmiergeld der Pharmaindustrie verfallen.

Sune kommt den Gang entlang. Sie trägt die Thermoskanne und wirft Blicke in jede offene Tür, ob sie jemanden zum Fertigmachen findet. Ich stecke schnell die Schachtel in meine Tasche. Ebba schaut mich an, sagt aber nichts.

Wir trinken Käffchen und warten auf die Visite. Die nicht kommt. Ebba tut der Rücken weh, sie kann kaum noch sitzen. Sune behält den Gang im Auge. Ihr Blick wird stechender. Ich gehe besser los, bevor sie den nächstbesten Kittel massakriert.

Auch eine Visite muss irgendwo ihren Ursprung haben, also versuche ich, ihr entgegenzugehen, und arbeite mich den Gang hinunter. In den Zimmern liegen einsame Menschen. Es trifft einen ins Herz, sie so daliegen zu sehen, ohne jemanden an ihrer Seite, ohne Lebensgeräusche, ohne Swing – aber es ist ja auch keine Besuchszeit, wie mir jede zweite Schwester erklärt. Leider kann mir keiner erklären, wo die Visite ist, also ziehe ich weiter. Zimmer für Zimmer. Gang für Gang.

Auf der Suche treffe ich ein paar andere Angehörige, die ebenfalls herumirren und versuchen, irgendwas in Erfahrung zu bringen. Und schließlich treffe ich tatsächlich ein paar Ärzte. Außer *Auf die Visite warten* und *Keine Besuchszeit* bringe ich nichts in Erfahrung. Wenn die wüssten, dass Sune hinten im Gang schon in Stellung geht, wären sie vielleicht auskunftsfreudiger, aber so nerve ich sie nur bei der Arbeit.

Als ich die Station durchhabe und kurz davor bin umzukehren, werde ich von einem freundlichen Dreadlocks-Zivi zu einem Büro geschickt. Ich klopfe an und trete ein. Ein Arzt um die fünfzig sitzt an seinem Schreibtisch und liest *Politiken*. Hinter ihm hängt ein Kunstdruck von Chagall. Daneben zwei Kinderzeichnungen in ebenso kräftigen Farben.

Er hebt den Kopf und mustert mich überrascht.

»Kann ich dir helfen?«

Für einen Moment überrascht mich das dänische Du wieder mal. Erst recht von einem Arzt.

»Das wäre schön«, sage ich endlich und setze mich in den Besucherstuhl.

Ich nenne ihm meinen Namen, den Namen des Patienten und schildere ihm die Lage. Er lehnt sich in seinem Ledersessel zurück und hört sich alles an. Wenn er gleich *Visite* sagt, zeige ich Sune, wo sein Auto steht.

Als ich zu Ende erklärt habe, schüttelt er bedauernd den Kopf. Aus Datenschutzgründen kann er mir keine Auskunft geben, es könnte ja sonst jeder kommen. Also bitte ich ihn um einen Tipp, wieso Far umkippt. Er schüttelt den Kopf. Ohne den Patienten zu sehen, kann er das nicht beurteilen. Also bitte ich ihn, mitzukommen und sich Far anzuschauen. Er schüttelt den Kopf. Ist nicht sein Zuständigkeitsbereich. Also zeige ich ihm die Tablettenpackung. Er richtet sich auf, wirft einen Blick auf die Packung, lehnt sich wieder ins Leder zurück und schaut unschlüssig drein. Das sind starke Tabletten. Die soll man nicht zu lange nehmen. Wie sie wirken, kommt auf den Patienten und die Diagnose an. Ich bitte ihn noch mal, Fars Namen in seinen Computer einzutippen und uns seine Werte zu nennen. Er schüttelt den Kopf und bedauert. Datenschutz. Ich frage mich, ob ich sein Gesicht ein paarmal gegen die Holzvertäfelung rammen soll. Dann wünsche ich ihm einen schönen Tag und stehe auf. Er sagt, es tue ihm leid. Ich versichere ihm, mir auch, und bevor ich raus bin, liest er schon wieder. Dann stehe ich im Gang. Ich fühle mich blöde. Vielleicht ist ja die Visite längst da. Vielleicht aber auch nicht, und ich kann nicht mit leeren Händen zurückkommen.

Im übernächsten Zimmer werde ich fündig: Zwei Pfleger hieven einen Patienten vom Bett auf ein Rollbett. Der Zivi zieht bereits das Bett ab. Ich gehe wieder raus, bevor die Pfleger mich sehen. Wenig später rollen sie den Patienten den Gang hinunter. Ich warte. Nach ein paar Minuten kommt der Zivi aus dem Zimmer. Ich winke. Er wird aufmerksam und kommt näher.

»Und, konnte er dir helfen?«

»Nicht wirklich. Hör mal, mein Vater ist umgekippt und hat sich den Kopf aufgeschlagen. Sie haben ihm Blut abgenommen, und jetzt warten wir seit Tagen auf die Werte. Sobald ich die Werte habe, wissen wir, was los ist, und können endlich wieder nach Hause.«

»Du musst einen Arzt fragen.«

»Habe ich schon«, sage ich, »aber die wissen scheinbar nicht, wer zuständig ist, und während sie das ausdiskutieren, liegt mein Vater hier, ohne zu wissen, warum.« Ich lege eine kurze Pause ein, um die nächsten Worte zu betonen. »Was würdest du tun, wenn dein Vater hier liegen würde?«

Er schaut in meine Augen, dann schüttelt er den Kopf, die Dreads schwingen im Takt.

»Mann, ich bin bloß der Zivi.«

»Ich weiß«, nicke ich, »darum traue ich dir ja. Warte ...« Ich drehe mich so, dass wir abgeschirmt sind, und ziehe mein ganzes Geld aus der Tasche. »Ich gebe dir tausendachthundert Kronen.« Ich schaue ihn wieder an. »Und du tust mir einen Gefallen.«

Er schaut auf das Geld. Dann suchen seine Augen in meinen. Scheinbar findet er dort etwas, was er versteht, denn er schaut sich um.

»Name?«

Ich buchstabiere und drücke ihm das Geld in die Hand. Er nimmt es an sich und steckt es schnell ein.

»Warte hier.«

Er geht los. Ich schaue ihm mit dem unbestimmten Gefühl nach, etwas Falsches getan zu haben. Ich habe noch nie jemanden bestochen. Eigentlich nicht schlimm. Eigentlich ein Scheißgefühl. Die Zeit vergeht. Wenn Pfleger Betten an mir vorbeirollen, wende ich den Blick ab. Ich versuche ihn irgendwo zu parken, wo er in Sicherheit ist, aber ich finde keinen Ort. Bis ich die Augen schließe. Dunkel. Ich muss an den alten Witz denken: Eines Tages wird das alles mir gehören. Herrje …

Ich öffne die Augen. Immer noch niemand zu sehen. Ich will mich gerade von der Wand abstoßen, als er aus einem Zimmer herauskommt und auf mich zusteuert. Schon von Weitem wirkt er unwillig. Er bleibt vor mir stehen, schaut sich um und streckt mir seine Hand mit dem Geld entgegen.

»Tut mir leid.«

Mein Magen krampft sich zusammen.

»Wie meinst du das?«

Er wedelt mit der Hand, die das Geld hält.

»Ich bin kein Arzt.«

Ich nicke und versuche verständnisvoll zu wirken.

»Wenn ich keine Informationen habe, kann ich bei der Visite keine Fragen stellen.«

Er schaut an mir vorbei, bekommt einen steifen Blick, drückt mir das Geld in die Hand und wendet sich ab.

»Tut mir leid«, sagt er und eilt los. Es wirkt wie eine Flucht.

Als ich zurückkomme, tigert Sune vor dem Zimmer auf und ab. Es war immer noch kein Arzt da. Mittlerweile ist es halb acht, und Sune nähert sich dem kritischen Punkt.

»Hast du jemanden erwischt?«

»Nein«, sage ich und werfe einen Blick auf die leere Besucherecke. »Wo ist Ebba?«

Sie nickt den Gang hinunter.

»Auf der Toilette.«

Sie schaut den Gang runter, dreht dann den Kopf und schaut in die andere Richtung. Dann schüttelt sie ihn und heftet ihren Blick auf mich.

»Hauen wir ab.«

»Und die Visite?«

Sie spreizt die Hände.

»Siehst du eine?«

Ein Stück den Gang runter öffnet sich eine Tür, und Ebba kommt heraus.

»Wir können nicht gehen, ohne irgendwas in Erfahrung gebracht zu haben.«

»Wir können auch nicht den ganzen Tag hier herumhängen. Ebba schafft das nicht.«

Ebba kommt näher und bleibt vor uns stehen. Sie sieht müde aus.

»Gibt es was Neues?«

Sune nickt.

»Ja, wir gehen.«

Ebba schaut sie an, dann mich. Ich schaue Ebba an. Sie schaut Sune wieder an.

»Und Far?«

»Nehmen wir mit.«

»Und die Visite?«

»Die können uns mal«, faucht sie.

Ebba schaut den Gang rauf, dann den Gang runter.

Als wir ins Zimmer kommen, sind die anderen Patienten wach, doch zwei davon wirken, als wären sie es nicht gern. Einer mustert einen stummen Bildschirm, der andere die Decke. Der dritte hört Musik von einem Walkman. Far starrt aus dem Fenster. Ohne sein Hörgerät bemerkt er uns erst, als wir neben dem Bett stehen.

»Da seid ihr ja«, sagt er erleichtert.

Ebba setzt sich neben das Bett und nimmt seine Hand.

»Wie fühlst du dich, Schatz?«

»Ich will nach Hause.«

»Ja«, sagt sie.

Sune beginnt seine Kleider aus dem Schrank zu holen. Er schaut sie an, dann schaut er Ebba an, und in seinen Augen liegt Hoffnung.

»Gehen wir?«

Ebba nickt, und in seinem Gesicht breitet sich die Freude aus wie Wellen über eine Wasseroberfläche. Ich schaue aus dem Fenster, bis meine Augen aufhören zu brennen.

Kapitel 24

Am frühen Nachmittag kommen wir endlich in der Wohnung an. Kaum hatten wir Far aus dem Bett und wollten das Zimmer verlassen, kam eine Schwester angelaufen. Keine Ahnung, ob sie uns des Rentnernappings verdächtigte, jedenfalls versprach sie tatsächlich, einen Arzt herbeizuschaffen, falls wir kurz warten könnten. Wir machten es uns noch mal in der Sitzecke unbequem und warteten. Nach einer kleinen halben Stunde kam tatsächlich ein Arzt. Leider war er nicht zuständig und schlug vor, die Visite abzuwarten. Sune war kurz davor, mit ihm den Boden aufzuwischen, also gaben sie Far schließlich her. Auf eigene Gefahr. Doch das war der Aufenthalt wohl auch. Übermorgen haben wir einen Termin, um mit dem zuständigen Arzt zu sprechen. Hoffentlich findet er zwei Sekunden Zeit.

Wir brauchen ewig die Treppe hoch. Far scherzt über seine Schwäche, aber er hängt wirklich in den Seilen. Als hätte der Krankenhausaufenthalt die Kraft aus seinem Körper absorbiert. Schließlich kreuzen Sune und ich unsere Hände, er setzt sich drauf, und wir tragen ihn die Treppen hoch. Das ist ihm ein bisschen peinlich, aber nicht so peinlich, dass er vergisst, ein paar Sprüche loszulassen. Wir laden ihn direkt im Schlafzimmer am Bett ab, und wo wir schon dabei sind, holen wir auch gleich Ebba. Als wir endlich alle vier in der Wohnung sind, schläft Far schon. Ebba verschwindet ins Bad, und Sune scheucht mich wieder die Treppen runter, damit ich sie zum Kindergarten bringe. Sie hat immer noch keinen Führerschein. Wozu auch? Bei den Autopreisen in Dänemark weiß sie jetzt schon, dass sie sich nie eines leisten wird.

Wir fahren schweigend. Ein merkwürdiges Gefühl, ohne Far in seinem Wagen zu sein. Sune schaut aus dem Fenster. Seit zwei Kilometern kratzt sie an ihrer Nase herum.

»Hör auf zu popeln.«

»Ich popele nicht«, sagt sie automatisch.

»Und was macht der Finger in deiner Nase?«

»Hm ...«, macht sie und schaut weiter in die Ferne.

»Du sagst einfach Bescheid, wenn du nicht reden willst, ja?«

Darauf antwortet sie gar nicht. Während ich mich frage, worüber sie so angestrengt nachdenkt, fällt mir auf, dass ich heute noch nicht an Tess gedacht habe.

Vor dem Kindergarten halte ich an und suche einen Parkplatz. Sune sagt, dass ich sie einfach rausschmeißen soll und sie später nicht abzuholen brauche. Sie will nach der Arbeit direkt zu Far kommen. Sie küsst mich, eilt über die Straße auf ein buntes Tor zu, öffnet es, und dann hört man von drinnen Kinderstimmen begeistert aufschreien. Nicht das Schlimmste, was einem nach einer Krankenhausnacht zustoßen kann.

Die Wohnung ist ruhig und die Schlafzimmertür geschlossen. Ich setze ein Käffchen in der Küche auf, gehe ins Wohnzimmer, setze mich auf den Schemel und wähle ihre Nummer. Die Wählscheibe klackert wie ein Glücksrad auf der Kirmes.

»Krytowski.«

»Ich bin's.«

»Liebster! Schön, dass du anrufst!« Ihre Stimme klingt überrascht, erfreut und zärtlich. »Wir sehen uns am Samstag.«

Sie klingt so erfreut, dass mein Herz hüpft.

»Ist ja ein Ding«, sage ich, und das ist es wirklich. Scheinbar muss man sich einfach trennen, um sich mehr zu sehen.

»Weißt du, was schön wäre?«, flüstert sie. »Wenn wir einfach wieder in Urlaub fahren könnten. Hier geht es drunter und drüber. Die *nerven*!«

Ich lächele. Schön zu hören. In mir lauert noch immer eine schwachsinnige Hoffnung, dass sie plötzlich einen Karrierekoller bekommt und kündigt. Prima. Werd bloß nicht erwachsen, Junge.

»Warte bitte einen Augenblick ...«, sagt sie.

Im Hintergrund lacht eine Männerstimme. Mein Lächeln verschwindet. Wieder verändern sich die Hintergrundgeräusche. Eine Tür klappt, der Raumklang verdichtet sich. Als sie weiterspricht, redet sie normal.

»Heute ist eine chinesische Delegation hier, und ausgerechnet dann ist mein Konferenzraum nicht frei, und jetzt stehe ich mit sechzehn Teilnehmern ohne Raum da und muss improvisieren. Wir sind gerade dabei, ein Hotel zu buchen.«

»Weißt ja, Gesicht verloren, Harakiri.«

»Das ist japanisch.«

»Süße, hör mal, ich bin in Kopenhagen. Far ist wieder umgekippt, aber er ist zu Hause. Die Ärzte wissen noch nichts, wir warten auf die Diagnose.«

Es wird still im Hörer. Dann atmet sie durch.

»Er fällt wahrscheinlich nicht grundlos um.«

»Nein.«

»Und was glaubst du?«

»Ich weiß es nicht. Übermorgen haben wir einen Termin bei dem zuständigen Arzt.«

Als sie spricht, klingt ihre Stimme bedrückt.

»Ich wäre jetzt so gerne bei dir.«

»Das wäre schön.«

»Ja.«

»Ja.«

Wir schweigen ein bisschen. Dann öffnet sich eine Tür im Hintergrund, und jemand ruft sie beim Vornamen. Eine weitere Männerstimme. Tess nimmt mir das Versprechen ab, mich sofort zu melden, wenn es Neues gibt, küsst in den Hörer, dann legen wir auf, und ich merke, dass ich die ganze Zeit meine Muskeln angespannt habe. Ich schaue aus dem Fenster, sehe den Möwen beim Streiten zu, esse ein paar Lakritz, dann gehe ich in die Küche, fülle die Thermoskanne, decke den Kaffeetisch, setze mich in Fars Ledersessel und schaue mich um. Die Kinderwand. Die afrikanischen Statuen. Die Gemälde. Die vergoldete Bibel, anhand deren Far uns zu Atheisten erzog. Die beste, epochale Kurzgeschichtenanthologie über die menschliche Natur, wie er sie nannte. Er las daraus vor, wenn er uns klarmachen wollte, wie Kriege entstehen oder Philosophie als Propaganda von Fanatikern missbraucht wird. Oder worin Eifersucht und Rache münden.

Geräusche im Nebenzimmer. Leise Schritte. Ebba erscheint in der Türöffnung. Sie sieht abgekämpft aus, aber sie lächelt.

»Es roch nach Kaffee.«

Ich greife nach der Kanne und schenke ihr eine Tasse ein. Sie wirft einen Blick auf die Bibel, die beim zweiten Buch Mose aufgeklappt daliegt, und setzt sich vorsichtig in ihren Stuhl.

»Wie geht es ihm?«

»Er schläft. Ihm war vorhin wieder ein bisschen schwindelig.«

Ich nicke.

»Diese Tabletten ...«, beginne ich, »die Nebenwirkungen können Schwindel auslösen.«

An ihrem Blick sehe ich, dass das nichts Neues für sie ist.

»Wieso hat er nie was gesagt?«

»Du kennst ihn doch.«

»Ja, aber ...«

»Lasse, frag ihn bitte selbst.«

Ich weiß, dass sie loyal bleiben muss, aber wenn ich nichts von ihr erfahre, erfahre ich nie etwas, denn Far würde in hundert Jahren nicht über eine Krankheit reden. Alte Schule.

»Du weißt, dass er mir nie im Leben etwas sagen wird, also, falls du einen winzigen Tipp hättest ...«

»Ich kann nicht«, sagt sie und trinkt einen Schluck Kaffee.

Wir sitzen ein bisschen da. Kein gutes Schweigen. Sie weiß was und kann es mir nicht sagen. Ich bin sauer und will es nicht an ihr auslassen. Ich trommele mit den Fingern auf dem dicken Ledereinband herum, der die tausend Goldseiten schützt. Ihr Blick huscht wieder zur Bibel.

»Suchst du eine bestimmte Stelle?«

»Nein. Und keine Angst, ich werde nicht plötzlich gottesfürchtig und fange an zu beten, bloß weil Far umgekippt ist.«

Erleichtert springt sie auf die Vorlage an. In der nächsten Stunde diskutieren wir Kirche, Religion und die menschliche Tendenz, Schuld und Verantwortung abzuwälzen. Wir reden über Jesus und Mohammed und Luther und Geschichtsverfälschung. Sie legt mir die heutigen Verbindungen zwischen Kirche und Staat und Wirtschaft dar. Gerade als sie Vergleiche zwischen Religionen, die ihren Gott als den einzig Wahren betrachten, und Faschismus zieht, öffnet sich die Wohnungstür und Sune kommt herein.

»Bin wieder da!« Sie knutscht Ebba, dann mich, dabei huschen ihre Augen über die Bibel. »Wo ist Far?«

»Schläft«, sage ich.

»Ah, gut.« Sie lässt sich in einen Sessel plumpsen, streckt die Beine von sich und seufzt. »Was für ein Tag«, stöhnt sie. »Manchen Eltern müsste man das Sorgerecht entziehen, aber beiden!«

Wir erfahren, dass die Eltern von der kleinen Diandra sich haben scheiden lassen. Die Mutter hat das Sorgerecht und lässt die Kleine manchmal von Typen abholen, die sie selbst erst seit der vergangenen Nacht kennt, was den leiblichen Vater natürlich zu Recht aufregt. Leider kann man seine Argumentation nicht verstehen, weil er immer besoffen ist. Heute war er eigentlich wieder dran, Diandra abzuholen, doch weil er die Alimente nicht bezahlt hat, hat die Mutter sie vorher abgeholt. Als er kam und sie schon weg war, ist er ausgerastet und hat es an Sune ausgelassen, ungeachtet dessen, dass er jeden zweiten Termin vergisst und Diandra dann bis fünf Uhr am Kindergartentor steht und vergeblich wartet, während alle anderen Kinder von ihren Familien abgeholt werden.

Sune reibt sich das Gesicht.

»Und jetzt werden sie sich wieder in die Haare kriegen, und wer leidet am meisten darunter? Aber das ist denen egal, eitle Vollidioten. Es dreht sich nur um sie. Die merken gar nicht, wie die Kleine eingeht, dabei ist sie Zucker, klug, sozial, aber mittlerweile total eingeschüchtert. Sie hat begonnen, wieder ins Bett zu machen, was ihr restliches Selbstbewusstsein zerstört.«

»Jugendamt?«, schlage ich vor und fülle ihre Tasse.

Sie lacht hässlich.

»Na sicher doch, das Jugendamt …«

Sie nimmt einen Schluck, wirft noch einen Blick auf die Bibel, hebt eine Augenbraue und stellt die Frage. Schon stecken wir mitten in der Debatte. Während die beiden das Jüngste Gericht ausdiskutieren und in die Küche gehen, um das nächste zuzubereiten, stecke ich den Kopf ins Schlafzimmer. Far schläft. Wie ein Junge liegt er da. Süß. Beschützenswert. Wie oft muss er so dagestanden und mich angeschaut haben, während ich schlief. Die Dinge ändern sich.

Es gibt Biksemad. Eines meiner vielen dänischen Leibgerichte. Reste auf Kartoffelbasis, ein paar Zwiebeln, ein bisschen Fleisch und als Clou diese dicke braune, würzige Soße. Egal, worauf man die kippt, es wird lecker. Far kommt zum Essen. Er sieht müde aus, aber er kann schon wieder herumblödeln. Essen tut er allerdings kaum etwas, und nach dem Essen legt er sich gleich wieder hin. Ebba geht ins Wohnzimmer und setzt sich vor ihre geliebte Quizsendung, die Kinder räumen den Tisch ab. Als wir abgewaschen haben, geht Sune auf den Minibalkon, um eine zu rauchen, und als sie wiederkommt, habe ich den Kaffee fertig. Nach der Sendung setzt Ebba sich zu uns. Wir spielen Karten und tun, als wäre alles beim Alten. Alte Schule.

Kapitel 25

Helles Licht. Warmer Körper. Rauer Untergrund. Neben mir liegt Sune auf dem Teppich und schnarcht leise. Ebba hantierte in der Küche. Es riecht nach frischem Kaffee, und irgendwo schwört Dean Martin einer Frau ewige Treue. Es könnte wie immer sein. Wenn jemand husten würde. Ich entwirre mich und gehe zum Schlafzimmer. Die Tür steht offen. Ich werfe einen Blick hinein. Far schläft. Also gehe ich in die Küche, küsse Ebbas weiche Wange und erkläre ihr, was ich jetzt verdammt noch mal tun werde. Sie lächelt. Manchmal ist es so einfach.

Beim Bäcker kaufe ich den Laden leer. Tebirkes, Ymer, Schokoboller, Himmel, wir werden platzen. Die Verkäuferin ist um die sechzig, hat ein schönes Lächeln, trägt eine geblümte Schürze und scherzt, was ich mit der Menge an Süßigkeiten kompensieren will. Wir stellen ein paar Thesen auf, und sie entlockt mir ein Lachen. Dann mache ich mich essend auf den Rückweg. Als ich die Wohnung betrete, ist ein Viertel der Leckereien verschwunden. Würde ich hier leben, wäre ich fett.

Trotz der Leckereien bleibt Fars Stuhl beim Frühstück leer. Er schläft noch. Und das er, der in den letzten fünfzig Jahren keine zwanzig Tage krankgemeldet war. Jeder bemüht sich, sich nichts anmerken zu lassen, stattdessen fallen wir über die Backwaren her. Ebba ziert sich zunächst, immer noch auf ihr Gewicht bedacht, doch als sie ein paar Minuten zugeschaut hat, wie wir mit rollenden Augen und jauchzenden Seufzern in den Leckereien wüten, nimmt sie einen winzigen Bissen von einem Tebirkes. Als sie die Augen wieder öffnet, lacht sie, schnappt sich ein ganzes Tebirkes, streicht dick Butter drauf, und ... das große Fressen bricht aus.

Wenig später hängen wir stöhnend auf den Stühlen und schieben vorsichtig Dessert nach. Sune schaut auf die Uhr, sie muss zu ihren Kindern. Sie sagt wirklich *ihren*. Kann man natürlich nicht durchgehen lassen. Ich drücke ihr ein paar Sprüche rein, und wenig später jagt sie mich durch die Wohnung. Ebba lacht, und Sune verteilt blaue Flecke. Schließlich lege ich sie auf den Boden und setze mich auf sie, wie früher.

»Wer ist der Boss?«

»Ich«, schnauft sie und versucht mich hinunterzustoßen.

»Sieht aber nicht so aus, verstehst du?«

Sie bockt und versucht mich wieder hinunterzustoßen. Ich hänge mein ganzes Gewicht auf sie und schaue zu Ebba rüber, die von ihrem Sessel lächelnd auf uns hinunterblickt.

»Was meinst du, wer von uns ist der Stärkste?«

Sie hebt die Hände.

»Zieh mich da nicht mit rein.«

Ich lache Sune hämisch an.

»Siehst du? Sogar Ebba hat Mitleid mit dir.«

Sie kneift in meine Beine, versucht mich zu beißen und stößt sich mit den Beinen vom Boden ab. Ich bleibe sitzen. Es ist viel einfacher, sie zu besiegen, als früher. Das sage ich ihr auch. Sie knurrt und keucht und flucht, und schließlich wird sie wirklich sauer, und ich muss meine ganze Kraft aufwenden, um sie unten zu halten. Dann wirft sie einen Blick auf die Standuhr auf dem Bücherregal und erschlafft – okay, aufhören, sie kommt zu spät in den Kindergarten. Als ich mein Gewicht verlagere, explodiert sie. Sie stößt mich zur Seite, wirbelt auf dem Teppich herum und setzt ihre gefürchtete Beinklemme an. Wenn man da mal drinsteckt, ist der Tag gelaufen. Im letzten Moment bekomme ich ihre Hand zu fassen und kann Gegendruck ausüben. Je mehr sie mich mit den Beinen abklemmt, desto mehr malträtiere ich ihren Handwurzelknochen. Beides tut weh, also liegen wir keuchend und schnaufend zu Ebbas Füßen, die seelenruhig Kreuzworträtsel löst. Sune schaut zur Uhr. Sie muss wirklich los. Wir einigen uns auf Unentschieden, lassen uns los, stehen auf, verabschieden uns von Ebba und poltern die Treppe runter.

Der Innenhof des Kindergartens ist schön. Zwei Kastanienbäume. Ein riesiger Sandkasten und mehrere Schaukeln und Wippen und ein Klettergerüst. Alles aus Holz. Über dem Gebäude hängt ein handgemaltes Schild: Vandpytten. Die Pfütze. Sune erklärt, dass die Kinder sich den Namen ausgesucht haben. Mein Mund verzieht sich zu einem Grinsen. Kids. Sie können eine Pfütze so toll finden, dass sie ein Haus danach benennen. Als wir auf den Hauseingang zugehen, werden wir entdeckt, und schon fallen dick eingepackte Schreihälse über uns her. Ein paar hängen sich an unsere Arme, ein paar setzen sich auf unsere Füße und klammern sich an unsere Beine und rufen *Los! Los!* Na klar doch, gleich kippe ich um.

Irgendwie schaffen wir es in die Pfütze, ohne jemanden totzutrampeln. Schon kommt Sunes Kollegin um eine Ecke gesaust, um zu sehen, *was hier für ein verfluchter Krach ist!*

Sune stellt mich vor. Sisse, Lasse, Lasse, Sisse. Ein niedlicher Name für einen Berg von Frau. Mit ihrer massigen Gestalt und der Stimme eines Kutschers prädestiniert für den Job als Gefängniswärterin. Arme Kids. Oder auch nicht, denn sie hat ein Baby auf dem Arm und einen etwa dreijährigen Jungen auf dem rechten Fuß und geht mit beiden um, als wären sie angewachsen. Doch jetzt hat sie erst mal keine Augen für die Kinder, denn, ein Mann, im Kindergarten … Sune schickt mir ein sadistisches Grinsen und verschwindet, um das Frühstück vorzubereiten. Sisse unterbricht ihr Gebalze, um einen Luke anzubrüllen, er solle gefälligst Claras Haare loslassen! Der Junge purzelt vor Schreck auf den Hosenboden und schaut sie unsicher an. Sisse richtet einen Finger auf ihn und macht ein schmatzendes Geräusch mit dem Mund. Seine unsichere Miene verwandelt sich sofort in Gewissheit. Er lacht ein helles Kinderlachen und läuft los, um irgendwo irgendetwas anderes anzustellen. Sisse nimmt den Faden wieder auf, ein Mann, im Kindergarten … dabei wiegt sie das Baby und zuckt mit dem Fuß, dass der Dreijährige sich mit aller Kraft an ihr Schienbein klammern muss, um nicht herunterzufallen. Sie bietet mir gerade eine Führung durch die anderen Räume an, als Sune sie ruft: Tamina kotzt wieder. Sisse drückt mir das Baby in die Arme und eilt los. Den Jungen auf ihrem Fuß hat sie scheinbar vergessen. Er wird kräftig durchgeschüttelt und klammert sich mit der konzentrierten Miene eines Kindes, das die Welt retten will, an ihr Bein. Als sie um die Ecke biegt, ist es um ihn geschehen. Er purzelt herunter. Für einen Augenblick wirbeln Empfindungen über sein Gesicht, Schmerz, Enttäuschung, Angst. Da ertönt das schmatzende Geräusch wieder, und sofort schlägt seine Miene in Freude um. Er kämpft sich auf die Beine und stürmt hinter Sisse her.

Für einen Augenblick sinkt die Geräuschkulisse unter Flughafenniveau. Das Baby schlägt die Augen auf und schaut mich verkniffen an. Irgendwo habe ich mal gelesen, dass Babys in den ersten Monaten alles auf dem Kopf sehen, und zwar ohne Farbe. Da ich weiß, wie ich reagieren würde, wenn ich aufwachte und in ein auf dem Kopf stehendes Gesicht eines Fremden schauen würde, wappne ich mich, doch der Kleine guckt mich nur aus großen Augen an, stöhnt mehrmals angestrengt, wird rosa im Gesicht, dann riecht man das Ergebnis.

»Angeschissen«, sage ich.

Abrupt lächelt er ein zahnloses Lächeln. Mein Herz fliegt ihm zu. Ich sage ihm, wie toll er das gemacht hat, er es aber nicht zu wiederholen braucht, bevor ich weg bin, und beginne ihn zu wiegen. Schon bald schläft er wieder. Ich denke über Babys nach und wieso wir sie so viel loben und wieso wir damit aufhören, wenn sie älter werden. Wir bestrafen das Erwachsenwerden. Manche müssen auf eine Bühne gehen, um das zu kompensieren und noch mal die Anerkennung zu erfahren, die sie als kleine Kinder gewöhnt waren. Manche finden sie noch nicht mal da, ja, ja. Und was dann? Unseren Partner verdonnern, diesen Part zu übernehmen? Und wenn er das nicht schafft, verlassen wir ihn dann? Und ist das schlau? Und ist es nicht ein bisschen spät, darüber nachzudenken?

Ich mustere das kleine Gesicht auf meinem Arm.

»Du kannst ja später in der Werbung arbeiten, dann wirst du weiterhin für Scheiße gelobt.«

»Mit wem redest du?«, fragt Sune und kommt in den Raum gehastet. Statt Mantel und Pulli trägt sie jetzt ein Shirt, das so viele Flecken hat, dass es aussieht wie ein LSD-Bergtrikot. Als sie mich mit dem Kleinen dastehen sieht, lächelt sie, nimmt mir das Baby ab und schnuppert an ihm, wie ein Fünfsternekoch an einem Marktfisch. »Bis eben hatte er Verstopfung ...«

Sie nennt mich ein menschliches Abführmittel und lacht so laut, dass der Kleine aufwacht. Er schlägt die Augen auf, sieht sie und schreit los, was mir natürlich Munition gibt. Während sie ihm die Windel wechselt, kabbeln wir uns, was das Zeug hält, und ich muss aufpassen, dass mein Grinsen mir nicht die Kopfhaut abreißt. Ein paar großartige Minuten sind wir frei. Bloß Geschwister, die sich beharken. Dann schreit Sisse durch den Krach der Kinder, dass das verfluchte Essen überkocht. Sune schreit zurück, dass sie sich nicht drum kümmern kann, da sie mich gerade verabschiedet. Sisse schreit zurück, dass sie sich beeilen soll, weil gleich die gottverdammte Küche in Flammen steht. Sune schreit zurück, dass doch alles niederbrennen soll, zum Teufel. Die Kinder toben weiter ungerührt herum. Entweder ist ihr Dänisch noch zu schlecht, oder sie sind schon abgehärtet.

Sie bringt mich zum Ausgang. Wir umarmen uns. Als ich das bunte Tor öffne, taucht Sisse auf wie ein Dampfer aus dem Nebel. Sie drückt mich an sich und erlaubt mir zu gehen, vorausgesetzt, dass ich bald wiederkomme. Ich verspreche es. Dann stehe ich auf der Straße und wische mir etwas Sabber vom Mantelkragen. Ich bin mir nicht sicher von wem.

Als ich die Wohnungstür aufstoße, sitzen Far und Ebba am Kaffeetisch, und zwischen ihnen herrscht diese Stille, wenn man mitten im Satz abgebrochen hat. Ebbas Augen sind gerötet. Far drückt mir eine halb volle Thermoskanne in die Hand und bittet mich, neuen Kaffee aufzusetzen. Ich gehe in die Küche und setze neuen auf, dann gehe ich ins Wohnzimmer, ziehe den Vorhang zwischen den Zimmern zu, setze mich auf den Telefonschemel und rufe mein anderes Leben an. Frauke geht bereits nach dem zweiten Klingeln ran. Ich frage sie, warum sie an mein Telefon geht. Sie sagt, weil ich anrufe. Ich frage sie, wie es ihr geht. Sie stöhnt, nach Aschermittwoch sei die Restwoche Kopfschmerzen und Grippe, dennoch gehe sie gleich zur Arbeit und freue sich darauf. Fünf Tage ohne Kanzlei – da fehlt ihr was. Scheinbar lieben alle ihren Job mehr als ich. Apropos: Frauke berichtet weiter, mein Agent rufe ständig an. Ich berichtige sie, Agentur. Sie berichtigt mich, Agent. Clemens himself habe mehrmals auf den AB gesprochen, der Sender finde Aggrocomedy super, es gebe ein Meeting, und zwar morgen, Clemens wolle sich vorher mit mir treffen, und zwar heute, damit wir das weitere Vorgehen besprechen könnten. Außerdem sei heute früh eine gewisse Nina aufgetaucht, die in der Halle habe auftreten wollen. Frauke hielt sie für eine Irre aus der Klinik. Über ihre Spontanreaktion – *Hat die Klapse Wandertag?* – muss ich lachen und erkläre ihr, dass Nina eine Kollegin ist und dass sie proben kann, solange sie niemanden nervt. Dann tritt eine kleine Pause ein. Danach fragt sie mich mit kleiner Stimme, wie es denn meinem Vater gehe. Ich sage, dass wir noch keine Diagnose, aber morgen einen Termin im Krankenhaus haben. Wieder so eine merkwürdige Pause. Dann sagt sie, dass sie losmüsse und dass ich sie jederzeit anrufen könne, auch im Büro. Ich danke, dann legen wir auf. Ich bleibe einen Augenblick sitzen und denke über kleine Pausen nach.

Als ich den Kopf ins Esszimmer stecke, ist die Luft besser. Ebba löst Kreuzworträtsel, Far liest ein Buch. Ich hole die Kanne aus der Küche und gieße ihnen ein frisches Käffchen ein, dann gehe ich zurück ins Wohnzimmer, setze mich wieder auf den Telefonschemel und wähle.

»Krytowski.«

Ich werfe einen Blick zum Esszimmer und senke die Stimme, obwohl die beiden kein Wort Deutsch können.

»Ich bin's.«

»Liebster! Schön! Warte bitte einen Augenblick …«, sagt sie und bedeckt die Muschel mit ihrer Hand. Durch die Abdeckung höre ich, wie sie jemandem etwas erklärt. Dann verändert sich der Raumklang, und sie ist wieder dran.

»Was haben die Ärzte gesagt?«

»Der Termin ist erst morgen.«

»Oh. Entschuldige.« Sie atmet tief ein und schnell aus. »Wie geht es ihm?«

»Er schläft viel, aber sonst ist alles beim Alten.«

»Und wie geht es dir?«

Ich sage nichts. Zuerst, weil ich darüber nachdenke. Dann, weil ich es weiß. Und dann brauche ich es auch nicht mehr zu sagen. Die Pause spricht für sich.

»Ich wollte nur mal deine Stimme hören«, flüstere ich und muss dennoch kämpfen, dass meine Stimme nicht bricht. Gott, tut es gut, mit ihr zu reden.

»Ich komme Samstag mit der ersten Maschine«, sagt sie und klingt entschlossen.

»So schlecht geht es ihm nicht.«

»Deinetwegen.«

Ich schaue aus dem Fenster. Gegenüber hängt ein Opa im offenen Fenster und raucht eine Zigarre. Dick vermummt gegen die Kälte. Sein Atem konkurriert mit dem Zigarrenqualm.

»Bist du noch dran?«

Ich nicke.

»Liebster?«

»Ja.«

»Möchtest du das?«
»Ja.«
»Holst du mich vom Flughafen ab?«

Ich sage Ja. Sie sagt, sie müsse Schluss machen, und fragt diesmal wieder, wer mich liebe. Ich sage, sie. Sie sagt Ja und unterbricht. Ich brauche zwei Versuche, um den Hörer auf die Gabel zu legen. Ich atme ein paarmal durch. Dann gehe ich rüber und sage, dass Tess Samstag kommt, und falls sich noch einige Spannungsreste an den Ecken des Raumes festgeklammert haben, so werden sie von dieser Nachricht wegkatapultiert. Far beginnt sofort, Kuppelszenarien auszumalen. Wieder bin ich kurz davor, es ihm zu sagen, einfach nur, um ihn zum Schweigen zu bringen. Stattdessen nehme ich mir vor, Tess daran zu erinnern, dass wir nördlich der Elbe immer noch zusammen sind. Örtliche Beziehung.

Als Sune abends von der Arbeit kommt, habe ich zum ersten Mal seit Jahren einen ganzen Wintertag mit Ebba und Far verbracht, ohne dass Weihnachten war. Schön ist das. Ich habe ganz vergessen, wie schön. Die beiden sind einfach Zucker, und auch wenn Far nicht in Topform ist, so albern wir viel rum, bevor er sich nachmittags wieder hinlegt. Ich lasse mich für den Haushalt einspannen, helfe Gardinen zu waschen, bringe Altglas weg, und als ich wiederkomme, putzt Ebba die Küche. Sie sieht so müde aus, dass ich sie gegen ihren Willen zu ihrem Sessel bringe und sie sanft hineindrücke. Sie wehrt sich nicht wirklich, sondern lehnt sich seufzend zurück und schaut zu, wie ich ihr die Tasse fülle, dann nimmt sie sich die Tageszeitung. Als ich das Zimmer verlasse, tut sie, als würde sie lesen, schließt aber bereits die Augen, bevor ich ganz draußen bin. Die Alten werden alt. Sind sie schon mein Leben lang, aber jetzt werden sie es wirklich. Wenn ich nicht so weit weg wohnen würde, könnte ich ihnen mehr helfen. Ihnen einen Teil zurückgeben. Aber so ist das mit Kids. Erst gibst du ihnen die besten Jahre deines Lebens, dann hauen sie ab ins eigene.

Gegen Ebbas Veto bereitet Sune das Abendessen vor, ich decke den Tisch und lasse mir von Ebba erklären, wie man Kreuzworträtsel am schnellsten enträtselt. Scheint eine gute Übung fürs Gedächtnis zu sein, denn ihres ist erstklassig, wie ich wieder merke, als sie mich daran erinnert, wie mein erster Schulfreund hieß.

Far kommt. Er wirkt immer noch müde, glänzt aber mit weiteren schlechten Witzen und besseren Allen-Zitaten. Für eine Stunde wirkt alles normal. Erst als er sich direkt nach dem Essen wieder hinlegt und seine geliebten *Die Zwei* verpasst, werden wir wieder daran erinnert, dass nicht alles im Gleichgewicht ist, doch wir machen weiter, als sei nichts. Ebba setzt sich vor den Fernseher und zieht sich ihr Quiz rein, wir waschen ab. Anschließend setzen wir uns zu Ebba und schauen Nachrichten. Was würde ich jetzt dafür geben, wenn Arne und Frauke hier wären und sich über irgendeinen Mist streiten würden. Anreize hätten sie genug, denn die dänischen Nachrichten sind wie die deutschen – Angst verbreiten und zum Schluss das Wetter. Doch eine Sache relativiert: Am Ende darf ein Kind dreißig Sekunden von seinem Tag erzählen. Nach Terror, Weltwirtschaft und Busunfällen wird es plötzlich ein paar Welten kleiner, aber ebenso ernsthaft. Ein Kindergeburtstag von Alissa, einer zahnlückigen Siebenjährigen. Ein gewisser Henrik war auch eingeladen. Er geht auf ihre Schule. Und er hat eine Brille. Und er hat sie an den Haaren gezogen, und das war doof. In weniger als dreißig Sekunden schildert sie uns haarklein diesen Höhepunkt ihres Tages, ohne zwischendurch

Luft zu holen. Auf die abschließende Frage, ob sie Henrik später mal heiraten wird, senkt sie den Blick und kichert zum Niederknien süß. Herrje, das sind die Nachrichten, die man braucht. Aber das kann ich ja leicht behaupten, weil ich nicht verhungere. Weil ich Trinkwasser habe. Weil ich kein HIV habe. Weil ich nicht gefoltert werde. Weil meine Schwester nicht vor meinen Augen vergewaltigt und geköpft wurde. Weil in meiner Stadt keine Raketen einschlagen. Weil meine Verwandten weder sich selbst noch andere in die Luft sprengen. In unserem demokratischen Paradies will ich einfach nur öfter Kinder kichern hören. Europa ist Standortvorteil.

Ebba geht ins Bett. Sune und ich schauen noch den folgenden Film. Ich warte, dass sie etwas sagt oder noch etwas fragt, aber … nichts. Tess ruft wieder an. Sie hat einen Tag vorgezogen und kommt bereits morgen Nachmittag, einen Tag früher, dafür muss sie einen Tag früher zurück, aber sie wollte mich so schnell wie möglich sehen. Gut? Sie gibt ihre Ankunftszeit durch, küsst, wünscht mir eine gute Nacht und sagt: Bis morgen. Danach kann ich mich nicht mehr auf den Film konzentrieren. Ich gehe ins Esszimmer und bereite das Bett auf dem Teppich vor. Dann haue ich mich hin und blättere in der Bibel. Ich finde keine Stelle, in der steht, wie man einen kranken Vater dazu bringt, über seine Krankheit zu reden. Das Angebot geht über erschlagen, ertränken, steinigen und enthaupten zu von wilden Tieren zerfleischen, verhungern, verdursten, verbrennen, verdammen, verbannen, zu Stein erstarren lassen, aber das alles erscheint mir übertrieben.

Irgendwann geht der Fernseher drüben aus, dann erlöschen die Lichter, und Sune kommt rüber. Sie zieht sich bis auf ihre altbackene Allzweckunterwäsche aus, rutscht unter die Decke, stützt sich auf einen Ellbogen und mustert mich.

»Du liest schon wieder in der Bibel.«

Ich zucke die Schultern.

»Warum auch nicht? Sie war Brechts Lieblingslektüre, Gandhi lobte sie, Galilei schwärmte davon ... Außerdem stehe ich auf Gewalt.« Ich blättere behutsam eine der in Blattgold eingefassten Seiten um. »Schau nur, Tausende Tote in einer einzigen Szene, da kann Hollywood einpacken. Brudermord, Inzest, Verrat, Völkermord, Vergewaltigung und Folter, müsste eigentlich auf den Index, das Ding.«

Sie schaut mich seltsam an, dann wünscht sie mir eine gute Nacht, dreht sich um, drückt sich in die Decken und rückt nach hinten, bis ihr Körper an meiner Seite liegt. Ich richte die Lampe neu aus, um sie nicht beim Einschlafen zu stören, und lese Seite um Seite. Schon beim Umblättern habe ich das Gelesene vergessen. Als Sunes Atemzüge tief und regelmäßig werden, schiebe ich das Buch so weit weg, dass ich es nicht im Schlaf beschädigen kann, und knipse die Lampe aus. Draußen funkeln die Sterne. Fars Gesichtsausdruck steht wie gemeißelt vor meinen Augen. Seinen Vater zum ersten Mal mit Angst zu sehen ist auch für einen Erwachsenen falsch. Einfach falsch. Ich liege mit einem Scheißgefühl da und werde es nicht los, kann nicht einschlafen, kann das Bild nicht vergessen. Wie gern würde ich jetzt raus in die Halle gehen und einen Film mit meiner WG anschauen. Aber Deutschland ist so weit weg wie mein dortiges Leben. Herrje, nächsten Montag soll ich in Köln auf die Bühne gehen und Lustigkram machen. Die Vorstellung, mich jetzt mit so etwas zu beschäftigen, ist so bizarr. Diese verschiedenen Leben ... Dänemark, Deutschland, Familie hier, Freunde dort, mein Leben mit Tess, mein

Leben ohne sie, mein Leben im Job – Tess war immer die Verbindung zwischen allen Teilen, sie kannte mein ganzes Leben, alle anderen kennen nur Ausschnitte. Das vermisse ich am meisten. Jemand, der immer da ist und über alles Bescheid weiß. Und jetzt China ... Mein Herz sackt ab, als würde ich Achterbahn fahren. Ich habe Tess schon so geliebt, dass ich mir sicher war, ich würde sterben, wenn ich sie verlöre. Aber nach Jahren der Distanzierung habe ich mich damit abgefunden, dass sich alles verändert. Ich habe mich damit abgefunden, dass sie mit einem anderen schläft. Ich habe eingesehen, dass wir uns trennen müssen. Aber China? Ich will das nicht. Ach, was hätten wir für ein schönes Leben, wenn wir schlicht wären. Wenn ich aus dem Bodybuildingstudio nach Hause käme und sie vom Friseur, würde ich sie durchpoppen wie eine weitere Sporteinheit, und dann würden wir uns vor die Glotze hängen und fernsehen. Das wäre toll. Ja. Vielleicht kann ich sie am Wochenende ja einfach mal flachlegen, jetzt wo meine Blockade gesprengt ist. Aber würde das viel ändern? Kann man die Uhr zurückvögeln? Und würde es überhaupt klappen? Kann ich den Schalter umlegen und sie als Frau sehen statt als Freundin? Und warum ist der Unterschied so groß? Oder denke ich einfach zu viel? Muss ich lernen, weniger zu denken? Dumm fickt gut? Schlau fickt gar nicht, kann es aber erklären? Gott, wir hätten einfach sofort auf Drogen poppen sollen, als wir merkten, dass wir uns anfreunden. Nach einem Haiangriff soll man ja sofort wieder ins Wasser gehen. Wir blieben an Land.

Kapitel 26

Helles Licht. Warmer Körper neben mir. Rauer Untergrund. Sune schnarcht leise. Ebba hantiert im Bad. Es riecht nach Kaffee. Irgendwo läuft Fars geliebter Louis Armstrong so leise, dass ich das Lied nicht erkenne. Far hustet im Bad. Ich öffne lächelnd die Augen.

Meine Lieblingsbäckerin ist heute nicht da, dafür steht eine Aushilfe hinter dem Tresen. Sie ist jünger und schöner, aber schlechter gelaunt, und hat noch kein Wissen darüber, wie unattraktiv sie das macht. Wie so viele Frauen, die sich nur mit Männern umgeben, die sie nach ihrem Äußeren bewerten, nimmt sie meine Freundlichkeit als Anmache und klatscht mir unfreundlich die Tüten auf die Theke. Ich bedanke mich für ihre Freundlichkeit und erkläre ihr, dass ich aber leider nicht mit ihr ausgehen kann, da ich auf freundliche Frauen stehe. Ich wünsche ihr einen schönen Tag und bringe die Schätze in Sicherheit, bevor sie sich erholt.

Wir frühstücken, und ich sauge den Augenblick auf. Neben mir sitzt Ebba. Gegenüber sitzt Far. Daneben Sune. Kein freier Stuhl. Far isst zwar kaum etwas, doch während wir uns mästen, packt er die Geschichte aus, wie er und Roland auf dem Heimweg mal von einer Mofabande belästigt wurden. Roland schlug dem Anführer ein Stück vom Mofalenker ab. Ab da gab es keine Probleme mehr, außer dass Rolands Prothese repariert werden musste. Far kichert, und für einen Moment ist alles wieder beim Alten. Ein guter Augenblick.

Nach dem Frühstück bringe ich Sune zum Kindergarten. Eigentlich ist heute ihr freier Tag, aber sie will trotzdem kurz vorbeischauen, weil Sisse mit einer neuen Teilzeitkraft allein ist. Als wir das bunte Tor öffnen, fallen die Kids sofort schreiend über sie her. Bis sie mich entdecken. *Ein Mann! Ein Mann!* Diesmal weiß ich, von wem sie den Schlachtruf haben. Ich schüttele die Kids ab und laufe los. Sie nehmen kreischend die Verfolgung auf, bis sie mich schließlich eingekreist haben und über mich herfallen wie ein Rudel lachender Hyänen. *Was ist das für ein verfluchter Krach!* Das Rudel spritzt auseinander. Sisse kommt um die Ecke gebogen, sieht mich, verscheucht die Kids und fährt schweres Grabgerät auf. Die Souveränität, mit der sie die Kleinen nebenher erzieht, macht sie liebenswert, aber dennoch muss ich aus Notwehr beichten, dass ich in einer festen Beziehung bin. Sie lässt sich das von Sune bestätigen und lockert die Belagerung ein bisschen. Es hat wirklich Vorteile, dass ich mich noch nicht als Single geoutet habe.

Sisse verschwindet wieder in die Pfütze. Sune unterhält sich mit der Teilzeitkraft, die gestresst wirkt. Ich setze mich auf den Sandkastenrand und schaue zu, wie eine Generation ein paar Minuten älter wird. Ein Mädchen sitzt für sich und spielt konzentriert mit einer Puppe. Egal, was um sie herum passiert, sie schaut kurz hoch und kehrt dann in ihre Welt zurück. Ein Junge weint, weil jemand ihm etwas weggenommen hat. Sune redet mit ihm. Er beruhigt sich und nimmt wenig später jemand anderem was weg, der ihn dafür schlägt. Er weint wieder, Sune redet mit ihm. Wenig später läuft er lachend mit ausgebreiteten Armen und geschlossenen Augen hinter Sune her. Mein Herz schlägt warm, Gott, wie ich das vermisse, laut lachend mit ausgebreiteten Armen, geschlossenen Augen und dem sicheren Gefühl, dass alles gut ist, hinter jemandem herzurennen. Aber ich werde es nie mehr haben. Das Leben lehrt, dass blinde Gefolgschaft ein furchtbarer Fehler sein kann. Aber das ist Kopf. Im Herzen will ich noch mal jemandem so folgen.

Sune setzt sich neben mich auf den Sandkastenrand. Sie atmet schwer und schiebt beide Hände in die Manteltaschen, die Nase rot von der Kälte. Sie druckst ein bisschen herum und fragt dann, ob es mir was ausmachen würde, Far allein zum Arzt zu bringen, die Neue wäre total überfordert, und nicht mal Sisse könne ohne Hilfe mit dreißig Kindern klarkommen. Ich schaue sie an. Was??? Sie will mich allein mit Far ins Krankenhaus fahren lassen??? Dafür will ich sie leiden lassen, doch im selben Moment purzelt ein Mädchen von der Wippe. Sune springt sofort auf, und noch bevor die Kleine realisiert, was passiert ist, sitzt sie auf Sunes Arm und fängt sich ein Lob ein, wie toll sie sich eben abgerollt hat, ganz große Klasse, das kann nicht jeder. Oh, was ist das? Schau mal, diese Wolke dort, hat die nicht die Form von einem Pferd? Die Kleine ist verwirrt. Sie ist doch runtergefallen, es muss doch weh tun, sie muss jetzt weinen, oder? Aber sie folgt Sunes Fingerzeig, schaut auf die Wolke und sagt: Pferd. Für einen Augenblick ist Freude in ihren Augen, dann beginnt sie zu schniefen. Es scheint mehr ein Reflex zu sein, aber Sune nimmt sie vorsichtshalber mit rein, um sie zu untersuchen, und hat mich schon vergessen, bevor sie zwei Meter weg ist.

Es ist mir ein Rätsel, wie sie es schafft, die neuen Kinder immer wieder zu lieben. Sie kümmert sich jahrelang, sieht sie aufwachsen, erzieht sie, ist für einige Jahre mit die wichtigste Bezugsperson. Dann verschwinden die Kinder in die Schule oder sonst wohin, und sie sieht sie nie wieder. Und liebt die neuen wieder. Kein Wunder, dass da keine Liebe für einen Kerl übrig bleibt. Vielleicht ist es das größte Geschenk, das sie der Gesellschaft machen kann, Single zu sein und ihre Liebe anders zu verteilen. Vielleicht ist das das Potenzial für die Singlegesellschaft: mehr Liebe für die Allgemeinheit. Hm.

Ich warte noch ein paar Minuten, ob sie wiederkommt. Dann stehe ich auf, klopfe mir den Sand von der Hose, öffne das Tor und gehe wieder raus in die Welt.

Sie sitzen am Kaffeetisch im Esszimmer. Ebba löst Kreuzworträtsel, Far liest ein Fachbuch über Gartenpflege. Ich bleibe vor dem Tisch stehen.

»Entschuldige, dass es so lange gedauert hat, Sune musste im Kindergarten bleiben, aber wir schaffen es pünktlich, wenn wir sofort losfahren.«

Ebba hebt den Kopf und schaut Far an. Er blättert eine Seite um, ohne Notiz von mir zu nehmen.

»Der Arzttermin«, erinnere ich ihn.

Er liest weiter. Ich lege meine Hand auf das Buch und drücke es runter.

»Wir müssen los.«

»Mir geht es gut«, sagt er und versucht das Buch wieder hochzuheben.

Ich drücke es wieder runter, und für einen Augenblick schauen wir uns komisch an, als uns gleichzeitig klar wird, dass ich mittlerweile stärker bin als er. Er lässt das Buch los, verschränkt die Arme über seiner Brust und schaut beleidigt auf die Kinderwand.

»Ich verspreche, dich keine Sekunde aus den Augen zu lassen.«

»Nein.«

»Niemand wird dich entführen.«

»Nein.«

»Ich verteidige dich mit meinem Leben.«

»Nein.«

Ich schaue Ebba an. Sie schaut wieder auf ihr Kreuzworträtsel und hilft mir nicht. Ich schaue Far an. Er mustert die Kinderwand, als hätte er sie noch nie zuvor gesehen. O. k., versuchen wir es anders.

»Diese Tabletten, wogegen sind die?«

Er wirft Ebba einen schnellen Blick zu und zuckt die Schultern.

»Schmerzen.«

»Aha. Und welche Art von Schmerzen?«

»Schmerzen eben.«

Prima.

»Du hast die von deinem Hausarzt verschrieben bekommen?«

Er nickt.

»Hansen, ja.«

»Hat er dir vielleicht auch verraten, wieso er dir diese Hammerteile verschreibt?«

Er zuckt die Schultern wie ein Dreijähriger, der ins Bett muss, bevor er müde ist.

»Beschreib mal, wie es ist, wenn du umkippst.«

»Mir wird schwindelig. Ich falle um. Ich wache wieder auf. Alle schauen mich blöd an.«

»Wird dir vorher schlecht?«

»Wenn ich hier nichts gegessen habe, geht es eigentlich.«

Ebba hebt den Blick, stupst ihn gegen die Schulter,

lächelt aber dabei. Herrje, wenn ich je eine Frau finde, die meine schlechten Scherze so liebt wie sie seine ... Hm. Wenn ich überhaupt eine finde, die sie so liebt. Aber vielleicht liebt sie ja gar nicht die Witze. Vielleicht liebt sie ihn, und die Witze, weil sie von ihm sind. Und jetzt bloß nicht den Faden verlieren, ja?

»Haben die bei dir eine Kernspintomographie gemacht?«

Er schaut mich an und lächelt milde.

»Was bist du – Arzt?«

»Nein, Sohn.«

Sein Lächeln wird weicher.

»Richtig.«

»Also?«

»Nein«, sagt er und hebt das Buch wieder an.

Ich schaue zu Ebba rüber. Sie versucht sich nichts anmerken zu lassen und macht das ganz gut. Ich nehme Far das Buch aus der Hand und schaue ihn an.

»Wir müssen los.«

»Nein.«

»Können wir uns nicht wie Erwachsene unterhalten?«

Er merkt auf.

»Na endlich!« Er richtet sich etwas auf und schaut mich an. »Gut, also, für die Erwachsenen unter uns: Falls ich wieder umkippen sollte, versteck mich und lass mich sterben.«

Ich blinzele. Er hält sich die Hand vor den Mund und gähnt.

»Jesses, bin ich müde. Ich lege mich wieder hin.«

Mit diesen Worten stemmt er sich aus dem Sessel, gibt Ebba einen kleinen Kuss auf die Wange, seine Hand drückt meine Schulter, dann geht er mit schweren Schritten zum Schlafzimmer und verschwindet darin. Ich schaue Ebba an. Sie steht auf und geht in die Küche. Toll.

Kapitel 27

Der Chefarzt sieht aus wie ein Filmstar, weiße Haare, Golfplatzbräune, weißer Moustache und eine von diesen goldenen Lesebrillen, die Vorstandsvorsitzende so gerne vor Gericht tragen. Fehlt nur noch, dass er einen Zeigefinger ans Kinn legt. Momentan hat er dafür keine Zeit, weil er mich argwöhnisch mustern muss.

»Du bist Damkjær Nielsen?«

»Der Sohn«, sage ich und brauche wieder einen Augenblick, um mich von dem Du zu erholen.

Er senkt den Kopf etwas und mustert mich über den Rand der Brille hinweg.

»Und wo ist der Patient?«

»Er konnte nicht kommen. Ihm geht es nicht so gut.«

Er hebt eine distinguierte Augenbraue.

»Er kommt nicht?«

Als Chefarzt muss man eine schnelle Auffassungsgabe haben.

»Er kommt nicht«, bestätige ich.

Das bringt mir einen weiteren Blick ein. Er drückt seinen Drehstuhl etwas herum, studiert seinen Computermonitor, streut noch ein paar Blicke ein. Schließlich nimmt er die Brille ab, lehnt sich zurück und klopft sich mit dem Brillengestell auf einen Eckzahn. Ich schaue auf meine Schuhe, um nicht loszuschreien.

»Bei der Visite muss der Patient eigentlich anwesend sein.«

»Er kann nicht. Dafür bin ich da. Der Sohn. Ich würde gerne wissen, was mit meinem Vater ist.«

Er nickt nachdenklich und wirft noch einen Blick auf den Monitor, als könnte sich dort in der Zwischenzeit etwas verändert haben.

»Die Untersuchungen sind noch nicht abgeschlossen.«

»Himmel, Arsch! Wen muss ich vögeln, um hier eine verdammte Auskunft zu bekommen?«

Er schaut mich entgeistert an. Ich lehne mich etwas vor.

»Mein Vater ist krank, und ich würde jetzt wirklich gerne wissen, was er hat.«

Er mustert mich, dann schaut er wieder auf den Bildschirm und nickt, als würde er etwas bestätigt bekommen, was er schon lange geahnt hat. Er legt die Brille auf den Schreibtisch, stößt sich von der Schreibtischkante ab, sein Stuhl schwenkt langsam herum, bis er mir frontal gegenübersitzt. Dann nimmt sein Gesicht eine Miene an, die wohl mitfühlend sein soll.

»Es tut mir leid, dir das sagen zu müssen, aber es sieht nicht gut aus. Bei deinem Vater besteht Verdacht auf Krebs. Auf dem Ultraschall sind einige Schatten, es können Metastasen sein, aber um das sicher sagen zu können, müssen wir ihn noch mal untersuchen.«

Ich schaue aus dem Fenster hinter ihm. In einem Baum hockt ein Eichhörnchen auf den Hinterbeinen und nagt an etwas, das es zwischen den Vorderpfoten hält. Die Äste bewegen sich. Der Wind scheint aufzufrischen. Ich zwinge mich, ihn wieder anzusehen.

»Wie schlimm?«

Er nimmt ein kleines Putztuch vom Tisch, greift nach seiner Brille und beginnt, die Gläser zu reinigen.

»Darm und Magen können stark befallen sein, doch das größere Problem wäre die Leber. Da ist ein dunkler Punkt, der mir nicht gefällt. Kann ein Gefäß sein, kann etwas anderes sein. Und mit der Leber, das ist immer so eine Sache. Ich empfehle schnellstens eine Biopsie und je nach Diagnostik gegebenenfalls sofort zu operieren.«

»Wie lange?«

Er weicht meinem Blick aus und klackert mit der Brille zwischen seinen Zähnen.

»Die Untersuchungsergebnisse liegen innerhalb einer Woche vor, danach würde der Eingriff erfolgen.«

»Wie lange?«

Er mustert mich und runzelt die Stirn.

»Wie ich schon sagte ...«

»Wie lange?«, unterbreche ich ihn.

Er öffnet den Mund, sieht meinen Blick, schließt ihn wieder, hält die Brille gegen das Licht und mustert die Gläser.

»Bevor die Untersuchungsergebnisse nicht vorliegen, wäre es unseriös, eine Prognose zu treffen.«

»Wie.« Ich lehne mich wieder etwas vor. »Lange.«

Er schüttelt den Kopf.

»Ohne die Untersuchungsergebnisse ist es unmöglich ...«

Ich schlage mit meiner rechten Handfläche auf die Tischplatte. Der Knall lässt ihn zusammenzucken. Der Schreck fährt ihm in den Blick. Er atmet etwas schneller. Ich nagele seinen Blick fest.

»Wie lange?«

Er rutscht ein Stück weiter nach hinten.

»So etwas kann niemand genau sagen, vielleicht ein Jahr,

vielleicht mehr, je nachdem wie die Operation verläuft. Wie gesagt, das ist keine offizielle ...«

»Wird er leiden?«

Er zögert. Ich starre ihn an. Er rückt noch etwas weiter vom Tisch weg.

»Er wird eine gute Schmerztherapie brauchen«, sagt er schließlich. »Tut mir leid.«

»Und wieso kippt er um?«

Er runzelt die Stirn. Seine Augen flackern zum Bildschirm.

»Er kippt um?«

»Deswegen wurde er ja eingeliefert.«

Er drückt gegen die Tischkante. Sein Sessel schwenkt wieder herum, er starrt auf den Bildschirm.

»Davon steht hier nichts.« Er fährt mit der Maus hin und her. »Wurde eine CT gemacht?«

Ich atme durch und versuche ruhig zu bleiben.

»Das sollte eigentlich der Arzt wissen, oder?«

»Hier steht aber nichts«, sagt er und blättert vor und zurück.

»Welche Gründe kann es haben, dass er umkippt?«

Er wiegt den Kopf.

»Das kann viele Gründe haben.« Er sieht meinen Blick und fügt schnell hinzu: »Das kann wirklich viele Gründe haben, und die ernsten sind sehr ernst. Mehr kann ich nicht sagen, ohne den Patienten gesehen zu haben.«

Ich schaue ihn an. Er setzt die Brille auf. Ich senke den Blick. Wie kriege ich Far zur Untersuchung? Warten, bis er wieder umkippt, und ihn einliefern, während er bewusstlos ist? Oder verrate ich ihm, dass Tess abgetrieben hat, und wenn er dann mit Herzkammerflimmern eingeliefert wird, lasse ich ihn gleich durchchecken?

»Wäre es mein Vater, würde ich ihn möglichst schnell herbringen, nur hier bekommt er die Hilfe, die er braucht.«

Ich beiße die Zähne zusammen und schaue aus dem Fenster, um es nicht an ihm auszulassen. Einatmen. Ausatmen. Das Eichhörnchen ist weg. Der Himmel ist so schön. Als ich kann, bedanke ich mich für die Auskunft und gehe.

Kapitel 28

Die Maschine ist pünktlich. Sie kommt als Erste aus der Abfertigungshalle gehastet. Ohne Gepäck und nur mit einer dünnen Jacke über ihrem Kostüm sieht sie aus, als hätte sie sich im Land geirrt. Als sie mich entdeckt, verzieht sich ihr Gesicht zu einem Strahlen. Sie eilt auf mich zu, und viele Köpfe drehen sich, um zu sehen, wer dieser Glückspilz ist, der dieser Frau ein solches Lächeln entlocken kann. Ich bin es. Der Exglückspilz. Ich öffne meinen Mantel, wie ein Exhibitionist. Sie gleitet an mich heran, legt ihre Arme um mich und versenkt ihren Kopf an meinem Hals. Ich schließe den Mantel hinter ihrem Rücken. Er geht fast zu und drückt ihren warmen Körper an meinen.

»Wie lief es?«, flüstert sie an meinem Ohr.

Ich versenke meine Nase in ihren Apfelhaaren.

»Nicht gut«, flüstere ich.

»Oh«, macht sie.

Wir halten uns eine Zeit. Dann löst sie sich etwas, gleitet aus dem Mantel, legt ihren Kopf in den Nacken und forscht in meinem Gesicht. Für einen Augenblick sieht sie ängstlich aus. Dann strafft sie sich.

»Diagnose?«

Ich ziehe die Schultern hoch.

»Sie sind sich nicht sicher. Sie wollen ihn noch mal untersuchen.«

Sie mustert mich und wartet. Ich merke, dass ich die Luft anhalte, und atme aus.

»Na ja, sie … sie vermuten, er hat Krebs.«

Ihr Blick ruht fest in meinen Augen. Ihre Hände streicheln meine Arme.

»Wie schlimm?«, fragt sie.

Ich schaue an ihr vorbei und ziehe die Schultern hoch. Sie atmet tief durch.

»Weiß er es schon?«

Ich schüttele den Kopf.

»Ich bin direkt aus dem Krankenhaus hergekommen.«

»Vielleicht ist es ja nicht so schlimm.«

»Ja.«

Auf dem Rückweg hält sie meine Hand und schaut aus dem Fenster, wo Kopenhagen an uns vorüberzieht. Ich erinnere sie daran, dass auch über uns noch niemand Bescheid weiß. Sie nickt nur und streichelt meine Hand. Mit jedem Kilometer zieht sich meine Brust mehr zusammen. Wie erklärt man seinem Vater, dass er Krebs hat? Gott, wie sage ich es Ebba? Und Sune.

Kaum ist die Wohnungstür auf, fällt Tess Ebba um den Hals und verschwindet zu Far ins Schlafzimmer. Ebba setzt sich wieder in ihren Sessel, füllt meine Tasse, lehnt sich zurück und mustert mich. Ich schütte Zucker in den Kaffee, Milch, rühre um, trinke einen Schluck, fülle ein bisschen Milch nach. Sie sitzt einfach da und wartet. Na los, sag es. Sag es, sie will es wissen, und du bist es ihr schuldig. Sag es. Jetzt.

Jetzt!

…

Schließlich drucke ich herum, dass die ihn noch mal untersuchen wollen, bevor sie eine genaue Diagnose stellen können, aber sie hätten wohl einen Verdacht, Krebs. Ich schwäche ab und lasse es klingen, als sei es die unwahrscheinlichste Wahrscheinlichkeit. Sie hört es sich an, fragt nichts, nickt bloß. Ich nippe an meiner Tasse, ohne etwas zu schmecken.

Die Kanne ist fast leer, bevor Tess und Far aus dem Schlafzimmer kommen. Tess hat rosige Wangen. Scheinbar reicht ihr Dänisch immer noch aus, um Komplimente zu verstehen. Sie setzen sich zu uns an den Kaffeetisch, trinken Kaffee und plaudern. He, ein ganz normaler Tag, oder? Far fragt kein einziges Mal nach dem Krankenhaus. Ebba lässt sich nichts anmerken, und Tess ist so froh, die beiden zu sehen, dass ihre gute Laune alles überstrahlt. Erst als ich in die Küche gehe, um neues Käffchen aufzusetzen, folgt Ebba mir. Sie legt mir ihre blau geäderte Hand auf die Schulter und bittet mich, mit Tess spazieren zu gehen, bevor Sune kommt. Sie leiht Tess einen Mantel aus den Fünfzigern, der ihr ein bisschen zu klein ist, und weicht meinem Blick aus, bis wir endlich gehen.

Es ist unter null. Ein kalter Wind pfeift durch die Straßen. Die Sonne scheint wirkungslos durch einen blassgrauen Himmel. Wir spazieren die lange Allee gemächlich hoch, als wäre es ein Sommertag. In dem etwas zu kleinen Mantel und der Pudelmütze mit Bommel sieht Tess zum Anbeißen aus. Sie legt ihren Arm um meine Taille. Ich meinen um ihre Schultern. So gehen wir. Zusammen.

Oben auf dem Hügel bleiben wir stehen und schauen über das Stadtviertel. Atemwolken stehen in der Luft. Über den Bäumen schweben ein paar vom Wind zerrupfte Möwen. Sogar die sehen aus, als hätten sie die Schnauze voll vom Winter.

»Weißt du, was er gesagt hat?«

Sie legt ihren Kopf in den Nacken und schaut zu mir hoch. Ich nicke.

»Heiraten, Kinder machen, nach Kopenhagen ziehen.«

»So ungefähr«, sagt sie und lächelt ein kraftloses Lächeln.

»Wäre er König, wäre sein erstes Dekret, dass man Enkelkinder adoptieren kann.«

Sie lächelt wieder und nickt. Eine neue Wolke entsteht vor ihrem Gesicht. Die Wolke verflüchtigt sich so schnell wie das Lächeln. Ich lasse meinen Blick über den grauen Himmel streifen. Die Möwen stehen im Wind. Weit über ihnen zieht ein Bussard seine Kreise.

»Wieso ist er nicht im Krankenhaus, wenn es ihm so schlecht geht?«

»Er will nicht.«

»Aber ...«

»Erzähl's ihm!«, fahre ich sie an.

Sie schaut mich überrascht an. Ich schaue wieder über die Stadt und atme ein paarmal durch.

»Entschuldige.«

Ich ziehe die Schultern hoch. Sie drückt mich. Ein Zug tutet irgendwo. Ein Vogelschwarm steigt erschrocken in die Luft. Der Bussard zieht unbeirrt seine Kreise.

»Es ist bloß ... Ich muss mit ihm darüber reden.«

Sie nickt ruhig an meiner Seite.

»Es fällt sicher keinem leicht, mit seinem Vater über so was zu reden.«

»Ja, aber ...« Ich suche nach den richtigen Worten und schlage schließlich mit den Armen aus. »Er wird sterben! Der Arzt meinte, er hat vielleicht nur noch ein Jahr ...«

Ihre Augen werden größer, ihr Kinn senkt sich etwas, ihr Mund öffnet sich, aber heraus kommt nichts. Ich drücke sie an mich.

»Scheiße, tut mir leid, ich wollte es dir nicht so vor den Latz knallen.« Ich spüre, wie eine heiße Welle durch mich hindurchläuft. »Aber scheinbar ist das die verdammt einzige Möglichkeit für mich, Unangenehmes auszusprechen. Ebba ist wie eine Mutter, und was mache ich? Am liebsten hätte ich ihr verschwiegen, wie es ihrem Mann geht. Und schau uns an. Wir haben jahrelang nicht darüber gesprochen, dass wir uns immer seltener sehen und nicht mehr miteinander schlafen. Jedes Mal, wenn du weggefahren bist, habe ich mir vorgenommen, mit dir zu reden, wenn wir uns wiedersehen, doch dann habe ich nichts gesagt und gehofft, dass du auch nichts sagst, damit wir ein schönes Wochenende haben können, das ist doch totale Scheiße!«

Ich bin zu laut. Viel zu laut. Doch sie nickt.

»Du hast recht, wir hätten früher reden sollen, aber ...« Sie zögert und schaut zur Seite. »Es ist nicht so einfach, über so etwas zu sprechen.«

»Ja, aber es kotzt mich an. Ich hab das Problem ja nicht nur mit dir, ich hab's mit allem! Ich hasse es, auf diesem Boot herumzuschippern, und weiß, dass ich ohne neues Programm nie wieder an Land komme, aber schreibe ich neue Texte? Nein, ich warte auf irgendein verdammtes Wunder. Arne zahlt seit einem Jahr keine Miete, und ich sitze blöde da und warte, bis ich pleite bin, statt ihn einfach zu fragen, was los ist, und eine Lösung zu finden. Macht das Sinn? Nein! Ich bin so verdammt passiv geworden. Ich warte nur noch, dass alles besser wird, statt dafür zu sorgen, und ... Scheiße, jetzt muss ich meinem Vater sagen, dass er sterben wird.«

Sie mustert mich mit leicht gekräuselter Stirn.

»Wie meinst du das? Pleite ...«

Ich winke ab.

»Die Sache ist die, dass ich in den letzten Jahren blöde vor mich hergelebt und mich aus allem herausgehalten habe. Ich war ja so cool, ja, aber cool ist für den Arsch. Cool hilft nicht, wenn man sich trennt. Cool hilft nicht, wenn man ...« Ich beiße die Zähne zusammen und kämpfe gegen das Gefühl an. »Wenn man ... Scheiße ...«

Ich wende mein Gesicht ab und starre über die Hausdächer der Stadt. Stadt. Ein Sammelsurium von Schicksalen, und jeder muss sein eigenes meistern, und mein heutiges ist es, nach Hause zu gehen und meinem Vater zu sagen, dass ein desinteressierter Arzt ihm noch circa ein Jahr gibt.

Tess presst sich an mich. Ihr Körper zittert. Kann der Wind sein.

»Vielleicht ist es falscher Alarm«, flüstert sie.

Ich ziehe die eisige Luft in die Lunge. Genau. Doch das erfahren wir erst, wenn er sich untersuchen lässt. Aber er lässt sich nicht untersuchen.

Wir gehen die Allee wieder hinunter. Ein düsteres Schweigen hängt zwischen uns. Die Kälte durchdringt nach und nach die Kleidung, doch es ist gut, Tess neben mir zu spüren. Endlich ist sie da, wenn ich sie brauche. Nein, kein Vorwurf. Nur Freude. Diesen Augenblick nehme ich mit.

Der Augenblick zerbirst, als wir in den Thyregodsvej einbiegen. Vor Haus Nummer 24 steht ein Notarztwagen. Wir laufen los.

Kapitel 29

Das Schlafzimmer ist überfüllt. Neben der Tür stehen zwei gelangweilte Sanitäter und warten auf Einsatzkommandos. Neben dem Bett steht eine scharfäugige, zivile Notärztin um die fünfzig. Neben ihr steht Ebba. Sune hat sich vor dem Bett aufgebaut, in dem Far liegt, und schaut von einem zum anderen. Er scheint fit zu sein. Ich atme erleichtert auf. Er wendet mir seinen Kopf zu und verzieht das Gesicht.

»Ich war auf der Toilette und bin ausgerutscht. Jetzt wollen sie die Gelegenheit nutzen, um meine Organe zu verhökern, aber ich gehe nicht wieder ins Krankenhaus.«

»Wieder«, sagt die Notärztin.

Far macht ein ertapptes Gesicht und lenkt gleich ab.

»Jesses, ich bin auf dem verdammten Vorleger ausgerutscht!«

Die Notärztin deutet auf das Pflaster über seinem Auge.

»Und nicht zum ersten Mal, oder? Also, weswegen warst du im Krankenhaus?«

Far schaut an die Decke, die Notärztin in die Runde, niemand antwortet, sie wartet ruhig. Toll, endlich ein Arzt, der den Job ernst nimmt.

»Er hatte einen kleinen Schwächeanfall«, sagt Ebba endlich.

»Deswegen waren wir schon im Krankenhaus, und die haben ihn wieder nach Hause geschickt«, ergänze ich.

Die Notärztin schaut mich an.

»Welches Krankenhaus war das?«

»Rigshospitalet.«

»Welcher Arzt?«

»Hat sich nicht vorgestellt.«

»Diagnose?«

Ich zögere kurz. Ebba schüttelt unmerklich den Kopf.

»Wissen wir noch nicht. Wir warten auf die Werte, und die Wartezeit können wir ebenso gut hier verbringen, statt ein Krankenbett zu belegen.«

Far nickt.

»Fischers Fritz fischt frische Fische! Die Katze tritt die Treppe krumm! Rødgrød med fløde! Ich bin topfit!«

Die Notärztin nimmt die Tablettenschachtel vom Nachttisch und mustert sie.

»Und was ist das?«

»Schmerztabletten«, sagt Far unschuldig.

»Wogegen?«

»Schmerzen.«

Die Notärztin mustert ihn. Der Spruch kommt bei ihr genauso schlecht an.

»Diese Tabletten sind sehr stark.«

Niemand sagt etwas. Sie schaut Ebba an.

»Wer solche Schmerzen hat, sollte den Grund dafür wissen.«

Ebba atmet tief ein und aus.

»Das Krankenhaus wirkte ein bisschen voll, als wir da waren. Wir wollten nicht ein Bett wegen einer Prellung belegen, daher warten wir lieber hier auf die Werte.«

Sie mustern sich. Irgendwas passiert mit ihnen. Schließlich seufzt die Notärztin und lässt ihren Blick über Sune, mich und Tess gleiten, bevor sie ihn wieder auf Ebba heftet.

»Wenn hier noch mal was passiert ...«

»Dann bringen wir ihn sofort ins Krankenhaus«, sagt Ebba.

Die Notärztin mustert uns zweifelnd und wirft einen letzten Blick in die Runde, dann geht sie raus. Die beiden Sanitäter folgen ihr. Sune begleitet sie. Kaum klappt draußen die Wohnungstür zu, schaut Far Ebba entrüstet an.

»Sofort ins Krankenhaus??«

»Wie wäre es mit Danke für einen Haufen Notlügen?«, sagt sie.

Doch er beginnt eine Anne-Frank-Nummer abzuziehen, Verrat und Auslieferung pur. Sune kommt wieder rein und unterbricht ihn.

»Also, du bist wieder umgekippt ...«

»Ausgerutscht!«, regt er sich auf. »Verdammter Vorleger! Ich wollte das Ding schon vor Jahren wegschmeißen, aber Ebba liebt ihn. Das sind die Kompromisse in einer Beziehung, kann ich euch sagen, Jesses!«

Ebba schaut ihn nur an. Ich räuspere mich.

»Apropos Krankenhaus ...«, beginne ich.

Doch Fars Blick ruht immer noch in Ebbas.

»Lasst mich mal kurz mit meiner Geliebten allein«, sagt er, ohne uns anzuschauen.

Ich werfe Sune einen Blick zu. Dann nehme ich Tess' Hand. Wir gehen ins Esszimmer und setzen uns an den Kaffeetisch. Sune holt eine neue Kanne, und Tess, die nicht alles verstanden hat, will wissen, was los ist. Ich erzähle es ihr länger und ausführlicher als nötig. Sune füllt die Tassen und wirft mir einen Blick zu.

»Was haben die Ärzte gesagt?«

Ich zögere. Tess drückt verstohlen meine Hand.

»Krebs. Magen und Darm. Fortgeschritten. Vielleicht

Probleme mit der Leber. Sie … sie wollen ihn noch mal untersuchen.«

Sunes Mund öffnet sich ein Stück. Dann schließt sie ihn wieder und schaut auf ihre Hände, die auf dem Tisch liegen. Sie sagt erst mal nichts, nimmt es hin und denkt nach.

»Liebster, du tust mir weh«, flüstert Tess.

Ich merke, dass ich ihre Hand zusammenpresse, und lockere meinen Griff. Sune sitzt mit gesenktem Kopf da und denkt nach, beide Hände jetzt zwischen ihre Knie geklemmt, ruckelt sie leicht vor und zurück.

Als ich meine zweite Tasse leere, öffnet sich die Schlafzimmertür. Ebba kommt ins Esszimmer und schaut uns an.

»Antreten zum Appell«, sagt sie und lächelt uns so mitfühlend an, dass mir die Luft wegbleibt.

Tess drückt meine Hand. Sune und ich stehen auf und gehen ins Schlafzimmer. Far sitzt im Bett und erwartet uns. Wir setzen uns je zu einer Seite des Bettes.

»Du willst uns was sagen?«, fragt Sune kleinlaut.

So habe ich ihre Stimme nicht mehr gehört, seitdem sie als Kind beim Scheißebauen erwischt wurde. Far mustert uns abwechselnd, dabei werden seine Gesichtszüge so zärtlich und freundlich, dass ich mir auf die Lippe beißen muss.

»Ich wollte euch sagen, dass ich stolz auf euch bin und dass ich euch beide sehr liebe.«

Sune atmet hörbar ein. Mir schießen die Tränen in die Augen. Ich schaue zur Decke, dann zu Boden.

»Ihr erinnert euch sicher an unsere Gespräche über den Tod, ja?«

Auch ohne hinzuschauen, weiß ich, dass Sune ebenfalls nickt. Als könnten Kinder vergessen, wenn ihr Vater ihnen erklärt, dass wir eines Tages alle sterben werden. Die ersten Male haben wir geweint. Doch er war nach den Gesprächen ja immer noch da. Schon bald hatten wir akzeptiert, dass wir eines Tages eben sterben, na und? Wenn Far darüber Witze macht, kann es ja nicht so schlimm sein, oder? Ich wünschte, ich wäre wieder fünf.

»Ich habe von Anfang an versucht, euch zur Wahrheit zu erziehen. Ich war nie streng mit euch, außer wenn ihr gelogen habt. Wir waren immer ehrlich zueinander. Sogar als eure Mutter mich verlassen hat, haben wir viel darüber geredet, obwohl ihr noch nicht so alt wart, wisst ihr noch?« Er fährt fort, ohne auf Antwort zu warten. »Darum waren die letzten Jahre nicht leicht. Nicht mit euch reden zu können war schwer, aber ich habe es geschafft, und wisst ihr, warum – weil ich euch nicht beunruhigen wollte.«

»Ich bin aber beunruhigt«, sagt Sune mit dünner Stimme.

»Ich auch so ein bisschen«, sage ich und hebe meinen Blick.

Er nickt.

»Ja, aber erst jetzt. Wir haben zwei Jahre rausgeschlagen. Zwei Frühlinge. Zwei Sommer. Zwei wunderbare Herbste. Und zwei Winter. Es waren gute Jahre. Bis auf ein paar Schmerzen, doch der Preis war in Ordnung.« Er lächelt und bekommt feuchte Augen. Sein Blick geht in die Ferne. »Ich habe so viele Dinge bewusst gemacht. Ebba genossen. Eure Besuche. Im Garten gesessen und den Wind gerochen. Ostwind.« Er schweigt ein paar Sekunden. »Träges Bienensummen an einem Sommertag. Ein Glas frisches Wasser. Das Leben ist ein Geschenk. Aber meines ist bald vorbei. Ich werde sterben.«

Meine Finger und Füße werden kalt. Mein Mund ist trocken, und irgendwo weit hinten höre ich ein verzerrtes Klingeln. Ich öffne den Mund und versuche automatisch den Druck auszugleichen. Jemand gibt ein leises Geräusch von sich. Far mustert uns abwechselnd, immer noch mit diesem ruhigen Blick voller Wissen und Wärme.

»Ihr wisst noch, wie Farfar gestorben ist? Allein. In einem fremden Bett. Künstlich am Leben gehalten. Von Fremden gewaschen. Überall Schläuche ...« Er schaut zur Decke und atmet durch. Dann schaut er wieder zwischen uns hin und her. »Ich will hier sterben. Zu Hause.«

Es bleibt eine Zeit lang ruhig im Zimmer. Ich hefte meinen Blick auf seine Hände, um diesem unerschütterlichen Blick auszuweichen. Meine Finger und Zehen beginnen mit dem zurückkehrenden Blut zu kribbeln. Sune räuspert sich. Sie beginnt einen Satz, aber schon bei der ersten Silbe versagt ihre Stimme. Sie wirft mir einen Blick zu. Er bohrt sich wie ein Nagel in mein Hirn. Schock, Angst und Verzweiflung. Meiner kann nicht besser aussehen. Sie atmet durch, hebt das Kinn mit einer entschlossenen Bewegung und wendet sich ihm zu.

»Woher willst du das wissen?«

»Ich weiß es«, sagt er ruhig.

»Du weißt doch gar nicht, was die Ärzte gefunden haben.«

Er zieht die Schultern hoch.

»Ist die korrekte Bezeichnung so wichtig?«

Sune nickt schnell.

»Wenn man weiß, was es ist, kann man es auch operieren. Die sagen, dass du Krebs hast, Krebs kann man operieren.«

Er schaut sie liebevoll an.

»Sune. Ich gehe nie wieder in ein Krankenhaus. Ich bleibe hier. Ich weiß schon lange, dass ich krank bin, und es macht keinen Sinn, es jetzt noch operieren zu lassen.«

Sie starrt ihn an.

»Aber woher willst du wissen, dass eine Operation nicht helfen würde?«

Wieder lächelt er dieses ruhige Lächeln.

»Ich weiß es.«

»Wieso hast du nicht früher was gesagt?«, frage ich ihn.

Er verlagert seine Position ein wenig auf die Seite.

»Ich dachte, wenn ich lange genug durchhalte, falle ich an einem schönen Sommertag im Garten um, während ich Ebba im Haus singen höre. Aber so ist es auch gut. Diese zwei Jahre habe ich wirklich genossen, und jetzt freue ich mich, dass ihr bei mir seid und wir endlich darüber reden können. Ihr habt ja schon gemerkt, dass ich ein bisschen schlapp geworden bin. Bereitet euch darauf vor, dass es in nächster Zeit noch schlechter wird.«

Irgendwo summt eine Fliege. Ich schaue mich um, entdecke sie aber nirgends. Kann nicht sein. Es gibt keine Fliegen im Winter. Kann alles nicht sein.

»Aber ... vielleicht ist es heilbar«, versucht Sune es noch mal.

Fars Blick wird bestimmt.

»Hört mir zu: Ich gehe nie wieder in ein Krankenhaus. Nie wieder.« Er legt seine Hände auf den Bauch. »Es frisst sich da drinnen durch. Ich spüre es, und ich will nicht meine letzte Zeit mit Ärzten und Operationen verbringen.« Dann macht er eine entschiedene Handbewegung. »Und jetzt hört auf damit. Man muss nicht alles operieren. Schaut die Eskimos an, die setzen ihre Alten aus, Indianer gehen zum Sterben in die Einsamkeit, ich will nicht in einem Krankenzimmer sterben, ich will hier sein, bei Ebba, bei euch, in meinem eigenen Bett. Ich weiß, es ist schwer für euch, aber ich will nichts mehr über Krankenhäuser hören.«

»Ebba kann dich nicht alleine pflegen«, werfe ich ein.

Er nickt und winkt ab.

»Macht euch keine Sorgen. Es wird nicht lange dauern.«

Wir starren ihn an. Das Summen wird lauter. Ich merke, dass es in meinem Ohr ist. Sune schaut aus dem Fenster. Ich schaue zu Boden und versuche zu verstehen. Eben noch wusste ich, dass mein Vater krank ist, und jetzt sagt er, dass er krank ist, und alles ist anders. Was ist passiert? Es ist doch nur dieselbe Information. Bloß eine verdammte Information …

Far schaut zwischen uns hin und her.

»Kommt schon … Ich bin zweiundachtzig, da ist es normal zu sterben, jedenfalls normaler, als noch am Leben zu sein, also Kopf hoch …«

Niemand sagt etwas. Sune wendet ihren Blick vom Fenster ab und mustert Far düster. Sie sieht schlimm aus. Ihre Augen sind dunkel. Ihr Gesicht ist fleckig. Sie leckt sich über die Lippen und scheint etwas sagen zu wollen, doch dann steht sie einfach auf und geht raus.

»Das wird schon wieder«, sagt er.

»Na klar«, sage ich und schaue aus dem Fenster. Es hat begonnen zu schneien. »Wie kannst du dir so sicher sein? Ich meine, was ist, wenn du dich irrst? Wir machen uns alle kirre, und dann lebst du noch zwanzig Jahre? Sollten wir nicht zumindest sichergehen, dass …«

»Hör auf«, sagt er und legt mir seine warme Hand aufs Bein. »Es macht keinen Sinn, sich dagegen zu wehren. Ums Sterben ist noch keiner drum herumgekommen.«

»Ja, aber …«

»Nichts aber«, unterbricht er mich bestimmt. Er nickt mir zu. »Ich fühle es«, sagt er. »Ich habe nicht mehr lange. Es nimmt mir meine Energie.«

Meine rechte Hand schlägt von allein aus.

»Aber so etwas können doch nicht mal Ärzte genau sagen, wieso glaubst du, dass du es weißt?«

Sein Blick wird etwas strenger.

»Lasse. Hör auf damit.«

Ich setze mich auf meine Hände.

»Und mach nicht so ein Gesicht, du weißt doch, der Tod ist eine interessante Sache, nur schade, dass jemand dabei sterben muss.«

Er wackelt mit den Augenbrauen. Ich schließe meine Augen und atme ein. Aus. Ein. Aus. Dann öffne ich sie wieder und stehe auf.

»Scheiß auf ... scheiß Woody Allen!!«

Ich gehe raus. Am Tisch erwartet mich Schweigen. Ebba wirft mir einen kleinen Blick zu, bevor sie ihn wieder auf Sune heftet, die konzentriert ihren Kaffee umrührt. Tess sieht mitgenommen aus. Sogar in einer Fremdsprache kriegt man das hier mit. Ich setze mich und greife nach der Thermoskanne. Ich kriege sie nicht zu fassen. Was ist denn mit dieser beschissenen Kanne los? Ich kriege sie nicht zu fassen, nicht zu fassen ...

»Liebster, warte ...«

Tess legt ihre Hand auf meine, nimmt mir vorsichtig die Kanne aus der Hand, schraubt sie auf und gießt mir eine Tasse ein. Sune hebt ihren Blick. Sie sieht immer noch scheußlich aus.

»Er muss ins Krankenhaus.«

Ich ziehe die Schultern hoch und klemme mir meine zittrigen Hände wieder unter die Schenkel.

»Was willst du machen? Ihn gegen seinen Willen einliefern?«

Sie funkelt mich an und schaut zu Ebba.

»Und was macht Ebba, wenn du wieder weg bist und ich auf der Arbeit und Far wieder umkippt? Ihn liegen lassen, bis jemand vorbeikommt?«

Ebba nickt leicht.

»Ich brauche Hilfe. Aber zuerst müsst ihr verstehen, dass er es ernst meint. Er hat zwei Jahre durchgehalten, und in dieser Zeit nicht mit euch zu reden war sehr schwer für ihn. Ihr wisst ja, wie er ist, überlegt doch nur, wie viele Witze er sich in der Zeit verkniffen hat.« Sie lächelt. Als Einzige. Und alleine hält sie es auch nicht lange durch. »Er will hier ...«, sie stockt kurz, »... bleiben. Also bleibt er hier. Er will nicht ins Krankenhaus. Wir müssen uns überlegen, wie es funktionieren kann.«

Nach dieser Ansage lehnt sie sich in ihrem Sessel zurück, als hätte sie gerade schwer geschuftet. Und das hat sie. Unangenehme Wahrheiten auszusprechen ist Leistungssport. Niemand weiß das besser als ich.

Nach einer Zeit beginnen wir zu reden, aber kein Wort darüber, wie wir uns fühlen. Aufgabenstellung: Ein Vater ist krank. Wie sollen die Angehörigen sich verhalten? Können sie ihn pflegen? Brauchen sie Hilfe? Und welche? Wer kommt für die Kosten auf? Was ist mit diesen Tabletten – ruinieren die nicht seinen Magen? Kann Hansen nicht Spritzen verschreiben? Aber wer soll die setzen? Haben wir Anspruch auf Pflegepersonal? Und wenn ja, ab wann und für was? Darf er hierbleiben? Hier sterben? Wie ist die Rechtslage? Kann der Staat ihn zwangseinweisen, wenn es ihm schlechter geht? Kann man Menschen gegen ihren Willen operieren lassen?

Durch meine Übersetzungen für Tess wirkt es, als würde ich am Gespräch teilnehmen, aber ich komme einfach nicht mit. Es geht alles viel zu schnell. Viel zu schnell. Es ist wie auf der Bühne, wenn man irgendwo den Anschluss verliert. In einem Moment hat man alles unter Kontrolle. Dann passiert etwas, vielleicht nur ein Zuschauer, der falsch reagiert, oder ein kleines technisches Problem – und man ist raus. Blackout. Ab da kämpft man sich Silbe für Silbe durch den Text und schiebt seinen Fremdkörper über die Bühne. Durchhalten und mir nichts anmerken lassen. Das habe ich in den letzten Jahren schön geübt. Jetzt kann ich es anwenden.

Zum Abendessen gibt es Fars Lieblingsgericht: Milchreis mit Zimt und Zucker und Butter. Er kommt an den Tisch, ignoriert die bedrückende Stimmung und legt mit einer Roland-Geschichte los. Ich esse, ohne was zu schmecken. Gegenüber schiebt Sune sich Essen in den Mund, als sei sie ferngesteuert. Tess drückt mein Bein unter dem Tisch. Irgendwann schiebt Far seinen Teller von sich, reckt sich auf dem Stuhl und lächelt Ebba an.

»Hmmm, Schatz, das war echt lecker.«

Sie lächelt, aber ebenso wie wir mustert sie seinen halb vollen Teller. Bei Milchreis holt er sich normalerweise zweimal Nachschlag. Far schaut jeden der Reihe nach an.

»Schön, dass ihr da seid. Sogar meine Schwiegerfreundin ist da, das ist schön. Wenn ihr in mein Alter kommt, werdet ihr sehen, dass es nichts Schöneres gibt als Familie.« Er nickt vor sich hin. Dann streckt er sich zum Schrank rüber, zieht die obere Schublade heraus und holt mehrere Papiere hervor. Er legt eines vor Sune ab, eines vor mir und setzt sich schwer auf seinen Stuhl.

»Was ist das?«, fragt Sune.

»Meine Patientenverfügung.«

Ich überfliege das Dokument. Im Falle ... irreversibler Bewusstlosigkeit ... schwerer Dauerschädigung ... Ausfall lebenswichtiger Funktionen ... ungünstiger Prognose ... lebensverlängernde Maßnahmen ... ausreichend Schmerzmittel ...

»Das ist nur für den Fall der Fälle, dass ich doch im Krankenhaus lande, aber das wollen wir ja nicht hoffen. Lasse.«

Ich löse meine Augen von dem Dokument und schaue ihn an.

»Ja?«

»Verkauf das Sommerhaus.«

Ich glaube, niemand atmet.

»Außer natürlich, ihr wollt es behalten«, fügt er hinzu und schaut Sune an.

Niemand rührt sich. Ebbas Blick nach zu urteilen, ist sie ebenso vor den Kopf gestoßen wie wir.

»Und den Wagen«, sagt er und meint wieder mich. »Du gehst zu Petersen bei Citroën, bei ihm habe ich den Wagen gekauft. Er weiß, dass ich alle Inspektionen gemacht habe, er zahlt bestimmt einen guten Preis.«

Ich atme endlich wieder.

»Jetzt warte doch mal ...«

»Worauf?«, fragt er. »Wollt ihr es lieber aus dem Testament erfahren?«

Ich schaue Sune Hilfe suchend an. Sie richtet sich auf und versucht es noch mal mit dem Krankenhaus, doch Far wehrt entschieden ab: Sterben ist eine persönliche Sache, wir haben ihm ja auch nicht vorgeschrieben, wie er zu leben hat. Er ist alt und krank, und die Schmerzen nehmen zu, und das alles läuft auf Altersheim oder Krankenhaus hinaus, und das wollen wir doch nicht, oder? Sune zögert und wirft mir einen Blick zu, doch mir fällt dazu auch nichts mehr ein. Was soll man da tun? Ihn anschreien? Ihm drohen? Womit denn? Ihn zwingen, ins Krankenhaus zu gehen, um eine Diagnose zu bekommen, die wir mehr brauchen als er?

Nach einem längeren Schweigen lächelt Far wieder in die Runde.

»Habe ich euch eigentlich schon mal die Geschichte erzählt, wie wir bei der Frau vom Bürgermeister mehr Trinkgeld herausschlugen, indem wir Roland als ehrenamtliches Projekt zur beruflichen Integration Behinderter verkauften?«

Als wir unter die Bettdecke kriechen, zittern meine Beine, als sei ich Marathon gelaufen. Ich kuschele mich an Tess, spüre Sune auf der anderen Seite. Im Zimmer hört man bald nur noch unsere Atemzüge. Was für ein Tag. Wann war gestern? Und was war gestern? Eine andere Epoche. Die Zeit, in der mein Vater gesund war. Die letzten vierzig Jahre. Sune beginnt stoßweise zu atmen. Tess dreht sich um und legt ihre Arme um sie. Als hätte sie drauf gewartet, bricht das Schluchzen aus ihr heraus. Wenig später wird Tess angesteckt, und ich habe zwei weinende Frauen im Arm. Ich schmiege mich an Tess' Rücken, lege einen Arm um sie und Sune, streichele beide und weine mit. Es laufen stille Tränen über meine rechte Wange. Ohne Ende. Durchnässen meinen Kopfkissenbezug. Immer weiter. Ein Tränenstrom. Doch auch der versiegt irgendwann. Da schlafen die beiden längst. Ich liege da und lausche ihren Atemzügen.

Tess knirscht mit den Zähnen, dass ich für einen Augenblick die Luft anhalte. Dann stöhnt sie und spannt die Muskeln an. Ich stemme mich auf den rechten Ellbogen, lege ihr die linke Hand auf den Bauch und streichle mit kreisenden Bewegungen.

»La le lu … nur der Mann im Mond schaut zu …«

Sie schlägt die Augen auf und blinzelt benommen.

»… wenn die kleinen Babys schlafen … drum schlaf auch du …«

Ihr Körper entspannt sich. Ich streichele sie weiter.

»La le lu … vor dem Bettchen steh'n zwei Schuh … die sind genauso …«

Ich halte still.

»… müde …«, flüstert sie.

Ich streichele weiter.

»… geh'n jetzt zur Ruh'… drum schlaf auch du.«

»Liebe dich«, murmelt sie, nimmt meine Hand, drückt mir ihren Hintern entgegen. Schon schläft sie wieder.

Ich presse mein Gesicht an ihren Nacken und atme ihren Geruch ein.

»Was ist das für ein Lied?«, flüstert Sune.

Ich schaue an Tess vorbei. Sune mustert uns. In dem schwachen Mondlicht hat es den Anschein, als würden ihre Augen schwimmen.

»Ihr Vater hat es gesungen, als sie klein war.«

Sie mustert mich. Dann nickt sie.

»Du liebst sie.«

»Du hast es gemerkt, ja?«

Sie dreht den Kopf und schaut zum Mond hoch, der durch das Fenster hereinscheint. Dann schüttelt sie den Kopf.

»Far hat recht, mach ihr einen Antrag. So viel Liebe findet man nicht zweimal im Leben.«

Ich mustere Tess' Gesicht im Halbdunkel. Ich bin mir nicht sicher, ob sie schon wieder eingeschlafen ist und wie gut ihr Dänisch ist. Ich mustere sie im schwachen Licht, sehe ihre kleinen Falten. Als wir uns kennen lernten, hatte sie die noch nicht. Wir kennen uns schon faltenlang.

»Ich sag dir was: Wenn du mal wieder mit einem Mann geknutscht hast, überlege ich es mir vielleicht, ja?«

Sune antwortet nicht. Ich schaue rüber. Sie hat die Augen geschlossen und den Mund geöffnet. Sie atmet tief und regelmäßig. Ich lege mich hin und starre aus dem Fenster zu den Sternen. Von dort betrachtet sind wir bloß kleine Bioorganismen mit ein paar elektrischen Impulsen namens Emotionen. Bloß weitere kleine atomare Bewegungen in einem Universum voller atomarer Bewegung. Gar nicht so wichtig. Gar nicht so wichtig.

Kapitel 30

Schwaches Licht. Warme Körper. Rauer Untergrund. Im Radio bittet Billie Holiday Louis Armstrong, einen kleinen Traum von ihr zu träumen. Ebba hantiert leise in der Küche. Niemand hustet. Ich rieche Tess' Haar und lausche eine Zeit lang dem doppelten Atem.

Ich öffne die Augen und stemme mich auf einen Ellbogen. Sune hat sich im Schlaf näher an Tess heranbewegt. Tess hat ihr Bein zwischen ihre geklemmt, Sunes rechte Hand liegt über Tess und ruht auf meinem Arm. Eine Bettdecke ist so zwischen unseren Gliedern verdreht, dass ich meine Beine nicht bewegen kann. Draußen vor dem Fenster ist es noch dunkel, das Licht, das mich geweckt hat, stammt aus der Küche. Vorsichtig löse ich mich aus der Umklammerung und gehe in die Küche, wo Ebba im Morgenmantel steht und sich ein Brot schmiert. Ich küsse ihre weiche, warme Faltenwange und nicke fragend zum Schlafzimmer. Sie nickt. Die Schlafzimmertür quietscht leise, als ich sie weiter aufschiebe, aber Far hätte ich eh nicht geweckt. Er sitzt, sein Kissen im Rücken, aufrecht im Bett und liest einen Ratgeber über Ameisen, beziehungsweise aus seiner Sicht gegen Ameisen. Ein Stich der Hoffnung durchfährt mich. Wer Ratgeber liest, hat noch was vor.

Als er mich bemerkt, hebt er den Blick und lässt das Buch sinken.

»Guten Morgen, Sohn.«

»Guten Morgen. Hast du gut geschlafen?«

»Wie ein Toter.«

Ich starre ihn an.

»Brauchst du irgendwas?«

»Tja, ein neues Fahrrad wäre wohl Verschwendung.«

Bevor mir dazu etwas einfällt, verändert sich seine Mimik.

Er wird ein bisschen verlegen.

»Vielleicht kannst du mir doch helfen … Ich muss ins Bad. Ich fühle mich ein bisschen schlapp, und wenn ich umkippe, kommt nur diese Ärztin wieder …«

Ich helfe ihm aus dem Bett und muss richtig zupacken. Er stützt sich schwer auf meine Schulter. Seine Muskelkraft scheint komplett verschwunden zu sein, nichts als schwere Knochen. Als wir losgehen, gibt er ein unterdrücktes Geräusch von sich, krümmt sich leicht und bleibt stehen. Vor Schreck lasse ich ihn fast los.

»Was ist? Hast du Schmerzen?«

Er schüttelt den Kopf und bleibt einen Moment in dieser Haltung. Dann richtet er sich auf und atmet durch.

»Nein«, schnauft er, »die Tabletten wirken. Himmel, wenn ich tot bin, verkauf die letzten hinterm Bahnhof, die bringen bestimmt Geld.«

Er versucht ein klägliches Grinsen. Wir gehen langsam weiter. Noch langsamer lässt der Schreck nach. Vor dem Badezimmer stütze ich ihn mit einer Hand und drücke die Klinke mit der anderen herunter.

»Wenn wir wüssten, was du hast, hättest du vielleicht ein Schmerzmittel, das besser wirkt, dich nicht so müde macht und nicht deine Magenschleimhäute ruiniert.«

»SCHATZ! ICH KANN MEIN HÖRGERÄT WIEDER

NICHT FINDEN!«, ruft er Richtung Küche und verschwindet ins Badezimmer.

Auf dem Esszimmerteppich zuckt Sunes Kopf hoch. Sie schaut sich verschlafen um, die Haare verwuschelt, die Augen fast zugequollen.

»Alles in Ordnung«, sage ich. »Far hat nur einen saublöden Witz gemacht.«

Den letzten Satz sage ich zur Badezimmertür. Vielleicht hört er ihn. Vielleicht überlegt er sich, dass es irgendwann genug ist. Vielleicht hört er dann auf damit. Vielleicht gibt es Marsmenschen.

Sune leckt sich über die Lippen und verzieht das Gesicht.
»Wie spät?«
»Halb sieben. Soll ich dich fahren?«
Sie schaut mich benommen an, dann schüttelt sie den Kopf.
»Heute Nachmittag erst. Ich mach heute Vormittag frei.«
»Wahnsinn«, sage ich.
»Hol Frühstück.«

Sie lässt ihren Kopf wieder aufs Kissen sinken und schließt die Augen. Tess öffnet ihre. Ich knie mich nieder, beuge mich vor und drücke meine Lippen auf ihre warmen.

»Guten Morgen.«

Ihre Arme kommen unter der Decke hervorgeschlängelt, umfassen meinen Hals und halten mich fest. Das Laken rutscht herunter und gibt einen schönen Blick auf ihren biegsamen Körper frei, ich rieche ihren Morgengeruch und fühle nichts als freundschaftliche Liebe. Das Leben ist merkwürdig.

»Wie hast du geschlafen?«, fragt sie an meinem Mund.
»Okay. Und du?«
»Gut«, sagt sie und lässt meinen Hals los. »Warum bin ich wach?«

»Weil Far rumgeblödelt hat.«

»Ah«, sagt sie und lächelt. Dann kommt ihr die Erinnerung, und das Lächeln verblasst.

Die Badezimmertür öffnet sich.

»Taxi?«, höre ich Fars Stimme.

Ich küsse Tess und gehe los.

Beim Frühstück sitzt Tess neben Far und lässt ihn keine Sekunde aus den Augen. Ihr Flug geht in drei Stunden. Die Stimmung ist fast wie immer. Aber es ist nicht wie immer. Und es wird nicht wieder wie immer. Immer ist vorbei. Der Augenblick ist das Nachwirken der Vergangenheit, eine Erinnerung an gute Zeiten, wie ein Jet, der einen Kondensstrahl hinterlässt. Wir sitzen hier, aber eigentlich sind wir schon alle weg. Hologramme. Täuschend echt. Der Zähler tickt. Ich merke, dass ich den Kopf schüttele. Es geht alles so schnell, und ich muss mich anpassen. Muss mich gewöhnen. Muss mitmachen. Aber wie soll man schwimmen, wenn eine Monsterwelle über einem zusammenschlägt und einen herumwirbelt. Erst mal irgendwie zurück an die Oberfläche und Luft holen. Aber wo ist oben?

Das Radio ist aus. Kein Swing. Wir fahren still. Die Straßen sind fast leer und von einer leichten Schneedecke überzogen. Die wenigen anderen Autos kriechen vorsichtig durch das Gestöber. Ich folge einem Flughafenbus. Tess' Gesicht liegt an meiner Brust. Sie hat es geschafft, beim Abschied nicht zu weinen, doch als wir im Auto saßen, konnte sie es nicht länger zurückhalten. Seit Kilometern streichele ich ihren Nacken, während sie meinen Pullover durchnässt. Die Schluchzer lassen langsam nach. Sie richtet sich auf, wischt sich über die Augen und schaut aus der Frontscheibe, durch die der Flughafen näher kommt. Ihre Haare sind wieder zusammengebunden und lassen sie strenger wirken.

Sie schnäuzt sich noch einmal in das zerknüllte Taschentuch in ihrer Hand und wendet mir ihr gerötetes Gesicht zu.

»Du hast mir nie gezeigt, wo du aufgewachsen bist.«

Ich schaue sie überrascht an.

»Können wir ja mal nachholen.«

»Ja«, sagt sie und wischt sich über das Gesicht. »Ich sehe ihn doch wieder?«

Ihre Stimme klingt dünn und erstickt. In ihr liegt das Flehen eines Kindes, das hören will, dass alles wieder gut wird. Aber es wird nicht alles gut. Wurde es noch nie. Umso dankbarer sollte man für die Dinge sein, die es sind. Genau. Toll.

»Sag bitte irgendetwas«, sagt sie mit einer Stimme, die vor Anspannung flimmert.

Ich setze den Blinker und fahre von der Schnellstraße herunter, dann strecke ich meine Hand aus und lege sie ihr in den Schoß. Sie umschließt sie mit beiden Händen, hält sie wie einen Anker.

»Ich weiß es nicht. Es geht alles so schnell. Vorgestern war es noch eine Gehirnerschütterung, jetzt ist es Krebs. Vor ein paar Tagen saßen wir noch in Amerika und jetzt ...« Ich schüttele den Kopf noch einmal und nehme die Ausfahrt zum Abflugterminal. »Süße, ich weiß gerade gar nichts mehr. Er hat uns seinen Zustand jahrelang verheimlicht, und nur weil er es nicht mehr kann, erfahren wir davon. Das heißt, es geht ihm wirklich schlecht, auch wenn er versucht, alles wegzuwitzeln. Und du ...« Ich werfe ihr einen Blick zu. »Seitdem wir uns getrennt haben, sehen wir uns mehr als vorher und telefonieren ständig, und die ganze

Zeit ist mir bewusst, dass ich niemanden lieber um mich habe als dich. Es ist wirklich schön, dass du jetzt hier bist.«

Ich spüre, wie mein Hals sich zuzieht, und hefte meine Augen auf den Bus. Tess rutscht auf dem Sitz nach vorne und lehnt sich etwas vor.

»Ich muss dir was sagen. Ich … fühle mich komisch in den letzten Tagen.«

»Kein Wunder«, sage ich und werfe einen Blick rüber.

Sie fährt sich mit einer Hand übers Gesicht.

»Nein, ich meine, wegen uns. Ich fühle mich wie damals«, fährt sie fort. »Wie damals, als wir verliebt waren. Glaube ich.«

Vor mir leuchten die Bremslichter des Busses auf. Ich tippe leicht auf die Bremse, um den Abstand zu halten, und werfe ihr wieder einen Blick zu.

»Glaubst du.«

Sie macht eine unwirsche Kopfbewegung.

»Ja, glaube ich. Ich weiß noch nicht, was ich davon halten soll, vielleicht ist es wegen dem Urlaub, vielleicht, weil du mich jetzt brauchst, vielleicht … ich weiß es nicht.«

Sie verstummt und rutscht unruhig auf der Kante des Sitzes hin und her.

»Und wie geht es jetzt weiter?«

Ich sehe aus den Augenwinkeln, dass sie die Kopfbewegung wiederholt und diesmal mit einem Kopfschütteln und Achselzucken kombiniert.

»Ich weiß es nicht, ja? Bist du jetzt zufrieden? Ich weiß es einfach nicht!«

Sie rutscht wieder ganz auf ihren Sitz und lehnt sich zurück, wie nach einem harten Job. Und dann fällt mir auf, dass es in der Tat hart ist, seinem Ex zu sagen, dass man in ihn verliebt ist, gerade wenn man vorhat, ins Ausland zu gehen. O nein. So ein Mist. Das gibt Chaos. Ärger. Stress. Wieso freue ich mich bloß so ...

Vor uns biegt der Bus zum Ankunftterminal ab. Ich bleibe auf Abstand und fahre erst vorbei, als er von der Straße ist, dann werfe ich wieder einen Blick rüber. Tess starrt durch die Frontscheibe, während ihre rechte Hand an einem ihrer Kostümknöpfe dreht.

»Vielleicht kann ich nächstes Wochenende wieder freimachen«, sagt sie rau.

»Das wäre schön«, sage ich und fahre vor dem Abflugterminal vor. Ich halte in der zweiten Reihe vor einem Taxistand und fange mir Blicke und Zeichen ein. Ich ignoriere sie und strecke die Hand aus, um meinen Gurt zu lösen. Sie legt ihre Hand auf meine und schüttelt den Kopf.

»Fahr zurück, Ebba ist ganz allein mit Far, und wenn er noch mal umfällt ...«

Ihre Stimme ist dünn, ihr Gesicht gerötet. Ihre Augen füllen sich. Ich öffne meine Arme, sie kommt mir schnell entgegen, presst ihr Gesicht gegen meine Brust und verbirgt es schluchzend.

»Ach, Süße«, flüstere ich und wiege ihren Oberkörper in meinen Armen. »Es ist so schön, dass du gekommen bist. Far hat sich so gefreut. Und ich. Es wird wieder gut. Glaub mir. Es wird wieder gut.«

Ich flüstere weitere Notlügen und wiege sie. Sie schluchzt unterdrückt. Ich küsse ihre Haare und atme ihren Geruch ein. Sie klammert sich noch fester an mich. Ein Taxifahrer kommt auf den Wagen zu. Ich winke – bin gleich weg. Er kommt dennoch näher und macht Zeichen, dass ich das Fenster runterfahren soll. Ich hebe ruckartig Kopf und Augenbrauen. Er wird langsamer, und nach einem weiteren Zögern macht er ein Wegfahrzeichen und steuert wieder seinen Arbeitsplatz an. Ich werfe einen Blick auf die Armaturenuhr. Wir haben Zeit, also sitze ich da und warte, bis sie wieder ruhiger atmet. Über uns geht ein Flugzeug steil in den Himmel.

Schließlich löst sie ihre Arme und richtet sich auf. Sie wischt sich über die Augen, wirft einen Blick auf die Uhr und klappt die Sonnenblende herunter, um sich in dem kleinen Spiegel zu mustern. Sie zieht eine Grimasse, wischt sich mehrmals über die Augen. Als sie sich begutachtet hat, klappt sie den Spiegel hoch und wendet mir ihr Gesicht zu. Mein Herz schlägt laut in meiner Brust. Nie sah sie schöner aus. Sie holt Luft und wirft mir dann einen unsicheren Blick zu.

»Rufst du mich heute Abend im Hotel an?«

»Ja«, sage ich. »Alles in Ordnung?«

Sie lehnt sich rüber und legt ihren Kopf an meine Brust.

»Nein«, sagt sie. »Alles in Unordnung.«

Sie hebt ihren Kopf und küsst mich. Ein Funke sprießt. Ich lege meine Hand in ihren Nacken und presse ihren Mund auf meinen. Ganz kurz schlüpft ihre Zunge in meinen Mund und bringt dort alles durcheinander, dann löst sie sich, zieht sich auf den Beifahrersitz zurück und schaut kopfschüttelnd weg.

»Was machen wir?«, flüstert sie.

»Deinen Flug verpassen.«

Sie sitzt einen Moment still. Dann nickt sie, lehnt sich vor, streckt ihre Hand aus und legt sie warm auf meine Wange.

»Wenn du dich einsam fühlst, denk an mich. Ich denke an dich. Die ganze Zeit.«

Sie verharrt so und schaut mir eine kurze Ewigkeit in die Augen. Dann nimmt sie ihre Hand von meiner Wange und steigt aus. Sie geht schnell auf den Terminal zu. Eine zu leicht bekleidete Frau, die es eilig hat.

»Das tue ich seit Jahren.«

Bevor sie durch die Glastür verschwindet, schaut sie noch mal über die Schulter und winkt. Der Wind zerrt an ihr. Blicke haften an ihr. Sie verschwindet. Aus den Augen, aus dem Sinn? Im Gegenteil.

Als ich in die Wohnung komme, sitzen eine Frau und ein Mann, Mitte dreißig, im Wohnzimmer und trinken Käffchen. Sie lächeln mich an.

»Hej, das ist Lasse, der Sohn«, sagt Ebba. »Das sind Ole und Helle vom Pflegedienst.«

Ich schaue Sune an. Sie schaut etwas trotzig zurück. Helle steht auf und streckt mir eine schlanke Hand entgegen.

»Hej, Helle«, sagt sie ruhig und lächelt freundlich.

»Hej, Lasse.«

Der Mann, ein Bär von einem Mann mit einem Ring im linken Ohrläppchen, streckt ebenfalls die Hand aus, aber ohne sich zu erheben.

»Hej, Ole.«

Ich schüttele seine Pranke. Dabei fällt ihm ein Krümel aus dem Vollbart. Er grinst breit.

»Mann, siehst du deinem Vater ähnlich.«

»Danke«, sage ich und schaue mich um.

»Er schläft«, sagt Ebba. »Helle und Ole werden zweimal am Tag nach Far sehen.«

»Mit Option auf viermal täglich, wenn nötig«, sagt Sune.

»Aha«, sage ich und setze mich.

Ich gieße mir auch ein Käffchen ein. Zwischen den Tassen und Tellern liegen einige amtlich aussehende Dokumente. Ich erkenne Fars Geburtsurkunde. Daneben liegt seine Tablettenpackung. Und die Patientenverfügung.

Helle lächelt mich mit ruhigen Augen an.

»Wir hatten eben mit Sune und Ebba darüber gesprochen, dass wir verstehen können, dass dein Vater nicht ins Krankenhaus will.«

»Aber je genauer die Diagnose, desto effizienter die Schmerztherapie«, schiebt Ole ein und verputzt ein Stück Kuchen.

»Wir sollten also einen Arzt zurate ziehen«, vollendet Helle den Satz.

»Einen anderen«, sagt Sune.

Helle nickt.

»Wir kennen Hansen, ein guter Mensch«, sagt Helle, »aber ...«

Sie zögert.

»Fraglich, ob er das entsprechende Fachwissen hat«, sagt Ole und schiebt sich noch ein Stück Kuchen in den Mund.

Helle wirft ihm einen beiläufigen Blick zu. Er kaut, schluckt und nickt uns zu.

»Er ist ja Hausarzt, ohne spezielle Qualifikation. Wir wollen einen Fachmann.«

Diesmal nickt Helle.

»Doch wenn man einen gefunden hat, ist der oft zu bedauern. Er sieht sich einer zähen Bürokratie ausgesetzt, weil diese Schmerzmittel auf Sonderrezept verordnet werden müssen. Wenn er eventuell zu viel davon verordnet, steht er mit einem Bein im Gefängnis. Nicht zu vergessen, dass er sein Budget im Auge behalten muss, denn diese Medikamente sind nicht billig.«

»Nicht billig«, bestätigt Ole kauend. »Aber besser.«

»Viel besser«, bestätigt Helle und legt ihre Hand auf die

Tablettenpackung. »Ich muss schon sagen, diese Tabletten ... Zwei Jahre lang ...« Sie schüttelt den Kopf.

»Die reinsten Leberkiller«, sagt Ole und schaut auf den Kuchenteller.

»Nimm dir noch ein Stück«, sagt Ebba und schiebt den Teller näher an ihn heran, »in der Küche wartet Nachschub.«

Er greift grinsend zu. Helle nickt freundlich in die Runde.

»In solchen Fällen arbeiten wir gerne mit einem Spezialisten zusammen, der seit zwanzig Jahren im Hospiz arbeitet.«

»Auch wenn euer Vater ihm nicht das Haus gestrichen hat«, sagt Ole und grinst.

Helles Blick ruht eine halbe Sekunde auf ihm. Ole beißt in ein Stück Marzipankuchen und kaut, dass seine Ohren wackeln. Helle schaut uns der Reihe nach an.

»Also, was meint ihr?«

Keiner sagt was. Sie lächelt verständnisvoll.

»Ich weiß, das kommt alles sehr plötzlich ...«

»Er soll keine Schmerzen haben«, sagt Ebba.

Bei der letzten Silbe bricht ihre Stimme.

Sune legt ihre Hand auf Ebbas. Helle lächelt beruhigend.

»Die Schmerztherapie hat in den letzten Jahren eine große Entwicklung erlebt. Wir können einen Perfusor beantragen. Das ist eine Spritzenpumpe, mit der wir kontinuierliche, intravenöse Verabreichung von Medikamenten durchführen können, ohne anwesend sein zu müssen. Der Patient kann bis zu einem bestimmten Punkt selbst bestimmen, wie viel Schmerzmittel er will. Damit ist eine optimale Medikation sichergestellt.«

Ole nickt.

»Aber manche wollen lieber Schmerzen.«

Wir schauen ihn an. Helle springt ein.

»Die Schmerzmittel betäuben den Schmerz, trüben aber manchmal auch das Bewusstsein. Manche wollen lieber die Schmerzen aushalten und dafür bei klarem Bewusstsein sein. Auch deswegen ist es so wichtig, dass der behandelnde Arzt auf diesem Gebiet viel Erfahrung hat.«

»Manche Schulmediziner halten Akupunktur ja immer noch für eine fernöstliche Foltermethode«, nickt Ole.

Diesmal ruht Helles Blick länger auf ihm. Er zupft sich am linken Ohrläppchen.

»Das bedeutet nicht, dass unser Arzt ein Esoteriker ist«, schiebt er nach und spült mit einer Tasse Kaffee runter.

Ebba wirft mir einen Blick zu. Sune wirft mir einen Blick zu.

»Gut«, sage ich.

»Wir sollten uns die Werte aus dem Krankenhaus besorgen«, schlägt Sune vor.

»Darum kümmern wir uns«, sagt Ole.

»Wieso ist er plötzlich so schwach?«, frage ich. »Ich meine, klar, er isst wenig, aber … es ist, als hätte er seine ganze Kraft verloren.«

Helle nickt.

»Er ist so schwach, weil er es zulässt. Das ist diese Generation.« Sie lächelt Ebba an. »Sie machen viel mit sich selbst aus, um so lange wie möglich stark für die Familie zu wirken. Doch wenn sie beschließen, es geht nicht mehr …«

Wieder sitzen wir hier und reden über Far, als wäre er ein Problem, für das es eine Lösung zu finden gilt. Ich weiß, das ist richtig. Je besser alles organisiert wird, desto besser für ihn, für uns, für alle. Man muss rational bleiben. Aber ich komme nicht klar.

Sie schlagen vor, Platz zu schaffen, damit man von beiden Seiten an Fars Bett herankann, außerdem braucht er ein spezielles Pflegebett, falls er zu schwach wird, um selbst aufzustehen. Zu schwach, um selbst aufzustehen. Zu schwach, um aufzustehen.

Sie schauen auf die Uhr und stehen auf. Ole schnappt sich noch ein Stück Kuchen, wir bringen sie zur Tür. Helle lächelt uns freundlich an.

»Es gibt eine Menge Leute, die keine Krankenhäuser mögen. Aber nicht alle haben das Glück, eine solche Familie zu haben.«

»Genau«, mampft Ole.

Als sie die Treppe hinuntergehen, winken wir ihnen nach. Dann schließen wir die Tür und schauen uns an. Dann legt Ebba ihren Arm um Sunes Schultern.

»Gut gemacht«, sagt Ebba.

»Genau«, sage ich und nehme Sune in den Arm.

Sie lächelt verlegen. Mit Kritik kann sie besser umgehen.

»Und was kostet das alles?«

Bei Käffchen und einem Stück Restkuchen, das Ole irgendwie übersehen haben muss, legt Sune uns den Plan vor. Ole und Helle werden vom Staat gestellt, die speziellen Schmerzmittel hängen stark von staatlichen Zuschüssen ab, aber wir sind ja in Dänemark. Für das neue Bett müssen wir wahrscheinlich einen Eigenanteil leisten, doch es wird ja nur gemietet, man kann es anschließend wieder zurückgeben. Und was diesen Perfusor angeht, da muss Sune sich erst noch erkundigen. Die beiden diskutieren den weiteren Versorgungsplan aus. Ich werfe einen Blick ins Schlafzimmer. Far schläft. Er sieht aus, als würde er jeden Moment die Augen aufmachen und mich auslachen. Nachdem ich ein paar Minuten vergeblich gewartet habe, ziehe ich mich leise zurück.

Sune hängt am Telefon und kümmert sich. Ich kann ihr

nicht dabei helfen, weiß nicht, wie die Dinge hier funktionieren, wo man Gelder oder Hilfe beantragen kann. In Deutschland könnte ich alles organisieren. Sich auskennen ist auch Heimat.

Far wird wach. Ich helfe ihm auf die Toilette und räume dann das Schlafzimmer um. Während ich das Doppelbett der beiden trenne und so Platz für das Pflegebett mache, wird Far auf einem Stuhl geparkt, von dem aus er alles ausführlich kommentiert. Tess sah wieder hinreißend aus ... so eine tolle Frau ... wenn er selbst fünfzig Jahre jünger wäre ... klug, schön, bestimmt eine gute Mutter ... wieso unternehme ich nichts ... bin ich sein Sohn ... da unten alles in Ordnung?

Als er mit Tess durch ist, kommt sein Zustand dran. Endlich trägt man ihm alles nach ... endlich Zeit zum Lesen ... endlich eine Ausrede, Ebbas Essen nicht aufessen zu müssen ... und, wow, Sterben spart Geld, denn man braucht dann keine Steuern mehr zu zahlen ... Ich will diesen Mist nicht hören. Aber statt ihm zu sagen, dass er die Klappe halten soll, halte ich meine. Mein Beitrag zur Familienpflege.

Als die Betten geteilt sind, legt er sich wieder hin. Ich habe ihn in meinem ganzen Leben nicht so oft im Bett gesehen wie in den letzten Tagen. Er beginnt wieder, den Ratgeber zu lesen, und gibt mir Tipps, wie man Wespennester entsorgt.

Es klingelt an der Tür. Ein großer Mann mit wildem Blick steht davor. Roland. Seinen Hut hält er in der einen Hand und verdeckt damit die andere. Nach seiner Scheidung hat er wochenlang bei uns gewohnt, doch er übersieht uns und fragt Ebba, wo Far ist. Ebba bringt ihn zum Schlafzimmer. Vor der Tür strafft er sich und geht rein.

Sune hängt immer noch am Telefon. Ich gehe fürs Wochenende einkaufen und putze danach den Hausflur.

Ebba muss ich alle drei Minuten irgendwas aus der Hand nehmen und sie zum Sessel zurückschicken. In dem ganzen Trubel vergisst man leicht, dass sie vierundachtzig ist. Allen voran sie selbst. Es ist mir ein Rätsel, wie die beiden das alles bisher allein geschafft haben.

Nach mehr als einer Stunde kommt Roland wieder aus dem Schlafzimmer. Noch im Flur setzt er sich den Hut auf und verlässt wortlos die Wohnung. Die Wohnungstür bleibt ein Stück offen stehen, und wenig später hallt ein kurzes, hartes Geräusch durch das Treppenhaus. Ich schließe die Tür und werfe einen Blick ins Schlafzimmer. Far ist wach. Er hält den Ratgeber in der Hand, schaut aber aus dem Fenster.

»Alles in Ordnung?«

Er wendet mir sein Gesicht zu und lächelt kummervoll.

»Ach, Roland, der Esel«, sagt er liebevoll. »Er war schon immer so sentimental.«

Für einen Augenblick, bloß für einen winzigen Moment, sehe ich einen Ausdruck in seinem Gesicht, der mich an den erinnert, den er hatte, als ich am Strand die Augen aufschlug. Dann wedelt er mit dem Buch.

»Weißt du, das Problem, im Bett zu lesen, ist, dass man anschließend nicht ins Bett gehen kann.«

Ich starre ihn an. Dann senke ich meinen Blick und atme tief ein und aus. Noch ein einziger blöder Witz und ich springe aus dem Fenster.

»Falls du etwas brauchst, sag es«, sage ich und stoße mich vom Türrahmen ab.

»Mach dir keine Sorgen, mir geht's toll. Ich liege herum, und alle bringen mir, was ich will. Jesses, wenn ich das gewusst hätte, wäre ich früher gestorben.«

Er reißt den Mund auf und wackelt mit den Augenbrauen.

Scheiße. Es reicht. Ich hole Luft, um ihn zusammenzutauchen, als es in mich fährt. Ich sinke schlapp gegen den Türrahmen. Nach einiger Zeit hört Far auf herumzualbern und schaut mich erst belustigt, dann stirnrunzelnd an.

»Was machst du da?«

Ich nicke bloß. Atemlose Schwäche.

Er richtet sich langsam im Bett auf. In seinem Blick ist jetzt nur noch Besorgnis.

»Was auch immer du da machst, hör damit auf.«

Ich winke schwach mit einer Hand ab.

»Du hast recht«, sage ich leise.

»Ja, aber womit?«

Ich mache eine Handbewegung, die alles und nichts bedeutet, denn, Himmel, er hat wirklich recht. Er blödelt lieber, statt zu jammern – wie kann mich das nerven? Ist Jammern etwa besser? Nein. Ist es nie. Wenn er die Situation bewitzeln will, ist das extrem, aber wenn schon extrem, dann lieber das als das extreme Gegenteil. Wieso werde ich sauer? Er schützt uns doch bloß. Und sich selbst. Und er hat das Recht auf eine eigene Haltung oder etwa nicht? Außerdem war er schon immer so. Wie kann ich von ihm verlangen, sich ausgerechnet jetzt zu verändern?

Sune kommt aus dem Esszimmer, bleibt neben mir stehen und schaut erst zu Far, dann erleichtert zu mir.

»Was ist, fährst du mich jetzt oder …«, sie verstummt, runzelt die Stirn und mustert mich besorgt, »was ist los?«

»Er hat recht.«

Beide mustern mich argwöhnisch. Ich reiße den Mund auf und wackele mit den Augenbrauen. Sune mustert mich, als hätte ich ihr vorgeschlagen, ein Kind zu grillen. Fars Gesichtsausdruck dagegen nimmt eine leichte Belustigung an.

»Jetzt dreht er durch.«

Ich schüttele den Kopf.

»Nein. Klasse. Alles klar.« Ich schaue Sune an. »Fahren wir, Schatz.«

Ich kniepe Far zu, entlocke ihm ein Stirnrunzeln und gehe auf wackligen Beinen los. Sune verabschiedet sich von Far und folgt. Als wir die Treppe hinuntergehen, fragt sie, was da eben los war. Ich sage, nichts. Sie glaubt es nicht, wird aber abgelenkt, denn zwischen erster und zweiter Etage ist ein Loch im Putz, als hätte jemand mit einer Eisenfaust reingeschlagen.

Wir rollen ruhig durch den Verkehr. Ich denke an Far. Ab sofort werde ich ihm wirklich eine Hilfe sein und die Dinge so handhaben wie er. Mal schauen, wie er damit klarkommt. Vielleicht sollte ich mein restliches Leben ebenso angehen. Mein Mädchen. Meine Freunde. Mein Zuhause. Bis auf meinen Job sehne ich mich nach allem. Eigentlich eine gute Quote. Also kann mein Leben gar nicht so schlecht sein. Bis auf die Tatsache, dass Far krank ist. Und ich auf der Bühne zum Assi mutiert bin. Und die Bank mir mein Heim wegpfänden wird. Und meine Beziehung vorbei ist. Und meine Ex zehntausend Kilometer weit wegzieht. Zieht sie doch, oder? *Hallooo! Aufhören!! Herrgott, du und deine bescheuerte Hoffnung!! Die Probleme sind immer noch dieselben, also benutz deinen Verstand!! Sei schlau!!* Genau. Ratio beats emotion. Das ist intelligent. Aber ist es auch gut?

»Du fährst wie 'ne Oma.«

Ich nicke, ohne die Augen von der Straße zu nehmen.

»Stell dir vor, ich mache einen Kratzer rein. Du weißt ja, wie er mit dem Wagen ist.«

Im selben Moment fällt mir ein, dass er den Wagen vielleicht nie wieder fahren wird. Vielleicht nie wieder sehen wird. Doch ein Problem wird dadurch gelöst, denn wenn Far stirbt, erbe ich. Erben. Sterben. Ich profitiere von seinem Tod. Kranker Gedanke.

Ich werfe Sune einen Blick zu. Sie mustert das Handschuhfach, das voller Gegenstände von ihm ist. Seine Lederhandschuhe. Hustenbonbons. Landkarten.

»Hast du heute Nacht an mir herumgefummelt?«

Sie dreht ihren Kopf und schaut mich entgeistert an. Ich nicke nachdenklich.

»Hm, ja, irgendwas war da. Na ja, kein Wunder, wenn ich bedenke, wie lange du keinen gut aussehenden Kerl mehr unter der Decke hattest.«

Sie verzieht das Gesicht.

»Wehr dich nicht dagegen«, lege ich nach, »ich spür doch dein Verlangen.«

Sie öffnet den Mund, steckt einen Finger halb rein und gibt Würgegeräusche von sich. Ich erkläre ihr geduldig, dass Menschen, die ihr Verlangen zu lange unterdrücken, irgendwann explodieren, und ich möchte nicht eines Tages die Zeitung aufschlagen und lesen, dass Teile von meiner Schwester an irgendwelchen Hauswänden kleben. Sie erklärt mir, dass ich ein alter Sack bin, der an Selbstüberschätzung leidet. Ich erkläre ihr, dass sie mir nichts vormachen kann und dass ich ihre notgeilen Blicke auf meinen Luxuskörper durchaus bemerke. Sie gibt wieder Würgegeräusche von sich, und als ich vor dem Kindergarten anhalte, haben wir fünf Minuten Schwachsinn erzählt und ein paarmal gelächelt. An Far hat sie in den letzten Minuten bestimmt nicht gedacht. Es funktioniert.

Sune nickt zum Eingang rüber.

»Komm mit rein.«

»Heute nicht, ich habe noch was vor.«

Sie mustert mich neugierig.

»Was denn?«

»Eine Männersache.«

Sie legt ihr Gesicht in mitfühlende Falten und nickt traurig.

»Onanierst du immer noch so viel?«

Ich starre sie einen Augenblick an. Dann muss ich lachen.

»Herrje, meine Schwester entwickelt Humor. Was kommt als Nächstes? Gehst du mit einem Kerl aus?«

Sie grinst zufrieden. Wir drehen eine weitere Blödelrunde, dann küsst sie mich, öffnet die Tür, verharrt noch mal und grinst.

»Letzte Chance, Sisse zu sehen ...«

»Sag ihr, ich hätte ihren Namen im Schlaf gemurmelt.«

Sie zieht die Luft zwischen den Zähnen ein.

»Dünnes Eis! Wenn sie einmal in Fahrt kommt, ist sie wie ein Alligator auf einer Blutspur, verstehst du?«

Ich lache wieder.

»Verstehe. Dennoch, mach ihr eine Freude.«

»Hab dich gewarnt«, sagt sie und stößt die Tür ganz auf.

»Sune.«

Sie verharrt mit einem Bein draußen und schaut fragend über die Schulter.

»Ich liebe dich.«

Sie mustert mich perplex. Dann lächelt sie ein schönes Lächeln.

»Ich liebe dich auch.«

Für einen weiteren Augenblick sind die Sorgen aus ihren Augenwinkeln verschwunden, und so einen Augenblick nimmt einem keiner wieder weg. Dann steigt sie aus und schließt die Tür so vorsichtig, als stünde Far neben ihr, winkt noch mal durchs Fenster und geht beschwingt über den Fahrradweg. An dem bunten Tor winkt sie noch mal, dann öffnet sie das Tor, und sogar im Wagen höre ich das Kreischen der Kinder, als sie sie entdecken. Sie ist zu Hause.

An der nächsten Ampel geht es links wieder zur Wohnung. Ich fahre geradeaus über die Sjællandsbrücke, in Richtung Amager, an meinem Geburtsort vorbei bis raus an den Dragør Strand. Ich parke den Wagen auf einem Parkplatz, auf dem fünfhundert Fahrzeuge Platz haben, doch außer mir steht hier nur ein alter Opel Kadett, in dem zwei Köpfe aneinanderkleben. Das Wageninnere ist voller Rauch und Hiphop. Ich ziehe meine lange Hose aus, schlüpfe in eine Sporthose von Far und tausche meinen Mantel gegen eine Windjacke. Dann laufe ich los. Die Luft ist kalt. Das Meer ist grau. Der Himmel fast schwarz. Der Sand nass und schwer. Alle paar Meter scheuche ich Möwen auf, die schimpfend in die Luft steigen. Neben Torjubel und spielenden Kindern das einzige Geschrei, das ich liebe.

Die Landschaft ist zu fremd, um ganz abschalten zu können, doch nach einiger Zeit schaffe ich es, nur noch Acht zu geben, wenn mir Spaziergänger mit Hunden entgegenkommen. Auf sich Acht zu geben. Herrje, was war nur mit mir in den letzten Jahren? Ich habe mich gehen lassen. Ich bin faul geworden. Habe mich an schöne Dinge so gewöhnt, dass ich sie nicht mehr genossen habe, und mich mit den schlechten Dingen arrangiert, statt sie zu verändern. Und das Wichtigste vergessen: dankbar zu sein. Das Leben zu genießen. Wie kann man das bloß immer wieder vergessen? Beten deswegen so viele Leute täglich, weil sie sich jeden Tag bewusst machen wollen, dass das Leben ein Geschenk ist? Ist Beten Bewusstmachung? Ist Beten Dankbarkeit? Sollte ich anfangen zu beten? Und betet man nicht bereits, wenn man nur daran denkt zu beten? *Hallooo! Gedanken-lärmalarm!!* Nein. Diesmal nicht. Die Gedanken sind vielleicht noch etwas wirr, aber auf dem richtigen Weg. Wenn ich täglich beten muss, um mich daran zu erinnern, dass das Leben ein Geschenk ist, werde ich das tun, denn man gewöhnt sich an alles. Sogar an das Gute.

Irgendwann zwickt es leicht in der Wade, also drehe ich um und jogge die Strecke ruhig zurück. Ja, man gewöhnt sich an alles. Ich habe Familie und Freunde und bin gesund. Das ist privilegiert. Wieso verdrängt man ein solches Wissen? Ich hätte wirklich nichts dagegen, wenn mein Bewusstsein den Auftritt von letzten Montag verdrängen würde, stattdessen verdrängt es, dass ich eigentlich ein glückliches Leben habe, bloß dass ich nicht glücklich bin, weil mein Bewusstsein diese Erkenntnis verdrängt. Warum tut es das? Weil es nicht in der Lage ist, zwischen gut und schlecht zu unterscheiden? Dem muss ich nachhelfen. Glück muss den gleichen Stellenwert bekommen wie Angst. Ich muss Existenzglück in meinem Leben kultivieren. Genau. Ich beschließe jetzt, ab sofort glücklicher zu sein.

Die letzten dreihundert Meter sprinte ich, bis die kalte Luft meine Lunge frisst und der Wadenmuskel zumacht. Neben Fars Wagen bleibe ich atemlos stehen. Zum ersten Mal seit langer Zeit habe ich das Gefühl, wieder Luft zu bekommen.

Am frühen Abend kommen Ole und Helle mit ihrem Spezialisten wieder. Ein kleiner dicklicher Kauz, der kaum redet und unseren Blicken ausweicht. Vertrauen einflößen geht anders. Helle und Ole nicken uns beruhigend zu, gleichen es mehr als aus, gehen ins Schlafzimmer, schließen die Tür und bleiben eine Stunde. Wir hängen rastlos vor der Tür herum und machen uns keine Hoffnungen ... keine Hoffnungen ... keine Hoffnungen.

Als sie wieder herauskommen, geht der Arzt an uns vorbei zur Wohnungstür, ohne uns anzuschauen. Helle fragt, ob wir uns noch einen Augenblick setzen wollen. Wir gehen ins Esszimmer und setzen uns. Sie lächelt ernst und spricht in leisem Ton. Über Hansen haben sie heute Nachmittag eine Kopie von Fars Krankenhausakte besorgt. Ohne CT kann man natürlich nichts ausschließen, doch wenn es an den Nebenwirkungen der Tabletten gelegen hat, dass ihm schwindelig wurde, brauchen wir uns darüber keine Sorgen mehr zu machen, die Tabletten sind vom Tisch. Far bekommt jetzt viermal täglich eine Spritze, bis der Perfusor kommt. Falls er zwischendurch Schmerzen haben sollte und weder Helle noch Ole erreichbar sein sollten, wird hier eine Notfallspritze liegen, die wir ihm setzen können, subkutan. Wir schauen sie an. Unter die Haut, nicht in die Vene, erklärt Ole. Helle sagt, dass das die guten Nachrichten waren, und bereitet uns sehr mitfühlend auf schlechte Nachrichten vor, doch dann erfahren wir nichts Neues: Laut Krankenhausunterlagen besteht bei Far Verdacht auf Magen- und Darmkrebs im fortgeschrittenen Stadium. Auf dem Ultraschall sind viele dunkle Schatten, die sich über Magen und Darm ausgebreitet haben. Diese operativ zu entfernen wäre ein Eingriff, der die Kräfte eines Zweiundachtzigjährigen übersteigen könnte. Sie sagt uns nichts anderes, als dass Far sich aussuchen kann, wie er sterben will: an Krebs oder an den Folgen der OP. Kein Wort von einer Wunderheilung. Das kann mich nicht umhauen, denn ich habe mir ja keine Hoffnungen gemacht ...

»Wie lange?«, fragt Ebba schließlich.

»Kann man nicht sagen«, sagt Helle.

Es ist das erste Mal, dass wir sie ausweichend erleben. Sie merkt es, weicht unseren Blicken aber nicht aus.

»Er sagt, dass er bald sterben wird«, versucht Sune es noch. »Wieso? Woher weiß er das? Kann es sein, dass er sich irrt?«

Helle schüttelt bedauernd den Kopf.

»Das kann keiner genau sagen, aber wenn er das sagt ... Manche Patienten wissen ihren Zustand ganz gut einzuschätzen. Euer Vater spürt das. Und die vorliegenden Ergebnisse ...«

Sie zieht die Schultern ein bisschen hoch.

»Also, es ist der Krebs«, sagt Sune mehr zu sich.

Sie braucht einen Namen für den Gegner, um besser hassen zu können.

»An irgendwas stirbt man eben, wenn man alt ist«, sagt Ole.

Wir schauen ihn alle an.

»Heißt ja nicht, dass er bald stirbt«, murmelt er.

»Aber es wird vielleicht nicht mehr so lange dauern«, sagt Helle leise. »Es gibt Patienten, die kämpfen bis zum letzten Atemzug. Ich glaube, euer Vater hat in den letzten Jahren schon gekämpft.«

Sune zwinkert ein paarmal. Ich nehme ihre Hand.

»Der Arzt im Krankenhaus meinte, er sollte besser operiert werden.«

Helle lächelt sie bedauernd an.

»Ja, irgendwas müssen die sagen ... Ich weiß, es ist schwer, aber hört eurem Vater zu. Er weiß es am besten.«

»Ja«, sagt Ole.

Als sie weg sind, sitzen wir da. Ich will die beiden aufmuntern, aber mir fällt nichts ein, kein Witz. Ebba geht ins Schlafzimmer, doch sie kommt bald wieder raus und sagt, dass er schläft. Sune geht nachschauen. Als sie rauskommt, gehe ich nachschauen. Er schläft immer noch, und alles was ich denken kann, ist: Jetzt sieht er krank aus.

Als ich aus dem Schlafzimmer herauskomme, ist die Küchentür geschlossen. Ich bleibe verblüfft stehen. Die Küche hat eine Tür?

»Ebba will allein sein«, flüstert Sune.

Sie hat ihren schweren Mantel an und hält mir meinen entgegen.

Kapitel 31

Meine Linguistikkellnerin ist diesmal nicht da. Stattdessen steht ein vollbärtiger Typ hinter der Theke. Er wirkt wie das Klischee eines Heavy-Metal-Bassisten: ärmellose Lederjacke mit Bandaufklebern, kräftige Arme, Bauch, lange schwarz gefärbte Haare, Jeans, Motorradstiefel. In dem Laden läuft Free Jazz. Entweder wird ihm die Musik vorgeschrieben, oder sein Musikgeschmack ist besser als sein Modegeschmack. Er kommt zum Tisch, nickt erst Sune zu, dann mir, nimmt erst ihre, dann meine Bestellung auf, wechselt den Aschenbecher aus, wirft ihr noch einen Blick zu und geht wieder – und das alles, ohne dass Sune ihn auch nur einmal angesehen hat.

»Klasse.«

Sune hebt den Blick von ihren Fingern.

»Was?«

Ich schüttele den Kopf.

»Sag mal, im Ernst, wann genau warst du das letzte Mal mit einem Kerl aus?«

Sie scheint wirklich darüber nachzudenken. Dann zuckt sie die Schultern.

»Keine Ahnung.«

»Dann muss es ja verdammt lange her sein.«

Sie zieht die Schultern noch mal hoch.

»Es fehlt mir nicht.«

»Ich bin stolz auf dich.«

»Ha, ha ...«

»Nein, ich meine, wegen dem, was du heute auf die Beine gestellt hast. Ich hätte es nicht gekonnt.«

Sie lächelt verlegen.

»Ach was ...«

»Doch, doch«, ich nehme ihre Hand, »es ist ein großartiges Gefühl, dass ich mich auf dich verlassen kann. Das bedeutet mir sehr viel. Danke.«

Sie mustert mich, den Mund leicht geöffnet. Dann werden ihre Augen feucht, und sie senkt das Gesicht. Der Bassist bringt uns zwei Tuborg. Er wirft Sune einen Blick zu, checkt dann kurz mein Gesicht, entdeckt dort nichts, was ihn weiter auf den Plan ruft, also zieht er sich an die Theke zurück. Sune atmet tief ein und mustert die Tischplatte.

»Weißt du noch, wie Far uns weismachen wollte, dass sein Husten vom Bier kommt, damit wir nie anfangen zu trinken?«

»Tuborgkulose«, sagt sie und starrt weiterhin auf die Tischplatte.

Ich witzele darüber, dass er und Roland vielleicht zu viele Lösungsmittel eingeatmet haben und Far seinen Job nur deswegen so geliebt hat, weil er ständig high war. Das entlockt ihr ein kleines Lächeln. Wir trinken und reden über alte Zeiten. Beim zweiten Bier sind die neuen dran. Was machen wir mit all den Sachen? Wollen wir das Sommerhaus behalten? Keiner von uns kann sich vorstellen, ohne das Sommerhaus zu sein. Keiner von uns kann sich vorstellen, dort ohne Far zu sein. Den Wagen will auch keiner. Ich fahre lieber Rad, und Sune hat keinen Führerschein. Beim dritten Bier verkaufen wir alles. Als der Bassist uns das vierte bringt, bleibt er stehen und fragt, ob alles okay sei.

Wir nicken. Auch die Musik? In seiner Stimme schwingt etwas mit. Ich höre genauer hin. Immer noch diese verdaddelte Jazzrocksache. Klingt, als hätten die Musiker sich nicht auf eine gemeinsame Tonart einigen können. Sune sagt, ihr gefalle die Musik. Er reicht ihr einen Flyer und beginnt von seiner Band zu reden, ich muss plötzlich dringend pinkeln.

Das Telefon hängt neben dem Männerklo. Während ich den Apparat mit Kronen füttere und Tess' Nummer in die Tasten hacke, verschwinden ein paar Leute durch die Tür, und jedes Mal dringt ein Schwall Kloduft an meine Nase. Einer der Augenblicke, in denen ich mir wünsche, ich hätte ein Handy.

Es klingelt fünfmal. Als ihre Mailbox anspringt, ist es wie ein Eimer kaltes Wasser. Das Handy ist nicht aus. Es klingelt. Aber sie geht nicht ran. Ich spreche eine kurze Nachricht drauf, schaffe es aber nicht ganz, den Vorwurf nicht durchklingen zu lassen, und schon weiß ich wieder, wieso ich kein Handy habe. Beim Festnetz weiß man, okay, niemand kann immer zu Hause neben dem Apparat warten. Doch von einem Handybesitzer erwarte ich, dass er rangeht. Dafür ist das Scheißding doch da, damit man überall erreichbar ist, oder? Ich schaffe es, den Hörer einzuhängen, ohne den Apparat zu zerstören, und fühle mich schlechter als vorher. Scheißmailboxen. Dabei ist sie wahrscheinlich nur an einem lauten Ort. Oder hat das Handy im Zimmer vergessen. Oder badet. Oder. Herrje, Eifersucht. Nach der Beziehung. Wenn es nicht so ein Scheißgefühl wäre, wäre es bestimmt saukomisch.

Als ich zurückkomme, steht der Bassmann wieder hinter der Theke. Sune sitzt am Tisch und liest sich den Flyer durch.

»Schwul oder verheiratet?«, frage ich und rutsche hinter dem Tisch auf die Sitzbank.

Sie hebt den Blick und runzelt die Stirn.

»Was …? Ach so. Keine Ahnung, aber schau mal«, sie hält mir den Flyer hin, »das könnte wirklich ein gutes Konzert werden.«

»Ein gutes Konzert. Hmm, hmm …«

Sie richtet sich auf und bekommt etwas Farbe im Gesicht.

»Grins nicht so dämlich, hörst du?!«

»Herrje, du musst total verknallt sein, wenn du diesen Mist auch noch live hören willst.«

Ihr Blick wird stechend. Sie schielt schnell zur Theke rüber und lehnt sich vor.

»Hör sofort auf!«, faucht sie. Ihr Kopf leuchtet wie eine Tomate. Ich beiße mir auf die Lippen und senke den Blick auf die Tischplatte. Es dauert zwei grausam verdaddelte Soli, bevor ich wieder den Blick heben kann. Sunes Kopf hat wieder Normalteint angenommen.

»Sune ist verliiiiehibt …«, flüstere ich.

Ihr Blick huscht wieder zur Theke rüber, bevor sie mich streng anschaut.

»Ich gehe!«

»Sune ist verliiiiehibt …«

Sie versucht streng zu bleiben, aber ihre Mundwinkel zucken.

»Ich hab gesagt …«

Sie gibt auf, schließt die Augen und lacht. Ich habe sie schon lange nicht mehr so lachen sehen.

»Sune will ihn küüüssen!«

Ein bisschen zu laut. Sofort hört sie auf zu lachen, wirft einen weiteren Blick zur Theke rüber, dann stiert sie mich an.

»Noch ein blöder Spruch …«

Schluss. Man kann es übertreiben. Aber Fars Masche gefällt mir. Lachfalten sind besser als Sorgenfalten. Far hat mit seinen vielleicht fünfzig Geschichten Tausende solcher Situationen gerettet. Ich will es ihm nachmachen. Prima. Jetzt brauche ich nur noch Geschichten.

Ebba ist noch wach, als wir hereingepoltert kommen. Sie sitzt am Kaffeetisch und löst ein Kreuzworträtsel unter ihrer starken Leselampe. Wir knutschen sie und albern ein bisschen herum. Mit der Tuborgkulosegeschichte entlocken wir ihr ein Lächeln. Schön ist das. Auch wenn Sune schwört, dass sie nie wieder mit mir ausgeht. Ich verrate Ebba, dass Sune sich verliebt hat. Dafür fange ich mir einen Schlag ein, der mich längere Zeit beschäftigt hätte, wenn ich nicht vorher die Muskeln angespannt hätte, und schon sitze ich wieder auf Sunes Oberkörper und singe, Sune-ist-verliiiehibt ... Sie setzt ihre ganze Kraft ein, um mich herunterzustoßen. Ich lasse sie ein bisschen toben, nehme mich vor bösen Beinklemmen in Acht und flüchte schließlich auf die Toilette.

Als ich frisch geduscht und rasiert ins Esszimmer komme, sind die meisten Lampen aus. Ebba ist ins Bett gegangen, und auch Sune hat das Schlaflager auf dem Esszimmerteppich aufgebaut und schläft. Vor ihr auf dem Teppich liegt ein Fotoalbum aufgeklappt, doch sie ist nur bis zur dritten Seite gekommen. Ich nehme das Album weg, lösche das große Licht, knipse Ebbas Leselampe an, setze mich in Fars Ledersessel, nehme mir einen neuen Block aus der Schublade, einen Bleistift. Dann beginne ich zu schreiben.

Als ich den Block beiseitelege und die Leselampe ausknipse, ist Kopenhagen ruhig. Stille Nacht. Irgendwo fährt ein Zug.

Sunes leise Atemzüge. Sonst ist nichts zu hören. Aber zu fühlen. Ich ziehe mich aus, rutsche unter die Decke und kuschele mich an meine Schwester. In mir ein warmes Gefühl. Ich habe eine von Fars Geschichten aufgeschrieben und so lange herumformuliert, bis sie im Fluss war. In der deutschen Sprache fehlen einige der Wörter, die er benutzt. Man kann nicht alles adäquat übersetzen, daher musste ich neue Wörter suchen und eigene Formulierungen benutzen, und so wurde die Geschichte immer mehr unsere. Es ist Far pur, aber der Stil ist meiner, und es kribbelt in mir, den Text laut zu hören. Wenn nicht alle schlafen würden, hätte ich ihn längst deklamiert. Zum ersten Mal seit Jahren bin ich wieder zufrieden nach der Arbeit. Ein Gefühl, das ich vergessen hatte.

Kapitel 32

Am nächsten Morgen ist Far wieder in Laune. Helle war sehr früh da. Ich hörte, wie sie um sechs Uhr die Wohnungstür aufschloss, aus Versehen ins Wohnzimmer ging und erst danach das Schlafzimmer fand, wo sie Far weckte, um ihm seine Spritze zu setzen. Muss seltsam sein, nachts in fremde Wohnungen zu gehen, wenn die Menschen darin noch schlafen. Aber die Spritze wirkt Wunder. Far fühlt sich gut, er ist körperlich schlapp und braucht Hilfe, um auf die Toilette zu gehen, aber davon abgesehen, macht er einen fitten Eindruck. Beim Frühstück albert er herum: Drogen auf Rädern, wenn die Junkies von Istedgade das wüssten. Allerdings rührt er seinen Teller kaum an, weil die Schmerzen beim Verdauen zunehmen. Je weniger er isst, desto weniger Schmerzmittel muss er nehmen, desto klarer ist er, desto mehr schlechte Witze kann er loswerden. Far zelebriert seinen Frühstücksauftritt, und das lenkt mich davon ab, dass ich Tess noch mal angerufen habe und die Mailbox sofort ansprang. Das heißt, sie war seit gestern an ihrem Handy, hat meine Nachricht gehört und sich dennoch nicht gemeldet. Scheißhandys.

Gleich nach dem Frühstück kommen Tante Vivi und Onkel Walter zu Besuch. Wir haben uns ewig nicht mehr gesehen, und es schockt sie, wie ähnlich ich Far sehe. Wir sitzen ein bisschen zusammen und reden über die letzten

Jahre, dann wird Far müde und geht ins Bett. Tante Vivi geht mit ihm ins Schlafzimmer, wo Far dann gleich einschläft. Sie kommt bald wieder heraus. Eigentlich wollen wir noch ein Käffchen trinken, doch es nimmt sie zu sehr mit, Far so zu sehen. Walter geht zu ihr, sie bleiben im Flur stehen, sie weint leise, er tröstet, aber es reicht nicht. Walter bringt sie schließlich wieder die Treppe runter und muss sie dabei stützen. Wir schauen ihnen nach und versuchen uns nichts anmerken zu lassen. Bevor die Stimmung sich ausbreiten kann, zucke ich entschuldigend die Schultern und sage, ich hätte ihnen vielleicht nicht erzählen sollen, dass Sune lesbisch ist. Ebba und Sune schauen mich an. Dann geht Ebba in die Küche und Sune ins Esszimmer. Alles klar. Ich arbeite vielleicht besser noch ein bisschen an meinen Witzen.

Das Telefon klingelt. Mein Herz hüpft, doch es ist nur Fars ehemaliger Malerchef, der wissen will, wie es Far geht und wann er ihn besuchen kann. Er kennt mich von klein auf und erzählt von früher.

Als wir auflegen, wähle ich Tess' Nummer.

»Krytowski«, meldet sie sich.

Im Hintergrund sind Fahrgeräusche zu hören. Mein Herz klopft.

»Ich bin's. Wieso gehst du nicht ran, wenn ich anrufe?«

Vorwurf, Vorwurf. Verdammt, ich hasse es.

»Liebster, ich weiß, tut mir leid, ich hatte keine Sekunde für mich, außer gestern Nacht, und so spät wollte ich nicht bei euch anrufen. Wie geht es ihm?«

»Alles beim Alten. Aber du fehlst.«

»Ja«, sagt sie und klingt, als würde sie mehr sagen wollen, aber nicht können.

»Was machst du?«

»Ich bin auf dem Weg zu meinem Anwalt.«

Ich runzele die Stirn und schaue zur Sicherheit auf einen kleinen Kalender, der auf einem Regal neben Fotos von Far und Ebba steht.

»Am Sonntag?«

»Die Verträge liegen vor. Sie wollen sie möglichst schnell unter Dach und Fach bringen, um das Visum beantragen zu können, und mein Anwalt meint, dass es noch ein paar Dinge zu klären gibt, also leitet meine Assistentin mein Seminar, während ich durch die Gegend fahre, um Kleingedrucktes zu besprechen.«

Sie klingt genervt.

»Klingt, als wäre es eilig.«

Sie antwortet nicht. Stattdessen erklärt sie jemandem den Weg, dann ist sie wieder am Hörer.

»Entschuldige, was hast du gesagt?«

»Es klingt eilig.«

»Ja, es soll bald losgehen, und es gibt in den Verträgen noch einiges zu regeln.«

Bald.

Eine Pause entsteht, in der ich zuhöre, wie der Wagen herumfährt, den Blinker setzt, stoppt, wieder losfährt. Diese Verträge sind wie unsere Scheidungspapiere. Sobald sie die unterschreibt, sind wir erledigt.

»Liebster, alles in Ordnung?«

»Ja. Nein. Die Verträge … Ich hätte gedacht … Ich weiß nicht, was ich dachte, aber … Was ist mit unserem Gespräch gestern am Flughafen? Ich dachte, alles sei in Unordnung …«

Sie zögert und senkt dann die Stimme.

»Können wir nicht am Wochenende darüber reden?«

Ich spüre, wie meine Mundwinkel auseinanderstreben.

»Du bekommst wieder frei?«

»Diesmal das ganze Wochenende. Ich komme wieder zu euch hoch.«

»Da wird sich Far freuen.«

»Und ich mich.« Sie atmet tief durch. »Es ist schwer, hier zu sein und nicht zu wissen, was bei euch passiert. Bist du sicher, dass du dir nicht ein Handy zulegen willst, dann könnten wir uns anrufen, wenn uns danach ist, und nicht nur, wenn du einen Festnetzapparat findest.«

»Ich überlege es mir.«

»Tu das bitte.« Die Fahrgeräusche sind verstummt. »Liebster, wir sind da, ich muss. Ich rufe dich morgen Abend an und gebe dir die Flugzeiten durch, ja?«

»Ich freue mich.«

»Wer liebt dich?«

»Du.«

»Sehr.«

Sie küsst in den Hörer, sagt bis morgen und unterbricht die Verbindung. Ich sitze noch etwas auf dem Schemel und schaue aus dem Fenster. Mein Herz singt ein kleines Lied. Was, zum Henker, treiben wir? Paare, die nach der Beziehung noch mal zusammenkommen, tun das doch wegen Sex, oder? Vertrauter Sex mit einem Menschen, der plötzlich wieder aufregend fremd ist. Wir schaffen es scheinbar auch ohne. Macht das Sinn? Nö. Tut das gut? Au ja! Aber will ich mein ganzes restliches Leben ohne Sex leben? Auf gar keinen Fall. Also muss ich sie irgendwie flachlegen. Genau. Toll. Bloß, dass der Plan in den letzten zwei Jahren nie funktioniert hat. Aber irgendetwas hat sich geändert. Vielleicht geht es jetzt. Genau. Ich vögele sie am Wochenende und verbrenne ihren Pass. Plan X. Prima.

Ich beginne den Tisch abzuräumen. Sune wäscht ab.

Wenig später schaut die dicke Nachbarin herein und macht zu laut auf zu fröhlich. Sie steckt den Kopf ins Schlafzimmer, grüßt Far, der davon wach wird, und setzt sich dann ins Esszimmer zu Kaffee und Kuchen. Ich nutze die Gelegenheit, um Far um Rat zu fragen. Unter seiner Anleitung mixe ich etwas Putz zusammen und gehe in den Hausflur, um die Spuren von Rolands Besuch zu beseitigen.

Am Mittag kommt Ole. Far findet das neue Schmerzmittel super, er hätte gerne ein paar Extraspritzen, falls er mal eine Party machen sollte und so weiter. Ich nutze die Auszeit, um in meinem anderen Zuhause anzurufen. Frauke geht beim zweiten Klingeln ran, erkundigt sich nach Far, dann nach mir. Ganz gut, sage ich und verstumme überrascht. Ich horche in mich hinein. Ja. Tatsächlich. Ich fühle mich nicht schlecht. Dagegen wirkt Frauke bedrückt, will aber nicht mit der Sprache rausrücken. Sie liest mir meine Anrufer vor. Clemens hat mehrmals angerufen und ist stinksauer, dass ich nicht gekommen bin. Ach scheiße. Das große Meeting. Ich hätte mich zumindest abmelden müssen, aber das alles ist tausend Lichtjahre weg. Clemens ist allein zum Sender und hat mich mit Todesfall in der Familie entschuldigt. Für einen Augenblick denke ich, er hat sich erkundigt. Dann fällt mir ein, dass es seine Standardausrede ist, denn nur der Tod kann ein Grund sein, einen Sender-Termin zu verpassen. Herrje, ich sollte morgen einfach wegbleiben, vielleicht trifft ihn der Schlag. Aber … ich würde gerne. Wirklich. Ich habe große Lust, morgen nach Köln zu fliegen, zu lesen und zu sehen, wie die Geschichte auf Fremde wirkt – ohne Fars Performance. Nur der Text. Und ich.

Frauke interpretiert mein Schweigen falsch und startet das größte Ablenkungsmanöver, seitdem Armstrong am

Berg schwächelte: die Katze blablabla, das Künstlerpärchen blablabla, betrunkener Richter blablabla, dümmster Bankräuber blablabla ... Sogar für eine Kifferin ist das hier ein Redeflash von unbekannten Ausmaßen, nur kein Wort über das Arschloch. Hm.

Als ihr nichts mehr einfällt, reicht sie den Hörer an Arne weiter, der mir verrät, dass Nina bei uns schläft, bis sie was eigenes gefunden hat. Ich brauche einen Augenblick, bis ich realisiere, dass ich tatsächlich mit Arne telefoniere. Ich glaube, es ist das erste Mal, dass ich seine Stimme durch ein Telefon höre, seine Stimme klingt völlig anders, gar nicht so bedrohlich. Er fragt, ob ich damit ein Problem habe. Ich sage Nein. Und dann redet er *weiter*! Er war gestern Gotcha spielen und hat zwei Großaktionäre erlegt. Er kleidet das Massaker trocken aus, von Opfer aussuchen über Falle stellen bis zu Exekutionen im Namen der Umwelt. Als er verstummt, habe ich zweimal gelacht und sage ihm, dass ich mir wünsche, dass er bei mir ist, wenn ich sterbe. Daraufhin sagt er lange nichts. Aber nicht, weil er mich in einen Hinterhalt gelockt hat, füge ich hinzu. Er legt auf. Freunde. Ich lächele aus dem Fenster.

Es klingelt an der Tür. Diesmal sind es zwei Kids von der Kinderwand, jetzt als Jugendliche. Rene und Stine. Ich habe beide gesittet, als sie klein waren. Schon seltsam, wenn Kinder groß werden. Ich erkenne sie noch und kenne sie nicht. Sie sind genauso verunsichert. Sie haben gehört, dass Far krank ist, und wollten ihn sehen, und jetzt macht er denselben Quatsch wie immer, liegt aber im Bett. Rene versucht sich seine Verunsicherung nicht anmerken zu lassen, Stine weint so, dass sie nicht mehr sprechen kann. Sie bleiben nicht lange.

Als sie weg sind, sauge ich die Wohnung, Sune hilft Ebba

mit dem Mittagessen. Dann setze ich mich hin und schreibe eine weitere Geschichte auf. Es macht Spaß. Ich muss beim Schreiben lachen. Ich bin echt neugierig, wie die Geschichten vor neutralem Publikum wirken. Ich habe *Lust*, es zu sehen. Darum will ich morgen auftreten. Ja. Aber wie erklärt man das jemandem: Mein Vater ist krank, und ich reise ab, um Fremde zum Lachen zu bringen?? Natürlich könnte ich es auf meine Arbeitssituation schieben, denn wenn ich morgen nicht auftrete, habe ich definitiv keine Agentur mehr. Clemens wird es sich nicht bieten lassen, dass er mich so weit durchschleust und ich dann nicht mal anreise. Anders gesehen, wenn ich hinfahre und eine von Fars Geschichten bringe, wird er unzweifelhaft merken, dass meine Aggrocomedykarriere schon wieder vorbei ist, und, uiii, das wird ihn aber sauer machen. In beiden Fällen riecht es nach Konfrontation. Aber irgendwie ist das egal, wenn nicht gar richtig, denn es fühlt sich völlig falsch an, Fars Geschichten zu kultivieren und gleichzeitig ein Arschloch zum Agenten zu haben. Also gut, was tun? Ich muss mit der Familie reden. Meine große Stärke.

Am frühen Abend sitzen wir vor dem Fernseher und schauen Ebbas Quizshow. Far ist schon ins Bett gegangen. Sollte ich vielleicht auch, ich fühle mich, als hätte ich auf dem Bau gearbeitet. Was für ein Tag. Am späten Nachmittag kamen zwei Familien gleichzeitig, um Far ihr Mitleid auszusprechen. Er brachte sie mit seinen Sprüchen völlig durcheinander. Leider bekam ich nicht alles mit, denn Ebba scheuchte uns herum. Alles musste auf den Tisch, das beste Geschirr, alle Kekse, der eine mochte Schnaps zum Essen, der andere Eis zum Dessert, der Nächste Aschenbecher zwischendurch. Ebba war gestresst, konnte aber nicht kürzertreten. Auch alte Schule. Ich mag das. Wenn Tess so wäre, bräuchte ich sie nur zu lieben und zu ernähren, dann wäre sie immer bei mir, würde über meine Witze lachen und mich bekochen. Aber so ist sie nicht. Es würde ihr nicht reichen. Vielleicht wird sie mal später so. Hm. Das erinnert mich an meine erste große Liebe, die mir immer wieder sagte, dass ich mit dreißig ein richtig toller Mann werden würde. Doch so lange konnte sie leider nicht warten.

Vor dem Abendessen kam Helle noch mal, während Far mit seinem ehemaligen Chef Bjarne herumalberte. Beide erwähnten Fars Zustand mit keinem Wort. Die gute Laune und die blöden Sprüche der beiden waren kaum auszuhalten, und sosehr ich auch in den Gesichtern und Tonlagen suchte, fand ich keine Dissonanzen. Nur zwei Kumpels, die sich zu lange nicht gesehen haben. Es fehlten nur noch ein paar Urlaubspläne für den nächsten Sommer. Bjarne wartete geduldig, bis Far seine Spritze bekommen hatte. Dann blödelten sie noch fünf Minuten weiter, bis Far einschlief. Bjarne stand auf, sagte, es sei schön gewesen und bis zum nächsten Mal, und ging. Jeder reagiert anders. Manche glauben, es wird wieder. Andere sind einfach nur überfordert. Keiner bleibt lange. Wie es wohl für ihn ist, dass sie alle ihn jetzt so sehen? Tut er es für sie? Oder für sich? Würde ich es tun? Ich weiß es nicht. Ich weiß eh nicht viel, was meinen Tod angeht. Eigentlich nichts. Wozu auch, er ist ja noch so weit weg. Oder?

Wir raten müde um die Wette. Wer verliert, muss den Müll runterbringen. Ebba gewinnt meistens, und Sune schlägt sich nicht schlecht, ich liege jetzt schon neun Müllsäcke hinten, da ich mich die ganze Zeit frage, wie sie reagieren werden, wobei ich es mir denken kann: Vater krank, Sohn haut ab, um Spaß zu haben. *Hallooo! Prima!*

Weiter so! Genau so funktioniert positives Denken! Bloß andersherum!

Als ich mich wieder einklinke, liege ich mit dreizehn Müllsäcken im Rückstand. Ich nehme ein bisschen Anlauf und sage es einfach. Ich müsste eigentlich morgen nach Köln. Ich hätte da einen Auftritt. Wie so verdammt oft habe ich mir ganz umsonst Negatives ausgemalt, denn weder trifft mich Gottes Blitzschlag, noch werde ich mit familiärem Liebesentzug bestraft. Sie wollen lediglich wissen, wieso ich das nicht früher gesagt habe, dann hätte ich einen billigeren Flug bekommen. Beide sind der Meinung, dass ich fahren soll. Sune sagt, es mache keinen Sinn, wenn ich auch noch meinen Job verlöre. Auch noch.

Ich gehe ins Schlafzimmer, um Far nach seiner Meinung zu fragen. Er schläft, also hole ich den Block aus dem Esszimmer und setze mich neben das Bett. Drüben redet der Fernseher. Neben mir atmet mein Vater. Wie schön das ist, atmen. Bei der Kunst, sich das Geschenk des Lebens klarer zu machen, muss es Nirwana sein, sich immer bewusst zu sein, dass der Körper uns jederzeit automatisch mit Luft versorgt. Wir werden natürlich beatmet. Jede Sekunde. Jede Minute. Tag für Tag. Jahr für Jahr. Ein Wunder. Vielleicht beruht das Wunder auf der Evolution, aber der Zustand ist definitiv Gott.

Das Bettlaken raschelt. Far öffnet die Augen und mustert mich desorientiert. Er scheint nach innen zu lauschen. Dann kehrt sein Blick aus weiter Ferne zurück.

»Morgen«, sagt er.

»Ja, Morgen dir auch. Es ist aber noch Sonntagabend.«

Er wirft einen halb wachen Blick auf den Block in meinem Schoß und greift nach dem Wasserglas auf dem Nachttisch. Nach der Kraft, die er dabei aufwenden muss, könnte man glauben, er hebe ein Fass an. Er trinkt einen Schluck, reicht es mir, legt sein Gesicht wieder aufs Kissen und schläft sofort wieder ein. Ich beobachte ihn eine Weile und lausche seinem Atem. Dann stelle ich das Glas ab und beginne zu schreiben.

Die Schlafzimmertür öffnet sich. Ebba kommt herein. Sie wirft Far einen Blick zu, sagt, dass sie jetzt duscht und danach ins Bett geht. Sie nimmt sich ihr Nachthemd und ein Handtuch und geht wieder raus. Ich richte mich aus der kauernden Haltung auf. Mein Rücken schmerzt, aber mein Block ist seitenweise in Sauklaue vollgeschrieben. Hoffentlich kann ich es später entziffern. Zwei weitere Geschichten. Es wird eine Sammlung. Vielleicht ein ganzes Programm.

Wieder leises Stoffrascheln. Ich hebe meinen Kopf. Far mustert mich.

»Immer noch Sonntag?«

Ich nicke.

»Später Abend. Soll ich dir eine Uhr ans Bett stellen?«

Er blinzelt ein paarmal und schaut sich um, dann schüttelt er den Kopf.

»Nein, dann schaue ich bloß ständig drauf. Wo ist Ebba?«

»Im Bad.«

Er atmet noch ein paarmal und scheint sich zu konzentrieren. Seine Augen werden klarer. Er richtet sich etwas auf, klopft sich das Kissen mit schwachen Handbewegungen zurecht und wirft einen Blick auf den Block auf meinen Knien.

»So habe ich dich lange nicht mehr gesehen.«

»Mache ich nur, weil ich keinen Laptop dabeihabe. Ich kann mittlerweile meine eigene Schrift nicht mehr lesen.«

Er schüttelt leicht den Kopf.

»Nein, ich meinte, so interessiert. Früher, wenn dich etwas interessiert hat, warst du einfach nicht totzukriegen, du brauchtest keinen Schlaf und ...«

Er atmet tief ein und hält die Luft an. Seine Augen schließen sich, und sein Gesicht verzerrt sich etwas. Er stöhnt einmal leise. Mein Blut fließt aus meinem Oberkörper ab. Von einem Augenblick auf den anderen werden meine Hände kalt.

»Far ...«

Er spannt alle Muskeln an. Ich sterbe vor Hilflosigkeit.

»Far ...«

Gerade als ich nach Ebba rufen will, stößt er die Luft aus und richtet sich etwas auf.

»Es geht.« Er lehnt sich mit einem Seufzen zurück, atmet ein paarmal durch. »Es kommt in Wellen ...« Er versucht mich beruhigend anzulächeln. »Alles wieder gut«, sagt er und wirft einen Blick auf den Block. Er atmet noch ein paarmal, dann versucht er ein Lächeln. »Was wird das? Deine Memoiren?«

»Nein, deine.«

»Meine?«, fragt er überrascht.

Ich nicke.

»Die Geschichten von dir und Roland.«

Seine Augen flackern, als er versucht sich zu erinnern.

»Welche?«

»Alle, die mir einfallen. Willst du eine hören?«

Er grinst ein kraftloses Grinsen.

»Ich müsste sie doch schon kennen, oder?«

»Ja, schon.«

»Na gut, Sohn, lies mir mein Leben vor.«

Ich setze mich zurecht und lese ihm die Geschichte vor,

in der die Wände des Kaufhauses mit Graffiti beschmiert wurden. Roland und Far wurden jede Woche von der Geschäftsleitung zum Weißstreichen abkommandiert. Das nervte sie natürlich, und sie fragten sich, was man denn da tun könne. Sie verbrachten ein paar Nächte in Rolands altem Morris Marina, und bald hatten sie Erfolg. Bei Käffchen und Stullen schauten sie zu, wie eine Bande von jugendlichen Sprayern die Kaufhauswände beschmierte. Anschließend folgten Far und Roland den Kids unauffällig. Zwei Tage später fand in Dänemark ein wichtiges Fußballspiel statt. Als die ganze Nation vor den Fernsehern saß, machten Roland und Far sich mit ein paar Kollegen aus der Deko-Abteilung ans Werk. Sie bemalten ein paar Wände der Häuser, in denen die Kids wohnten, mit Motiven von tanzenden Jungs, küssenden Jungs, weinenden Jungs, mit Delfinen schwimmenden Jungs und – Rolands Idee – Milch trinkenden Jungs. Als Clou kopierte Pedersen aus der Deko die persönlichen Symbole der Graffitistars unter die Kunstwerke. Dann packten sie zusammen und gingen heim. Von den Kids hörten sie nie wieder was.

Ich holpere ein bisschen beim Lesen, weil ich die Geschichte erst zurück ins Dänische übersetzen muss, aber es macht Laune. Als ich fertig bin, hebe ich den Blick. Far grinst müde und nickt mir zu.

»Gut gelesen. Das alles haben wir gemacht?«
»Na ja, du erzählst es mal mit Polizei und mal ohne.«
Er denkt eine Zeit nach. Dann zuckt er die Schultern.
»Ich weiß nicht mehr genau, wie es wirklich war. Aber die Geschichte ist gut.«
»Finde ich auch«, sage ich.
Er mustert mich.
»Und was noch?«

»Was meinst du?«, sage ich, mal wieder überrascht, wie leicht er mich lesen kann.

Er lächelt schwach.

»Jesses, wieso haben wir eigentlich nie um Geld gepokert? Also, was ist es, willst du einen Vorschuss?«

Ich schaue ihn verständnislos an, und fast frage ich, Vorschuss worauf, aber mein Verstand stellt noch rechtzeitig Zusammenhänge her.

»Eigentlich habe ich morgen einen wichtigen Job.«

Er hebt die Augenbrauen.

»Auf dem Boot?«

»Schiff. Nein. An Land.«

Ich versuche ihm den Ablauf der Castings zu erklären und dass ich, zum ersten Mal seit hundert Jahren wieder, in eine letzte Runde vorgestoßen bin. Das *wie* lasse ich mal beiseite.

»Du stehst also im Endspiel«, fasst er es zusammen.

»Na ja«, lächele ich, »so ähnlich.«

Er schaut mich fragend an.

»Was machst du dann noch hier?«

Ich schaue ihn an und suche nach Worten. Er schüttelt den Kopf und winkt ab.

»Schieb es nicht auf mich. Ich will nicht der Grund sein, aus dem mein Sohn sein Endspiel verpasst.«

Ich rutsche näher, schnappe mir seine Hand und nehme sie zwischen meine.

»Ich weiß. Aber …«

»Keine Angst, so schnell sterbe ich nicht«, unterbricht er mich.

Ich starre ihn an.

»Versprochen«, sagt er und drückt meine Hand. »Wetten?«

»Um was?«

Er öffnet den Mund, um etwas zu sagen. Stattdessen verzieht er das Gesicht und stöhnt.

»Far ...«

Er beißt die Zähne zusammen, zieht seine Hand an sich und ballt sie zur Faust. Ich werfe einen Blick zu der Packung mit der Notfallspritze.

»Brauchst du noch eine? Nick einfach.«

Er schüttelt den Kopf, atmet gepresst und scheint wieder in sich hineinzuhorchen, um die Stelle zu orten, den Schmerz im Zentrum zu töten. Ich schaue ihm hilflos zu und versuche klarzukommen, versuche es rational zu verstehen, zu funktionieren. Doch ich kann nichts dagegen machen. Mir wird wieder kalt. Meine Finger und Zehen werden gefühllos. Ich bin wie gelähmt. Ich sollte ihm helfen. Stattdessen rufe ich um Hilfe.

»Ebba!«

Noch während ich rufe, überkommt mich ein intensives Schamgefühl, dass es mir die Tränen in die Augen treibt. Ich bin so ein gottverdammtes Weichei! Ich lasse meinen Vater im Stich!

Sie kommt im Nachthemd herein, erkennt die Lage und bewegt sich erstaunlich schnell. In weniger als einer Minute hat sie die Spritze ausgepackt, aufgezogen und Far den Inhalt verabreicht. Die ganze Zeit sitze ich da und versuche nicht umzukippen. Es fühlt sich an, als wäre mein ganzes Blut abgezapft worden. Ich ertrage es einfach nicht, ihn leiden zu sehen. Ich muss mit Helle und Ole reden. Wir müssen Fars Dosis erhöhen. Er soll keine Schmerzen haben. Niemand sollte das. Niemand.

Nach und nach entspannt er sich. Erst zögernd, als würde er dem Braten nicht trauen, dann, als er merkt, dass das Morphium wirkt, erleichtert, bis sein Körper völlig entspannt ist. An seiner Körperhaltung merke ich, wie verkrampft er die ganze Zeit war. Wieder Schmerzen ausgehalten.

Ebba steht neben dem Bett und streichelt seine Wange.

»Geht's wieder, Schatz?«

Er nickt und schaut mich an.

»Lies … noch eine vor«, sagt er gepresst.

Ich lecke mir über die trockenen Lippen, suche mit blutlosen, weißen Fingern eine andere Geschichte und beginne zu lesen. Als ich nach dem ersten Absatz den Blick hebe, hat er seine Augen geschlossen. Ich lese weiter und spüre, wie das Blut kribbelnd zurückkehrt. Schließlich lasse ich den Block sinken. Sein Mund steht einen Spalt offen. Er schläft. Und mein Blutdruck hat sich wieder gefangen. Ich kann nicht fahren. Ich kann einfach nicht aus dieser Haustür gehen und ihn so hier allein lassen. Was mache ich, wenn in der Zwischenzeit etwas passiert …

Ebba steht neben mir, die Spritze noch in der Hand.

»Du schreibst seine Geschichten auf?«

Ich nicke. Sie legt mir eine zerbrechliche Hand auf die Schulter und wirft Far einen Blick zu.

»Damit machst du ihm eine große Freude.«

Ich küsse ihre Hand. Sie streichelt mir übers Haar und mustert ihn, ihren Mann, der sie nie geheiratet hat, ihren Geliebten, ihren Lebenspartner, mit dem sie die letzten dreißig Jahre verbracht hat. Ihr Blick ist weich.

Ich stehe auf, nehme den Block und gehe rüber ins Esszimmer. Sune schläft bereits auf dem Boden. Ich ziehe mich todmüde aus und kuschele mich an meine Schwester. Wir gehen immer früher ins Bett. Die Situation zerrt an den Kräften, und das ist jetzt erst eine kleine Woche. Wie schafft man das bloß ein Jahr. Oder zwei. Oder länger. Gewöhnt man sich auch daran?

Ich wache auf. Hellwach im Dunkeln. Nacht. Die Uhr zeigt halb zwei. Ich habe drei Stunden geschlafen. Neben mir schnarcht Sune leise. Ich rolle mich aus den Laken, rutsche in Hose und Shirt, gehe leise in die Küche, mache mir einen Tee, werfe einen Blick ins Schlafzimmer, wo zwei Menschen leise und regelmäßig atmen, gehe ins Wohnzimmer, knipse eine Lampe an, kuschele mich in Fars Ledersessel und schreibe. Irgendwann gleitet ein Schlüssel ins Wohnungstürschloss, und die Tür geht leise auf. Jemand kommt herein, geht durch den Flur, klopft leise an die Schlafzimmertür und geht hinein. Nach einiger Zeit kommt die Person wieder heraus, geht durch den Flur, die Wohnungstür wird leise ins Schloss gezogen. Mein Vater wurde versorgt. Ich schreibe weiter, versorge mich.

Kapitel 33

Helles Licht. Kein warmer Körper. Rauer Untergrund. Drüben in der Küche blubbert die Kaffeemaschine. Im Radio behauptet Ella Fitzgerald, dass die Sache keine Bedeutung hat, wenn sie nicht swingt. Niemand hustet. Ich strecke mich vorsichtig. Meine Wirbelsäule justiert sich knackend. Die Zeiten, in denen es egal war, auf was ich schlief, sind definitiv vorbei.

Die Uhr zeigt neun. Sune ist längst im Kindergarten. Auf dem Kaffeetisch liegt ein Zettel mit einem Herz. Daneben warten Thermoskanne, Tebirkes und Ymer. Ich gieße mir ein Tässchen ein, beiße in ein Tebirkes, gehe in die Küche, küsse Ebba und gehe ins Schlafzimmer. Far sitzt im Bett und liest wieder den Ratgeber. Er sieht auf, als ich vor dem Bett stehen bleibe. Seine Augen sind klar.

»Ah, der Schriftsteller. Gut geschlafen?«

»Ja«, sage ich und kann mir die Nachfrage gerade noch verkneifen. »Brauchst du irgendwas?«

Er lässt das Buch sinken und schüttelt den Kopf.

»Nein. Wann fährst du?«

»Ich habe noch nicht entschieden, ob ich fahre.«

Er lächelt.

»Das ist mein Sohn! Erst hast du Lust, dann holt dich dein Kopf ein, und schließlich stellst du alles in Frage. Am Ende machst du die Sache doch noch, aber mit einem

Schuldgefühl. Clever. Sune ist genau anders, sie denkt zu viel, aber wenn sie sich einmal entschlossen hat, zieht sie das Ding durch, komme, was wolle. Also. Du fährst. Und frag mich doch mal, warum.«

Ich trinke einen Schluck, rolle den Kaffee in meinem Mund, um den Schlafgeschmack zu übertünchen, und schlucke. Gott weiß, was jetzt wieder für ein Mist kommt.

»Also gut. Warum?«

»Weil wir eine Abmachung haben.«

Ich hebe die Augenbrauen. Er nickt.

»Ich verspreche dir, nicht zu sterben, während du weg bist, dafür versprichst du mir auch was.«

Ich seufze.

»Lass mich raten …«

»Ist nicht schwer«, grinst er.

Ich trinke noch einen Schluck Käffchen, dann beuge ich mich vor und zupfe ihm eine Fluse von seinem Shirt. Ich drehe die Tasse ein wenig in der Hand. Er mustert mich und wartet.

»Das ist nicht so einfach.«

»O doch«, nickt er. »Ein Satz. Nicht schwer. Hab ich sogar bei deiner Mutter geschafft, und da war es schwer, zu Wort zu kommen.«

»Wir haben Probleme.«

Er zuckt die Schultern.

»Hat jeder mal.«

Ich merke, dass ich die Tasse mit beiden Händen halte und mich dahinter verstecken will. Ich senke sie etwas ab.

»Ernste Probleme.«

Auch das beeindruckt ihn nicht.

»Glaubst du, es war immer einfach mit Ebba?« Er runzelt

die Stirn und denkt kurz nach. »Doch, Jesses, das war es. Aber immerhin musste ich ihr Essen essen.«

Er will grinsen, bricht ab, fasst sich an den Magen und atmet gepresst. Seine rechte Hand krümmt sich und knüllt das Laken zusammen. Ich rutsche an die Bettkante.

»Hat dir Helle heute früh nichts gegeben?«

»Se... kunde ...«

Er stößt mehrmals schnaufend Luft aus und hält sich den Bauch. Ich schaue zu der Notfallpackung. Helle hat sie erneuert.

»Soll ich Ebba rufen?«

»Nein«, keucht er, und sein Blick ist wieder nach innen gerichtet, als würde er ein gefährliches Tier beobachten, ob es näher kommt. Es dauert eine Weile, bis er mich wieder anschaut, und dann ist jeder Humor aus seinen Augen verschwunden. Ich stelle die Tasse klappernd ab und atme genauso gepresst wie er.

»Ich rufe jetzt Ebba.«

»Nein!«, knirscht er. »Ich ... will nicht schlafen, ich ... will ... dir ... sagen ...«

Sein Gesicht färbt sich unter der Anstrengung dunkel. Ich spüre, wie mein eigenes sich verzieht, beobachte seinen Kampf ohnmächtig. Nutzlos. Mein Körper spannt sich an vor Anstrengung, nichts zu tun und zuzuschauen, wie er leidet. Nach einer Ewigkeit lässt das gepresste Keuchen nach, bis er irgendwann wieder fast normal atmet. Sein Gesicht ist schweißüberströmt. Er wirft einen Blick auf sein Wasserglas. Es ist leer. Gut, dass ich es mal merke. Ich fülle es schnell aus der Flasche und halte es ihm an den Mund. Mit einer ungehaltenen Bewegung nimmt er es mir aus der Hand und trinkt selbst. Ich reiche ihm ein Taschentuch. Er gibt mir das Glas zurück, nimmt das Taschentuch und wischt sich das Gesicht damit ab. Er sitzt noch eine Minute so da, dann wendet er mir sein Gesicht zu.

»Weißt du noch, als ich dir gesagt habe, du sollst nicht reinkommen?«

»Mir ist gerade nicht nach Spielchen«, sage ich und fülle das Glas wieder.

»Weißt du es?«, presst er heraus und heftet seine Augen auf meine.

Es ist ihm ernst.

»Ja, Herrgott noch mal.«

Ich hatte zum ersten Mal in meinem Leben zwei Elfmeter in einem Spiel gehalten. Als ich nach dem Spiel nach Hause stürmte, um es meinen Eltern zu sagen, war die Tür zum Schlafzimmer zu. Ich klopfte, er sagte Nein. Ich stürmte rein und bekam das Regal auf den Kopf, das Far gerade über der Tür aufhängen wollte.

»Hast du damals auf mich gehört?«

»Nein.«

»War das schlau?«

»Nein.«

»Und, was habe ich damals gesagt?«

Ich stöhne. Er wartet unnachgiebig und massiert sich vorsichtig den Bauch. Irgendwo im Haus rauscht eine Klospülung. Ich ziehe die Schultern hoch.

»Dass man nicht alles verstehen muss, manchmal muss man bloß zuhören.«

»So ähnlich«, sagt er und nickt ernst. »So ähnlich. Ich bin …« Er verzieht wieder das Gesicht, krallt beide Hände in die Decke.

O Gott …

»Far, du brauchst noch eine Spritze!«

Er schüttelt den Kopf.

»Noch ... nicht.«

Er wendet sein Gesicht ab, atmet tief ein und lässt die Luft zwischen seinen gespitzten Lippen langsam wieder heraus. Das wiederholt er mehrere Minuten. Es dauert. Und ich sitze neben ihm, kann nichts tun.

Als er mir sein Gesicht wieder zuwendet, ist es entspannter. Nur etwas Schweiß auf Stirn und Oberlippe zeugen noch von der Schmerzattacke.

»Ich weiß, dass ihr Zeit braucht, um euch an den Gedanken zu gewöhnen. Ich hatte Zeit. Ihr habt sie auch. Ich sterbe noch nicht.« Er streckt mir seine Hand entgegen. Sie zittert. »Also, sind wir im Geschäft?«

Ich schüttele den Kopf.

»Ich kann ihr keinen Antrag machen. Wir haben uns getrennt.«

Es ist raus. Eine Welle der Erleichterung durchläuft mich, kaum dass ich die Worte ausgesprochen habe. Es ist eine größere Belastung gewesen, es ihm zu verschweigen. Und zu meiner Überraschung mustert er mich nur nachsichtig.

»Na und?«

Ich suche in seinem Gesicht nach einem Hinweis, dass er mich veralbert.

»Du weißt es?«

Er nickt und lässt die Hand aufs Bett sinken.

»Hat Tess es dir erzählt?«

Statt zu antworten, tupft er sich mit einem Tuch den Schweiß von der Stirn und schaut mich dann wieder mit diesem milden Blick an.

»Erinnerst du dich an die Frösche?« Er fährt fort, ohne meine Antwort abzuwarten. »Du hast sie Tag und Nacht beobachtet und dir ihr Verhalten aufgeschrieben. So hast du es früher immer gemacht, ohne Scheu, voll rein in die

Sache. Kein Abwägen, kein Zögern, kein Nachdenken. Augen zu und durch. Hättest du dieselbe Energie in Physik gesteckt, würden wir heute zum Mars fliegen.«

»Und?«

»Geh die Sache so an.«

Ich lege den Kopf schief.

»Ich soll Tess in einen Karton sperren und durchrütteln?«

Er lächelt tatsächlich kurz.

»Wenn man sich liebt, geht immer noch was. Mach ihr den Hof, mach ihr Komplimente, mach ihr Hoffnung, und dann mach ihr den Antrag.«

Ich nicke ihm anerkennend zu.

»Kann ich auch so 'ne Scheißegalspritze haben? Die scheinen ja wirklich das Denkvermögen zu optimieren.«

Er braucht einen Augenblick, dann breitet sich ein Grinsen in seinem Gesicht aus.

»Halleluja, Junior wird frech.« Er mustert mich einen Augenblick, dann streckt er mir wieder seine Hand entgegen. »Willst du wirklich einem Sterbenden den letzten Wunsch abschlagen?«

»Hör doch mal zu: Wir haben uns getrennt«, versuche ich es noch mal.

Er wackelt mit seiner Hand.

»Lange kann ich sie nicht mehr halten.«

»Sie geht nach China«, erinnere ich ihn.

»Schwere Hand«, sagt er und wackelt noch mal.

Ich mustere ihn. Er wartet und hält die Hand weiter in der Luft. Gleich muss ihm die Kraft ausgehen.

Oder auch nicht.

Hm.

»Also, du stirbst erst mal nicht, und ich mache meiner Ex einen Antrag?«

»Richtig«, sagt er.

Ich ergreife seine Hand und besiegele den seltsamsten Deal meines Lebens. Er wirkt zufrieden, horcht dann aber wieder so seltsam in sich rein. Seine Augen verengen sich etwas.

»Und jetzt ruf Ebba«, sagt er etwas gepresst.

»Ich dachte, das eben war dein letzter Wunsch.«

Im selben Moment krallt sich seine Hand um meine. Er wirft den Kopf in den Nacken, sein Körper wird steif. Sein linker Fußballen bohrt sich in die Matratze, und sein Mund öffnet sich zu einem lautlosen Schrei.

»EBBA!«

Sie kommt ewig später herein. Fars Hand schließt sich so fest um meine, dass ich mit aller Kraft gegenhalten muss. Schon ist die Spritze in seinem Arm, und nach kurzer Zeit erschlafft sein Körper. Seine Hand lässt meine los, und er schließt die Augen. Er versucht zu lächeln, ist aber schon weg. Wenig später werden seine Atemzüge wieder tief und regelmäßig. Ebba atmet schwer und mustert sein Gesicht. Ich wische mir die Tränen ab.

»Zeig mir ...« Ich wedele mit meiner Hand. »Zeig mir, wie man ihm die Spritze setzt.«

Sie zeigt es mir. Es ist nicht schwer. Eigentlich simpel. Wieso habe ich nicht schon früher gefragt? Ich will nie wieder Zuschauer sein, es macht einen fertig, ich will helfen können, vielleicht macht das einen auch fertig, aber nichts kann schlimmer sein, als hilflos zuzuschauen.

Es klingelt an der Wohnungstür, und einen Augenblick später kommen Ole und Helle herein. Sie werfen einen Blick auf uns und auf Far.

»Hej. Wie geht es ihm?«

»Er hat Schmerzen«, sagt Ebba.

Helles Blick huscht zu der aufgerissenen Notfallpackung.
»Wir erhöhen die Dosis.«

Als ich mich überzeugt habe, dass Far wirklich schläft, gehe ich ins Wohnzimmer, rufe am Flughafen an und besorge mir den nächsten Flug nach Köln. Es gibt keinen. Ich fliege über Düsseldorf. In zwei Stunden. Für viel Geld. Mit Far voller Schmerzen im Schlafzimmer, doch ich habe keine Schuldgefühle. Wenn es das war, was er erreichen wollte, hat er es geschafft. Wir haben einen Deal, auf den ich alles schieben kann.

Im Esszimmer macht Ole sich über den Kuchen her, und Helle erklärt Ebba die Auswirkungen der neuen Dosierung und was sich ändern wird, wenn der Perfusor endlich eintrifft. Wir erfahren nebenbei, dass ihnen heute früh jemand gestorben ist. Aber die fehle ihnen nicht, sagt Ole, der Tod mache Arschlöcher nicht sympathischer. Helle schaut ihn an. Er zuckt die Schultern und schiebt sich ein Kilo Kuchen in den Mund. Ihre Fältchen um die Augen vertiefen sich etwas. Wenn man die beiden so sieht … Auf meine Frage, ob sie ein Paar sind, müssen sie lachen.

»Meine Güte«, lacht Helle.

»Bestimmt nicht«, sagt Ole.

Wir lachen mit ihnen, und der Druck auf meiner Brust lässt nach. O Gott, wie ich Tess vermisse. Es klingelt an der Tür. Fars neues Bett kommt. Helle geht wieder. Ich baue mit Ole das Bett auf, dabei wird Far wach. Er schaut uns benommen zu, wird nicht richtig klar, scherzt aber, dass man erst umkippen muss, bevor der Staat einem endlich neue Möbel kauft. Die Wörter kommen langsam und zäh, als müssten sie erst eine lange Strecke zurücklegen. Ole zeigt mir einen Hebegriff, mit dem man den Patienten weniger weh tut und seinen eigenen Rücken schont, dann heben wir Far mühsam ins neue Bett. Far versucht uns zu helfen, aber er ist zu ausgeknockt. Als er endlich in dem neuen Bett liegt, streckt er mühsam die Hand aus, greift sich die Bedienung und fährt das Kopfteil hoch und runter. Er macht den Clown. Doch das Zimmer sieht jetzt aus wie ein Krankenzimmer. Ole verspricht Far, dass ab sofort alles besser wird, da er sich selbst versorgen kann. Er wird ihm später den Perfusor erklären. Far schläft längst wieder. Ole klopft mir auf die Schulter und hastet weiter zum nächsten Patienten.

Als ich Fars altes Bett in den Keller getragen habe, ordere ich mir ein Taxi und rufe in der Wartezeit Tess an. Sie fragt, wie es Far geht. Ich lüge. Ich vermisse sie. Sie vermisst mich. Ich werde zum Finale fahren. Sie findet das richtig und wünscht mir viel Glück. Zum ersten Mal seit Langem kann ich mich darüber freuen, dass sie mir einfach Glück wünscht, ohne daran zu denken, dass sie nicht kommt. Wie schnell man sich an manche Dinge gewöhnt und an andere nie. Dann sitze ich da und warte mal wieder auf ein Taxi, das mich von meiner Familie wegbringen wird. Bald werde ich wiederkommen. Und bleiben. Solange er mich braucht. Auch weil ich es brauche. Ich mag es, bei ihm zu sein, für ihn und Ebba da zu sein. Endlich habe ich eine Chance, ihnen einen kleinen Teil wiederzugeben. Aber es ist mehr als das. Ich mag die einfachen Dinge, die wir zusammen machen: aufwachen, essen, abwaschen, reden, Käffchen trinken, einschlafen. Endlich wieder Alltag.

Kapitel 34

Auftritte stressen am meisten, wenn der Soundcheck so früh angesetzt wird, dass man danach den halben Tag in irgendeinem Warteraum verbringen muss. Mit der Zeit lernt man, was man tun muss, um Punkt acht wieder auf Spannung zu kommen, aber das macht die Wartezeit nicht angenehmer, und bei TV-Übertragungen ist alles noch schlimmer. Am besten reist man schon im vorherigen Jahrhundert an, um jedem seinen sauwichtigen Wunsch zu erfüllen. Zuerst wurden wir gebrieft, dann ging es in die Maske, dann ging es zum Soundcheck, bei dem die anderen Künstler nicht zuschauen durften und bei dem mich Rich gleich im ersten Satz unterbrach, um mir vor versammelter Mannschaft einen Anschiss wegen meines »Ausrasters« letzte Woche zu verpassen. Er versprach mir, Gosh, mich heute knallhart stillzulegen, wenn ich auch nur mal blöde gucke. Während der Ansage kaute er wütend auf seiner Zigarre herum wie John Wayne in einem Kriegsfilm. Als er sich anschließend Fars Geschichte anhörte, grummelte er irgendwas vor sich hin, das schon versöhnlicher klang.

Nach dem Soundcheck mussten alle für Backstageinterviews herhalten, und seitdem stolpert ein Kamerateam pausenlos begeistert hinter uns her. Es filmte den UFZ sogar, als er sich in den Zähnen stocherte. In der Maske hielten sie so drauf, dass die Maskenbildnerin sie bitten musste, etwas

Abstand zu halten, da das Make-up zu zerfließen begann. Als Krönung folgte die Begrüßung der Jury. Wieder ausgewiesene Fachleute: ein Starkoch, eine Schauspielerin, ein Kölner Karnevalist, ein Sportmoderator. Und, um Gottes willen, ein Priester mit einer Nachmittagstalkshow. Sie schüttelten unsere Hände, freuten sich über unsere riesige Chance und führten sich auf, als ginge es um einen Wirkstoff gegen Krebs. Als sie weiterzogen, hauten sich alle wieder hin. UFZ spielte Playstation, Kohl deprimierte vor sich hin, Kanacke übte Scheißesein, und ich schrieb die Geschichte von Far und Roland so oft ab, dass ich aufpassen musste, nicht die Bedeutung der einzelnen Wörter zu vergessen. Die Kollegen von der Berliner Qualifikation sind ebenfalls alte Hasen. Zwei Frauen, zwei Männer, eine Transe. Alle mit Quatsch-Comedyclub-Erfahrung. Eigentlich ist jeder von ihnen zu gut für eine Talentshow. Ich bin scheinbar nicht der Einzige, den der Karriereschuh drückt.

Die Einzige, die wirklich Berechtigung hat, heute hier zu sein, ist Nina. Sie sitzt auf ihrem Stuhl und blättert unaufgeregt in einem Magazin. Um sie muss man sich keine Sorgen machen. Und um mich auch nicht. Gegen Kanackes Herkunftsmasche und, ja, ja, sein verdammtes Können habe ich zwar noch nie gut ausgesehen, und zwei der Berliner haben dieselbe Klasse wie er, aber mit Fars Geschichte fühle ich mich frei. Herrje, ich *freue* mich auf meinen Auftritt. Endlich wieder das schöne Gefühl, dass ich gar nicht scheitern kann, weil die Geschichte für sich steht. Dieses Gefühl hatte ich früher oft. Damals war es Naivität, heute ist es Gewissheit. Ein ähnliches Gefühl hatte ich, als ich Tess kennen lernte. Ich wusste einfach, was jetzt folgt, wird gut. Es wäre ein wunderschöner Abend, wenn mir nicht die ganze Zeit diese kleine nervende Stimme zuflüstern würde, dass es keine Garantie gibt, dass Far seinen Teil der Wette einhalten kann. *Hallooo! Entspann dich! Er stirbt noch nicht! Ihr habt einen Deal!*

Der UFZ setzt sich neben mich, streckt die Beine aus und schüttelt den Kopf.

»Mann, was wollen die bloß hier?«

»Dasselbe wie wir: Messemoderationen vermeiden.«

Für einen Augenblick schaut er mich verständnislos an, dann folgt er meinem Blick zu den Berlinern rüber und schüttelt den Kopf.

»Nein, ich meine die Jury. Ein Koch, ein Karnevalist und dann ein Priester ... wenn das meine Eltern wüssten.«

»Genau«, sage ich. »Da lässt du dich zum Atheisten erziehen, und dann sitzt Gott doch noch über dir zu Gericht. Und, hui, das Gericht wird auch noch von einem Fernsehkoch zubereitet.«

Er steigt nicht drauf ein.

»Ich bin katholisch erzogen und finde das einfach nicht richtig.« Er zuckt die Schultern. »Ein Würdenträger sollte sich nicht als Hansel der Unterhaltungsbranche hergeben.«

»Ach was«, sage ich und nehme die Vorlage dankbar an, »die katholische Kirche ist doch schon lange im Showbiz. Schau dir bloß den letzten Weltjugendtag an. Eine riesige Bühne, Hunderttausende Fans, Merchandising, eine Monster-PA – und die Lightshow war von Gott himself! Fetter geht's nicht.«

Er lacht nicht.

»Und für Comedy ist die Kirche erst recht prädestiniert«, fahre ich fort. »Schau dir ihre Haltung zur Verhütung an. Die Leute sollen lieber sterben, als ein Kondom zu benutzen, das kann ja nur ein Witz sein.«

Er nickt langsam.

»Die Haltung zur Gleichberechtigung ist auch nicht ohne«, sagt er.

»Stimmt. Immerhin halten sie über die Hälfte der Menschheit für minderwertige Menschen. So 'ne Quote hatten gerade mal die Nazis.«

Er starrt mich an. Ich wackele mit den Augenbrauen.

»Und die Kreuzzüge, weißt du, das waren eigentlich die ersten Welttourneen für Kampfsportler.«

Er beginnt zu grinsen, findet langsam Gefallen an dem Stuss.

»Ich weiß, was Inquisition war«, sagt er.

»Na?«

»WM im Foltern.«

So blödeln wir weiter, bis Clemens seinen Auftritt hat. Er platzt in den Raum, im Gefolge ein paar Typen, denen man das Speichellecken aus hundert Metern Entfernung ansieht. Ein paar Meter dahinter folgt BH. Heute ganz in Weiß. Sie sieht aus wie eine Braut. Bis auf den Ausschnitt. Wobei der ihr heute sicher auch ein paar Anträge einbringen wird.

Clemens zieht die übliche herzliche Begrüßungsshow ab, doch während er für die Galerie strahlt und meine Hand schüttelt, hagelt es Vorwürfe zwischen zusammengebissenen Zähnen: Wo war ich! Meeting verpasst! Unentschuldbar! Unprofessionell! Handy besorgen! Ich lasse es über mich ergehen und wünschte, ich hätte tatsächlich ein Handy, dann könnte ich jetzt Far anrufen. Abrupt schaltet Clemens auf Motivator um: Heute große Chance! Unterhaltungschef vor Ort! Aggrocomedy! Super! Gewinnen!

Während der Kanonade schaut er an mir vorbei. Als ich seinem Blick folge, sehe ich, dass der Kameramann auf uns zukommt, um die große Sache festzuhalten. Ich lasse Clemens' Hand los und wende der Kamera den Rücken zu. Clemens wechselt ansatzlos zu Nina rüber, setzt sich neben sie, legt ihr eine Hand um die Schultern und strahlt in die Kamera. Ich übergebe mich wirklich selten, aber zur Sicherheit stehe ich auf, übersehe den Blick von BH und mache mich auf den Weg zur Bühne.

Hinter dem Vorhang ist es alles andere als ruhig. Unter den Mitarbeitern herrscht diese nervöse Zappeligkeit, die vor einer Liveaufzeichnung in der Luft liegt. Man kann die Anspannung spüren. Einer der wenigen Augenblicke, wo Fernsehen noch aufregend ist. Was muss das in den Fünfzigern für ein großartiges Gefühl gewesen sein: am Nachmittag die Gags schreiben und sie abends live vor einem Millionenpublikum präsentieren. Jeder Fehler, jeder Lacher, alles war live. Jeden Abend. Heutzutage werden sogar Liveübertragungen mit einem Delay versehen, damit der Sender eingreifen kann, falls irgendjemand die Chuzpe haben sollte, vom Skript abzuweichen. Ich bin dreißig Jahre zu spät geboren.

Ich lasse meinen Blick durch die Halle schweifen, die sich langsam füllt. Mit unkostümiertem Publikum. Hurra. Jemand stellt sich neben mich.

»Du warst neulich so schnell weg.«

Für einen Augenblick befürchte ich, Ziel einer BH-Offensive zu sein, doch neben mir steht meine ehemalige Lieblingsex. Heute hat sie ihre roten Haare hochgesteckt und trägt einen Businessanzug. Für eine Sekunde impliziert mein Gehirn die Möglichkeit, dass Tess neben mir steht. Ich starre sie an. Gott, ja, da ist eine Ähnlichkeit. Und Anja arbeitet auch immer und trägt dabei ebenfalls diese Businessrüstung. Das tat sie damals, als wir zusammen waren, auch schon – und ich fand es toll. Herrje. Stehe ich auf Workaholics? Fand ich das mal spannend? Wenn ja, bin ich froh, dass Dinge sich ändern. Was nutzt mir eine Frau mit einer Sechzigstundenwoche?

»Huhu«, sagt sie und macht eine wischende Handbewegung vor meinen Augen.

»Nächstes Mal nehme ich eine Arbeitslose.«

Ihre Augen werden etwas größer, und sie hält ihren Kopf schief.

»Wie bitte?«

Ich belächele ihren erstaunten Blick, der mich daran erinnert, wie oft sie meinen Aussagen verständnislos gegenüberstand. Wir passten nicht zusammen, hatten aber eine gute Zeit. Eine sehr gute. Und Sex bis zum letzten Tag. Hm.

Ich küsse sie auf die Wange.

»Ja, 'tschuldigung, hast recht, ich musste neulich weg, tut mir leid.«

Sie mustert mich belustigt.

»Mit einer Arbeitslosen?«

»Nein, mit einem Kaninchen.«

Diesmal lässt sie sich Zeit, während sie mein Gesicht nach Anzeichen absucht, dass Vogelgrippe doch übertragbar ist.

»Geht es dir gut?«

»Ja.«

Das beruhigt sie nicht. Sie mustert mich mit diesem Blick, an den ich mich auch noch bestens erinnere.

»Passiert heute wieder so etwas wie letzten Montag?«

»Nein.«

»Gut«, sagt sie und wirkt tatsächlich erleichtert, »ich möchte mich nicht noch mal für meinen Ex schämen müssen.«

»Du meinst wie damals, als wir den Dreier versucht haben?«

Sie versucht ein cooles Gesicht zu machen, aber nach zwei Sekunden hält sie sich die Hand vor den Mund und kichert wie ein Schulmädchen.

»So ähnlich. Was war denn neulich los? Warum warst du so sauer? So kenne ich dich gar nicht.«

Ich zucke die Schultern.

»Schlechten Tag gehabt. Hat doch jeder mal.«

Sie nimmt ihre Augen nicht von meinem Gesicht und wird wieder ernst.

»Geht es dir wirklich gut?«

Ich konnte ihr schon früher nichts vormachen. Ist das der Grund, wieso ich ihr in letzter Zeit aus dem Weg gegangen bin? Hm. Jedenfalls war es der Grund, wieso wir damals nicht mehr zusammen sein konnten. Sie fand heraus, dass ich sie nicht mehr liebte, bevor ich es selber wusste.

»Irgendwas ist doch mit dir«, sagt sie und fährt schnell fort, bevor ich etwas sagen kann. »Ich weiß, du willst immer erst reden, wenn alles zu spät ist, dennoch, komm doch mal vorbei. Wir sehen uns eh viel zu selten. Gernot würde sich auch freuen, dich zu sehen.«

Das bezweifele ich, aber süß von ihr.

»Okay, ich ruf dich an, und wir gehen um den Block. Du und ich, essen, reden, tanzen, saufen, Gruppensex, das volle Programm.«

Sie nickt und schaut auf die Uhr. Wieder eine Sache, die meine Exfrauen scheinbar gemeinsam haben.

»Gut, ich freue mich.« Sie umarmt mich und küsst mich auf den Mund. »Und keine Schweinereien heute, verstanden!«

»Ja, Mami.«

Sie droht mir mit dem Finger, lächelt und geht. Ich schaue ihr nach. Klasse Gang. Klasse Frau. Ich habe wirklich einen guten Frauengeschmack. Leider arbeiten sie lieber, als bei mir zu sein. Hm. Nach mir holte Anja sich schlauerweise Gernot, den Unternehmer, der ebenfalls nie zu Hause ist. Da fällt es nicht so auf, dass sie auch nie da ist. Eine perfekte Symbiose. Vielleicht muss ich mir ja einfach sieben Hobbys suchen und vier Firmen gründen, um eine glückliche Beziehung führen zu können.

Ich wende mich wieder dem Publikum zu, lasse meinen Blick über die Gesichter gleiten, schaue mich automatisch nach Tess um und ... *sehe sie!* Ich blinzele. Tatsächlich. Da steht sie. Sie trägt ihre Schlabberjeans, ein drei Nummern zu großes Sweatshirt und die Haare offen. Und neben ihr steht Frauke, heute ganz in Orange. Und neben ihr steht ... *Arne?* Er entdeckt mich und stupst Tess an. Sie folgt seinem Fingerzeig, sucht, findet und wirft eine strahlende Kusshand zu mir hoch. Ich fasse an mein Herz. Überraschung gelungen.

Ich drücke mich an der Seite des Vorhangs durch und hocke mich an den Bühnenrand. Sie drängelt sich breit grinsend durch die Menge und kommt nach vorne. Meine Mundwinkel schmerzen, als ich mich vornüberbeuge, um sie zu küssen.

»Überrascht?«, grinst sie.

»Mein lieber Scholli. Ich denke, du bekommst erst am Wochenende frei.«

»Kleines Ablenkungsmanöver«, lächelt sie.

Sie stellt sich auf die Zehenspitzen und streckt sich mir entgegen. Ich küsse ihre Lippen, ohne dass einer von uns aufhören kann zu grinsen. Gott, ist es schön, sie zu sehen. Einfach perfekt. Die Herumstehenden in der Nähe stupsen sich an und nicken zu uns rüber. Der knutschende Däne.

»Eigentlich wollte ich dich mitten in deinem Text überraschen, aber wir sind ja hier, um dich zu unterstützen.«

»Jetzt werde ich nervös.«

»Gut«, sagt sie. »Dann warst du immer klasse. Wie geht es Far?«

»Gut genug«, sage ich und füge hinzu: »Er wollte, dass ich fahre.«

Was er sonst noch so wollte, verschweige ich ihr. Wir mustern uns aus nächster Nähe. Herrje … Eine schönere Überraschung hätte ich mir nicht wünschen können, denn dass sie jetzt hier ist, bedeutet, dass wir nach der Show die ganze Nacht zusammen sein werden. Keine Tussenparty. Kein Kartoffelschnaps. Einfach nur nach der Show nach Hause fahren und den Abend genießen. Ein leichtes Blubbern zieht durch meine Brust, wie Luftblasen, die an die Wasseroberfläche wollen.

»Süße, wirklich, ich …«

»Hi, Puppe!«, tönt eine blecherne Stimme laut neben uns.

Wir schauen uns beide überrascht um. Niemand zu sehen.

»Gosh, dein Arsch hatte immer Klasse, aber jetzt sieht er einfach umwerfend aus«, krächzt die Monitorbox und hustet raschelnd.

Ich schaue zum Regiepult rüber, ziehe die Augenbrauen hoch und forme »Puppe« mit den Lippen. Tess folgt meinem Blick, entdeckt Richs weißen Wuschelkopf und winkt.

»Falls du nach der Show mit mir durchbrennen willst, nicke zweimal.«

Tess nickt viermal. Ich verpasse der Monitorbox einen Tritt.

»Autsch. Also, ich hol dich nachher ab. Und sag deinem Typen, dass er sich heute beherrschen soll, noch mal so 'n Scheiß wie letzten Montag, und ich dreh ihm den Saft ab.«

Ein paar der Herumstehenden lachen. Der Kameramann kommt so schnell auf die Bühne gesaust, dass er sich beinahe langlegt. Die Tonfrau müht sich verzweifelt ab, an ihm dranzubleiben. Er wirft sich neben mich auf die Knie, filmt und murmelt *krass*, während er den Augenblick für die Ewigkeit festhält. Willy Brandts Kniefall in Polen, die Wiedervereinigung, ein Comedian redet mit seiner Ex.

Im Publikum werden immer mehr Leute auf die Szene aufmerksam. Eine kleine Frau winkt und hüpft und ruft irgendwas herüber, was Gelächter auslöst. Ich verstehe kein Wort. Tess lacht und schaut mich dann gickelnd an.

»Kennst du sie?«

Ich werfe der Frau noch einen Blick zu.

»Nie gesehen.«

Tess hebt eine Augenbraue.

»Und wieso sollst du ihr Tiernamen geben?«

Ich schaue sie fragend an. Der Kameramann drückt mir die Linse ins Gesicht. Ich senke die Stirn und verpasse der Kamera einen kleinen Stupser, höre ein erstauntes Oh und nutze den Freiraum, um Tess einen undokumentierten Kuss zu geben.

»Ich komme gleich nach der Show zu euch, dann hauen wir ab hier, ja? Und sag Frauke, dass Kiffen in der Öffentlichkeit verboten ist. Sie sollte das eigentlich wissen.«

»Hab ich ihr schon gesagt, aber sie ist schlecht drauf. Ich glaube, sie wäre lieber im Knast als nüchtern.« Sie nimmt mein Gesicht in beide Hände. »Liebster, egal, ob du heute gewinnst oder nicht, du bist und bleibst mein Held. Aber wehe du bist schlecht! Ich bin nicht so weit gereist, um mir einen Loser reinzuziehen!«

Sie lächelt zuckersüß.

»Danke schön«, sage ich.

Als ich aufstehe, hat die Kamera sich erholt und klebt wieder an mir.

»Film mal das«, sage ich und winke zu der kleinen Frau rüber. »HAUSKATZE!«

Sie reckt sofort die Arme in die Luft und johlt. Viele der Herumstehenden lachen. Erster Lacher vor der Show. Ich sollte mir angewöhnen, immer vorher rauszugehen und rumzuknutschen, kommt scheinbar gut an. Der Kameramann findet es *derbe* und hält drauf. Während er die Zuschauer filmt, winke ich meinen Leuten zu und ziehe mich zurück.

Wenn man sich mit Comedians unterhält, die seit Jahren ausverkaufte Häuser haben und Tausende DVDs verkaufen, erfährt man zu seinem Erstaunen, dass es auch für die noch immer ein Rätsel ist, wann das Publikum lacht. Natürlich gibt es todsichere Gags, und wenn die Leute das Programm bereits von CDs oder DVDs kennen, neigen sie dazu, an den Stellen zu lachen, an denen das CD- oder DVD-Publikum vorgelacht hat. Dennoch ist es jeden Abend ein bisschen anders. Und niemand weiß warum. Es gibt noch nicht mal brauchbare Thesen, wieso das Publikum jeden Abend an unterschiedlichen Stellen lacht, denn regionale Unterschiede sind auch nicht der Grund: Man kann zwei Abende hintereinander in demselben Club auftreten – das Publikum lacht verschieden. Ein Rätsel. Im nationalen Künstlertopf wartet eine große Summe auf den Entdecker, der dieses Rätsel lüftet.

Ebenso seltsam ist es, dass man an manchen Abenden viel Applaus bekommt, obwohl man schlecht war, und nach einem Topformabend schon mal mit freundlichem Applaus klarkommen muss. Manchmal verpufft ein Monstergag wirkungslos, dafür bricht in der nächsten Satzpause ein Begeisterungssturm aus, bei dem man einen Blick über die Schultern wirft, um sicherzugehen, dass keiner hinter einem steht und Grimassen schneidet. Livepublikum bleibt ein Rätsel. Robert Mitchum sagte mal über Schauspielerei: Sei pünktlich, beherrsche den Text und stoße nicht an die Möbel. Für einen Comedian könnte es ähnlich einfach sein, denn das Beste, was man tun kann, ist tatsächlich proben, seinen Text flüssig bringen und, wenn es geht, selbst Spaß haben. Okay, und das Glück haben, dass das Publikum wach ist. Der Rest ist ... Tagesform? Zufall? Glück? Eines Tages finde ich es heraus und kassiere den Künstlertopf. Bis dahin bleibt die Nervosität, die wieder da ist, weil es mir endlich nicht mehr egal ist, wie mein Text gleich da draußen ankommen wird.

Als BH rausgeht und ihre Anmoderation startet und das Publikum erst die Pointe abwartet, bevor es ein Tsunamilachen abliefert, atmen alle hinter dem Vorhang erleichtert auf. Es wird ein guter Abend. Ab da warten wir gut gelaunt. Man macht sich gegenseitig Mut, und irgendwie ist es, zumindest zwischen denen, die nicht in Bielefeld geboren sind, eine kollegiale Komm-wir-rocken-die-Hütte-Stimmung. Beide Berliner Frauen sind kostümiert. Eine hat sich auf Dracula gestylt. Während sie auf ihren Einsatz wartet, kommentiert sie alles mit diesem transsilvanischen Akzent. Sie bringt sogar Nina zum Lachen. Sauwitzig. Und meine Geheimfavoritin – BH moderiert sie als Draculina an. Sie geht raus und mischt den Laden mit Vampiralltagssorgen auf: nachts Heimflug mit betrunkener Navigation, Blutstürze, Zahnarztbesuche, Singleleben, Zahnkondome, nie zum Frühstück bleiben ... Sie endet mit dem klassischen Abgang, Nebelmaschine, ins Cape hüllen, Licht aus, Donner vom Band, Licht an, niemand mehr da. Der Laden steht. So einen Abgang muss ich mir auch mal zulegen. Vielleicht kann ich ja nachher ein paar Leute beschimpfen, dann stellt Rich mir den Strom ab ...

BH moderiert die zweite Berliner Frau an, die sich professionell auf Madonna geschminkt hat. Sie war früher Maskenbildnerin beim Film und hat in den Pausen immer herumgeblödelt, da kam ihr die Idee, Comedy in Maske zu machen. Und das Outfit ist super, fast bitte ich sie um ein Autogramm. Doch dann geht sie raus und bringt eine nicht so lustige Geschichte. Das Publikum lacht freundlich, weil's eben ein freundlicher Abend ist. Sie kommt geknickt wieder rein. Schade. Aber beruhigend. Außerhalb vom Karneval braucht man dann wohl doch eine Geschichte. Und ich habe eine.

Nach ihr ist einer der Berliner Jungs dran. Er ist gut. Seine Gags kommen unaufgeregt auf den Punkt, er bewegt sich lässig, und seine Stimme ist nicht mal beim ersten Satz von Nervosität gefärbt. Er ist mir eine Spur zu routiniert, aber vielleicht spricht da auch bloß der Neid. Jedenfalls honoriert das Publikum seine – Überraschung! – Mann-Frau-Geschichte mit großem Applaus.

Als BH dann den lustigen Dänen ankündigt, machen mir alle Mut, Nina nickt aufmunternd, der UFZ knallt die Hacken. Mein Puls schießt in die Höhe. Ich gehe raus, stelle mich ganz vorne an den Bühnenrand, kontrolliere Stimme, Körper und erzähle die Geschichte von Far, als er beschloss, den Jungen, der mich in der Schule ständig verprügelte, pädagogisch wertvoll zu »mannopolieren«. Der Text arbeitet nicht auf Gagdichte. Die Dramaturgie ist eher auf breites Lächeln angelegt als auf klare Lacher, und ich bemühe mich um eine sparsame Performance, um nichts kaputtzumachen. Schon nach wenigen Sätzen merke ich, dass ich besser ganz still stehe, weil jede Bewegung unnötig Textraum einnimmt, also stecke ich die Hände in die Hosentaschen und erzähle, wie Søren mir die Brille kaputtschlug, woraufhin Far bei seinem Optiker eine Tüte alter Brillengestelle kaufte. Ab sofort zerbeulten wir jedes Mal, wenn Søren mich verprügelte, eins davon mit einem Hammer und stellten es seinem Vater in Rechnung. Søren war verwirrt: Da nahm er mir extra vorher die Brille ab und legte sie beiseite, und dennoch tauchte mein Vater jeden Abend bei seinem Vater mit einem kaputten Gestell auf. Nach vier Brillen hörte Søren nicht nur auf, mich zu verprügeln.

Während ich dastehe und erzähle, wird der Saal ganz ruhig. Ich schaue manchmal zu Tess runter, die mich anlächelt. Frauke lächelt ebenfalls, und Arne, na ja, wie immer. Hinter dem Vorhang hören die Kollegen zu. Eine ruhige, konzentrierte Stille breitet sich im Saal aus, und ich sehe nur lächelnde Gesichter. Es ist ein schöner, großartiger Augenblick, auf den ich lange gewartet habe, statt ihn mir zu erarbeiten. Ja. Die letzten Jahre habe ich mit Hadern und Abwarten verbracht. Der Erfolg hat mich faul gemacht. Selbstgefällig. Arrogant. Und das brachte mir die furchtbare Ehrenrunde auf dem Schiff ein. Doch wenn ich all das brauchte, um an diesen Punkt zu kommen, ist es okay. Mehr als okay. Es ist gut. Großartig. Etwas Klares fließt durch mich hindurch. Gewissheit, dass ich das Richtige tue. Endlich wieder. Far hatte recht: Mach etwas, das dir Spaß macht, und du wirst schon sehen. Ich sehe.

Nach einer letzten Pause setze ich den letzten Satz. Es ist kein Gag. Dementsprechend fliegt der Laden nicht auseinander, als ich Danke sage und mich verbeuge. Aber als ich mich aufrichte und das Saallicht hochgezogen wird, sehe ich das Lächeln tausendfach, und der Applaus ist wie ein Teppich, auf dem ich von der Bühne gleite. Hinter dem Vorhang fallen sie über mich her. Der UFZ setzt die rechte Hand an die Stirn.

»Doktor Jekyll und Mr. Däne«, grinst er. »Erst Aggro, jetzt Seele.«

»Mann, was für 'ne Schlaffischeiße«, murmelt Kanacke und schaut kopfschüttelnd raus in die Halle. »Da kann ich ja jetzt wieder schön Stimmung aufbauen ...«

Nina schiebt ihn mit beiden Händen weg. Einfach so. Dann nickt sie mir zu.

»Das ist eine schöne Geschichte.«

Für einen Augenblick mustern alle sie, dann Kanacke, dann mich.

»Danke schön«, sage ich.

Kanacke hat sich erholt und will was sagen, aber BH moderiert ihn bereits draußen an. Er drückt sich beide Daumen gegen die Brust und grinst in die Runde.

»Gewinner!«, sagt er und geht auf die Bühne.

Wir schauen zu, wie er mit derben Sprüchen in die liebevolle Stimmung knallt und sich damit so was von abschießt. Weiß man. Glaubt man. Hofft man. Doch er grinst die Leute an und lässt nicht nach, rüttelt und zerrt an ihnen wie ein Rottweiler an einem Einbrecher, bis sie schließlich aufgeben und mitmachen. Als er fünf Minuten später grinsend von der Bühne kommt, steht der Laden und fordert eine Zugabe. Es ist zum Kotzen.

Er schüttelt bewundernd den Kopf.

»Verdammt ... und ich werde immer besser!«

Der UFZ murmelt etwas von standrechtlich, doch ich muss lachen: In seiner gnadenlos selbstverliebten Art wäre er mir glatt sympathisch, wenn er nicht so ein Arschloch wäre.

Nina wird aufgerufen. Kanacke bleibt hinter dem Vorhang stehen und schaut zu, wie sie auf die Bühne geht. Er hat sie letzte Woche gesehen und weiß, dass sie ihm den Sieg streitig machen kann. Ihre erste Pause ist eine Spur zu lang. Vielleicht die Nervosität. Das Publikum reagiert nicht. Bei der nächsten Pause zögert sie wieder. Diesmal wird das Publikum unruhig, weil es glaubt, dass sie ihren Text vergessen hat. Mitten in die Unruhe rein bringt sie den ersten Gag und redet gleich weiter. Die Leute richten sich auf, huch, was war denn das? Der war eigentlich zu gut, um Zufall zu sein. Oder? Nina plaudert noch ein bisschen, und als sie wieder den Faden verliert, sind die Leute vorgewarnt, sie bleiben still und warten aufmerksam. Doch Nina steht einfach mit leicht gesenktem Kinn da. Die Pause wird länger, die Nervosität greift langsam wieder um sich, und als sie diesmal den Gag setzt, kriegt sie die Wand. Allein die Erleichterung, dass die Kleine da oben alles unter Kontrolle hat, lässt das Publikum jubeln. Dazu kommt die Begeisterung, dass sie es so faustdick hinter den Ohren hat. Das Publikum weiß jetzt Bescheid, und mit dieser Gewissheit im Rücken lehnt es sich entspannt zurück und genießt die Show. Nina führt sie sachte durch die Nummer und haut immer wieder, wie aus Versehen, einen Killeroneliner raus. Diese Kleine wird eine Große.

»Was war das denn?!«, zischt jemand neben mir.

Ein paar machen: Pscht! Dann sehen sie, wer es ist, und werden freundlicher. Ich habe ihn schon an seinem Rasierwasser erkannt. Clemens drängelt sich näher an mich heran und senkt die Stimme zumindest etwas, als er mich anfaucht.

»Ich bewerbe dich mit Aggrocomedy, und dann kommt so eine Kaminfeuergeschichte! Das war ja noch nicht mal

Comedy! Wieso soll dir der Programmdirektor eine TV-Show geben, wenn du Lesungen machen willst!«

Wegen seinem Geseiere verpasse ich Ninas nächste Pause.

»Clemens, lass uns nachher reden, ich will das hier sehen.«

Er schaut mich lange an, dann schaut er raus auf die Bühne.

»Stimmt«, sagt er dann und entspannt sich etwas. »Sie ist gut.« Er schaut noch einen Augenblick raus, dann wendet er mir wieder seine Aufmerksamkeit zu: »Was ist nun mit aggro? Ich sag dir gleich, das mit der Kuschelnummer wird schwer.«

Ich atme tief durch. Vielleicht ist es ihm ja aggro genug, wenn ich ihm eine scheuere.

»Ich will das hier sehen.«

Nach einer Zeit lässt der Geruch nach, aber vielleicht hat er auch nur meine Nase desensibilisiert.

Als BH Nina abmoderiert, steht der Saal, und als sie von der Bühne kommt, schaut Kanacke merkwürdig drein. Ist sogar ihm klar, dass sie abgeräumt hat? Er wendet sich ab und geht. Als ich ihn kennen lernte, hätte er noch gratuliert. Er wird wirklich immer besser.

Der UFZ wird anmoderiert. Er geht raus, die anderen fallen über Nina her. Sie lässt die Anerkennungstour über sich ergehen, und das fällt ihr sichtlich schwerer, als vor Tausenden aufzutreten. Der UFZ macht seine Sache wie immer. Gut. Danach ist Kohl dran. Wir schauen zu, wie er deprimiert auf die Bühne geht, weil er weiß, dass er nicht gewinnen kann. Endlich hat er mal recht. Allen ist klar, dass der Wettbewerb entschieden ist, doch die Show ist noch nicht gelaufen, also gehen alle nacheinander entspannt raus und bringen ihre Nummer. Die Transe, die ich nur aus dem

Fernsehen kenne, ist live noch besser als vor der Kamera. Aber an Nina kommt keiner ran. Sie gratuliert Nina zum Sieg, bevor sie rausgeht.

Als alle durch sind, folgt eine dreißigminütige Pause, in der sich die Jury zur Beratung zurückzieht, wobei das Einzige, worüber man hier noch beraten müsste, das Deo meines Agenten wäre. Wir hängen backstage rum und warten auf die Verkündung. Nina wird belagert wie ein Popstar: Nicht nur von dem Kamerateam, das alles *fett* findet, nein – die werten Kollegen kleben an ihr: Bei wem hat sie gelernt, wo tritt sie auf, wer ist ihr Agent, soll man nicht mal was zusammen machen? Selten habe ich Kollegen jemanden so abfeiern sehen, und als BH uns auf die Bühne ruft, wirkt Nina völlig eingeschüchtert. Misserfolg ist scheiße, aber mit Erfolg muss man auch erst mal klarkommen.

Bis auf die Geschmacksverirrung mit Kanacke ist das Publikum klasse. Aufmerksam und fachkundig, das merkt man auch in den Nuancen, als wir nacheinander hinausgerufen werden. Kohl bekommt einen aufmunternden Applaus. Draculina einen blutigen. Der routinierte Berliner bekommt einen langweiligen. Der UFZ einen schneidigen. Ich bekomme einen ruhigen, warmen. Kanacke bekommt einen lauten, kalten. Und Nina bekommt die Wand. Alle Kollegen klatschen mit, und in der Euphorie gehen die folgenden Berliner ein wenig unter, aber auch sie applaudieren. Klar, Showleute sind Showleute, und nirgends wird so geschleimt wie in einem gemeinsamen Finale, wo sich alle echt lieb haben, aber dennoch – fast habe ich das Gefühl, man gönnt es ihr.

Ich winke Tess zu. Sie wirft Kusshände hoch. Neben ihr klatscht Frauke, Arne hat die Arme verschränkt. Wir warten auf die Jury, die auf die Bühne kommt, um sich zu zeigen. Sie lobt eigentlich alle, und dann moderiert BH den Programmdirektor an, der, ins Publikum winkend, auf die Bühne kommt, um den Sieger zu verkünden. Alle Kameras richten sich auf uns, und diesmal bekommen sie wirklich Reaktionen zu sehen, denn Siiiieger iiiiist ... Kanacke vor Nina. Alle starren sich geschockt bis fassungslos an. Das Publikum wird unruhig. Sogar Kanacke scheint es ein bisschen peinlich zu sein. Und schon folgt die Höchststrafe: BH moderiert ihn noch mal an, scheinbar soll der Sieger seine Nummer ein zweites Mal bringen. Erwarten die allen Ernstes, dass wir so lange auf der Bühne stehen bleiben und gute Miene zum fiesen Spiel machen?

Kanacke legt los. Ich werfe dem UFZ einen Blick zu, dann lege ich meinen Arm um Nina und gehe mit ihr von der Bühne. Mitten in Kanackes Text brandet der Beifall so laut auf, dass er unterbrechen muss, weil alle nacheinander winkend von der Bühne gehen. Er wartet das grinsend ab, applaudiert sogar noch hinter uns her und macht dann weiter, als wäre nichts. Leider gut. Ich widerstehe dem Impuls, in seine Monitorbox zu pinkeln, nur um zu sehen, ob er auch damit klarkommen würde.

Backstage fallen alle über Nina her und dokumentieren die Schande der Entscheidung. Ich mache mit, obwohl ich ohne solches Geklüngele heute ja gar nicht hier wäre. Ich frage mich nur, wieso Nina nicht gewonnen hat. Immerhin will Clemens sie aufbauen. Vielleicht geht ihm ja wirklich das Schmiergeld aus. Wieso ich nicht gewonnen habe, weiß ich dagegen ganz genau. Zu wenig Ficken im Text. Doch ich könnte mich kaum besser fühlen. Es ist nicht nur die Erleichterung, dass die Geschichte heute so gut funktioniert hat, sondern die Perspektiven, die daraus resultieren. Ich werde bald meiner schwimmenden Komastation auf Wiedersehen sagen können. Die dänische Landratte ist wieder da.

Nach ein paar Minuten brandet draußen Applaus auf. Wenig später kommt der Sieger mit Programmdirektor, Clemens und BH herein, dicht gefolgt von dem Kamerateam, das begeistert diese Wahnsinnszusammenkunft für die Nachfolgegenerationen festhält. Kanacke grinst in die Runde. Clemens klopft ihm auf die Schulter und strahlt in die Kamera. BH lächelt in alle Richtungen. Der Programmdirektor tut, als würde er mich nicht sehen. Ich gehe rüber, schnappe seine Hand und schüttele sie euphorisch.

»He, habe ich Sie vergessen? Wir machen doch was, oder?«

Er wirft einen Blick zum Kamerateam und lächelt gequält.

»Heute war es ja etwas anders als neulich. Gar nicht so wild.«

Ich klopfe ihm mit der anderen Hand auf die Schulter.

»Aggro ist doch tot. Ich mach jetzt Sit-down-Comedy. Das wird die neue Sache.«

Er nickt.

»Sit-down. Nicht schlecht. Sollten wir mal überlegen. Gut.«

Sein Blick ist überall, außer bei mir. Ich lasse seine Hand los. Er schießt davon wie ein Hund auf einer Pekinger Grillparty, nach links und rechts nickend, eilt er durch den Raum und verschwindet schließlich nach draußen. Wie kommen solche Leute bloß in solche Positionen? Und solche Positionen an solche Leute?

BH bleibt lächelnd vor mir stehen.

»Gratuliere.«

»Danke schön.«

Sie folgt meinem Blick zu Clemens rüber.

»Pass auf dich auf.«

Ich schaue sie fragend an. Sie bewegt ihre Augen kurz seitlich, in Richtung Clemens. Himmel, das muss Liebe sein. BH riskiert einen Job, um mich zu warnen, dass Clemens mich rauskegeln will. Langsam glaube ich, sie hat ein schlechtes Gewissen.

Sie will noch etwas sagen, aber plötzlich drängelt sich ein weiteres Menschenrudel backstage. Die Jury kommt, um uns ausführlich zu loben, zu kritisieren und um uns ihre Entscheidung persönlich zu erklären. Eigentlich nett von ihr. Vielleicht aber nicht der optimale Zeitpunkt. Der Talkshowpriester lobt meine Geschichte, die er am besten fand, die aber leider nicht fernsehgerecht war. Darum konnte er mich nicht unterstützen, ich soll aber unbedingt weiter an mir arbeiten und vielleicht Lesungen machen, schöne Geschichte, wirklich. Prima. Und dieser Vollidiot hat gerade Kanacke gewinnen lassen. Für einen Augenblick spiele ich mit dem Gedanken, ihm drei Sechsen in die Stirn zu ritzen, aber er meint es ja nur gut, nicht wahr?

Herr Scheunemann kommt in den Raum. Wie immer unauffällig und in dunklem Tuch. Ich danke dem Priester für die fundierte Kritik und gehe zu Herrn Scheunemann rüber, der wiederum Kohl ansteuert, der deprimiert in einer Ecke sitzt. Als er mich kommen sieht, bleibt er stehen und nickt mir zu.

»Das war ein schöner Text.«

»Danke, und wo waren Sie?«

»Vor der Bühne. Sie wissen ja, Herr Dibrani und ich …«

Sein Tonfall und seine Mimik bleiben ausdruckslos.

»Das tut mir leid«, murmele ich und werfe einen Blick zu meinem Agenten rüber.

Herr Scheunemann lächelt fein.

»Vom Stil erinnerte mich Ihr Text an den braven Soldaten Schwejk. Ich bin neugierig, wie es …«

Er verstummt, und seine Mimik spricht Bände. Ich drehe den Kopf. Clemens kommt auf uns zugeeilt und bleibt neben mir stehen. Er ignoriert Herrn Scheunemann.

»Was macht denn der hier?«

Herr Scheunemann richtet sich etwas gerader auf und schaut Clemens an.

»Der mag es nicht, wenn man in der dritten Person von ihm redet.«

Clemens ignoriert ihn weiter und schaut nur mich an.

»Was wollte der Programmdirektor?«, fragt er mich noch mal und klingt wie ein Junkie, der nach Stoff fragt.

»Clemens …« Ich atme tief ein und aus. »Danke für die Zusammenarbeit.«

Seine Augen verengen sich etwas.

»Wie soll ich das verstehen?«

»Wie ich es sage.«

Er wirft einen Blick von mir zu Herrn Scheunemann und zurück, dann legt er mir eine Hand auf die Schulter und lächelt ölig.

»Lasse. Wovon redest du?«

Ich bewege meine Schulter. Seine Hand gleitet ab.

»Du hast mir gesagt, ich muss das Ding hier gewinnen, sonst. Ich hab's nicht gewonnen, also sonst.«

Seine Augen flackern kurz. Er wirft einen Seitenblick in die Runde und lacht, als hätte ich einen Witz gemacht, neigt mir den Kopf zu und senkt die Stimme.

»Ich habe nie gesagt …«

»Das ist es ja. Von einem Partner erwarte ich klare Ansagen und nicht solche debilsubtilen Drohungen.«

Er mustert mich. Nicht einmal seine Augen verraten, ob er gerade innerlich Stress hat. Abgezockt, der Mann. Kein Wunder, dass wir nie zusammen glücklich wurden.

»Wir haben einen Vertrag.«

»Verklag mich doch.«

Er schaltet wieder um, glatt wie ein nasses Parkett, lächelt und macht den Ansatz, mir wieder seine Hand auf die Schulter zu legen, bevor er es sich überlegt und sie lieber knapp neben meinem Arm in der Luft hält.

»Lasse, ich bin die größte Agentur in der Branche und du ein guter Künstler. Wir arbeiten jetzt schon so lange zusammen. Du gehörst zu uns. Wir sind doch die Besten für dich.«

Ich schüttele meinen Kopf.

»Nein, nur für meine Karriere. Ich weiß nicht, ob dir der Unterschied bewusst ist, aber mir schon. Es geht nicht mehr.«

Er mustert mich, und schließlich nickt er, als würde es ihm schwerfallen.

»Wenn du das so haben willst, dann gut, kündigen wir unseren Vertrag fristlos. Natürlich müssen wir dann andere Künstler auf die bereits bestehenden Verträge buchen.«

»Das kannst du mir nicht antun«, lache ich. »Echt, die Butterfahrt ohne mich?! Himmel, es wird mir fehlen, vielleicht entere ich das Ding mal, bloß um wieder dabei zu sein, eine ganz große Sache, echt.«

Er bekommt etwas Farbe. Herr Scheunemann schafft es, keine Miene zu verziehen. Nina stellt sich neben mich.

»Herr Dibrani. Entschuldigen Sie, ich weiß, wir haben keinen Vertrag. Dabei möchte ich es belassen.«

So langsam merkt man ihm dann doch seine Wut an. Er funkelt uns an und deutet mit dem Daumen auf Herrn Scheunemann.

»Was der Arsch euch auch immer …«

Für einen Augenblick ist Herrn Scheunemanns Hand an Clemens' Anzug. Dann wieder nicht. Und dann hat Clemens Atemprobleme und muss sich setzen.

»Clemens. Ich lasse mich nicht von dir beschimpfen. Nicht von dir.«

Herr Scheunemann dreht sich ab und geht weg. Clemens hält sich den Hals, er ist rot angelaufen.

»Das werdet ihr bereuen«, krächzt er.

»Hab ich schon«, sage ich.

Nina geht zu ihrem Stuhl und packt ihre Tasche. Ich mache es ihr nach. Als ich abreisebereit bin, ist von Clemens nichts mehr zu sehen. BH ist auch weg. Wahrscheinlich zum Trösten abgestellt. Fast habe ich Mitleid mit ihr. Doch sie hat genau den Posten, den sie wollte. Vielleicht mit Nebenwirkungen, die sie nicht wollte. Aber damit kann ich leben.

Herr Scheunemann fordert gerade Kohl zum Aufbruch auf, als wir vor ihm stehen bleiben. Er wirkt verlegen.

»Tut mir leid, die Sache eben.«

»Mir nicht«, sage ich fröhlich. »Mensch, ich fühl mich prima. Hm, also, ist vielleicht nicht der richtige Augenblick, aber …« Ich werfe Nina einen Blick zu. »Wir suchen eine neue Agentur. Haben Sie Kapazitäten?«

Er mustert uns abwechselnd.

»Ob das eine gute Idee ist?«

»Ja«, sagt Nina. »Sie haben zwei neue Künstler, wenn Sie wollen.«

Die Härte in seinem Gesicht weicht wieder dem normalen, entspannten, freundlichen Ausdruck, mit dem er der Welt begegnet, wenn die ihm nicht gerade Clemens vorbeischickt.

»Ich denke, damit komme ich wohl klar.«

Ich muss wieder grinsen. Himmel, fühle ich mich gut. Das hätte ich viel früher tun sollen. Ballast abwerfen. Aufsteigen.

»Ich muss ins Ausland. Wenn ich wieder da bin, rufe ich Sie an, wir treffen uns und besprechen alles.«

Er nickt mir zu, dann bleibt sein Blick an Nina haften.

»Aber Sie, Sie sollten das vielleicht noch mal in Ruhe überdenken. Ihr Freund hier ist schon lange dabei und weiß vermutlich, was er tut, aber Sie sind neu in dem Geschäft – und Sie sind sehr gut. Sie können eine schöne Karriere machen, und Herr Dibrani kann ein paar Türen öffnen, die ich nicht aufbekomme.«

»Klingt vernünftig«, sage ich und nicke ihr zu. »Ein bisschen Bedenkzeit hat noch niemandem geschadet.«

Nina antwortet nicht. Sie mustert Herrn Scheunemann. Er mustert sie. Irgendwas geht zwischen ihnen vor sich. Schließlich streckt Nina die Hand aus. Herr Scheunemann nimmt sie und drückt sie.

»Damit wäre das wohl geklärt«, sagt er und lächelt.

Sie lächelt auch. Und dann reicht er mir auch die Hand. Wir lächeln ebenfalls. Dann wünschen wir uns einen schönen Abend und gehen. Es gibt üblere Arten, Geschäfte zu machen.

Kapitel 35

Auf der Rückfahrt erzählt Tess Anekdoten aus alten Tagen, als sie mich auf Tourneen begleitete. Dabei erfahren wir nebenbei, dass Ninas Vater Schauspieler war und sie ebenfalls manchmal mit ihm auf Tournee war. Daher hat sie Bühnenerfahrung und viele dreckige Schauspielerprovinztheatergeschichten zu berichten. Alle lachen viel, während Frauke uns durch den Wochenendverkehr fädelt, alle bis auf Arne, der neben mir sitzt wie ein stillgelegtes Fabrikgelände. Ich versuche den Augenblick bewusst zu genießen. Ich sitze mit meinen Freunden in einem Auto. Ich hatte soeben einen Auftritt vor Leuten, die weder kostümiert noch im Koma waren. Und zwar mit einem guten Text. Und ich bin Clemens los. Und Tess war dabei. Mehr kann man nicht verlangen, oder? Eigentlich nicht. Eigentlich.

Nach dem vierten Klingeln geht Sune ran und gähnt in den Hörer. Far geht es gut. Er schläft. Heute Nachmittag war er fit. Er hat bis eben noch herumgeblödelt, bloß Hunger hatte er nicht. Sie schaut fern mit Ebba, sie wollten gerade ins Bett gehen. Wie es bei mir gelaufen ist? Gut? Gut. Sie vermissen mich. Ich vermisse sie. Aber wir sehen uns ja schon morgen wieder.

Ich lege erleichtert auf. Was ist es nur, dass wir uns immer Sorgen machen? Jedem anderen Gefühl mit einer solch miserablen Trefferquote hätten wir längst die Glaubwürdigkeit entzogen. Bangemachen gilt nicht? Scheinbar doch.

Das Telefon klingelt. Mein erster Impuls ist Freude, denn um die Uhrzeit rufen nur Sune oder Tess an. Doch Sune hatte ich schon, und Tess sitzt in der Halle.

»Die Halle.«

»Mann, Scheiße, was ist los?!«

Es rauscht in der Leitung, als stünde der Anrufer im Windkanal.

»Stan?«

»Ja, verdammt! Ich hab schon hundertmal angerufen! Wo treibst du dich denn rum?«

Ich werfe einen Blick zur hektisch blinkenden Digitalanzeige des Anrufbeantworters.

»Ist ja auch egal«, fährt er fort, »jetzt bist du wieder da, und das ist gut, denn am Wochenende wird gerockt!«

Ich blinzele.

»Du kommst her?«

Er lacht hämisch.

»Schon Wahnsinn, wie deine Synapsen Zusammenhänge herstellen. Ja, wir kommen auf Hochzeitsreise. Geil, oder? Andere fahren nach Mauritius und vögeln sich wund, wir fliegen im Winter nach Deutschland.«

»Das ist schön, aber ich bin nicht da.«

»Wo bist du denn?«

»Ich fliege morgen wieder nach Kopenhagen. Meinem Vater geht's nicht gut. Aber ihr könnt mein Zimmer haben, wenn ihr wollt.«

»Was ist mit deinem Dad?«

»Krebs.«

Kurze Pause. Der Wind nimmt ab und zu.

»Soll ich früher kommen? Ich könnte mich heute Abend in einen Flieger setzen, dann bin ich morgen da.«

Etwas Warmes breitet sich in mir aus.

»Danke, geht schon. Ich sag den anderen, dass du kommst. Jemand holt euch ab. Fühlt euch wie zu Hause.«

Er gibt mir die Daten durch, wünscht mir viel Glück, sagt, ich bräuchte bloß anzurufen, dann käme er, egal wohin. Dann legen wir auf, und ich sitze da. Verdammt, er würde seine Flitterwochen opfern, um bei mir zu sein. Ich sitze da und genieße das Gefühl, nicht allein zu sein. Ich habe Freunde. Wie konnte ich das so lange vergessen? Rich hat recht: Was haben die da draußen auf dem Boot bloß mit mir gemacht? Zeit, einiges zurückzuzahlen.

Alle haben sich auf den Couchen ausgebreitet, bis auf Nina, die in der Hängematte schwingt. Fehlen nur noch ein paar Sklaven, die ihnen Luft zufächeln, aber dafür haben sie ja mich. Ich unterbinde Arnes Versuch, uns kulturell zu misshandeln, lege Musik mit verschiedenen Tonarten auf, fülle die Chipsschale und leere den Aschenbecher. Frauke bastelt an einem monströsen Entspannungsrohr, während sie zuhört, wie Tess und Nina sich über Künstlerlügen nach Auftritten unterhalten. Derweil zerlegt Arne Aliens auf der Playstation. Ich gehe in den Hof und wühle hinter den alten Fahrrädern nach der letzten versteckten Flasche Champagner. Irgendwo maunzt die Katze, lässt sich aber nicht blicken. Unser Verhältnis entwickelt sich.

Ich erwische die Flasche, komme aber nur mit den Fingerspitzen ran. Wenigstens ist sie schön kalt. Winter ist ein super Kühlschrank. Vielleicht kann man da was machen. Kühlschränke, die an die Außentemperatur gekoppelt sind – sich bei Bedarf abschalten und Luft von draußen holen. Könnte uns Atomkraftwerke sparen. Und das könnte uns atomare Endlager, verseuchtes Trinkwasser, Allergien und Krebs ersparen. Muss ich gleich Arne erzählen, vielleicht werden wir dann wieder Freunde, obwohl er sich meinetwegen Comedy anschauen musste.

Die Flasche ist festgeklemmt. Bevor ich hier noch erfriere, ruckele ich ein paar eiskalte Farbeimer beiseite und ziehe die Flasche heraus. Während ich vornübergebeugt dastehe, rieche ich es: den typischen Gestank von Tierfutter. Und schon sehe ich ihn. Der Napf steht in einer Ecke hinter Arnes Zeug. Die verdammte Katze ist also nicht immer hinter das Gerümpel geflüchtet, sondern einfach was essen gegangen. Prima.

Ich werfe den Napf über die Mauer, packe den Champagner und gehe wieder rein. Als ich die Flasche öffne, kneift Frauke die Augen zusammen und mustert mich durch eine Rauchwolke. Während ich in den USA war, muss sie die ganze Bude vergeblich nach dem restlichen Champagner durchwühlt haben, und jetzt ziehe ich ständig neue Flaschen hervor. Ich reiche jedem ein Glas, nur ihr nicht. Sie nennt mich einen Gauner. Ich drohe ihr mit einer zivilrechtlichen Klage. Sie sagt, Fakten könnten keine Beleidigungen sein. Sie fragt, was ich plötzlich gegen sie habe. Ich sage, sie solle aufhören, die verdammte Katze zu füttern. Sie sagt, sie sei einsam. Ich gebe zurück, ich wisse nicht, ob sie sich oder die Katze meine, aber beides sei noch lange kein Grund, in den Hof zu pissen. Sie lacht nicht, senkt den Blick und wirkt so zerknirscht, dass ich ihr sofort ein Glas in die Hand drücke.

Wir prosten auf meinen Auftritt und das Leben an sich, und bevor mich jemand fragen kann, wie es in Dänemark war, quetsche ich mich neben Arne, schnappe mir den anderen Controller und nehme den Kampf auf. Man kann übers Zocken sagen, was man will, und viele tun das ja auch, aber es ist nicht ganz so schlimm. Klar, es ist eine Schande, dass so viele Jugendliche Jahre ihres Lebens vor der Mattscheibe verballern. Aber. Gemeinsam Ballern macht Spaß und ist sozialinformativ, denn man lernt seine Freunde besser kennen. Ich zum Beispiel bin ein schlechter Verlierer. Das hat den Vorteil, dass ich mich anstrenge, um nicht zu verlieren. Dadurch verliere ich seltener. Was Spaß macht. Arne dagegen ist es am wichtigsten, sich nichts anmerken zu lassen. Dadurch verliert er manchmal, weil er lieber taktisch cool bleibt, statt schreiend und fluchend auf Dauerfeuer zu stellen und einfach draufzuhalten, was bei vielen Ballerspielen eine dezidierte Möglichkeit darstellt, seine Überlebenschancen zu potenzieren. Arne stirbt lieber, als Emotionen zu zeigen. Er ist der kühle Stratege, ich der impulsive Unternehmer. Während er noch die Lage sondiert, sitze ich längst in der Patsche, und er muss mich retten, weil wir ja ein Team sind. Diese Aliens sind schnell, tödlich und können im Dunkeln sehen. Das gleichen wir durch die Kombination unserer Charaktereigenschaften aus: Ich renne schreiend voraus, ballere auf alles, was zuckt, locke die Biester aus der Deckung, und wenn sie über mich herfallen, ploppt Arne sie eiskalt aus dem Hintergrund weg. Mann, macht das Spaß. Irgendwann hören sogar die Frauen auf zu reden und schreien *Achtung! Da! Links!* LINKS!! Durch diese eklatante Links-rechts-Schwäche, von der erstaunlich viele Frauen betroffen sind, kommen wir schwer unter Druck. Es ist wie ein neues Schwierigkeitslevel. Frauen. Sie wollen nur helfen, und plötzlich sind alle tot. Natürlich sind wir schuld, weil wir nicht auf sie gehört haben. Klar. Es artet etwas aus, und plötzlich haben wir hier einen Mann-Frau-Konflikt, was echt super ist, wenn man in der Unterzahl ist und fünfzig Prozent der eigenen Mannschaft nichts sagt.

Um heute noch aus der Nummer wieder herauszukommen, verteile ich den restlichen Flascheninhalt auf die Gläser und erkläre Frauke dabei noch einmal, dass ich eine Katzenhaarallergie habe und auch sonst kein Freund von Katzenurin bin. Sie schaut mich mit großen Augen an, senkt den Blick, schlägt die Hände vors Gesicht und beginnt zu weinen. Alle schauen mich böse an. Was habe ich jetzt wieder angestellt?

Alle versammeln sich um Frauke, streicheln und trösten, und schließlich rückt sie mit der Sprache raus: Das Arschloch hat seine Frau geschwängert. Soll ein Unfall gewesen sein. Klar. So wie es ein Unfall ist, wenn jemand stirbt, auf den man zweihundertmal schießt. Auch dieser Spruch bringt mir böse Blicke ein, also beschließe ich ab jetzt die Klappe zu halten. Ich habe es eh nie verstanden, dass Frauen keine Ratschläge haben wollen, sondern Trost. Welchen Sinn macht es, jemanden zu trösten, der seine Fehler ständig wiederholt? Aber vielleicht muss ja nicht alles immer Sinn machen. Aber warum eigentlich nicht? Ohne Sinn ist doch alles sinnlos. *Hallooo! Da sitzt Frauke und weint! Vielleicht verschiebst du deine Hirnakrobatik auf später und kümmerst dich mal!* Ja. Aber wie? Wie hilft man einer Frau, die beschlossen hat, ein Arschloch zu lieben und keinerlei Kritik an ihm zu dulden? Hm.

Arne merkt, dass ich ihn anschaue. Er dreht den Kopf ein wenig und mustert mich. Ich schaue ihn an. Er schaut mich an. So kann er es noch ein paar Wochen durchziehen, also wende ich meinen Blick wieder Frauke zu, die ihr Gesicht in ihren Händen versteckt und zwischen den Fingern schnieft. Sie hat so die Schnauze voll. Alle lügen sie an. Ihr Chef. Ihre Klienten. Alle. Sie will keine Lügen mehr. Tess und Nina flüstern ihr zu, dass alles gut wird, und ich muss an Sune denken. Wie sie mit dem Jungen umging, der hingefallen war. Während Nina und Tess weitertrösten, stehe ich auf, dimme das Licht, lege Prince auf und lasse ihn Fraukes Frage stellen: *What's Wrong with the World Today?* Dann gehe ich zu ihr zurück und halte ihr meine Hand hin.

»Darf ich bitten?«

Sie blinzelt mich erst aus nassen Augen verständnislos an und schüttelt dann den Kopf.

»Jetzt sei kein Schlaffi«, schiebe ich nach, schnappe mir ihre Hand und ziehe sie auf die Beine. Die anderen schauen mich böse an, aber Frauke folgt in die Hallenmitte, lehnt sich gegen mich, und dann beginne ich, uns zu bewegen. Schon bald legt sie ihren Kopf auf meine Schulter. Nach Prince übernimmt Les McCann mit seiner unglaublichen Soulstimme. *Go on and Cry.* Frauke macht das Gegenteil. Ihr Kopf ruht auf meiner Schulter. Ihr kräftiger Körper bewegt sich immer mehr zu der Musik. Tanzen ist auch Gott.

Nachdem Teddy Pendergrass uns anschließend seinen technischen k.o. erklärt hat, ist es Zeit für Stufe 2. Ich flüstere Frauke was von Zusammenreißen und Verantwortung ins Ohr, sie könne nicht den ganzen Abend flennen, wenn unsere Freunde in Not seien und uns bräuchten. Sie hat natürlich keine Ahnung, wovon ich rede. Ich erkläre es ihr. Sie wirft einen Blick zu der Couch, auf der Arne und Nina nebeneinandersitzen, als hätte man sie aufgepfählt. Wenn eine Frau etwas von Arne will, muss sie den ersten Schritt tun. Aber wer traut sich das schon. Da muss man nachhelfen.

Frauke nickt, und in ihre Augen kehrt wieder ein wenig Leben zurück. Seltsam, wie einfach das ist. Scheinbar brauchen wir nur eine klare Aufgabe. Als Teddy an Lenny Kravitz' *I Belong to You* weiterreicht, gehen wir zu den anderen. Tess richtet sich etwas auf und schaut dann ein bisschen seltsam, als ich an ihr vorbeigehe und Nina auffordere. Nina nimmt meine Hand. Arne braucht etwas länger, nimmt aber dann doch Fraukes Hand, weil ihn alle anstarren. Dann ziehen Frauke und ich unseren Fang zur Tanzfläche zurück.

Wir tanzen. Oder so. Nina bewegt sich linkisch in meinen Armen. Neben uns massakriert Arne Fraukes Zehen. Ich habe ihn noch nie etwas anderes als Pogo tanzen sehen und hüte mich, ihn zu lange anzuschauen. Tess hat verstanden und wirft mir eine Kusshand zu. Ich küsse zurück, tausche einen Blick mit Frauke, und als Kravitz an Costello weiterreicht, lassen wir unsere Tanzpartner los, schnappen unsere Hände und tanzen los. Arne und Nina stehen da wie begossene Pudel. Sie wirft ihm einen Blick zu. Er macht einen unsicheren Schritt auf sie zu und bleibt dann wieder stehen, bis sie seine Hände nimmt. Und dann, Herr im Himmel, tanzen sie.

Frauke starrt sie an.

»Nicht zu fassen. Arne tanzt.«

Sie grinst ganz offen rüber. Verdammte Kiffer!

»Sag's ein bisschen lauter, grins ein bisschen mehr, und man wird nie deine Leiche finden. Maden werden deine Gebeine abnagen, Klienten werden dich missen, Cannabisfelder werden verrotten ...«

»Schon gut«, kichert sie und schmiert sich endlich das Grinsen aus dem Gesicht, bevor Arne es sieht und uns alle exekutiert. Allerdings ist ihr Pokergesicht auch nicht viel besser, da in allen Ecken ein bekifftes Grinsen hervorlugt. Gott, wie schaffen Kiffer es bloß, so selten was aufs Maul zu bekommen? Dass sie sich nicht selbst prügeln, gut, dazu sind sie vielleicht zu entspannt, aber wenn sie auf Leute treffen, die sich nicht gerne auslachen lassen, müssten sie eigentlich mit einem Bein im Grab stehen.

»Hör mal, wegen dem Arschloch ... Ich denke, es ist der richtige Zeitpunkt, ihn abzuservieren.«

Sie löst ihren auffällig unauffälligen Blick von den beiden und schaut mich merkwürdig an.

»Nenn ihn nicht so. Und ich will auch nicht darüber reden.«

»Toll.«

Ihr Blick wird trotzig.

»Ist meine Sache, oder? Und bei euch? Alles in Ordnung? Hat sie herausgefunden, dass du rumbumst?«

Ich werfe einen schnellen Blick zu Tess rüber.

»Nein, wie sollte sie?« Ich starre Frauke an. »Ist dir zufällig etwas rausgerutscht?«

Sie schüttelt den Kopf.

»Nein, aber ihr wirkt so ...«, sie sucht nach Worten, »verliebt. Wie frisch versöhnt. Und sie war beim Auftritt. Das letzte Mal muss Jahre her sein.«

»Ungefähr.«

Sie mustert mich.

»Ungefähr was, Jahre oder verliebt?«

»Beides.«

Sie lächelt.

»Dann solltest du vielleicht mit ihr tanzen statt mit mir.«

»In Ordnung.«

Sie schaut etwas überrascht drein, als ich sie loslasse, mich umdrehe und losgehe. Tess steht auf und rutscht in meine Arme. Ich stecke meine Nase in ihre Haare und atme ein. Wir bewegen uns sachte.

»Ein großer Tag für die Liebe«, sagt sie.

Ich löse meine Nase und werfe einen Blick zur Tanzfläche, wo Arne Nina herumschiebt wie ein Tanzbär einen Sack Kartoffeln. Daneben tanzt Frauke mit geschlossenen Augen.

»Liebe, pah. Arne will sie doch bloß flachlegen.«

»Ja klar«, gickelt sie. Sie schlingt ihre Arme um meinen Hals und lächelt zu mir hoch. »Das war eine schöne Geschichte von Far.«

Ich nicke.

»Aber leider nicht fernsehgerecht.«

Sie macht eine unwirsche Handbewegung an meinem Nacken.

»Wer will schon noch ins Fernsehen.«

»Ich. Aber ohne Clemens wird das schwer.«

Sie kommt kurz aus dem Tritt.

»Clemens hat dich rausgeschmissen?«

Ich muss lachen. Sogar für sie ist es wahrscheinlicher, dass Clemens mir kündigt.

»So ähnlich, aber keine Panik, ich habe schon eine neue.«

Sie schaut mich an.

»Agentur«, sage ich.

Sie zieht eine Grimasse und wedelt mit der Hand.

»Was ist passiert?«

Ich zucke die Schultern.

»Clemens ist ein Arschloch.«

»Ist das eine Neuigkeit?«

»Nein«, sage ich. »Die Neuigkeit ist, dass es mir nicht mehr egal ist. Ich kann Fars Geschichten nicht von so jemandem vermarkten lassen.«

Ihr blauer Blick ruht in meinem, sie schüttelt kurz den Kopf.

»Klingt gut. Mieser Charakter färbt ab.«

Und guter Charakter färbt auch ab, und auch deswegen bin ich immer so gerne mit ihr zusammen, doch bald ist sie in China, und ich weiß nicht, ob Auren auch Distanzen über zehntausend Meilen zurücklegen. *Halloooo!!! Noch hast du sie im Arm, also hör auf zu heulen und mach was draus, carpe diem und all das ...*

Ich drücke sie enger an mich. Sie legt ihre Wange an meine Schulter. Wyclef Jean greift ins Geschehen ein. Neues Lied – neue Chance für Arne, sich galant aus der Affäre zu ziehen, doch er schiebt Nina weiter. Frauke grinst zu uns herüber. Ich warte, bis Arne mir den Rücken zuwendet, und grinse kurz zurück. Tess löst sich etwas, legt mir ihre Handflächen auf die Brust und lächelt zu mir hoch.

»Ich habe eine Überraschung für dich.«

Ich schaue in ihre funkelnden Augen, und mein dummes Herz stolpert. VW pleite! Arbeitslos! Kein Visum! Flugangst! Verträge annulliert! Zeitmaschine entdeckt!

Sie nimmt meine Hand, zieht mich mit, öffnet meine Zimmertür, zieht mich rein, lehnt sich von innen gegen die Tür und nickt zum Bett. Ich will gerade einen ganz schlechten Spruch machen, als ich es entdecke. Auf der Bettdecke liegt ein kleines Päckchen in Geschenkpapier. Ich setze mich aufs Bett, nehme das Päckchen in die Hand und mustere es.

»Was ist das?«

»Schau doch nach.«

Sie lächelt, bis ich es heftig rüttele.

»Hey!«

»Also kein Meerschweinchen.«

Sie zieht eine Grimasse. Ich reiße das Papier runter und habe ein Handy in der Hand. Ich schaue Tess an. Sie schaut zurück und zuckt die Schultern.

»Ich dachte …«, sie entdeckt etwas Interessantes an der Wand, was sie sich unbedingt anschauen muss, »falls etwas mit Far sein sollte oder du dich einsam fühlst …«

Sie mustert immer noch die Wand. Als ich nichts sage, wendet sie mir ihr Gesicht zu und wirft mir den blauen Blick zu. Ihre linke Gesichtshälfte hinter den Locken versteckt, ein Bein angewinkelt, die Kurven ihres Körpers unter der Jeans und dem Shirt abgezeichnet. Die kleinen festen Brüste. Irgendwo flackert ein Funke.

»Danke schön.«

»Gern geschehen«, sagt sie.

Wir schauen uns in die Augen. Ich lege das Handy aufs Bett und stehe auf, mache zwei Schritte, drücke ihr Kinn nach oben und küsse sie, während ich darauf warte, dass die leichte Erregung sich in Wohlgefühl auflöst. Doch der Funke breitet sich aus. Ich weiß nicht, ob es der Champagner ist oder ob seit Mona vielleicht einfach der Bann gebrochen ist, jedenfalls habe ich plötzlich meine rechte Hand um ihren Nacken, meine linke unter ihrem Shirt. Und schon klammert sie sich an mich und macht diese kleinen Geräusche, die ich ewig nicht mehr gehört habe. Und schon schiebe ich ihr Shirt hoch. Und schon öffnet sie meinen Gürtel. Und schon zerre ich an ihrem Reißverschluss. Und schon tritt sie ihre Stiefel ab. Und schon zerre ich ihre Hose runter. Und schon reißt sie mich an den Haaren wieder hoch und presst ihre Zunge in meinen Mund. Und schon gleitet meine Hand in ihren Slip. Und schon macht sie wieder diese Geräusche. Und schon finden meine Finger Heißes, Nasses. Und schon reibt sie meine Hose. Und schon taumeln wir in Richtung Bett. Und schon lassen wir uns fallen. Und schon …

Im Nachhinein kann man immer alles hineininterpretieren, doch es gibt einfach Augenblicke, die sind nicht von hier. Manche nennen es Fügung. Manche nennen es Zufall. Ich weiß nicht, wie ich es nennen soll, aber als wir auf dem Bett landen, passiert es. Eben, im Stehen, waren wir Frau und Mann, erhitzt, erregt, willig. Auf dem Bett landen wir als Freunde. Für ein paar Augenblicke machen wir noch weiter, weil Hände und Münder sich weigern, es einzusehen, doch meine Erektion stirbt schneller als Menschenrechte im Krieg.

Wir liegen still. Nach einem Moment öffnet Tess ihre Augen und mustert mich. Dann dreht sie den Kopf zur Seite, um ihre Enttäuschung zu verbergen. Ich streichele entschuldigend über ihre Brüste, die ich eben noch so rau angefasst habe, dann wird sogar das zu intim, und ich ziehe ihr Shirt ein Stückchen runter.

Die Zimmertür öffnet sich. Frauke steckt den Kopf herein.

»Sagt mal, habt ihr …«

Sie sieht uns auf dem Bett und verstummt. Dann beginnt sie von einem Ohr zum anderen zu grinsen. Nach einem Moment zieht sie den Kopf wieder ein und schließt die Tür leise. Ich schaue Tess an, die ihren Kopf noch immer abgewendet hat. Dann richte ich mich etwas auf.

»Tess.«

Sie liegt noch einen Augenblick mit abgewandtem Gesicht da, dann wendet sie es mir zu und schaut mich an. Zu meiner Überraschung stehen ihr keine Tränen in den Augen, sondern Erleichterung. Ich zwinkere ein paarmal. Ja. Eindeutig Erleichterung.

»Weißt du, wenn …«, beginnt sie. Sie räuspert sich und setzt noch mal an. »Also, wenn ich das vorher gewusst hätte, hätte ich dir viel früher ein Handy gekauft.«

Ich brauche ein paar Momente, um zu verstehen, dass sie meine eigene Taktik anwendet. Und sie funktioniert, ich muss lachen, und schon verändert sich die Atmosphäre im Zimmer. Einfach so.

Sie drückt mir einen Kuss auf die Wange und schiebt mich von sich herunter. Mit einer schüchtern wirkenden Bewegung zieht sie sich das Shirt zurecht. Sie stemmt die Fersen gegen die Matratze, hebt ihr Becken an und zieht sich die Hose hoch. Als sie den Reißverschluss hochzieht, erinnert mich das Geräusch an den Sound, mit dem sie in Filmen die Leichensäcke zuziehen. Passt. Hinter diesem Reißverschluss liegt die Leiche eines Sexuallebens. Todeszeitpunkt: vor zwei Jahren. Todesursache: unbekannt. Obduktion: nicht mehr notwendig. Ruhe in Frieden. Amen.

Tess rutscht neben mich auf die Bettkante und wackelt mit ihrem Fuß.

»Wäre der teuerste Sex der Geschichte geworden.«

Ich knie mich vors Bett, nehme ihren rechten Fuß in meinen Schoß und greife mir einen ihrer Stiefel.

»Warum?«

»Konventionalstrafe.«

Ich streife ihr den Stiefel über den Fuß und schaue sie fragend an. Konventional… Mein Gehirn braucht einen Augenblick, doch dann stellt es Zusammenhänge her, und ich verharre.

»Du hast die Verträge unterschrieben?«

Sie schüttelt den Kopf.

»Noch nicht. Ich habe sie mitgebracht. Ich will sie unterschreiben, während du dabei bist.«

Ich schaue sie überrascht an.

»Wieso?«

»Weil ich das möchte.«

»Ach so.«

Wir mustern uns. Sie legt mir den anderen Fuß in den Schoß. Ich streife ihr den zweiten Stiefel über. Sie setzt beide Füße auf den Boden und stampft ein paarmal.

»Und wieso Konventionalstrafe?«

»Weil ich nicht weiß, was ich getan hätte, wenn wir miteinander geschlafen hätten«, sagt sie, ohne mich anzuschauen.

Ich setze mich neben sie auf die Bettkante und versuche mein dummes Herz zu ignorieren.

»Was glaubst du denn, was du getan hättest?«

»Es noch mal. Und noch mal«, sagt sie und versucht ein Lächeln. Als ich nicht einsteige, zuckt sie mit den Schultern. »Das Problem ist …«, sie zögert, »es ist gerade so schön mit dir.« Sie schaut immer noch nach vorne. »Mehr als schön.«

»Finde ich auch.«

»Du wirst mir sehr fehlen.«

»Du mir auch«, sage ich und kämpfe gegen das Gefühl der Enttäuschung an, das sich in mir ausbreitet. Herrje, diese dämliche Hoffnung. Ist ihr eigentlich scheißegal, worauf sie hofft? »Das heißt, wenn wir miteinander geschlafen hätten, wärst du geblieben? Das heißt, du bleibst nicht, weil wir nicht miteinander geschlafen haben? Das heißt, du verlässt mich wegen unserem Sex?«

Sie lacht nicht, sondern kaut auf ihrer Unterlippe und mustert die Wand. Ihre Schultern heben und senken sich.

»Findest du mich nicht mehr attraktiv?«

Ich nehme ihre Hand.

»Ach Süße, drehst du jetzt durch oder was?«

»Wieso schlafen wir dann nicht miteinander?«, fragt sie, ohne ihren Blick von der Wand zu lösen.

Ich denke an die vielen Nächte neben ihr, an den Übergang von Geilheit zu Wellness, von Lover zu Freundin, und zucke mit den Schultern.

»Manchmal wenn wir miteinander schliefen, warst du zu gestresst. Du warst nicht bei mir, also habe ich dich nach der Arbeit zufrieden gelassen. Ich dachte, es sei eine Phase. Doch die hörte nicht mehr auf.«

»Aber wieso hast du mich nicht einfach genommen? Früher hast du mich doch oft genommen, wenn dir danach war.«

Wenn dir danach war. Wie klingt das denn? Hat sie mich bloß gewähren lassen? Fast frage ich sie, kann mich aber gerade noch bremsen. Lieber gute Erinnerungen. Von draußen dringt Gelächter durch die Tür. Scheinbar erzählt Frauke fröhlich weiter, dass wir es miteinander treiben.

»Ich habe es ja irgendwie akzeptiert«, murmelt Tess, »aber ich verstehe es einfach nicht. Ich meine, wie kann man sich lieben und attraktiv finden, aber keinen Sex haben?«

Ich streichele ihren Rücken.

»Süße, ich weiß es nicht. Wir hatten ja vorher schon mal Phasen mit weniger Sex, und diese Phase hat sich eben zum Zustand manifestiert. Ich habe keine Ahnung, warum. Vielleicht haben wir einfach zu lange Pause gemacht. Vielleicht haben sich die Bedürfnisse geändert.«

Sie lächelt schwach, stößt Luft durch die Nase aus und schüttelt den Kopf.

»O Mann, ich hätte dich das alles viel früher fragen sollen. Ich dachte die ganze Zeit, es liegt an mir, weil ich dich nie verführen konnte. Jedes Mal, wenn ich es versucht habe und nichts daraus wurde, dachte ich, du findest mich nicht mehr attraktiv.«

Ich schaue sie an.

»Wann denn zum Beispiel?«

Sie schaut mich überrascht an. Scheinbar habe ich die Superanmache verpasst.

»Na, der Theaterabend, zum Beispiel.«

Der Abend fällt mir sofort ein. Ein schöner Abend. Nach der Aufführung gingen wir etwas trinken und landeten dann in einem Club, in dem wir tanzten, bis der Laden schloss. Dann gingen wir durch den Sonnenaufgang nach Hause. Und ins Bett. Und schliefen sofort ein. Also, ich zumindest. Hm. Jetzt, wo ich drüber nachdenke, fällt mir ein, dass Tess an dem Abend das schwarze Kleid anhatte. Ich machte den ganzen Abend Komplimente und Witze, nannte es das Vorspieltuch. Unser letzter Sex muss da fünf, sechs Monate her gewesen sein, und scheinbar war ich zu dem Zeitpunkt bereits so in die Wellnessdecke eingerollt, dass ich ihre Bemühungen nicht registrierte. Gott, wer weiß, was ich noch so alles nicht mitbekommen habe …

»Das war ein schöner Abend«, sage ich, und im selben Moment fällt mir ein, dass sie in Zukunft, irgendwann, mit einem anderen schöne Abende haben wird. Prima, dass mir das jetzt einfällt.

Sie mustert mich.

»Du hast es wirklich nicht gemerkt?«

Ich ziehe die Schultern etwas hoch, und fast frage ich sie, was sie denn an dem Abend getan hat, außer sich sexy anzuziehen, doch die Frage wäre überflüssig. Ihre Zeichen waren immer von der leiseren Art. Solange ich dauerscharf auf sie war, sah ich überall Zeichen. Aber als ich mir nicht mehr sicher war, ob sie wollte, kann ich Zaunpfähle übersehen haben.

»Verrückt«, sagt sie und senkt ihren Blick.

Ich rutsche mit der Hand höher zu ihrem Nacken und knete ihn sanft.

»Willst du meine Superthese hören?«

Sie nickt, ohne den Blick zu heben.

»Ich glaube, dass wir nicht mehr miteinander schlafen, weil wir Freunde geworden sind, und mit Freunden schläft man nicht, sonst müsste ich ja mit Arne ins Bett gehen.«

Sie lacht nicht, sondern mustert ihre Stiefel.

»Wir können aber auch eine Therapie machen, um es herauszufinden.«

»Bloß nicht«, murmelt sie.

»Gut.«

»Also findest du mich noch attraktiv?«, sagt sie nach einem Augenblick.

Ich unterdrücke ein Grinsen, lege einen Finger unter ihr Kinn und drücke es nach oben, damit ich ihre Augen sehen kann.

»Es ist ein Genuss, dich anzuschauen. Du bist eine der schönsten Frauen, die ich je gesehen habe. Aber weißt du, was noch schöner ist? Ich mag dich, Tessa Krytowski.«

Ich küsse ihr Ohr und schnuppere an ihrem Haar.

»Mögen«, sagt sie.

Ich nicke und atme tief ein, versuche den Geruch zu speichern.

»Dich. Deine Art.«

Sie drückt sich an mich.

»Ich mag dich auch«, flüstert sie. »Aber ich liebe dich auch, ist das nicht furchtbar?«

Ich streichele sie, denke an unsere sieben Jahre. Machen Beziehungen nur Sinn, wenn sie für immer sind? Gibt es irgendetwas anderes im Leben, bei dem wir einen solchen Maßstab anlegen?

»Nein.«

Sie beginnt schwer zu atmen. Ich halte sie, streichele ihre weiche Wange und muss plötzlich selbst gegen den Druck hinter meinen Augen ankämpfen. Ausnahmsweise erhole ich mich zuerst und versuche es mit ein paar schlappen Witzen. Irgendwann wird ihr Atem wieder ruhiger. Schließlich zieht sie die Nase hoch, steht auf, holt ihre Tasche, setzt sie auf den Schreibtisch und öffnet sie. Da ist es wieder. Das gnadenlose Umschalten. Eben noch Trennungsschmerz wegen der Vergangenheit, jetzt Zukunft absegnen. Sie holt den Vertrag aus der Tasche, zieht ihn aus einer Mappe und hält ihn mir entgegen.

»Willst du ihn sehen?«

Er ist dünner, als ich dachte. So dünn, so viel Gewicht.

»Nein«, sage ich und folge ihr zum Schreibtisch. Sie legt den Vertrag auf die Schreibtischplatte, schaut mich noch einmal an. Ich nicke. Sie unterschreibt ihn. Wir gucken uns ihre Unterschrift an, dann klappt sie den Vertrag zu und verstaut ihn wieder in ihrer Tasche. Dann mustern wir uns. Sie geht nach China. Ich gehe nach Dänemark. Keiner weiß, was sein wird, wenn wir uns wiedersehen. Sie mit einem anderen. Ich mit einer anderen. Keiner mit keinem. Wieder wir? Mein Herz stolpert kurz, obwohl ich es mir einfach nicht vorstellen kann. Total verrückt, das Ganze.

Hinter der Tür verrät uns Les McCann, dass die Sonne morgen wieder scheinen wird. Ich muss an Far denken. Gott, wie ich ihn vermisse.

»Und was machen wir jetzt?«, fragt Tess.

»Tanzen«, sage ich und nehme ihre Hand.

So verharren wir einen Augenblick. Dann küsse ich sie.

Ein Kuss voller Freundschaft und Zuneigung. Völlig anders als der Kuss von vorhin.

Als wir uns voneinander lösen und in die Halle rausgehen, reden wir nicht mehr darüber. Doch anders als bei den vielen anderen Fast-hätten-wir-Sex-gehabt-Episoden der letzten Jahre ist mir, als wüssten wir beide, dass diese die letzte Episode war.

Kapitel 36

Die Luft, der Geruch, die Geräte, der regungslose Körper auf den weißen Laken – das Schlafzimmer wirkt wie ein Krankenhauszimmer. Als ich ans Kopfende trete und Far atmen sehe, durchläuft mich gleichzeitig Erleichterung und Schock. Ein Tag ohne ihn hat ausgereicht, um mir das alte Bild wiederzugeben. Seine Haut ist grau. Sein Gesicht schmal. Sein Haar ohne Kraft.

Ich lasse mich auf Ebbas Lieblingssessel fallen, nehme seine Hand und lausche seinem Atem. Während ich weg war, ist die Spritzenpumpe eingetroffen. Ich weiß nicht, was ich erwartet habe, aber bestimmt kein Ding, das aussieht wie ein Faxgerät. Wenn da nicht die Riesenspritze wäre, die an der Frontseite eingespannt ist, würde ich nach der Wählscheibe suchen. Neben Fars Hand liegt eine Fernbedienung. Für einen Augenblick glaube ich, sie ist für die Maschine, dann erkenne ich die Bedienung für das Bett wieder. Ich atme tief und versuche an etwas Schönes zu denken. An ihn. An seine Art zu erziehen. Seine Art zu lieben. Seine Freude, wenn er jemanden zum Lachen bringen konnte.

An der Kinokasse zahlte er manchmal für die Leute hinter uns mit und wünschte ihnen einen schönen Abend. Ein paar waren damit überfordert, ein paar wurden aus Unsicherheit unfreundlich, ein paar wiesen die Karten ab. Doch die meisten freuten sich, wenn sie erst mal verdaut hatten, dass ein Fremder ihnen einfach eine Freude machen wollte. Sie strahlten und bedankten sich, suchten nach Worten, fanden sie, und dann wünschte man uns ein langes, schönes Leben, Gottes Segen und Gesundheit und Glück. Far grinste so, dass man seinen Goldzahn sah, während Sune und ich uns an seine warmen Hände klammerten. Die billigste Freude der Welt nannte er das. Auch während der Film lief, winkte man uns zu, und nach dem Film warteten manche, um sich noch mal zu bedanken. Ein paarmal wurden wir zum Essen eingeladen, eine Familie kam uns noch jahrelang im Sommerhaus besuchen.

Sein Atem verändert sich. Seine Pupillen bewegen sich unter den Augenlidern. Er schlägt die Augen auf. Sein Blick kommt von weit her. Ich lehne mich vor, damit er mich besser sehen kann.

»Ich bin's«, sage ich und streichele seine Hand.

Er drückt sie schwach.

»Ge…won…n?«

Jede Silbe schwer wie ein Sandsack.

Ich schüttele den Kopf.

»Aber viel Spaß gehabt.«

Seine rechte Wange zuckt.

»Ein … muss ja.«

Ich setze ein Lächeln auf, das von ebenso weit herkommt wie seines. Es ist das erste Mal, dass ich einen Anflug von Selbstmitleid bei ihm höre.

»Ich … mag nicht … mehr«, sagt er stockend.

Ich versuche meinen Schock zu verbergen. Er senkt mühsam den Kopf und schaut zu seiner Hand, die neben der Fernbedienung liegt. Er greift schwer nach dem Schalter und fährt das Kopfteil etwas hoch. Er leckt sich mehrmals über die Lippen und schaut zum Wasserglas auf dem Nachttisch. Ich reiche es ihm, halte es zur Sicherheit fest. Er nimmt es mir ab und trinkt einen Schluck. Noch einen. Dann schaut er zu mir hoch.

»Ist das Wasser?«

Ich nehme das Glas, probiere und nicke.

»Abgestanden. Soll ich dir frisches holen? Oder etwas mit Geschmack? Ich könnte ein bisschen Saft reingeben.«

»Ja«, sagt er und schließt die Augen.

»Okay. Warte hier.«

Er lacht nicht. Ich gehe in die Küche, wo Ebba und Sune plaudernd das Mittagessen vorbereiten.

»Haben wir Saft?«

»Ich habe O-Saft und Limonade gekauft«, sagt Sune.

Ebba schüttelt den Kopf.

»Du musst es verdünnen, pur verträgt er es nicht.«

»Kein kaltes Wasser«, sagt Sune.

Ich gebe ein paar Tropfen Himbeerextrakt ins Glas und fülle mit lauwarmem Wasser auf. Ebba beobachtet mich.

»Nimm's nicht so schwer, er hat einen schlechten Tag.«

»Er ist so dünn.«

Sie nickt.

»Er hat aufgehört zu essen.«

»Er will nicht mehr«, sagt Sune und schaut aus dem Fenster, die Hände jetzt regungslos.

Auf dem Rückweg ins Schlafzimmer versuche ich diesen Funken Hoffnung zu ersticken, der sich in meiner Abwesenheit eingeschlichen hat. Was hat die verdammte Hoffnung bloß für ein Problem? Jederzeit bereit, die Fakten zu ignorieren.

Far nimmt einen kleinen Schluck, verzieht das Gesicht wie ein inhalierender Nichtraucher. »Pfui Deibel.« Er reicht mir das Glas zurück, fährt das Kopfende noch ein bisschen höher und wirkt tatsächlich frischer. »Wie lief es?«

»Die Geschichte kam gut an. Alle mochten sie, na ja, alle bis auf meinen Agenten. Ich habe gekündigt.«

Er mustert mich.

»War das schlau?«

Ich stelle endlich das Glas auf den Nachttisch.

»Fühlt sich gut an.«

»Dann war es schlau«, sagt er und fährt das Bett wieder ein Stück runter. »Krieg ich jetzt Tanten?«

Ich brauche einen Augenblick.

»Du meinst Tantiemen?«

Er winkt ab.

»Ach was soll's, behalt sie, du erbst eh bald. Lange dauert es nicht mehr. Einem Hund hätte man längst eine Spritze gegeben.«

Er unterdrückt einen Husten und reibt seine linke Hand, dann schließt er die Augen, sein Mund öffnet sich, und er schläft auf der Stelle ein. Ich sitze da, bis ich Sunes Hand auf meiner Schulter spüre.

Wir decken gerade den Mittagstisch, als es an der Tür klingelt. Ich gehe aufmachen. Eine ältere Frau steht vor der Tür. Seltsame Frisur, seltsamer Mantel, seltsam aufgemalte Augenbrauen, wie in den Filmen aus den Sechzigern. Als sie mich sieht, schaut sie mich mit großen Augen an, sagt oh, fasst sich an die Brust und tritt einen Schritt zurück. Ich trete einen Schritt vor und bekomme ihren Mantel zu fassen, bevor sie die Treppe hinunterpurzelt. Wenig später sitzt sie mit einem Cognac in einem Sessel und hat sich weit genug erholt, um mir ihr strahlend weißes Gebiss zu zeigen.

»Meine Güte, siehst du ihm ähnlich.«
»Wir sind ja auch verwandt.«
Sie schaut mich verständnislos an.
»Er ist doch dein Vater.«
»Richtig.«

Ich werfe Sune einen Blick zu. Sie mustert angestrengt die Decke. Ebba gießt noch einen Cognac ein. Tante Gitte nimmt ihn ein wie Medizin: runterkippen, angewidert schütteln, erleichtert seufzen, besser fühlen. Tante Gitte, die ihren Mann nach der Gesichtsoperation fragte, ob er mit dem Glasauge besser sehen könne. Tante Gitte, deren Stimme nur eine Tonhöhe kennt, weil Onkel Torben zum Schluss ein Kehlkopfmikrofon benutzte und sie sich angewöhnte, so zu reden wie er. Tante Gitte, die nie ein Buch gelesen hat, aber Sartre-Fan ist, weil er Gauloises rauchte. Tante Gitte, deren Auto bei jedem Hubbel wie ein Altglascontainer klang. Tante Gitte, die sich für die Reise in die Großstadt in Schale geworfen hat. Da sitzt sie, klein, gebeugt, verrunzelt, in einem fünfzig Jahre alten Kleid, das nach Nikotin und Mottenkugeln riecht. Gott, habe ich sie vermisst.

Nach einem weiteren »Muntermacher« geht sie ins Schlafzimmer, und wir brauchen uns nicht anzustrengen, um alles mitzuhören. Ihre monotone Stimme durchdringt Wände und Zahnfüllungen immer noch so zuverlässig wie früher, als man auf jedem Familienfest all ihre Geheimnisse erfuhr, ob man wollte oder nicht. Sie kommentiert kurz die Veränderungen an Far und erzählt dann nur noch von sich, von ihrer großen Weltreise nach Kopenhagen. Sightseeingtour Großstadt, erster Stopp Krankenbett, zweiter Stopp Sohn besuchen.

Als sie wieder herauskommt, geht Sune schnell zu Far

rein, damit er weiß, dass nicht alle außerhalb des Schlafzimmers mutiert sind. Ebba gießt Tante Gitte ein Käffchen ein, ich fülle ihr Medizinglas. Dann hören wir uns ihr Leben an. Ihre Angst vor Ausländern. Ihre Angst, krank zu werden. Ihre Angst, dass es keinen Himmel gibt. Ihre Angst vor steigenden Mieten, ihre Angst, dass ihr Sohn sie nicht mehr besucht. Kein Wort über Far. Ebba schaltet auf Durchzug, aber ich stelle Fragen. Sie ist Teil meiner Vergangenheit. Wäre ich in Dänemark geblieben, wäre sie ein Teil meiner Gegenwart und meiner Zukunft. Wäre ich hier, hätte ich eine Großfamilie, und vielleicht würde ich sie dann oft genug sehen, um sie uninteressant zu finden.

Sune kommt wieder, wir essen. Far bleibt im Bett. Ich bin nicht sicher, ob es an seinem Gesundheitszustand liegt, denn sogar während sie mit ihrem Gebiss Furcht erregend auf das Essen einhackt, verbreitet Tante Gitte weiter Angst. Die Sozialsysteme, die Umwelt, die Rente ... Gegen sie war Nostradamus ein Romantiker. Ein Stichwort reicht, und schon kommen Schreckensszenarien auf den Tisch, dass man mit den Ohren schlackert. Sie bringt mich richtig gut drauf.

Nach dem Essen muss sie dann wirklich los. Als sie aufsteht, schwankt sie leicht. Sie sagt uns, dass alles gut wird, und schlüpft in den falschen Mantelärmel. Interessante Strategie. Erst alles niedermachen, um dann als Optimist aufzutreten. Ich halte den Mantel, Sune die Tante und Ebba mit Mühe die Fassung. Dann geht sie. Die Wohnungstür fällt ins Schloss. Wir werfen uns einen Blick zu. Sie hat vergessen, sich von Far zu verabschieden. Tante Gitte. So ist sie. So war sie. So bleibt sie.

Wir räumen den Tisch ab, und Ebba erzählt die Geschichte, wie Tante Gitte auf einem Familienfest ins Klo kotzte und dabei ihr Gebiss verlor, also gingen Far und Onkel Torben in den Garten und gruben die Kanalisation auf, bis sie es fanden. Sie spülte es ab, setzte es ein, die Party ging weiter. Mahlzeit. Auch eines der Dinge, die ich vermisse: über jemanden liebevoll herzuziehen, mit dem man sein Leben lang zusammenbleibt. Familie.

Sune und ich übernehmen den Abwasch, Ebba geht ins Schlafzimmer, um nach Far zu sehen. Ich will Sune gerade ein nasses Geschirrtuch auf den Hintern schlagen, als das Geräusch kommt. Wir erstarren und schauen uns an. In Sunes Augen steht der pure Schrecken. Ich lege eine Hand über meinen offenen Mund und spüre, wie die Härchen in meinem Nacken sich aufrichten. Sune lässt eine Tasse fallen. Das Geräusch löst die Starre. Wir laufen los. Ebba steht neben dem Bett und presst sich beide Hände auf den Mund. Fars linke Gesichtshälfte sieht aus, als hätte man sie mit Gewalt zum Hals gezerrt. Sein Mundwinkel hängt nach unten, ein Augenlid ist halb geschlossen, die Augen blicken starr.

Die nächste Stunde zählt zu den seltsamsten, die ich je erlebt habe. Jede Kleinigkeit dauert ewig und kostet Kraft, doch als die Notärztin Far untersucht, ist es, als ob sie sich aus dem Nichts materialisiert. Far liegt auf der Seite. Ebba hält seine Hand. Sune steht so dicht am Bett, dass sie die Notärztin bei der Untersuchung behindert. Ich stehe neben den desinteressierten Sanis und benutze die Wand, um aufrecht zu bleiben.

»Hat er komisch gesprochen oder über Taubheit geklagt?«, fragt die Notärztin, ohne den Kopf zu heben.

»Seine Hand war taub«, sagt Ebba sofort.

»Heute früh hat er Silben verdreht oder weggelassen.«

»Er hatte einen Schlaganfall. Er muss ins Krankenhaus.«
»Nein«, sagt Ebba.
Die Notärztin schaut sie an.
»Sofort«, sagt sie.
»Er bleibt bei uns«, sagt Ebba.
Die Notärztin nickt verständnisvoll und richtet sich an uns Kinder.

»Euer Vater hatte vermutlich in den letzten Tagen eine transitorische ischämische Attacke. Das Gehirn wird nicht mehr vollständig durchblutet. Solche Anfälle sind oft Vorboten schwerer Schlaganfälle, von denen der Patient sich nicht mehr oder nur teilweise erholt.« Sie schaut uns nacheinander an. »Bei einem Schlaganfall entscheiden die ersten Minuten über die Schwere der Folgeschäden. Je länger wir hier herumstehen, desto weniger Chancen hat er, vollständig zu genesen.«

Sune drängelt sich näher ans Bett. Sie hat ihren Tunnelblick drauf, doch die Notärztin ignoriert sie, sie hat schon ganz andere Dinge erlebt. Stattdessen widmet sie Ebba wieder ihre Aufmerksamkeit.

»Er bleibt bei uns«, sagt Ebba.

Die Notärztin hakt Ebba ab und wendet sich an den Letzten im Bunde, den verantwortungsvollen Sohn. Sie nickt mir zu und versucht es noch mal.

»Der nächste Schlag ist erfahrungsgemäß heftiger. Man kann aber präventiv einiges machen, darum empfehle ich euch dringend, ihn für eine Zusatzdiagnostik ins Krankenhaus zu bringen.«

»Nein«, sagt Ebba.
»Nein«, sagt Sune.
Die Notärztin wendet ihren Blick keine Sekunde von mir ab.

»Ich verstehe das sehr gut, niemand will gern ins Krankenhaus. Aber falls wir nicht sofort mittels Dopplersonographie die Durchblutung der Arterien befunden, den Blutdruck überwachen und eine Kernspin …«

»Nein«, sage ich.

Sie verstummt, schaut noch mal in die Runde und seufzt. Ebba tritt neben das Bett, sie setzt sich auf ihren Sessel, schaut auf Far herunter und streichelt seine Hand. Ihre Augen füllen sich mit Tränen. Draußen öffnet sich die Wohnungstür. Ole kommt hereingehetzt, eine schwarze Arzttasche in der Hand. Er wirft einen Blick auf Far und nickt dann der Notärztin zu.

»Hej, Marianne.«

»Ole. Dein Patient hatte einen Schlaganfall. Er muss ins Krankenhaus.«

»Nein«, sagen Sune und Ebba im Chor.

Ole wirft Far einen weiteren Blick zu, dann nimmt er den Arm der Notärztin, um sie beiseitezuziehen. Sie schüttelt den Kopf und befreit ihren Arm.

»Nein, diesmal nicht, Ole. Du weißt, dass die ersten Minuten entscheidend sind.«

»Entscheidend? Wofür?«, höhnt er. »Schau dir doch mal dein Krankenhaus an. Würdest du lieber da drin liegen oder zu Hause bei deiner Familie?«

»Er hatte einen Schlaganfall, und während wir hier stehen …«

»Brauchen viele andere deine Hilfe«, unterbricht Ole sie.

Sie starren sich an und führen ein Zwiegespräch, von dem wir Außenstehenden nichts erfahren. Schließlich seufzt sie wieder.

»Wartet bitte draußen«, sagt Ole zu uns und reißt das Fenster auf. »Du bitte auch, Ebba.«

Wir warten. Draußen. Mal wieder vor dieser Tür. Sogar jetzt, in dieser Situation, funktioniert Ebba. Die Sanitäter bekommen Käffchen. Wir helfen ihr. Jede Minute so lang wie ein Leben. Verdammte Angst, verdammte Hoffnung. Ich weiß nicht, was schlimmer ist.

Ein Jahrhundert später öffnet sich die Tür. Die Notärztin kommt heraus, nickt uns zu und geht zur Wohnungstür, wo sie neben den Sanitätern stehen bleibt und an ihrer Tasche herummacht. Ebba eilt ins Schlafzimmer. Sune und ich folgen. Fars Gesicht ist immer noch so unglaublich verzerrt. Ole erklärt uns ruhig, dass Far einen Schlaganfall hatte und die Notärztin recht hat – in solchen Augenblicken entscheide die Schnelligkeit über Folgeschäden. Falls wir also das Risiko senken wollten, dass er ein Pflegefall werde, müsse er sofort ins Krankenhaus. Wir schütteln alle den Kopf. Ebba setzt sich wieder ans Bett, nimmt Fars Hand und erklärt ihm, was passiert ist. Wir ziehen uns mit Ole zurück. Im Flur wirft er der Notärztin einen Blick zu. Sie schaut ihn resigniert an, öffnet die Tür und verschwindet mit den Sanitätern. Ole wirft einen Blick ins Esszimmer auf den ungedeckten Kaffeetisch.

»Wird er wieder gesund?«, platzt Sune hervor.

Ich bin nicht der einzige Spinner hier. Ole schaut uns mitfühlend an.

»Die Folgen können innerhalb eines Tages zurückgehen, doch je nachdem, wie stark der Anfall war, kann es auch ein paar Tage dauern.« Er schaut uns an, um sicherzugehen, dass wir zuhören. »Oder die Folgen gehen gar nicht zurück.« Er nickt. »Wahrscheinlich eher nicht.«

Sune fängt sich als Erste.

»Und ... wie geht es jetzt weiter?«

Zum ersten Mal sehe ich Ole unentschlossen. Er neigt seinen Kopf leicht zur Seite.

»Man kann erst mal nur abwarten.«
Sune ballt die Fäuste.
»Können wir gar nichts tun?«
Er schaut sie überrascht an.
»Doch, natürlich, ihr könnt ihn ins Krankenhaus bringen. Das wäre das Sicherste. Aber das will er nicht, und so tut ihr schon das Beste, was ihr tun könnt. Er ist zu Hause.« Er schaut mich an.
»Wirklich. Wenn schon nicht ins Krankenhaus zur Behandlung, dann immer bei den Liebenden. Ihr macht das gut.«
»Danke«, sage ich und versuche meine Kiefermuskeln zu entspannen, bevor mir ein Zahn abbricht.
»Vielleicht erholt er sich ja doch«, sagt Sune mehr zu sich selbst.
»Man weiß nie«, sagt Ole, aber er schaut keinen dabei an.
»Wir müssen jetzt Tag für Tag sehen.« Er schaut auf seine Armbanduhr. »Entschuldigt, ich muss wieder zurück, ich bin eigentlich bei einem anderen Patienten. Helle ist unterwegs zu euch, aber ich kann nicht so lange warten. Kommt ihr klar?«
Wir nicken und bringen ihn raus zur Wohnungstür.
»Ist er wach? Ich meine, was kriegt er mit? Können wir mit ihm reden?«
Er nickt und öffnet die Wohnungstür.
»Auch da gibt es keine Patentantwort. Am besten verhaltet ihr euch wie immer. Seid einfach ihr selbst.«
Sune umarmt ihn spontan.
»Danke«, sagt sie.
Er lächelt und winkt ab.
»Nicht doch. Bis später.«
Die Tür schließt sich. Die Schlafzimmertür auch. Wir

stehen da. Ausgeschlossen. Ich lege meinen Arm um Sunes Schultern.

Irgendwann öffnet sich die Tür. Ebba kommt heraus und geht direkt ins Badezimmer, ohne uns anzuschauen. Sune geht ins Schlafzimmer. Als sie wieder rauskommt, hat sie gerötete Augen. Sie stellt den Fernseher im Wohnzimmer an und setzt sich davor. Ich gehe ins Schlafzimmer. Far liegt in derselben Haltung wie zuvor. Ich atme durch, setze mich ans Bett und nehme seine Hand. Warm.

»Far?«

Er reagiert nicht. Ich beuge mich vor.

»Es ist alles gut. Du hattest einen leichten Schlaganfall, aber du bist zu Hause und du bleibst zu Hause. Wir sind alle da. Wir lieben dich und passen auf dich auf. Du bist sicher. Alles ist gut.«

Er gibt einen Ton von sich. Ich schaue ihn an. Seine Lippen haben sich nicht bewegt. Er stöhnt noch mal.

»Sag es noch mal, bitte, ich konnte es nicht verstehen ...«

Er gibt wieder einen Ton von sich. Ich senke meinen Kopf und lege mein Ohr an seine Lippen. Fast erwarte ich, dass er gleich einen dummen Spruch über meine Schwerhörigkeit oder sonst was macht.

»Noch mal, sag es noch mal«, dränge ich ihn.

Er keucht, sein rechter Arm zuckt.

»... mein hohn.«

Ich nicke.

»Ja, ich bin dein Sohn. Hast du Schmerzen, mein geliebter Far? Brauchst du noch eine Spritze, dann blinzel zweimal mit den Augen.«

Ich drehe meinen Kopf und mustere sein Gesicht. Ich suche es nach dem kleinsten Zeichen ab, starre, bis meine Augen brennen, doch ... nichts. Dann zuckt sein rechtes

Auge. Einmal, zweimal, dreimal ... es hört gar nicht mehr auf. Ich schaue zur Maschine. Dann zur Tür, um Ebba zu rufen. Sie kommt schon herein.

»Er hat Schmerzen.«

»Ich mache das schon«, sagt sie.

Sie setzt ihre Lesebrille auf, lehnt sich vor, betrachtet die Maschine gründlich, bevor sie dann ein paar Tasten drückt. Die eingespannte Spritze bewegt sich, etwas Flüssigkeit wird herausgedrückt und fließt durch den Schlauch in Fars Arm. Fast augenblicklich wird sein Augenlid still. Sein Mund öffnet sich rechts ein Stück. Sein Atem geht furchtbar zäh, als würde jeder Atemzug Mühe bereiten. Ebba wirft mir einen Blick zu. Ich gehe raus.

Sune sitzt wie eine Wachsfigur vor dem Fernseher und starrt blind auf die Mattscheibe. Ich stehe eine Zeit lang im Türrahmen und schaue ihr zu. Der Lichtschimmer des Bildschirms flackert über ihr Gesicht, in dem sich nichts widerspiegelt. Ich gehe in die Küche und lehne mich an den Herd. Aus dem Schlafzimmer ist kein Ton zu hören. Aus dem Wohnzimmer flackert es leblos. Ich öffne den Kühlschrank und nehme mir ein Bier. Nach dem zweiten ist der Kühlschrank ohne Alkohol. Nicht mal saufen geht. Rausgehen geht auch nicht. Ich gehe hier nicht mehr weg. Stattdessen hole ich eine Decke aus dem Flurschrank, gehe ins Wohnzimmer und nehme Sune die Fernbedienung weg. Ich mache den Fernseher aus. Sie protestiert nicht mal, als ich sie aus dem Sessel ziehe und sie auf das Sofa drücke. Als ich mich an sie kuschele, beginnt sie zu zittern. Ich ziehe uns die Decke über den Kopf.

Dunkles Nichts. Warmer Körper neben mir. Zu heiß. Zu unruhig. Schlechtes Gefühl. Ich öffne die Augen. Immer noch dunkel. Bis auf einen schwachen Lichtschimmer. Ich rolle mich aus der Decke, richte mich auf und folge dem Licht, das aus dem Schlafzimmer dringt. Ebba sitzt im Nachthemd an Fars Bett und wiegt sich vor und zurück, während sie Fars Hand streichelt.

»Mein Freund ... mein guter lieber Freund ...«, flüstert sie.

Ich trete näher, küsse ihre Wange und stelle mich neben sie. Dann beuge ich mich vor und küsse seine. Sein Zustand ist unverändert. Helle kam gestern Abend noch, und nachdem sie sich um Far gekümmert hatte, holte sie uns zusammen an einen Tisch und erklärte uns vorsichtig, aber bestimmt, dass jetzt alles anders wäre. Und darum hängt ein Beutel an einem Infusionsständer, aus dem ein gerinnungshemmendes Medikament langsam in seine Adern hinabläuft. An der Bettseite hängt ein Beutel, aus dem ein Schlauch unter die Bettdecke verschwindet. Far wird erst mal nicht mehr aufstehen können, und bis dahin hat Helle ihm aus hygienischen Gründen einen Blasenkatheter gelegt. Und Windeln angezogen. Sie machte uns keinerlei Hoffnung, dass er so schnell, wenn überhaupt je wieder, ohne auskommen werde. Aber ich hatte auch vorher keine Hoffnungen mehr. Als ich ihn gestern Abend blinzeln sah, erstarb endlich jede Hoffnung in mir. Einfach so. Von einem Moment auf den anderen wusste ich, das war es. Vielleicht muss es das nicht gewesen sein, es gibt noch immer die Option Wunder. Und die Option Krankenhaus. Aber das ist noch unrealistischer, denn da vor mir liegt mein Vater, der uns zum ersten Mal in seinem Leben um einen Gefallen gebeten hat. Der Mann, der mich mal zwei Tage ununterbrochen in den Armen hielt, als ich krank war. Ein Mann, der seine ganze Liebe, Lebenserfahrung und Menschenkenntnis mit mir geteilt und mir mitgeteilt hat. Da liegt er. Mit Schmerzen. In Windeln. Ohne Perspektive.

Sune kommt auf nackten Füßen hereingetapst. Sie bringt sich einen Stuhl und eine Decke mit. Sie setzt sich zwischen uns, hüllt sich in die Decke und mustert Far. Dann steht sie wieder auf, beugt sich über Far und küsst ihn. Sie setzt sich wieder.

»Wisst ihr noch – die Geschichte mit den Kinokarten?«

Meine Stimme ist brüchig. Ich räuspere mich. Sonst bleibt es still.

»Die einfachste Freude der Welt«, sagt Ebba schließlich.

Wieder bleibt es eine Zeit lang ruhig.

»Am schönsten waren die Zettel«, sagt Sune dann. »Ich hab es nachgemacht.«

Und schon reden wir über Fars Gewohnheit, in Restaurants kleine Zettel neben dem Trinkgeld zurückzulassen. Und schon erinnert Ebba uns daran, wie einmal eine Serviererin aus dem Lokal gelaufen kam und winkend hinter unserem Wagen herlief, um sich bei Far zu bedanken. Das war der einzige Zettel, den wir je zu Gesicht bekamen. *Vielen Dank. Es war eine Freude, dir beim Arbeiten zuzuschauen. Ein schönes Leben wünscht dir … meine ganze Familie.* Und schon stellen wir Vermutungen an, was er auf die anderen Zettel schrieb. Und schon müssen wir schmunzeln. Und schon weicht die Finsternis etwas. Und schon kann man tiefer atmen. Und schon lässt es sich wieder lächeln. Und schon sind die Geschichten vorbei. Und schon kommt die Finsternis wieder und drängt sich Stück für Stück in den Raum. So sitzen wir, bis der Morgen graut. Niemand spricht. Das Unausgesprochene fühlbar.

Kapitel 37

Als Ole und Helle morgens hereinkommen, hat Far immer noch nicht das Bewusstsein erlangt oder irgendein Lebenszeichen von sich gegeben. Wir sitzen um das Bett herum und frühstücken. Ole und Helle mustern uns mitfühlend.

»Lange Nacht, was.«, sagt Ole.

Sune nickt, obwohl es keine Frage war. Helle beugt sich über das Bett.

»War er bei Bewusstsein?«

Ich schüttele den Kopf. Dann gehen wir raus. Ebba geht ins Bad. Sune und ich decken den Tisch im Esszimmer, dabei spüre ich einen Widerwillen, den ich erst nicht lokalisieren kann. Ich lege mich auf den Teppich und strecke mich. Mein Rücken knackt seine Guten-Morgen-Melodie, und währenddessen finde ich heraus, was nicht passt. Ein Zimmer weiter waschen fremde Menschen meinen Vater. Ich will das nicht. Ich will das alles nicht.

Als Ole und Helle Far versorgt haben, bleiben sie noch etwas, um die Lage bei uns zu sondieren, doch sie spüren die Stimmung und verabschieden sich bald. Ich folge ihnen aus der Wohnungstür hinaus in den Hausflur.

»Ole. Warte mal bitte einen Augenblick.«

Ich ziehe die Wohnungstür hinter mir zu. Ole bleibt stehen und schaut mich fragend an. Helle merkt es erst auf dem nächsten Treppenabsatz. Sie bleibt ebenfalls stehen, schaut nach oben, sieht uns, senkt den Kopf, holt ihr Handy aus der Tasche und beginnt darauf herumzudrücken. Ich merke, dass sich meine rechte Hand um meine linke klammert, und lasse sie wieder los.

»Wie geht es hier weiter?«, frage ich ihn leise.

»Wie meinst du das?«

Ich atme ein und nehme Anlauf.

»Er hatte Schmerzen, als er bei Bewusstsein war. Wo sind die jetzt? Kannst du völlig ausschließen, dass er noch welche hat?«

Er nickt vage, sagt dann aber das Gegenteil:

»Hundertprozentig ausschließen kann man es nie, aber es ist unwahrscheinlich, dass er leidet. Wir haben die Bedarfsdosis stark erhöht.«

»Aber was glaubst du? Hört er uns? Wie viel spürt er?«

Er schaut mich einen Augenblick ausdruckslos an. Dann atmet er lang gezogen aus und mustert mich ruhig.

»Ich glaube, er schläft. Was merkst du, wenn du schläfst?«

Ich nicke, denke kurz drüber nach.

»Und, wie stehen deiner Meinung nach die Chancen, dass er wieder wach wird? Ich meine, richtig?«

Er legt mir die Hand auf den Arm.

»Lasse, so etwas kann keiner vorhersagen. Wir haben getan, was wir konnten. Jetzt müssen wir abwarten.«

Ich schüttele den Kopf.

»Ich kann nicht abwarten, wenn mein Vater daliegt und vielleicht leidet. Ich frage dich noch mal, Ole: kannst du ausschließen, dass er Schmerzen hat und daliegt und schreit und wir hören es nicht?«

Er nimmt seine Hand von meinem Arm, zupft sich am linken Ohrläppchen und richtet seine braunen Augen auf die Wand neben mir.

»Lasse, ich werde dich nicht anlügen und dir versprechen, dass er nichts merkt. Niemand kann irgendetwas ganz ausschließen.«

»Wie stehen die Chancen, dass er wieder sprechen wird?«

Er seufzt und zieht seine Schultern etwas hoch.

»Statistisch stehen die Chancen bei einem unbehandelten Schlaganfall nie besonders gut, aber es haben sich schon andere von Härterem erholt.«

Ich hebe meinen Blick und starre ihn an.

»Ach komm schon, Ole, so feige kenne ich dich gar nicht.«

Er löst seinen Blick von der Wand und schaut mich an. Für einen Augenblick funkeln seine Augen. Dann holt sein Verstand ihn wieder ein. Berufserfahrung.

»Das, was du wissen willst, kann dir niemand mit Sicherheit sagen. Niemand.«

Ich muss meiner rechten Hand schon wieder befehlen, mein linkes Handgelenk loszulassen. Ich stopfe beide Hände in die Hosentasche und lehne mich gegen den Türrahmen. Ole wirft einen Blick die Treppe hinunter.

»Er liegt also da. Kann nicht sprechen. Hat vielleicht Schmerzen. Und du weißt nicht, ob sich daran irgendwas ändert.«

Er schüttelt resolut den Kopf.

»Und wenn man ihm noch mehr Schmerzmittel gibt – nur um sicherzugehen?«

Wieder schüttelt er den Kopf.

»Er ist bereits sehr hoch dosiert. Durch die terminale Sedierung kann man ihn nicht tiefer schlafen lassen, dann erlangt er nie wieder das Bewusstsein.«

Das Bewusstsein. Nie wieder. Nicht wieder bewusst sein. Nie wieder.

Er mustert mich, sein Blick wird weicher.

»Lasse, ich glaube, ich verstehe ganz gut, wie es dir geht. Meine Mutter ist zu Hause gestorben. Doch deine Frage kann ich dir nicht beantworten.«

Seine Stimme ist ein bisschen lauter geworden. Unten hebt Helle ihren Kopf. Ole macht den Ansatz zu einer Bewegung.

»Ole, warte, bitte.«

Ich lege meine Handfläche an die Wand und versperre ihm den Weg zur Treppe. Er mustert mich starr, bleibt aber stehen und wartet. Ich werfe einen Blick zur Treppe.

»Was passiert, wenn sein Zustand sich verschlechtert? Was, wenn er noch einen Schlaganfall bekommt?«

Er wirft einen Blick runter zu Helle, die wieder versunken ihr Handydisplay mustert.

»Nun, wenn der Zustand deines Vaters sich verschlechtern sollte, können wir nicht viel tun. Vielleicht noch ein wenig mehr geben, aber viel mehr verkraftet er nicht.«

»Was passiert, wenn er an dem Schlaganfall stirbt? Oder einfach so stirbt.«

Seine braunen Augen werden ausdruckslos.

»Wenn dein Vater ohne äußere Einwirkungen sterben sollte …«, beginnt er leise und macht eine kleine Pause, um mich regungslos anzuschauen, »… wird der Notarzt höchstwahrscheinlich den natürlichen Tod eines zweiundachtzigjährigen Patienten nach einem Schlaganfall feststellen.«

Ich schaue in seine dunklen Augen und versuche eine Emotion zu erkennen, doch ich finde nichts.

»Ich habe noch andere Patienten«, brummt er.

Ich ziehe meine Hand zurück und gebe den Weg frei. Er bleibt noch einen Augenblick stehen. Dann geht er die Treppenstufen hinunter.

»Da kann ich dir leider nicht helfen«, sagt er laut.

Helle wirft einen schnellen Blick zu mir hoch, dann senkt sie ihren Kopf und folgt Ole die Treppe runter.

Die Luft im Schlafzimmer ist klar und frisch. Die Standlampe verbreitet warmes Licht. Drüben im Wohnzimmer läuft Fars geliebter Louis Armstrong so leise, dass ich das Lied nicht erkenne, aber die Frequenz der unverwechselbaren Trompete geht durch die Wohnung und hellt den Raum auf. Far liegt im Bett. Er war nicht mehr bei Bewusstsein, hat sich nicht bewegt, nur seine Brust hebt sich schwer unter seinen mühsamen Atemzügen. Wir wissen nicht, was er spürt, wir wissen nicht, ob er etwas spürt, wir wissen nicht, ob er wieder aufwacht und was dann sein wird. Alles, was wir wissen, ist, dass wir ihn lieben und er hilflos ist. Wir sitzen seit Stunden hier, trinken Käffchen und lassen ihn die Geräusche hören, die er liebt.

Nachdem Ole und Helle weg waren, ging ich in ein Internetcafé. Nach zweistündigem Surfen wusste ich, dass ich noch Tage oder Wochen damit würde verbringen können, das Für und Wider mithilfe der Meinung anderer abzuwägen. Ich suchte nach irgendetwas, doch Fachwissen berührte mich nicht. Die Meinungen waren wie immer vielfältig und meine eigene zu stark, um sie durch fremde Menschen im Internet beeinflussen zu lassen. Ich suchte nach etwas ... Warmem. Etwas ... Richtigem. Ich wusste nicht, was es war, bis ich es fand. Ein kurzer Text über Lebens- und Sterbequalität. Manche haben bei Ersterem Glück. Die wenigsten haben es bei Letzterem. Seltsam. Wir machen ein Leben lang die merkwürdigsten Dinge, um eine hohe Lebensqualität zu erreichen. Und am Ende verrecken wir irgendwo, weil wir uns weigern, darüber nachzudenken, wie das Leben enden soll. Wir ignorieren den Tod. Doch bisher hat ihn keiner überlebt. Ich habe auch nie darüber nachgedacht, aber jetzt prasseln die Fragen auf mich ein. Warum gibt es mehr Geburtshelfer als Sterbehelfer? Wie will ich selbst sterben? Will ich von Maschinen am Leben gehalten werden? Spende ich meine Organe? Wieso habe ich nie mit Far darüber geredet?

Da liegt er. Bleich. Sein Gesicht verzerrt. Hilflos. Lustlos. Zum ersten Mal seit mehr als siebzig Jahren wieder auf Hilfe angewiesen. Ja, ich bin sein Sohn. Er hat alles für mich getan. Zeit, etwas für ihn zu tun. Ich fühle mich nicht gut, aber ich weiß, dass es richtig ist. Kein Gegenargument kann mehr in mir auslösen als das Gefühl, ihn nicht im Stich zu lassen.

Ich löse meinen Blick von seinem verzerrten Gesicht und wische mir über die Wangen. Ebba nickt mir zu. Ich schaue Sune an. Sie hält Fars Hand, wiegt sich vor und zurück und schaut zu Boden.

»Sune.«

Sie nickt, ohne den Blick zu heben. Ich schaue Ebba Hilfe suchend an.

»Sune«, sagt sie.

Sunes Schultern heben sich. Dann schaut sie hoch und nickt kläglich. Sie beugt sich vor.

»Tschüss, Far, mein Papa.«

Ihre Stimme zittert. Ich streichele ihren Rücken, beuge mich vor und küsse seine Wange.

»Far«, flüstere ich, »danke. Ich liebe dich. Gute Reise.«

Ebba beugt sich über ihn und küsst ihn auf den Mund.

»Auf Wiedersehen, mein lieber Freund.«

Ich klappe die Bettdecke beiseite und lege seinen linken Fuß frei. Ich steche vorsichtig mit der Kanüle in eine Ader an seinem Fuß und schaue Ebba an. Ihre Augen sind als

Einzige trocken, als sie über den Perfusor die Notration auslöst, während ich den Kolben der Spritze langsam durchdrücke. Die Maschine pumpt weitere hundert Milligramm Morphium in Fars Blutbahn, gleichzeitig spritze ich ihm die Ration aus der Notpackung. Ich ziehe die Nadel raus, massiere den Einstich, klappe die Bettdecke wieder zurück und packe die Spritze weg. Dann warten wir.

Einatmen.

Ausatmen.

Sunes Mund beginnt zu zittern. Tränen rinnen ihr über die Wangen und verlieren sich in ihrem Ausschnitt. Sie legt ihr Gesicht auf Fars Hand, und ihre Tränen laufen ihm über die Haut. Ebba streichelt seine andere Hand. Ihre Atemzüge so mühsam wie seine.

»Hab keine Angst«, flüstert sie. »Sune, Lasse und Ebba, wir sind alle bei dir.«

Sie zählt unsere Namen immer wieder auf und sagt, dass alles gut wird, dass sie ihn sehr liebt und er sie so glücklich gemacht hat. Seine Brust hebt sich und senkt sich schwach. Bis ein Atemzug ausbleibt. Sune richtet sich auf und mustert ihn entsetzt, ihr Gesicht ebenfalls zu einer Grimasse verzerrt …

Drei Menschen halten die Luft an.

Es folgt ein zäher, schwacher Atemzug, als er sich mühsam Luft in die Lunge zieht.

Drei Menschen atmen auf.

Einatmen.

Ausatmen.

Im Nebenraum verspricht Louis Armstrong, dass die ganze Welt mit dir lächelt, wenn du lächelst. Ich halte Fars Hand und kämpfe gegen die Tränen. Was fühlt er jetzt? Was sieht er? Nimmt er uns wahr? Schaut er auf uns runter? Ist er erleichtert? Hat er Angst? Wer wird für mich da sein? Sitzt an meinem Bett eine Frau? Tess? Sune? Eine andere? Niemand? Kinder? Werde ich ihnen dasselbe warme Gefühl mitgeben können wie er mir? Im selben Moment erwischt es mich. Ein unbeschreibliches Gefühl flutet mich und drückt mir Tränen in die Augen. Es fühlt sich an, als würde mein Herz platzen, aber es ist nichts, nichts als reine Liebe. Das Leben ist so groß ... so verdammt groß ... und hier sitzen wir kleinen Menschen ... und weinen ... und lachen ... und lieben ... und leben ... und sterben ...

»When you're smiling ...«

Sune dreht ihren Kopf und schaut mich verwirrt an.

»When you're smiling ... the whole world smiles with you ...«

Ebba legt ihre Hand auf meine, und ihre zarte Stimme setzt eine Oktave höher ein.

»When you're laughin' ... when you're laughin' ...«

Ich strecke Sune meine linke Hand entgegen.

»The sun comes shinin' through ...«

Sie nimmt meine Hand und murmelt den Text mit.

»And when you're crying ... you bring on the rain ...«

Wir halten uns an den Händen und singen Fars Hymne.

»... so stop your sighin' ... and be happy again ...«

Tränen tropfen auf sein Bettlaken, mein Herz birst vor Liebe und Dankbarkeit.

»When you're smiling ... keep on smiling ... and the whole world smiles with you.«

Wir verstummen und starren seinen Brustkorb an. Ebba beugt sich etwas nach vorne. Warten. Atemlose Zeit vergeht, bis Ebba sich wieder aufrichtet. Sune weint still. Ich lege meinen Kopf in den Nacken und schaue an die Zimmerdecke. Nichts. Es ist vorbei. Ein Leben. Vorbei.

Kapitel 38

Kein Licht. Weicher Untergrund. Warmer Körper. Schön, wieder in meinem eigenen Bett aufzuwachen. Noch ein paar Nächte auf dem Esszimmerteppich, und ich hätte einen Chiropraktiker gebraucht. Ich erwische den Wecker, bevor er ein zweites Mal klingeln kann. Die Uhr zeigt halb sechs. Neben mir hebt und senkt sich Tess' Körper mit jedem Atemzug. Ich streichele ihren warmen Rücken und denke an Far. Wenn ich mich bloß schnell an den Gedanken gewöhnen könnte, dass er nicht mehr da ist. Dass er nie wieder einen Witz machen wird. Die Vorstellung, mein restliches Leben ohne ihn zu verbringen, ist einfach nur bizarr.

Wir saßen noch lange an seinem Bett. Die Notärztin kam und stellte seinen Tod fest. Sie drückte ihm einen kleinen Sender in die Hand, damit er Alarm geben könnte, falls es die Auferstehung, Teil II, geben sollte, und ging wieder. Wir blieben. Sein Herz hatte aufgehört zu schlagen, doch wir wussten nicht, wie weit er sich schon entfernt hatte, und wollten ihn nicht alleine lassen. Ebba setzte sich ans Telefon und informierte Familie und Freunde. Sune und ich schauten Far beim Stillliegen zu. Warteten auf ein Zeichen. Fühlten, wie er kalt wurde. Je länger ich neben dem Bett saß und seinem Körper beim Weißwerden zusah, desto mehr war mir danach, ihm den Sender aus der Hand zu nehmen und ein paarmal draufzudrücken. Er hätte es zu würdigen gewusst. Stunden später kam die Notärztin wieder und stellte überraschend fest, dass er immer noch tot war. Sie nahm ihm den Sender ab, winkte zwei kräftige Männer herein, die eine Leichenkiste hereintrugen, und bat uns dann, draußen zu warten. Die Schlafzimmertür schloss sich, und wir standen mal wieder vor dieser Scheißtür, auf Geräusche lauschend. Als sie sich wieder öffnete, war das Bett leer und Far weg. Die Männer trugen die Kiste schnaufend aus der Wohnung. Als sie gegen das Treppengeländer stießen, musste ich Sune davon abhalten, über sie herzufallen. Sie verschwanden unbeschadet die Treppe hinunter. Wir gingen zum Fenster und schauten zu, wie sie die Kiste in den Leichenwagen schoben, die Heckklappe schlossen und wegfuhren.

Von dem Moment an redeten wir wenig und taten viel. Das Krankenbett wurde demontiert und kam weg. Ebbas Bett wurde ans Fenster gerückt. Ohne das Ehebett wirkte das Schlafzimmer viel größer und leerer – wie mir die ganze Wohnung ohne Far plötzlich riesig groß vorkam. So viel Platz, wofür? Alles in der Wohnung ist auf zwei Menschen ausgelegt, und jetzt wird Ebba hier allein wohnen. Nichts macht mich fertiger als die Vorstellung, wie leise ihr Tag jetzt sein wird. Dass Tess und ich es nicht geschafft haben, ist traurig, aber es besteht die Möglichkeit, dass ich irgendwann mit einer anderen Frau glücklich sein werde. Dass Far tot ist, ist traurig, ich vermisse ihn ununterbrochen, und es ist einfach unwirklich, dass er plötzlich weg ist, doch er hatte ein langes, schönes Leben. Aber welche Perspektiven hat eine Vierundachtzigjährige, deren Lebenspartner gestorben ist? Far hat viel Raum hinterlassen. Ich muss einen Teil davon füllen.

Die Beerdigung war schön. Der Himmel klar, die Kapelle voll und der Priester, auf Ebbas Wunsch hin, still. Die Großfamilie kam zusammen. Ich kannte viele nicht, doch die, die mich nicht kannten, erkannten mich. Es wurden Erinnerungen aufgewärmt, und ich bekam mehr Einladungen, als ich in den nächsten Jahren abbesuchen kann. Dazu Einladungen von Arbeitskollegen, Nachbarn, Leuten, denen er mal die Wohnung gestrichen hat, Eltern, deren Kind er gesittet hat. Far war beliebt. Er hatte Fans. Noch eine Sache, die ich mir bei ihm abschauen kann.

Als wir zum Grab gingen, riss der Himmel auf, und Sonnenstrahlen badeten sein Grab in einem besonderen Licht. Aber ich glaube nicht an so was. Am Grab sollte ich etwas sagen. Aber was kann man da schon sagen. Sune wollte auch nicht, also übernahm Ebba das. Sie dankte fürs Erscheinen, vor allem für Fars in ihrem Leben, sie wünschte uns allen dasselbe Glück, das sie hatte. Das war alles, bis wir in das Lokal weiterzogen, das Sune für den Leichenschmaus reserviert hatte. Eine alte Kneipe mit Saal direkt neben dem Friedhof. Hier hatten schon Tausende Angehörige auf die Toten gesoffen, und wir schlossen uns an.

Runde um Runde wurde auf Far angestoßen, alte Geschichten wurden aufgewärmt. Dabei erfuhr ich Dinge, die von einem Fremden stammen könnten. Im Zweiten Weltkrieg wurden Far und sein Jugendfreund Åge von den Nazis zum Aufräumen nach Sabotageakten eingeteilt. Weil die Bevölkerung nicht wissen sollte, dass es Widerstand gab, wurde Stillschweigen gefordert und Fehlverhalten bestraft. Åge und Far machten heimlich Fotos und leiteten diese weiter, um den Widerstand zu dokumentieren. Nach dem Krieg hatten sie Ausstellungen. Ich schaute Sune fragend an. Sie schaute genauso ratlos zurück. Himmel, wir glauben alles von unseren Eltern zu wissen, weil man sich so lange kennt, aber sie hatten ein Leben, bevor wir auf die Welt kamen. Wenn wir zur Welt kommen, ist vieles bereits ein so alter Hut, dass nicht mehr darüber geredet wird. Wer weiß, was wir sonst so alles nicht wissen. Immer mehr Geschichten kamen ans Licht, der Alkohol machte uns locker. Ich weinte mit Menschen, die ich seit meiner Kindheit nicht mehr gesehen hatte, und die ganze Zeit hielt ich Tess' Hand. Sie kam am Vorabend. Arne kam mit Frauke mit dem Zug. Er hielt sich immer neben mir, als könnte er den Tod durch seine reine Anwesenheit einschüchtern. Wer weiß.

Neben mir räkelt sich Tess. Mit jeder Bewegung dringt der Geruch verschlafener Wärme unter der Decke hervor. Als sie sich umdreht und die Decke verrutscht, schaue ich einerseits auf den nackten Oberkörper einer schönen Frau, andererseits auf meine Freundin, die vor meinen Augen aufwacht. Das eine ist Erinnerung, das andere ist ein Zustand. Völlig unwirklich, dass wir vor ein paar Tagen fast miteinander geschlafen hätten.

»Guten Morgen.«

Ihre warmen Arme schließen sich um meinen Nacken und ziehen mich an sie.

»Guten Morgen«, sagt sie und seufzt. »Ich liebe es, mit dir aufzuwachen …«

»Kannst du gleich noch mal«, sage ich und rieche ihren so vertrauten Mundgeruch. »Ich bin bald wieder da.«

Sie stemmt sich kurz auf die Ellbogen und klatscht ihren Wuschelkopf auf meine Brust.

»Ich komme mit.«

»Du willst an deinem freien Tag um sechs Uhr aufstehen?«

Sie nickt auf meiner Brust.

»Ich lasse dich nicht mehr aus den Augen.«

Ich lächele. Ein bisschen spät. Aber schön. Morgen fahre ich wieder nach Dänemark und bleibe dort erst mal bei Ebba. Ich weiß nicht, wie lange. So lange wie nötig. Morgen endet auch Tess' Sonderurlaub. Sie muss dann nach Wolfsburg zurück und sich vorbereiten, denn in einem Monat geht es nach China. China. Man gewöhnt sich ja an alles, also besteht wohl auch die Möglichkeit, dass ich mich daran gewöhne.

»Arbeitslos, Reisephobie und notgeil.«

Ihr Kopf bewegt sich ein bisschen. Sie drückt einen Kuss auf meine Brust.

»Hm?«

»Meine Traumfrau. Ich hab mir überlegt, wie sie sein muss, damit die Beziehung funktionieren kann.«

Ich spüre, wie sie auf meiner Brust lächelt.

»Du brauchst keine Traumfrau.«

»Ach so. Und warum nicht?«

Sie wendet mir ihr Gesicht zu und zieht sich eine Haarsträhne, die sich in ihrem Mundwinkel eingenistet hat, heraus.

»Du hast schon eine.«

Ich schaue sie an. Sie nickt.

»Wir sind ja nicht als Menschen getrennt. Wir haben bloß den Zustand upgedatet.«

»Ach so«, sage ich.

Sie stemmt sich ganz auf die Ellbogen, stützt ihr Gesicht auf ihre Handflächen und lächelt mich an.

»Wir sind super Hardware, aber unsere Software ist veraltet. Ein paar Programme müssen aktualisiert werden.«

Ich schaue sie an. O Gott, sie treibt es mit einem Programmierer.

»Klingt ja toll«, sage ich schließlich.

Sie spreizt ihre Finger.

»Verstehst du nicht, was ich meine? Aus Liebe 1.0 wird Freundschaft 2.0.« Sie kneift die Augen zusammen, denkt einen Augenblick nach und schüttelt den Kopf. »Nein, noch besser, wir machen aus Lasse und Tess 1.0, Lasse und Tess 2.0. Wir verändern uns, die Liebe bleibt.«

»Verstehe«, sage ich und spüre, wie meine Mundwinkel auseinanderstreben.

Sie lächelt süß.

»Was denn?«

Ich starre ihr eindringlich in die Augen.

»Ich weiß nicht, wer du bist, aber du verschwindest sofort aus dem Körper meiner Freundin, böser Mutant!«

Bringt mir einen Schlag ein.

»Au, was denn? Upgedatet, Grundgütiger!«

Sie nickt.

»Ist doch komisch.«

»Was?«

»Dass wir uns nie streiten.«

Ich lasse die Hände sinken.

»Wozu sollten wir uns streiten?«

Sie hebt die Schultern ein Stückchen und zieht eine Schnute.

»Das macht man am Ende einer Beziehung so. Dann ist es einfacher, sich zu trennen. Ein paar Schuldzuweisungen wirken Wunder, man kann den anderen hassen und will sich dann auch nicht mehr wiedersehen. Und was machen wir? Liebesbekundungen, in einem Bett schlafen, zusammen verreisen – da kann ja kein Hass aufkommen.«

»Miststück.«

Sie runzelt die Stirn und schaut mich an, nicht ganz

sicher, ob sie sich verhört hat. Ich hebe wieder meine Hände.

»He, ich wollte nur helfen ...«

Sie lacht nicht. Ich schaue schnell auf die Uhr.

»Wir müssen los.«

Klarer blauer Himmel. Eiskalte Luft. Warmes Auto. Und eine bizarre Verkehrsdurchsage, die ebenso lange dauert wie die Nachrichten. Wie konnte es bloß normal werden, dass die Verkehrslage mehr Raum einnimmt als die Nachrichten? Nicht dass ich morgens unbedingt erfahren müsste, dass die Weltbevölkerung zunimmt, die Gletscher schneller schmelzen, der Urwald gerodet wird und die Politiker sich wieder ihre Diäten angehoben haben, aber eine mehrminütige Staumeldung kann ganz schön deprimierend sein. Zum Schluss verspricht uns der Sprecher, dass es bald weiterschneien wird. Prima. Ich schleiche hinter einem Volvo her, der mit fünfundvierzig durch die Landschaft prescht. Auf dem Beifahrersitz gähnt Tess und kämpft mit ihren Augenlidern. Sie ist müde, wirkt aber sonst zufrieden. Mehr als zufrieden.

Seitdem wir fast miteinander schliefen, ist irgendetwas mit ihr passiert. Sie wirkt viel klarer. Vielleicht sind dadurch die letzten Zweifel in ihr ausgeräumt. Denn wozu zusammenbleiben, wenn man nie wieder miteinander schläft, keine Kinder hat und noch keine achtzig ist? Vielleicht ist es auch wegen Far. Noch ein Grund, warum es falsch ist, den Tod zu verdrängen. Man verpasst die Freude, noch am Start zu sein.

»Nein«, sage ich.

Sie wendet mir ihr Gesicht zu und lächelt wieder so süß, fragt aber nicht nach, also fahre ich fort.

»Echt, wozu streiten? Wir haben eigentlich nur zwei Probleme: Wir sehen uns nie und wenn doch, kriege ich keinen hoch.«

Sollte lustig sein, aber wie immer beim S-Thema wird aus Nähe Verunsicherung. Sie senkt ihren Blick und schaut auf mein Kinn. Um aus der Sache wieder herauszukommen, frage ich sie, wie es im Job weitergeht. Nach wenigen Sätzen bricht die Begeisterung bei ihr aus. Sie erzählt euphorisch von dem Traumangebot: Koordination des Coachings für Führungskräfte der internationalen VW-Niederlassungen. Herumkommen. Kontakte machen. Die Welt sehen. Als sie mir die Summe nennt, die sie ihr dafür bezahlen wollen, frage ich zur Sicherheit noch mal. Nein, ich habe mich nicht verhört, Grundgütiger.

Während ich dem Volvo folge und Tess beim Schwärmen zuhöre, breitet sich in mir wieder die Gewissheit aus, dass unsere Entscheidung richtig ist. Sie liebt diesen Job. Früher hat sie mit derselben Begeisterung von Beziehung gesprochen. Ich horche in mich rein, was dieser Gedanke auslöst. Bedauern. Verletzte Eitelkeit. Ein bisschen Wut und ein bisschen Angst, nie wieder jemanden so zu lieben.

Sie stockt, mustert mich, verzieht ihr Gesicht und entschuldigt sich. Far ist tot, und sie schwärmt von ihrem Job. Ich nehme meine Hand von der Schaltung und lege sie auf ihre. Far wäre glücklich, sage ich, wenn er wüsste, wie glücklich sie ist. Vielleicht würde er ihr sogar, trotz der Tatsache, dass wir uns getrennt haben, einen schnellen, schmerzlosen Tod gönnen. Sie lacht nicht. Stattdessen senkt sie das Kinn, nimmt meine rechte Hand zwischen ihre und presst sie zwischen ihre Knie.

»Wir haben doch eine schöne Beziehung gehabt.«

Ich mustere ihr Gesicht, nicht ganz sicher, ob das eine Frage war.

»Andere führen kürzere Ehen.«

Sie nickt und schaut aus der Frontscheibe.

»Und schlechtere«, füge ich hinzu.

Ich fahre und warte, ob noch was kommt. Da kommt nichts.

Der Terminal ist fast leer. An einer ovalen Theke sitzen ein paar müde Abholer. Eine Putzkolonne fährt durch die Halle. Zwei Polizisten flirten mit einer Putzfrau. Vor einem Gate warten ein Dutzend Abholer. Ein Blick auf den Monitor erklärt uns, dass die Maschine pünktlich gelandet ist und wir am richtigen Ort sind, also rutschen wir auf die Hocker und bestellen Kaffee. Die Bedienung ist Ende zwanzig, fahrlässig geschminkt und hat furchtbar zerrupfte Augenbrauen. Sie sehen aus wie verhungerte Regenwürmer, die willkürlich in der Mitte durchtrennt wurden. Sie lässt unsere Bestellung regungslos über sich ergehen und dreht sich dann wortlos um.

»Hast du die gesehen?«, flüstere ich.

Tess nickt. Eine ihrer Locken fällt ihr ins Gesicht. Sie schiebt sie zur Seite und klemmt sie hinters Ohr.

»Musste sich vielleicht im Dunkeln schminken, um ihr Baby nicht zu wecken.«

»Vielleicht hat sie auch nur einen Tatterich wegen der Zukunftsaussichten der Menschheit.«

»Oder sie nippt an der Ware.«

Ich nicke nachdenklich.

»Vielleicht ist sie auch nur eine schlechte Zupferin.«

Sie kneift ein Auge zu und richtet einen Zeigefinger auf mich. Ich bürste mir imaginären Staub von meinem Mantelärmel. Die Analysierte bringt uns den Kaffee. Tess bezahlt, kippt Milch in ihre Tasse und rührt um. Der Löffel wird immer langsamer, als würde ihm der Saft ausgehen.

»Hm«, mache ich.

Sie hebt den Blick, lächelt süß und streicht sich wieder eine Locke hinter das Ohr.

»Was ist eigentlich mit der Katze?«

»Das Vieh kommt nicht mehr, seitdem ich den Futternapf weggeschmissen habe.«

»Ah«, macht sie und nimmt einen Schluck von ihrem Kaffee.

Ich warte einen Augenblick, ob noch was kommt. Auch diesmal kommt nichts. Vielleicht sollte ich generell aufhören zu warten. Toller Tipp.

Ich werfe erneut einen Blick auf die Tafel. Die Maschine ist immer noch gelandet und nicht nur die, denn plötzlich wird es laut. Dunkelbraun gebrannte Ballermänner poltern in die Empfangshalle. In ihrem Drang zu beweisen, dass sie im Urlaub am meisten Spaß hatten, ist ihnen kein Spruch zu laut oder zu dämlich. Wieso hört man so selten kluge Menschen laut reden? Nachts von einer grölenden Männergruppe geweckt zu werden, die unter meinem Fenster den vierten Artikel des Grundgesetzes ausdiskutiert – ah! Aber nein. Dumm fickt anscheinend nicht nur gut, sondern redet auch noch laut. Stille sollte Grundrecht sein. Aber wir haben ja Nachtruhe. Hm. Ich kannte mal jemanden, der prima davon lebte, dass er nachts mit einem mobilen Dezibelmessgerät durch die Stadt ging, die Diskotheken prüfte und sich von denen schmieren ließ. Wäre vielleicht ein Job für mich, jetzt wo MS Karrieretod gesunken ist. Vielleicht könnte ich Poltergruppen auflauern und sie erpressen – Geld, oder ich verbiete euch! Ach, behaltet das Geld, und haltet die Klappe! Vielleicht könnte man das Verbot auf schwachsinnige Gedanken am Morgen ausweiten. Genau. Ein Messgerät für Gedankenlärm. Da würde ich bestimmt nicht verhungern. Prima.

»Wir sollten was machen.«

Ich löse meinen Blick von einem besonders grausamen Exemplar Sangriatourist. Tess starrt in ihren Kaffee. Die Locke hat sich wieder gelöst, sie hängt fast in der Tasse.

»Was denn?«

Sie zieht die Schultern hoch.

»Irgendwas.«

Ich nicke. Guter Gedanke. Was tun. Zum Beispiel diesen Ballermännern sagen, dass sie nur einreisen dürfen, wenn sie den Einbürgerungstest bestehen. Drei deutsche Gebirge? ... Ah, endlich Stille. Und was verstehen Sie unter Reformation, und wer hat sie eingeleitet? Nein, nicht Klinsmann beim DFB, und das wichtige Ereignis, das am 20. Juli vierundvierzig stattfand, war auch kein Endspiel der Weltmeisterschaft. Wobei. Hm ... Ich schicke einen Gedanken an von Stauffenberg und alle anderen, die dafür gekämpft haben, dass wir uns heute anziehen und äußern können, wie wir wollen. Dass wir unterschiedlich sein dürfen. Auch wenn das manchmal nervt. Ich schicke einen Gedanken an jeden, der unbekannt und ungenannt bei dem Versuch starb oder Leid erfuhr, Unrecht zu verhindern und Demokratie zu ermöglichen.

»Man sollte viel mehr feiern«, erkläre ich ihr.

Tess wirft mir einen fragenden Blick zu und schaut dann zu den Ballermännern rüber. Sie öffnet den Mund, um etwas Blödes loszuwerden, doch mittendrin erstarrt ihr Mund zu einem O. Sie schaut mich mit großen Augen an.

»Das ist es ...«

Ich nicke.

»Sag ich ja.«

»Nein, verstehst du nicht ...« Sie drückt meinen Oberarm mit beiden Händen und lacht ungläubig. »Wir machen eine Party! Für uns!«

»Eine Party ...«

Sie nickt. Ihre Augen funkeln.

»Eine Trennungsparty! Wir feiern unsere Liebe!«

Sie quetscht meinen Arm. Ich schaue in ihre funkelnden Augen und fühle mein Herz aufgehen. Ich muss es einfach schaffen, noch einmal jemanden so zu lieben. Den Rest erledigt Mobbing und Viagra.

»Gut, aber wann?«

Sie hebt die Hände.

»Na, heute!«

Sie schaut mich fröhlich an, dann gleitet ihr Blick an mir vorbei und bleibt an etwas haften, sie grinst breit. Ich drehe mich auf dem Hocker und folge ihrem Blick. Stan und Stella kommen schwer beladen aus der Abfertigungshalle. Als Stan mich sieht, schreit er auf.

»DU MIESER KLEINER FLACHWITZER!«

»DU PHRASENMÄHER!«, brülle ich zurück und springe vom Hocker.

Wir laufen grölend aufeinander zu, und schon umarmen sich zwei Typen und klopfen sich brüllend auf den Rücken, während die Ballermänner uns anerkennend angrinsen.

Auf der Rückfahrt schneit es zur Abwechslung. Ich klebe wieder hinter demselben Volvo. Entweder der BND mit einer ganz neuen Verfolgungsvariante oder jemand, der zufällig denselben Weg und denselben Auftrag hatte. Beides wäre total okay, wenn der Volvo mal die fünfzig überschreiten würde. Tut er aber nicht, und überholen ist hier nicht, dank der Baustellen, die die Strecke zieren. Ich sollte mich bei *Wetten, dass ...* bewerben: Wetten, ich kann von Köln nach Düsseldorf gehen, ohne die Baustellen zu verlassen?

Aber je länger wir brauchen, desto mehr Zeit hat Stan, um von der Hochzeitsreiseplanung zu erzählen; erst geht es zu uns, dann zu seinen Eltern in Hagen, dann nach Dresden, Berlin, Warschau, Prag und zum Schluss vielleicht Skandinavien, bevor es nach Südeuropa geht. Ich verspreche ihm freies Wohnen in Kopenhagen und horche mit einem Ohr nach hinten, wo sich die Frauen über die Hochzeit unterhalten. Tess will alles wissen, Erwartungen, Gefühle, Enttäuschungen, Freude, Veränderungen, Kinderwunsch, Pläne. Als sie meinen Blick im Spiegel bemerkt, schlägt sie mir auf die Schulter. Als ich sie weiter anschaue, senkt sie den Blick.

»Wir machen heute eine Party«, sage ich.

»Das wäre doch nicht nötig gewesen«, sagt Stella.

»Aber klar ist das nötig«, sagt Stan.

»Nicht für euch«, sagt Tess. »Für uns.«

Stan mustert mich. Dann schaut er nach hinten zu Tess, dann wieder zu mir, dann grinst er wie ein Honigkuchenpferd und schlägt mir auf die Schulter, dass ich um ein Haar in den Gegenverkehr gerate.

»Das wurde verflucht noch mal auch Zeit! Hey!« Er schlägt mich noch mal. »Warum hast du nichts gesagt, du Depp! Wir haben gar keine Klamotten mit!« Er kriegt sich gar nicht mehr ein. »Mann! Verdammt! Ihr Schweine! Geil!«

»Es war ein spontaner Einfall«, sage ich und werfe einen Blick in den Rückspiegel.

»Was ist denn?«, fragt Stella von hinten.

Stan dreht sich und grinst seine Frau an.

»Die beiden machen auch ein kleines Fest …«

Bei *Fest* wackelt er vielsagend mit dem Kopf. Stella nimmt den falschen Faden auf und strahlt Tess an.

»Oh, ist das schön! Das freut mich ja so für euch!«

Tess' Kinn zittert vor Anstrengung, nicht loszuprusten. Ich umklammere das Lenkrad und schaue auf die Straße. Tess lehnt sich zwischen den Sitzen nach vorne. Ich spüre ihren Atem auf meiner Wange.

»Und weißt du, wie wir unser kleines … Fest … finanzieren?«, flüstert sie.

Ich presse meine Lippen aufeinander und schüttele den Kopf.

»Mit dem … Sex…schwein«, sagt sie.

Wir schauen uns einen Augenblick im Rückspiegel an, dann lässt sie sich wimmernd in ihren Sitz zurückfallen. Ich schaffe es irgendwie, dem Volvo nicht ins Heck zu fahren. O Gott, eine winzige Schramme, und Frauke massakriert mich. Aber der Gedanke, dass wir das Geld für die Party zusammengevögelt haben, ist zu gut. Endlich ein Finanzierungskonzept, das Spaß macht. Die Vögelrente. Poppt früh, kassiert später. Herrje …

Anfangs lachen Stan und Stella mit, doch bald sitzen sie bloß noch da und beobachten uns.

Es ist nicht ganz ein dänisches Frühstück, aber der Tisch ist doch so reichhaltig gedeckt, dass er dem olympischen Motto gerecht wird. Jamie Cullum erklärt uns, welchen Unterschied ein Tag macht, und alle reden durcheinander. Ich esse Cornflakes und weiche Tess' Blicken aus, um zu verhindern, dass wir wieder aus dem Leim gehen. Stan und Stella halten uns für überdreht, klar, die Aufregung, sie waren vor ihrer Hochzeit schließlich auch nervös, aber dennoch, oder? Ich habe mich noch nicht getraut, es ihnen zu sagen. Stan bringt mich um.

Nina ist da und sitzt neben Arne, der sich tatsächlich an der Kommunikation beteiligt. Er berichtet von den letzten Erfolgen seiner Terror-, ups, Ökokumpels, und wie alles anfing. Er arbeitete für die Stadt. Im Rahmen einer Kinderspielplatzsanierung entdeckte er seltsam verfärbte Erde. Grün, lila, blau, rot – eine Ecke des Spielplatzes schillerte wie ein Regenbogen. Die Laboranalyse eines befreundeten Chemiestudenten brachte die Erkenntnis, dass der Boden komplett mit Schwermetallen und Giftstoffen verseucht war, unter anderem mit Cadmium. Das wurde im ersten Weltkrieg mal als Giftgas getestet. Sie recherchierten, dass auf dem Gelände einmal eine Farbenfabrik stand, der Besitzer hatte es gönnerhaft der Stadt vermacht. Er war schon immer ein karitativer Mensch gewesen. Der Rest ging in die Geschichte ein. Arnes Ökokumpels starteten die größte Amateurpressekampagne der Neuzeit, fügten den Informationen noch ein Bild von einem weinenden Kind bei, die Medien drehten den Fabrikbesitzer durch die Mangel, die Stadt klagte, wütende Eltern stürmten Aktionärssitzungen, es wurde verklagt, polemisiert und Quote gemacht, alle waren glücklich. Muss ein schönes Gefühl sein, auch nur ein einziges Kind vor lebenslangen Gesundheitsschäden zu bewahren. Wieso merkt man ihm das nie an? Hm.

Ich höre ihm weiter zu und schaufele den nächsten Teller Cornflakes in mich hinein, obwohl ich neulich gelesen habe, dass die Verpackung mehr Nährwerte enthält als der Packungsinhalt. Das Wissen ändert nichts am Geschmack.

Eine Hand klopft auf den Tisch vor mir. Zwischen den Fingern steckt ein glühender Joint.

»Alles in Ordnung?«

»Bestens«, sage ich und schaufele mir einen neuen Löffel Zucker und Geschmacksverstärker in den Mund.

Sie mustert mich, lässt es gut sein und saugt wieder an ihrem Frühstück. Gott. Stan bringt mich um. Frauke bringt mich um. Arne bringt mich um. *Die Trennung* – der neue Hardcoresplatter. Apropos Hardcore ... Vor wenigen Sekunden stellte Nina die Butter unaufgefordert vor Arnes Teller, damit er gleich besser rankommt. Nur eine kleine Geste, aber aha. Er honoriert das, indem er seitdem regungslos dasitzt. Tolle Taktik. Vielleicht hat er Glück, und sie kippt in seine Richtung, wenn sie irgendwann bewusstlos werden sollte.

Stan schiebt seinen Teller von sich, klatscht seine rechte Hand in die linke Handfläche und grinst unternehmungslustig in die Runde.

»Okay, also, wo steigt die Party?«

Frauke bläst eine perfekte Rauchwolke über den Tisch, hebt die Augenbrauen und schaut in die Runde.

»Welche Party?«

Stan grinst sie besserwisserisch an.

»Ihr wisst es nicht?«

»Was wissen wir nicht?«, fragt Frauke.

Stan schaut mich an, dann Tess, dann wieder mich. Frauke schaut uns an. Nina schaut uns an. Stella schaut uns an. Arne wie immer. Ich schaue Tess an und mache eine einladende Handbewegung. Sie schüttelt ihren Kopf und senkt ihn über ihren Teller. Verstehe.

»Eine Sekunde, bitte.«

Ich gehe in mein Zimmer. Als ich das Sexschwein vom Regal nehme und den Staub herunterpuste, überrascht mich das Gewicht. Bevor meine Gedanken in niedere Gefilde abrutschen, gehe ich zurück in die Halle, setze mich und stelle das Schwein auf den Tisch. Alle starren es an. Dann starren sie mich an. Ich nehme ein Brotmesser und halte es Tess mit dem Griff entgegen.

»Möchtest du?«

Sie schüttelt den Kopf, immer noch schwer am Tellermustern. Ich drehe das Messer um.

»Okay, wer kein Geld sehen kann, jetzt weggucken.«

Ich ramme dem Schwein das Messer in den Bauch, ruckele hin und her, säge heftig, bis es aufgeschlitzt ist. Dann stecke ich zwei Finger in die Öffnung und reiße die Wunde auf, bis die Innereien herausplatzen. Münzen kullern über den Tisch.

»Verdammt«, murmelt Stan.

Alle mustern die Schweinerei, dann mich, dann Tess, wieder das Schwein, dann mich. Die Blicke lassen darauf schließen, dass ich kurz davor bin, meinen festen Wohnsitz auf die andere Straßenseite zu verlegen. Tess hebt ihren Kopf, beugt sich über den Tisch und fingert einen Hunderter hervor. Sie hält ihn hoch und schaut mich bedeutungsschwanger an.

»Weißt du noch?«

Wir schauen uns in die Augen. Herrje, an dem Tag hätte ich sie fragen sollen. Sie hätte Ja gesagt, wir hätten heute zwei Kinder und wer weiß was noch alles. Aber so ist das Leben. Eine Reihe von Entscheidungen, die manchmal nicht getroffen werden. Und vielleicht zu Recht, wer weiß das schon? Vielleicht hätten wir heute Kinder, aber eine Scheißbeziehung, weil sie lieber Karriere machen würde, wir aber wegen der Kinder noch zehn Jahre durchhalten müssten. Und ich würde vielleicht aus Frust ständig mit BH rumbumsen.

Frauke räuspert sich.

»Würde mir bitte jemand sagen, was hier abgeht, bevor ich total ausflippe?«

Tess lächelt sie liebenswürdig an.

»Wir machen eine Trennungsparty.«

»Eine ...«

Sie verstummt und schaut Tess an. Dann mich. Dann wieder Tess.

»Was ist?«, fragt Stan und sucht in jedem Gesicht nach der Pointe.

»Wir trennen uns«, bestätigt Tess. »Und wir wollen das mit euch feiern.«

Stille.

Dann drehen sich alle Köpfe zu mir. Ich nicke.

»Stimmt.«

Stan erholt sich als Erster.

»Ihr ... Säcke!«, lacht er. »Das ist doch irgend so 'ne Heiratsverlobungsverarsche!« Er schaut zwischen uns hin und her, und nach und nach verkümmert seine Freude. »Ja?«

Niemand sagt etwas. Man kann zuschauen, wie die Erkenntnis sich bei ihm manifestiert.

»Ihr Arschgeigen, sagt, dass das nicht wahr ist!«

Tess senkt ihren Blick auf den Teller und gibt ein kleines Geräusch von sich. Stan schlägt auf den Tisch.

»Ihr gottverdammten beschissenen Blödarschgeigen!!«

Sein Gesicht nimmt eine dunklere Tönung an. Ich kann mein Grinsen nicht länger zurückhalten.

»Ach komm schon, Alter, nun sag doch mal offen, was du davon hältst ...«

»Ihr ARSCHLÖCHER!«

Er ist ehrlich empört. Tess wimmert. Am Tisch sausen verständnislose Blicke hin und her. Sogar Arnes Mimik wagt sich ein bisschen aus der Deckung. Frauke mustert uns betroffen. Die Asche von ihrem Joint fällt auf den Tisch, als sie die Hand hebt.

»Ach, kommt, jeder hat mal Probleme, das kriegt ihr doch wieder hin«, fleht sie.

Tess nickt.

»Wir haben es schon hingekriegt – wir sind Freunde.« Sie legt ihre Hand auf den Geldhaufen. »Und mit diesem hart verdienten Geld rufen wir jetzt einen Partyservice, laden einen Haufen Leute ein und feiern, bis die Schwarte kracht.«

Sie schaut mit strahlenden Augen in die Runde. Ihre Freude ist nicht ansteckend. Fraukes Augen füllen sich. Sie steht auf und geht mit gesenktem Kopf in ihr Zimmer. Die Tür fällt ins Schloss. Und dann muss Stan Stella plötzlich das Dach zeigen. Nina geht duschen. Tess verschwindet in Fraukes Zimmer, um sie zu trösten, und plötzlich sitze ich allein mit Arne am Tisch. Er starrt in seine Tasse. Die Musik ist aus. Irgendwo tickt eine Uhr.

»Gibt doch nichts Besseres als einen Brunch mit Freunden.«

Er schiebt ein paar Krümel von der Tischkante in seine Hand und kippt sie säuberlich auf seinen Teller. Dort drückt er einen dicken Finger drauf, bis die Krümel ihm an der Fingerkuppe kleben, hebt den Finger und knabbert sie ab.

»Ist es wegen der neulich?«, fragt er, ohne mich anzuschauen.

Ich werfe Fraukes Tür einen Blick zu und schüttele den Kopf.

»Nein, es ist wegen uns. Tess geht ins Ausland.« Ich weiß, dass ihn das ebenso sehr schockt, doch er lässt sich nichts anmerken. »He, bloß nach China«, schiebe ich nach.

Keine Reaktion. Er zerquetscht seelenruhig noch ein

paar Krümel und lässt sich Zeit. Ich bin kurz davor, schreiend aufzuspringen, als er endlich den Blick hebt.

»Du hackst immer auf mir herum. Ich soll mir einen richtigen Job besorgen, eine neue Frau suchen, die Zähne richten lassen, mich besser anziehen, andere Musik hören, all diese Scheiße höre ich mir seit Jahren an, und was machst du? Du lässt die beste Frau gehen, die du je getroffen hast.«

»Das verstehst du nicht.«

»Da hast du recht, und dabei kann ich sogar verstehen, dass ich eine Frau geschlagen habe, ich kann es verstehen, aber nicht gutheißen, und das hier ist genauso falsch.«

Er verstummt, ohne den Kopf zu schütteln. Ich verziehe das Gesicht.

»Mann, wo wir schon beim Thema sind: Meinst du nicht, du hast dich langsam genug gegeißelt? Deine Ex hatte genauso Schuld wie du, glaubst du, sie hat anschließend aufgehört, Beziehungen zu führen?«

Er senkt den Kopf. Stein versteinert. Starre erstarrt. Stille wird still.

»Ich meine es ernst. Ich finde es beschissen, dass du ihr eine geknallt hast. Doch du bestrafst dich jetzt seit Jahren mit Liebesentzug, meinst du nicht, dass es reicht? Du erwischst deine Frau nackt auf einem Kerl, bist stockbesoffen und schlägst im Affekt einmal zu. Das ist scheiße, doch es passiert. Hätte sie dich angezeigt, hättest du vielleicht ein Jahr auf Bewährung bekommen, aber sie hat dich nicht angezeigt – und weißt du warum? Weil sie mehr Verständnis für dich hatte als du. Du warst betrunken. Seitdem trinkst du nichts mehr, und es tut dir leid, und es wird nie wieder passieren. Wenn du mich fragst, kannst du nicht viel mehr tun. Also, wie wäre es, wenn du die Vergangenheit sein lässt und dich um die Gegenwart kümmerst? Nina mag dich, das merkt ein Blinder.«

Ich kenne sonst niemanden, der in der Lage ist zu erstarren, ohne sich zuvor bewegt zu haben, doch ich lasse ihn nicht vom Haken. Ich warte. Die Uhr tickt. Vom Dach hört man Stan mit Stella reden, wahrscheinlich erklärt er ihr alles so lange, bis er es selbst versteht. Das kann dauern.

»Ich weiß nicht, wie sie mich mag«, sagt er, ohne den Blick zu heben.

»Du meinst, ob sie dich als Mann oder Kumpel sieht?«

Nach einem Augenblick senkt er seinen Kopf einen Millimeter.

»Nun, weißt du, Nina …«, beginne ich und warte, bis er den Kopf hebt und mich anschaut. »Also, Nina …«, sage ich wieder und drehe an der Spannungsschraube. Ich zögere so lange, bis seine Augen anfangen zu funkeln. »Tja, Nina, also sie mag dich … als Mann.«

Seine Unterlippe senkt sich unmerklich.

»Wirklich?«, fragt er in einem Tonfall, den ich noch nie von ihm gehört habe.

»Yep«, sage ich und lasse mir nichts entgehen, als die Erleichterung über sein Gesicht schleicht. Grundgütiger, er muss bis über beide Ohren verliebt sein. Zeit für einen Freundschaftsdienst. »Sie hat sich erkundigt, ob du Single bist.«

Er versucht es zu verhindern, aber schließlich gibt er den Kampf auf und lächelt.

»Du lächelst.«

Er presst sofort die Lippen zusammen und starrt mich ausdruckslos an, doch das hält nur ein paar Sekunden, dann atmet er aus, senkt den Blick, und um seine Lippen spielt ein wunderbares, sanftes Lächeln. Ich lache ihn an. Weiter geht's.

Kapitel 39

Der Himmel ist immer noch klar und blau. Die Luft immer noch eisig kalt. Im Autoradio kämpft eine Salsaband vergeblich gegen die Folgeerscheinungen der Jahreszeit. Don Quijote hatte bessere Chancen. Wir schleichen wieder über Straßen, auf denen der Schnee zwar geschmolzen ist, aber der Nation der weltbesten Autofahrer ist die Glätte so in die Erinnerung gefahren, dass nur die total Verrückten es riskieren, im Matsch über dreißig zu fahren. Auf dem Rücksitz sitzen Arne und Frauke. Arnes Mimik hat sich wieder eingetütet. Frauke dagegen mustert die Straßen, als würden sie Geheimnisse offenbaren, und versucht immer wieder, meinen Blick im Innenspiegel zu erwischen.

»Nun sag doch schon, wo fahren wir hin?«

Als ich nicht antworte, schaut sie Arne an. Zwecklosoptimistin. Als sie von der Realität eingeholt wird, hebt sie beide Hände und beginnt an den Fingern abzuzählen.

»Also gut, da hätten wir Entführung ... Nötigung ... Erpressung ...«

»He, warte mal«, unterbreche ich sie. »Wir haben dich doch nur gefragt, ob wir nicht eine Runde drehen sollen, und du steigst sofort mit zwei Typen ins Auto, du Bückstück.«

Sie bringt noch einen vierten Finger ins Spiel.

»Wenn diese ›kleine Runde‹ nicht bald ein Ziel bekommt, haben wir da noch Verdienstausfall und ...«

»Wir sind da.«

Sie dreht überrascht den Kopf und schaut nach draußen. Ich parke den Wagen gegenüber des Cafés ein. Frauke sucht die Straße ab, als würde an jeder Ecke ein Zivilfahnder stehen. Als sie niemanden entdeckt, schaut sie wieder in den Spiegel.

»Und was wollen wir hier?«

Die Salsaband greift euphorisch eine neue Windmühle an. Ich drehe das Radio aus, wende mich im Sitz nach hinten und nicke ihr zu.

»Nicht wir, du.«

Sie runzelt die Stirn und will was sagen, doch sie sagt nichts, denn jetzt hat sie ihn entdeckt. Am Fenster des Cafés sitzt das Arschloch und blättert nervös in der Karte.

»Was habt ihr getan?«, fragt sie langsam und wendet uns ihr Gesicht zu.

»Noch nichts«, sage ich. »Und darum gehst du jetzt da rüber und klärst die Sache.«

Sie schaut von mir zu Arne und wieder zurück. Ihre Augen funkeln.

»Spinnt ihr, oder was?«

Arne schaut aus dem Fenster. Ich zucke die Schultern.

»Weißt du, das ist so 'ne neumodische Sache. Arne will mit ihm den Boden aufwischen, aber wegen der Gleichberechtigung darfst du die Sache selbst klären.«

Sie schaut noch einmal zwischen uns hin und her und lacht hämisch.

»Ihr seid total durchgedreht.«

»Geh schon.«

Sie verzieht das Gesicht, lehnt sich in die Polster, verschränkt ihre Arme über der Brust und schaut mich mitfühlend an.

»Lasse, ich weiß, du machst gerade eine schwere Zeit durch, aber das hier ...«

»Falsch«, unterbreche ich sie. »Ich mache gerade eine großartige und traurige Zeit durch. Meine Beziehung ist zu Ende. Mein Vater ist tot. Mein Leben ist an einem Wendepunkt angelangt. Aber ich bin wieder wach. Ich bin bei mir. Doch wo bist du? Bist du die, die jeden Abend frustriert zu Hause hängt und an ihn denkt und sich zuraucht, weil du weißt, dass du ihn nie ganz für dich haben wirst? Bist du die, die den ganzen Tag Liebesfilme schaut und Schnulzen liest und sich dann mit einer Affäre zufriedengibt? Bist du die, die Liebe will und sich mit Geilheit abspeisen lässt, bevor der Typ nach Hause geht, um seine Frau zu schwängern?«

Sie starrt mich mit zusammengekniffenen Augen an.

»Er liebt mich.«

»Willst du nie wieder einen Mann lieben, der ausschließlich mit dir schläft? Willst du nie wieder zusammen mit deinem Partner in Urlaub fahren? Zusammenleben? Zusammen Pläne schmieden? Gemeinsam aufwachen? Ich meine, außerhalb eines verdammten Hotelzimmers?«

»Er liebt mich ...«, wiederholt sie, und vielleicht hört sie selbst, wie verzweifelt das klingt, denn ihre Augen werden feucht. Sie wendet ihren Blick ab und schaut wieder rüber zum Café.

»Wenn du ihn auch liebst, dann geh jetzt da rüber und beende es, sonst spielt Arne ein bisschen Guantanamo mit ihm.«

Arnes Kopf bewegt sich einen Zentimeter in meine Richtung. Okay, eine Nummer sachter. Frauke schüttelt den Kopf. Eine Träne löst sich und tropft auf ihr Kleid.

»Lasse, wenn du glaubst ...«

»Scheißegal.«

»Ihr könnt nicht ...«

»Scheißegal.«

Sie hebt ihren Blick und schaut von mir zu Arne.

»Jungs, ihr meint das bestimmt gut, aber wenn ihr glaubt, dass ich ...«

Ich klatsche mit der Hand auf die Kopfstütze.

»Kapier es endlich: Du liebst ihn, aber er liebt dich nicht. Niemand, der dich liebt, würde dich so behandeln. Er wird sich nur so lange mit dir treffen, wie du seine Regeln befolgst. Er wird dich nie besuchen kommen. Er wird nie deine Freunde kennen lernen, du wirst nie seine Freunde treffen, ihr werdet euch immer nur heimlich sehen. Willst du nie heiraten? Willst du keine Kinder? Keine Familie? Und stell dir vor, er schwängert dich, was dann?«

»Wir verhüten«, sagt sie trotzig.

»Und was, wenn doch? Kommt er dann alle zwei Wochen zu Besuch, poppt Mama, spielt 'ne Stunde mit dem Kleinen und geht dann wieder zu seiner Familie nach Hause, während du deinem Kind erklärst, wieso Papa immer wegmuss? Frauke, diese Sache kann kein gutes Ende nehmen. Das ist kein Film, und wenn, dann wärst du nicht mal die Heldin. Seine Frau ist die Heldin. Du bist der Bösewicht, und es gibt keine Chance auf Happyend, denn er muss seine Familie verlassen, um bei dir zu sein. Und falls er das tun würde, hättest du für immer und ewig Schuldgefühle – und weißt du warum? Weil du nicht so ein Arsch bist wie er. Du nimmst auf andere Menschen Rücksicht. Er nicht. Nicht auf dich, nicht auf seine Frau, nicht auf seine Kinder. Er hat dich nicht verdient. Er macht dich unglücklich. Seitdem du ihn kennst, kiffst du dich nur zu und wartest auf seinen Anruf, doch das ist ihm egal, weil er bekommt, was er will. Er beschützt dich nicht, und das kann keine Liebe sein, und wir, die dich lieben, ertragen das nicht mehr, also geh. Jetzt. Da rüber. Und klär es.«

Sie fährt sich durchs Haar, wirft einen Blick zum Café, dann wieder zu Boden. So sitzen wir einen Augenblick. Dann sieht sie mich an und richtet einen zittrigen Zeigefinger auf mich.

»Das ist nicht fair.«

»Ich weiß, aber ...« Ich versuche alles, was ich für sie empfinde, in meinen Blick und meine Stimme fließen zu lassen. »Ich liebe dich.«

Sie schaut mich überrascht an. Dann schießen ihr wieder Tränen in die Augen, sie tropfen auf ihr Kleid.

»Arne liebt dich auch«, fahre ich fort. »Es ist wirklich schwer, dich nicht zu lieben. Du bist ein guter Mensch, der sich in einen falschen verliebt hat, und darum müssen wir dich schützen. Wir tun das, weil wir dich schätzen, weil wir dich mögen, weil wir dich lieben. Wir wollen dich glücklich sehen. Hast du verstanden? Du bist sauer auf uns, weil wir dich unter Druck setzen, doch wir fahren hier nicht wieder weg, bevor du das geklärt hast.«

Sie bewegt sich nicht. Sitzt einfach da, schaut runter. Ich schaue Arne an.

»Stimmt«, sagt er.

Ich schaue ihn weiter an. Er zieht seine Schultern einen Millimeter hoch. Toll. Ich schaue Frauke wieder an.

»Und wenn du mir nicht glaubst, dann versuch doch mal, ein paar Regeln aufzustellen. Fordere irgendwas ein. Du wirst dann schon sehen ... Also, was ist: du oder wir?«

Ein Bus fährt an uns vorbei, Matsch spritzt an unser Auto. Frauke bewegt sich kein bisschen. Ich werfe Arne einen Blick zu. Er bewegt seinen Kopf leicht. Ich greife nach der Tür und öffne sie. Frauke hebt den Kopf.

»Nein, warte …«

Ich ziehe meine Tür wieder zu, drehe mich im Sitz und schaue sie an. Frauke atmet hörbar durch. Sie wirft einen Blick zum Café, wischt sich übers Gesicht, dann greift sie nach dem Türöffner, öffnet die Tür und steigt aus. Wir schauen ihr nach, wie sie über die Straße geht und das Café betritt, sehen ihre sparsame Begrüßung, sehen, dass das Arschloch nervös zu uns rüberschaut. Ich hebe eine Hand und winke. Arne bleibt regungslos. Das Arschloch wendet den Blick ab, als hätte es Satan entdeckt. Frauke nimmt seine Kaffeetasse und geht an einen Tisch, den wir nicht einsehen können. Er folgt ihr wie ein begossener Pudel. Wir sitzen still da.

Zwei Kindergärtnerinnen ziehen ein Rudel vermummter Kinder in einem Bollerwagen durch den Matsch. Ich muss an Sune denken. Ich vermisse es, sie arbeiten zu sehen. Und ich vermisse Far. Sune ist zu Ebba gezogen und bleibt dort, bis ich komme. Ich freue mich darauf, ihr gutzutun. Sie zum Lachen zu bringen. Abzulenken. Zuzuhören. Mit ihr Swing zu hören, Käffchen zu trinken und in Erinnerungen zu schwelgen, während das Leben langsam weitergeht. Sich verändert. Die Veränderung normal wird. Alles kann nicht wieder gut werden. Aber so viel wie nur möglich. Ich wünschte, ich hätte eine Zigarette. Sechs Jahre rauche ich nicht mehr, und es hat mir nie gefehlt. Ich atme tief durch.

»Ich mag es, dass du deinen Schmerz nicht zur Schau stellst, aber mein Vater war weiter als du.«

Arne reagiert nicht und schaut weiter zum Café rüber.

»Er hat seinen Schmerz für sich behalten, aber seine Freude hat er immer mit anderen geteilt. Es wäre schön, wenn man dir auch mal deine Freude anmerken würde.«

Arne schaut weiter zum Café. Wieder fährt ein Bus vorbei, wieder klatscht Matsch an die Karosserie.

»In Ordnung«, sagt er.

»Und noch was«, sage ich und drehe mich im Sitz zu ihm herum, »ich will mitmachen.«

Er zögert, kann aber nicht verhindern, dass er wieder ein paar Silben an die Welt verschwenden muss.

»Wobei?«

»Bei deiner Wehrsportgruppe.«

Nach einem weiteren Augenblick wendet er mir sein Gesicht zu und sieht mich ausdruckslos an.

»Nenn sie nicht so.«

»Okay.«

Er mustert mich weiter.

»Wieso?«

»Ich will etwas Sinnvolles machen.«

Das muss ihn noch mehr überraschen, aber auch jetzt merkt man ihm kaum etwas an. Er nickt leicht.

»Da gibt es bald eine Demo gegen Bayer. Wir wollen Transparente an die Schornsteine …«

Ich hebe schnell die Hände.

»Nein, warte, ich dachte an Text. Das Wort, dein Schwert und all das, denn weißt du, was mich an dem ganzen Umweltding stört? Dass die Öffentlichkeitsarbeit zu ernst ist. Ich meine, klar, die Realität ist scheiße, aber schau dir doch mal eure Pressetexte und Infoblätter an; nichts als klein gedruckte Fakten, da quälen sich doch nur Leute durch, die eh schon Bescheid wissen, zumindest ging es mir so. Man muss es so erklären, dass die Leute es sofort verstehen. Einsteins Relativitätstheorie ist auch komplex und lässt sich dennoch auf fünf Zeichen reduzieren. Das sollte unser Vorbild sein.«

Falls ihn das beeindruckt, behält er es für sich. Er mustert mich regungslos. Ich schüttele den Kopf.

»Keine Angst, das wird nicht witzig, bloß ... cool. Wir müssen denen zeigen, he, das hier macht nicht nur Sinn, es macht auch Spaß! Wir nehmen die Sache ernst, aber he, das Leben ist schön!«

Keine Reaktion. Ich mache weiter.

»Ökologie muss sexy und sinnvoll sein, dann hast du eine massentaugliche Bewegung ... warte ... verdammt! Das ist es! Es muss sein wie Karneval!«

Damit entlocke ich ihm dann doch mal ein Stirnrunzeln. Ich nicke euphorisch.

»Wenn man es schafft, dass die Leute zur Demo gehen, um 'ne Nummer zu schieben und sich zu besaufen, dann, Gott, dann hast du die Wiedergeburt der Ostermärsche, ach, was sage ich, mit Saufen und Ficken kriegt man sogar die Fußballfans! Und alle Karnevalisten! Und die Teenager! Und die Singles! Wahnsinn! Wir müssen ökologische Singlepartys machen und die Miss Umweltschutz wählen! Nackte Robbenretterinnen, das kommt bei den Blutblättern bestimmt super!«

Ich kann mich gerade noch bremsen, bevor ich ihm Obenohne-Catcherinnen in Ökojoghurt vorschlage. Er mustert mich wieder regungslos. Das Lächeln ist verschwunden. Ich hebe die Hände.

»Okay, klar, du hast recht, ich dachte nur ... Jedenfalls kann ich euch ja schon mal die Pressetexte etwas aufpolieren. Wäre das in Ordnung? Ich würde wirklich gerne mitmachen, ich meine, he, lass uns die Umwelt retten.«

Sein Kopf neigt sich einmal kurz nach vorn.

»Ich frage sie«, sagt er. Dann schaut er wieder zum Café.

»Prima«, sage ich und folge seinem Beispiel. Nichts zu

sehen. Wir sitzen regungslos da, während die Temperatur im Wagen weiter sinkt. Ich würde gerne den Motor anschmeißen, aber im Stand einen Motor laufen zu lassen würde unsere potenzielle Zusammenarbeit so zuverlässig beenden wie ein gemeinsamer Urlaub mit Le Pen.

Die Tür des Cafés öffnet sich, und Frauke kommt wie ein Zombie durch den Matsch auf uns zu. Arne öffnet die Tür. Sie steigt ein, zieht die Tür zu, lehnt sich im Polster zurück und atmet durch. Ihre Augen sind trocken, aber ihr Gesicht ist fleckig.

»Er wird nie seine Frau verlassen, nie wieder anrufen und wünscht mir viel Glück. Seid ihr jetzt zufrieden?«

Ich nicke.

»Was hast du ihm gesagt?«

»Ich wollte bloß, dass wir uns zu festen Zeiten sehen und dass er auch mal bei mir schläft.«

»Und?«

Sie schüttelt langsam den Kopf.

»Kann er seiner Frau jetzt nicht zumuten.«

Ich versuche weiterhin, ernst zu schauen, muss aber dann grinsen. Frauke blickt zwischen uns hin und her.

»Ihr seid echt krank, wisst ihr das?«

»Ja, aber wir lieben dich viel mehr als er«, sage ich.

Zu meiner Überraschung nickt Arne. Ich wende mich wieder nach vorne und starte den Wagen, während ich sie im Rückspiegel mustere.

»Du hast das Richtige getan. Glaub mir. Ich meine, du redest hier mit einem Fachmann für verschleppte Beziehungen. Manchmal ist es besser, sich zu trennen, wenn die Perspektiven nicht mehr stimmen.«

Im Rückspiegel sehe ich, dass Fraukes Gesicht sich rötet. Sie senkt ihren Kopf und beginnt unterdrückt zu schluchzen.

»Jetzt wird alles besser«, sage ich und schaue Arne im Rückspiegel an. Er sitzt da wie ein gottverdammter Klotz. Ich schaue ihn an ... schaue Frauke an ... schaue ihn wieder an. Sein rechter Arm hebt sich und legt sich um ihre Schulter. Sie schluchzt auf, versteckt ihr Gesicht an seiner Brust und weint. Ich nicke ihm im Rückspiegel anerkennend zu. Er starrt ausdruckslos zurück. Meine Mundwinkel verziehen sich. Ich zwinkere gegen die Tränen an und fahre los. So viel Liebe in meinem Leben.

Kapitel 40

Für eine Spontanparty füllt sich die Halle erstaunlich schnell. Als könnten sie es gar nicht abwarten, die beiden Irren zu sehen, die sich trennen und das auch noch feiern. Wir hingen ein paar Stunden am Telefon, um möglichst viele der Leute zusammenzubekommen, die wir in den letzten sieben Jahren kennen gelernt haben. In den Reaktionen überwog Skepsis. Trennungsparty? Habt ihr das falsche Kühlschrankfach erwischt? Viele fanden es total bescheuert, doch jetzt strömen sie herein, um bloß nichts zu verpassen, und wir müssen es jedem Einzelnen erklären. Äh, ihr feiert, dass ihr euch trennt? Ja. Also, ihr trennt euch wirklich? Ja. Obwohl ihr euch liebt? Ja. Wir erklären geduldig, dass wir uns upgedatet haben. Alle nicken verständnisvoll, die Frauen raten uns, einen Paartherapeuten aufzusuchen, die Kerle legen uns nahe, einfach mal wieder eine Nummer zu schieben. Haben wir schon versucht, erklärt Tess. Genau, stimme ich zu, sie dienstags, ich mittwochs. Deswegen trennen wir uns ja, legt sie nach. Ich ziehe sie lachend an mich und küsse sie. Das ruft Unverständnis hervor, und schon geht es wieder los: Äh, ihr trennt euch wirklich? Seufz. Der Nächste.

Herr Scheunemann kommt mit seiner Frau, einer entspannten Sechzigjährigen mit tiefen Raucherfalten. Sie halten Händchen, haben einen Strauß Blumen und zwei

Geschenke dabei. Sie wussten nicht, was man zu einer Trennung schenkt, sagt er. Aber wohl besser zwei Stück davon, sagt sie mit feinem Lächeln. Sie beobachten uns, während wir auspacken. Für Tess: ein Buch über Haustiere als Partnerersatz. Für mich: eine Packung Kondome. Sie mustern uns belustigt. Wir bedanken uns artig und zeigen ihnen den Weg zur Leiter, wo sie ihre Mäntel aufhängen können. Wenn die Wahl des Partners wirklich so viel aussagt, freue ich mich jetzt noch mehr auf meinen neuen Geschäftspartner.

Stan und Stella sitzen neben Frauke auf der Couch und kiffen, was das Zeug hält. Jedes Mal, wenn unsere Blicke sich begegnen, schütteln beide den Kopf – *fucking crazy Europeans!* Stan nahm mich vorhin zur Seite, um mit mir ein Männergespräch zu führen. Ich versuchte es für ihn zu begründen, aber wie erklärt man einem Kerl, der gerade eine Frau geheiratet hat, die er schlappe sechs Monate kennt, dass man sich von einer Frau trennt, die man seit sieben Jahren liebt? Dass Tess nicht mehr will, dafür hat er vollstes Verständnis, aber dass ich eine solche Frau ziehen lasse, dafür gibt es in seinen Augen einfach keine Entschuldigung. China? Na und? Auseinandergelebt? Na und? Ich war kurz davor, ihm das mit dem Sex zu verraten, konnte mich aber gerade noch bremsen. Klar, wenn er wüsste, dass wir seit Jahren nicht mehr miteinander schlafen, hätte er sicher mehr Verständnis, aber lieber einen Freund ohne Durchblick als die nächsten zwanzig Jahre Schlappschwanzsprüche. Also erklärte ich ihm, dass er einfach zu verliebt sei, um klar denken zu können. Seitdem beschränkt er sich aufs beleidigt Kiffen, beleidigt Saufen und beleidigt Kopfschütteln. Es wäre wirklich einfacher, wenn Tess nicht so beliebt wäre, dann würde man vielleicht versuchen, mich zu verkuppeln, statt mir zu erklären, dass ich ein Versager bin. Hm. Arbeitslos, Reisephobie, notgeil und unbeliebt. So langsam entwickelt sich eine erstklassige Kontaktannonce.

Es strömen immer mehr Leute herein. Man streichelt draußen die verdammte Katze, bewundert innen die Halle, fragt uns, ob wir uns *wirklich* trennen, hängt den Mantel auf die Leiter, entdeckt das Büfett und stellt sich dann kauend in Gruppen auf, um Thesen über die *wahren* Trennungsgründe aufzustellen. Rumhuren, ich, führt knapp vor frigide sein, Tess. Wie in Köln nicht anders zu erwarten, drängelt sich plötzlich ein Kamerateam in die Halle, das von der Supersache Wind bekommen hat. Auf Tess' Bitte zu gehen reagieren sie mit Unverständnis. Bis Arne die Mikrofonangel zusammenfaltet, ohne dabei das Schraubgewinde zu beanspruchen. Das TV-Team entwickelt plötzlich Respekt vor Privatsphäre und zieht eilig in Richtung Ausgang. Bevor es die Tür erreicht, tauchen ein paar von Arnes Ökokumpels auf, die nicht die größten Fans der Medien sind: Propagandamaschinerie der Konzerne! Irakkrieg! Hitlertagebücher! Falschmeldungen! Das Team muss schwer einstecken und poltert heraus. Die Ökokumpels schauen ihm grimmig hinterher, ihre Mienen hellen sich auch nicht auf, als Arne ihnen Nina vorstellt. Bevor sie verarbeitet haben, dass Arne Kontakt zu einer Frau aufgenommen hat, treffen weitere Staatsfeinde ein und lenken sie ab: Comedians!

Slomo-Manne kommt herein, eine Thailänderin an seiner Seite, die aussieht, als sei sie höchstens zwanzig. Er bleibt vor uns stehen und küsst Tess auf die Wange. Arnes Leute murmeln leise miteinander und funkeln passiv-aggressiv zu dem miesen Sextouristen rüber. Manne denkt, es sind ganz normale, verklemmte Fans und winkt freundlich zurück. Hoffentlich bietet er ihnen jetzt kein Autogramm an, dann könnte es blutig werden.

Er grinst mich an.

»Gratuliere zum letzten Platz.«

»Ich war wenigstens im Finale. Wo warst du?«

»Stimmt auch wieder.« Er knöpft seinen Parka auf und schaut von Tess zu mir und zurück. »Seid ihr jetzt Geschwister oder so?«

»Oder so«, sagt Tess.

Ich werfe der Thailänderin einen Blick zu, die uns mit diesem asiatischen Lächeln anlächelt. Aus der Nähe sieht man, dass man sich bei ihr leicht um zehn, fünfzehn Jahre verschätzt.

»Kann ich bitte deinen Personalausweis sehen?«

»Das nenne ich charmant«, sagt sie in fließendem Deutsch. »Ihr beide seid also das Trennungspaar?«

Wir nicken, und ich kann mir den Du-sprichst-aber-gut-deutsch-Spruch gerade noch verkneifen. Sie mustert uns abwechselnd mit ihren Mandelaugen.

»Soll man da gratulieren?«

Wir nicken beide.

»Dann gratuliere ich euch von Herzen. Das ist ein schönes Zeichen, dass ihr euer Leben lang in euch tragen werdet.«

Sie verbeugt sich. Wir schauen sie an.

»Ha«, grinst Manne und zieht seine Frau an sich. »Hast du Durst, Perlchen? Die beiden müssen sich jetzt erst mal von dem Schock erholen, dass ich dich nicht mit einem Bumsbomber hergeschafft habe.«

Er kniept uns zu. Perlchen lächelt.

»Ein schönes Fest wünsche ich euch.«

»Äh, danke.«

»Ha«, macht Manne wieder und zieht sie mit sich.

Sie steuern eng umschlungen das Büfett an und grüßen in die Runde. Arnes Leute schauen ihnen grimmig nach. Ich sehe zu ihnen rüber und winke ab. Sie ignorieren mich. TV-Spaßmacher und Sextourist. Wer lässt sich schon ein so geiles Feindbild nehmen.

»Schwester Tess«, sage ich.

»Bruder Lasse.«

Wir lächeln uns an.

»Auch eine Art, sich Familie anzuschaffen.«

Ihre Augen vergrößern sich ein Stück und verengen sich wieder, als sie losprustet. Überhaupt habe ich sie schon lange nicht mehr so gelöst gesehen. Das Ganze tut ihr gut. Das ist schön. Aber untendrunter sucht ein kleiner, eitler Fatzke in mir nach Anzeichen an ihr, dass das Ganze ihr auch schwerfällt. So eine kleine Ohne-dich-verwelke-ich-Nummer würde mein Ego schon verkraften, schätze ich. Vielleicht ist es deswegen so schwer, sich einvernehmlich zu trennen. Man merkt, dass es das Richtige wäre, sagt aber nichts, weil man nicht will, dass der andere einfach zustimmt. Denn wenn er es auch will, verletzt das, und dann will man nicht mehr und muss Dinge tun, damit der andere auch nicht mehr will, und erst dann, wenn der andere nicht mehr will, kann man wieder. Himmel, sind wir kompliziert. Loslassen. Eine Kunst, die keiner lehrt.

Tess hebt meinen rechten Arm an und legt ihn sich um die Schulter. Sie kuschelt sich an mich und schlängelt ihren Arm um meine Taille. Ich schaue zu Stan rüber und wackele mit den Augenbrauen. Er schüttelt den Kopf und schaut weg.

»Woran denkst du?«

Ich senke meinen Kopf etwas und schnuppere an ihren Haaren.

»Ich dachte, das fragt man nicht.«

»Nur in Beziehungen nicht«, sagt sie.

»Und wo steht das geschrieben?«

Ihre Schultern heben und senken sich.

»Nirgends, das ist ja das Schöne, wir können uns die Regeln selbst ausdenken.«

»Gut«, sage ich. Regeln ausdenken gefällt mir. Ich traf mal ein Ehepaar, das zusammen wohnen blieb, als sie sich trennten und sie von einem anderen Mann schwanger war. Der neue Kerl zog ins Haus ein, der alte Kerl hatte bald auch eine neue Frau, die ebenfalls schwanger wurde. Zwei Paare zogen die Kinder zusammen auf. Großartig. Das sind Geschichten, die Mut machen. Frei von Dummheit, Eitelkeit und falscher Liebe. Wieso lese ich solche Geschichten nie in den Zeitungen? Wieso tratscht mein Friseur nie über so was? Wieso stehen wir auf *bad news*? Wieso wirken die aufregender? Wieso macht man sich lieber Sorgen, als glücklich zu sein? Wieso will ein Teil in mir ständig wegen Far traurig sein? Far ist tot. Sterben konnte er nur, weil er vorher gelebt hat. Und wie. Ich hatte mehr als vierzig Jahre mit ihm, also wieso jammern, statt dankbar zu sein? Ist Verlust etwa bedeutsamer als Gewinn? Wieso wirkt Pech nachhaltiger als Glück? Und wieso stelle ich mir solche Fragen auf einer Party?

Kohl kommt mit seiner Frau, die genauso aussieht wie er. Schwere Stiefel, unförmiger Mantel, Pudelmütze, müdes Gesicht. Er stellt sie uns deprimiert vor, sie begrüßt uns geknickt, das Thema Trennungsparty scheint beide noch weiter herunterzuziehen. Er entdeckt seinen Agenten, und für einen Augenblick tritt so etwas wie Leben in sein

Gesicht, dann verlöscht es, er geht gebeugt weiter. Seine Frau folgt ihm. Wir schauen ihnen nach, wie sie gegen die Schwerkraft ankämpfen und es dennoch irgendwie bis zu Herrn Scheunemann und Frau rüberschaffen, die es sich auf den Bänken bequem gemacht haben.

»Ich dachte, so etwas gibt es nur bei Haustieren.«

Tess stupst mich in die Seite, aber nicht so fest, wie ich erwartet hätte. Sie schaut zu Nina rüber, die den Spieß jetzt umgedreht hat und ihren Kollegen Arne vorstellt. Die Jungs machen natürlich ein paar blöde Witze. Arne, ganz der Partylöwe, mustert sie regungslos.

»Nicht zu fassen«, murmelt sie.

»Ist doch perfekt. Sie macht Witze, und er schlägt die zusammen, die nicht lachen.«

Sie gickelt.

»Also, woran dachtest du denn nun?«

»Trennen sollte Studienfach werden.«

Sie legt ihren Kopf in den Nacken und mustert mich.

»Wir könnten Dozenten werden.«

Ich nicke.

»Dann wären wir mal am selben Ort.«

»Das wär doch mal was«, sagt sie.

Wir schauen uns an, dann lehnt sie sich wieder an mich. Ich küsse ihr Haar. Aus den Augenwinkeln sehe ich, dass Stan uns mustert. Ich winke rüber. Er zeigt mir einen Finger.

»Er ist wirklich sauer«, sagt Tess.

»Er glaubt, dass wir uns leichtfertig trennen.«

Sie hebt ihr Gesicht und mustert mich.

»Tun wir aber nicht.«

Ich schüttele meinen Kopf.

»Tun wir nicht. Gott, wenn er wüsste …«

Ich verstumme. Tess mustert mich neugierig.

»Wenn er was wüsste?«

»Na, die Wahrheit«, sage ich. »Du hast 'ne Affäre mit einem Chinesen und bist von ihm schwanger. Und weil du mir das Kind nicht unterjubeln kannst und aus Glaubensgründen nicht abtreiben willst, gehst du ins Ausland, kriegst das Kind, es wächst bei seiner Familie auf, und danach kommst du wieder und kämpfst um mich.«

Sie hebt die Augenbrauen. Ihre blauen Augen leuchten vor Freude.

»Lügengeschichten?«

Ich nicke. Ihr Grinsen wird breiter, ihre Augen gleiten über mein Gesicht. Bevor ich nachlegen kann, kommt der UFZ herein, und, Himmel, er hat Kinder! Und wenn diese eines nicht verbreiten, dann militärische Disziplin. Kaum sind die beiden Kurzen in der Halle, kippt hier was um und fackelt da eine Serviette ab. Seine Frau grüßt uns, fragt, ob wir uns wirklich trennen, hält das im selben Atemzug für eine seriöse Option, schnuppert, schaut sich suchend um, entdeckt die Wolke über Fraukes Aufenthaltsort, geht los und überlässt es dem UFZ, die Kinder zu hüten. Wir tauschen ein paar Andeutungen, was er wohl mit seiner Bühnenrolle kompensiert und wie es bei ihnen im Bett so zugeht. Dann muss er eins seiner Kinder davor retten, von der Leiter zu fallen, und schon kommt der nächste Schub Menschen in die Halle gedrängelt. Diesmal sind es Promotionleute und ein paar Veranstalter aus glorreicher Zeit. Unter ihnen eine Veranstalterin, die mir meinen allerersten Auftritt besorgte. Sie hält mich immer noch nicht für einen guten Comedian, würde mich aber jederzeit buchen, weil sie mich mag. Ihr Motto: Lieber einen schönen halb vollen Abend als wegen eines Arschlochs ausverkauft. Ihre Prioritäten werden sie nie reich machen, unglücklich wirkt sie aber nicht. Tess und ich begrüßen, bestätigen, dass wir uns *wirklich* trennen, ernten Blicke, verbreiten Lügengeschichten über die *wahren* Hintergründe, essen etwas, halten eines der UFZ-Kinder davon ab, sich in der Hängematte zu strangulieren, betteln Arne an, bitte, bitte, bitte die Finger von der Anlage zu lassen, und holen das andere Kind aus dem Büro, wo es sich eingeschlossen hat.

Der Roboter taucht mit einer hochschwangeren Latina im Arm auf. Ich muss an Mona denken, kämpfe kurz mit einem Schuldgefühl gegenüber Tess, werde es los, schicke Mona einen schönen Gedanken und widme mich dem Roboter, der seine Frau erstaunlich unmechanisch vorstellt. Wir gratulieren zu dem Baby. Sie mustert uns mit großen dunklen Augen und fragt ihren Mann in süßem Portugiesisch-Englisch, ob wir das Paar sind, das sich trennt. Er bestätigt es. Sie lässt ihren Blick über unsere Gesichter gleiten, dann über unser Hände, die sich halten. Vielleicht hätte sie im nächsten Moment einen katholisch-großfamiliären Redeschwall auf uns losgelassen, doch zuvor entdeckt sie das Büfett. Und tschüss.

Schon kommen die Nächsten in die Halle und klopfen sich die Mäntel ab. Meine ehemalige Lieblingsex und ihr Gernot. Ich breite meine Arme für Anja aus. Sie fällt Tess in die Arme. Prima. Ich mustere Gernot. Gernot mustert mich. Ich strecke meine Hand aus. Er ergreift sie. Wir schütteln Hände.

»Wie geht's?«

»Gut. Und selbst?«

»Gut.«

»Freut mich.«

Wir lassen unsere Hände wieder los. Er schaut sich um und sucht nach irgendetwas, das er sagen kann.

»Hübsch hier.«

»Ich mag es groß«, sage ich und versuche mir erst gar nicht einzureden, dass es ein Ausrutscher ist.

Wir heften beide unsere Augen auf die Frauen, die sich im Arm halten und fröhlich plaudern. Was ist es nur, dass man mit manchen Nachfolgern sofort in Konkurrenz steht und mit anderen nicht. Tess liebt Anja und schafft es nicht mal, meine Exexex zu begrüßen, wenn wir im Kino nebeneinandersitzen. Ich stehe auf Farid, mit dem Tess vor mir drei Jahre zusammen war, doch Gernot habe ich vom ersten Moment an eine reinhauen können, was auf Gegenseitigkeit beruht. Scheißkonkurrenz. Was habe ich schon für Energien mit diesem Mist verschwendet. Ist total blöde. Echt. Schade, dass es so viel Spaß macht, Gernot zu piesacken.

Endlich lässt Anja Tess los und umarmt mich. Wegen Gernots Anwesenheit will sie mich auf die Wange küssen. Im letzten Moment drehe ich meinen Kopf und drücke ihr einen fetten Schmatzer auf den Mund. Bin kurz davor, meine Zunge nachzuschieben, bloß um zu sehen, wie er Bluthochdruck bekommt.

»Willkommen im Sandkasten«, flüstert sie.

»Du meinst wegen seiner Schwanzgröße?«

Sie wirft einen schnellen Seitenblick zu Gernot, der sich mit Tess unterhält, ohne uns aus den Augen zu lassen, und schaut mich dann wieder an.

»Wenn du jetzt nicht langsam mit diesem pubertären Mist aufhörst, werde ich echt sauer!«

»Verstanden.«

Sie mustert mich noch einen Augenblick eindringlich, um mir zu zeigen, dass es ihr ernst ist. War schon früher so. Blicke und Pausen, ihre großen Streitwaffen.

»Gut«, sagt sie schließlich und schaut sich um. »Warum haben wir nicht so was gemacht?«

Ich lege meine Stirn in Falten.

»Also, jetzt wo du es sagst, äh, eigentlich habe ich unsere Trennung gefeiert ... nur ohne dich.«

Sie schlägt mir tadelnd die flache Hand gegen die Brust, lächelt aber. Gernot schaut herüber. Ich kniepe ihm zu. Anja tritt einen Schritt zurück.

»Ihr geht mir so auf die Nerven ...«

Sie nimmt Gernots Hand und schleppt ihn in Richtung Büfett. Tess nimmt meine, hebt sie wieder an, legt sie sich um die Schulter und schmiegt sich kopfschüttelnd an mich.

»Wieso musst du ihn immer eifersüchtig machen?«

»Ich begrüße bloß meine Ex.«

Sie nickt und ist mit den Gedanken woanders. Ich auch: Was machen wir, wenn ich meinen Nachfolger nicht mag oder sie ihre Nachfolgerin?

»Also, ich habe schon erwartet, dass er sie anpinkelt, um sein Territorium zu markieren«, lege ich nach.

Sie gibt mir einen Klaps auf den Hintern und lässt ihren Blick durch die Halle gleiten.

»Merkst du was?«

Ich lasse meinen Blick ebenfalls durch die fast volle Halle gleiten. Man steht in Gruppen herum und redet. Es gibt Alkohol, Essen und Musik, und dennoch ist die Stimmung irgendwie gehemmt.

»Als würden sie auf etwas warten«, sagt Tess.

»Vielleicht sollten wir ihnen eine Szene machen.«

»Du könntest mir Tiernamen geben«, schlägt sie vor.

Wir diskutieren die Möglichkeiten durch, die uns bleiben, um möglichst authentisch trennend rüberzukommen, dabei strömen weitere Menschen herein, die wir von Partys,

Auftritten, gemeinsamen Urlauben, Barbegegnungen und so weiter kennen. Nur aus Tess' neuem Leben ist niemand da. Die sind alle so weit weg wie dieses Leben an sich. Farid ist nach Sambia zurückgegangen, und Tess' Eltern wohnen im Sauerland, sind aber zurzeit in Portugal. Ihre Kollegen sind in Wolfsburg. Also, falls sie wirklich bei VW arbeitet, ich sehe sie ja immer nur wegfahren und wiederkommen. Vielleicht jobbt sie ja als Auftragskillerin für die Mafia? Vielleicht schickt die Mafia sie jetzt nach China, weil der Boden hier zu heiß geworden ist? Vielleicht sollte ich einfach auch nur langsamer trinken.

Ich gehe zum Kühlschrank und hole mir eine Flasche Wasser. Als ich zurückkomme, nimmt Tess gerade einen unglaublichen Blumenstrauß von einem Türken in einem festlichen Anzug entgegen. Oktay, der Tess küsst und mir wenig später begeistert die Hand schüttelt, kann ich nicht platzieren, bevor sie beide mich an Hannover erinnern, wie das Hotelbett auf Tour zusammenbrach und wir durch diese Geschichte den Hotelhandwerker kennen lernten, der es uns reparieren musste und dann noch blieb, bis die Minibar leer war. Bei Tess' Anruf hat er sich sofort ins Auto gesetzt – und hier ist er. Tess' helles Lachen perlt durch die Halle. Sie übernimmt es, Oktay herumzuführen, um ihm ein paar Leute vorzustellen. Ich kümmere mich so lange um die Tür, begrüße und lüge, und als Tess Oktay irgendwo verankert hat und mit einem Glas Champagner wiederkommt, lege ich meine Arme um sie und ziehe sie an mich.

»Weißt du, was ich an dir liebe?«

Sie legt den Kopf in den Nacken und lächelt zu mir hoch.

»Aber sag's ruhig noch mal.«

»Dass du uns immer so abgefeiert hast.«

Sie hebt eine Augenbraue.

»Abfeiere.«

»Ja«, nicke ich. »Ich mag das. Können wir das beibehalten?«

»Gut«, sagt sie.

»Musst du mir natürlich gute Gründe für geben.«

»Mach ich«, sagt sie und lächelt ein wunderschönes breites Lächeln. Mein Herz stolpert. Wir umarmen uns und pressen unsere Lippen aufeinander. Ein liebevoller, dankbarer Kuss. Als wir uns wieder lösen, sind Stan und Stella nicht mehr die Einzigen, die den Kopf schütteln.

»Sex mit der Ex!«, ruft jemand.

Ein paar lachen. Andere behalten die missbilligenden Blicke bei.

»Wann ist es eigentlich so weit?«, ruft Manne.

»Ja, genau, wann wird die Trennung vollzogen?«, ruft einer der Veranstalter.

»O Mann«, murmelt Tess. »Sie warten auf irgendeine Art Zeremonie.«

»Vielleicht glauben die, das hier wird so 'ne Art umgekehrte Hochzeit. Vielleicht sollen wir vortreten und uns das Nein-Wort geben.«

Sie denkt kurz darüber nach, bevor sie den Kopf schüttelt.

»Zu affig.«

»Dann vielleicht doch einen Streit?«

Statt zu antworten, schaut sie sich wieder in der Halle um.

»Liebster, tust du mir einen Gefallen?«

»Nein. Du hast doch gesehen, wie das neulich Abend lief.«

Sie lacht nicht.

»Weck mal diesen müden Haufen auf. Ich will eine richtige Party haben.«

»Kein Problem.«

Ich drücke ihr mein Glas in die Hand, gehe zur Anlage, fahre den Sound runter, werfe Mäntel von der Leiter und klettere ein paar Stufen hoch, bis ich die ganze Halle überblicken kann.

»Willkommen! Wir freuen uns, dass ihr da seid. Hier sind ja heute auch viele Pärchen, und mich persönlich würde interessieren, wer von euch noch Sex hat.«

In der Halle erstarren ein paar Gesichter, andere feixen. Slomo-Manne hebt die Hand, grinst und zeigt auf sich und sein Perlchen.

»So wie jeder Hobbyfußballer, den man trifft, früher mindestens Landesliga gespielt hat, hat jedes Pärchen, das man fragt, ja noch Sex in der Beziehung, dabei wissen wir alle, dass meistens nach ein paar Jahren Schicht ist. Bei Tess und mir hörte der Sex erst nach fünf Jahren auf. Dafür bin ich dir sehr dankbar, Schatz.«

Ich winke zu ihr rüber. Viele Köpfe drehen sich. Sie bedeckt ihr Gesicht mit beiden Händen. Vor mir sitzen Kohl und seine Frau auf einer Bierbank. Er hat seinen Kopf gesenkt und starrt auf seine Schuhe. Sie hat ihren von ihm abgewandt. Neben ihnen sitzt Ehepaar Scheunemann. Er lächelt milde, sie atmet Rauch aus der Nase und nickt mir zu, fortzufahren.

»Tja, Sex in der Beziehung ist ein Tabuthema. Ist doch komisch, zwischen manchen Paaren schläft der Sex ein, ohne dass die Liebe schwindet, andere bumsen noch herum, obwohl die Beziehung schon lange nicht mehr gut ist.« Ich kniepe Gernot kurz zu. »Doch fehlender Sex ist nicht der Grund dafür, dass Tess und ich beschlossen haben, uns zu trennen. Wie ihr wisst, war ich lange auf See. Ich komme jetzt an Land zurück und freue mich sehr darauf, euch wieder regelmäßiger zu sehen. Zuerst werde ich allerdings eine Zeit bei meiner Familie in Dänemark verbringen. Tess dagegen zieht es nach China, wo sie die nächste Karrierestufe zünden wird.«

»Jetzt nehmen sie uns schon die Frauen weg«, stöhnt der UFZ und erntet ein paar Lacher. Er verbeugt sich in alle Richtungen und sonnt sich im Applaus, bis er sieht, dass eins seiner Kids aus einer Bierflasche trinkt.

»Dänemark, China, viel weiter kann man sich kaum auseinanderleben, also möchten wir dem Ganzen einen bewussten Schlusspunkt setzen und uns in aller Liebe und Freundschaft trennen, und zwar …«, ich mache eine kleine Spannungspause, »… um Punkt Mitternacht.«

Das ruft einige Ahhhhs auf den Plan. Tess schaut mittlerweile durch ihre Finger hindurch. Dafür hat Gernot jetzt seinen Mund an Anjas Ohr.

»Wir feiern heute, dass wir Freunde geworden sind. Aber wir feiern auch, dass wir am Leben sind. Das Glück hat nicht jeder. Ihr habt bestimmt die weißen Zettel am Eingang und dort auf dem Kühlschrank bemerkt«, ich deute zu dem Packen Papier rüber, den wir heute Nachmittag aus dem Netz geladen und ausgedruckt haben, »das sind Patientenverfügungen. Ich möchte, dass jeder von euch sich eine einsteckt, zu Hause durchliest und mit Partner und Freunden darüber redet.«

Einige Gesichter schauen neugierig drein, andere weichen meinem Blick aus.

»Du willst, dass wir unser Testament machen?«, fragt Manne.

Ich schüttele den Kopf.

»Patientenverfügungen sind keine Testamente. Es sind Willenserklärungen, in denen wir Ärzte anweisen, im Falle der Einwilligungsunfähigkeit bestimmte medizinische Maßnahmen nach unseren persönlichen Vorstellungen zu handhaben. Es gibt Dinge, die klärt man besser vorher. Man kann ja so schlecht reden, wenn man im Koma liegt.«

Es bleibt einen Augenblick still. Die Verwirrung ist spürbar. Das Umschalten vom Ende einer Beziehung zum Ende des Lebens ist ein weiter Weg.

»Redest du etwa über Sterbehilfe?«, fragt einer der Ökokumpels.

»Gosh, ich hab dich live gesehen!«, schnarrt Rich. »Mehr Sterbehilfe geht nicht!«

Wie so oft verändert ein Lacher die Atmosphäre. Plötzlich wird wieder geatmet. Ich zeige Rich einen Finger. Er winkt mit der Zigarre.

»Nein, ich rede nicht über Sterbehilfe. Ich rede davon, dass wir …«

»Vielleicht kannst du diese Aggronummer noch mal bringen!«, brüllt jemand Männliches, den ich in der Menge nicht identifizieren kann.

»Ja, genau«, ruft Rich, »gib uns Tiernamen!«

Bei der letzten Silbe beginnt er rasselnd zu husten, dafür setzen andere Stimmen ein, die Tiernamen fordern. Ich schaue in die Runde, wo getrunken, gegessen und gekifft wird.

»Ach, scheiß drauf! Nehmt eine Verfügung mit oder eben nicht, und jetzt lasst uns feiern!«

Alles jubelt erleichtert, während ich wieder von der Leiter steige. So ist das mit dem tieferen Sinn – wenn er vom Saufen abhält, kann er sich verpissen. Ich stelle die Musik doppelt so laut, und als ich mich wieder zu Tess durchgeschlagen habe, steht Rich neben ihr. Seine Zigarre erzeugt fast so viel Rauch wie Frauke. Tess nickt mir gespielt anerkennend zu.

»Gut gemacht. Gernot wollte weg, und Anja musste solidarisch mitgehen.«

»Ups.«

»Ja, ups.«

Sie schüttelt den Kopf. Rich kneift die Augen gegen seinen eigenen Qualm zusammen.

»Gosh, was soll der Scheiß? Ist das hier so 'ne Art Infoveranstaltung fürs Abkratzen?«

Ich richte einen Finger auf seine Zigarre.

»Mach dir keine Sorgen, Rich, wenn es um Sterbehilfe geht, bist du mit diesen Dingern ganz weit vorne. Jedes Mal, wenn du die in der Öffentlichkeit anzündest, machst du dich der Beihilfe zum Mord schuldig.«

»Leck mich, dafür drehe ich nicht bei meinem größten Auftritt total am Rad.«

»Stimmt auch wieder.«

»Ich lasse euch Jungs mal kurz alleine, ja?«

Tess lächelt Rich zu und drängelt sich in Richtung Privaträumlichkeiten. Entweder muss sie auf die Toilette oder einfach nur mal asbestfreie Luft atmen. Rich mustert mich mit seinen blassen Augen.

»Du lässt sie wirklich gehen?«

»Wir trennen uns.«

Er nimmt die Zigarre aus dem Mund und schüttelt den Kopf.

»Du bist ein Vollidiot.«

»Höre ich nicht zum ersten Mal.«

»Und auch nicht zum letzten Mal, du Vollidiot«, sagt er und hustet dann wieder rasselnd.

Ich trete automatisch einen Schritt zurück. Eigentlich

müsste ich von Far abgehärtet sein, aber bei Richs Husten richten sich die kleinen Härchen an meinen Unterarmen auf, bevor sie sich schnell wieder fallen lassen, um sich totzustellen.

Er zieht saugend etwas klebrig Nasses hoch und schluckt es dann runter.

»Herrgott noch mal, Rich!«

Er steckt sich die Zigarre wieder in den Mund.

»Stimmt es, dass du Clemens abgesägt hast?«

»Nein. Wir haben unsere Vereinbarung gelöst.«

Er runzelt die Stirn.

»Da hab ich aber was anderes gehört, und weißt du, was ich noch gehört habe?« Er wartet einen Augenblick, und da ich nicht nachfrage, fährt er fort: »Dass du zu Scheunemann wechselst und die Kleine mitnimmst. Dabei ist der Sender ganz begeistert von ihr, und all das geht Clemens jetzt durch die Lappen.«

»Da muss er wohl durch.«

Er nickt ernst und gibt mir einen Klaps auf den Arm.

»Unterschätz ihn nicht. Er wird dich fertigmachen, wenn er kann, aber weißt du, was dein Glück ist?« Wieder wartet er vergeblich und fährt dann fort. »Ich fand die Kleine gut, und wenn ich dem Sender anbiete, Regie zu machen, kriegt sie vielleicht eine eigene Show.«

»Das hat sie verdient.«

Er rollt die Zigarre zwischen den Fingern und grinst mich schief an.

»Bei so einer Show gibt es ja Nebenrollen.«

Ich nicke. Er wartet noch einen Augenblick, dann grinst er noch breiter.

»Willst du dich gar nicht einschleimen?«

»In deinen Schleim? Besten Dank.«

Er zuckt die Schultern und schiebt sich die Zigarre wieder in den Mundwinkel.

»Na, überleg es dir, ich lege vielleicht ein Wort für dich ein, wenn du versprichst, diesmal niemanden anzuscheißen.«

Er zieht in Richtung Bierfass. Ich werfe einen Blick durch die verqualmte Halle und entdecke Tess auf einer Couch. Frauke und Frau UFZ haben den Schulterschluss vollzogen und arbeiten gemeinsam an einer Cannabisatomwolke, und Tess zieht tatsächlich auch an so einem Rohr. Die Ökokumpels kiffen ebenfalls und dazu noch Richs Zigarre: Gleich ruft die Regierung Smogalarm aus. Neben dem Kühlschrank versucht eins der UFZ-Kids eine Keksdose zu öffnen, indem es die Dose über den Kopf hält, sie schüttelt und dabei gespannt nach oben blickt. Vor Fraukes Zimmer steht Herr Scheunemann mit Nina, sie unterhalten sich. Ich hole mir ein frisches Wasser und gehe zu ihnen rüber.

»Na, was wird hier ausgebrütet?«

Herr Scheunemann richtet seinen Blick auf mich.

»Wir sprachen gerade darüber, wie die Zukunft aussehen soll. Sie wissen ja, dass ich nicht dasselbe leisten kann, was Ihre alte Agentur leistet.«

Ich schaue ihn erschrocken an.

»Tatsächlich? Nie wieder Kaufhäuser eröffnen und schwimmende Särge moderieren? Hui, ich werd's vermissen, aber, warten Sie, ich denke, ich komme irgendwie darüber weg … Sekunde … So. Drüber weg.«

Nina lächelt tatsächlich. Herr Scheunemann mustert mich milde.

»Sind Sie bereit, wieder über die Dörfer zu tingeln?«

Ich ziehe die Schultern etwas hoch.

»Ich bin bereit, Dinge zu tun, die man tun muss, aber

zuerst gehe ich nach Dänemark und schreibe das nächste Liveprogramm.«

»Die Schwejk-Geschichten?«

Ich nicke. Er nickt.

»Ich kann schon mal die Fühler für die nächste Saison ausstrecken, aber was machen wir in der Zwischenzeit? Sie möchten doch sicherlich Geld verdienen. Schwebt Ihnen da was vor?«

»Ich würde gerne etwas mit dir machen«, sagt Nina.

Ich lächele sie an.

»Ich bin ja gleich Single.«

Ihr Gesicht wird ein paar Farbtöne dunkler. Sie wirft einen schnellen Blick zu Arne rüber, der sich, außer Hörweite, mit ein paar seiner Ökokumpels berät, wie man Chemiekonzerne gewaltfrei in die Luft sprengen kann. Ein dumpfes Geräusch. Ein Schrei. Kindergeplärre. Die Keksdose ist offen. Der UFZ hastet an die Front, um zu retten, was zu retten ist. Seine Frau hebt nur kurz den Blick, wendet sich dann wieder Frauke zu und nimmt das nächste Gerät entgegen.

»Also, was machen wir?«, hakt Herr Scheunemann nach.

Ich zucke die Schultern, doch er nickt aufmunternd.

»Kommen Sie, improvisieren Sie mal.«

»Bloß nicht«, zahlt Nina es mir heim.

»Hm, also, ich hatte mal eine Idee, ist vielleicht blöd, aber ... Sie kennen das Schwarzbuch vom Bund der Steuerzahler?«

»Hab ich gelesen!«, sagt Manne, der soeben mit einem vollbeladenen Teller an uns vorbeigeht. »Der Typ kann echt nicht schreiben!«

Ich ignoriere ihn.

»Aus den Härtefällen machen wir Kabarettnummern und touren damit durch die Medienstädte. Es wird vielleicht ein bisschen mehr Aufmerksamkeit auf die Verschwendung von Steuergeldern lenken.«

Er denkt darüber nach, dann nickt er langsam.

»Die Idee gefällt mir. Darüber sollten wir nachdenken.«

Seine Frau schaut von ihrer Sitzbank zu uns herüber.

»Entschuldigen Sie mich, ich werde wohl gerufen.«

Er nickt uns zu und geht. Ich sehe ihm nach. Er geht zu seiner Frau, legt ihr eine Hand auf die Schulter, beugt sich leicht nach vorne und stellt ihr eine Frage. Als er die Antwort angehört hat, nickt er, zieht sich die Hosenbeine hoch und setzt sich. Eine Geste, die ich ewig nicht mehr gesehen habe und die mich an Far erinnert.

»Weißt du, an wen er mich erinnert?«, fragt Nina.

Ich nicke.

»Roy Scheider«, sagt sie.

Ich will gerade korrigieren, als in einer Ecke eine Frauenstimme loskeift. Die meisten Köpfe drehen sich zu dem Krach herum. Aha. Meine Künstlernachbarn sind tatsächlich der Einladung gefolgt und haben auf einen Streit reingeschaut. Er hat die Arme verschränkt und wendet ihr den Rücken zu. Sie raunzt ihn an und versucht, ihn dazu zu bringen, sie anzuschauen, doch er dreht sich immer weiter, bis sie ihn schließlich Arschloch nennt und hinausläuft. Er folgt ihr sofort. Ich versuche einen Blick mit Tess zu tauschen, doch sie baut sich gerade unter Fraukes Anleitung ein Rohr. Scheinbar will sie heute abstürzen.

Wir gehen zu den Couchen rüber, vor denen Arne und die Ökokumpels auf dem Teppich hocken und kleine braune Kügelchen kauen. Fehlt nur noch ein elektrischer Zaun um sie herum. Ich quetsche mich zwischen Tess und Frauke. Nina lässt sich direkt neben Arne auf den Teppich sinken, was erst ihr, dann ihm Blicke von allen einbringt.

Einer seiner Kumpels murmelt Schwerenöter. Die anderen grinsen. Dann fällt ihnen die Abholzung der Urwälder ein, und sie schauen wieder grimmig drein. Tess schmiegt sich an mich und wirft mir einen Blick zu.

»Was war da los?«

»Die Nachbarn streiten sich.«

Sie gickelt bekifft.

»Ist noch Geld übrig? Wir könnten ihnen eine Therapie finanzieren.«

»Dann wird die Kunst schlechter«, gebe ich zu bedenken.

»Aber die Liebe besser«, fügt sie hinzu.

»Pah, Liebe!«, stoße ich verächtlich aus und schaue Arnes Freunde an. »Für Kunst und Umwelt muss man Opfer bringen, nicht wahr, Männer?!«

Sie nicken entschlossen. Ich schaue auf die Wanduhr. Auch hier ist es fünf vor zwölf. Ich stehe auf und halte Tess die Hand hin.

»Komm.«

»Wohin?«

Ich schnappe mir ihre Hand und ziehe sie auf die Beine. Frauke renkt sich fast den Rücken aus, weil sie Tess den Joint aus der Hand schnappen muss, bevor sie damit durchbrennen kann. Ich ziehe meine Ex zur Anlage rüber und drücke die Musik aus. Raunen und Gemurre wird laut.

»Och, nein, bitte nicht noch 'ne Rede«, klagt eine Stimme, die ich als Frau UFZ zugehörig identifiziere. Sie hat sich auf einer Couch völlig breitgemacht und chillt, während der Kopf vom UFZ durch die Halle ruckt wie ein Katastrophenortungsgerät.

Die CD liegt, wo ich sie hingelegt habe. Ich schiebe sie rein, drücke auf Start und führe Tess in die Mitte des

Raums. Sie lächelt zu mir hoch und ist ein wenig unsicher auf den Beinen.

»Was passiert?«

»Noch nie was vom Trennungswalzer gehört?«

»O Mann«, sagt sie.

Ich nehme ihre Hände. Alle recken die Hälse. Die Musik beginnt. Wir tanzen. Ich halte die Frau meines bisherigen Lebens in meinen Armen und wirbele sie herum. Mehr könnte sie auch nicht strahlen, wenn es ein Hochzeitswalzer wäre. Ist es aber nicht, und während wir tanzen, denke ich an Fars letzten Wunsch.

Kapitel 41

Warmes Licht. Schlechte Luft. Fieser Untergrund. Ich liege zusammengekauert auf einem der Sofas. Meine linke Hand ist festgeklemmt. Ich ziehe sie vorsichtig an mich und ernte ein Stöhnen. Ich öffne die Augen und sehe eine Nebelbank unter der Hallendecke, in der sich Stadtteile verstecken könnten, dahinter kommt milchiges Morgenlicht durch die Oberlichter gekrochen und wirft schmierige Streifen in die Halle.

Als ich mich benommen aufrichte, erkenne ich das Ausmaß der Zerstörung. Der Boden ist mit Kippen, Pfützen und Fußabdrücken übersät. Überall leere Flaschen, Gläser, Teller. Zwei der Deckenlichter hängen schief und beleuchten nur noch die linke Wand. Die Anlage ist bereits vor einiger Zeit verstummt, hier und da lungern noch ein paar Gäste herum. Vielleicht zu breit, um aufzustehen. Ein Pärchen, ich glaube, es sind Stan und Stella, liegt in der Hängematte und hat sich mit Jacken zugedeckt. Die Einzigen, die noch aufrecht sitzen, sind Nina, Arne und einer seiner Ökokumpels. Sie sitzen am Küchentisch und starren vor sich hin. Neben mir stöhnt Tess wieder, den Lockenkopf unter einem Kissen versteckt. Auf der anderen Couch kuscheln Frauke und einer der Veranstalter. Auf der dritten Couch schnarcht Frau UFZ. Der Verband um ihren Fuß leuchtet hell. Als ihr Mann die Kinder ins

Bett brachte, drehte sie richtig auf. Irgendwann musste sie unbedingt barfuß tanzen. Wenig später fuhren Herr Scheunemann und Ehefrau sie ins Krankenhaus. Sie kam mit einem Taxi wieder und tanzte einbeinig weiter. Armer UFZ.

Ein Stuhl scharrt über den Boden. Arnes letzter Genosse steht unsicher auf und torkelt in Richtung Ausgang. Bevor die Hallentür hinter ihm zufällt, kommt ein schwarzer Schatten hereingesaust. Ich richte mich auf, kann aber nichts erkennen, weil Nina und Arne im selben Moment aufstehen und die Sicht verdecken. Sie gehen auf Arnes Zimmer zu. Scheinbar haben sie nur gewartet, dass der letzte Zeuge geht.

»Schlaft gut«, flöte ich, »und Arne, denk dran, kein Sex vor der Ehe.«

Sie ignorieren mich. Nina nimmt demonstrativ seine Hand. Sie verschwinden in sein Zimmer. Die Tür schließt sich leise. Herrje, Arne wird Sex haben. Vielleicht sollte ich laut Punkmusik aufdrehen, dann sieht er mal, wie das ist, wenn man automatisch immer wieder in den Takt reinrutscht.

Tess zieht das Kissen von ihrem Gesicht und blinzelt gegen das bisschen Licht.

»Hast du das gesehen?«

»Was?« Sie gähnt mit geschlossenen Augen.

»Arne und Nina tun es.«

Statt zu antworten, reibt sie ihre Schläfen, betastet ihren Bauch, drückt ihre Stirn, blinzelt und leckt sich über die Lippen. So kann es gehen, wenn man mit Frauke um die Wette kifft.

»Willst du ein Bier?«

»Hör auf«, klagt sie.

»Dann vielleicht einen Joint?«

Sie stöhnt noch mal, stemmt ihre Hände auf meine Brust und richtet sich schwerfällig auf. Mir fällt der dunkle Schatten wieder ein. Ich lasse meinen Blick durch die Halle schweifen. Irgendwie habe ich Schwierigkeiten zu fokussieren. Tess steht schwankend neben der Couch.

»Kommst du ins Bett?«

»Wie klingt das denn?«, frage ich, während ich mich vorsichtig aufrichte.

»Komm«, murmelt sie und schwankt wieder.

»Ich glaube, die Katze ist hier drin«, sage ich und schaue mich um. »Da unter dem Küchentisch.«

Da sitzt das Mistvieh. Es beäugt mich misstrauisch. Ich schaue mich nach etwas zum Werfen um.

»Lass sie.«

»Wehret den Anfängen«, sage ich und greife nach einem der Kissen.

Tess beugt sich unsicher vor und schaut mich aus schmalen Sehschlitzen an.

»Sie gehört Frauke. Seit über einem Jahr. Sie wohnt hier. Sie muss nur raus, wenn du zu Hause bist. Sie ist also genauso oft hier wie du. Jetzt komm.«

Sie nimmt meine Hand und zieht los. Ich bleibe stehen und verarbeite die Information. Katze. Frauke. Ein Jahr. Sie hier, wenn ich weg.

Tess lässt meine Hand los und schwankt in Richtung Zimmer. Ich wende meinen Kopf der zweiten Couch zu.

»Frauke.«

Sie schlägt die Augen auf. Sie sehen aus wie Lavaberge von oben fotografiert.

»Die Masokatze ist hier reingelaufen. Tess meint, sie gehört dir, aber das kann ja nicht sein.«

Sie denkt einen Augenblick darüber nach. Dann richtet sie sich auf und schaut sich um.

»Mausi?«

Die Katze maunzt.

»Mausi«, sage ich.

Frauke ignoriert mich und gibt komische Geräusche von sich. Ich stütze mich mit einer Hand an der Rückenlehne ab und niese präventiv. Frauke ignoriert mich. Meine Zimmertür schließt sich. Frauke kämpft sich auf die Beine, dreht ihren Kopf langsam und schaut mich mit ihren rot unterlaufenen Augen an.

»Heute bleibt sie hier.«

Weder spricht sie mit unnatürlich tiefer Stimme, noch fordert sie mich auf, Luzifer als meinen Meister anzuerkennen, aber dennoch.

»Wir haben eine Abmachung«, erinnere ich sie. »Keine Haustiere.«

»Scheißegal«, murmelt sie.

»Und meine Allergie?«

»Scheißegal.«

Sie schwankt los und öffnet ihre Zimmertür, bleibt stehen und macht wieder diese Geräusche. Die Katze kommt unter dem Küchentisch hervorgeflitzt, schlängelt sich schnurrend um ihre Beine, und dann verschwinden die beiden. Frauke und Mausi. Arne und Nina. Gott, was für ein Tag.

Ich drehe mich um, schürfe mir das Schienbein am Beistelltisch auf und torkele in Richtung Zimmertür. Tess liegt bereits bäuchlings auf dem Bett, alle viere von sich gestreckt.

»Süße, du musst endlich lernen, dich allein auszuziehen.«

Statt zu antworten, hebt sie ihren Hintern an. Es dauert seine Zeit, aber irgendwann liegen wir tatsächlich nackt nebeneinander. Sie betrunken, ich wieder nüchterner und zu wach. Nachdem ich jede Lage ausprobiert habe, gebe ich es auf. Ich klopfe mir das Kopfkissen zurecht, klemme es hinter meinen Rücken, lehne mich an die Wand und schaue nach oben, wo es hinter den Oberlichtern zunehmend heller wird.

»Weißt du, was sein letzter Wunsch war?«

Zuerst glaube ich, sie schläft, doch dann raschelt leise Stoff, und ihr Kopf wendet sich mir zu.

»Was.«

»Er wollte, dass ich dich frage, ob du meine Frau werden willst.«

Es bleibt einen Augenblick ruhig, dann bewegt sie sich, schiebt mir einen Arm über den Bauch, stemmt sich auf meinen Brustkorb und mustert mich verkniffen. Ihr verrauchter Atem schlägt mir entgegen.

»Wirklich? Das war sein letzter Wunsch?«, fragt sie.

Ich nicke. Sie mustert mich, leckt sich über die Lippen und versucht, klarer zu werden.

»Zu spät«, sagt sie. »Ich bin schon deine Frau.« Sie drückt ihre warmen Lippen auf meine. Ein wunderschöner weicher Schlafkuss. Noch während ihre Lippen auf meinen sind, wird der Kuss zu einem Gähnen. Sie rutscht tiefer und legt ihren Kopf auf meine Brust. »Ich vermisse ihn.«

»Ich auch.«

Sie liegt einen Augenblick still. Dann dreht sie sich um und drückt mir ihren Hintern entgegen.

»Wer liebt dich?«, murmelt sie.

»Du.«

»Ja«, flüstert sie, und im nächsten Moment entspannt sich ihr Körper.

Da liegen wir. Ich lausche ihren Atemzügen. Ein. Aus. Draußen wird es heller. Wir haben es geschafft. Keine Dramen, keine Klagen, nur Liebe. Sie wird mir fehlen. Far fehlt mir. Meine Mutter fehlt mir. Sie starb heute vor zehn Jahren. So ist das Leben. Ying und Yang, Liebe und Trennung, Tod und Geburt, Gewinn und Verlust, Dick und Doof. Manche Leute werden klug, andere glücklich, manche springen, andere stürzen, hinter Mauern wird geliebt, und in Freiheit wird gejammert – das Leben ist verrückt. Wenn man Glück hat.

Ich rutsche tiefer und presse mich an meine Lieblingsex, dankbar, dass ich Abschied nehmen darf. Schon wieder darf. So gut. So schön. Ich atme den Geruch von Apfelhaaren ein und versuche, mir den Augenblick zu merken. Wirklich zu merken. Der Augenblick, in dem eine Beziehung so schön beendet wird, wie sie es verdient hat. Bewusst. Im Freundeskreis. Und voller Liebe. So soll eines Tages mein Leben enden.

Ich schaue nach oben durch die Oberlichter. Da, gleich hinter den Wolken, da scheint die Sonne.

Atmen

Normalerweise ...
    danke ich in Romanen nach dem Motto: Nenne niemanden, dann vergisst du niemanden. Nur so lässt sich verhindern, dass das Buch am Ende das Doppelte wiegt. Und man trotzdem jemanden vergisst.

Ausnahmsweise ...
    gehe ich das Risiko ein und ...

danke ...
    meiner Familie für Familiäres.
    Meiner Lieblingsex für gute Jahre, volles Schwein und Trennungsparty.
    Meiner Lektorin Nicola Bartels für Hilfe und Humor.
    Dem ganzen Lübbehaus dafür, dass ich »Geschäftsbeziehung« neu definieren durfte.
    Den Antagonisten Eckermann & Müller. Im Einzelnen. Und Ganzen.
    Familie Kling für Liebe und Pädagogik.
    Familie Rosenthal für Freundschaft & Patenkind.
    Stefan für USA und SMS.
    Familie Mohr für Asyl.

Ohne Grund, aber keinesfalls grundlos:
    Alex, Alina, Anabela, Andrea, Anja, Annelie, Bernd, Caro, Christine, Claudia, Dana, Dirk, Eckes, Elke, Frauke, Gika, Harald, Jørn, Kairotte, Karin, Krieg, Lion, Lisa, Martin, Pamela, Pat, Raukia, Roland, Sabrina, Schocker, Selim, Sophia, Stahlator, Steffi, Steven, Suzana, Tatjana, Tine, Uni und ... Anke.

Meiner alten Heimat für eine schöne Kindheit und Demokratie.

Meiner neuen Heimat für ein gutes Leben und Demokratie.

Beziehungsweise ...
 Dir. Für die potenzielle Option.

Leseprobe

Die Liebe ist der Soundtrack seines Lebens –
der neue Roman von Michel Birbæk über Freundschaft,
Musik und den schönsten Silberstreif am Horizont.

Seitdem der Musiker Leo Palmer die Liebe seines Lebens
verloren hat, geht er festen Bindungen aus dem Weg – bis er
Mona trifft. Sie ist verheiratet und er ein Womanizer, aber
das Schicksal führt sie für eine Nacht zusammen. Der Deal
ist klar: keine Telefonnummern, kein Wiedersehen. Doch
die Nacht wird zu schön. Als Leo und Mona sich nochmal

treffen, erfährt er mitten im Date, dass sein großes musikalisches Idol Prince soeben gestorben ist. Geschockt sucht er Trost bei alten Freunden – und damit auch bei seiner Ex-Frau. Dort merkt er, dass er sich endlich den Geistern seiner Vergangenheit stellen muss, um eine Zukunft mit Mona zu haben ...

»Die Beziehungsstorys von Michel Birbæk sind kleine tragikomische Meisterwerke.« *Petra*

Auf den folgenden Seiten finden Sie Ihre Leseprobe aus *Das schönste Mädchen der Welt*.

Leseprobe aus *Das Schönste Mädchen der Welt*

1.

Wenn du wissen willst, was mit der Welt nicht stimmt – mach ein Tinder-Date. Viele Frauen müssen einen falschen Namen angeben, um sich vor Verrückten zu schützen. Andere geben ein falsches Alter an, weil man ihnen suggeriert hat, dass man zu alt sein kann, um geliebt zu werden, und manche, tja, manche tun das, was Su37 gerade tut, aka Susanne, dreiundvierzig. Wir sitzen in der Trattoria Napoli Da Salvatore, einem guten italienischen Restaurant in Frankfurt, und unser Kennenlernen erweist sich als zunehmend einseitige Angelegenheit. Die meisten Begegnungen entscheiden sich in den ersten Minuten, manche auf den ersten Blick. Wenn es da schon nicht passt, könnte man theoretisch auch gleich wieder aufstehen und gehen, oder? Manche tun das tatsächlich. Es gibt mittlerweile sogar Bars, die mit Tinder-Fluchtwegen werben, und das sagt mehr über unsere Welt aus, als ich wissen möchte. Natürlich gibt es manchmal gute Gründe, gleich wieder zu gehen. Einmal erkannte ich mein Date nicht wieder, weil ihre Fotos auf Tinder zu alt waren. Ein anderes Mal waren es nicht mal die eigenen Fotos. Meist stimmt das Alter nicht, aber auch mit allem anderen wie Kinder, Ehe und Job wird getrickst, und manchmal entwickelt man erstaunlich schnell eine These, wieso der andere Langzeitsingle ist. Dennoch habe ich nie ein Date vorzeitig abgebrochen, mich durch die Hintertür davongestohlen oder mich durch gefakte Anrufe von Freunden in Not abkommandieren lassen. Und warum nicht? Weil mein allererstes Tinder-Date mich in ein Café bestellte und dann nicht auftauchte. Dachte ich. Doch als ich nach dreißig Minuten Warterei über Tinder nachfragte, ob sie unser Date vergessen hätte, schrieb sie: »Dein Look gefällt mir nicht. Auf deinen Fotos bist du besser angezogen.« Ich brauchte ein paar Momente, bis ich verstand, dass sie im Café gewesen war, mich begafft hatte wie ein Tier im Zoo, um dann wortlos wieder zu verschwinden. Ich habe mich selten so erniedrigt gefühlt.

Trotz solcher Erlebnisse hat das Daten mir überwiegend schöne Erfahrungen beschert, weil ich eine Sache verinnerlicht habe: Vor ein paar Jahren wurde ich morgens bei einem One-Night-Stand wach und wollte verschwinden, bevor sie aufwachte. Beim Abendessen hatten wir herausgefunden, dass wir unterschiedliche Auffassungen vom Leben hatten, aber wir waren uns sympathisch und hatten beide ein Zärtlichkeitsdefizit. So landeten wir bei ihr und teilten diese eine Nacht miteinander. Als ich mich morgens leise anzog, um sie nicht zu wecken, blieben meine Augen an einem Zettel hängen, der an der Wand hing: »Everyone you meet is fighting a battle you know nothing about. Be kind. Always.« Statt davonzuschleichen, nahm ich also ihren Haustürschlüssel und holte Frühstück. Nicht mal, dass es ihr wirklich in den Kram passte, sie musste zur Arbeit, und morgens waren wir uns fremder, als wir uns in der Nacht gewesen waren. Doch ich denke, dass diese halbe Stunde Frühstück, inklusive ein paar Komplimente, eine Abschiedsumarmung und das Zauberwort Danke, wertvoller für uns waren als die Nacht zuvor. Ich mag es einfach, wenn Menschen gut miteinander umgehen. Ich finde, wir sollten alle viel mehr aufeinander aufpassen und jede Begegnung nutzen, um offener mit unseren Bedürfnissen nach Liebe, Zugehörigkeit und Zärtlichkeit umzugehen. Wir könnten jede einzelne Begegnung als Bereicherung ansehen, anstatt ein Date negativ zu bewerten, nur weil man sich nicht wiedersieht. Die unterschiedlichen Bedürfnisse und Eigenarten meiner Begegnungen haben mir jedenfalls gutgetan. Je mehr unterschiedliche Menschen ich traf, desto verständnisvoller und nachsichtiger wurde ich auch mir selbst gegenüber. Dieselbe Wertschätzung versuche ich meinen Dates entgegenzubringen, doch das heutige macht es mir nicht leicht…

Susanne sieht gut aus, vor allem, wenn sie von ihrem Hobby erzählt, lateinamerikanischer Standardtanz. Sie ist Deutsch- und Geschichtslehrerin und hat den Hang, einem die Welt so zu erklären, als sei man einer ihrer Schüler. Zudem ist sie Frühaufsteherin, deshalb treffen wir uns bereits am späten Nachmittag zu einem sehr frühen Abendessen. Schon am Telefon fand ich, dass sie ein bisschen viel redete, schrieb es aber ihrer Nervosität zu. Auch als wir uns vorhin vor dem Restaurant trafen, wirkte sie nervös. Doch seitdem wir hier sitzen, hat sie sich nach und nach entspannt – und redet immer mehr. Am Anfang erkundigte sie sich nach meinem Beruf, Wohnort und Familienstand, und wir smalltalkten ein bisschen. Doch seit mehr als einer

Stunde redet sie ununterbrochen über ihren Berufsalltag, ihre kranken Eltern, ihre Katze und ihren Ex. Am Anfang habe ich noch Fragen gestellt, aber als sie die ignorierte, habe ich mich darauf verlegt, seltsame Kommentare zu machen, in der Hoffnung, dass sie mal nachhakt, wie ich das meine.

Sie schüttelt ihren Kopf entnervt. »Wenn ich von Klassenfahrten zurückkomme, melde ich mich jedes Mal eine Woche krank, um mich zu erholen. Trotzdem muss ich immer wieder mit, die Schulverwaltung besteht darauf.«

Ich nicke. »Stell dir vor, es ist Krieg, und keiner geht hin.«

Sie lächelt kurz und redet weiter. Als ich vor elf Jahren aus beruflichen Gründen in die Provinz zog, kam mein Liebesleben für mehrere Jahre fast schlagartig zum Erliegen. Früher war alles besser? Beim Daten schon mal nicht. Vor Tinder beantwortete ich Kontaktannoncen, die man mühsam bei der Post aufgeben musste, und wartete dann tage-, manchmal wochenlang auf Antwort. Am Wochenende fuhr ich in die umliegenden Städte. Oft verschwendete ich da bloß einen weiteren Abend meines Lebens. Doch seit ein paar Jahren läuft es besser, Grund dafür ist die Tinder-App und ein Buch, das fast jeder kennt: *Wie man Freunde gewinnt* von Dale Carnegie. Als Teenager hatte ich es schon mal gelesen und langweilig gefunden, doch vor ein paar Jahren fiel es mir noch mal in die Hände. Zusammengefasst gibt's drei goldene Regeln, wie man Freunde gewinnt…

1. Zuhören.
2. Interesse zeigen.
3. Komplimente machen.

Und genau so gewinnt man auch Frauen. Wir leben in einer Welt, die so nachdrücklich verlernt hat zuzuhören, dass Menschen Psychologen und Coaches für die Dienstleistung bezahlen, ihnen ein wenig Aufmerksamkeit entgegenzubringen. Mittlerweile basiert eine ganze Industrie auf der Kunst des Zuhörens, und wenn ich eines kann, dann das. Ich bin Backgroundsänger.

Wenn man Backings singt, hört man den ganzen Abend dem Leadsänger und den Musikern zu, während man auf seinen Einsatz wartet. Mehrere Jahrzehnte meines Lebens habe ich damit verbracht, anderen zuzuhören und ihren Sound mit meiner Stimme zu unterstützen. Man sagte mir nach, dass ich vielleicht nicht der beste, aber einer der anpassungsfähigsten Sänger war. Ich konnte ziemlich schnell eine besondere Stimmfarbe auf fast jeden Gesang legen und war bekannt dafür, nur wenige Takes zu brauchen. Es war, als könnte ich *fühlen*, was dem Song oder der Produktion fehlt. Wer hätte gedacht, dass mir das eines Tages beim Daten nützt. Ob Zuhören bei Susanne etwas bewirkt, weiß ich allerdings nicht. Sie ist ganz in ihrer eigenen Welt gefangen und scheint mich nicht wahrzunehmen oder sich gar für mich zu interessieren. Stand jetzt, ist das Date nach dem Dessert beendet.

»Und dann die Hausarbeiten, an die denkt keiner. Da heißt es, ach, gehst du schon nachmittags nach Hause? Und dann sitzt man noch bis spät in die Nacht da und korrigiert. Diese Stunden hat dann keiner auf dem Zettel.«

Ich nicke. »Fliegt der Vogel gegen den Baum, merkt der Stamm es kaum.«

Diesmal stockt sie dann doch kurz und mustert mich.

Man kann ihr richtig ansehen, wie sie mich noch mal neu abschätzt. Wie wird sie reagieren? Mich fragen, wie ich auf einen solchen Stuss komme? Leider nicht. Sie beginnt ausführlich die Klassenfahrt zu schildern. Was ist es nur, dass manche Frauen so unglaublich viel reden und es scheinbar nicht einmal bemerken? Vielleicht muss ich sie ja mal damit allein lassen, also unterbreche ich den Augenkontakt und lasse meinen Blick durch das Lokal streifen. Er bleibt an einer Adriano-Celentano-Gedächtnis-Wand hängen. Über einhundertfünfzig Millionen verkaufte Alben haben ihm Ruhm und Reichtum beschert. Hätte seine Karriere heute stattgefunden, würden seine »Fans« die Alben für lau illegal runterladen, oder Flatrate-Portale würden ihn ruinieren. Adriano müsste wahrscheinlich mit einer Gitarre drüben in der Ecke neben dem Klo stehen und von der Hand in den Mund leben. Die Gnade der frühen Geburt.

Susanne berichtet von einem Lehrerkollegen, der sie auf der Klassenfahrt angebaggert hat. Mein Stichwort.

»Und, hattet ihr was miteinander?«

Sie schüttelt ihren Kopf abschätzig. »Ist nicht mein Typ.«

»Was ist denn dein Typ?«

Ein aufmerksamer Mensch würde diese Einladung nutzen, um den Tag in die richtigen Bahnen zu lenken, aber Susanne verliert sich in den Begegnungen aus ihrer Vergangenheit und zählt vor allem auf, wer nicht ihr Typ ist. Negative Einstellungen ziehen negative Tatsachen nach sich, aber wer bin ich, sie deswegen zu belehren? Ich kenne sie nicht, und wir werden uns vermutlich auch nicht wiedersehen. Ehrlich gesagt, finde ich es ziemlich schräg, wenn ein Erwachsener sich so unreflektiert verhält wie sie, aber

Leseprobe aus *Das Schönste Mädchen der Welt*

bereits nach den ersten Tinder-Dates habe ich beschlossen, »schräg« nicht mehr ganz so schräg zu definieren, sondern in allen Momenten des Lebens nach den schönen Dingen zu suchen. Ihre Begeisterung zum Beispiel, wenn sie vom Tanzen spricht. Nicht zu vergessen ihren schwungvollen Gang und ihren vom Tanz geformten Körper. Sie hat bestimmt ein gutes Rhythmusgefühl und ist wahrscheinlich leidenschaftlich im Bett.

Etwas berührt mich an der Hand. Ich zoome zurück ins Jetzt. Zwei Finger ihrer rechten Hand ruhen auf meinem Handrücken. Ich lächle automatisch, denn Frauen berühren Männer nicht zufällig. Nicht einmal an der Hand. Sie mustert mich fragend. Leider habe ich die Frage nicht verstanden, also…

»Entschuldige, was ich dich die ganze Zeit fragen wollte, hast du einen Musiktipp für mich? Zu welcher Musik tanzt du am liebsten?«

Sofort verschwindet alles Kummervolle aus ihrem Gesicht, und sie lächelt mich an. Der erste kleine Frau-Mann-Moment zwischen uns. Dann beginnt sie über ihre Lieblingsmusik und das Tanzen zu sprechen, und alles an ihr verändert sich. Ihre Körpersprache wird energisch, ihre Augen sind weit geöffnet, ihre Hände untermalen ihre Worte, wobei sie unentwegt lächelt. Jetzt weiß ich, wo wir nach dem Dessert landen werden: auf einer sehr lauten Tanzfläche einer Afterworkparty.

Fünfundzwanzig Minuten später läuft die Sache langsam aus dem Ruder, aber der Grund ist nicht Susanne, sondern die Musik im Hintergrund. Als Musikfan rege ich mich tierisch über Musikmissbrauch auf. Heutzutage kann jeder das Lebenswerk eines Musikers für weniger Geld streamen, als er wöchentlich für Kaffee to go ausgibt, und das gilt in unseren Zeiten als *normal*. Aber wehe, man hat ein Problem mit Flatrate-Portalen und ist nicht auf Spotify, schon steht man als gestörter Freak da. Dabei versuche ich der Musik nur entgegenzubringen, was sie verdient: Wertschätzung, Dankbarkeit und oft Liebe. Musik ist meine älteste Freundin. Sie half mir als Kind, da ich durch Kopfhörer das ausschließen konnte, was meine Erzeuger für Familie hielten. Ich begann überhaupt erst zu klauen, weil ich so viele Batterien für meinen Kassettenrecorder brauchte. Später bei den Pflegefamilien begleiteten mich Santana, Marvin Gaye und Leonard Cohen fürsorglicher durch die Hölle, als es meine Freunde konnten. Als ich im Jugendheim lebte und dachte, ich ersticke, kam Udo Lindenberg daher und zeigte mir, dass man über alles frei texten kann, und so begann ich Songs zu schreiben, und dann ...

... dann knallte vor vierunddreißig Jahren Prince in mein Leben.

Ich hörte ihn – und gehörte ihm. Ich weiß genau, wie viele Prince-Gigs ich bis heute gesehen habe – zu wenige. Und egal, wie viele ich noch sehen werde, es werden nie genug sein. Er. Haut. Mich. Um. Ich liebe seine Performance, seine Attitüde, seine künstlerische Freiheit, seine Eleganz, seine Texte, sein Gitarrenspiel, seine Gitarrensounds, seine Art sich zu kleiden, seine Dancemoves, seine Musiker, seine wunderbare Stimme und über allem: seine unglaubliche Experimentier- und Spielfreude. Welcher Künstler gibt denn nach seinen Konzerten noch Aftershows, auf denen zum Teil länger gespielt wird als während des regulären

Auftritts? Seine Spielfreude scheint nie zu versiegen, und mir fällt kein passender Superlativ für seine Kreativität ein, vor allem auch für seinen Mut, sich jedes Mal auf dem Höhepunkt seines Erfolges neu zu erfinden. Ich wünschte, ich könnte das wenigstens an meinen Tiefpunkten, wenn ich es eigentlich müsste. Er muss nicht – und tut es dennoch. Es war der totale Wahnsinn nach *Purple Rain*, wo ihm die Welt zu Füßen lag, nicht *Purple Rain* II nachzulegen, sondern ein so völlig anderes Album wie *Around The World In A Day*. Als er das tat, hatte er mich endgültig. Wenn Beethovens, Bachs und Mozarts Schaffen halbwegs korrekt überliefert ist, würde ich Prince in diese Reihe stellen. Ein musikalisches Genie, das sich weder kaufen noch im Schaffensprozess aufhalten lässt. Und egal, nach welchem Gig ich die Halle verließ, egal, wie platt und befriedigt ich war, oder sogar damals, direkt nach der Skandalshow 2011 in Köln, freute ich mich bereits an der Ausgangstür auf seinen nächsten Live-Gig.

Und da sind wir dann auch schon beim Problem. In dem Restaurant, wo ich gerade mit Susanne Tortellini Gorgonzola esse, läuft seit einiger Zeit Prince im Hintergrund. Zum Glück stehen die Tische in dem Restaurant traditionell eng beieinander, und dank den Steinwänden und der niedrigen Decke ist es hier drin ungefähr so laut wie in einem Fußballstadion. Dennoch fräste sich das Gitarrenriff von »Lets Go Crazy« vorhin durch den Akustikbrei wie ein Hai durch einen Fischschwarm. Ab da lief der Song in meinem Kopf mit, auch wenn die Lautstärke des Restaurants sich immer wieder über die Musik legte. Normalerweise höre ich meine Lieblingssongs nur, wenn ich zu Hause bin oder bei Konzerten oder auf Kopfhörer. Mit den Jahren habe ich mich aber daran gewöhnen müssen, dass manche Lieder jederzeit an den seltsamsten Orten auftauchen können. Wie jetzt. Die viereinhalb Minuten, die »Lets Go Crazy« brauchte, konnte ich absitzen, doch danach begann allen Ernstes »Take Me With You.« Zufall? Um auf Nummer sicher zu gehen, wartete ich den nächsten Song ab, und dann, dann begann tatsächlich »The Beautiful Ones.« Ein Lied, das hier so dermaßen deplatziert wirkte, dass es mir die Sprache verschlug. In diesem Song hat Prince den vielleicht intensivsten stimmlichen Kontrollverlust seiner gesammelten Werke, und es war total absurd zu sehen, dass der Betrieb im Laden normal weiterlief, während er im Hintergrund seine Wut und Eifersucht herauskreischte. Noch schlimmer war allerdings die endgültige Gewissheit: Die lassen hier doch tatsächlich das Album durchlaufen.

Das Album *Purple Rain*. In einem Restaurant.

Hitler wurde mal für den Friedensnobelpreis vorgeschlagen. Immerhin bevor er Polen überfiel, aber dennoch, oder? Stalin wurde sogar zweimal vorgeschlagen. Was das bedeutet? Das bedeutet, dass die Welt manchmal verdammt noch mal seltsam ist, und ich versuche irgendwie damit klarzukommen, aber…

Das Album Purple Rain! *In einem Restaurant!*

Vor zehn Minuten steuerte ich die Toilette an, passte dabei den Kellner ab und fragte freundlich, ob man die Musik ändern könne. Er lächelte und nickte, doch seitdem hat sich nichts getan. Mittlerweile sind wir bei »When Doves Cry« angekommen. Noch ein Song, den ich nie in einem Restaurant hören wollte. Vor zwei Minuten habe

Leseprobe aus *Das Schönste Mädchen der Welt*

ich Susanne vorgeschlagen, das Dessert woanders einzunehmen. Das verstand sie wohl falsch, denn sie meinte, sie würde vorher gerne noch ein Eis essen, also winkte ich den Kellner an unseren Tisch und bat ihn etwas nachdrücklicher, doch bitte die Musik zu wechseln. Er versprach, sich darum zu kümmern, und verschwand daraufhin in der Küche. Das Album läuft immer noch.

Ich sitze da und weiß nicht so richtig, was ich tun soll, aber auch wenn es heißt, dass nichts im Leben sicher ist, so ist eine Sache todsicher: Ich werde mir nicht in einem Restaurant »Purple Rain« anhören. Es geht nicht. Es geht einfach nicht. Mit manchen Songs verbindet man einen besonderen Menschen, mit manchen einen Lebensabschnitt, mit »Purple Rain« verbinde ich *den* einen besonderen Menschen in *dem* einen besonderen Lebensabschnitt. Dieses Lied ist der Soundtrack zu der glücklichsten Zeit meines Lebens. Es gehört in eine Konzerthalle, wenn Prince oben auf der Bühne steht und man unten mit Tausenden anderen Fans singt, oder zu Hause, laut, wenn ich unbeobachtet bin, aber ganz sicher nicht in ein verdammtes Restaurant als Spaghetti-Begleitmusik.

Der Kellner kommt vollbeladen wieder aus der Küche zurück, ich winke. Er nickt und serviert erst mal den anderen Gästen das Essen. Susanne spürt mittlerweile, dass irgendwas schiefläuft. Es wäre typisch Frau, den Fehler bei sich selbst zu suchen, daher setze ich gerade an ihr zu erklären, dass ich etwas schmerzempfindlich bei Musik bin, da endet »When Doves Cry« und wird durch »I Would Die 4 U« ersetzt. Sieben Minuten noch.

Ich winke dem Kellner noch einmal. Er nickt freundlich.

Bloß, dass ich diesmal energisch weiterwinke. Sein Gesicht verliert für einen Moment die Contenance, ein paar Gäste schauen zu mir rüber. Susanne mustert mich irritiert.

»Alles in Ordnung?«

Bevor ich es ihr erklären kann, steht der Kellner vor unserem Tisch. Sein Blick huscht automatisch über Teller und Gläser, auf der Suche nach dem Problem. »Alles zu Ihrer Zufriedenheit?«

»Sie wollten die Musik wechseln.«

Er lächelt servil. »Die Musik wechselt gleich von alleine.«

Ah! Natürlich. Da hätte ich ja auch drauf kommen können. Ich wühle in der Innentasche meines Anzugs nach meiner Brieftasche und deute so lange mit der linken Hand auf die Adriano-Celentano-Gedächtnis-Wand. »Was ist denn aus Adriano geworden, hört ihr den nicht mehr? Oder diese Rockröhre damals, wie hieß die noch mal?«

Der Kellner mustert mich verständnislos.

»Gianna Nannini«, sagt jemand hinter mir.

Ich werfe einen Blick über meine Schulter. Am Tisch hinter mir sitzt eine Frau um die vierzig. Sie trägt ein dunkelrotes Kleid, das einen schönen Kontrast zu ihren langen schwarzen Haaren darstellt, die sie sich links und rechts hinter die Ohren geklemmt hat, wodurch die leicht abstehen. Um die Augen hat sie ein paar Lachfalten und um den Mund einen festen Zug, der von Willenskraft zeugt. Aber der wirkliche Hingucker ist ihr Blick. Ein wissender, spöttischer Blick aus verblüffend grünen Augen, die scheinen, als hätten sie schon alles gesehen, was es zu sehen gibt, und trotzdem beschlossen haben, nicht wegzuschauen. Auf Tinder bekäme sie ein Superduperlike von mir.

»Gianna Nannini«, wiederholt sie.

Ich merke, dass ich sie anstarre, nicke ihr zu und wende mich wieder dem Kellner zu. »Genau die meinte ich«, sage ich und öffne mein Portemonnaie diskret im Schoß. »Zwanzig Jahre lang konnte man keine Pasta essen gehen, ohne ihre Musik zu hören. Sie haben doch bestimmt ihre Greatest Hits da, die würden hier doch jetzt viel besser passen.«

Ich bin wohl ein bisschen laut. Von den anderen Tischen schauen immer mehr Restaurantbesucher zu uns rüber. Susanne lehnt sich peinlich berührt in ihrem Stuhl zurück und wünscht sich jetzt vielleicht, sie hätte auf Tinder nach links gewischt. Ich schiebe dem Kellner unauffällig einen Zehner über den Tisch.

»Wären Sie so nett?«

Er mustert mich irritiert. »Mögen Sie Prince nicht?«

Ich starre ihn an. In Uruguay ist es verboten sich zu duellieren, außer man ist registrierter Blutspender. Hier und da ist die Welt also noch in Ordnung. Aber nicht in der Trattoria Napoli Da Salvatore. Es ist mir wirklich peinlich, aber mir fällt keine Möglichkeit ein, wie ich halbwegs elegant aus dieser Sache herauskommen kann. Soll ich für acht Minuten und vierzig Sekunden auf der Toilette verschwinden? Einen Anruf vortäuschen und rausrennen? Mich als Nichtraucher mit einer Zigarette vor die Tür stellen? »Baby, I'm A Star« beginnt, und vor meinen Augen laufen die Tanzszenen aus dem Film ab, den ich in einem früheren Leben fast wöchentlich gesehen habe und bei dessen Kinopremiere ich die Liebe meines Lebens kennenlernte. Ich werfe einen Blick in die Runde. Außer mir scheint sich hier niemand an der Musiksituation zu stören. Eines der vielen Rätsel des

Lebens. Susannes Eis kommt, und in viereinhalb Minuten beginnt das Lied, zu dem ich geheiratet habe und zu dem ich geschieden wurde. Susanne löffelt ihr Eis, der Kellner kassiert einen Tisch ab, und die Musik läuft weiter. Ein ganz normaler Tag in einer verrückten Welt, in der Menschen daten, ohne sich für einander zu interessieren, und in der das erfolgreichste Werk eines der größten Künstler unserer Zeit in einem Restaurant erniedrigt wird.

Ich atme einmal tief durch, dann rufe ich das Wort, das schon so viele Konflikte gelöst hat. »Zahlen!«

2

Ich stehe an einem Taxistand und schaue zu, wie Susanne im Taxi aus meinem Leben verschwindet. Datus-Interruptus. Als wir das Restaurant verließen, versuchte ich es ihr zu erklären, doch sie wich meinem Blick aus, als hätte ich eine blutige Axt hervorgeholt. Also begleitete ich sie zum Taxi und brachte dort den Klassiker, dass ich wohl doch noch nicht ganz über meine Ex hinweg bin.

Während ich darauf warte, dass ein weiteres Taxi kommt, frage ich mich, ob ich durch bin. Hat mich das viele Daten zu routiniert werden lassen? Glaube nicht. Oder doch? Ich weiß nur, dass ich mich gerade ziemlich bescheuert fühle. Ein Date wegen der Hintergrundmusik in einem Restaurant platzen zu lassen, das geht bestimmt auch international in die TOP 100 der beknacktesten Datingstorys ein. Oder vielleicht ja auch nicht. Vielleicht passiert das ja öfter, als man glaubt? Vielleicht geht es ja noch anderen Musikliebhabern gegen den Strich, wie Musik heutzutage behandelt wird. Wir leben in einer Zeit, wo Politiker Werke der größten Musiker missbrauchen, um ihre Umfragewerte zu verbessern. Konzerne machen ungestraft Werbung mit John Lennons »Imagine«, um ihre Umsätze zu steigern.

Neulich war ich im Supermarkt, und da lief »Gran Torino« von Jamie Cullum. »*Gran Torino!*« *Im Supermarkt!* Ich habe dieses Lied noch nie bei *Tageslicht* gehört, und dann läuft es auf einmal, während ich zwischen gestressten Mitmenschen an der Salattheke herumwühle. Ist das in Ordnung? Nein. Es gibt Songs, die sind zu wertvoll, um sie in den falschen Umgebungen mit den falschen Menschen zu hören, und Prince gehört zu den Künstlern, die sich am vehementesten dagegen wehren, dass ihre Musik respektlos behandelt wird. Wollen wir mal im Paisly Park anrufen und ihn fragen, wie er es findet, dass seine erfolgreichste Platte in einem Restaurant *nebenbei* abgespielt wird – und das auch noch *leise*? Wie man hört, hat er aufgehört zu fluchen. Das lässt sich sicher wieder ändern.

»Haben Sie es mit der App probiert?«

Ich drehe den Kopf. Die Frau vom Nebentisch steht ein paar Meter neben mir. Jetzt fällt mir ein, an wen sie mich erinnert, an Alanis Morissette in diesem »Thank-you«-Video, nur dass sie grüne Augen hat und nicht nackt ist. Sie trägt nun einen langen schwarzen Mantel über dem roten Kleid. Im Tageslicht wirkt ihr grüner Blick noch intensiver.

»Was?«, sage ich und schaue allen Ernstes weg.

»Die Taxi-App. Haben Sie die probiert?«

»Äh, nein.«

»Soll ich Ihnen eines mitbestellen?«

»Ja, klar, also, warum nicht?«, holpere ich und sehe aus dem Augenwinkel, dass sie beginnt, auf ihrem Smartphone herumzutippen. Ich stehe einen Moment da und lausche in mich rein. Ich habe ausreichend Therapeuten und Psychologen kennengelernt, um zu wissen, dass niemand wirklich in den Kopf des anderen hineinschauen kann, dennoch fühlte ich mich von ihr eben einmal komplett durchgecheckt. Eine Gesamtanalyse, geprüft und katalogisiert, und das mit einem einzigen Blick. Meine Güte. Während sie tippt, kann ich sie in Ruhe betrachten. Ohne die Lachfalten würde sie nur willensstark und durch den harten Zug um den Mund vielleicht sogar streng wirken. So wirkt sie wie eine starke Frau, die einiges erlebt hat und beschlossen hat, einen gesunden Teil davon mit Humor zu nehmen. Mein Blick huscht zu ihrem Ringfinger. War ja klar. Die Konkurrenz schläft nicht, und bei ihr müsste sie schon im Koma liegen.

»Bestellt.« Sie packt ihr Handy in ihre Handtasche, hebt ihren Blick und schaut mich an. »Er hat eben noch ein neues Album gemacht.«

Ich schaffe es gerade noch, nicht schon wieder »Was?« zu fragen. Prince kann sie ja nicht meinen, das wäre keine Nachricht, er macht ja ständig ein Album. »Celentano?«

Sie nickt. »Hab's gegoogelt«, sagt sie und mustert mich mit ihren grünen Augen. »Wollten Sie wirklich wegen der Musik da raus, oder war das eine Notlüge?«

Jeder Künstler fürchtet Blackouts auf der Bühne, aber ohne Bühne sind sie auch nicht besser. Mein Sprachzentrum scheint sich verabschiedet zu haben. Ich starre in diese Augen, für einen Moment ist es, als könnte ich ihren Blick *fühlen*, und ich weiß, dass das Quatsch ist. Sie mustert mich und nickt, als hätte ich etwas bestätigt, was sie sich schon gedacht hat.

»Also wegen Prince. Er bedeutet Ihnen so viel, dass Sie ein Date beim Dessert sausen lassen, und das nach der ganzen Quälerei zuvor...« Sie lächelt, und der leichte Spott ist wieder da.

»Tja«, sage ich.

Sie nimmt meine lahme Entgegnung zur Kenntnis und schaut sich um. Kein Taxi in Sicht, also heftet sie ihren Blick wieder an meinen. »Ich stand früher mehr auf Michael Jackson«, sagt sie und schaut genau hin, wie das bei mir ankommt.

Ich räuspere mich, um sicherzugehen, dass ich noch eine Stimme habe. »Ich habe nie verstanden, wieso man sich zwischen den beiden entscheiden sollte. Ich meine, ›Man in the Mirror‹, da schmilzt doch jeder.«

»Also hätten Sie das Lokal auch bei Michael Jackson verlassen?«

»Bei ›Man in the Mirror‹? Hundertpro. Dieses Lied sollte im öffentlichen Raum nur abgespielt werden, wenn vorher die schriftlichen Einverständniserklärungen sämtlicher Zuhörer vorliegen.«

Ihre Mundwinkel streben nach oben. »Muss anstrengend sein, mit Ihnen essen zu gehen.«

»Nee, wieso? Ich maile dem Laden vorher eine Liste mit vier- bis fünftausend Songs, die ein absolutes No-Go sind, die halten sich dran, alle haben einen schönen Abend.«

Sie lächelt zum ersten Mal richtig, und alles Strenge verschwindet aus ihrem Gesicht, bis sie ihre Lippen wieder zusammenpresst und das Lächeln unterdrückt. Einige Haare lösen sich und fallen ihr ins Gesicht. Sie schiebt sie mit beiden Händen hinter die Ohren und schaut sich um. Immer noch kein Taxi. Als ihr Blick wieder auf mir ruht, ist das Spöttische in ihn zurückgekehrt.

»Vielleicht war der Kellner ja Prince-Fan. Vielleicht wollte er bloß bei der Arbeit gute Musik hören.«

Herrje, diese Frau disst mich gerade. Und hat Spaß dabei. Ich wette, sie macht irgendeinen Psychojob.

»Verstehe. Sie meinen, er wollte seinen Gästen etwas Besonderes bieten, und dann kommt plötzlich so ein Irrer daher?«

Sie nickt, zieht gleichzeitig ihre Schultern hoch und versucht, unschuldig dreinzuschauen. Sie hat nicht ganz unrecht, ich hätte mich entschuldigen können. Ich werfe einen Blick zum Restaurant rüber.

»Gehen Sie sich entschuldigen?«, fragt sie.

»Ich habe einem Kerl, der ›Purple Rain‹ beim Essen laufen lässt, Trinkgeld gegeben. Wenn ich da noch einmal reingehe, dann um mir das Geld zurückzuholen.«

»Gut«, sagt sie und nickt mehr für sich selbst. »Sollte ich auch mal wieder.«

Ich schaue sie fragend an. »Bei Ihnen wären erklärende Untertitel ganz nett.«

Ihre Augen weiten sich überrascht. »Das sagen *Sie*?« Ein Lachen platzt aus ihr hervor. Einen Moment lang lacht sie unbeschwert mit geschlossenen Augen, dann kriegt sie sich wieder ein. »Fliegt der Vogel gegen den Baum, merkt der Stamm es kaum?«, zitiert sie mich, wobei sie mich kopfschüttelnd mustert. »Das muss das Schrägste sein, was jemals bei einem Date gesagt wurde …«

Ich starre sie an. »Sie haben das ganze Gespräch belauscht?«

»Welches Gespräch?« Sie verzieht ihren Mund etwas und schüttelt ihren Kopf wieder. »Mein Gott, so datet man heute? Einer textet ohne Punkt und Komma, und der andere verharrt in Duldungsstarre? Was ist denn aus Flirten geworden? Macht man das nicht mehr?«

Gute Frage. Bevor mir dazu eine gute Antwort einfällt, kommt ein Taxi auf uns zu. Mein Puls beschleunigt sich. Lange her, seitdem mir eine Frau auf den ersten Blick so gefallen hat. Mein Blick gleitet noch mal zu ihrem Ringfinger. Immer noch verheiratet. Tja, was nun? Ich saß mal in einem Restaurant in München und erkannte plötzlich Sananda Maitreya in der Nachbarnische, einer meiner Lieblingssänger und -performer der Achtziger, damals noch unter dem Namen Terence Trent D'Arby. Ich wollte ihm unbedingt sagen, wie großartig ich ihn finde und wie gerne ich mal mit ihm arbeiten würde, doch er war in ein intensives Gespräch verwickelt, und so kämpfte ich den Kampf aller Kämpfe – Ethik versus Egoismus. Ich saß eine Stunde am Nebentisch und schaffte es, ihn nicht zu stören. Dann ging er, bevor ich reagieren konnte. Danach wusste ich, dass ich das Richtige getan hatte, dennoch fühlte ich mich tagelang, als hätte ich etwas falsch gemacht. Zu den weiteren Ethikprüfungen des Lebens gehört es, keine verheiratete Frau nach ihrer Telefonnummer zu fragen, nur weil sie interessanter ist als jede Frau, die ich in den letzten Jahren traf. Und irgendwie mit mir flirtet. Tut sie doch, oder? Und gut sieht sie aus. Und Humor hat sie. Und schnell im Kopf ist sie. Und immer noch verheiratet.

Das Taxi hält neben uns. Ich öffne die Hintertür und nicke ihr zu. »Bitte schön.«

Sie rührt sich nicht. »Sie waren vor mir«, sagt sie und macht eine Handbewegung, dass ich einsteigen soll.

»Ladies first.«

»Nein, der Reihe nach.«

»Typisch moderne Frau. Erträgt keine Bevorzugung, kann keine Galanterie annehmen.«

Sie hebt eine Augenbraue. »Ich bin Halbitalienerin, wir lieben die Galanterie.«

Ich schüttele den Kopf. »Sie sind keine Halbitalienerin.«

Sie schaut mich überrascht an und holt Luft, doch ich bin schneller.

»Eine Halbitalienerin wäre längst mit einem ›Grazie amore‹ auf den Rücksitz gerauscht, als wäre Lenny Kravitz persönlich mit einer Kutsche vorgefahren, um ihr einen Antrag zu machen.«

Von einem Moment auf den anderen wird ihr Gesicht ausdruckslos. »Sie glauben, ich bin keine Halbitalienerin, weil ich mich nicht vordrängle?«

Ich studiere ihre Mimik. Sie macht das wirklich gut. Ich kann nicht erkennen, ob sie tatsächlich beleidigt ist. Plötzlich lächelt sie, und wieder verschwindet jegliche Härte aus ihrem Gesicht.

»Grazie amore, sei molto buffo e un po' pazzo, oltre a ciò hai della salsa di gorgonzola sulla camicia.« Sie gleitet auf den Rücksitz des Taxis und schaut durch die offene Tür zu mir hoch. »Sehen Sie sie wieder?«

»Nein.«

»Sie sah gut aus.«

»Ja.«

»Hätte eh nicht gepasst.«

»Danke für die Analyse, Dottore.«

Sie lächelt. Ich warte, dass sie die Tür zuzieht, aber sie

verharrt so und lächelt zu mir hoch. Wir schauen uns in die Augen, und man weiß ja, wie es mit Augenkontakt so ist, nach ein paar Sekunden kriegt die Sache Subtext. Ich spüre, wie mein Lächeln immer breiter wird, während wir uns anschauen.

»Danke«, sagt sie schließlich. »Vielleicht ist Flirten ja doch noch nicht ganz tot.«

Sie greift nach der Türklinke, doch meine Hand schießt automatisch vor und hält die Tür fest. »Ich möchte Sie wiedersehen.«

»Nein!«, stöhnt sie und verzieht ihr Gesicht, als hätte sie auf etwas Saures gebissen. Drinnen im Taxi fragt der Taxifahrer etwas. »Alles in Ordnung«, sagt sie zu ihm, doch als sie wieder mich anschaut, schüttelt sie ihren Kopf und wirkt ehrlich enttäuscht. »Mussten Sie das kaputtmachen?«

»Ich weiß, tut mir leid, aber ich hätte mich unheimlich dumm gefühlt, wenn ich nicht gefragt hätte. Geben Sie mir bitte Ihre Telefonnummer, ich rufe Sie an, wir unterhalten uns.«

»Das haben wir gerade. Und dann haben Sie alles kaputtgemacht.«

Sie ruckelt leicht an der Tür. Ich lasse den Türgriff los, zeige ihr meine Handflächen und versuche es noch ein letztes Mal. »Ich bin nicht von hier. Wenn Sie jetzt wegfahren, sehen wir uns nie wieder.«

Sie schaut einen Moment regungslos zu mir hoch. Dann hält sie ihre Hand mit dem Ehering hoch. Alles klar, das war's, und wenn es vorbei ist, ist es vorbei. Ich bin gut darin, so etwas zu akzeptieren. Aber echt schade, denn ich weiß, was die Leute sagen, und es stimmt nicht; im Leben kriegt man selten eine zweite Chance. Meistens gibt es nur diesen einen Moment. So wie jetzt. Jetzt oder nie. Tja. Ich schaue mir diese schöne Klugheit noch mal genau an, und mein Puls reagiert unrhythmisch. Ich lächle. Verdammt lange her.

»Alles Liebe«, sage ich und drücke die Tür ins Schloss.

Sie sitzt einen Moment regungslos da und mustert mich durch die Scheibe. Dann wendet sie ihr Gesicht nach vorn, um dem Fahrer die Zieladresse zu geben. Bevor das Taxi losfährt, schaut sie wieder zu mir raus. Für einen Augenblick schaue ich ein letztes Mal in diese unglaublichen Augen. Sie winkt kurz, ihr Ehering blitzt befriedigt auf. Weg ist sie. Und schon stehe ich mal wieder da und schaue einem Taxi nach, nur dass ich mich diesmal tatsächlich blöder fühle als vorhin. Aber ich hätte mich noch blöder gefühlt, wenn ich sie nicht nach ihrer Nummer gefragt hätte. So gesehen habe ich alles richtig gemacht. Fühlt sich deswegen nicht minder blöd an.

3

Als wäre ich heute nicht gestraft genug, bedient im Speisewagen der Deutschen Bahn nicht die ironische Mandy aus Leipzig, sondern der mürrische Hans aus Weiden. Bei einer Weltmeisterschaft in verpasstem Trinkgeld wäre Hans meine persönliche Medaillenhoffnung. Ihm scheint sein Leben, sein Job und jeder einzelne Speisewagengast zu viel zu sein. Je länger ich Bahn fahre, desto besser kann ich das nachvollziehen, denn bei männlichen Geschäftsreisenden scheint die Speisekarte abends zu neunzig Prozent aus Alkohol zu bestehen. Ich weiß nicht, ob es an dem monotonen Schienengeräusch oder dem permanenten Kommen und Gehen von Menschen liegt, mit denen einen nichts verbindet, jedenfalls hat die Atmosphäre abends im Speisewagen etwas an sich, was die Leute tief ins Glas gucken lässt. Was man dann an Einsamkeit zu sehen bekommt, sollte kein Single auf dem Heimweg nach einem missratenen Date erleben müssen.

Am Wochenende ist der Speisewagen immer voll, so auch heute. Fast alle Plätze sind von Vertrieblern einer Versicherungsfirma belegt, die gerade von einer Tagung kommen und sich lautstark über Kunden, Provisionen und Vorgesetzte auslassen. Ich habe einen der letzten freien Plätze an einem der Vierertische ergattert, den ich mir mit einem jungen Backpacker-Pärchen teile, das vermutlich zum Frankfurter Flughafen unterwegs ist. Beide starren auf ihre Handydisplays. Hinter mir grölen die Vertriebler. Heute ist der Kühlschrank kaputt, daher gibt es nur heiße oder ungekühlte Getränke, und wer weiß, wie ein lauwarmes Weizen reinknallt, kann sich die Stimmung vorstellen. Draußen zieht die Welt mit zweihundert Stundenkilometern vorbei, und im Speisewagen erinnern mich betrunkene Männer, die eine Überdosis Hotelübernachtungen hatten, an die Textzeile der Band Nationalgalerie: »Wenn man zu lang allein ist, kommen komische Ideen.« Eine These, die im Speisewagen begutachtet werden kann. Zum Glück gibt es Kopfhörer und Musik. Die Fahrt von Köln und Frankfurt nach Montabaur dauert ungefähr 45 Minuten, eigentlich perfekt für ein Album, doch heute höre ich mir mal wieder das Prince-Livealbum *One Nite Alone* an. Schon beim Intro zu »Joy In Repetition« hat er mich. Wie kann man nur so lässig so gut Gitarre spielen? Wenn Jimi Hendrix ordentlich von der Muse geknutscht wurde, muss es bei Prince wochenlanger Beischlaf gewesen sein.

Ich nippe seit ein paar Minuten an einem schlechten Alibi-Kaffee, starre aus dem Fenster und lausche der Musik, während der Zug mich mit 200 km/h Richtung Montabaur bringt, das laut Wikipedia für drei Dinge bekannt ist:

1. Das Schloss.
2. Das Fashion-Outlet-Center.
3. Den Bahnhof mit ICE-Anbindung zur Schnellfahrstrecke.

Wenn auf Wikipedia extra vermerkt werden muss, dass in deinem Wohnort sogar der Zug hält, dann weißt du als Single: Fuck, das war's mit dem Liebesleben. Wenn ich eine Frau kennenlernen möchte, muss ich also außerhalb der engen Stadtgrenzen suchen. Darum habe ich vor ein paar Jahren begonnen zu tindern und date am Wochenende manchmal in Köln oder Frankfurt. Sextourismus mal anders. Apropos... Ich checke mein Handy und stelle zu meinem Erstaunen fest, dass *Su37* und ich immer noch auf Tinder gematcht sind. Sie hat mich nicht sofort gelöscht? Steht sie derart unter Schock? Ich schreibe ihr gerade eine Entschuldigung, dass ich noch nicht ganz über meine Ex hinweg bin, als mir einfällt, dass ich ihr das schon bei der Verabschiedung gesagt habe und dass es sogar stimmen könnte. Auch heute noch muss ich bei »Purple Rain« jedes Mal an Stella denken. Die erste und einzige wirklich große Liebe meines Lebens, mit der ich die Band und ein fast perfektes Leben hatte. Wir waren jung und taten nichts als Musik machen, Musik hören, abhängen, Pläne schmieden und miteinander schlafen. Es heißt, Menschen können sich nicht wirklich ändern, doch in der Pädagogik gilt die Faustregel: Genetik prädestiniert – Umfeld realisiert. Und durch Stella veränderte sich mein Umfeld und damit ich mich nachhaltig. Vor ihr spannte mein Körper sich automatisch an, sobald mir jemand nahekam, nach ein paar Jahren mit ihr konnte sich sogar jemand hinter mir aufhalten, ohne dass mein Körper anfing zu prickeln. Durch sie begann ich die Welt anders wahrzunehmen. Ich sah hellere Farben und hörte wärmere Töne. Es war, als hätte ich ein zusätzliches Sinnesorgan bekommen. Sie brachte mir bei zu atmen, mit ihrer

Leseprobe aus *Das Schönste Mädchen der Welt*

Hilfe fand ich meine Stütze und wurde ein guter Sänger. Sie lehrte mich, dankbar zu sein, und hat mein Leben um mehr Dinge bereichert, als ich aufzählen kann. Aber nichts bleibt beim Alten. Das ist das Fatale am Leben: Egal was passiert, egal was wir erleben, egal wie sehr wir es lieben, egal wie sehr wir es festhalten wollen – das Leben lässt sich nicht konservieren. Es lässt sich nicht mal einen noch so klitzekleinen Augenblick zurückdrehen. Manchmal… manchmal passt man kurz nicht auf, nur einen winzigen Moment lang, und schon verändert sich das Leben urplötzlich direkt vor deinen Augen. Man steht da und ist mit dem Gefühl noch in dem alten Leben, doch man *weiß* bereits, dass es vorbei ist und dass nun etwas Neues begonnen hat. Und nichts und niemand wird daran etwas ändern können. So ging es mir damals mit Stella. In meinem Leben ragt sie mit mehr Alleinstellungsmerkmalen hervor als alle anderen Frauen zusammen. In Beziehungen fühle ich mich schnell eingeengt. Mit ihr nie. Wir konnten jahrelang jede freie Minute zusammen verbringen, ohne dass sie mir meinen Raum nahm. Ich habe so etwas nie wieder erlebt, und ich mache mir nichts vor: Viele Menschen treffen nie ihren einzigen und wahren Seelenverwandten. Ich lebte mit meinem fast zehn Jahre zusammen, wovon neun die glücklichste Zeit meines Lebens waren. Mehr kann man nicht verlangen.

Wie immer im Zug befeuert Tinder mich mit neuen Match-Vorschlägen. Das Digitale wird uns als Heilsbringer und Multiplikator verkauft, aber alles, was ich durch Tinder-Fotos und Endlos-Chats erfahre, weiß ich in zehn Sekunden, wenn ich einer Frau im Supermarkt in die Augen schaue. Das Problem ist bloß, dass ich in Montabaur nie eine attraktive, ledige Frau beim Einkaufen treffe. In den letzten Jahren ist der hiesige Singlemarkt endgültig auf etwas zusammengeschrumpft, das ungefähr die Größe von Hitlers humanitärer Seite hat, also mustere ich die interessanten Profile zwischen 35 und 48 in einem Umkreis von hundertsechzig Kilometern und versuche den Menschen hinter den Fotos zu erahnen.

Etwas erregt die Aufmerksamkeit der Geschäftsreisenden. Sogar durch den Sound auf meinem Kopfhörer höre ich ihre Stimmen. Bier alle? Ich werfe einen Blick rüber zu den Vierertischen. Alle recken die Hälse und mustern etwas hinter mir. Ich drehe den Kopf und sehe im Eingangsbereich des Speisewagens eine schwarzhaarige Halbitalienerin in einem unverwechselbaren dunkelroten Kleid stehen. Sie hat den Mantel über ihren rechten Arm gelegt und hält ihre Handtasche in der linken Hand. Ich blinzele. Sie steht da immer noch. Ich fasse den Tisch vor mir an. Er fühlt sich echt an. Sie entdeckt mich und kneift ihrerseits überrascht die Augen zusammen. Sie zögert kurz, dann kommt sie auf mich zu.

»Ist hier noch frei?«, höre ich sie fragen, während ich mir die Ohrenstöpsel rauszupfe.